Ein idyllisches Seengebiet bei Berlin: Hier leben die Reichen zurückgezogen in ihren Villen … Bis ein eiskalter, unberechenbarer Killer auftaucht. Als Imker maskiert, tötet er scheinbar wahllos und entführt einen kleinen Jungen. Will der Täter Geld? Hat er ein politisches Motiv? Oder ist er ein Psychopath? Unter wachsendem Druck der Öffentlichkeit sucht der Berliner Kommissar Baer vergeblich nach einem Schlüssel für die blutigen Taten. Eine Verbündete findet er in der jungen Brandenburger Ermittlerin Jana Seitz, auch wenn ihr Vorgesetzter und Liebhaber das nur äußerst ungern sieht. Dann schlägt der »Imker« wieder zu, noch brutaler als zuvor, und den Ermittlern wird endgültig der Boden unter den Füßen weggezogen …

Elias Mattay hat als Psychologe mit zahlreichen Strafgefangenen und auch wissenschaftlich zu Fragen der Kriminalität gearbeitet. Er lebt mit seiner Familie in Berlin. Unter verschiedenen Namen veröffentlichte er Erzählungen, Romane und Hörspiele für Kinder und Erwachsene.

Elias Mattay

DER BIENEN MANN

Kriminalroman

Berlin Verlag Taschenbuch

MIX
Papier aus verantwortungsvollen Quellen
FSC® C083411
FSC
www.fsc.org

Januar 2017

Umschlaggestaltung: ZERO Werbeagentur, München
Umschlagmotiv: FinePic®, München
Gesetzt aus der Janson
Druck & Bindung: CPI books GmbH, Leck
Printed in Germany
ISBN 978-3-8333-1084-3
www.berlinverlag.de

1

Etwas hatte sich bewegt, draußen auf der Veranda.

Ein heller, keuchender Schatten in der feuchten Abenddämmerung.

Oder nicht?

Der Junge hob den Blick von seinem neuen Puzzle, das er auf dem dunklen Teppich nahe der halb geöffneten Verandatür legte.

Ein Dino-Puzzle. Nur noch ein Teil, der linke Hinterfuß, dann war der Dino fertig.

Er blickte neugierig hinaus und betastete dabei das glatte, an den Rändern so sonderbar gewundene Teil in seiner rechten Hand. Drehte und wendete es, im Vorgefühl seines Glücks, hin und her.

Plötzlich war der Schatten ganz nah.

Er stand direkt hinter der breiten Glasfront.

Und stieß im nächsten Moment die Tür ganz auf.

Der Junge zuckte vor Schreck zusammen.

Aber schon im nächsten Augenblick musste er lachen.

Da stand ja ein Bienenmann!

In einem weißen Anzug, der den ganzen Körper bedeckte, vom Hals bis runter zu den Füßen. Mit einem runden weißen Hut auf dem Kopf und einem dunklen Netz vor dem Gesicht. Und mit Handschuhen natürlich, um die Hände zu schützen.

Ein Bienenmann, ja. Seine Eltern hatten einen anderen Namen für den Bienenmann, aber den konnte er sich nicht merken.

Ein Bienenmann liebte die Bienen und sorgte dafür, dass es Honig gab.

Der Junge liebte Bienenhonig.

Aber was wollte der Bienenmann? Hier in ihrem Haus? Er schaute ihn erwartungsvoll an.

Doch der Bienenmann blieb stumm. Senkte nur den Kopf und schien ihn anzustarren durch sein braunschwarzes Netz vor dem Gesicht.

Das war unheimlich.

Etwas stimmte nicht mit diesem Bienenmann.

Der Junge spürte, wie seine Lippen zu zittern begannen.

Im nächsten Moment hob der Bienenmann seinen Arm in die Luft, in der Hand befand sich ein glänzendes schwarzes Ding.

Und dann platzte die Welt mit einem gewaltigen Knall auseinander!

Der Junge wirbelte herum, sah den feinen weißen Pulverschnee, der aus einem Loch in der Wand auf die rote Couch hinabrieselte. Ein Blitz hatte eingeschlagen, zuckte mitten durchs Zimmer, zerfetzte die Wände, brachte die Decke zum Bersten. Der Esstisch, die Stühle, der Fernseher, sogar der Teppich unter seinen Füßen, alles begann sich in einem wilden Wirbel um ihn herum zu drehen.

Sein Herz raste, etwas Schleimiges, furchtbar Saures stieg in seinem Hals auf, steckte dann fest. Sein Bauch begann zu zucken und zu krampfen.

Er wollte schreien.

Wegrennen.

Zu Mami in die Küche.

Zu Papa, der draußen war, irgendwo verborgen in der dicken grauen Suppe des Vorgartens.

Aber seine Lippen gehorchten ihm nicht, er bekam den Mund nicht auf. Wie festgeklebt. Seine Beine waren kalt und steif, bewegten sich keinen Zentimeter. Er fühlte, wie er sich in die Hose machte.

Er hatte jetzt nur noch eines, an das er sich klammern konnte: das Dino-Bein, sein Puzzleteil, das er hatte legen wollen. Er presste es in seiner Faust zusammen, bis er es nicht mehr fühlte.

Auf einmal war Mami da.

Doch sie sah gar nicht aus wie Mami. Sie war weiß wie eine Wand, hatte die Augen aufgerissen wie ein Monster.

Jemand schrie etwas, er verstand nicht, was, aber Mami konnte das nicht sein, die schrie nicht, niemals.

Plötzlich waren aber auch ihre wild erhobenen Fäuste in der Luft. Sie schien keine Angst vor dem schwarzen Ding in der Hand des Bienenmanns zu haben.

Doch das Ding schlug furchtbar heftig zurück, mit voller Wucht seitlich gegen ihren Kopf.

Es gab einen Laut, als würde eine große Nuss geknackt.

Mami sackte zusammen. Es machte ein schlimmes, dumpfes Geräusch, als ihr Hinterkopf auf dem Boden aufschlug.

»Mami!«

Er wollte zu ihr. Aber die Hand des Bienenmanns packte ihn von hinten an seinen Haaren und hielt ihn fest.

Komisch, es tat gar nicht weh. Er spürte nichts.

»Verflucht! Was …?«

Das war Papa!

Endlich.

Papas Stimme in seinem Rücken.

»Papa!«

Der Bienenmann schleuderte ihn an den Haaren herum. Er flog beinahe, fuhr Karussell … he, Pferdchen, schneller, schneller!

Es knallte von Neuem. Das schwarze Ding spuckte wieder seinen Blitz.

»Papa!«

Sein Vater stöhnte auf. Er tapste rückwärts wie ein Tanzbär. Es sah lustig aus. Papa schien sich vor Vergnügen zu schütteln. Er schlug der Länge nach hin.

»Papa!«

Sein Vater lag auf dem Rücken und versuchte wieder aufzustehen, doch es gelang ihm nur, den Kopf zu heben.

Aber Papa lachte ja! Sein Mund stand weit auf, er gab einen gurgelnden Laut von sich, wie beim Zähneputzen. Roter Saft floss über seine Lippen wie Himbeersaft.

Jetzt wusste er es: Papa spielte einen Clown!

Aber auch aus einem Loch in seinem weißen Hemd floss Himbeersaft. Er floss sogar unter seinem Rücken. Das war seltsam.

Dann fiel der Kopf wieder zurück und schlug hart auf dem Boden auf. Papa begann am ganzen Körper zu zittern, immer heftiger, die Arme und Beine zuckten wild.

Das sah hässlich aus, er wollte das nicht sehen.

»Neeeeiiiin!«

Im nächsten Moment rührte Papa sich nicht mehr.

Der Bienenmann riss wieder an seinen Haaren, zerrte ihn fort. Weg von Papa.

»Papaaaa!«

Weiter, schneller. Fort. Durch die hässliche graue, nasse Nebelwolle im Garten. Runter zum See, riesig und schwarz lag er da. Feen und Elfen tanzten darauf, sahen aus wie weiße Nebelfetzen.

Wartet auf mich! Bitte! Wartet doch … ich …

2

In der Dämmerung verließ sie ihr Zelt und verdeckte es wieder sorgfältig mit dem Tarnnetz, an den Seiten zusätzlich mit Ästen und Zweigen. Nicht, dass es nötig gewesen wäre. Ihre Behausung stand tief genug im Sumpf, es war ausgewiesenes, umzäuntes Naturschutzgebiet, nicht mal die Förster betraten es. Aber wenn sie eines im Leben gelernt hatte, dann, dass auf nichts Verlass war, am wenigsten auf Wahrscheinlichkeiten. Das Unwahrscheinliche, Außergewöhnliche, angeblich Unmögliche konnte jederzeit geschehen.

Wie jeden Abend kämmte sie sich geduldig durch das Schilf, übersprang die Wassergräben, stakste mit den schweren Stiefeln durch fette, feuchte, schwarze Erde. Sie mochte das.

Dann erreichte sie das mit ersten Herbstblättern beschenkte Waldgebiet, das Wunder aus Totholz, Moosen, Farnen, Sträuchern, Birken, Erlen. Zwängte sich durch das kaum sichtbare Loch im Maschendrahtzaun.

Fette graue Pilze, die wie Ufos an den dunklen Stämmen klebten, die waren neu. An einzelnen Tannen hing das Herbstlaub wie verfrühter Weihnachtsschmuck.

Sie ging die lange Schneise entlang, die an den jahrzehntealten Holzstapeln vorbei zum Kanal führte.

Das Bild veränderte sich, wurde grüner, gelber. Dann nebliger.

Unten am Ufer des Kanals balancierte sie auf den trittschmalen betonierten Befestigungen, bis sie den See erreichte, unzugänglich für jeden, der es nicht machte wie sie und dabei stets riskierte, in den Kanal zu stürzen.

Der Blick wurde weit, sie atmete tief ein. Würzige feuchte Luft.

Kein Mensch außer ihr. Kaum ein Laut.

Das Wasser lag ruhig und glatt unter einem verblassenden Abendhimmel wie aus rauchgrauem Glas.

Von Ferne hörte sie ein Geräusch. Es kam vom See, von weit her. Vom Reich der Reichen drüben auf der anderen Seite.

Dann erkannte sie den dunklen Fleck vor dem Abendgrau, ein Boot, das um die Landzunge herum näher kam. Sie trat ein paar Schritte zurück ins Unterholz.

Das Boot verminderte sein Tempo und sie wandte sich um, musste verschwinden, bevor das Boot anlegte. Doch dann hörte sie es auf gleicher Höhe in den Kanal einmünden. Die dichte Bewaldung versperrte die Sicht, aber das Geräusch verlor sich rasch in der Entfernung.

Sie atmete auf.

Schon die bloße Vorstellung, dass es hätte anlegen können, ließ sie erschauern.

Sie würde auf der Hut sein müssen.

Und das würde niemals aufhören.

Aber sie hatte es ja so gewollt.

3

Corinna hob ihren Blick von der Zeitschrift, in der sie lustlos geblättert hatte, und sah ihn vom Sofa her verstört an.

Roman Baer saß ihr im Sessel gegenüber, streifte seine Armbanduhr, deren Batterie er soeben gewechselt hatte, wieder übers Handgelenk, und wusste bereits, was sie sagen würde.

»Hörst du das, Roman?«

Und ob er das hörte. Die Bässe hatten wieder eingesetzt. Wie dumpfe Detonationen, die den Boden unter ihren Füßen erzittern ließen. »Müssen neue Gäste sein.«

Solche, die keinen Gedanken daran verschwendeten, dass dies hier ein ganz normales Wohnhaus in Schöneberg war. Kein Club am Alex oder in Friedrichshain.

Die keine Ahnung hatten, dass über ihnen im Zweiten eine kranke Frau lebte, die vor einem Jahr einen Schlaganfall erlitten hatte.

Seine Frau.

Seit einer geschlagenen Stunde ging das nun schon, budumm, budumm, budumm.

»Weißt du, wie früher es ist, Roman?«

»Gleich halb zwölf, Schatz.«

»Roman?«

»Hm?«

»Was ist … was heißt Schatz?«

Ihr verzweifelter Blick stach ihm direkt ins Herz.

Budumm, budumm.

Sie schaute auf ihre Füße. In den roten Hausschuhen schienen sie zu beben. »Roman. Das macht mir …« Sie sah ihn erschrocken an. Wieder ein Wort, das ihr nicht einfiel. »Es macht …«

Baer erhob sich ächzend aus seinem Sessel. Es machte ihr Angst. Sie konnte es nicht einordnen, jedenfalls nicht unter der Kategorie Musik. Er ebenso wenig. »Ich geh runter.«

Im Flur warf er sich das Jackett über, fasste zur Sicherheit in die Innentasche, wie zum Dienst. Verließ die Wohnung, stiefelte die Treppe hinunter. Stufe für Stufe rückte die Front näher, die Wohnungstür des Nachbarn. Eines Wasserbauingenieurs, der sich in Indien aufhielt oder in Afrika oder Aserbaidschan oder Timbuktu. Und der in der Zwischenzeit seine Wohnung vermietete. An die Jugend der Welt, zu einem Mörderpreis vermutlich. Offiziell waren sie alle seine Freunde, nur kurz zu Besuch, nichts weiter. Verdammter …

Er klingelte erst gar nicht, sondern hämmerte mit der Faust gegen die Tür. Mindestens ein Dutzend Mal, ehe geöffnet wurde.

Ein schlaffes junges Gesicht mit schwarzen Locken und dunklem Kinnflaum zeigte sich im Türrahmen.

Budumm, budumm, budumm. Wie im Krieg, hautnah.

Mit einer raschen Bewegung, die die Weltjugend diesem Alten Ende fünfzig sicher nicht zugetraut hätte, zog er den Dienstausweis aus der Innentasche des Jacketts und hielt ihm dem Jungen vors Gesicht. »Polizei. Speak English? Police. Open the fucking door, mate!«

Der Junge erwachte schlagartig aus seinen Tablettenträumen oder was immer er intus hatte. Große kugelige schwarze Augen. Baer schob ihn beiseite und betrat die Wohnung, die mehr einer Müllhalde für Bierflaschen glich.

Nicht sein Problem, sollte sich Neumann, der Nachbar, drum kümmern, wenn er zurückkehrte. Falls er zurückkehrte.

Im Flur begegneten ihm jede Menge leerer Gesichter, knutschende Paare, junge Leute, die lässig an der Wand lehnten und ihn teilnahmslos anglotzten. Er stampfte an ihnen vorbei, schnurstracks ins Berliner Zimmer, wo, wie er wusste, die Anlage stand.

Er bückte sich und fingerte nach der Steckdose hinter einer der Riesenboxen. Zack, aus, Stecker raus.

»Okay. Alle mal herhören. This is not allowed.« Er deutete mit dem Kinn auf die Boxen. »I will …« Beinahe hätte er gesagt, er wolle die Polizei rufen. Verflucht noch mal! Er hielt seinen Ausweis hoch und hoffte, dass er nicht so lächerlich wirkte, wie er sich fühlte. »This is Police. Polizei. No joke.«

Ein Dutzend Paare blutjunger kaninchenroter Augen starrte ihn an, jeder zweite mit einer Bierflasche in der Hand, die andere Hälfte das Smartphone im Anschlag. Offenbar für Fälle wie diesen, denn sie begannen sofort, auf ihren Geräten herumzutippen. Vielleicht schossen sie sogar Fotos von ihm.

Eine hohlwangige junge Frau, brünettes kurzes Haar, stakste auf ihn zu, die Zigarette zwischen den apart abgewinkelten Fingern. »We are from Italy, Mister. We rent this flat. From Mister Neumann.«

Ihr Englisch hörte sich mindestens so katastrophal an wie seines.

Er erklärte ihr, dass es verboten sei, in Wohnvierteln an Touristen zu vermieten. Er wohne im Stock über ihnen. Seine Frau sei krank, der Lärm bringe sie um. »Will kill her.«

Zu seiner Überraschung schien sie ihn zu verstehen. Sie nickte säuerlich. Sah dabei immer noch hübsch aus. Versprach, die Musik leiser zu stellen.

»No.« Sein Finger schnellte hoch. »No music any more. Not here. Understand?«

Sie sah ihn eine Weile an, ruhig, nachdenklich, als wären sie beide ganz allein auf der Welt. Dann zuckte sie die Achseln und versprach: »No music anymore. Okay.«

Er steckte den Ausweis wieder in seine Jacketttasche, ließ sie stehen, ließ alle stehen und marschierte zur Tür hinaus, die noch immer offen stand.

Es war schon vorgekommen, dass der Lärm wieder losbrach, noch bevor er oben in seiner Wohnung war und die Tür hinter sich geschlossen hatte.

Diesmal nicht. Es blieb ruhig.

»Roman?«

»Alles in Ordnung, Scha... Alles gut.«

Er zog sich das Jackett und die Schuhe aus, schlüpfte in die Pantoffeln. Ging ins Wohnzimmer, wo Corinna noch immer auf dem Sofa saß und ihn verlegen ansah. Als ob sie sich schämte.

»Es hat ...« Sie dachte angestrengt nach.

»Was, Corinna? Es hat was?«

Ihr Gesicht verkrampfte sich, sie blickte zu Boden, starrte den Teppich an. Dachte verzweifelt nach. Schüttelte den Kopf. Sah ihn wieder an.

Dann gab sie es auf und deutete mit dem Finger zum Telefon.

»Ach so.« Er nahm das Handteil des Apparats. Drückte die Taste und sah, wer angerufen hatte.

Iwersen.

Verdammt. Das bedeutete, der Job hatte ihn wieder. Zu früh für Corinna. Und für ihn zu spät. Wenigstens was die Karriereleiter betraf.

Er ging nach nebenan ins Arbeitszimmer und rief zurück.

4

Es war kurz vor Mitternacht oder kurz danach, Jana Seitz hatte nicht auf die Uhr gesehen. Sie freute sich einfach, dass Frank so spät noch vorbeischaute. Dabei sahen sie sich jeden Tag im Dienst.

Aber irgendwas stimmte nicht mit ihm.

Frank stand, noch im Mantel, die großen Hände in den Taschen vergraben, vor dem Fenster ihrer Parterrewohnung und schaute hinaus. Sofern das möglich war – das Licht der Straßenlaternen legte einen milchigen Schleier aufs Glas.

Neben seiner athletischen hohen Gestalt sah sie im Fenster ihr eigenes Gesicht. Kam sich auf einmal vor wie ein Geist in einem Spiegel. Die kalkweiße Haut, gerahmt von ihren rötlich schimmernden Haaren, deren Spitzen den seidigen dunklen Kragen ihrer Bluse berührten; die kräftigen Wangenknochen, die schräg geschnittenen schwarzen Augen, die ihr zu klein und irgendwie deplatziert vorkamen, als wären sie zu hoch die Stirn hinaufgerutscht. Eigentlich, fand sie wieder mal, passten die verschiedenen Partien ihres Gesichts gar nicht zueinander. Auch wenn Frank, ebenso wie die anderen Männer, die sie gehabt hatte, es abstritten, aber es waren wohl eher die sportlichen Rundungen ihres Körpers, die sie anziehend fanden.

Er schwieg noch immer, und so wandte sie ihm ihr Gesicht wieder zu. »So spannend da draußen, Frank? Willst du nicht wenigstens den Mantel ausziehen?«

Er drehte sich langsam zu ihr um und sah sie an, die Lippen aufeinandergepresst, die blauen Augen starr auf sie gerichtet.

Ihr Magen begann plötzlich zu krampfen. Und statt ihrem ersten Impuls nachzugeben, zu ihm zu gehen und sich von ihm in den Arm nehmen zu lassen (vielleicht auch mehr), ließ sie sich auf einen der drei Stühle am Esstisch fallen. »Was ist denn los, um Himmels willen?«

Er machte zwei Schritte zum Sofa, ließ sich stumm und wie hüftsteif darauf nieder. Stierte dann auf den niedrigen Glastisch mit den Zeitschriften und der Fernbedienung, die obenauf lag.

»Nun sag doch, Frank. Was ist?« Manchmal verstand sie ihn einfach nicht.

Er hob den Kopf endlich wieder, wandte ihr sein schmales kantiges Gesicht zu, mit diesem kalten Blick, der ihr die Kehle zuschnürte.

»Du hast mit Grand-« Er unterbrach sich, sehr formal. »Du hast gestern mit dem Opfer gesprochen.«

Sie atmete auf. Ach, darum ging's, die Arbeit! Das konnte ja nur ein Missverständnis sein. Frank war zwar ihr Vorgesetzter, Erster Kommissar im Bezirk Potsdam. Aber auch ihr Geliebter.

»Ich habe mit Grandgenet gesprochen, ja.« Sie versuchte ihrer von Natur aus rauen Stimme einen mokanten Unterton zu geben und sprach den Namen des Luxemburgers auch nicht wie Frank französisch weich aus, sondern in etwa so hart wie »Granit«.

Er verzog irritiert den Mund. »Warum hast du das getan, Jana?« Seine Lippen öffneten sich nur halbseitig und entblößten etwas schief die beneidenswert weißen Zähne.

»*Warum?*« Jetzt verzog sie den Mund. »Frank. Ich hab's dir erklärt, gestern morgen noch, nachdem wir ... noch vor dem Dienst halt.«

Die Entführung und Ermordung von Ruth Grandgenet gab ihr Rätsel auf. Die schwer nervenkranke Frau hatte mit ihrem Mann, einem aus Luxemburg stammenden Architekten, in ihrer Villa am Küstinsee gelebt. Die Tat lag nun schon zwei Wochen zurück, ohne dass sie mit den Ermittlungen weitergekommen wären.

Dabei hatten sie Ruth Grandgenets leblosen Körper bereits einen Tag nach der Entführung gefunden. In einem seit Jahrzehnten ausrangierten Bauwagen am gegenüberliegenden Ufer des Küstinsees, Luftlinie nur wenige Kilometer von ihrem Zuhause entfernt. Gefesselt und geknebelt. Erstickt durch das Versiegeln von Mund und Nase mit einem Gewebeband.

Welchen Sinn ergab ihr Tod, noch vor der Lösegeldforderung? Wie war es dazu gekommen? Und welche Rolle genau spielte ihr Ehemann, der Architekt Jean-Luc Grandgenet, in dieser Nacht? Darüber wollte sie mehr wissen. Sie hatte in der ersten Woche der Ermittlungen mit Fieber im Bett gelegen und die Vernehmung von

Grandgenet durch ihre Kollegen war nicht eben erhellend gewesen. Oder schlampig dokumentiert. Abgesehen von der außergewöhnlichen Maskierung des Täters durch Imkerkleidung von Kopf bis Fuß, einschließlich einer Imkermaske vor dem Gesicht, waren Grandgenets Beschreibungen ziemlich vage geblieben.

Also war sie gestern zu der Villa am See gefahren, um selbst mit dem Architekten zu reden. Eine simple Zeugennachbefragung, mehr nicht.

»Ich hab dir eine Notiz hinterlegt, Frank, dass ich mit Grandgenet gesprochen habe.«

Er richtete seinen imposanten Oberkörper auf, die breite, gut trainierte Brust. »Stimmt, Jana. *Aber erst hinterher, verdammt noch mal!*« Sein Gesicht lief vor Ärger rot an. »Wer zum Teufel hat dir gesagt, dass du mit dem Opfer reden sollst? Ohne dich mit mir abzustimmen?« Er schüttelte unwirsch den Kopf und sah sie an. »Du hast mir wirres Zeug erzählt, gestern früh im Bett. Mir irgendwelche ... Details des Falls um die Ohren gehauen. Ich war auch noch etwas ... benommen.«

»Benommen?« Sie glaubte den Anflug eines Lächelns auf seinem Gesicht zu erkennen. Doch sie täuschte sich. Sein Blick nahm einen säuerlich-enttäuschten Ausdruck an. Der ihm weder stand – noch zustand. Sie kniff ärgerlich die Brauen zusammen. »Was willst du mir eigentlich sagen, Frank? Weswegen bist du hergekommen?« Um diese Zeit, nachts um zwölf. »Nur um mir eine Moralpredigt zu halten? Um mir ein schlechtes Gewissen zu machen?«

»Lenk nicht ab, Jana. Ich wollte – verdammt, ich hab darauf gezählt, dass du mich *unterstützt* bei den Ermittlungen. Du weißt, der Laden ist ein Haifischbecken. Jeder Arsch im Team will dem Ersten an den Karren fahren. *Mir.*« Er krümmte den Zeigefinger und stieß ihn gegen seine Brust, die glatt und haarlos war wie ein Kinderpopo, wie sie wusste. »Ich hätte nicht gedacht, dass ausgerechnet du mir in den Rücken fällst, Jana.«

Sie atmete durch und dachte darüber nach. Okay, vielleicht war sie wirklich etwas vorschnell gewesen. Hätte sich noch mal mit ihm absprechen müssen. Ganz formal und offiziell sozusagen. Aber Herrgott, es war ja letztlich keine große Sache. Und leider war aus dem Gespräch mit Grandgenet auch nichts Brauchbares herausgekommen. Divenhaft und schmallippig, so hatte sie den Architekten erlebt.

»Hör mal, Frank.« Sie legte die kalte Hand an die Stirn, hob die andere als Friedenszeichen in seine Richtung. »Es tut mir leid, war vermutlich ein Fehler von mir. Es ging mir bloß um die Sache, um ein paar Details. Mehr nicht.«

Er öffnete bereits den Mund, um etwas zu erwidern, aber sein Smartphone summte und er riss es aus der Ledertasche wie eine Waffe aus einem Holster. Blickte kurz darauf, hob die Augenbrauen, steckte es wieder weg.

Sie setzte rasch nach, um das Thema zu beenden. »Ist doch im Grunde auch nichts passiert, Frank. Und ich verspreche dir …«

»Nichts passiert?« Er schnaubte sarkastisch. »Grandgenet hat bei Laschwitz angerufen und sich beschwert.«

»Bei Laschwitz?« Der Sphinx. Scheiße. »Wieso das denn?« Roswitha Laschwitz war ihr gemeinsamer Boss, seit zwei Jahren Leiterin der Kriminaldirektion. Den Spottnamen »die Sphinx« hatte sie sich wegen ihres undurchdringlichen Gesichtsausdrucks wahrlich verdient, ihre Miene wirkte oft wie versteinert.

»Die beiden kennen sich, Laschwitz und Grandgenet. Ich hab dir davon erzählt. Vorher.«

Hatte er, das stimmte.

»Laschwitz hat mich heute zur Rede gestellt. Deinetwegen. Sie wollte dich gleich von der Gruppe abziehen. Aber …«, er hob die breiten dunkelblonden Brauen, »ich hab erreicht, dass du bleiben darfst. Unter zwei Bedingungen.«

Sie zuckte nur mit dem Kinn.

»Du erledigst die Aufgaben, die ich dir gebe. Als dein Vorgesetzter. Keine Alleingänge mehr. Und: Du spekulierst nicht weiter öffentlich über *Details*. Oder was du dafür hältst. Schon gar nicht gegenüber Grandgenet, dem Opfer. Und Ergebnisse, mündlich oder schriftlich, gehen nur an mich.« Er sah sie eindringlich an, ließ ein paar Sekunden verstreichen. »Kann ich mich darauf verlassen?«

Sie saß am Tisch und hielt den Kopf in die Hand gestützt.

Einsichtig.

Oder auch nicht.

»Gut. Okay. Das gilt ab sofort, Jana. Zumal jetzt noch die Berliner Kollegen dazukommen.«

Sie schaute überrascht zu ihm auf. »Was haben die Berliner damit zu tun?«

Er tippte mit zwei Fingern auf seine Handytasche. »Wir haben seit heute Abend einen neuen Entführungsfall. Das heißt, die Berliner haben ihn, auf ihrer Seite. Wird wahrscheinlich eine gemeinsame SoKo mit denen geben. Morgen früh PK in Berlin.« Er machte einen Schritt auf sie zu. Wirkte plötzlich versöhnlicher. »Du bist allerdings nicht dabei, Jana. Wegen Laschwitz. Sie wird natürlich auch dort sein. Tut mir ehrlich leid, aber ich nehm dich da besser aus dem Schussfeld.« Er lächelte schief, erinnerte ein wenig an einen Hund, der nur eine Lefze hochzieht, und wartete auf ihre Reaktion.

Sie war enttäuscht.

Sagte aber nichts.

Dachte nach.

Sie hatte es sich letztlich wohl selbst zuzuschreiben. Hatte zu spontan gehandelt, im Alleingang.

Sie blickte auf. »Willst du bleiben, Frank? Heut Nacht, meine ich.«

5

Roman Baer hatte die Stadtautobahn verlassen und befand sich seit einiger Zeit auf der Landstraße, die ihn der Stadtgrenze immer näher brachte.

Und dem Tatort.

Überfall auf eine Familie, die am Küstinsee ein Wochenendhaus besaß, hatte Iwersen ihn informiert. Ein Chefarzt war getötet, seine Frau schwer verletzt worden. Ihr Sohn, fünf Jahre alt, wurde vermisst. Man ging momentan von einer Entführung aus.

Baer war froh, dass sein alter Kollege Iwersen, mit dem er lange in einem Team gearbeitet hatte, ihn ins Bild gesetzt hatte. Nach der einjährigen Auszeit, die er sich genommen hatte. Wegen Corinna. Einer Zeit, in der er von der Welt des Verbrechens kaum etwas mitbekommen hatte. Sie hatte ihn auch nicht interessiert.

Die Lichter der wenigen Autos auf der Straße fingerten durch die Nacht. Links und rechts die feuchten schwarzen Stämme der Bäume, die begannen, ihr Laub zu verlieren. Dabei war der Tag heute noch warm gewesen, über zwanzig Grad. Ende des Sommers dagegen hatte Corinna Wollsocken angezogen, so kalt war es plötzlich geworden. Versteh einer noch die Natur, dachte Baer. Klimawandel wahrscheinlich, was wusste er denn?

Eine Brücke kam in Sicht. Er warf einen raschen Blick nach rechts, erhaschte einen Ausschnitt des Sees, eine mattschwarze Fläche, auf der geisterhaft eine Nebelbank lag. Hinter der Brücke begann die Ortschaft, sein Citroën ratterte über hartes historisches Pflaster, als er rechts abbog und in gerader Linie auf das Waldstück zuhielt, das sich anschloss und bis zur Inselspitze zog.

Zu seiner Überraschung wurde er am Ortsausgang von einem uniformierten älteren Kollegen mit grauem Schnauzbart angehalten. Einer aus dem Team Köpenick für die Sofortbearbeitung, das hauptsächlich für die Sicherung des Tatorts verantwortlich war.

Er ließ das Fenster runter und zeigte seinen Ausweis. Der Polizist nickte zum Dank.

»Wieso sperrt ihr schon hier vorne ab, Kollege? Wenn mich nicht alles täuscht, sind es noch mindestens drei Kilometer bis runter zum Wasser.«

»Order von oben. Hier beginnt nun mal das Grundstück, Kommissar.«

Berliner Dialekt. Eher ostig, vermutete Baer. Er, der im Wedding aufgewachsen war, bildete sich ein, Ost und West am Dialekt immer noch unterscheiden zu können. Wenn schon nicht mehr an Kleidung und Habitus. »Was denn, soll das heißen, das ganze Gebiet bis runter zum See ist privat?«

»Was man so hört, ja.« Der Kollege zuckte die Achseln. »Wohnen aber gleich mehrere Millionäre dort unten.«

»Na, denn.« Baer dankte dem Kollegen mit einem Handzeichen, ließ die Scheibe wieder hoch und fuhr weiter. Eine kleine, aber durchgängig asphaltierte Straße, die sich durch die Dunkelheit schlängelte. Über ihm tauchte plötzlich ein Helikopter auf, dessen grellweißer Suchstrahl den Wald durchkämmte.

Die schwer verletzte Frau des Chefarztes, so hatte Iwersen ihn informiert, war erst Stunden nach dem Überfall aus ihrer Bewusstlosigkeit erwacht und hatte sich zum Telefon geschleppt. Falls der Täter den Jungen in seine Gewalt gebracht hatte, was leider sehr wahrscheinlich war, hätte er alle Zeit der Welt gehabt, um mit ihm zu verschwinden. Bald, vielleicht schon am nächsten Vormittag, würde er seine Lösegeldforderung nennen. Und spätestens wenn er an das Geld wollte, würden sie ihn dann kriegen.

Baer war kein Spezialist für Entführungen, das wusste auch Iwersen. Dafür gab es Kessler und sein Team und vielleicht noch ein paar Kollegen von den Operativen Diensten. Aber Iwersen wollte ihn bei dem Fall dabeihaben. Baer hatte nach der Auszeit seine Zuordnung verloren, das Kommissariat war nach verschiedenen Neuzugängen personell umgebaut worden. Und diese Unbekanntsache, Überfall und Mord dort unten am See, war offenbar besonders. Vor zwei Wochen hatte es in Brandenburg, auf der anderen Seite des Sees, ebenfalls einen Entführungsfall gegeben. Mit tödlichem Ausgang – das Opfer, die Frau eines Architekten, war tot aufgefunden worden, an ihrem Knebel erstickt, noch ehe der Täter Lösegeld gefordert hatte. Mysteriös. Die genauen Umstände kannte Baer jedoch bislang nicht.

Iwersen lag daran, eine mögliche Verbindung zwischen den Fällen hüben und drüben zu klären. Die Hauptstadtpolizei würde mit den Brandenburgern zusammenarbeiten müssen: effektiv, nicht nur auf dem Papier. Die schon lange geplante länderübergreifende Ermittlungseinheit stand also ins Haus. »Und dafür will ich dich, Roman. Ich will nicht, dass wir uns bei denen drüben blamieren.«

Alter Schleimer. Aber Iwersen wusste, wie er seine Leute kriegte. Ein Wunder, dass ihn die Versetzung in die höchste Etage der Polizeidirektion nicht in die Blitzvergreisung getrieben hatte wie so viele andere. Und solange sich der Innensenator nach dem Abgang des alten Polizeipräsidenten auf keinen neuen festlegen konnte, war Rolf Iwersen quasi der Boss.

Nein, Iwersen war schon in Ordnung, nach wie vor.

Aber Baer war ein ganzes Jahr draußen gewesen, die intensive Zeit mit Corinna hatte ihn verändert, das spürte er. Sie hatte ihn Kraft gekostet, vor allem das. Mein Gott, er war eben auch älter geworden, nicht nur in den Knien und im Rücken. Sondern vor allem ... im Kopf.

Plötzlich schoss von links ein Reh vor dem Auto vorbei, machte zwei Riesensätze und entkam der Kühlerhaube nur knapp, weil er rechtzeitig in die Eisen stieg.

Gerade noch gutgegangen. Vielleicht war er doch noch nicht so alt, wie er sich fühlte. Auch wenn sein Herz jetzt schlug wie ein Dampfhammer.

Baer fuhr wieder an. Und sah nach kurzer Zeit die ersten Lichter blinken: die Funkwagen der Kollegen, immer noch ein paar grüngestreifte zwischen den neuen blauen. Der Tatortbus der Kriminaltechnik. Das Haus, ein auf den ersten Blick reichlich verschachtelt wirkender Bungalow, von aufgebockten Tatortleuchten in grellweißes Licht getaucht. Baer brachte den Wagen noch auf dem Zufahrtsweg zum Stehen und stieg aus.

Und plötzlich war ihm, als wäre er nie fortgewesen. Wäre immer im Dienst geblieben, knietief in dem Sumpf aus menschlichen Abgründen, niedrigsten Motiven, Elend und Gestank am Tatort, der besser Totort hieße.

Mechanisch zeigte er den müden Köpenicker Kollegen, die ihn aufhalten wollten, seinen Ausweis und näherte sich mit schnellen Schritten dem Haus. Zur Straße hin, dem Privatweg, auf dem er gekommen war, wurde es symbolisch von einem schlaff durchhängenden weißen Kettenband zwischen kniehohen Metallstäben eingefasst. Das Kerngebäude des Hauses war schmal und zweistöckig, seine Fassade wurde durch verschiedene Erker und Vorsprünge mal ein-, mal zweistöckig gestaltet. Das ganze Ensemble wirkte improvisiert, verspielt. Nicht unsympathisch. Und teuer.

Die Kriminaltechniker in ihren Schutzanzügen samt Mundschutz und Handschuhen wuselten ums Haus, filmten, fotografierten, maßen aus, verteilten die Schildchen mit den Tatortleitzahlen. Das übliche Bild. Jemand zeigte ihm mit fahrigen Armbewegungen, auf welchem Höllenkreis er gehen dürfe, um zum Liegeort der Leiche zu gelangen.

Das war der Moment, vor dem er sich fürchtete.

Immer noch.

Und nach der langen Pause erst recht.

Früher war ihm manchmal schlecht geworden, mit der Zeit hatte sich das gegeben. Bei Kindern konnte er den Anblick oft wochenlang, mitunter monatelang nicht vergessen.

Baer trat gefasst an die Leiche heran, die noch nicht entkleidet war.

Der Tote lag in seinem geronnenen Blut auf der Terrasse hinter dem Haus. Rücklings auf Platten aus hellgrauem Schiefer oder beigefarbenem Sandstein, das war in dem gleißenden Weißlicht für Baer kaum zu unterscheiden. Ein junger Arzt, Mittdreißiger, bemühte sich kniend um den Patienten, seinen toten Berufskollegen, indem er irgendetwas mit dessen Fingern anstellte. Er schaute nicht mal auf, als Baer sich näherte.

Die Forensiker liebten es nicht, bei der Arbeit gestört zu werden. Er ebenso wenig. Deshalb fasste er sich kurz und deutete auf das Eintrittsloch des Geschosses. »Mitten durchs Herz, schätze ich mal.«

Der Arzt drehte seinen Kopf leicht zu ihm hin – exakt bemessener Stoppelbart, strenge Brille mit extrabreiten dunklen Bügeln – und nickte.

»Guter Schütze, was?« Eine herbe weibliche Stimme. Sie gehörte Liv Grünberg, die gerade aus dem Haus kam.

Iwersen hatte ihm schon angedeutet, dass Liv in diesem Fall die Kommissionsvertretung übernehmen werde, in der Praxis hieß das, sie würde ihm vor allem den Bürokram, das Formale, die Welt der Protokolle und Papiere vom Hals halten. Iwersen wusste, wie sehr Baer das hasste, wie sehr es ihn blockierte, ihn nur dazu brachte, den Wald vor lauter Bäumen nicht zu erkennen.

Er war Liv Grünberg bisher nur auf den Fluren des Präsidiums und auf verschiedenen Sitzungen begegnet. Nur ein einziges Mal hatte er sich auch mit ihr unterhalten, auf einer Weihnachtsfeier, wenn er sich recht erinnerte. Sie hatte damals ziemlich unterkühlt auf ihn gewirkt, die Unterhaltung war rasch erstorben.

Liv Grünberg galt ohnehin als kalt, hart und ungesellig. Sie war Mitte vierzig, mittelblond, schlank und etwas schmallippig, fand Baer. Zu Hause hatte sie einen gescheiterten Ingenieur als Mann, hieß es, der die Familie durch irgendeine Fehlkonstruktion und Schadensersatzforderungen in Millionenhöhe in den Ruin getrieben haben sollte. Gerüchte. Was daran stimmte, wer wusste das schon?

»Was heißt guter Schütze?« Baer machte einen Schritt auf Liv Grünberg zu, als sie auf gewundenen Pfaden, vorbei an den Leitzahlen, näher kam. Er war überrascht, wie elegant sie ihre Hüften schwang.

Sie wies mit dem spitzen Kinn auf das Opfer. »Na, mitten durchs Herz geschossen halt.«

Schon richtig. Aber was das heißt, ist noch nicht ausgemacht, dachte Baer. Warum gezielt den Vater töten, wenn der Täter nur den Sohn wollte? Vielleicht war er in Wahrheit ein miserabler Schütze und der Herzschuss gar nicht gewollt, sondern unkontrolliert abgefeuert worden, in Panik?

Aber für Spekulationen war es natürlich zu früh.

Baer betrachtete wieder das Opfer, das er spontan auf Mitte sechzig schätzte, während der Forensiker weiter so tat, als wären sie nicht vorhanden. Jeder machte eben nur seinen Job. Wieder musste Baer sich überwinden, genau hinzusehen, leichte Übelkeit stieg in ihm beim Anblick der ersten Fliegen auf, die über den weit geöffneten, blinden Augen der Leiche kreisten. »Die Form, die zurückbleibt«, sagten manche Buddhisten dazu, das wusste er von Corinna, die sich mit solchen Dingen beschäftigt hatte. Früher. Vor dem Schlag. Es fiel ihm schwer, sich das eben noch pralle Leben in der toten Form vorzustellen, aber das Bild half ihm über seine kleine Krise hinweg.

Er blickte auf die Leiche: ein sehnig schlanker Mann mit schmalem Gesicht. Halbglatze, das dunkle, eventuell gefärbte Resthaar streichholzlang. An der rechten Schläfe eine unregelmäßige braunrote Hautverfärbung, die wie ein verwischter Tintenklecks aussah. »Ist das ein Muttermal, Doktor?«

Der Arzt sah missbilligend zu ihm auf. Schwieg. Fuhr dann in seiner Arbeit fort.

Na, dann nicht.

Baer schätzte das Opfer auf etwa eins fünfundachtzig, eins neunzig. Es war mit dem Rücken aufgeschlagen, Blut auch unter dem

Hinterkopf. Weißes Baumwollhemd, blaue Jeans, hellbraune Freizeitschuhe (elegant, vermutlich italienisch). Der rechte Unterschenkel durch den Sturz maximal nach hinten geknickt, wahrscheinlich waren die entsprechenden Sehnen gerissen. Aber davon hatte der Mann nichts mehr gespürt, er musste sofort tot gewesen sein.

Liv Grünberg fing seinen Blick auf. »Der Mann ist Albert Sicking, Professor Doktor med. Vierundsechzig. Chefarzt im Albert-Moll-Krankenhaus.«

»Wo ist das denn?«

»Tempelhof.«

»Abteilung?«

»Kardiologie.«

Er stutzte. »Kardiologie?« Sah hinunter auf den Herzschuss. Ausgerechnet. »Was ist mit seiner Frau?«

»Evelyn Sicking, dreiunddreißig.«

»Wie bitte, dreiunddreißig?«

»Richtig. Rief dreiundzwanzig Uhr acht bei uns an. Sie sei vom Täter niedergeschlagen worden. Ihr Mann erschossen, der Junge, fünf Jahre alt, Tobias Sicking, entführt, verschwunden. Mehr konnte sie nicht sagen.«

»Keine Täterbeschreibung?«

»Wenig.« Liv Grünberg zögerte einen Moment. »Sie sagte was von einem Imker.«

»Einem Imker?«

»Ja. Der Täter soll sich wie ein Imker verkleidet haben. Hut mit dunklem Netz vor dem Gesicht, Overall und Handschuhe. Vielleicht ganz ähnlich, wie es die Kollegen tragen.« Sie deutete mit einer vagen Bewegung ihres Kinns auf die arbeitenden Kriminaltechniker und sah ihn dann wieder an. »Der Entführer der Frau vor zwei Wochen auf Brandenburger Seite war ebenfalls als Imker maskiert. Hat der Ehemann des Opfers ausgesagt.«

»Aha.« Ein ungewöhnliches Detail. Von dem ihm Iwersen in

der Kürze der Zeit noch nicht hatte berichten können. Er deutete auf den toten Mann am Boden. »Wie geht's der Frau des Chefarztes jetzt?«

»Sehr schlecht. Sie liegt im Krankenhaus. Nach erster Einschätzung der Ärzte Verdacht auf Schläfenbeinbruch, Hirnblutung, Ödem. Vielleicht müssen sie sie ins künstliche Koma versetzen, bis die Schwellung zurückgegangen ist.« Sie stöhnte leicht auf und holte Luft. Deutete mit dem Kopf nach oben. »Die Suchaktion ist angelaufen, wie du hörst.«

Sie hatte grüne Augen, fiel Baer jetzt auf. Sattgrüne Augen, die im weißen Licht der Tatortleuchten aufblitzten.

Der Rotorenlärm war trotz der Entfernung – der Helikopter mochte weiter irgendwo über dem Wald schweben – unüberhörbar. Brachte den Körper bis in die Eingeweide zum Vibrieren. Er dankte Liv mit einem knappen Nicken, verließ die brutale, gleißende Helle am Tatort und folgte dem Weg aus Sandstein- oder Schieferplatten hinunter zum Wasser, bis er nach etwa fünfzig Metern einen Holzsteg erreichte.

Eine kleine Jacht lag vertäut auf der rechten Seite. In einiger Entfernung kreuzte ein Boot der Kollegen von der Wasserschutzpolizei.

Jenseits der kaltweißen Oberfläche, die das Tatortlicht spiegelte, schimmerte das Wasser metallisch grün. Der Himmel schien mit einer blaugrauen Wolkendecke hermetisch verschlossen, die Uferlinie der bewaldeten Landzunge drüben war buchstäblich nachtschwarz.

Baer sog die würzige, leicht modrige Luft ein. Schaute hinaus auf den See, der dem Täter, da war er sich sicher, Zufahrt und Flucht ermöglicht hatte. Ein Frösteln überlief ihn.

Ihm war kalt, er fror.

Er dachte an Corinna. Hoffte, dass sie jetzt schlief. Dass alles in Ordnung war. Dass sie nicht plötzlich aufwachte, orientierungslos, hilflos … Baer wandte sich um und ging langsam zurück.

Liv Grünberg war offenbar wieder im Haus verschwunden. Er überquerte die Veranda in weitem Abstand um den Leitzahlenparcours herum und an dem konzentriert die Leiche untersuchenden Arzt vorbei. Betrat das Haus durch die weit geöffnete doppelflügelige Glastür und stieß beinahe mit Liv zusammen.

Sie war direkt am Eingang stehen geblieben, hielt ihn unwillkürlich mit der Hand am Arm zurück und wandte ihm ihr blasses schmales Gesicht zu. »Die Kollegen sind noch nicht fertig im Haus.«

Das sah er jetzt auch. Drei Techniker ganz in Weiß verteilten sich im Raum zwischen ihren Lampen und Gerätschaften und dem Innenleben des Zimmers. Das heißt, eigentlich erschien Baer das Zimmer auf Anhieb recht leblos, eher steril. Nur ein Geruch von Urin und Exkrementen lag in der Luft, der nicht von draußen, von der Leiche hereingeweht kam.

Der Fußboden bestand aus braunem, wahrscheinlich sündhaft teurem Tropenholz, ebenso ein Teil der schmalen, filigran gearbeiteten Wandschränke und Regale. Rechts ein Flachbildschirm auf einem Ständer, in der Mitte des Raums ein niedriger Glastisch, weiter hinten, leicht abgetrennt, ein länglicher Esstisch aus rosenrotem Holz, Kirsche, Nuss oder etwas Ähnlichem. Alles sehr aufgeräumt, sauber, fast klinisch.

Unmittelbar vor dem Eingang, ihnen direkt zu Füßen, lag ein schmaler braun-beige gemusterter Teppich, darauf ein Puzzle, komplett. Oder nein, nicht ganz, am unteren Rand mit den schillernd bunten Dinosaurierbeinen fehlte noch ein Puzzleteil. Der Fuß des rechten Hinterbeins, wenn er das richtig erkannte.

Eine kleine Urinlache neben dem Puzzle und ein Rest Kot, wie es aussah, erklärten den süßlich-scharfen Geruch im Raum. Der Junge hatte sich vermutlich vor Angst in die Hosen gemacht.

Auf einem erdbeerroten Ledersofa am anderen Ende des Raums lag eine dünne Schicht aus weißem Putz, der heruntergerieselt war. Baer hob den Blick etwas und betrachtete das Loch, die Einschussstelle in der Wand.

Liv Grünberg folgte seinem Blick. »Das Projektil ist schon gesichert.«

Baer kniff die Augen zusammen. »Aber warum?«

Sie fuhr mit dem Kopf zu ihm herum, eine erstaunliche Drehung ihres Schwanenhalses. Sah ihn verständnislos an.

Er lachte. »Ich meine, der Täter, warum tut er das? Will den Jungen entführen und schießt in die Wand. Was soll das?«

»Wollte sich wohl Respekt verschaffen, gleich von Anfang an. Funktioniert ja auch häufig.«

Baer wandte sich um, zur Leiche in ihrem Rücken, draußen auf der Veranda. »Der Schuss hat den Vater zunächst mal alarmiert. Sicking muss sich irgendwo draußen befunden haben.«

Liv Grünberg ließ ihren Blick nachdenklich zwischen dem Teppich mit dem unfertigen Dino-Puzzle und dem toten Arzt draußen auf der Veranda hin- und herwandern. »Entweder ein Dilettant. Oder so abgekocht, dass es ihm ganz egal war, wen er aus dem Weg räumen musste, um den Jungen zu entführen.«

Baer schwieg.

Nein, nein.

Hier stimmte was nicht.

Etwas stank ganz gewaltig.

6

Diesmal nahm sie den Weg über die Feuchtwiesen. Aufgeschreckt durch das fiebrige Flap-flap-flap des Helikopters über dem Wald, zum Glück noch drüben am anderen Ufer, auf der Berliner Seite.

Die Grasfläche unter ihren Stiefeln federte wie aus Kork, jeder Schritt ein Glücksgefühl. Sonst jedenfalls immer. Das Kreuzen der großen kreisrunden Lichtung, die nicht mehr zum Schutzgebiet gehörte, war riskant. Wenigstens tagsüber. Jetzt, nach Mitternacht, in ihrem braungrünen Tarnanzug, das Gesicht geschwärzt, war sie nur ein Schatten, der sich lautlos bewegte und kaum für einen Menschen gehalten werden würde.

Außer natürlich von den Tieren, die sie wittern konnten. So wie sie die Gefahr witterte, die von dem Helikopter ausging. Dessen Lärm, vom Westwind durch die Nacht getragen, über den Wald und den See hinweg dröhnte und tief in die Eingeweide des Sumpfs eindrang.

Wo sie lebte.

Unsichtbar, unhörbar.

Und das sollte so bleiben. Bis auf ihre Streifzüge und Ausflüge gelegentlich in die Stadt, die sich nicht vermeiden ließen.

Sie erreichte den Waldrand. Blickte zwischen den unscharfen Schatten der Äste und Sträucher zurück. Der Himmel über der Lichtung war mattschwarz, in der Ferne schimmerte die Wolkendecke aschgrau von dem Lichtmüll der großen Stadt.

Weiter.

Unterholz, dann die jungen Moorbirken, bleich und mager sahen sie aus, selbst jetzt, beinahe Mitleid erregend. Sie huschte durchs Gehölz wie ein aufmerksames Reh, ohne Hast, aber auch ohne Pause.

Im Wald kaum ein Laut, er schwieg wirklich, wenn ihm danach war.

Dann die Strecke mit dem dichter liegenden Totholz. Jetzt möglichst keine Äste zertreten! Der breite Holzweg, den nur noch erkannte, wer darum wusste. Der morsche alte Hochsitz drüben, vorne rechts der Baumstumpf, zugeschnitten wie ein Stuhl mit Rückenlehne. Pervers.

Schließlich der Nadelwald, früher Baumfabrik, immer noch alles in Reih und Glied. Zwischen den kerzengeraden Stämmen lag fahlgelbes Licht vom halbvollen Mond, der gerade in diesem Moment eine Lücke in der Wolkendecke gefunden hatte.

Und wieder der See, die andere Seite der Landspitze. Das verrostete Tor des alten Eisenzauns, der den Jugendlagerplatz abgrenzte, den es schon seit Jahrzehnten nicht mehr gab. Sie ging noch ein Stück am Ufer entlang und fand ihren Beobachtungsposten hinter Schilf, mannshohem Gebüsch und dichtem Brombeergestrüpp. Von hier hatte sie geschützten Blick über den See bis zum jenseitigen Ufer.

Das Wasser kräuselte sich leicht, seine Oberfläche blinkte im Mondlicht wie geriffeltes Glas.

Jetzt sah sie den Hubschrauber kreisen, weit hinten über dem dunklen Waldstück.

PRIVATBESITZ.

Das alles gehörte ihnen.

Den Göttern.

Dem einen Promille der Gesellschaft, das den Rest aussaugte. Das sich alles kaufen konnte. Alles. Das Leben selbst kauften sie sich. Der Tod war für die Sterblichen.

Sie begann zu zittern. Weil sie wieder so wütend wurde. Und so traurig.

Hinten an der lärmenden Libelle, deren Umrisse sie nur schemenhaft erkennen konnte, zu weit weg, blinkte ein rotes Licht, rhythmisch wie ein Pulsschlag. Vorne tastete der weiße, grell leuchtende Suchstrahl die Dunkelheit ab wie das Auge eines Zyklopen.

Die Zivilisation drang in ihre Wildnis ein.

Aber sie war auf alles vorbereitet, seit sie die Menschen mied.

Nun musste sie noch vorsichtiger sein.

Oder verschwinden.

7

Das Nachtgrau des Himmels drückte auf die Stadt. Baer war hundemüde, für neun Uhr war bereits die erste Pressekonferenz anberaumt worden, und er hatte nicht die geringste Lust, jetzt nach einem Parkplatz zu suchen.

Er stellte seinen Citroën auf dem Gelände des benachbarten Kindergartens ab, dessen Plätze für die Autos der Erzieherinnen reserviert waren. Sie würden so freundlich sein, deswegen nicht Amok zu laufen. Hoffte er.

Der Hausflur kam ihm still wie eine Leichenhalle vor. Das mochte an dem Hubschrauberlärm liegen, der in seinen Ohren noch immer nachdröhnte. Oder an dem erfreulichen Umstand, dass die jungen Touristen im ersten Stock keinen Ton mehr von sich gaben. Wahrscheinlich verteilten sie sich mehr oder weniger komatös über Neumanns Wohnung, mehr oder weniger mit- und ineinander.

In seiner Wohnung ging er als Erstes ins Schlafzimmer. Die Rollos waren wie immer (seit Corinnas Schlaganfall) nicht heruntergelassen. Sie schlief. Gott sei Dank. Das schulterlange, dunkle (dunkel gefärbte) Haar verteilte sich glatt und geschmeidig um ihren schmalen Kopf und den schlanken weißen Hals.

Er war erleichtert, ging ins Bad, zog sich aus, legte sich zu ihr. Sie hatte ihm den Rücken zugewandt, drehte sich jetzt um, wachte jedoch nicht auf, schnarchte ganz leise. Ihre Hand lag auf der Bettdecke, er tastete danach. Die Finger waren kalt, das gefiel ihm nicht. Er betrachtete ihr blasses Gesicht, die dunklen Lider, die langen Wimpern. Der runde Ausschnitt ihres weißen Nachthemds, das im Zwielicht des Morgens hellgrau schimmerte, ließ den Ansatz ihrer Brüste erahnen.

Der Hirnschlag hatte ihre Wahrnehmung halbiert. Wenn sie an sich hinunterschaute, nahm sie nur die rechte Brust wahr. Aus demselben Grund lag er jetzt auch auf der falschen Seite im Bett. Links. Wenn er sie nicht ansprach und sie bat, sich ihm zuzuwenden, wusste sie gar nicht, dass er da war. Die Seiten zu tauschen war jedoch keine gute Lösung gewesen, sie geriet in Panik, wenn sie nachts aufwachte und nicht auf ihrer vertrauten Schlafseite lag. Offenbar war diese Gewohnheit so tief im Unterbewusstsein verankert, dass nicht mal der Schlag daran etwas ändern konnte.

Im Bett existierte er für sie im Grunde nicht mehr.

Das machte ihn fertig. Er war keine zwanzig mehr, aber Herrgott noch mal doch auch kein Mönch geworden! Mehrfach hatte er versucht, mit ihr darüber zu reden. Ihm fehlten schon von jeher die Worte dafür. Aber nach dem Gewitter in ihrem Kopf hatte sie ihn angesehen, als würde er in einer völlig fremden Sprache mit ihr sprechen.

Sie entzog ihm jetzt im Schlaf ihre Hand, als hätte sie in seinen Gedanken gelesen, und drehte ihm wieder den Rücken zu.

Er atmete einmal tief durch und blickte zum Fenster hin, in dem der blaugraue Morgen hing wie ein monochromes Gemälde.

Seine Gedanken schlüpften hinaus.

Liv Grünberg fiel ihm plötzlich ein, wie sie elegant über die Terrasse auf ihn zugesegelt war, der geschmeidige Schwung ihrer schmalen Hüften, die blitzenden grünen Augen, als sie in den Nachthimmel hinaufblickte.

Er verbot sich das.

Und im nächsten Moment stand ihm der Tatort vor Augen. Aber nicht grell erleuchtet, sondern in der nebligen Dämmerung liegend, so wie der Täter sich ihm genähert haben musste:

Von der Seeseite hält er auf das Haus zu, landet an, vertäut sein Boot (Motor-, Ruderboot, sonst was) und zieht seine Imkerverkleidung an, Overall, Handschuhe, Imkerhut mit dunklem Netz. Eine perfekte Tarnung, die vermutlich auch sicherstellen sollte, dass er am Tatort so wenig DNA hinterließ wie ein Spurensicherer mit seiner Spezialkleidung.

Er schleicht über den Rasen, überquert die Terrasse und kommt unbehelligt bis zum Haus. Das nächste Nachbargrundstück beginnt erst in gut dreihundert Metern und das Haus des Nachbarn steht weitere hundert Schritt entfernt. Der Täter kann sich also sicher fühlen.

Er betritt das Haus. Die Verandatür steht vermutlich offen, oder sie ist angelehnt, und er kann sie einfach aufstoßen. Jedenfalls sieht er den Jungen auf dem Boden vor seinem Dino-Puzzle sitzen. Schreit der Junge, als er den Täter sieht, oder verstummt er vor Schreck? Befindet sich die Mutter ebenfalls im Raum? Oder ist sie in der Küche, damit beschäftigt, sein Abendbrot vorzubereiten? (Dafür sprachen die Vorbereitungen dazu: das zur Hälfte geschmierte Marmeladenbrot, das Kakaopulver neben der Milch, die sie offenbar in den Topf gießen wollte, der schon auf dem Ceranfeld des Herds stand.) Sie kommt also aus der Küche gerannt. (Bereits vor oder erst nach dem Schuss?) Sie greift ihn an, er hämmert ihr mit Wucht die Pistole gegen die Schläfe und sie schlägt rücklings hin, auf den Hinterkopf, ist auf der Stelle bewusstlos, wacht erst Stunden später wieder auf. (Wie die Ärzte inzwischen annehmen: mit einem schweren Hirntrauma.)

Das alles dauert nur Sekunden. Schon ist auch der Vater da. Er hat den Schuss gehört, das Schreien, er steht jetzt auf der Terrasse. Entdeckt den Täter, sieht, was los ist. Begreift aber nichts. Oder alles. Will den Täter angreifen.

Zu spät, zu langsam, zu irgendwas. Der Täter schießt auf ihn. Mitten ins Herz. Er greift den Jungen, zerrt ihn hinaus zu seinem Boot am Steg, fesselt oder fixiert ihn. Fährt mit ihm auf den See, hinaus in die Dunkelheit, bringt das Kind irgendwo ans Ufer, steigt in einen Wagen um und verschleppt den Jungen an einen unbekannten Ort. Eine Wohnung, ein Keller, irgendein Loch.

So könnte es gewesen sein.

Fehlte nur noch die Lösegeldforderung, die bald eintreffen dürfte. Aber ist es wirklich so abgelaufen?

Wenn ja, dann war der Täter ein Chaot. Planlos mitten in der Ausführung seines Plans: Schießt in die Wand, um sich Respekt zu verschaffen. Hinterlässt dadurch aber ein Geschoss, das einen Hinweis auf ihn geben könnte, und alarmiert den Vater. Er tötet den Arzt, statt ihn bloß kampfunfähig zu machen. Schlägt auch dessen Frau beinahe tot, zumindest aber ins Koma. Er setzt also die Eltern außer Gefecht, von denen er doch gerade das Lösegeld will!

Baer setzte sich auf. Ein Kribbeln kroch in seinem Nacken hoch wie ein Insekt. Wie schon am Tatort verdichtete sich das Gefühl in seinem Kopf, dass an dem Hergang etwas nicht stimmte. Dass das Ganze so keinen *Sinn* ergab.

Mit was für einem Täter hatten sie es zu tun?

Warum fand er es nötig, den Vater zu töten und die Mutter beinahe totzuschlagen? Hatte er die Nerven verloren? Oder war er ein Sadist? Hatte er Spaß an der Gewalt? An der *Zerstörung* seiner Opfer?

Oder war er ein Pädophiler, dessen Ziel allein das Kind war, nicht das Lösegeld? Wie damals der Maskenmann im Bremer Land, der in Wohnungen und Heime eindrang, um Kinder zu entführen, zu missbrauchen und zu töten. Dann wäre er nicht derselbe Täter wie im ersten Fall, drüben in Brandenburg. Sondern ein Trittbrettfahrer, der das markante Imker-Outfit des ersten Täters kopierte, um die Polizei in die Irre zu führen.

In dem Fall stand dem Jungen die Hölle noch bevor.

Baer fuhr sich mit der Hand übers Gesicht. Er war sich auf einmal nicht mehr sicher, dass er das alles schaffen würde.

Den Neuanfang.

Im Gegenteil, ihn beschlich das Gefühl, dass er scheitern würde, weil er dem Fall womöglich nicht gewachsen war.

Langsam streifte er die Decke zurück und glitt aus dem Bett. Ging in die Küche und machte Kaffee.

Der Blick zur Wanduhr. Gleich halb sieben. In zwei Stunden schon musste er im Präsidium sein. Lagebesprechung bei Iwersen.

Gleich danach die erste PK. Zusammen mit den Brandenburgern. Sein Pendant in deren Team hieß Fleischmann, hatte er von Liv Grünberg erfahren. Frank Fleischmann.

Nie von ihm gehört.

Auf einmal stand Corinna neben ihm. Das Nachthemd bis zum Bauchnabel aufgeknöpft. Ihre Hand umfasste den rechten Busen, presste ihn zusammen wie einen Schwamm.

»Roman.« Sie starrte ihn entsetzt an.

»Was tust du, Corinna? Was ist denn?«

Sie senkte ihr Kinn, schaute auf die gepresste weiße Brust in ihrer Hand, die dunkle Warze stand groß und fleischig vor. »Ich hab vergessen ... wozu sie ... da ist.«

Es verschlug ihm den Atem.

Er griff nach ihren Händen, löste ihren Griff. Zog sie an sich. Hielt sie, während die steinalte Kaffeemaschine neben ihnen ächzte und jammerte wie ein lebendes Wesen.

8

Jana Seitz stellte ihren Wagen, den weißen Corolla, auf dem Parkplatz gleich hinter der Brücke ab, die über den Kanal führte. Im Grunde kein richtiger Parkplatz, sondern eine Schneise, die man von der Stadtseite her in den Wald hineingeschlagen hatte und die fast bis zum Kanal auf brandenburgischer Seite reichte.

Der Parkplatz war leer um diese Zeit, Freitag, kurz nach neun am Morgen, aber der Verkehr auf der Straße lebhaft. Sie ging über den feuchten Sandboden zurück zum Fahrdamm und lief dann den mit hellen Betonteilen abgetrennten schmalen Weg entlang, den sich die Fußgänger mit den Radfahrern teilen mussten.

Mitten auf der Brücke blieb sie stehen. Dort war an einer Metallstange ein weißer Rettungsring aufgehängt worden, mit einem gelben Seil umständlich gesichert. Ehe man den Ring entwirrt und ins Wasser geworfen hätte, wäre ein Ertrinkender sicher längst untergegangen. Sie stützte die Ellbogen auf das rostfleckige Eisengeländer und lehnte sich vor, in ihrem Rücken zischten die Autos vorbei. Das letzte Stück Kanal lag ölig glänzend und glatt unter dem milchweißen Himmel, rechts und links flankiert durch niedrige Laubbäume und Sträucher, die die satten Herbstfarben auf die Wasseroberfläche warfen.

Es roch milde würzig, auch ganz leicht faulig, und sie fühlte sich an eine Geschichte erinnert, die sie in der Schule einmal hatten lesen müssen, es ging um einen alten Holzschuh, der ins Wasser gefallen war, in einen Graben, tief und schwarz und modrig; an seine weiteren Abenteuer konnte sie sich jedoch nicht mehr erinnern, nur die bange, aber nie hoffnungslose Stimmung in der Geschichte schwang noch in ihr nach.

Sie hob den Blick und betrachtete die Kanalrinne, die drüben in den See mündete, oder vielleicht war es auch umgekehrt. Weiter hinten, am anderen Ufer des Küstinsees, sah sie die schmale Landzunge im Dunst liegen wie eine Fata Morgana. Teil des Naturschutzgebiets, BETRETEN VERBOTEN.

Dorthin hatte der Täter Ruth Grandgenet, die Frau des Architekten, entführt und in einen uralten, seit DDR-Zeiten ausgedienten Bauwagen gesperrt. An Händen und Füßen mit Gewebe-Klebeband gefesselt. Geknebelt mit einem widerlichen, verdreckten Stück Stoff, das er ihr in den Mund gestopft hatte.

Bis zu diesem Punkt der Entführung war offenbar alles wie geplant für ihn gelaufen.

Aber dann war etwas geschehen.

Ruth Grandgenet war in diesem Bauwagen gestorben.

Sie war erstickt.

Nicht etwa an Erbrochenem, das in die Lungen geraten wäre, wie die Obduktion der Leiche später zeigte. Sondern durch das

Klebeband, sogenanntes Panzerband, das der Täter ihr über den Mund bis hoch zu den Nasenlöchern gezogen hatte.

Jana wurde beinahe schlecht bei der Vorstellung, auf welch grausame Weise die Frau in jener Nacht dort drüben ums Leben gekommen war. Ruth Grandgenet litt an einer schweren Erkrankung, MS. Und infolge einer neuromuskulären Beeinträchtigung im Brust- und Halsbereich auch an Atembeschwerden. Aber ein Knebel im Mund und Panzerband über den Nasenlöchern hätten nach Meinung des Gerichtsmediziners höchstwahrscheinlich jedem Menschen die Luft zum Atmen genommen.

Musste er sie etwa umbringen? Nach kaltblütiger Täterlogik? Weil sie ihn vielleicht erkannt hatte? Ein häufiger Grund für die Ermordung von Entführungsopfern. In dem Fall kämen ein Bekannter, ein Freund, ein Verwandter, ein Nachbar in Frage.

Oder sogar der eigene Ehemann. Den sie als Auftraggeber vielleicht durchschaut hatte. Aufgrund seines Verhaltens im Tatverlauf zum Beispiel.

Als Jana den Architekten aufgesucht hatte (unangekündigt, okay), um ihm ein wenig auf den Zahn zu fühlen (jedenfalls mehr, als es Frank und die Kollegen getan hatten), wollte er sie anfangs nicht mal ins Haus lassen. Er habe der Polizei doch alles haarklein erzählt. »Den gesamten Tathergang. Ruff un runner!« (Sein Luxemburger Dialekt, in den er hin und wieder gefallen war.)

Während Jana jetzt weiter auf den Kanal hinunter, und zum See hinausblickte, zu der Landzunge dort hinten im grauen Dunst, gingen ihr die ungelösten Fragen durch den Kopf: Was war vorgefallen in dem Bauwagen? Warum hatte Ruth Grandgenet sterben müssen, zu diesem frühen Zeitpunkt, noch ehe überhaupt das Lösegeld gefordert war? Wie hatte sich ihr Mann in den verschiedenen Phasen der Entführung verhalten?

Aber vor Grandgenet standen ja nun Frank und Laschwitz. Die den Grand-Architekten persönlich kannte. Woher auch immer.

Fuck.

Jana wandte den Kopf nach links. Eine Frau näherte sich vom Dorf her, überquerte mit schnellen Schritten die Brücke in Stadtrichtung. Jana erfasste ihre Gestalt und ihr Äußeres wie beiläufig und doch aufmerksam. Die Frau war Anfang dreißig, sportliche Statur, schneller federnder Gang. Sie trug einen großen schwarzen Lederbeutel über einem dunkelgrünen Anorak, Jeans, schwere Schuhe, in denen sie sich dennoch leichtfüßig bewegte. Sie hatte glattes braunes, schulterlanges Haar, einen dunklen, beinahe etwas ledrig wirkenden Teint und Augen, die sie konsequent auf den Boden richtete, selbst jetzt noch, als sie unmittelbar an ihr vorbeistreifte, schaute sie nicht auf. Drüben, ein paar hundert Meter weiter, war eine Bushaltestelle, wahrscheinlich wollte die Frau dorthin.

Jana wandte ihren Blick noch einmal zum See, dann wieder landeinwärts, zu dem Waldstück hin, an das sich das Naturschutzgebiet anschloss. Ein unüberschaubares Gebiet. In dem der Täter optimal operieren konnte. Gut möglich, dass er sein Boot irgendwo hier in der Nähe unterstellte, versteckte.

Und jetzt ein neuer Überfall, eine weitere Entführung auf der Berliner Seite des Sees. Ein Junge war verschwunden, sein Vater erschossen worden, die Mutter halb tot geschlagen. Die Parallelen zwischen den beiden Fällen waren offensichtlich. Schon wegen der auffälligen Maskierung als Imker. Das würden sie der Öffentlichkeit mitteilen, Frank und die Berliner Kollegen, in ihrer Pressekonferenz heute Morgen. Genau um diese Zeit, wo sie hier stand, buchstäblich draußen.

Auf die PK konnte sie verzichten, uninteressant. Zumal sie keine Lust hatte, Laschwitz zu begegnen. So eine Gelegenheit, sich in der Öffentlichkeit zu spreizen, ließ sich die Sphinx garantiert nicht entgehen. Aber dass Frank sie auch von der internen Besprechung mit der Berliner Ermittlungseinheit ausgeschlossen hatte! Dass er diese erste Sitzung mit den Berlinern nicht mal angedeutet hatte, heute früh, als er ihre Wohnung verlassen hatte.

Das saß.

Tief in ihr.

Sie hatte es von Dorle erfahren, der Sekretärin der Abteilung. Maik Vieth und sogar die Pradova, die Frank doch angeblich nicht ausstehen konnte, hatte er mitgenommen nach Berlin.

Sie nicht.

Dahinter steckte nicht die Sphinx, das spürte sie. Dafür war Frank verantwortlich: seine dunkle Seite. Die unberechenbare, die es anscheinend liebte, ihr wehzutun.

Jana spürte auf einmal wieder die Stellen an ihren Schenkeln. Jeder einzelne Zahn, den er in ihre Haut geschlagen hatte, um an ihr zu zerren wie ein Krokodil, hatte einen tiefsitzenden Bluterguss hinterlassen.

Warum zum Teufel ließ sie sich das von ihm gefallen?

Wegen seiner anderen, der zärtlichen, fürsorglichen, sogar ängstlichen Seite.

Die sie an ihm liebte. Wie auch sein leichtes Lispeln und den komischen süddeutschen Heimatdialekt, in den er oft fiel, wenn er nervös wurde.

Kleine süße Macken.

Die *er* aber fürchtete. Weil sie ihn als Versager abstempelten, wie er glaubte. Deshalb wohl versuchte er in allen Lagen, den harten Mann zu spielen, den nichts umhaut, der keine Schwächen erkennen lässt.

Dabei konnte er unglaublich zärtlich sein. Zum Beispiel, als er voller Schuldgefühl die Stellen an ihren Schenkeln, die er zuvor leidenschaftlich traktiert hatte, liebevoll mit Eisstückchen gestreichelt und das geschmolzene Wasser mit seinen warmen Lippen von ihrer Haut geschlürft hatte, um sie »zu heilen«. Sodass sie schon wieder Lust auf ihn bekommen hatte …

Sie schaute aufs Kanalwasser hinunter, zoomte zum See hinaus, wandte sich dann halb um, zur Stadt hin.

Die Frau war verschwunden.

Hatte zwischendurch ein Bus drüben gehalten?

Nein.
Oder doch?
Die Frau war jedenfalls weg.

9

Baer hatte nicht mehr im Kopf, dass Iwersen Raucher war, Kettenraucher. Die Luft in seinem Büro war zum Schneiden, und das obwohl die anderen Kollegen sich eine Zurückhaltung auferlegten, zu der der Chef der Abteilung keine Veranlassung sah.

Vor einem Jahr hatte Baer selbst noch geraucht, aber wegen Corinna (die sogar Kette geraucht hatte) die Finger davon gelassen. Er war selbst am meisten überrascht davon, wie leicht ihm das gefallen war. Er hatte mit einem zermürbenden Kampf gegen die Sucht mit vielen Rückschlägen gerechnet, und dann das: Er vermisste nichts.

Knapp zwei Handvoll nicht rauchender Kriminaler saßen beiderseits an dem hässlichen langen Tisch aus furnierter Eiche und ertrugen still den Qualm. Iwersen hatte am Kopfende gesessen und kam jetzt mit brennender Zigarette und der Lesebrille über den tief herabhängenden Tränensäcken auf ihn zugeeilt. Drückte ihm die Hand, kaum dass Baer die Tür hinter sich schließen konnte.

»Du bist spät dran, Roman. Die Kollegen aus Brandenburg sind schon da.« Er sah flüchtig auf seine Uhr. »Was war denn, Mensch?« Iwersen hielt sich auch nach der langen Auszeit nicht mit Begrüßungsfloskeln auf, kam wie immer gleich zur Sache. Baer mochte das.

»Mein Wagen wurde abgeschleppt. Hab ihn dummerweise auf dem Parkplatz der Kita nebenan abgestellt.« Er war jetzt mit der U-Bahn gekommen, hatte aber dafür gesorgt, dass man ihm den

Wagen zurückbringen würde. Ohne Strafgebühren, da er dienstliche Belange vorschützen konnte. Stimmte ja auch, in gewisser Weise.

»Na schön.« Iwersen fasste ihn freundschaftlich am Arm. »Komm, ich stell dich den Kollegen vor. Wir müssen schnell machen, um neun sollte ja schon die PK beginnen.«

Vor einer halben Stunde also. Baer zuckte die Achseln. Was interessierte ihn die Presse? Er hatte nur selten erlebt, dass sie in einem Fall hilfreich war. Man hielt sie sich besser vom Leib.

Iwersen eilte zu seinem schäbigen Stuhl am Kopfende zurück und Baer setzte sich genau mittig auf den freien Platz neben Liv Grünberg. Sie blinzelte ihm mit bleischweren Lidern zu, hatte wohl genauso wenig geschlafen wie er, wenn überhaupt.

Plötzlich fiel ihm Corinna wieder ein. Wenigstens musste er sich um sie im Moment keine Sorgen machen. Galina, ihre häusliche Betreuungskraft, die zum Glück von der Krankenkasse bezahlt wurde, kümmerte sich ab neun um sie.

Ihm direkt gegenüber saß hoch aufgerichtet ein Kollege von Ende dreißig mit kantigem Gesicht, kurzem mittelblondem Haar und einem betont entschlossenen Ausdruck in den wasserblauen Augen. Iwersen stellte den Kollegen als Frank Fleischmann, Erster Kommissar aus Potsdam, vor.

Fleischmann wurde flankiert von einem Kollegen Mitte dreißig und einer Jüngeren, vielleicht Ende zwanzig, mit grünen Augen und braunem Bubikopf, deren Namen sich mit Iwersens Zigarettenqualm in Luft auflösten.

Interessant war für Baer vorerst nur sein eigenes neues Team. Neben Liv Grünberg fiel ihm zuerst Brock auf, Mitte dreißig, groß, athletisch, etwas überheblich im Ausdruck. Am auffälligsten an ihm war jedoch ein pechschwarzes Muttermal (oder was auch immer) an der linken Schläfe, groß wie ein Fünfcentstück, aus dem zu allem Überfluss auch noch drei bis fünf Härchen wuchsen. Dann war da Wundt, Anfang vierzig, grauer Stoppelbart auf den Pausbacken, lichtes gewelltes Haar mit blonden Resten, müder Blick aus traurigen Triefaugen. Er erinnerte Baer ein wenig an einen Dachs, der es leid war, immer wieder dieselben Pfade gehen zu müssen, aber ahnte, dass die anderen auch nicht besser sein würden. Die beiden Kollegen, Wundt und Brock, kannte er bislang nur flüchtig vom Sehen, ihre Vornamen merkte er sich nicht.

Schließlich Nou'man, Ende zwanzig. Amina Nou'man hieß sie mit vollem Namen, den er sich sogar merkte, weil er ihn schön fand. Ovales Gesicht, braune Mandelaugen, leicht vorstehende Unterlippe, eine Sturmwolke aus lockigen schwarzen Haaren auf dem Kopf, die ständig in Bewegung schienen, selbst wenn sie ganz still dasaß. Vermutlich orientalischer Familienhintergrund, ägyptisch, persisch, syrisch …

Iwersen hustete und drückte die Zigarette in dem dickwandigen gläsernen Aschenbecher aus, den Baer ebenso lange kannte wie Iwersens schäbigen Stuhl, den hässlichen Tisch und das verqualmte Zimmer.

Iwersen schaute in die Runde. Er schätze, die endlich in Angriff genommene Berlin-Brandenburg-SoKo werde kurzfristig bereits zwanzig, dreißig, langfristig aber fünfzig bis sechzig Kolleginnen und Kollegen unterschiedlicher Dienstgrade umfassen. Die Kessler-Einheit vom Kommissariat hundertvierzehn noch nicht mitgerechnet, in deren Händen Strategie und Regie des aktuellen Entführungsfalls lägen.

Die beiden Fälle seien spektakulär. Die Presse laufe bereits Sturm.

»Kolleginnen, Kollegen, da wir nun vollständig sind und bevor wir anschließend rausgehen zu den Aasgeiern unten im Saal, bitte ich um Abgleich der Fakten.«

Faktencheck, schöner Trick von Iwersen, fand Baer, um auch ihn, den Verspäteten, auf den neuesten Stand zu bringen. Denn die anderen hatten sich natürlich längst ausgetauscht.

Liv Grünberg begann damit, die wichtigsten Übereinstimmungen in beiden Entführungen kurz und knapp zusammenzufassen: identische Region, das Sumpf- und Seengebiet südöstlich von Berlin, Zugang zu den Häusern der Opfer vermutlich von der Wasserseite aus, äußerst brutales Vorgehen des Täters inklusive Schusswaffengebrauch und Todesopfer, identisches Projektil neun Millimeter, das stand inzwischen fest, aus welcher Waffe abgefeuert, das musste noch untersucht werden. Last, not least die Maskierung als Imker wie ein Ganzkörperschutzanzug: Overall, Handschuhe und Imkerhut mit einem dunklen Netz vor dem Gesicht. Was vermutlich die Suche nach DNA-Spuren aussichtslos mache.

»Jedenfalls lässt es nicht auf eine Mitgliedschaft in der deutschen Imkerinnung schließen.«

Baer glaubte von der Seite ein winziges Zucken ihrer Mundwinkel zu bemerken.

Aber niemand reagierte auf Livs trockene Ironie, nichts als ernste, bedrückte Gesichter. Und ihm schoss die Frage durch den Kopf, ob es vielleicht gerade die Imker-Maskerade war, von der ein so tiefgehendes Gefühl der Bedrohung ausging. Wirkte sie unbewusst, in den tiefen Schichten der Psyche? Lag das in der Absicht des Täters? Wenn ja, warum?

Fleischmann, der Erste aus Brandenburg, übernahm. Er wies auf den offensichtlichsten Unterschied zwischen den beiden Fällen hin. Auf brandenburgischer Seite war eine Erwachsene, Ruth Grandgenet, siebenundvierzig Jahre alt, entführt und getötet worden. Gestern auf Berliner Seite ein fünfjähriges Kind, Tobias Sicking. Das hoffentlich noch lebte.

Der vom Täter überwältigte Architekt Jean-Luc Grandgenet war gebürtiger Luxemburger, seine Frau Deutsch-Argentinierin, sie war schon als Kind mit ihren Eltern nach Deutschland gekommen. Die gestern überfallenen Sickings dagegen waren Deutsche. »Fremdenfeindlichkeit als verbindendes Motiv zwischen den beiden Fällen scheidet daher aus.« Er hielt kurz inne und blickte in die Runde. »Theoretisch könnte es sich auch um zwei verschiedene

Täter mit unterschiedlichen Motiven handeln, Original und Fälschung quasi, einen Trittbrettfahrer im zweiten Fall.«

Baer nickte. Keine voreiligen Schlüsse. Der Junge gefiel ihm.

Fleischmann bemerkte Baers Zustimmung und machte weiter. »Aber die Übereinstimmungen sind dennoch überwältigend. Liv Grünberg hat sie vorhin noch mal aufgezählt, ich erinnere vor allem an die Maskerade des Täters und natürlich das identische Projektil.« Er legte, etwas formal, eine kleine Kunstpause ein. »Ruth Grandgenet ist erstickt. Wir wissen, wie es dazu kam, mittels Knebel und Versiegelung von Mund und Nase durch Gewebeband. Aber wir wissen nicht, warum es passiert ist. Eine unmittelbare Tötungsabsicht noch vor der Lösegeldforderung kann ja nicht im Interesse des Täters gelegen haben. Doch es gibt eine mögliche Erklärung: Das Opfer litt an einer schweren Form von MS, sogenannter progredienter Verlauf, neurologisch verknüpft mit Problemen, die das Atmen behinderten. Details dazu in unserem Bericht.« Er spreizte die linke Hand und platzierte sie betont auf dem vor ihm liegenden, allerdings nicht allzu umfangreichen Ordner. »In dem Fall hätte es sich also um ein Versehen, um fahrlässige Tötung gehandelt.«

Fahrlässige Tötung, dachte Baer, war denn doch eine starke Untertreibung. Er ließ Fleischmann jedoch gewähren, wollte den jüngeren Kollegen nicht verunsichern. Der jetzt auf die Einschätzung der Gerichtsmedizin hinwies, dass ein starkes Gewebeband über Mund und Nase vermutlich auch einen kerngesunden Menschen umgebracht hätte. »Die Nähe des Verstecks zum Entführungsort ist ebenfalls ungewöhnlich. Könnte aber durch ihre MS-Krankheit erklärt werden. Das Opfer war bewegungseingeschränkt. Bei einem längeren Entführungsweg hätte das zum Problem werden können.«

»Das Problem hat der Täter bei dem Jungen sicher nicht gehabt. Der ist längst sonst wo mit dem Kleinen.« Es war Wundt, der das in seinen grauen Dachsbart genuschelt hatte. An den zustimmenden Mienen und dem betroffenen Schweigen der anderen ließ sich ablesen, dass ihm keiner widersprechen mochte.

Baer wusste zudem, ebenso wie die anderen Anwesenden, dass Suchaktionen in großem Stil zwar öffentlichkeitswirksam waren. Aber erfahrungsgemäß den Jungen nicht zurückbrachten. Jedenfalls nicht lebendig, falls er doch gefunden würde.

Fleischmann fuhr fort. »Bereits im Entführungsfall Grandgenet könnte der Täter ein flaches Boot mit Außenbordmotor benutzt haben, um sich der Villa unauffällig seeseitig zu nähern. So wie im Fall Sicking, richtig?« Er warf Brock, der links von Baer etwas schief auf dem Stuhl saß, einen auffordernden Blick zu.

»Motorboot, richtig.« Brock wandte sich mit einer beeindruckenden Bassstimme instinktiv direkt an Baer. »Unsere Befragungen der Nachbarn heute früh haben ergeben, dass zwei von ihnen gestern gegen achtzehn Uhr ein Boot mit Außenbordmotor bemerkt haben wollen. Der eine, ein Doktor Thom, Kunsthändler, hat zufällig von seinem Garten aus gesehen, wie eines in der Dämmerung über den See geschippert kam und auf das Haus der Sickings, also der Opfer, zugehalten hat. Für eine Personenbeschreibung war es allerdings zu weit entfernt, an eine einzelne Gestalt in dem Boot meint er sich aber erinnern zu können. Und an ein …« Brock zog ironisch eine Braue hoch, sein Muttermal an der Schläfe machte die Übung mit. »Achtung, Zitat: an ein billiges Motorboot. Thom meint, von der Silhouette her könnte es ein Faltboot mit Außenbordmotor gewesen sein, weil es so flach im Wasser lag. Wahrscheinlich ist es ihm bloß aufgefallen, weil es nicht standesgemäß war für die Schönen und Reichen dort unten.«

Amina Nou'man zuckte leicht amüsiert die Mundwinkel. »Immerhin meint auch die Nachbarin auf der anderen Seite des Hauses, um dieselbe Zeit ein Motorboot gehört zu haben, das auf Sickings Grundstück zuhielt.«

»*Gehört.*« Baer hob irritiert das Kinn. »Was denn genau?«

»Ein Motorengeräusch, sagt sie, wie wenn jemand mit einem

Trabi über den See tuckern würde. Das sei ihr aufgefallen, weil sich die Motorengeräusche von Jachten und größeren Booten nun mal anders anhörten. Sie hat mehrere eigene. Also Jachten und Boote.« Amina Nou'man legte eine Hand auf ihre Haarwolke. »Für sich genommen vielleicht wertlos, die Aussage. Aber zusammen mit der des Nachbarn auf der anderen Seite …«

»Haben die Nachbarn sonst nichts gehört? Schreie, Schüsse?« Baer sah Nou'man und Brock fragend an. Die beiden schüttelten synchron die Köpfe. Baer überlief es fast. »Hören Boote tuckern, aber keine Schüsse. Das berichten wir keinesfalls der Pressemeute da draußen.« Sie mussten sich ja nicht gleich lächerlich machen.

»Gut.« Fleischmann schaltete sich jetzt wieder ein, er deutete ein schales Lächeln an. »Aber gehen wir wenigstens mal davon aus, dass der Täter beide Male mit einem motorisierten Boot unterwegs war. Einem Faltboot womöglich.«

Baer sah Fleischmann überrascht an. Der Kollege hatte auf einmal angefangen, leicht zu lispeln, und ließ Anklänge an einen süd- oder südwestdeutschen Zungenschlag erkennen, wenn er sich nicht täuschte. Auf seiner Stirn hatte sich ein feiner Schweißfilm gebildet. Der Junge stand offenbar stark unter Druck.

Na gut, sie alle taten es.

»Roman?« Iwersen hüstelte in seine schmale Faust. »Was hältst du nun von der Sache? Deine spontane Einschätzung?«

Baer dachte an das auffällige Tatortszenario, den sinnlos anmutenden Ablauf der Entführung und sein Unbehagen, als er darüber nachgedacht hatte, was den Täter eigentlich antrieb, welches Ziel er verfolgte.

»Würde mich gar nicht wundern …« Er brach mitten im Satz ab. Irritiert nahm er sehr intensiv den warmen, entfernt nach Orangen oder Ähnlichem duftenden Körpergeruch von seiner rechten Seite wahr. Von Liv Grünberg.

»Ja?«

Nicht nur Iwersen, alle sahen ihn erwartungsvoll an. Auch Liv, die sich ihm direkt zuwandte.

Er schüttelte innerlich den Kopf über die Wirkung, die Liv auf ihn hatte. Obwohl sie bis auf den Anfang nichts mehr gesagt, nur still neben ihm gesessen hatte.

Er fing sich wieder.

Und wiederholte etwas stockend, dass es ihn nicht wundern würde, wenn die Lösegeldforderung für den Jungen ausbliebe.

»Was? Wieso?« Iwersen starrte ihn überrascht an.

Baer erwiderte seinen Blick. »Etwas stimmt mit dieser Kindesentführung nicht.«

»Was denn?« Fleischmanns Stimme war auf einmal hoch und scharf. Er spießte ihn geradezu auf mit seinem Blick.

»Überlegt doch mal: An wen soll die Lösegeldforderung jetzt gehen, nachdem der Täter die Eltern ausgeschaltet hat? Gibt es wohlhabende Großeltern? Andere Verwandte? Die wären allenfalls sekundär aus der Sicht des Täters.«

Brock zuckte die Achseln. »Vielleicht hat er andere Adressaten für den Jungen im Sinn? Menschenhändler. Einen Kinderpornoring. Interpol und Europol sind ja nicht ohne Grund schon mit im Boot.«

Baer dachte kurz darüber nach. Schüttelte dann leicht den Kopf. Nein, an die Möglichkeit glaubte er nicht. Menschenhändler brachten die Opfer meist selbst in ihre Gewalt und *zahlten* nicht hohe Preise, sondern *verlangten* sie. Und dass Euro- und Interpol informiert wurden, war reine Routine, die übliche Yellow Notice, wenn Minderjährige vermisst wurden.

»Nein, das Tatmuster ergibt für mich keinen Sinn. Vor allem das Ausmaß an Gewalt erscheint mir unnötig, wenn nicht sinnlos.« Das war es, was ihn am meisten verstörte. »Den Jungen hätte der Täter auch haben können, ohne den Vater zu erschießen und die Mutter beinahe zu erschlagen. Mir ist überhaupt zu viel Lärm im Spiel. Zu viel Theaterdonner. Das gilt auch für die Maskerade als

Imker. Er will keine DNA-Spuren hinterlassen, schon klar. Aber das hätte er auch einfacher haben können, schlichter, weniger … aufgeblasen. Will er uns durch den Imkeranzug etwas Bestimmtes mitteilen? Steckt eine Botschaft darin: politisch, persönlich? Oder will er vor allem Angst und Schrecken verbreiten? Dann hätten es ein Moskitonetz und ein Kampfanzug ebenfalls getan. Warum das Theater, das ist für mich die Frage.« Er sah in die Runde. »Versteht ihr?«

Lange Gesichter rundherum.

Auch bei Liv Grünberg, wie er jetzt bemerkte, als er sich ihr zuwandte. Sie lächelte matt, aber ihr Gesicht war müde und leer.

10

In Schönhorst dachten die Leute, sie komme aus Küstin. Und in gewisser Weise stimmte das auch. Sie kam aus *Richtung* Küstin. Zu Fuß, durch den Wald, am alten Spreearm vorbei, bis zum Rand der Siedlung, in der der alte Erich wohnte.

Vom Zelt aus ging sie üblicherweise um die Feuchtwiesen herum, in einem Riesenbogen den Fang- und den Wallgraben entlang bis zum Ortskern, wo sie im Rewe die Sachen für Erich einkaufte. Brot, Käse, Wurst, Eier, Nudeln, die Basics eben. Und die jeweiligen Zutaten zum Kochen für die Gerichte, die Erich sich wünschte (und bezahlen konnte).

Sie hatte Erich noch im Krankenhaus kennengelernt, als Stationsschwester damals. Hatte ihn später hin und wieder zu Hause besucht. Schon vor Hannos Tod. Erich nahm Anteil, aber er fragte nicht viel. Er tat ihr gut.

Erich war damals schon Ende siebzig gewesen, aber körperlich noch fit und optimistisch trotz seines Prostatakarzinoms, das er nicht operieren ließ. Auf ihren Rat hin und gegen den des Stationsarztes. »Und hinterher trage ich Windeln, oder wie? Nee, danke, Herr Doktor, denn lieber ab in die Kiste zu de Würmer.«

Erich hatte den Krebs noch heute, seine Prostata aber auch. Und Windeln waren nicht nötig. Noch nicht. In seinem Alter wuchs die Geschwulst langsam, das hatte sie ihm ja prophezeit.

Nach dem Einkauf nahm sie den Weg die Landstraße entlang, überquerte die Brücke, um sich jenseits des Kanals, noch vor der Bushaltestelle, rechts in den Wald zu schlagen. Anschließend die drei Kilometer über Pelzlaake bis zu Erichs Haus in Schönhorst, einem schimmeligen alten Kasten mit gelber Plastikverkleidung am Rand der Siedlung. Er lebte allein, seitdem seine Frau vor zwanzig Jahren oder so gestorben war.

Sie stellte eine Packung Nudeln in das obere Regal des Küchenschranks und verharrte danach einen Moment. Die Frau vorhin auf der Kanalbrücke fiel ihr wieder ein. Zierlich gebaut, aber mit trainierter, sportlicher Figur. Fuchsiges Haar (vielleicht gefärbt) mit praktischer Nackenlänge. Hübsches, aber ungewöhnliches, fast koboldhaftes Gesicht.

Sie war natürlich Polizistin gewesen.

Es war der beiläufig scannende Blick, den sie unter Tausenden einem Bullen, egal ob Frau oder Mann, zugeordnet hätte. Sie konnten ihn nicht ablegen, weil sie es gar nicht merkten, wie sie die Leute mit ihren Augen filzten. Jeden, der ihnen über den Weg lief.

Hubschrauber pflügten momentan nicht mehr die Luft über Küstin und rund um den See. Aber sie würden Suchtrupps einsetzen, Schneckentreter mit Hunden, alles Suchgerät, das ihnen zur Verfügung stand. Und vielleicht auch vor ihrem Revier nicht haltmachen, dem NSG.

Es war sicherer, für ein paar Tage bei Erich unterzuschlüpfen. Sie beschloss, ihn heute zu fragen.

Erich war bester Laune gewesen, als er sie hereingelassen hatte. Sein Lieblingsklub, die »Eisernen«, hatten am Vorabend irgendein

Spiel gewonnen, seine Tochter, die in Brasilien lebte, hatte angerufen, und außerdem hatte er einen neuen Fernseher, Flachbild, die halbe Wohnzimmerwand war jetzt Glotze.

Nachdem sie alle Sachen, die sie für Erich eingekauft hatte, verstaut hatte, ging sie rüber zu ihm ins Wohnzimmer. Er saß auf dem Sofa und schaute auf die bunt flimmernde Wand.

»Schrecklich.« Er schüttelte verhalten den Kopf.

Sie setzte sich neben ihn. »Was 'n so schrecklich, Erich?«

Er wies auf die Kripo-Bullen, hinter einer Tischreihe hübsch brav nebeneinander platziert. In ihrem Rücken auf blauen Stellwänden die Logos der Polizei von Berlin und Brandenburg. »Na, der arme Junge doch. Entführt.« Erich schüttelte wieder den Kopf. »Schrecklich.«

Ein Foto des Kleinen wurde eingeblendet. Blondes Haar, helle Augen, schmales Gesicht. Kindchenschema halt. Dann Bilder vom Vater des Jungen.

»Ein Arzt. Der war berühmt, du. Kanntest du den? Ich meine, wo du doch ooch mal im Krankenhaus ...«

Sie starrte auf die Fernsehwand, schwieg einen Moment. Dachte: Das Schwein hatte den Tod verdient. Das ganze korrupte System, für das Sicking stand, sollte von ihr aus krepieren. »Nee, Erich. Kannte ich nicht.«

»Wer tut denn so was? Und das hier in der Nähe. Drüben doch, bei de Reichen.«

»Sieht so aus.«

Schließlich die Mutter des Kleinen.

»Na, da hat er sich aber 'ne Jungsche geangelt, der Doktor, wa?«

Vermutlich sah sie in ihrem jetzigen Zustand nicht mehr ganz so frisch und jugendlich aus wie auf dem Foto, das sie einblendeten.

Die Kamera erfasste nun einen Mann Ende fünfzig, einen Berliner Kripobullen, er hatte eine leitende Funktion in der Sonderkommission, die gebildet worden war, saß aber ziemlich weit links am Bildrand.

Rechts neben ihm litt seine Kollegin still vor sich hin, eine blasse, müde Frau von unschätzbarem Alter, die zwar noch ganz gut in Form aussah, aber die Lippen verbittert zusammenkniff.

Die Zivilisation schleifte jeden. Auch diejenigen, die sie mit Zähnen und Klauen verteidigten.

In der Mitte des Bildausschnitts spreizten sich eine Frau Anfang fünfzig mit langem Pokerface und aschblonder Pudelfrisur und ein breitschultriger, auf etwas verkniffene Weise gut aussehender Typ um die vierzig, der nervös mit seinem Kugelschreiber spielte. Die beiden Wichtigtuer waren die Brandenburger Kriminaldirektorin und ihr Erster Kommissar.

Aber der Kripobeamte aus Berlin links am Bildrand, glattes braunes Haar, Drei- bis Fünftagebart, wache dunkle Augen hinter schwer hängenden Lidern ... sie kannte den doch von irgendwoher! Mit Mühe entzifferte sie das etwas schäbig wirkende, schlecht ausgedruckte Namensschild: Roman Baer, Kriminalhauptkommissar. Den kannte sie wirklich!

Baer war Zeuge gewesen, nein, Quatsch: Experte, Sachverständiger in dem Prozess damals gegen sie. Er hatte die Staatsanwaltschaft in der Verhandlung wie Idioten aussehen lassen, als er nachwies, dass bei ihrer Hammerattacke gegen die Nobelkarossen der reichen Säcke unmöglich Tötungsabsicht bestanden haben konnte.

Sie erinnerte sich an die Aktion, als hätte sie das Ding erst gestern durchgezogen. Sicking – das hatte er sogar wichtigtuerisch auf der Internetpräsenz seiner Klinikabteilung ankündigen lassen – war zu einem Fachvortrag eingeladen worden. Vor »internationaler Prominenz« (na klar), in einem neu eröffneten Hotel in Kladow (»mit unverstelltem Blick auf den Wannsee«). Einer spontanen Eingebung folgend hatte sie im Baumarkt einen Maurerhammer »gefunden« und war nach Kladow gefahren. Noch ohne genauen Plan, was sie damit tun wollte (oder konnte). Dann hatte sie die lange Reihe parkender, in der Sonne blitzender Luxusschlitten gesehen, die keinen Platz mehr in dem hoffnungslos überfüllten

Fuhrpark gefunden hatten. In manchen Autos saßen die Fahrer, lasen Zeitung, dösten hinterm Steuer, viele Wagen waren ganz unbeaufsichtigt, die Fahrer warteten sonst wo auf das Ende der Doktor-Sicking-Show im Hotel und die Rückkehr ihrer Herrschaften.

Unwillkürlich musste sie auch jetzt wieder grinsen, wenn sie an die Szene dachte. An das, was sie getan hatte. Sie bereute nichts.

Als die Männer schließlich auf sie zugerannt waren, um sie zu stoppen, hatte sie bereits zwei Dutzend Scheinwerferlampen mit der spitzen Seite des Hammers zertrümmert und mit der stumpfen Seite tiefe Dellen in die Motorhauben oder die Beifahrertüren geschlagen. Ja, sie hatte den Hammer geworfen. Aber nicht, um jemanden damit zu verletzen oder gar zu töten, wie die Staatsanwaltschaft behauptete. Sondern bloß fortgeschleudert. Baer hatte die Szene mithilfe von Zeugenaussagen und Überwachungskameras genau rekonstruiert und nachgewiesen, dass sich dort, wohin sie den Hammer geworfen hatte, kein Fahrer, kein Wachmann, überhaupt niemand befunden hatte. Sie hatte also nicht nur keine andere Person angegriffen, sondern sich im Gegenteil selbst entwaffnet.

Richtig. Das war wirklich mal saubere Polizeiarbeit gewesen, es war so, wie Baer es vor Gericht hergeleitet hatte.

Anderthalb Jahre hatte sie dafür absitzen müssen. Aber für mehrfachen versuchten Totschlag oder gar Mordversuch hätte sie zehn Jahre Bau gekriegt. Mindestens. Und die Schulden, die sie seitdem hatte? Mehr als zweihunderttausend für ein bisschen geschrottetes Blech und zertrümmertes Glas, das musste man sich mal vorstellen!

Scheiß drauf. Wie sie jetzt lebte, konnte sie hundert Millionen Schulden bei den Reichen haben, es spielte keine Rolle. Für sie zählte nur das Bare, das sie selbst in die Finger kriegte. So oder so.

Aber jetzt, das begriff sie, wurde es gefährlich. Auf der Suche nach dem Jungen würden sie wirklich *alles* auf den Kopf stellen.

Bis sie ihn hatten.

Oder das, was von ihm übrig war.

Und auf einmal wurde ihr klar, dass sie keine Zeit zu warten mehr hatte. Sich nach einem neuen Platz umsehen musste. So schnell wie möglich. Weg vom Küstinsee, weg vom NSG, ihrem Revier.

Weg von Erich.

Aber nicht kopflos werden jetzt, Sol. Du musst das genau planen, gut vorbereiten. Es braucht etwas Zeit für die Erkundung des neuen Lagers.

»Sag mal, Erich, kann ich vielleicht ein paar Tage bei dir wohnen?«

Er sah grinsend zu ihr auf, gar nicht mal überrascht. »Nervt der Nachbar? Miete nicht gezahlt?«

Sie hob vielsagend die Brauen.

»Keen Problem, Süße.«

11

Sie lag mal wieder im Bett, an dem Tag. Voll wie immer. Hat gepennt. Ich war in der Küche. Auf einmal hab ich irgendwas gehört, so ein Rums, dumpfes Geräusch.

Hab sie vor dem Bett gefunden, auf dem Teppich.

Sie lag auf dem Rücken und war am Sabbern, ihre eigene Kotze am Wiederkäuen wie die Kühe. Hat so gurgelnde Geräusche gemacht, also nicht wirklich gurgeln, aber so ähnlich. Sie hat an die Decke gestarrt und sich nicht gerührt. Ihr Gesicht lief blau an.

So ist das, wenn man keine Luft kriegt, hab ich zu ihr gesagt. Ich kenn das, kann mich gut erinnern, hab ich gesagt. Weißt du noch, der Bienenstich damals, in meinen Mund? Ich dachte, ich müsste verrecken. Scheiße. Jetzt verreckst du!

Ich hab mich aufs Bett gesetzt und mir eine angesteckt. Willst du auch, hab ich sie gefragt. Und sie? Röchelt. Im Moment war ihr nicht nach Rauchen. Mir schon.

(Heiseres Lachen).

Auf einmal gurgelt sie richtig stark, röchelt tierisch und bäumt sich auf, fällt dann wieder zurück, mit dem Hinterkopf auf den Teppich. Ihr Gesicht war so blauviolett, die Augen liefen rot an, wurden immer größer, sprangen ihr beinahe aus dem Kopf, wie blutige Murmeln. Ekliger Anblick. Und es stank in ihrem Schlafzimmer. Auf einmal war mir selbst zum Kotzen, ich bin aufgestanden und raus.

Falsch, oder was?

Und wenn schon, da scheiß ich drauf.

Viertelstunde später bin ich noch mal rein zu ihr, ins Schlafzimmer. Da hat sie sich schon nicht mehr gerührt. Ich stupse sie so an, mit dem Fuß bisschen gegen ihre Schulter. Nichts. Ende. Das war's.

Mehr gibt's dazu nicht zu sagen.

Sterben müssen wir alle mal. Ob früher oder später, ist im Grunde auch egal. Hat sie selbst immer gesagt, die Alte.

Schönen Gruß an Opa, habe ich zu ihr noch gesagt, falls du ihn siehst. In der Hölle. Aber sie hat's wohl nicht mehr gehört.

12

Kessler, Chef des Hundertvierzehner-Kommissariats, war etwa im gleichen Alter wie Baer, sie kannten und schätzten sich seit vielen Jahren. Kessler war kein Mann vieler Worte, aber Baer wusste: Wenn Kessler nicht Laut gab, um Neues in dem Entführungsfall Tobias Sicking zu berichten, dann *gab* es nichts.

Und Kessler ließ nicht von sich hören.

Baer wusste auch so, dass die Suchaktion auf Hochtouren lief.

Suchtrupps mit Hunden durchkämmten das Wald- und Villengebiet rund um das Wochenendhaus der Familie, Hubschrauber überflogen das Gebiet (öffentlichkeitswirksam) in einem Radius von fünf Kilometern, die Wasserschutzpolizei kontrollierte die Uferlinien des Küstinsees. Noch größere Kreise zu ziehen war aus personeller Sicht unmöglich, aber es gab eine Anfrage an die Bundeswehr mit der Bitte um Unterstützung. Würde allerdings nichts bringen, wenn sich der Junge, wie anzunehmen war, schon längst nicht mehr in der Region befand.

Noch fehlte es an konkreten Hinweisen aus der Bevölkerung. Aber das Bild des Jungen war in allen Printmedien veröffentlicht worden, die Presse berichtete auch online im Liveticker und regelmäßig *on air*. Alle Medien zusammen belagerten offline das Präsidium, um über jeden potentiellen Informanten herzufallen, der das Haus betrat oder verließ.

Die Öffentlichkeit konnte und sollte sehen: Es wurde alles Menschenmögliche getan, um den Jungen heil und den oder die Täter, egal in welchem Zustand, zu bekommen. In der Hauptstadt ebenso wie in Brandenburg, wo die Aktionen von dem eifrigen Fleischmann geleitet wurden.

Doch jeder der Kollegen wusste, dass nur der Täter selbst, der Entführer, den Jungen aus seiner Qual befreien konnte. Indem er sich meldete und seine Forderungen stellte.

Aus dem Krankenhaus kam die Mitteilung, dass man Evelyn Sicking, die Mutter des Jungen, wie bereits befürchtet, in ein künstliches Koma versetzen musste, bis ihr Ödem abgeschwollen war und die Fraktur am Schläfenbein behandelt werden konnte. Auf unbestimmte Zeit konnte sie ihnen damit keine Anhaltspunkte zum Täter mehr liefern. Sie hatten nur das, was sie schon gesagt hatte – unter Schock und Schmerzen, mit gebrochenem Schläfenbein und einer Schwellung im Kopf.

Doch wie Liv schon gesagt hatte: Ihre Beschreibung des Täters mit der Imkermaskierung stimmte überein mit der von Jean-Luc

Grandgenet, dem Ehemann des ersten Entführungsopfers. Der Architekt hatte den Täter als mittelgroß und schlank beschrieben. Wenn das stimmte, kam halb Berlin in Frage, einschließlich der Frauen.

Gegen Mittag und auch am frühen Nachmittag rief Baer zu Hause an. Corinna ging nicht ans Telefon, als sei ihr der Apparat unheimlich.

Galina nahm endlich ab und konnte ihn beruhigen. »Alles in Ordnung. Corinna geht's gut.«

Galina war eine erfahrene Pflegekraft, gelernte Krankenschwester, ausgebildet in Danzig. Er wusste, er konnte sich auch im Notfall auf sie verlassen. Er dankte und legte auf.

Am frühen Nachmittag versammelte sich Baers Team zum ersten Mal im kleinen Besprechungsraum am Ende des Flurs. Um die Wege und Kontakte des Jungen kümmerte sich bereits Kesslers Team, Baer hatte sein Team die persönlichen Hintergründe von Albert Sicking, dem getöteten Chefarzt, und seiner Frau recherchieren lassen.

Wundt fasste die Ergebnisse zu Albert Sicking zusammen. Er sprach mit leiser Stimme. »Sicking war seit fünfzehn Jahren Chefarzt der Kardiologie im Albert-Moll-Krankenhaus. Die führen dort den üblichen Kleinkrieg gegen Herzinfarkt und setzen Bypässe und was weiß ich. Der Chef, also Sicking, war Spezialist für Herztransplantationen. Eine Kapazität, wie man so sagt. Er sollte bereits vor ein paar Jahren abgeworben werden für das Herzzentrum in Gießen. Die sind offenbar führend in Europa, zusammen mit den Berlinern.«

Brock, hoch aufragend, aber zugleich auch etwas schief auf seinem Stuhl sitzend, wie Baer erneut auffiel, zog ironisch die Brauen hoch und zupfte mit einem Finger an den Härchen seines Muttermals. »Klingt ja nach einem wahren Wunder-Doc.«

Wundt wog skeptisch den Kopf hin und her und strich mit einer Hand über seinen stachligen Graubart. »In den letzten Jahren hat er sich mit eigenen Operationen merklich zurückgehalten, wussten die lieben Kollegen auf der Station. Sich stattdessen dem Management, der Forschungsmittel-Akquise und so was gewidmet.«

»Wieso das?« Baer erschien das etwas seltsam.

Wundt zuckte die Achseln. »Seine Kollegen waren deswegen nicht traurig. Eigene OP-Erfahrung steigert den Ruf und die Karrierechancen. Und da Sicking Drittmittel eingeworben hat wie kein Zweiter, war auch die Klinikleitung nicht unglücklich deswegen.«

Liv Grünberg wandte sich mit leichtem Stirnrunzeln an Wundt. »Was ich noch nicht verstehe: Wieso *sollte* Sicking abgeworben werden? Wollte er nicht nach Gießen? Führend in Europa, ich meine, das wäre doch sicher noch mal ein Karrieresprung für ihn gewesen?«

»Also, wir haben auf der Station erfahren, dass Herrn Professor Chefarzt da wohl ein paar Unregelmäßigkeiten im Weg standen.« Wundt warf Nou'man einen vergewissernden Blick zu.

»Ja.« Amina Nou'man nickte, und ihre schwarze Haarpracht wogte wie ein Meer im Sturm. »Es gab doch vor ein paar Jahren diesen Skandal um manipulierte Wartelisten für Herztransplantationen an verschiedenen Kliniken. Wie sich herausstellte, stand auch das Albert-Moll unter dem Verdacht, bestimmte Patienten auf der Liste nach oben manipuliert zu haben. Wodurch natürlich andere Patienten kein Organ bekommen haben und manche deshalb gestorben sind.«

Baer, der konzentriert zugehört hatte, indem er schweigend den ovalen Tisch in der Mitte fixierte, blickte auf. »Wurde das bewiesen?«

Amina Nou'man schüttelte den Kopf. »Nein, bewiesen ist nichts.« Sie zog eine Braue hoch bis zur Form eines Bumerangs. »Was auch immer der Grund dafür war, Sicking hat das Angebot aus Gießen abgelehnt.«

Baer ging schon seit einer Weile ein sonderbarer Gedanke durch den Kopf. Wenn Corinna dadurch geheilt werden könnte, dass sie ein neues Hirn bekäme, oder Teile eines neuen, gesunden Gehirns – natürlich war das nicht möglich und völliger Unsinn, aber trotzdem –, wenn sie dadurch wieder die alte Corinna werden würde, seine Corinna, die er kannte, die ihn kannte ... Wenn ein solches gesundes Gehirn, obwohl ihr seit langem versprochen, dann durch Manipulation oder Korruption jemand anderem gegeben würde ... Wäre das für *ihn* ein Grund, sich an dem Arzt, der dafür verantwortlich war, zu rächen? Ihn sogar töten zu wollen, falls Corinna dadurch ihr Leben verloren hätte?

Er wischte den Gedanken fort. Was für Absurditäten kamen ihm da in den Sinn? Er seufzte lauter, als ihm lieb war. Keiner nahm es wahr. Bis auf Liv, die ihm einen aufmerksamen Blick schenkte.

Brock berichtete nun, im Ton zackig wie ein Unteroffizier, was er in der Kürze der Zeit über Evelyn Sicking, die Frau des Chefarztes, hatte in Erfahrung bringen können. Dabei saß er immer noch leicht schief auf seinem Stuhl, dem Neigungswinkel des Turms von Pisa nicht unähnlich, dachte Baer.

»Evelyn Sicking ist Schauspielerin. Sogar mit Wikipedia-Eintrag. Vermutlich von ihrer Agentur eingestellt. Was die natürlich nicht zugegeben hat. Halbes Dutzend Minirollen in den fünf oder sechs Jahren, bevor der Chefarzt sie sich geangelt hat. Oder sie ihn. Hat mit ihm zwei Kinder, ein Mädchen ist aber schon nach Frühgeburt gestorben. Tobias ist das zweite Kind. Geht in den Waldorfkindergarten. Alles in allem: unauffällig.«

Amina Nou'man blickte irritiert. »Ein unauffälliges Kind. Was meinst du damit?«

Brock schüttelte den Kopf und setzte eine süffisante Miene auf. »Die *Mutter* ist unauffällig, Kollegin. Der Sohn sowieso. Aber eben auch Frau Chefarzt.« Er streckte sich kurz und schnaufte kräftig durch die Nase. »Evelyn Sicking ist anscheinend keine Frau, die Affären sucht. Jedenfalls keine, der man welche nachsagt.«

Baer fühlte sich etwas provoziert durch Brocks herablassende Art, endgültige Urteile zu sprechen. Nou'man schien es ähnlich zu gehen. »Eine Affäre zu verbergen schafft jede halbwegs intelligente Frau.«

Baer forschte in ihrem Gesicht, ob sie etwa aus eigener Erfahrung sprach. Es war ernst, ohne jedes Anzeichen von Ironie.

Brock zuckte die Achseln. »Zumindest gilt sie als unprätentiös, egal wen du fragst in ihrem Umfeld in Mitte. Wo die Familie übrigens in einer Gated Community wohnt. Mit Wachschutz rund um die Uhr. Seltsam eigentlich, dass das Wochenendhaus völlig unbewacht war. Bedroht fühlte sich die Familie da draußen nicht, das steht mal fest.«

Wieder diese Art, vorschnelle Urteile über Sachverhalte zu fällen, die noch gar nicht untersucht waren. Baer ärgerte sich zunehmend über Brock.

Und als hätte der seine Verstimmung bemerkt, schlug er plötzlich mit der flachen Hand auf den Tisch und sah Baer herausfordernd an. »Okay. War's das, was Sie interessiert hat? *Diese* Art Informationen über das Opfer? Denn das ist sie ja wohl in diesem Fall, Evelyn Sicking, ein Opfer, oder nicht? So wie ihr Mann und ihr kleiner Sohn. Opfer. Nicht Täter.«

Baer hielt seinem provozierenden Blick stand. Schwieg aber.

Brock ließ nicht locker. »Ich frag mich, wozu der Aufwand, die Recherche heute? Es ist doch so, im Grunde ganz einfach: Der Täter will Geld. Wie alle Entführer. Und Sicking hatte welches. Haufenweise. Genau wie dieser Architekt, Grandgenet. Reiche Leute. Beide hatten ihre Häuser am Küstinsee, dort kennt sich der Täter offenbar bestens aus. Also überfällt er erst die einen, Grandgenet und seine Frau. Aber er macht Fehler, die Frau stirbt. Dann überfällt er die anderen, entführt deren Kind. Hat *offensichtlich* funktioniert. Die Lösegeldforderung kann jederzeit kommen. Wozu also die persönlichen Hintergründe der *Opfer*, der Sickings?«

Wundt hob das längliche graue Dachskinn und sah Brock ausdruckslos an. »Hast du nicht zugehört, heute Morgen? Weil der Täter ausgerechnet diejenigen ausschaltet, die ihm an erster Stelle das Lösegeld zahlen würden. Die Sickings. Das ist doch auffällig. Da sollte man schon ein paar Details von ihrem persönlichen Hintergrund kennen.« Wundt sprach tonlos, ohne jede sichtbare Emotion weiter. »Außerdem war der Täter ungewöhnlich maskiert. Imkerkleidung, typischer Hut mit Netz, Handschuhe. Vielleicht hat das was zu bedeuten. Stellt irgendeinen Bezug her zu den Opfern, die er sich aussucht, wir wissen es nicht. Also recherchieren wir. Alles klar?«

Brock bedachte ihn mit einem abschätzigen Lächeln. »*Irgendeinen Bezug zu den Opfern.*« Er zog die Worte in die Länge. »Welchen Bezug denn, bitte schön? Dass er die Opfer als seine Bienen ansieht, die er um ihren Honig erleichtert? So in etwa? Ich sag euch was: Die Reichen leben dort draußen in ihren Villen, und der Täter sagt sich: What I see is what I get. Fertig.«

Baer schob die Lippen vor, stand langsam auf und steckte die Hände in die Hosentaschen. Wies mit dem Kinn auf Wundt. »Wundt. Kümmer dich mal um die Imkerszene in und um Berlin. Sprich mit denen über ihr Handwerk, die Imkerei. Vielleicht bringt uns das auf eine Idee.« Dann betrachtete er leicht amüsiert den schiefen Turm, den Brock auf seinem Stuhl abgab. »Und du, Brock, hat man dir nicht beigebracht in deiner Ausbildung, dass du erst dann einen guten Job gemacht hast, wenn du die Opfer besser kennst *als sie sich selbst*?« Er neigte den Kopf etwas zur Seite, etwa so schief, wie Brock auf seinem Stuhl saß. »Informationen, Brock, darum geht's. Zum Beispiel: Weißt du mit Sicherheit, was das für ein Pickel ist, der deine Hinterbacke so quält, dass du nicht aufrecht sitzen kannst? Geh zum Arzt. Der sagt's dir.«

Brock klappte buchstäblich die Kinnlade runter.

Baer bedankte sich mit einem Blick in die verdatterte Runde und verließ den Raum.

Um achtzehn Uhr hatte sich der Entführer noch immer nicht gemeldet. Iwersen bat Baer in sein Büro, wo sich inmitten einer beeindruckenden Qualmwolke bereits Kessler und Liv Grünberg befanden.

Nur sie vier, hatte Iwersen Baer gegenüber angekündigt, der am Ende des altersschwachen Konferenztischs Platz nahm.

Iwersen sah ihn mit einer eigenartigen Mischung aus Verwunderung und Verärgerung an. »Woher zum Teufel wusstest du das, Roman?«

»Was?«

»Tu nicht so. Dass der Entführer sich nicht melden würde, meine ich. Hast du uns Details verschwiegen, um Sherlock zu spielen?«

Baer lachte kurz auf. »Rolf, Mensch.« Schüttelte den Kopf. Er blickte Kessler an. »Ich wette, du hast es auch von Anfang an gerochen, Kessler.«

Der stark übergewichtige Kessler, ein Einsneunzigmann mit einem grauen, grobporigen Gesicht, schnaufte durch die große fleischige Nase. »Nicht von Anfang an, nein. Ja, es *gibt* die Lösegelderpresser, die sich gar nicht erst um Geheimhaltung bemühen. Weil sie eh davon ausgehen, dass die Polizei gerufen wird. Die haben uns lieber von Beginn an offen auf der Rechnung, glauben, dass sie uns dann besser kontrollieren können. Aber solche Tätertypen sind doch verdammt selten. Nur die absoluten Profis, die eiskalten Typen, gehen so vor. Die halten dich auf Trab, vom ersten Moment an. Gibt auch die Selbstverliebten, die es genießen, uns an der Nase durch den Ring zu ziehen. Ihr wisst, was ich meine.« Er zuckte die Achseln. »Manchmal klappt das ja auch. Aber in diesem Fall – nichts dergleichen. Keine Geheimhaltung, aber auch keine Kontaktaufnahme zu uns.«

Iwersen nickte frustriert. »Kein Mucks vom Täter. Den ganzen Tag lang nichts. Verdammt.«

Alle schwiegen. Jeder von ihnen wusste: Das ließ das Schlimmste für den Jungen befürchten. Baers Gedanken kreisten wieder um die auffällige Maskierung des Täters, das Dunkle der Bedrohung, die von ihr ausging.

Liv brach endlich das Schweigen und sprach aus, was Baer just in der Sekunde gedacht hatte. »Ich muss immerzu an die Imker-Maskerade denken. Der Junge hat sie zuerst vielleicht sogar lustig gefunden. Aber dann … Hoffen wir, dass das kein Psycho-Täter ist. Kein Perverser.«

Baer nickte stumm. Es war der Gedanke, der auch ihn heute Nacht gequält hatte. Was, wenn der Täter unzurechnungsfähig war? Ein Sadist womöglich, der Spaß an der Gewalt hatte? Daran, das Kind zu demütigen, ihm Schmerzen zuzufügen, körperlich und seelisch? Das wäre die Hölle für den Jungen.

Kessler schaute Iwersen an. »Wie gehen wir jetzt weiter vor? Wie lange warten wir?«

Iwersen zog bereits wieder an einer neuen Zigarette und stieß den Rauch heftig aus. »Wir warten gar nicht. Ich hab mit Wünsche und den anderen Kollegen von der Fallanalyse gesprochen. Sie berücksichtigen natürlich die neue Entwicklung – dass das Arschloch sich nicht meldet – für ihr Profiling. Je nach Sachlage setzen wir uns dann alle zusammen, wir hier, die Brandenburger, die Profiler, eben alle, um die Aufgaben neu zu verteilen. Bis dahin gehen die Suchmaßnahmen weiter, zumindest solange es hell ist. Und die Presse kriegt ein paar Floskeln.«

Baer seufzte. »Mehr haben wir im Moment auch nicht: ein paar Floskeln.«

Er fühlte sich müde.

Und alt.

Kessler nickte zustimmend. »Stehen ganz schön blöd da.«

Baer erhob sich, ihm war, als läge ein tonnenschweres Gewicht auf seinen Schultern. »Wenn es was Neues gibt, ich bin zu Hause.« Sein Nacken tat weh. Verspannte Muskeln, die seine Nerven quetschten wie in einem Schraubstock.

Iwersen blickte zu ihm auf. »Grüß deine Frau.«

Kessler schloss sich müde an.

Baer dankte. Und dachte: Sie wird sich nicht an euch erinnern.

Als er hinausging, hatte er das Gefühl, dass ihm Liv Grünberg aufmerksam hinterhersah.

13

Agneta Rehmanová öffnete wie an den Samstagen üblich gegen halb neun die große Terrassentür der Wohnküche und trat hinaus auf die Veranda der Villa.

Sonne, Licht, Herbst.

Sie liebte diese Jahreszeit, in der sie vor dreiundsechzig Jahren geboren war. Nicht hier, sondern in Prag, wo sie als Hutmacherin gearbeitet hatte. Gott, war das lange her, beinahe vierzig Jahre.

Eigentlich kam nur selten jemand zu Besuch in die Villa, aber Brigitte, die Hausherrin (sie duzten sich neuerdings), wünschte, dass das Haus, ihre Villa, jederzeit so *aussah*, als käme welcher.

Ihr war das nur recht, diese Haltung von Frau Møller – Brigitte – hatte ihr letztlich den Job gerettet. Damals, als der Mann noch lebte, Gunder Møller, war sie nur für die Küche zuständig gewesen; für Dienstleistungen im Haus gab es noch zwei Halbtagskräfte. Außerdem kümmerten sich noch verschiedene externe Firmen um den riesigen Garten, die teuren Boote und die Autos der Møllers. Zum persönlichen Schutz von Gunder und Brigitte Møller dann noch die Kemper Security.

Aber so änderten sich die Zeiten. Selbst für die Reichen. Der Mann war tot und seitdem floss das Geld nicht mehr in Strömen, das war offensichtlich. Vom früheren Personal war nur sie übrig geblieben, zuständig für die Küche und die Hauswirtschaft. Und von den vielen ehemaligen Freunden des Paars nur Hellwig. Mittlerweile Brigitte Møllers ständiger Begleiter, der sich sehr um sie kümmerte. Um ihr *leibliches Wohl*, wie die Deutschen sagten, oder?

Agneta grinste ein wenig in sich hinein und begann wie üblich die morgendliche Runde.

Die Kübel mit den Palmen auf der Veranda mussten wohl bald hineingestellt werden, es würde nicht weiterhin so warm bleiben wie zuletzt. Das feuchtnasse, gelbrote Herbstlaub der Bäume bedeckte bereits wieder den Rasen. Das Laubharken gehörte nicht zu ihren Aufgaben, aber sie würde Philipp, dem Sohn der örtlichen Gärtnerei, Bescheid geben müssen, er war ein wenig schlampig.

Auf der Längsseite des Hauses kam sie an Brigittes Schlafzimmer vorbei. Sie glaubte, brunftiges Stöhnen zu hören und helle spitze Schreie von innen.

Das war ihr peinlich.

Schnell weiter.

Sie sollte sich auf diese Eroberung nur nicht zu viel einbilden, die Frau Møller. Brigitte. Hellwig war ein gutaussehender, schlanker Mann. Das schon. Aber weder war er amüsant oder charmant, noch schaute er besonders schlau aus der Wäsche, fand sie. Sie selbst hatte ihr Lebtag nur Männer attraktiv gefunden, wenn sie was im Kopf hatten. Davon hatte sie bei Hellwig nicht viel entdecken können.

Außerdem hatte sie schon lange bemerkt, dass er praktisch *jeder* halbwegs attraktiven Frau hinterherglotzte. Vor allem auf große Brüste schien er zu stehen, die himmelblauen Augen fielen ihm beinahe aus dem Kopf dabei. Der hatte mit Sicherheit noch andere Frauen. Dass Brigitte das nicht auffiel. Die keine großen Brüste vorzuweisen hatte, im Gegenteil, Erbsen auf ein Brett geschossen.

Dafür hatte sie Geld. Jedenfalls immer noch mehr als Hellwig. Der hatte gar keins mehr. Doch sie protzte nicht damit, das musste man ihr lassen. Und ließ auch Hellwig seine Würde, nie zeigte sie es offen, dass er von ihrem Geld abhängig war.

Überhaupt eine Frau mit Stil.

Agneta war ihr dankbar, dass sie sie behalten hatte.

Sie erreichte die Seeseite, ging unter den hohen alten Bäumen, deren Blätter leicht im schwachen Wind rauschten, bis zum Ufer hinunter. Drüben das Boot, die Jacht, der langgezogene Holzsteg, der sich im Wasser spiegelte.

Sie atmete die herbfrische Luft ein, während sie einen Blick zur anderen, weit entfernten Uferseite des Sees warf. Dort kreisten Hubschrauber über dem Wald und entlang der Uferlinie, der Westwind trug ihren Lärm über den See davon. Auch weiter draußen auf dem Wasser kreuzten Boote der Wasserschutzpolizei, wie es aussah.

Sie wusste, es hatte zwei Überfälle auf reiche Leute in dieser Gegend gegeben. Den ersten vor ein paar Wochen auf einen berühmten Architekten, dessen Frau dabei ums Leben gekommen war, schrecklich. Den auffälligen französischen Namen des Architekten, Grandgenet, hatte sie sogar schon das eine oder andere Mal gehört, aber sie erinnerte sich nicht mehr, in welchem Zusammenhang. Der zweite Überfall hatte sich erst vorgestern ereignet, sie hatte es in den Nachrichten gesehen. Ein Junge, noch ganz klein, war als Geisel genommen worden, nachdem sein Vater zuvor erschossen worden war. Das war furchtbar. Grausam und beängstigend. Brigitte nahm das offenbar nicht ernst, sie sei ja nicht mehr reich, nichts zu holen bei ihr, lachte sie, es sehe nur für Außenstehende danach aus. Außerdem habe sie Arne an ihrer Seite.

Doch Arne Hellwig lachte nicht angesichts der Bilder im Fernsehen. Aber Hellwig lachte auch sonst nicht, jedenfalls war es in ihrer Anwesenheit noch nie vorgekommen.

Es fröstelte sie plötzlich, sie rieb sich die Arme unter der blauen Strickweste, die sie für den Rundgang über dem Kleid angezogen hatte. Agneta wandte sich um, weg vom Ufer, und strebte zurück zum Haus, zu der riesigen alten Villa, deren rostfarbener Außenanstrich ihr im hellen Morgenlicht auf einmal hellblutrot vorkam. Sie schaute hoch zu den Fenstern der Zimmer in der oberen Etage. Wenn es stimmte, was sie aufgeschnappt hatte, dann hatte Frau Møller – Brigitte – vor, die Zimmer langfristig zu vermieten, vielleicht das ganze Haus. Sie kam ja wie Gunder Møller ursprünglich aus dem Hotelgewerbe.

Hoffentlich war dann auch für sie noch Platz.

Agneta ging nun rasch die andere Längsseite am Esszimmer- und Wohnbereich vorbei, bis sie wieder die Frontseite und die Veranda erreichte. Sie stieg die paar flachen Stufen hinauf und wandte sich vor der Haustür, aus keinem bestimmten Grund eigentlich, noch einmal um. Alles war friedlich und freundlich, besonders der Ranunkelstrauch drüben am weißen Staketenzaun leuchtete goldgelb unter der morgendlichen Herbstsonne.

Sie öffnete die Tür und ging hinein.

Im Flur, vor der Vase mit den Pfauenfedern, die auf dem barocken Tisch stand, verharrte sie jedoch erneut und horchte.

Ein Auto fuhr davon.

Das Gelände war privat. Den ganzen langen Weg von der Bundesstraße bis hierher.

Sie hatte den Wagen gar nicht gesehen. Doch mit einem Mal wurde ihr bewusst, dass sie sich die ganze Zeit beobachtet gefühlt hatte.

Wahrscheinlich hatte das Auto hinter den Ranunkelbüschen gestanden, die vom Haus aus nahezu blickdicht waren.

Plötzlich war ihre Angst wieder da. Die Angst, die ihr die Fernsehberichte von den Überfällen gemacht hatten. Und die Hubschrauber und die Wasserschutzpolizei ganz in der Nähe …

Das Motorgeräusch des davonfahrenden Wagens verblasste schnell, und ihr fiel plötzlich ein, dass der Gewalttäter, der brutale Entführer des Jungen, nicht von der Straße aus die Villen der Reichen überfiel. Nicht mit dem Wagen kam. Sondern mit einem Boot von der Wasserseite her. So hatte sie es zuletzt auch im Radio gehört. Vielleicht versteckte er das arme Kind irgendwo im Schilf, lebte auch selbst im Sumpf, es gab solche Leute. Würde die Polizei sonst die Seen und Sümpfe absuchen?

Dann aber schüttelte sie den Kopf. Zwang sich, über sich selbst zu lachen. Mein Gott, je älter sie wurde, desto mehr fürchtete sie sich. Am allermeisten aber nicht vor dem Gewalttäter, diesem Verrückten, den sie »den Imker« nannten. Nein, am meisten fürchtete sie sich vor dem Altwerden.

Plötzlich wurde die Tür aufgerissen, hinten rechts im Flur. Brigittes Schlafzimmertür.

Hellwig kam heraus. Nackt, von den großen Füßen bis hinauf zum Dreitagebartgesicht und der Halbglatze.

Mit ihm zusammen kam auch Sultan aus dem Zimmer, Brigitte Møllers Dobermann. Ihr zweiter Mann, wie sie immer sagte. Inzwischen auf den dritten Platz in der Rangfolge abgestiegen.

Hellwig grinste, als er Agneta sah. Kratzte sich am Oberschenkel und patschte davon Richtung Bad am Ende des Flurs.

Sah wirklich gut aus, der Mann. Von hinten noch besser als von vorn. Und er wusste es.

Aber Sultan war schöner auf seine Art, das glänzende schwarze Fell, die leuchtenden Augen, die hohe, anmutig schlanke Gestalt, Agneta gefiel der Hund. Er spitzte die kupierten Ohren, wedelte mit dem Stummelschwanz und kam mit eleganten Bewegungen auf sie zu. Sie machte kehrt und ließ ihn hinaus aufs Grundstück. Sultan war als Wachhund ausgebildet und von Gunder Møller extra deswegen angeschafft worden.

Sie blieb noch in der offenen Haustür stehen und blickte dem Hund nach, der mit heraushängender Zunge und Riesensprüngen ums Haus herumlief, um unten am See, in den Büschen irgendwo, sein Geschäft zu verrichten.

Richtig, Sultan war ja auch noch da, um sie im Ernstfall zu beschützen. Falls Hellwig gerade »beschäftigt« war. Agneta lächelte in sich hinein.

14

Sie konnte sich nicht weiterhin bei Erich verstecken. Sie musste einen neuen Platz für ihr Lager finden. Sofort. Und so viel wie möglich dorthin schaffen, bevor das alte entdeckt würde. Denn das konnte jeden Tag, jede Stunde passieren.

Deshalb war es riskanter denn je, sich auch nur in der Nähe des Lagers aufzuhalten. Aber es war Samstagnachmittag, die Sonne schien, viele Leute waren unterwegs, Spaziergänger, Ausflügler, Jogger, Radfahrer. Sie würde nicht auffallen, wenn sie sich ganz offen zeigte, spazieren ging, sich über die Wiesen dem NSG näherte. Und darin verschwand.

Das hoffte sie jedenfalls.

Es musste sein, sie hatte keine Wahl.

Sie zog den Anorak an, erklärte Erich, dass sie spazierengehe, und verließ das Haus. Ihr Weg führte sie schon nach gut hundert Metern in den Wald und über Pelzlaake bis zur Kanalbrücke.

Sie hatte recht gehabt, bei dem schönen Wetter waren jede Menge Leute unterwegs, sie würde nicht auffallen.

Jenseits der Brücke durchquerte sie Küstin und steuerte wie eine Pilzsammlerin, den Rucksack geschultert, auf die Feuchtwiesen zu, die einen Kilometer hinter dem Ort begannen. Hier hielt sich bereits kein Mensch mehr auf, aber ihr Herz schlug dennoch immer schneller, je weiter sie sich dem Waldrand näherte.

Sie schlingerte absichtlich langsam auf eine Baumgruppe aus niederen Schwarzerlen und Eichen zu, die von einem Spalier aus schlankwüchsigen Birken halb verdeckt waren, deren Stämme weiß wie Schnee in der Sonne leuchteten. Links und rechts davon lappten die Ausläufer der Wiesen in den Wald hinein, der dann mit einem Mal, das wusste sie, dicht und undurchdringlich wurde. Und Wärmebildkameras konnten aus der Vogelperspektive nicht zwischen einem Reh, einem Wildschwein oder einem Menschen, der sich im Dickicht bewegte, unterscheiden.

Sie nahm den Weg rechts an der Baumgruppe vorbei und konnte so von der Dorfseite her nicht mehr gesehen werden. Ein Hubschrauber kreiste nicht über ihr, so tauchte sie unerkannt im Wald unter.

Der Rest des Wegs, quer durch ihr Revier bis zum Lager, war ein Kinderspiel. Sie hätte blind hingefunden, war Hunderte Male nachts im tiefsten Dunkel hier unterwegs gewesen. Und jetzt war es noch hell, sonnig, Lichtflecken blinkten wie Silbergeld auf dem bunten Laubteppich des Waldbodens, kleine Windstöße brachten die Äste in Schwingung, als wollten sie sie begrüßen, scheinbar undurchdringliches Gestrüpp stellte sich ihr in den Weg, um nicht von ihr übersehen zu werden.

Sie war wieder zu Hause.

Wenn auch nur für kurze Zeit.

Das flache schwarze Igluzelt unter dem gefleckten Tarnnetz, das auf perfekte Weise dichten Laubbelag vortäuschte, war unversehrt. In ihm und dem Grönlandschlafsack, den sie schon vor langer Zeit gekapert hatte, hätte sie in der Antarktis übernachten können, ohne zu erfrieren.

Nein, alles unversehrt und so, wie sie es verlassen hatte. Niemand war hier gewesen. Auch *Wildnis* lag wie vorher auf Seite 61 aufgeschlagen neben dem Schlafsack. Sie besaß ja nur dieses eine Buch, mehr brauchte sie auch nicht, das war eben *ihre* Bibel, ganze Passagen kannte sie auswendig.

»Was man gesellige Tugenden, gute Kameradschaft nennt, ist nur die Tugend von Schweinen desselben Wurfs, die eng beisammen liegen, um sich gegenseitig warmzuhalten.« »Wie die wilde Ente schneller ist und schöner als die zahme, so ist es auch der wilde Gedanke – der Wildentengedanke!«

Was für ein Werk. Sie hatte es an dem Tag entdeckt, als die kleine Krankenhausbibliothek aufgelöst worden war, weil zu wenig Geld vorhanden war, um den Bestand an Büchern aktuell zu halten. Sie hatte es verschlungen, hatte sofort ihre Seelenverwandtschaft zu seinem Autor Henry David Thiébault erkannt. »Ich bin zu kalt für Freundschaft mit Menschen. Ich werde nicht zu kalt sein für die Natur.« Die radikale Konsequenz aus dieser Erkenntnis hatte sie jedoch erst Jahre später gezogen. Nach Hannos Tod.

Sie legte das Buch – wie immer aufgeschlagen auf Seite 61 – zurück an seinen Platz.

Sie atmete durch. Gab sich einen Ruck.

Und machte sich wieder auf den Weg.

Durch den Wald, den Kanal entlang bis zur Landspitze und zu der Stelle am Küstinsee, wo sie ihr Faltboot versteckt hatte. Ein großer altersschwacher Baum lag schräg zur Uferlinie, war schon vor Jahren durch einen Sturm entwurzelt worden. Der Wurzelteller ragte hoch in die Luft, der Stamm lag zur Hälfte im Sand, zur anderen Hälfte im seichten Wasser. Seine Krone, ein dichtes undurchdringliches Astwerk, wurde von einer Weide verdeckt, die weit über das Ufer hinausreichte und wie ein Baldachin über dem Wasser hing. Es war der ideale Ort, um ihr flaches, unscheinbares Boot zu verbergen; ein schon aus geringer Distanz nicht mehr einsehbarer und dazu noch unzugänglicher Platz, wenn man den Weg nicht haargenau kannte. Sie aber kannte alles hier, Stein für Stein, Ast für Ast.

Wenn sie mit dem Boot unter dem weit überhängenden Dach der Weide am Ufer auf den See hinauspaddelte, achtete kein Mensch auf sie, das war ihre Erfahrung. Und selbst wenn, stellte sich niemand vor, dass sich darunter ein guter Liegeplatz für ein so schmales Boot befand. Wenn sie überhaupt mal von irgendwem bemerkt wurde, einem einsamen Angler etwa, mimte sie die unerfahrene Touristin, die mit ihrem Boot ängstlich immer in der Nähe des Ufers paddelte.

Mit dem Faltboot würde sie jetzt weit auf den See hinausfahren wie irgendeine Freizeitsportlerin, um dann in einem großen Bogen zurückzukehren und durch den Stichkanal in die Spree einzumünden. Kanäle, Flüsse, Seen, alle Wasserstraßen waren ja zum Glück irgendwie miteinander verbunden, künstlich oder natürlich. Jenseits der Stillen Krampe, entlang der Flussauen, wo es einsam wurde, würde sie systematisch nach geeigneten Stellen für ihr neues Lager suchen und es eventuell schon vorbereiten.

Sicher, auch dort gab es die Grundstücke, Villen und Protzbauten reicher Leute. Aber das störte sie nicht. Im Gegenteil. So würde sie die Reichen im Blick haben, nicht umgekehrt.

Der Gedanke beflügelte sie und sie machte Fahrt.

Erst in der Abenddämmerung kehrte sie zurück.

Und sie wusste, dass sie den größten Fehler ihres Lebens begangen hatte.

15

Es war abends kurz nach neun, als ihr Telefon klingelte. Jana Seitz lag auf dem Sofa, den Kopf auf zwei Kissen gebettet, und schaute fern. Sie war an einer Reportage über den Mekong hängengeblieben, die sie kein bisschen interessierte, aber finde mal einen Kanal, der dir am Samstagabend keinen schwachsinnigen Krimi oder anstrengenden Kulturbrei vorsetzte.

Sie nahm das Handteil vom Glastisch und sah auf dem Display, wer anrief.

Frank.

Sollte sie überhaupt abnehmen, nachdem sie gestern von ihm so fies ausgebootet worden war?

Nach der ersten gemeinsamen Sitzung mit den Berlinern und der PK am Freitagmorgen hatte er sich nicht mehr bei ihr gemeldet, war auch nicht im Präsidium aufgetaucht. Ein vielbeschäftigter Mann, der Herr Erster Kriminalkommissar.

Sie war so enttäuscht von ihm.

Aber auch wütend.

Sie nahm ab. »Jana?« Und schwieg.

»Jana, du bist bestimmt stinksauer auf mich, und das tut mir auch leid, aber ich kann …«

»Lass die Tour, Frank. Es reicht mir.«

»Wieso Tour? Was soll das jetzt wieder heißen?«

»Ich weiß nicht, warum du mich so mies behandelst. Von allem ausschließt.«

Sekundenlang herrschte Schweigen.

»Jana, du … verstehst das ganz falsch. Ich wollte dich bloß aus der Schusslinie nehmen. Wegen Laschwitz. Das habe ich dir doch gesagt.«

»Hast du, ja. Sie würde an der PK teilnehmen, hast du gesagt.«

»Richtig.«

»Aber von der Sitzung mit den Berlinern hast du mir nichts erzählt. Und an der hat sie nicht teilgenommen.« Das hatte Jana vom Kollegen Maik Vieth erfahren.

»Herrgott noch mal, Jana, ich dachte, Laschwitz würde selbstverständlich auch *daran* teilnehmen. Stattdessen hatte sie irgendein Gespräch mit einem hohen Tier aus der Berliner Verwaltung. Sie soll da Ambitionen haben.«

»Was du alles von ihr weißt.«

»Ist bloß, was so geredet wird. Und dass sie an der Sitzung mit den Kollegen nicht teilnehmen würde, wusste ich eben *nicht*, Jana.«

Es fiel ihr schwer, ihm das zu glauben. Er hatte doch einen Stein im Brett bei der Sphinx, das wussten alle. Roswitha Laschwitz war verheiratet, hatte aber keine Kinder, soviel Jana wusste. Vielleicht hatte sie für Frank mütterliche Gefühle oder so was entwickelt. Schließlich hatten beide den gleichen süddeutschen Dialekt, kamen aus derselben Gegend am Bodensee. Hatte Frank selbst ihr mal erzählt. Mit einem Lächeln im Gesicht, als wäre er noch stolz darauf.

Nein, nein, sie hatte beschlossen, ihm nicht zu glauben. »Lass es gut sein, Frank. Ich will nicht mehr. Wäre wahrscheinlich besser, ich würde mich versetzen lassen.« Darüber dachte sie ernsthaft nach.

»Du willst auch keine KV machen, nein?«

»KV?«

»Kommissionsvertretung, ja.«

»Frank, was soll das?« Wollte er sie zum Schluss noch demütigen, indem er ihr vorhielt, was jemand anderes übernehmen würde, falls sie den Entschluss wahrmachte, sich versetzen zu lassen?

»Ja, Kommissionsvertretung, Jana!« Seine Stimme klang auf einmal hell und fröhlich. »In meinem Team. *Unserem* Team.«

Sie war kurz davor, aufzulegen, als er auf einmal nachschob: »Ich nerve Laschwitz seit gestern Vormittag damit, dass ich dich als meine Zweite will. Dass du deinen Fehler eingesehen hast und dich absolut loyal verhalten wirst. Ich hab ihr klargemacht, dass wir dich brauchen, wenn *wir* den Fall aufklären wollen, nicht die Berliner. Verstehst du, Laschwitz will in der Hauptstadt den Chefposten, der vakant ist. Meinen Wink hat sie natürlich verstanden. Und ich schätze, deshalb ist sie jetzt auch einverstanden mit dir als KV in der Gruppe. Als meine Zweite.«

Sie verstand auf einmal gar nichts mehr. War das derselbe Frank, von dem sie dachte, er habe sie hinterrücks ausgebootet, aus welchen Gründen auch immer? Und in Wahrheit hatte er dafür gekämpft, sie intern hochzupushen? Sie schämte sich und war sekundenlang sprachlos.

»Jana? Bist du noch da?« Sie hörte ihn lachen.

»Ja. Ja, klar.«

»Hast du nicht Lust, herzukommen? Ich hab für uns gekocht.«

»Gekocht?« Sie hatte schon gegessen. Oder, na ja, Schokolade in sich hineingestopft, aus lauter Frust.

»Nichts Besonderes. Rotbarsch. Mit Ananas, Zucchini und Reis.«

»O Mann.« Er wusste genau, dass sie Rotbarsch mit Zucchini und Ananas auf keinen Fall widerstehen konnte. Nicht mal nach einer Tafel Schokolade. »Scheiße, ich komme.«

Er lachte wieder. »Super.«

»Wehe, du fängst vor mir an.« Sie legte auf.

Ihr Herz raste vor Aufregung, als sie aufsprang, im Flur nach ihren Sachen griff und die Wohnung verließ.

Rotbarsch mit Zucchini, Mensch.

Und zum Nachtisch: Frank.

16

Agneta Rehmanová freute sich, dass das schöne Wetter vom Vortag sich auch heute, am Sonntagmorgen, wieder einstellte. In langen Bahnen fiel das Sonnenlicht durch die großen Fenster des langgestreckten Esszimmers.

Es war kurz nach neun, sie deckte den Frühstückstisch für zwei Personen, hatte die Flügeltüren zum Wohnzimmer an dem einen Ende des Raums und die Zwischentür zur Küche hin weit geöffnet, aus den in der Decke versteckten Hightech-Lautsprechern tröpfelte leise Klaviermusik, Chopin, sie war beinahe glücklich.

Wenn jetzt noch Frau Møller – Herrgott noch mal: Brigitte! – und Hellwig sich bequemten aufzustehen, begann der Tag perfekt. Sultan befand sich noch draußen, lief wahrscheinlich das Ufer ab, markierte sein Revier, bevor er wieder hereinkam. Das Paar, vermutlich Hellwig, hatte ihn vorhin aus dem Schlafzimmer gelassen und sie hatte dem Hund wie üblich die Haustür geöffnet.

Ein letzter prüfender Blick über den gedeckten Tisch. Fehlte noch etwas? Nein, alles fein. Sie trug noch das große Tablett zurück in die Küche und ging von dort aus in den Flur, um den beiden nicht mehr ganz so jungen Täubchen leise klopfend anzudeuten, dass das Frühstück fertig sei.

Sie kam nicht mehr dazu.

Noch ehe der Knöchel ihres gekrümmten Zeigefingers das massive dunkle Holz des Türblatts berührte, krachte es plötzlich zweimal. Sie erschrak so gewaltig, dass ihre Schenkel augenblicklich anfingen zu zittern und sie beide Hände schützend hochriss und an den Kopf legte.

Agneta fuhr herum, warf einen entsetzten Blick zum hinteren Ende des Flurs, von wo der Lärm, wie sie glaubte, gekommen war. Im nächsten Moment flog die massive Eichentür auf. Sie führte zur Seeseite hinaus und war eigentlich immer abgeschlossen. Im hereinflutenden grellweißen Licht stand eine Gestalt in einem hellen Overall, mit weißen Handschuhen, einer runden Kopfbedeckung und einem dunklen Netz vor dem Gesicht.

Agneta schrie auf und taumelte zwei Schritte zurück. »*Ježíš! Ježíš!*« Sie wusste, was das zu bedeuten hatte.

Die Gestalt – der Imker – drang in den Flur ein und stieß mit der Ferse gegen die Tür hinter sich. Doch sie schloss nicht mehr richtig, ein schmaler Lichtkeil fiel herein und erhellte eine Ecke des Blumenmusters auf den hellbraunen Fliesen und den weißen Heizkörper an der Wand.

Der Imker hob eine Faust, in der sich ein kleiner schwarzer Gegenstand befand. Seine Pistole zielte direkt auf ihren Kopf.

Ihre Knie gaben nach, sie sackte zusammen, als bestünden ihre Muskeln aus Brei. Ihr wurde schlecht …

Auf einmal stand Hellwig im Flur. Nackt. Kreidebleich im Gesicht. Er schaute zu ihr herunter, während sie kraftlos am Boden kauerte, auf dem teilnahmslosen, schwarz-weiß gemusterten Teppich des Flurs. »Agneta … was zum Henker ist los?«

Sie schüttelte den Kopf. Oder vielleicht fühlte es sich auch nur so an, als täte sie es. Aber sie lebte noch, der tödliche Schuss war noch nicht gefallen. Sie richtete den Blick panisch zum Ende des Flurs. Die Gestalt, der Imker, hielt noch immer die Pistole in der Faust und zielte auf sie. Oder auf Hellwig?

Jemand fing an, entsetzlich zu schreien. Sie selbst.

Plötzlich begriff Hellwig. Er wandte sich ruckartig um. Und tat etwas, das doch ... verrückt war!

Er sprintete los.

Rannte auf die weiße Gestalt zu, die dort hinten am Ende des Flurs stand, mit der Waffe in der Hand, ruhig wie eine Statue, als hätte sie nur auf diesen einen Moment gewartet.

Ein Knall, tausendfach lauter als die ersten beiden Schüsse. Dann noch einer. Ihr Körper wurde jedes Mal erschüttert wie von Hammerschlägen.

Sie sah Hellwig mitten in der Bewegung stoppen, sein Oberkörper wurde zurückgeschleudert, die Arme nach hinten geworfen, als wäre er frontal von einem gigantischen Bolzen getroffen worden. Er wurde herumgewirbelt, schlug der Länge nach hin.

Er lag jetzt auf dem Bauch, sein Gesicht war ihr zugewandt, das linke Auge weit aufgerissen, das rechte ... *Ježíš*, das rechte Auge war nur noch ein grässliches blutiges Loch in seinem Gesicht.

Sie konnte nicht mehr, sie ...

Als sie wieder zu sich kam, lagen um sie herum überall Scherben auf dem Boden. Ein glänzender schwarzer Schatten strich plötzlich wie ein Pfeil an ihr vorbei. Sultan.

»Sultan!« Ihr Ruf war nur ein Röcheln.

Beinahe noch im selben Moment die nächsten Explosionen. Entsetzliche Donnerschläge. Jedesmal fuhr ihr Körper zusammen, als sei sie getroffen worden, mitten ins Herz.

Aber sie lebte, atmete. Lag zusammengekrümmt am Boden, die Beine zum Bauch hochgezogen, Arme und Hände um den Kopf geschlungen.

Ihr Herz raste, Feuchtigkeit zwischen den zitternden Schenkeln. Sie rührte sich nicht.

Totstellen.

Aber ihre Gedanken rasten ohne Inhalt durch ihren Kopf, der sich anfühlte, als müsse er jeden Moment explodieren.

Nach einer Weile begriff sie, dass alles still war.

Unendlich langsam, Millimeter für Millimeter, hob sie den Kopf. Und blickte in Arne Hellwigs totes Auge. In sein blutiges Loch im Kopf.

Sie fühlte ein Würgen im Hals, riss sich aber zusammen. Wie sie es ein Leben lang getan hatte.

Sie war jetzt allein im Flur. Mit ihm.

Kein Sultan. Kein Imker.

Nur der tote Hellwig.

Und sie, die noch lebte.

Jemand begann zu schreien. Gab einen Ton von sich, hoch, fast trillernd, schrill, wie der Laut eines Tropenvogels, noch nie hatte sie je einen so furchtbaren Schrei gehört. Unmöglich, dass sie selbst ihn ausgestoßen hatte.

Brigitte Møller stand plötzlich neben ihr, schlotternd am ganzen Körper. Nackt wie ihr getöteter Hellwig. Sie sah ihn liegen, dort hinten im Flur, in dem grellen Lichtkeil der zerstörten Tür, die jetzt ganz geöffnet war und sinnlos in ihren Angeln schwang.

»Arne.« Brigitte Møllers Stimme war nur ein Hauchen. Ihre Hände waren ausgestreckt, suchten nach Halt, fanden ihn nicht. Sie war unfähig weiterzugehen, sank auf die Knie, krümmte den biegsamen weißen Körper, bis der Kopf den Boden berührte.

Dann fiel ein weiterer Schuss.

Draußen.

Sie zuckten beide zusammen wie durch einen Stromstoß.

Brigitte Møller richtete sich auf. Starrte zum hinteren Ausgang hin. »Sultan!« Sie warf den Kopf wie im Stakkato hin und her. Ihr Gesicht sah jetzt wütend aus. »Nicht Sultan!«

Brigitte war offenbar dabei, verrückt zu werden.

Agneta wusste auf einmal, was zu tun war. Sie stemmte sich

hoch, stand wieder auf ihren Beinen, die sie kaum noch fühlte, riss Brigitte am Arm gewaltsam hoch. »Komm, Mädchen! Komm!«

Sie schaffte es ins Schlafzimmer mit ihr, lenkte sie zum Bett, setzte sie auf die Bettkante, auf das zerwühlte Laken.

»Nicht Sultan!« Brigitte schien buchstäblich den Verstand zu verlieren. »Nicht Sultan!«

Doch dann: Sultan!

Wie aus dem Nichts tauchte der Hund wieder auf, noch ehe sie die Schlafzimmertür hatte absperren können, um sich mit Brigitte zu verbarrikadieren. Sultan sprang vollkommen außer sich an seinem nackten Frauchen hoch, trommelte mit den schwarzen Pfoten gegen ihre flache knochige Brust. Hinterließ schmierige blutrote Abdrücke auf ihrer hellen Haut.

War der Hund getroffen worden? Nein, es sah nicht so aus.

Ježíš, es war das Blut von Arne Hellwig. Sultan war durch seine Blutlache gelaufen.

17

Roman Baer sah bekümmert auf Corinnas Teller.

Sie saßen am Frühstückstisch im Erkerzimmer ihrer Altbauwohnung, die Sonne, ein verdammt seltener Gast in letzter Zeit, stand satt und hell in den Kastenfenstern und wärmte bereits das knarzende alte Parkett unter ihren Füßen.

Auch die jungen Leute in Neumanns Wohnung unter ihnen schien Frau Sonne zu beruhigen, kein Ton von ihnen an diesem Morgen, nachdem in der Nacht, trotz seiner Bitte, doch wieder die Bässe gedröhnt hatten.

Corinna saß ihm gegenüber und hatte kommentarlos ihre Brötchenhälfte gegessen.

Trocken.

Ohne Butter.

Ohne den Ziegenkäse, den sie so liebte.

Er wusste, dass sie nichts dazu gesagt hatte, weil sie ihn nicht kritisieren, nicht kränken wollte.

Heute hatte er nicht nur den Tisch gedeckt, sondern die Sachen, die sie gewöhnlich aß, gleich auf ihrem Teller drapiert. Das war vielleicht falsch gewesen, weil sie es ja neu erlernen musste, jeden Handgriff. Aber verflucht noch mal, es war Sonntag und überhaupt!

Doch dann auf einmal begriff er. Er hatte das Brötchen rechts und den Stich Butter und den Ziegenkäse links auf dem Teller platziert. Aus ihrer Sicht. Corinna nahm nur das Brötchen rechts wahr, nicht die Sachen links, wusste gar nicht, dass sie vorhanden waren.

Wie hatte er das vergessen können?

Also beugte er sich jetzt zu ihr hinüber und drehte den Teller um hundertachtzig Grad herum.

Ihre Augen flammten plötzlich auf.

Er legte rasch die zweite Brötchenhälfte oben auf die Käsescheiben und sah sie aufmunternd an.

Ihre Wangen wurden glühend rot. Ihr Kopf sank langsam nach vorn und sie begann zu weinen. Baer stand erschrocken auf und ging um den Tisch herum. Umfasste ihre Schultern, küsste den Scheitel ihres dunklen Haars und verachtete sich in diesem Moment für seine Gedankenlosigkeit.

»Es tut mir leid, Corinna. Ich … war nicht bei der Sache.«

Sie schüttelte den Kopf, legte ihre Hand auf seine rechte, beruhigte sich, schniefte noch ein paar Mal.

Dann klingelte sein Telefon.

Das Diensthandy.

Er löste sich von ihr und nahm den Anruf an.

Es war Liv Grünberg. Die ihn mit kurzen Worten informierte. Der Imker. Ein neuer Überfall heute früh. Auf eine Villa unten am

Netzower See, Brandenburg. Ein Mann wurde getötet. Erschossen. Der Täter entkommen. »Die Brandenburger, Fleischmann und Co., sind schon vor Ort. Ein gutes Stück noch hinter der Stillen Krampe, falls dir das was sagt.«

Nein, das sagte ihm nichts. Weder war er Angler noch Segler, Ruderer oder Schwimmer. Das Wasser war überhaupt nicht sein Element.

»Von uns sollten wenigstens wir beide dort sein, Roman.«

»Sagt wer? Iwersen?«

»Das sage ich.«

Er seufzte vernehmlich. »Sicher. Ich komme.« Er bedankte sich. »Wir sehn uns dort.« Er legte auf und bemerkte irritiert, dass er sich freute.

Nicht auf die Arbeit am Tatort, an diesem sonnigen Sonntagmorgen.

Sondern darauf, sie zu sehen.

Liv.

Corinna blickte ihn verstört an, als er ihr zu verstehen gab, dass er leider fortmüsse, zu einem neuen Tatort. Dass er aber Galina anrufen werde. »Damit sie dir Gesellschaft leisten kann.«

Gesellschaft leisten, mein Gott, Baer! Er schüttelte den Kopf über sein Geschwätz.

»Bist du böse auf mich, Roman?«

»Was?« Er lachte und merkte selbst, wie gezwungen das klang. »Wieso sollte ich böse auf dich sein? Ich muss nur meine Arbeit machen, Corinna. Nur deshalb muss ich weg.«

»Doch, du bist böse auf mich. Ich weiß es.«

Er schwieg.

Sie hatte recht.

Tief im Innern war er zornig auf sie.

Auf die Frau, mit der er zusammenlebte.

Die aber nicht mehr sie selbst war. Oder noch nicht wieder.

Sein Zorn war natürlich unberechtigt. Ungerecht. Sie konnte

nichts dafür. Und er liebte sie doch. Immer noch. Er musste Geduld haben, nach und nach konnte sich alles noch bessern.

Natürlich auch verschlechtern.

Trotzdem war das jetzt erstaunlich: Corinna hatte zwar große Teile ihres Gedächtnisses verloren. Aber nicht ihre Intuition. Sie kannte ihn besser als er sich selbst.

»Fahr, Roman. Fahr los.«

Er brauchte eine gute Dreiviertelstunde bis runter zum Netzower See. Die Villa von Brigitte Møller lag auf einer Landzunge, die sie ganz allein bewohnte, Privatbesitz, der weit in den See hinausreichte und weithin sichtbar war. Das riesige Gebäude sah aus wie ein zur fünffachen Größe aufgeblasenes Schwedenhaus, bordeauxrot gestrichene Außenfassade, blütenweiße Fensterrahmen, eine großzügige, üppig bepflanzte Veranda, umgeben von einem Park, der mindestens zwanzigtausend Quadratmeter umfassen musste und denkbar einfach gestaltet war: englischer Rasen (der ein bisschen mehr Pflege vertragen konnte) und jahrhundertealte deutsche Eichen und Buchen, die teppichdick buntes Herbstlaub unter sich ansammelten.

Die Villa, zu der eine Allee mit wunderschönen, uralten Bäumen kilometerweit über die Landzunge führte, wurde jetzt von den Fahrzeugen der Brandenburger Kollegen belagert. Seltsam, wie schnell ihm nach dem Überfall auf die Chefarztvilla die übliche Ausrüstung, das Prozedere und die Routinen am Tatort schon wieder vertraut waren.

Liv Grünberg erwartete ihn vor dem Eingangsbereich, der über einen breiten Kiesweg zur Veranda führte. Sie stand im strahlenden Sonnenschein – das Licht schien hier draußen am See noch intensiver zu sein als in der Stadt, sehr weiß, hell, beinahe gläsern klar – und lächelte, als er aus dem Wagen stieg. Sie trug eine kurze Jacke aus dunklem seegrasgrünem Leder über einer weißen Bluse, in deren weitem Ausschnitt ihre überraschend sommersprossige Haut zum Vorschein kam. Viel davon.

Er kniff die Brauen zusammen, als blendete ihn die Sonne, und nickte ihr zur Begrüßung zu. »Wo ist Fleischmann?«

»Unten am See. Auf der Rückseite des Hauses. Von dort ist der Täter offenbar ins Haus eingedrungen. Ich führ dich hin.«

Sie wies auf die Eingangstür, deren Einsatzglas zersplittert und aus der ein handtellergroßes Stück in Höhe des Schlosses herausgebrochen war. »Er hat drinnen im Flur mehrfach geschossen und dabei auch die vordere Haustür getroffen. Ein Wunder, dass er dabei nicht die Hauswirtschafterin getötet hat.«

Aus dem Haus hörte man heftiges Schluchzen einer Frau und die besänftigende ältere Stimme einer zweiten Frau, die anscheinend die Jüngere zu beruhigen versuchte.

Sie gingen rechts an der Längsseite des Hauses vorbei. Liv deutete auf das zweite Fenster im Erdgeschoss. »Das Schlafzimmer von Brigitte Møller. Sie hat darin mit dem Toten …« Sie stutzte plötzlich, schüttelte den Kopf und lachte verhalten. Es stand ihr gut, dieses Lächeln. »Also, natürlich nicht mit dem Toten. Sondern mit Arne Hellwig zusammen hat sie dort geschlafen. Dem Opfer.« Sie sah ihn an. Er wich ihrem Blick aus. Diese intensiven grünen Augen verunsicherten ihn.

Sie gingen rasch weiter, unter den Bäumen hindurch, auf sicherem Pfad zwischen den Tatortleitzahlen und den Brandenburger Technikern.

Vom See her kamen ihnen, mit einer frischen, leichten Brise, Fleischmanns hohe athletische Gestalt und eine junge Kollegin entgegen. Eine grazile Frau Anfang dreißig in Jeans und einer hüftlangen anthrazitfarbenen Wolljacke, die mit einer Hand die glatten schulterlangen, beinahe cognacfarbenen Haare fortstrich, die ihr der Wind immer wieder in die Stirn wehte.

»Die kenne ich noch gar nicht.« Baer deutete mit dem Kinn auf die Kollegin.

»Jana Seitz. Sie ist Fleischmanns Zweite. Mein Pendant quasi auf Brandenburger Seite.«

»Verdammt jung. Sie war bisher nicht dabei, oder?«

Liv Grünberg schaute ihn ironisch von der Seite an. »Ich denke, sie hat eine Chance verdient, Roman.«

Er sah betont geradeaus. »Wieso, braucht sie eine?«

Liv lachte und verkniff es sich gleich wieder, als sie Fleischmann und die junge Kollegin erreichten.

Frank Fleischmann gab Baer ernst und förmlich die große Hand und stellte ihm Jana Seitz vor.

Die junge Frau schenkte Baer jedoch nur ein knappes Nicken und setzte eine Miene auf, als würde sie schmollen.

Das gefiel ihm nicht. Hielt sie sich für was Besonderes?

Vielleicht, dachte er dann, waren es aber auch nur die sehr ausgeprägten, vollen Lippen, die diesen Eindruck vermittelten. Zusammen mit den scharf geschnittenen schwarzen Augen, die schräg über den starken Wangenknochen lagen und einen auffälligen Kontrast zu den weichen Konturen ihres schneeweißen, herzförmigen Gesichts bildeten.

Ein Gesicht, das man nicht so leicht vergaß, dachte er. Und das auf Männer (im entsprechenden Alter) sicher einen besonderen Reiz ausübte.

Sie setzten sich wieder in Bewegung und näherten sich zu viert dem rückwärtigen Eingang des Hauses.

»Wie ist es abgelaufen, Kollege? Was denken Sie?«

Fleischmann zuckte zusammen, als hätte Baer ihm auf den Rücken geschlagen. Er fuhr sich nervös mit der Hand über das drahtige Blondhaar. Mein Gott, schon seine simple Aufforderung wirkte auf den Brandenburger Kollegen wie ein Peitschenhieb.

Als hätte Fleischmann Baers Gedanken erraten, räusperte er sich jetzt und fand die Worte wieder. »Also. Der Täter betritt heute Morgen gegen neun von der Seeseite her das Grundstück. Macht sein Boot vermutlich ganz dreist an dem Steg drüben fest, gleich neben der Jacht, die dort liegt.«

Baer warf einen kurzen Blick zum Holzsteg hinüber, der ihm

erstaunlich breit und sehr lang vorkam. Eine weiße Sportjacht, wenn man die denn so nannte, lag am Ende des Stegs vor Anker.

»Er marschiert zur Rückseite des Hauses, der Täter, schießt das Schloss der Tür auf und dringt in den Hausflur ein. Dort steht in dem Moment die Hauswirtschafterin, Frau Reimann.«

»Rehmanová.«

»Wie?« Fleischmann warf seiner jüngeren Kollegin einen krausen Blick zu.

Jana Seitz wiederholte den korrekten Namen der Hauswirtschafterin. »Agneta Rehmanová. So heißt die Frau.«

Baer sah sie überrascht an. Ihre Stimme klang verblüffend tief und rau, sie erinnerte ihn spontan an eine belgische Jazzsängerin, die er neulich im Radio gehört hatte, deren Namen er sich jedoch nicht hatte merken können. Wie so oft.

»Okay.« Fleischmann fuhr fort. »Diese ... Rehmanová war auf dem Weg zum Schlafzimmer der Witwe, um zu melden, dass das Frühstück fertig wäre. Das sagt sie jedenfalls aus.«

Baer glaubte eine Andeutung herauszuhören. »Haben Sie Zweifel an ihrer Aussage?«

»Zweifel?« Fleischmann starrte ihn verstört an. »Nein. Wieso?«

Baer winkte ab. »Schon gut.«

»Jedenfalls ...« Fleischmann kniff die Brauen zusammen. »Wo war ich?«

»Die Hauswirtschafterin. Auf dem Weg zum Schlafzimmer«, half ihm Liv Grünberg.

»Genau. Da kracht es zweimal, sagt die Hauswirtschafterin. Das waren die ersten zwei Schüsse, die der Täter abgegeben hat. Im Haus jetzt. Eine Gestalt in einem weißen Overall, sagt sie, stand hinten in der zerschossenen Tür, ein dunkles Netz vor dem Gesicht. Der Imker.«

Baer hob fragend das Kinn. »Er trug die typische Imkerkleidung, ja? Overall, Handschuhe, dunkle Imkermaske? Ist sie sicher?«

Denn bestimmt hatte die Hauswirtschafterin, wie inzwischen fast alle in der Gegend, vom »Imker« erfahren. Aus der Zeitung, vom Hörensagen, aus dem Internet. Und womöglich hatte sie vorher schon Angst vor ihm gehabt. Passierte dann etwas, überlagerten sich oftmals Wirklichkeit und Erwartung.

Fleischmann nickte bekräftigend. »Sie ist sich absolut sicher, dass der Täter Imkerkleidung trug. Kein besonders großer Mann, ihrer Ansicht nach, eins siebzig bis höchstens eins achtzig. Ansonsten schwer zu beschreiben. Eben wegen der Verkleidung. Mit dem dunklen Imkernetz vor dem Gesicht. In der Aufregung.« Fleischmann fuhr sich mit der Hand über die Stirn und wischte sich den Schweiß fort.

Baer blickte ihn forschend an. »Und dann?«

Fleischmann runzelte die Stirn. Und schien mit einem Mal aus der Spur zu sein. Fand auch nicht zurück, um fortzufahren.

Jana Seitz sprang für ihn ein, so schnell und selbstverständlich, dass es kaum auffiel.

Und auch Baer nicht aufgefallen wäre, wenn er nicht Tausende Vernehmungen und alle nur denkbaren Stressreaktionen bei Menschen erlebt hätte. Er wusste, wann jemand unter Strom stand. Und Fleischmann stand unter Starkstrom. Warum, zum Teufel, hatte die Laschwitz einen Mann in seiner Verfassung zum Ersten Ermittler in einem so bedeutsamen Fall gemacht? Das schadete allen und Fleischmann selbst am meisten.

Der Kollege konnte von Glück sagen, dass er seine Zweite hatte, Jana Seitz. Mit ihrer dunklen jazzrauen Stimme – Baer war noch immer verblüfft darüber – spann sie jetzt blitzschnell den Faden fort, den Fleischmann hatte fallen lassen.

»Die Hauswirtschafterin sagt, der Täter zielte mit der Waffe auf sie. Aber im nächsten Moment kam schon der Freund, Arne Hellwig, aus dem Schlafzimmer gestürmt. Wieder schießt der Täter zweimal. Das erste Geschoss schlägt in die vordere Haustür ein, die dadurch aufspringt, das Glas darin zersplittert. Mit dem anderen Schuss trifft er Hellwig in den Kopf. Ins Auge. Der Arzt drinnen«, sie warf einen Blick zum Haus, »er sagt, das Opfer war sofort tot.«

Dazu, dachte Baer, hätte es keines Arztes mehr bedurft.

»Können wir inzwischen reingehen?« Liv Grünberg sah Jana Seitz fragend an.

Die junge Kollegin schüttelte den Kopf. »Ich denke, noch nicht. Die Techniker nehmen sich jede einzelne Faser im Haus vor.«

Baer nickte zustimmend. So sah professionelle Arbeit am Tatort aus. Es wurde noch immer viel zu häufig geschlampt. Hier zum Glück nicht.

»Nur damit ich das verstehe.« Er wandte sich einfach weiter an Jana Seitz. »Hellwig kam aus dem Schlafzimmer der Frau. In welchem Zustand?«

Fleischmann, der sich offenbar erholt hatte, griff Baers Frage begierig auf. »Die Frau ist unverletzt, aber momentan noch nicht vernehmungsfähig. Verständlicherweise.«

Mein Gott, Fleischmann war nicht mal mit zehn Prozent seines Verstands bei der Sache. Baer sah zu ihm, der einen Kopf größer war, auf. »Ich meinte den *Mann*, das Opfer. Arne Hellwig, in welchem Zustand war er, als er dem Täter im Flur des Hauses gegenüberstand? War er angriffslustig? Irgendwie bewaffnet? Was hat er getan?«

Fleischmann runzelte die Stirn und verzog seinen Mund, als hätte Baer sich unklar ausgedrückt.

Und wieder beantwortete Seitz die Frage für ihren Chef. »Hellwig war nackt. Unbewaffnet. Ging aber gleich auf den Täter los, als er ihn entdeckte. Ein verzweifelter Sturmangriff, nach Aussage der Hauswirtschafterin.«

Jana Seitz' Schmollmund, das wurde Baer immer deutlicher, hatte ihm wirklich einen ganz falschen ersten Eindruck vermittelt. Sie war alles andere als prätentiös, sondern klar und präzise, nichts Überflüssiges in dem, was sie sagte.

Liv Grünberg zuckte die Achseln. »Manche flüchten, andere greifen in ihrer panischen Angst eben an.«

Seitz fuhr fort: »Zur gleichen Zeit, sagt die Hauswirtschafterin noch aus, kam durch die aufgesprungene Haustür vorn der Hund von Frau Møller hereingestürmt. Der Täter schießt mehrfach auf ihn, verfehlt ihn, flieht dann selbst durch die hintere Tür hinaus, der Hund verfolgt ihn nach draußen, und dann hören sie und Frau Møller einen weiteren Schuss. Natürlich dachten beide Frauen, der Hund – Sultan heißt er – wäre tot. Mindestens verletzt. Aber kurz darauf kam er aufgeregt und unverletzt zurück ins Haus.«

»Hat den Täter offenbar vertrieben.« Fleischmann schob anerkennend sein spitzes Kinn vor und entblößte starke weiße Vorderzähne. »Ein Dobermann. So ein Hund kennt keine Angst.«

Baer sah ihn fragend an. »Sie kennen sich offenbar aus mit Hunden?«

Er selbst hatte sich zwar als Kind sehnlichst einen Hund gewünscht, aber nie bekommen, weil seine Mutter an Asthma litt. Und wegen seines Berufs hatte er auch später nie einen besessen. Wann hätte er sich um ihn kümmern sollen?

Von der Vorderseite des Hauses rief jemand nach Fleischmann. Und der schien nur darauf gewartet zu haben, so schnell schnürte er davon, ohne auf Baers Frage noch einzugehen.

Baer sah ihm aufmerksam nach, bis er merkte, dass ihn Fleischmanns Zweite, Jana Seitz, fixierte. Er wandte sich ihr zu.

Sie schüttelte leicht den Kopf und hielt mit einer Hand ihr vom Wind gezaustes rotblondes Haar davon ab, ihre dunklen Augen zu verdecken. »Der Hund, Sultan. Ich weiß nicht recht, was ich davon halten soll.«

»Was meinen Sie?«

»Ich kenne mich ein bisschen mit Hunden aus. Hatte früher selber einen, keinen Dobermann, aber auch eine Art Wachhund. Was ich nicht verstehe: Der Hund war zur selben Zeit draußen, als der Täter von der Seeseite das Gelände betrat.«

»Sie meinen, warum hat er nicht angeschlagen? Oder den Täter gleich angegriffen?«

»Genau.«

Liv Grünberg zuckte die Achseln. »Vielleicht war der Hund zu eben dem Zeitpunkt ganz woanders unterwegs?«

Jana Seitz wog den Kopf hin und her. »Okay. Aber was passierte, nachdem der Täter aus dem Haus geflüchtet war und der Hund ihm nachsetzte? Es gibt nur zwei Möglichkeiten. Erstens, der Hund greift den Täter an und fasst ihn, bevor der ihn durch einen zweiten Fangschuss töten oder zumindest schwer verletzen kann. Dann hätten wir den Imker kampfunfähig irgendwo zwischen Haus und See finden müssen. Bewacht von Sultan, der ja angeblich ausgebildeter Wachhund ist, wie die Witwe versichert. Oder, zweitens, der Täter schießt auf Sultan, trifft ihn und kann verschwinden. Aber nichts von beidem passiert. Der Täter schießt zwar, trifft aber den Hund nicht und kann trotzdem entkommen. Wieso hat der Hund ihn laufen lassen? Rennt stattdessen zurück ins Haus?«

Baer verstand, worauf sie hinauswollte. »Weil der Hund den Täter kannte, meinen Sie.«

Liv Grünberg schüttelte den Kopf. »Glaube ich nicht. Wenn der Hund den Täter kannte, warum stürmt er gegen ihn los, sobald er ihn im Flur hinten sieht oder wittert oder was weiß ich, was Hunde zuerst wahrnehmen?«

Jana Seitz stimmte ihr nachdenklich zu. »Das habe ich mich auch gefragt. Aber vielleicht«, sie legte eine Pause ein und sah beide, Baer und Liv Grünberg, abwechselnd an, »vielleicht wollte er ihn gar nicht angreifen. Sondern ihn *begrüßen*? Oder nach draußen begleiten, nachdem er ihn schon am See begrüßt hatte?«

Liv Grünberg zog die Stirn kraus. »Für meinen Geschmack ist das ein bisschen viel Spekulation, Jana. Und leider taugt Tierpsychologie nicht viel in einem Mordfall.« Sie lächelte, um Seitz zu zeigen, dass sie es nicht abschätzig meinte.

Baer sagte nichts. Betrachtete nachdenklich Liv und die junge

Kollegin. Fachlich gab er Livs sachlicher Argumentation recht. Aber er musste sich schon sehr täuschen, wenn diese junge Frau nicht das hatte, was er »die Gabe« nannte: eine spezifisch kriminalistische Energie, die fieberhaft werden konnte, gepaart mit einem frisch draufloskombinierenden Verstand.

Und Jana Seitz hatte auf ihre Art ebenso recht wie Liv Grünberg: Etwas stimmte hier nicht.

Wie schon bei ihrem Berliner Tatort Donnerstagnacht.

Das spürte er. Nur mochte er es nicht am Hund festmachen, dazu fehlte ihm schlicht das Wissen im Allgemeinen und über diesen Hund im Besonderen. Nein, auch hier leuchtete ihm der ganze Ablauf des Geschehens nicht ein:

Der Täter überfällt am hellen Tag die Villa einer offenbar vermögenden Frau und zielt auf deren Hauswirtschafterin, die ihm zufällig als Erstes begegnet. Dann tötet er deren Lebenspartner, der als Zweites auf der Bildfläche erscheint und ihn angreift. Um dann zu verschwinden, als hätte er sein eigentliches Anliegen vergessen. Was hatte er eigentlich vorgehabt? Die Villa ausrauben? Ein denkbar schlechter Zeitpunkt, es waren drei Personen im Haus. Die Witwe entführen? Warum tat er es dann nicht? Der Weg war frei, bis auf den Hund. Nein, der Tatverlauf wirkte geradezu improvisiert, beliebig, chaotisch. Und war, was immer er bezweckt hatte, erfolglos.

Dieser dritte Überfall setzte die scheinbare Sinnlosigkeit der ganzen Serie des »Imkers« fort: Welches Ziel verfolgte der Täter eigentlich? Als Erstes entführt er die Frau eines wohlhabenden Architekten, die ihm stirbt, bevor er Lösegeld fordern kann. Dann verschleppt er erfolgreich ein Kind, aber die Lösegeldforderung bleibt trotzdem aus. Und als Drittes nun das hier. Ergebnis bisher: ein Kind, dessen Schicksal sie nicht kannten, drei tote Erwachsene, schwer verletzte, verstörte und traumatisierte Menschen.

Wozu, Herrgott noch mal?

Was sagten die genauen Abläufe der Überfälle über die Persönlichkeit des »Imkers« aus? Hatte seine Maskerade als Imker eine spezielle Bedeutung?

Eine symbolische wohl eher nicht. Wundt hatte inzwischen mit Imkern in Berlin gesprochen. Sie sagten, Bienen wären gute Lehrer in Sachen Ruhe, obwohl die Tiere selbst ein quirliges Volk seien. Wenn das stimmte, identifizierte sich der Täter weder mit den Bienen noch mit den Imkern. Denn an seinen Tatorten geriet er offenbar schnell in Panik und hinterließ nur Chaos und Zerstörung.

Die Imkerkleidung des Täters diente also vermutlich allein praktischen Zwecken, sie sollte Spuren verhindern und vielleicht auch einschüchtern. Aber wie war er auf sie gekommen?

In diesem Moment drang Fleischmanns bellende, sich beinahe überschlagende Stimme übers ganze Gelände hinweg an ihre Ohren. Er faltete anscheinend die Kriminaltechniker zusammen. Aber warum nur? Die Kollegen aus Potsdam machten bloß ihre Arbeit, und zwar sorgfältig, sie hätten im Gegenteil Lob statt Kritik verdient. Baer nahm sich vor, das später nachzuholen, um Fleischmanns Scharte wieder auszuwetzen, so gut es ging.

Der Erste aus Potsdam, schien ihm immer mehr, würde in dieser psychischen Verfassung – zu aggressiv, zu ungeduldig, zu respektlos gegenüber anderen – wenig hilfreich sein.

Aber seine Zweite, Jana Seitz, die hatte sie: »die Gabe«. An sie würde er sich in Zukunft halten.

18

Sie hatte es nicht mehr ausgehalten in Erichs Wohnung. Musste hinaus heute früh.

Zu ihrem Boot, raus auf den See, weit.

Musste sich abreagieren, den Schock nach dem gestrigen Erlebnis verarbeiten, ihn in Bewegung, körperliche Anstrengung, in Aktion umsetzen.

Ein unglücklicher Zufall war das gewesen, sie versuchte es auf diese Formel zu bringen. Aber der Fehler war natürlich gewesen, dass sie überhaupt hinausgefahren war, um einen Platz zu suchen, der für *jeden* von Interesse sein musste, der sich verborgen halten musste. Oder etwas zu verbergen hatte.

Gegen Mittag kehrte sie mit dem Faltboot hierher zurück. Sie fühlte sich jetzt besser. Sie steuerte wie immer den umgestürzten Baum unter der überhängenden Weide an, stieg aus, zog ihr Boot zwischen das dichte Geäst, bis es selbst aus der Nähe nahezu unsichtbar war, und gelangte dann über den Baumstamm zurück ans Ufer.

Auf direktem Weg eilte sie durch den Wald, bis sie den Kanal erreichte. Sie bewegte sich schneller als sonst, dadurch auffälliger, das war ihr klar. Aber sie hatte ein schlechtes Gewissen wegen Erich, der keine Ahnung hatte, wo sie sich befand. Der sich vielleicht Sorgen machte und dem sie versprochen hatte, das Mittagessen zu kochen. Schließlich war Sonntag.

Sie war schon eine ganze Weile am Kanal entlanggegangen, als ihr bewusst wurde, dass sie beobachtet wurde.

Drüben auf der anderen Seite des Kanals stand eine hohe Gestalt in dunkelgrüner Kleidung, vielleicht ein Vogelkundler, Naturfreund, sonst was.

Sie sah absichtlich nicht hin, aber aus dem Augenwinkel konnte sie erkennen, dass er ein Fernglas benutzte.

Mit dem er sie womöglich schon im Visier hatte, seitdem sie von der Landspitze her den Kanal erreicht und daran entlanggeeilt war.

Verdammt.

Wie hatte ihr das passieren können, dass sie ihn erst jetzt bemerkte?

Warum beobachtete er sie überhaupt? War er ein Zivilbulle?

Panisch arbeitete sie sich die Böschung hinauf, ging noch ein kurzes Stück weiter, bis sie den alten Holzweg erreichte, in den sie, ohne nachzudenken, einbog. Dann rannte sie los. Hatte der Mann etwa ihr Lager entdeckt? Sie hetzte durch den Wald, schlug sich durch das Unterholz, kämpfte sich über die Feuchtwiesen und durch das Sumpfgebiet, bis sie das Lager endlich erreichte.

Von außen sah alles unberührt aus. Auch Fußspuren waren nicht zu erkennen. Sie öffnete das Zelt, kroch hinein. Hier schien ebenfalls alles unversehrt. Sie griff nach dem Buch, aufgeschlagen auf Seite 61. Wie gehabt.

Sie ließ sich auf den Schlafsack fallen, atmete durch.

Bis sie auf einmal wieder hochschreckte.

Sie hatte schon wieder einen Fehler gemacht, wurde ihr mit einem Mal klar.

Normalerweise, wenn sie bemerkt wurde, zum Beispiel von einem Angler auf der anderen Kanalseite, war sie bewusst am Holzweg *vorbei* geradeaus gegangen, bis sie das nördliche Ende der Feuchtwiesen erreicht hatte, um in einem Riesenbogen ihr Lager von der anderen Seite her aufzusuchen. Aber jetzt war sie kopflos gleich in den alten Holzweg eingebogen. Der wies doch direkt in Richtung ihres Lagers!

Nein, kein Risiko eingehen. Sie musste so schnell wie möglich das Lager auflösen, das meiste zurücklassen. Bis auf das Allernötigste.

Am besten heute noch.

Nein, heute nicht.

Der Mann mit dem Fernglas war ihr nicht geheuer. Ein Förster vielleicht, der selbst am Wochenende auf Pirsch ging. Oder ein Ordnungsfanatiker, der nur darauf wartete, dass sie sich wieder zeigte. Und sie musste ja zurück zum Kanal, um mit den Sachen zu ihrem Boot zu gelangen.

Das Boot! Verdammt. Das wenigstens musste sie an einen anderen Platz schaffen. Jetzt sofort.

Nein, nicht jetzt natürlich! Aber bevor der Mann morgen womöglich das Ordnungsamt verständigte, irgendeinen Amtsschimmel, der für falsch geparkte Faltboote zuständig war.

Heute Abend also.

Und morgen dann, im Morgengrauen, würde sie das Lager auflösen und verschwinden.

Nein, ging nicht, verflucht.

Sie hatte Erich versprochen, ihn am Montag zum Augenarzt zu begleiten. Er brauchte eine neue Brille, das war klar, sonst wären weder Zeitunglesen noch Fernsehen mehr für ihn drin. Den Gefallen war sie ihm einfach schuldig.

Also Dienstag.

Aber keinen Tag später.

19

Jana Seitz kam sich vor wie in der Schule. Zurück im Klassenraum, nachdem sie zuvor eine Schulstunde zur Strafe auf dem Flur hatte verbringen müssen.

Es war Montag, kurz nach sieben. Sie befanden sich in einer Art Fortbildungsraum, dessen bläulich kaltes Deckenlicht ihre Gesichter krank und alt aussehen ließ. Etwa zwei Dutzend Kollegen der »Sonderermittlungseinheit Berlin-Brandenburg«, wie sie jetzt offiziell – und gedacht als ständige Einrichtung – hieß, saßen an Tischen, die in Hufeisenform aufgestellt waren.

Das Fußvolk.

Aus Potsdam sie, Maik Vieth und die Pradova. Dann das Berliner Team von Baer, die Kessler-Leute, Fallanalytiker und verschiedene Sachbearbeiter, deren Chefin die Grünberg war.

Neben der sie jetzt saß.

Sie hatte sich schon gestern am Tatort, draußen am Netzower See, gefragt, was für ein Parfüm die Kollegin benutzte, es roch fruchtig frisch, ein bisschen mummyish vielleicht, aber mit irgendeiner kleinen chilischarfen Note darin. Nicht schlecht gewählt für eine Frau Mitte vierzig.

Vorne saßen die Chefs wie auf der Hühnerstange. Außen der unscheinbare Baer mit abwesendem, beinahe melancholisch wirkendem Blick. Daneben sein Boss Iwersen mit dem vertrockneten roten Indianergesicht und den schweren Augensäcken. Dann Laschwitz natürlich, die Sphinx mit ihrem langen, leeren Pokerface, der undurchdringlichen Miene und den harten Bernsteinaugen. Neben ihr, mit zusammengepressten Lippen, Frank, beinahe Schulter an Schulter mit Laschwitz, wie Mutter und Sohn. Außerdem Kessler, der die Suchaktionen im Fall Tobias leitete, ein riesiger Typ mit fleischigem Gesicht, und Wünsche, die Kriminalpsychologin und Profilerin, eine mollige, dunkelhaarige Mittfünfzigerin in einem erdbeerroten Kostüm.

Das eigentlich Verrückte an der Situation aber war, dass sie selbst dabei war.

Seit gestern ganz offiziell in ihrer neuen Funktion als Kommissionsvertretung für Frank.

Auf Augenhöhe mit einer Liv Grünberg in Berlin, die *wie viele* Jahre älter war als sie? Und sicher um genauso viele Jahre erfahrener.

Jana freute sich wahnsinnig. Trotz der gewachsenen Verantwortung für den Fall. Aber es war ja genau das, was ihr bisher gefehlt hatte: Verantwortung übernehmen, eigene Ideen zeigen, sogar mit *entscheiden* zu können (in bescheidenem Maß).

Sie war Frank dankbar, dass er ihr die Sache mit Grandgenet, dem Architekten, nicht mehr nachtrug. Damit hatte sie es wieder selbst in der Hand, dass aus ihnen beiden vielleicht doch noch eine Erfolgsstory wurde.

Und aus dem Fall »Imker«.

Die Lage war bedrückend genug.

Kessler fasste soeben zusammen: Kein Lebenszeichen des Jungen bis zum jetzigen Zeitpunkt, Tag vier nach der Entführung. Kein Kontakt zum Täter, keine Anhaltspunkte für das weitere Verfahren. Absoluter Nullpunkt. Und nach dem Überfall auf die Møller-Villa am Netzower See hatten sie mehr denn je die hechelnde Presse im Nacken.

Baer stellte lapidar fest, dass sich bisher auch keine Hinweise auf ein besonderes Motiv ergeben hätten. Im Verhalten des Täters – sofern es sich denn wirklich um einen Einzeltäter handele – sei am auffälligsten seine Unberechenbarkeit.

»Es ist, als würde er erst am Tatort oder im weiteren Verlauf der Tatausführung erkennen, worauf er es eigentlich abgesehen hat und welche Hindernisse ihm dabei im Weg stehen. Entsprechend spontan handelt er. Oder er will uns genau das glauben machen.« Baer machte eine Pause und schien einen Punkt irgendwo in weiter Ferne zu fixieren. »Wir müssen seine Sprache verstehen. Um zu wissen, womit er uns eventuell täuscht.«

Alle machten betretene Gesichter, als er das sagte – auf seine nuschelnde, beinahe in sich gekehrte Art, als rede er mehr mit sich selbst als zu den im Raum versammelten Kollegen.

Ein seltsamer Vogel, dieser Baer, wenn man ihn so erlebte.

Aber gestern am Tatort Netzower See hatte er ihr das Gefühl gegeben, dass er sie wirklich ernst nahm. Nicht wie Frank. Der wieder so wuschig und nervös gewesen war, dass er offenbar kaum zuhören, geschweige denn zusammenhängend reden konnte. Vielleicht kam sie noch drauf, womit sie ihn zur Ruhe bringen konnte. Damit er endlich wieder er selbst war und nicht dieses sprunghafte Nervenbündel wie derzeit.

Was Baer eben gesagt hatte, verstand sie nur zu gut. Das Vorgehen des Täters. Seine *Sprache*. Ja, genau. Ihre Fragen an Grandgenet kamen ihr plötzlich wieder in den Sinn. Was war im Einzelnen geschehen an dem Abend, als die Frau des Architekten entführt und getötet wurde? Wie hatte sich der Täter genau verhalten, abgesehen davon, dass er sich als Imker maskiert hatte? Wie war er zum Beispiel darauf gekommen, Grandgenet in den Keller einzusperren? Ein spontaner Entschluss, oder kannte er sich womöglich in dem Haus aus? Wie hatte er den Architekten und seine Frau behandelt? Was genau hatte er getan, eventuell gesagt? Und so weiter.

Eigentlich gehörte es zur Routine, dem Opfer solche Fragen so früh wie möglich zu stellen. Im eigenen Interesse. Aus scheinbar zusammenhanglosen Puzzleteilen konnte sich unverhofft ein ganzes Bild oder wenigstens ein brauchbares Indiz ergeben. So hatte sie es in ihrer Ausbildung gelernt.

Aber Grandgenet, der nach Laschwitz' Ansicht durch den Tod seiner Frau schon genug gelitten hatte, war von Frank und den Kollegen mit Glacéhandschuhen angefasst worden: Woran erinnern Sie sich? Wie haben Sie sich gefühlt? Auf diesem Niveau.

Jana atmete einmal tief durch.

Trotzdem. Frank hatte sie ins Team geholt, sie sogar zur Zweiten gemacht, sie würde ihm jetzt nicht als Besserwisserin in den Rücken fallen.

Und Frank war gerade an der Reihe. Er hatte nichts Neues zu berichten. Sagte genau das: »Nichts Neues.« Dann fiel ihm ein: »Ihr kennt natürlich schon das ballistische Ergebnis, oder? Neun Millimeter in allen drei Fällen, definitiv aus einer Handfeuerwaffe abgefeuert. Entweder aus einer Makarow PM. Oder aus der P 64 Czak. Das steht noch nicht genau fest.«

Der Imker benutzte also eine russische oder eine polnische Pistole. Waffen, die als Altbestände der Sowjetarmee immer noch massenhaft im Umlauf waren. Die Czak wurde von der polnischen Polizei nach wie vor benutzt, soviel Jana wusste.

Das Ergebnis brachte sie nicht wirklich weiter, ein konkreter Tatverdächtiger drängte sich deshalb nicht auf.

Nun richteten sich alle Blicke auf Julia Wünsche, die Profilerin aus dem Fallanalyse-Team. Sie holte tief Luft und sah angespannt in die Riesenrunde, auch für sie anscheinend kein Alltag, das hier. Sie nahm ihren Kugelschreiber zur Hand und tippte damit auf den Stapel Papiere, der vor ihr lag.

»Baer«, sie schenkte ihm einen knappen Seitenblick, den er nicht mal registrierte, »hat darauf hingewiesen, wie spontan und ohne klar erkennbares Ziel – man möchte fast sagen, wie chaotisch – dieser Täter vorgeht. Das ist richtig. Und erklärungsbedürftig. Es scheint ihm, bisher zumindest, nicht ums Geld zu gehen, da er nicht mal Lösegeld für den Jungen fordert, dessen Entführung ihm ja geglückt ist. Wir ... wir haben deshalb seine Motivation vor einem ganz anderen Hintergrund durchgespielt. Aus konkretem Anlass.« Sie machte eine Pause, holte noch einmal scharf Luft, bevor sie weitersprach. »Ich meine die Angriffe, die sich speziell in Berlin und der umliegenden Region in letzter Zeit ereignet haben: gegen vermögende, wohlhabende Personen, die sich angeblich die Filetstücke unter den Nagel reißen, auf Kosten der Allgemeinheit. Vor allem die Attacken gegen Thiel und Just in Potsdam dürften uns allen noch in Erinnerung sein.«

Sicher, auch Jana erinnerte sich daran. Die Farbbeutelattacken gegen die beiden Superreichen, Timo Thiel, den Vorstandschef der Depo-Bank, und Hermann Just vom PSA-Medienkonzern, waren ja spektakulär genug. Aus polizeilicher Sicht vor allem deshalb, weil man es nicht für möglich gehalten hätte, wie leicht der Kordon aus Sicherheitsleuten in beiden Fällen zu täuschen und zu durchbrechen gewesen war.

Die Täter waren bis heute nicht gefasst worden. Keine Spur von ihnen, als hätten sie sich in Luft aufgelöst. Dabei hatten sie nicht mal Masken getragen. Sonst wären sie nämlich aufgefallen.

Im Unterschied zu dem Täter, nach dem sie jetzt suchten. Dem Entführer des kleinen Tobias Sicking. Dem Mörder von Ruth Grandgenet, Albert Sicking und Arne Hellwig.

Der sich wie ein Phantom verhielt. Plötzlich war er da, schlug brutal zu, schoss um sich. Verschleppte. Tötete. Entführte ein Kind und ließ dann nichts von sich hören.

Das war beängstigend, unheimlich.

Aber politisch? Jana hatte ihre Zweifel.

Wünsche blätterte kurz weiter in ihren Notizen und schaute dann wieder in die Runde. »Wir sehen also grundsätzlich die Möglichkeit eines ideologischen Motivs in den drei Fällen. Wir denken aber, es könnte noch einen spezifischen persönlichen Hintergrund geben, mit dem der Täter seine Attacken rechtfertigt. Sofern es sich, wie Baer ebenfalls richtig bemerkt hat, um nur *einen* Täter handelt.« Diesmal sparte sie sich den Seitenblick zu ihm. »Zum Beispiel als persönliche Racheakte, sofern er sich in irgendeiner Weise als ein *besonders* geschädigtes Opfer der Gesellschaft, speziell der oberen Zehntausend, etc. sieht.«

»Wohl eher der oberen *Zehn*!«, ließ sich in ihrer Nähe jemand vernehmen. War das nicht Wundt? Ja, richtig, ein etwas knurrig wirkender Mitarbeiter aus Baers Team, der von seiner Ausstrahlung her ein bisschen wie der kleine Bruder seines Chefs wirkte.

Wünsche straffte ihren Rücken, die großen Brüste spannten die goldfarbenen Knöpfe auf der Jacke ihres erdbeerroten Kostüms. »Für eine Theorie über eine zusätzlich vorhandene *krankhafte* Veranlagung des Täters ist es bei der spärlichen Datenlage im Augenblick sicher noch etwas früh. Dennoch, sein Verhalten trägt eindeutig pathologische Züge. Wir haben es mit einem extrem aggressiven Täter zu tun. Der schon durch die ominöse Maskierung als Imker, insbesondere durch die dunkle Maske vor dem Gesicht, Angst in der Tatsituation erzeugen will. Und darüber hinaus womöglich Unsicherheit in der Bevölkerung. Ein narzisstischer, sensations- und erlebnishungriger Täter also, der von seiner Blut- und Gewaltspur in der Presse lesen, den Aufschrei in den Medien erleben – und genießen – will. Darauf weist auch seine Opferauswahl hin. Je prominenter und reicher diese sind, umso besser. Umso spektakulärer die öffentliche Wirkung. Bisher ist seine Rechnung durchaus aufgegangen.« Sie seufzte tief und hob kurz die wie zu einem Gebet gefalteten Hände. »Tja, soviel vorerst von uns dazu.«

Jana dachte über das Bild nach, das Wünsche vom Täter gezeichnet hatte. Und sie fragte sich, ob es die von den Profilern beschworenen Tätertypen eigentlich auch außerhalb der psychiatrischen Lehrbücher gab, im richtigen Leben. Einen selbstverliebten Täter, der seine Grausamkeiten am liebsten in den Schlagzeilen der Presse gespiegelt sah, mochte es geben. Aber aktuell fieberte die Öffentlichkeit ganz sicher nicht mit dem Entführer. Sondern mit dem kleinen Tobias, der sich in seiner Gewalt befand.

Sie blickte sich um. Dröhnendes Schweigen im Raum. Eine Ratlosigkeit, die mit den Händen zu greifen war.

Iwersen, der Mann mit dem zerfurchten Indianergesicht, hüstelte in die Faust und blickte zu Laschwitz hinüber. »Von euch noch Anmerkungen dazu, Roswitha? Ich meine, bevor wir dann die Presse informieren?«

Das Gesicht der Sphinx zeigte keine Regung, ihre Augen wirkten starr und kalt wie Steine auf dem Grund eines Sees. Dazu passte die Grabesstimme, mit der sie jetzt sprach: »Wir kriegen ihn. Das verspreche ich euch, wir fassen das Monster. Der führt uns kein weiteres Mal vor. *Das* sagen wir der Presse.«

Jana Seitz musste den Kopf abwenden. Es widerte sie an. Was für eine billige Art, sich in Szene zu setzen.

Okay, es konnte verdammt hart sein, sich als Frau in diesem Laden testosterongesteuerter Männer nicht unterbuttern zu lassen. Das wusste sie selbst am besten. Aber Laschwitz' Manöver war doch allzu durchsichtig. Es ging ihr darum, die Emotionen zu pushen, um selbst als toughe Frau dazustehen, der man jede Aufgabe zutrauen konnte. Auch die der Polizeipräsidentin in Berlin. Denn das Ziel verfolgte die Sphinx doch, wenn sie Frank richtig verstanden hatte.

Nein, so wie Laschwitz würde sie niemals werden! *Ihre* Gefühle galten im Moment nicht dem Täter. Sondern seinem Opfer. Dem kleinen Tobias.

Vorhin war sie durch die Stadt gefahren. Eine Mutter war ihr aufgefallen, die ihr Kind, einen Jungen etwa in Tobias Sickings Alter, an der Hand hielt und mit ihm über den Bürgersteig eilte. Vielleicht eine Alleinerziehende, die auf dem Weg zur Arbeit ihren kleinen Sohn noch schnell im Kindergarten ablieferte.

Tobias' Mutter dagegen war womöglich ein ganzes Leben von ihrem Kind entfernt. Sie lag im Koma. Es war fraglich, wann und in welchem Zustand sie wieder aufwachen würde.

Und der Junge selbst? Machte in diesen Stunden, Minuten und Sekunden vielleicht unvorstellbar Grausames durch. Wenn er überhaupt noch lebte.

Sie hatten keine Ahnung. *Das* war die Realität. Nicht Laschwitz' dunkle Gewissheit, sie würden das Monster schon fassen.

Aber bei den Kollegen punktete ihre Chefin damit. Jana sah sich um. Zustimmendes Klopfen oder Kopfnicken an allen Tischen, leuchtende Augen bei vielen. Der Werbeauftritt der Sphinx für die »höheren Aufgaben in Berlin« war ihr anscheinend geglückt.

Jana versuchte, das Gute daran zu sehen: Wenn Laschwitz den Hauptstadt-Job bekam, war sie die längste Zeit ihre Chefin gewesen.

Und die von Frank. Der in Laschwitz' Gegenwart auf Schuljungen-Format schrumpfte.

Iwersen beendete die Sitzung. Endlich. Jana atmete auf.

Anschließend sollten die Aufgaben für alle Gruppen abgestimmt werden. Jetzt waren sie und Liv Grünberg gefordert, die nächsten Schritte zu koordinieren. Liv wandte sich bereits zu ihr um und lächelte ihr aufmunternd zu.

Nur einer sah aus, als ginge ihn das alles nichts an, fiel Jana auf. Baer.

Er wandte seinen Kopf halb zu Laschwitz um und beobachtete sie nachdenklich von der Seite.

20

Der Privatweg zur Møller-Villa, die Allee mit uralten Bäumen, war eine herbstbunte Laubröhre, deren Wipfel sich die Hände reichten. Selbst an einem sonnigen Tag wie heute drang das Licht nur in winzigen Nadelstichen durch das Blätterdach.

Baer dachte an Corinna, während er die Allee entlangfuhr. In der Nacht war sie aufgewacht – schreiend, nicht weinend – und er hatte Gott weiß wie lange gebraucht, bis er sie durch Streicheln, und indem er ihren Kopf im Arm hielt und fest an sich drückte, beruhigen konnte. Solche Anfälle kamen immer wieder, wie aus dem Nichts, völlig unvorhergesehen.

Er presste seine Hände um das Lenkrad, bis die Knöchel weiß hervortraten. Wann würde das endlich aufhören? Würde es jemals wieder besser werden?

Auf der Konferenz mit den Brandenburgern heute früh hatte er die Chefin der Kriminaldirektion beobachtet. Roswitha Laschwitz. Sicher, sie ähnelte Corinna äußerlich überhaupt nicht, war eher der große, knochige, mittelblonde Typ, während Corinna zart gebaut und dunkelhaarig war. Aber die Willenskraft, die die Laschwitz ausstrahlte, und sicher auch die Durchsetzungsfähigkeit, mit der sie es an die Spitze ihrer Einheit geschafft hatte, kannte Baer auch von Corinna. Früher. Wenn sie von ihrer Arbeit als Schulleiterin gesprochen hatte. Von den Fallstricken der lieben Kollegen zum Beispiel. Oder Kolleginnen. Die ebenfalls gern die Leitung bekommen hätten. Von Helikoptereltern, die Corinna persönlich für das Scheitern ihrer Kinder verantwortlich gemacht hatten. Von den Schülern selbst, über deren Erfolge sie sich still freute.

Es trieb ihn beinahe zur Verzweiflung, seine Frau nun so hilflos leiden zu sehen.

Und er fragte sich, wie lange er selbst das durchhalten konnte.

Vielleicht half ihm die Arbeit dabei.

Unvermittelt fiel ihm Liv Grünberg ein. Schade, dass sie heute aus irgendeinem Grund (»Ein Notfall, ich muss da jetzt hin«) dringend für ein paar Stunden nach Hause zu ihrer Familie musste. Nach dem Dauereinsatz am Wochenende war das natürlich verständlich. Aber er hätte sie jetzt gern bei der Vernehmung dabeigehabt.

Er hoffte, dass Frank Fleischmann nicht gleich seine Autorität bedroht sah, wenn er erfuhr, dass Baer mit Brigitte Møller gesprochen hatte, ohne die Brandenburger vorher informiert zu haben – am Ende hätte er noch dabei sein wollen und mit seinem streberhaften Übereifer die Vernehmung verdorben.

Nachdem Agneta Rehmanová den Hergang des Überfalls bereits gestern detailliert geschildert hatte, interessierte ihn besonders die Version der Hausherrin. Und was sie zu den Informationen zu sagen hatte, die Brock und Amina Nou'man nach der SoKo-Sitzung heute früh über das Opfer, den getöteten Arne Hellwig, zusammengetragen hatten.

Über ihren Geliebten immerhin.

Hellwig, zuletzt arbeitslos, neununddreißig Jahre alt, geschieden, ein Kind, war Spezialist für IT-Anwendungen gewesen. Er wohnte zuletzt in Berlin-Moabit, in einer Straße, die nicht gerade erste Adresse war. Bis vor drei Jahren hatte er in Alt-Mitte gewohnt, Behrenstraße, »erste Sahne«, wie Brock sich ausdrückte.

Vor zehn, elf Jahren hatte Hellwig sein Informatikstudium abgebrochen, um seine (begrenzten?) Softwarekenntnisse anwendungsbezogen einzusetzen: technisch intelligente Hausanlagen, Multimedia im ganzen Haus, das Smart Home mit computergesteuerten Heizungen, Sicherheitssystemen und individuell gewünschten Serviceleistungen.

Das interessierte den dänischen Hotelunternehmer Gunder Møller. Er engagierte Hellwig – und zwar als Subunternehmer – für seine Geschäfte in Spanien: Käufe und Neugründungen von Wellnesshotels, die er Smart Resorts nannte, um ihren »intelligenten«

technischen Standard zu betonen. Hellwig witterte offenbar die ganz große Chance und gründete für die Unternehmungen in Spanien eigens eine Firma.

Anfangs lief alles gut.

Bis Møller die spanische Wirtschaftskrise einholte und er vor drei Jahren endgültig Pleite machte. Sich umbrachte und Arne Hellwig finanziell mit in den Abgrund zog.

Hellwigs biografischer Hintergrund und die persönlichen Folgen der Pleite seines Gönners Møller spielten eine Rolle, als er vor einem Jahr wegen gefährlicher Körperverletzung vor Gericht gestanden hatte. Die Prozessakten lasen sich laut Brock wie: »Das war Ihr Leben. Suchen Sie sich ein neues.«

Hellwig war ruiniert. Doch anders als Hotelier Møller richtete er seinen Frust und seine Wut nicht gegen sich selbst, sondern gegen andere.

Eines Nachts suchte er auf offener Straße Streit mit zwei nigerianischen Flüchtlingen, beschimpfte sie als »Ebola-Schleudern«, Zuhälter und Dealer, die den Kindern Drogen verkauften. Dann rannte er zu seinem Wagen, um mit einem Brecheisen zurückzukehren, und verfolgte die Männer so lange, bis sie sich mit Mühe und Not in ihr Wohnheim retteten.

Hellwig, der dort in der Nachbarschaft wohnte, wurde von den Sozialarbeitern des Asylbewerberheims identifiziert und angezeigt. Weil er offensichtlich ziemlich betrunken gewesen war, kam er mit einer Bewährungsstrafe von sechs Monaten davon.

Ein mildes Urteil, wenn man bedachte, dass er bereits in früheren Jahren durch Randalieren in der Öffentlichkeit, Teilnahme an Kneipenschlägereien und wiederholt auch durch häusliche Gewalt (gegen die Mutter seines heute fünfzehnjährigen Sohns) aufgefallen war. Dafür hatte er kleinere Geldstrafen und verschiedene gerichtliche Auflagen kassiert.

Ein feines Früchtchen also, das sich die Witwe Møller als Geliebten zugelegt hatte.

Baer parkte seinen Citroën hinter einem Ranunkelstrauch, an dessen knallgelben Blüten er kurz schnupperte – es hätte ihn nicht gewundert, wenn sie frisch wie Zitronen geduftet hätten, doch er roch nichts.

Über den breiten Kiesweg ging er aufs Haus zu, grüßte mit einem Kopfnicken den uniformierten Kollegen, der (vorübergehend) zum Schutz vor dem Haus postiert worden war, und klingelte.

Die Hauswirtschafterin Agneta Rehmanová öffnete ihm ohne Begeisterung und führte ihn in ein Zimmer, das sie »das Kaminzimmer« nannte.

Dort erwartete ihn bereits die Hausherrin.

Brigitte Møller war Anfang vierzig. Sie hatte einen elliptischen Augenschnitt, der die gute Laune in ihr Gesicht einfror. Sie schien unwillkürlich von innen heraus zu lächeln, auch noch während sie in ihr Taschentuch schniefte. Ihre Augen waren rot und verheult, ihr schmales hübsches Gesicht hatte Dellen und rote Knautschzonen.

Er bot ihr an, allein mit ihr zu sprechen, doch sie verzichtete. »Agneta ist seit fünfzehn Jahren in unserem Haus, sie gehört zur Familie.«

Agneta Rehmanová sah wirklich aus wie die zwanzig Jahre ältere Schwester der Hausherrin. Nur hatte es das Leben mit ihr offenbar nicht annähernd so gut gemeint. Sie war mager (Brigitte Møller schlank), ihr Gesicht dunkel und ledrig (Møllers war hell und sahnig, wenn man sich die heutige Tagesform wegdachte), die glatten kurzen Haare der Hauswirtschafterin waren nussbraun gefärbt, wirkten jedoch stumpf, und auf dem Scheitel schimmerte es silbergrau über der knochenweißen Kopfhaut (Brigitte Møllers Haar dagegen war dunkelblond und glänzte seidig).

Agneta Rehmanová war Tschechin, geboren in Prag, sprach nach mehr als zwanzig Jahren, die sie in Deutschland lebte, ein Deutsch, dem man den tschechischen Einschlag kaum noch anmerkte.

Der Vierte in der Runde war Sultan. Der Dobermann. Er lag

ruhig und in voller Länge ausgestreckt, die Schnauze zwischen den Vorderpfoten, vor der langen Front der schwarzen Ledercouch, auf der die Frauen Platz genommen hatten.

Im rechten Winkel zu ihnen saß Baer auf einer kürzeren Ausgabe der Couch. Seine linke Hand lag auf der Seitenlehne, das glänzende schwarze Leder fühlte sich weicher an als die Haut seiner Frau, allerdings kühler.

Das Kaminzimmer war ein heller, geschmackvoll eingerichteter, beinahe quadratischer Raum, die Wände spärlich mit Naiver Malerei geschmückt, der breite, mit Natursteinen eingefasste Kamin diente optisch als eine Art Fluchtpunkt. Als könnte es durchaus mal nötig sein, durch den Schornstein zu verschwinden.

Baer beugte sich ein wenig vor. »Frau Møller, bitte schildern Sie mir doch, wie Sie den Überfall erlebt haben. Alles, was Ihnen dazu noch einfällt.«

Sie nickte, räusperte sich, musste sich offenbar erst sammeln. »Ich lag noch im Bett. Mit Arne. Wir hatten Sultan aus dem Zimmer geschickt, damit er draußen sein Geschäft machen konnte.«

»Ich habe den Hund dann aus dem Haus gelassen«, ergänzte die Hauswirtschafterin.

»Ja, richtig. Arne kam wieder ins Bett und wir dösten noch eine Weile. Auf einmal war da dieser entsetzliche Krach. Mehrmals hintereinander knallte es ganz fürchterlich. Ich war genauso geschockt wie Arne. Wir brauchten trotzdem ein paar Sekunden, um zu realisieren, dass was passiert sein musste. Dann sprang er plötzlich aus dem Bett, riss die Schlafzimmertür auf und rannte hinaus in den Flur. So wie er war.«

»Sie meinen nackt?«

»Ja. Nackt.« Sie schluckte, griff sich mit einer Hand an den Hals, als würge es sie. Sie musste wieder kurz überlegen. »Es fällt mir schwer, das alles genau … Aber ich erinnere mich, es gab weitere Schüsse.« Sie blickte auf und sah Baer direkt an. »Ich kann Ihnen jetzt nicht mal genau sagen, wie viele.«

»Sie waren sich in dem Moment aber sicher, dass es Schüsse waren, die Sie gehört haben, nichts anderes?«

»Ja. Daran hatte ich gar keinen Zweifel mehr, nachdem ich Agneta hatte schreien hören.« Sie wandte das lächelnde Gesicht ihrer Hauswirtschafterin neben sich zu.

Die Hauswirtschafterin schloss und öffnete die Augen.

»Sie hörten also die Schüsse, hörten die Schreie Ihrer Hausangestellten. Was haben Sie dann gemacht, Frau Møller?«

»Ich glaube, als Nächstes hörte ich noch mal Schüsse. Und Klirren von zerberstendem Glas. Dann hinten im Flur das Auf- und Zuschlagen der Tür. Im nächsten Moment war ich draußen, im Flur. Bei Arne. Er ... er lag in seinem Blut.« Sie hielt inne, schüttelte den Kopf. »Es war schrecklich.«

Erneute Pause.

Baer ließ ihr Zeit.

»Aber plötzlich gab es draußen noch einen weiteren Knall, einen Schuss, meine ich. Und ich glaube, Agneta zog mich ins Schlafzimmer. Dort haben wir uns versteckt.« Sie schaute wieder fragend ihre Hauswirtschafterin an, die zur Bestätigung nickte.

Soweit Baer das im Moment überblickte, gab es keine Abweichungen zwischen den Versionen der beiden Frauen gestern und heute. Er richtete den Blick daher zeitlich ein wenig zurück. »Ist Ihnen beiden vielleicht im Vorfeld irgendetwas aufgefallen? In den Tagen davor?«

Brigitte Møller schüttelte den Kopf. Durch ihre Hauswirtschafterin aber ging regelrecht ein Ruck. »Doch! Sicher, ja. Mir ist was aufgefallen. Am Tag davor, also am Samstag, war da ein Auto. Hier ist ja Privatweg. Es ist mir nicht aufgefallen, als ich draußen war. Muss hinter den Ranunkeln gestanden haben. Später hab ich es dann wegfahren hören.«

Im Augenblick konnte Baer mit der Information allerdings nicht viel anfangen, da die Hauswirtschafterin das Fahrzeug nicht zu Gesicht bekommen hatte. Und sollte der Imker seine Opfer wirklich von der Straße aus beobachtet haben? Was bedeutete das, wenn er dann doch wieder von der Seeseite aus zuschlug?

Er ließ diesen Faden offen und hielt den Zeitpunkt für gekommen, endlich den auffälligsten Punkt anzusprechen. »Frau Møller, Arne Hellwig und Sie hatten ein Verhältnis.«

»Ja. Ja, stimmt.«

Nicht schwer zu erraten, wenn er nackt aus ihrem Schlafzimmer kam.

»Wie lange ging das schon?«

»Etwa ... na, zwei Jahre, so was?« Sie blickte wieder mal fragend Agneta Rehmanová an, als müsse die einen Termin bestätigen. Was die Hauswirtschafterin mit einem leichten Kopfnicken tat.

»Hellwig war ein Geschäftspartner Ihres Mannes, richtig?«

Sie blitzte ihn mit den elliptischen hellblauen Augen an. »Ja! Finden Sie das irgendwie ... verwerflich? Unangemessen, was weiß ich?«

»Aber nein.« Er hob abwehrend beide Hände. »Mich interessiert es, weil ich den Tathergang verstehen möchte. Die gesamten Tatumstände.«

Brigitte Møller senkte den Kopf, blickte auf den Dobermann, der wie hingegossen zu ihren Füßen lag; die Szene, dachte Baer, hatte etwas von einem alten englischen Gemälde, sehr verstaubt.

Schließlich hob sie den Kopf wieder und schaute traurig zum Kamin hinüber. »Wissen Sie, Arne hat uns auch früher schon oft besucht, mein Mann und er waren befreundet. Nicht nur Geschäftspartner. Ich glaube, Arne war so eine Art Ziehsohn für Gunder, er war ja fast zwanzig Jahre älter als Arne. Er, also Arne, war unter schwierigen Verhältnissen aufgewachsen, kaputte Familie, Alkohol im Spiel bei den Eltern, diese Dinge. Er hatte es aber bis zum Studium geschafft. Arne war intelligent. Aber er ...« Sie hob das Kinn und überlegte. »Arne fehlte es vielleicht an Geduld. Oder an diesem ...«, sie presste die Lippen zusammen, »diesem unbedingten Willen, durchzuhalten, um etwas zu erreichen.«

Sie hob die Brauen. »Das, was Gunder vielleicht im Übermaß besaß.«

»Hellwig stand vor einem Jahr vor Gericht, Frau Møller, weil er zwei Asylbewerber angegriffen hat.«

Sie stieß einen Seufzer durch die Nase. »Ja, ich weiß. Eine dumme Sache. Er war betrunken. Wenn mein Mann noch gelebt hätte, wäre das nicht passiert, davon bin ich überzeugt. Gunder hat immer versucht, ihn ein wenig unter seine Fittiche zu nehmen. Als mein Mann dann starb, war Arne zuerst genauso aus den Gleisen wie ich. Mir war das anfangs gar nicht klar. Aber im Gegensatz zu vielen anderen … sogenannten Freunden, die von Gunder auf die eine oder andere Weise profitiert hatten, ließ Arne den Kontakt zu mir nicht abreißen. Anfangs wohl mehr aus Dankbarkeit. Wegen Gunder, der so viel für ihn getan hatte. Aber nach und nach … ist aus dieser Nähe eben mehr geworden.« Sie schluckte schwer. »Dass das nun so schrecklich für ihn enden musste …«

Die Hauswirtschafterin wirkte inzwischen zunehmend unruhig. »Wollen Sie etwa Frau Møller dafür verantwortlich machen, dass Hellwig jetzt tot ist?« Sie ärgerte sich offenbar über Baer.

Loyales Personal war etwas Schönes. Wenn man es sich leisten konnte. Baer ging nicht auf sie ein, obwohl Agneta Rehmanová ihm durchaus sympathisch war. Er war hier nicht der Moderator in einer Fernsehdiskussion.

Er warf einen Blick auf Sultan zu Füßen der Frauen. »Sie haben angegeben, Ihr Hund sei zum Wachhund ausgebildet worden.«

Beide Frauen fühlten sich gleichermaßen angesprochen und bejahten. »Sultan ist noch von meinem Mann angeschafft worden. Er wollte schon damals einen Hund mit einer Wachhundausbildung. Wieso fragen Sie?«

»Weil Ihr Hund den Täter nicht angegriffen hat, Frau Møller.«

Die Frauen schauten ihn beide erstaunt mit großen, verständnislosen Augen an. »Doch, Sultan hat den Mann angegriffen! Im

Flur.« Die Hauswirtschafterin blickte demonstrativ zur Tür des Zimmers, die zum Flur führte.

Brigitte Møller wurde auf einmal lebhaft. »Und wie er den angefallen hat! Er ist gleich auf den Mann los, sobald er ihn hinten im Flur hat stehen sehen. Nicht, Agneta? Du hast es gesehen. Sultan hat ihn auch draußen noch verfolgt. Der Mann hat auf ihn geschossen, wir haben es gehört. Wir waren im Schlafzimmer, wollten uns verbarrikadieren, Agneta und ich. Und auf einmal war Sultan wieder da. Also hat er den Mann doch in die Flucht geschlagen!« Sie klang beinahe empört wegen der Kritik an ihrem Hund. Auch die Hauswirtschafterin schaute Baer verstört an.

»Sehen Sie, das macht uns gerade stutzig.« Baer sprach in diesem Punkt lieber von »uns« als von sich, das Verhalten von Hunden war nun wirklich nicht sein Spezialgebiet. »Dass Ihr Hund vom Schuss des Täters nicht getroffen wurde und ihn dennoch nicht zu fassen bekommen hat.«

Die Frauen starrten ihn immer verwirrter an. So hatten sie Sultans Verhalten noch gar nicht betrachtet, das war offensichtlich.

Brigitte Møller schaute aber schon im nächsten Moment wieder mit dem verzeihenden Blick der Hundebesitzerin auf das schlanke schwarze Tier hinab. »Vielleicht … hat Sultan sich von dem Knall, dem Schuss, doch etwas beeindrucken lassen. Sodass er sich nicht mehr getraut hat, den Mann weiter zu verfolgen.«

Die Hauswirtschafterin, Agneta Rehmanová, schien die Wachhundqualitäten des Hundes mit einem Mal kritischer zu sehen, und kniff ein wenig die Brauen zusammen, während sie ihn betrachtete.

Baer merkte, dass er an der Stelle nicht weiterkam, zu dünnes Eis für ihn. »Ihr Mann ist tot, Frau Møller. Seit drei Jahren, sagten Sie.«

Sie nickte schwach. »Er hat sich das Leben genommen. In Spanien. Toledo, um genau zu sein. Er war auf Geschäftsreise damals. Aber es war schon vorher eine einzige Katastrophe. Wissen Sie, die Immobilienblase in Spanien. Die Finanzkrise. Die Bank, die ihn finanziert hatte, machte Pleite. Dabei hatte Gunder ursprünglich mal gehofft, er könnte dort das Geschäft seines Lebens machen. Wissen Sie, er hat in Dänemark ganz klein angefangen. Mit einem Strandhotel auf Bornholm. In zehn Jahren hatte er ein Dutzend davon in ganz Dänemark aufgebaut. Dann hat er in Ostdeutschland nach der Wende alte Betriebserholungsheime in Ostseenähe gekauft und umgebaut. Daraus wurden dann richtig schicke kleine Hotels. Tja, und dann lockte ihn das Ausland.«

»Spanien.«

»Ja. Die Idee war genial: Smart Resorts, so nannte er sie, für den internationalen Markt. Für die absolute Elite unter den Wellnesskunden. Die Top Class.«

»Natürlich.« Baer zog ironisch eine Braue hoch.

Brigitte Møller schien es nicht zu bemerken. »Die Topelite erwartet allerdings auch Topleistung. Spitzenarchitektur, Spitzendesign, Spitzentechnik in solchen Häusern.«

»Und für die Technik war Arne Hellwig zuständig?«

»Richtig. Arne arbeitete als Subunternehmer für Smart Resort, die Firma meines Mannes.« Sie stieß plötzlich die Luft aus, als wäre sie vergiftet. »Aber es hat nicht funktioniert. Die Finanzkrise holte ihn ein, das Geld war weg, die Projekte – Riesenprojekte – standen still. Gunder hat nach und nach alle spanischen Hotelobjekte, Spas, Resorts und so weiter, abschreiben müssen. Und sämtliche Mittel, die er flüssigmachen konnte. Das war schon schlimm genug.« Sie atmete wieder tief ein. »Aber dann hat er alle früheren Objekte in Dänemark und in Deutschland, praktisch alles, was er vorher aufgebaut hatte, abgestoßen. Nur, um mit dem Kapital das Ruder in Spanien noch mal rumzureißen. – Es war Wahnsinn.«

Sie hielt einen Moment inne, starrte ins Leere, und Baer verstand auf einmal ihre Bemerkung vorhin, ihr Mann habe im Unterschied zu Arne Hellwig womöglich ein zu starkes Durchhaltevermögen besessen. Gunder Møller hatte offenbar im verzweifelten Versuch, das Schlimmste abzuwenden, die Katastrophe endgültig herbeigeführt. Ein aggressiver Spielertyp, stellte sich Baer vor, der einfach nicht verlieren konnte, nicht mal einen Teil seines Besitzes.

»Am Ende war wirklich *alles* weg. Bis auf das Haus hier, zum Glück, und ein paar Papiere, von denen ich im Augenblick noch lebe, sind auch die letzten Reserven draufgegangen.«

»Bewahren Sie Geld im Haus auf? Wertsachen?«

»Sie meinen größere Summen? Teuren Schmuck?«

»Zum Beispiel, ja.«

Sie schüttelte den Kopf. »Alles, was ich an Wert besitze, was mir geblieben ist, sind die Villa und das Grundstück.« Ihre Hand beschrieb müde einen Halbkreis. »Ich habe zwar seine Schulden nicht geerbt, wir hatten Gütertrennung vereinbart. Aber wir besaßen praktisch nichts mehr von Wert.«

»Frau Møller, welchen Grund könnte der Täter gehabt haben, Sie in Ihrer Villa zu überfallen, wenn Sie weder viel Geld noch Wertgegenstände im Haus hatten?«

Sie sah ihn verblüfft an. »Woher soll ich das wissen? Vielleicht dachte er, die große Villa, das schöne Anwesen, riesiges Grundstück am Wasser, da wird schon was zu holen sein?«

Er nickte. »Ja, das wäre möglich.« Der »Imker« hatte sich auch bei den zwei vorangegangenen Überfällen nicht gerade durch brillante Planung ausgezeichnet, wie es schien.

Sie faltete die Hände und legte sie auf die Knie. »Wissen Sie, ich bastele an einer neuen Existenz. Ganz bodenständig. Ich komme aus dem Hotelfach, wie Gunder, darüber haben wir uns kennengelernt. Vielleicht gelingt es mir, aus dem Haus hier was Schönes zu machen.«

»Ein Hotel?«

Sie zuckte die Achseln.

»Ihr Mann ist in genau diesem Metier gescheitert. Schreckt Sie das nicht?«

Sie legte leicht den Kopf schief und wirkte ein wenig wie ein kleines beleidigtes Mädchen, das jetzt gern etwas Freches sagen würde. »Das mag vielleicht hart klingen, für einen Außenstehenden wie Sie. Aber letztlich ist Gunder an seiner Gier zugrunde gegangen. Daran, dass er einfach nicht genug bekommen konnte.«

»Geld.«

»Geld. Besitz. Der Wunsch danach …, wie soll ich sagen, verselbstständigt sich. Irgendwann geht es nur noch darum, immer mehr zu bekommen, mehr zu haben als die anderen. Ich habe ihn gewarnt vor Spanien. Nicht, weil ich die Krise gewittert hätte oder so was. Gott bewahre, nein. Aber ich habe zu ihm gesagt: Du verlierst jedes vernünftige Maß, Gunder. Spanien ist ein Fass ohne Boden. Setze nicht alles aufs Spiel. Unsere Existenz. Aber er … Verstehen Sie?«

»Durchaus, Frau Møller.«

Was gelogen war. Die Finanzwelt war ihm ein vollkommenes Rätsel, eigenes Vermögen besaß er nicht, und Geld brauchten er und Corinna seit jeher nur für das Nötigste, Wohnung, gutes Essen, anständige Klamotten, einmal im Jahr der Urlaub. Skandinavien. Aber nach Corinnas Hirnschlag war das nun vielleicht auch Vergangenheit.

Brigitte Møller seufzte vernehmlich. Er betrachtete ihr Gesicht. Zweifellos eine sehr schöne Frau. Sie lächelte schmerzvoll. Aber das tat sie schon die ganze Zeit, oder?

»Gut.« Er schlug leicht seine Hände auf die Knie und stand auf. »Wir halten Sie über den Fortgang der Ermittlungen auf dem Laufenden.«

Na ja, mal sehen.

Er verabschiedete sich und wurde von der Hauswirtschafterin bis zur nur notdürftig reparierten Haustür begleitet. Der zum Schutz postierte Kollege aus Brandenburg war im Augenblick nicht zu sehen, machte wohl seine Runde.

Er dankte Agneta Rehmanová, gab ihr zum Abschied die Hand und ging über den Kiesweg zu seinem Wagen, der hinter dem Ranunkelstrauch stand, von dem die Hauswirtschafterin gesprochen hatte.

Sie hatte recht: Die dichten goldgelben Herbstblätter des mannshohen Strauchs gestatteten keinen Durchblick.

Während er über die kilometerlang ausgerollte Asphaltzunge von Møllers privater Allee zurück zur Bundesstraße fuhr, ging ihm diese merkwürdige Dreierkonstellation durch den Kopf: ein junger Geschäftsmann, der durch seinen Seniorpartner ins finanzielle Desaster gezogen wird. Fängt ein Verhältnis mit der verwitweten Frau an, nachdem ihr Mann sich aus Verzweiflung umgebracht hat. Und wird drei Jahre später erschossen.

Zufall, Schicksal, wie nannte man das?

Aber dass der Junge dem Alten, der ihn geschäftlich ruiniert hatte, auch noch dankbar gewesen sein sollte, das mochte die Witwe einem anderen erzählen. Diese ganze Ziehsohn-Geschichte kaufte er ihr nicht ab. Wozu hatte sie ihm die aufgetischt?

Er schüttelte unwillkürlich den Kopf. Am Baum der Erkenntnis gab es auch tote Äste. Die Fragen, die ihm soeben durch den Kopf gingen, gehörten vielleicht dazu.

Mit einem Mal war diese verfluchte Unsicherheit zurück, traf ihn mit voller Wucht wie ein Pendel, das nur weit ausgeholt hatte. Womöglich hatte er nach der Auszeit wegen Corinna die Bodenhaftung verloren? Den Blick für das Wichtige? War er noch in der Lage, echte von falschen Spuren zu unterscheiden?

Sie mussten sich auf den »Imker« konzentrieren! *Er* war verflucht noch mal das eigentliche Rätsel. Schon wegen seiner besonderen Maskierung. Wie mochte er auf sie gekommen sein?

Der fleißige Wundt hatte sich in Sachen Imkerei schlaugemacht. Es gab circa eintausend Imker in Berlin, die meisten davon hobbymäßig. Doppelt so viele in Brandenburg. Organisiert in Hunderten Vereinen oder auch nicht. Ein Imkernetz plus Hut kostete nur wenige Euros, ein ganzer Schutzanzug keine zwanzig Euro. Die Tarnung war also teuflisch gut gewählt. Einerseits erschien der Imkeraufzug außergewöhnlich als Maskierung. Andererseits war er für wenig Geld überall zu haben. Und nebenbei verhinderte er äußerst effektiv DNA-Spuren am Tatort. Bislang hatten sie nichts Brauchbares gefunden.

Baer malte sich das Bild vom ruhigen, naturnahen, friedlichen Imkern aus. Vielleicht nur ein Klischee, doch ausgerechnet in dem typischen Outfit dieses idyllischen (jedenfalls idyllisch anmutenden) Gewerbes oder Hobbys tötete der »Imker«! Entführte, verletzte, wütete regelrecht.

Ging es dem Täter womöglich um genau diesen Widersinn zwischen friedlichem Tun und grausamer Gewalt? Wollte er eben dadurch Angst und Schrecken verbreiten?

Dann stand ihnen noch viel Schlimmeres bevor.

Dem Jungen, Tobias Sicking, als Allerersten.

Baer wagte sich gar nicht auszumalen, was es für den Kleinen bedeuten mochte, sich in der Hand eines so skrupellosen Gewalttäters zu befinden.

Jetzt, in diesem Augenblick.

Falls er nicht schon tot war.

Seine Hände schwitzten auf einmal so stark, dass das Lenkrad davon feucht wurde. Ihm wurde beinahe schlecht von der Panik, die plötzlich in ihm aufschoss. Der Angst, zu versagen.

Baer zwang sich, ruhig zu werden, an nichts zu denken, nur das helle Tageslicht in sein Bewusstsein aufzunehmen, die bunte Herbstlandschaft, die an ihm vorbeischwamm, sonst nichts.

Es gelang ihm nicht.

21

Ich hab sie gehasst, ja!

Ich wäre verdorben, hat die Alte mal zu mir gesagt. Wie schlechtes Fleisch.

Verdorben?

Schlechtes Fleisch stinkt. Aber ich *stinke* nicht.

Sie selber war verdorben. Stank wie die Pest. So viel Parfüm, wie sie brauchte, um ihren Schnapsgestank wegzukriegen, so viel Parfüm gibt's auf der ganzen Welt nicht.

Kein Kind käme zu meinem Geburtstag, hat sie gekeift, keines. Ob mir das schon mal aufgefallen wäre? Und warum? Weil ich keine Freunde hätte. Weil ich bloß Lügen im Kopf hätte, sonst nichts. Lügen und Gemeinheiten.

Ich würde Frösche fangen und sie im Glas einsperren, bis sie verrecken. Und mit dem Luftgewehr auf Katzen schießen. Auf Katzen! Nicht auf Spatzen, wie normale Kinder. Mit Steinen nach Hunden werfen. Ein ganz gemeiner Tierquäler wäre ich.

Dabei hat sie mich dazu angestiftet! Im Garten hinten säße ein Igel unterm Laubhaufen, hat sie zu mir gesagt. Kurz vor Weihnachten war das. Schmeiß das Vieh ins Feuer, schön grillen, hat sie gesagt, und Heiligabend wirfst du es Ines' Eltern über den Gartenzaun, am besten bis vor die Haustür. Das hätten sie verdient, Ines' Eltern, die würden ihre Nase immer so hoch tragen.

Hinterher hat sie behauptet, sie hätte nicht gesagt, ich soll den Igel lebendig *verbrennen. Die halbe Nachbarschaft hätte das Vieh schreien gehört.*

Scheiße, Mann, dann drück dich klarer aus, hab ich zu ihr gesagt.

22

Am Montagnachmittag, kurz nach drei, saß Jana Seitz in ihrem Büro in der Potsdamer Polizeizentrale und sichtete die zahlreichen Hinweise aus der Bevölkerung, die von den Kollegen bereits vorsortiert worden waren.

Die Stimmung in der Region, nicht nur unter den Reichen, kochte immer mehr hoch. Besonders im Netz wurde quer durch alle sozialen Foren Angst und Schrecken verbreitet. Via Twitter waren mittlerweile *Hunderte* »Imker« gemeldet worden – bis hinauf zur Ostsee. Auf Facebook wurden Gruppen zum »aktiven Selbstschutz« organisiert, die man nur als Bürgerwehren bezeichnen konnte. Fehlte bloß noch, dass sie sich bewaffneten. In allen kleineren und größeren Ortschaften des ausgedehnten Seen-, Schilf- und Sumpfgebiets zwischen Berlin, polnischer Grenze im Osten und dem Spreewald im Süden wurde auf improvisierten Schildern vor dem »Imker« gewarnt: An zahlreichen Ortstafeln hingen riesige Plakate mit an sich harmlosen Abbildungen von Imkerschutzkleidung, allerdings mit der warnenden Überschrift: »Er kann überall sein. Seid wachsam.«

Jana Seitz mutete es geradezu gespenstisch an, dass viele »Warnungen«, die als Handzettel in Läden auslagen oder öffentlich verteilt wurden, bereits davon ausgingen, dass Tobias Sicking tot sein müsse, da der Imker kein Lösegeld für den entführten Jungen gefordert habe. Daher werde er seine Überfallserie fortsetzen, als hätte es die Entführung nie gegeben.

Ein wahrer Tsunami an Anrufen, SMS, Mails und auch einigen Faxen hatte sie erreicht, ein guter Teil davon lag auf dem Extratisch in ihrem Zimmer, den sie jetzt frustriert betrachtete. Bisher waren die Hinweise ausnahmslos von der Art, dass jemand einen anderen (vorzugsweise Nachbarn, Verwandte, teilweise sogar den Ehemann) schon immer verdächtig fand, ein Pädophiler oder Psychopath zu sein. Oder dass eine Person grundsätzlich verdächtig erschien, vorzugsweise wenn sie dunkelhäutig war.

Sie überflog die Mail eines Psychiaters, der einen früheren Patienten verdächtigte, der »Imker« zu sein. Kollege Vaith hatte dazu vermerkt, dass der Patient nach seinen Recherchen bereits seit zwei Jahren in der geschlossenen Psychiatrie einsaß.

In der nächsten Mail beschuldigte ein bekannter und bekennender Neonazi pauschal »bewaffnete Romabanden«, den Jungen entführt zu haben. Das konnte man getrost vergessen.

Ein ehemaliger Kollege, früher Kripo Chemnitz, beschuldigte in dem Brief, den Jana anschließend las, einen mehrfach wegen Kindesmissbrauchs vorbestraften Mann, den er bis zu seiner Verrentung als Polizeibeamter vor fünf Jahren nicht habe hinter Gitter bringen können. Der verdächtigte Mann, hatte die Pradova dazu vermerkt, sei vor einem Jahr gestorben, er war erhängt in seiner Wohnung aufgefunden worden.

Der Stapel mit Mail-Ausdrucken, den sie sich anschließend vornahm und rasch durchblätterte, beinhaltete ausschließlich Ratschläge, die Sterne zu befragen, oder bestimmte, mit Namen und Adresse genannte, »ausgewiesene Hellseher« zu konsultieren.

Sie seufzte zum wiederholten Mal.

Ihr war aufgegangen, dass Kontrollieren und Organisieren einfach nicht ihr Ding waren.

Sie brauchte den hautnahen Kontakt zu den Ermittlungen vor Ort, den Schweißgeruch der Vernehmungssituation, den Thrill, dem Mörder womöglich direkt gegenüberzustehen, ihm in die Augen zu sehen, ihn letztlich zu überführen und festzunehmen.

Stattdessen bestand ihre Arbeit momentan vor allem darin, den Informationsfluss zwischen Berlin und Brandenburg auf dem neuesten Stand zu halten, um den Leitern der verschiedenen Arbeits- und Einsatzgruppen ihre Entscheidungen zu erleichtern. Seit heute waren wieder Hubschrauber im Einsatz, dazu Einsatzboote der Wasserschutzpolizei, die die Uferlinien des Küstinsees und der benachbarten Seen befuhren.

Doch die Einsätze in einem so großen, unüberschaubaren Suchgebiet waren vor allem dazu bestimmt, die Öffentlichkeit zu beruhigen, keine Panikreaktionen aus Angst vor dem unheimlichen »Imker« aufkommen zu lassen. Aber woran sollten sie ihn erkennen, selbst wenn er ihnen direkt über den Weg liefe? Sein Netz würde er jedenfalls nicht auf dem Kopf spazieren führen. Unter den

Kollegen in Berlin und Potsdam ging man ohnehin davon aus, dass Tobias Sicking schon an dem Tag der Entführung aus der Region fortgeschafft worden war.

Ihre Arbeit wurde auch dadurch nicht eben erleichtert, dass Liv Grünberg in Berlin sich urplötzlich für heute eine Auszeit genommen hatte. Dass Livs Chef Baer den ganzen Tag, wie es hieß, »im Außendienst« beschäftigt sei. Was auch immer das konkret heißen mochte.

Und dass Frank nach der SoKo-Sitzung heute früh schlicht abgetaucht war.

Kein Mensch wusste, wo er sich aufhielt, was er tat oder vorhatte.

Seltsam.

Am Vorabend hatten sie sich noch getroffen, zuerst beim Italiener in der Dortustraße, dann waren sie zu Frank gegangen. Er war im Vergleich zu den Tagen davor wie ausgewechselt, extrem guter Laune, beinahe euphorisch, was den baldigen Fahndungserfolg betraf. »Und den werden *wir* einfahren, Engelchen.« So nannte er sie manchmal, Engelchen. Eigentlich mochte sie das Kosewort nicht besonders, so wie er es aussprach, klang es wie Dummchen. Ihr wurde außerdem klar, dass Frank mit »wir« in erster Linie sich selbst meinte.

Er hatte groß ausgeholt. Das Berliner Team sei völlig unfähig, Iwersen ein Weichei und Baer bloß ein Sprücheklopfer. »Die *Sprache des Täters*, blabla, wo sind wir denn, in der Deutschstunde oder was?«

Mitten in der Nacht, sie war bereits fest eingeschlafen, hatte er sich plötzlich von hinten an sie gedrängt und seine Lippen an ihr Ohr gepresst. »Dieser Job, Jana, kann ein Sprungbrett für uns beide werden. Oder eine Jauchegrube.« Sie spürte seinen heißen Atem in ihrem Nacken und seine kaltfeuchte Hand an ihrem Bauch. »Du prüfst jeden Scheißhinweis persönlich, okay? Und wenn du was findest oder ein anderer aus unserem Team eine Spur hat, geht die Info sofort an mich. Immer sofort und als Erstes an mich. Alles klar?«

Alles klar.

Etwas weniger ruppig und zu einer halbwegs zivilen Zeit hätte sie die Botschaft aber auch kapiert.

Sie nahm jetzt einen Mail-Ausdruck zur Hand, der gestern, am Sonntagnachmittag, kurz nach halb drei, bei der Polizei eingegangen war. Der Hinweis stammte von einem Mann namens Clemens Kreuzeder, seit kurzem Waldpädagoge im Forstamt Köpenick. »Zertifizierter Waldpädagoge«, hatte er geschrieben. Jana hatte nicht mal gewusst, dass es den Beruf gab.

Kreuzeder wollte am Sonntagmittag, auf einer Erkundungstour für einen neuen Waldlehrpfad, eine Person durch sein Fernglas beobachtet haben, eine Frau in Kapuzenjacke, die sich seiner Ansicht nach verdächtig, in jedem Fall aber illegal in der Nähe der Küstiner Kanalbrücke aufgehalten habe, auf der Brandenburger Seite. Dann war sie, ebenso verboten, im sich anschließenden Naturschutzgebiet verschwunden.

Jana runzelte die Stirn. Ihr erster Gedanke war, dass dieser Waldpädagoge seinen neuen Job vielleicht etwas zu genau nahm, so sehr betonte er, was alles verboten sei, im und um den Wald herum.

Doch dann las sie den nächsten Satz.

Kreuzeder habe am See nachgeschaut und einen schlau versteckten Zweisitzer gefunden, ein Faltboot, wie es seines Wissens Freizeitpaddler früher in der DDR häufig gefahren hätten. Damit sei die Person offenbar unterwegs gewesen. In den polizeilichen Suchmeldungen sei doch ebenfalls von einem Faltboot die Rede gewesen. Also habe er sich anschließend auf einen Erkundungsgang durch das Naturschutzgebiet jenseits der Feuchtwiesen gemacht und tatsächlich entdeckt, dass jemand tief im sumpfigen Wald illegal kampiere. Möglicherweise handele es sich bei dieser Person um dieselbe Frau, die ihm zuvor aufgefallen sei. Vielleicht sei dieser

Hinweis für die Polizei von Interesse. Im Zusammenhang mit der Entführung des kleinen Jungen und der Überfälle in letzter Zeit.

Die Mail des Waldpädagogen war sachlich und zurückhaltend formuliert, das unterschied sie bereits von den meisten anderen, die Jana Seitz zuletzt hatte sichten müssen. Dass der Hinweis dennoch von ihren Kollegen aussortiert worden war, lag daran, dass die vermeintlich verdächtige Person eine *Frau* war.

Gesucht wurde aber eindeutig nach dem *Mann*, der der »Imker« war.

Sie zögerte jedoch, die Mail wie die anderen zu ignorieren. Konnte sich Kreuzeder auf die Distanz nicht auch getäuscht haben? Konnte er mit dem Fernglas nicht ebenso gut einen Mann in Kapuzenjacke statt, wie er glaubte, eine Frau gesehen haben?

Außerdem kannte sie den Ort, den Kreuzeder beschrieb. Sie hatte in der letzten Woche noch selbst am Geländer des Küstiner Kanals gestanden. Ein idealer Ort aus Sicht des Täters, erinnerte sie sich, um die Villen rund um den See zu überfallen und danach ungesehen im Dickicht und Sumpf des Naturschutzgebiets zu verschwinden. Auch ein Faltboot ließ sich hier leicht verstecken, wie sich nun zeigte. Von diesem Ort aus hatte man sogar freien Blick auf die Landzunge am anderen Seeufer, wo die Frau des Architekten, Ruth Grandgenet, in dem ausrangierten Bauwagen festgehalten worden und ums Leben gekommen war.

Ihr lief ein Frösteln über den Rücken, als sie sich vorstellte, dass dem Täter vielleicht genau an dieser Stelle die Idee zu seinem Plan gekommen war.

In jedem Fall lohnte es sich, den Hinweis zu überprüfen. Sicherheitshalber.

Das wollte sie Frank jetzt mitteilen.

Aber er war noch immer nicht im Präsidium und auch nicht per Handy zu erreichen. Abgeschaltet.

Was war los mit ihm, dass er sich in der heißesten Phase der Ermittlungen so rarmachte? Er war schließlich Erster Kriminalkommissar und *leitete* die Ermittlungen auf Brandenburger Seite. Zumindest erwartete man das von ihm.

Sie wurde aus ihm momentan nicht schlau und musste auf einmal an seine extrem wechselhafte Stimmung, seine Nervosität und Sprunghaftigkeit in den letzten Tagen denken, auch an seinen verdammt peinlichen Filmriss gestern am Tatort, Baer und Grünberg gegenüber.

Und schließlich die Szene heute Nacht im Bett, als er »es« nach seiner leidenschaftlichen Einflüsterung (oder besser: Flüsterattacke) vergeblich versucht hatte. Bis sie dem ein Ende setzte und ihm sagte, er solle »dem Kleinen« endlich ein wenig Ruhe gönnen.

Gut, die Wortwahl war vielleicht etwas gedankenlos gewesen, aber musste er deshalb gleich wütend werden? Ihr in der heftigsten, lautstarken Weise vorwerfen, sie wolle sich über ihn lustig machen?

Sie hatte gespürt, wie dünnhäutig und gereizt er war, und sich jede weitere Bemerkung verkniffen, um seinen Frust nicht noch zu erhöhen.

Und jetzt war er von der Bildfläche verschwunden. Einfach so.

Sie atmete durch. Und fasste einen Entschluss. Da Vaith, Pradova und die anderen Kollegen mit den Hinweisen aus der Bevölkerung vollauf beschäftigt waren und Liv Grünberg nicht erreichbar war, rief sie selbst den Waldpädagogen an und kündigte sich für eine gute halbe Stunde später bei ihm an.

Unter den gegebenen Umständen konnte ihr daraus keiner einen Strick drehen, nicht mal Laschwitz. Und Frank schon gar nicht.

Es war das ehemalige Forsthaus, das sie, wie ihr jetzt bewusst wurde, schon am Freitag von der Kanalbrücke aus durch die Bäume hatte schimmern sehen. Ein mindestens hundertjähriges Haus aus gelbem, verwittertem Backstein mit einem Spitzdach aus roten, nicht mehr ganz brandneuen Tonziegeln und grünen Holzklappläden an den Fenstern. Es diente also jetzt als »Waldschule« und war umgeben von einem weitläufigen Grundstück. Der Zugang zum Haus war durch ein mannshohes Tor abgesperrt, auf dessen Eisengitter zwei in Blech geschnittene Wildschweinfiguren Wache hielten. »Waldschule Wildsau« stand in bunten Lettern auf einem knallgelb bemalten Stück Holz, das darunter angebracht war.

Clemens Kreuzeder hatte sie bereits von einem weiteren großen Gebäude aus, einer Art Scheune, gesehen und kam nun mit schnellen Schritten auf sie zu. Ein schlaksiger Mittdreißiger mit dunklem Kinnbart in einer lindgrünen Allwetterjacke und hohen schwarzen Schaftstiefeln.

Er lachte, als er ihre weißen Sneakers sah. »Kommen Sie mal mit zum Auto. Ich gebe Ihnen die Stiefel von meiner Kollegin, die sind zufällig noch im Kofferraum. Die könnten vielleicht passen.« Er sprach mit deutlich bayerischem Akzent.

Auf dem kleinen Parkplatz stand neben ihrem Wagen ein silbergrauer Opel Combo mit höhergelegtem Fahrwerk, offenbar für den Einsatz im Wald. Sie fuhren aber nicht mit dem Auto – keine Chance, nicht mal mit dem Waldauto, betonte Kreuzeder –, sondern mussten zu Fuß gehen.

Die Stiefel seiner Kollegin, die er ihr reichte, waren nur geringfügig zu groß, sie hielt das für unproblematisch.

»Wollen wir zuerst zum See, Herr Kreuzeder? Ich würde mir gern das Faltboot ansehen, das Sie entdeckt haben.«

Kreuzeder machte ein bedauerndes Gesicht. »Ich war heute Vormittag noch mal an der Stelle. Das Boot ist fort. Leider.«

»Schade.«

Sehr schade sogar. Denn das Faltboot wäre ein deutliches Indiz gewesen, und wenn sich daran Fingerabdrücke und DNA von Tobias gefunden hätten, sogar ein Beweismittel. Auch war Kreuzeder nicht davon abzubringen, wirklich eine Frau durchs Fernglas beobachtet zu haben, nicht etwa einen Mann, obwohl die Person einen Anorak mit Kapuze getragen hatte: »Die Art zu gehen, die ganze Körperhaltung. Ganz klar eine Frau.«

Eine Stunde lang führte er sie nun mehr oder weniger schweigsam durch den Wald. »Hören Sie die Stille?«

Der Wald kam ihr zwar märchenhaft schön vor, herbstlich bunt, rauschend im Wind, der aufgekommen war, voller Düfte, die sie beinahe schwindlig machten. Aber als sie ihr Ziel schließlich erreichten, war sie vollkommen erschöpft. Und ihre Füße taten weh wie seit den Sportstunden auf der Polizeischule nicht mehr, Blasen und aufgeschürfte Stellen, mochte sie wetten, sie sah gar nicht erst nach.

»Das ist es.«

Ein schwarzes Igluzelt, versteckt unter einem Tarnnetz, das aussah wie ein Blätterdach. Daneben unter einer Plane verschiedene Gerätschaften, Essgeschirr, ein Messersortiment, ein kleines Kurbelradio, ein Kompass, Draht, Schnüre ... Paddel. Ein Außenbordmotor.

»Haben Sie die Sachen selbst schon untersucht, Herr Kreuzeder?«

»Nur mal einen Blick drauf geworfen, hier und da was angehoben. Wieso?«

»Schon okay.«

Sie streifte sich die blauen Latexhandschuhe über, die sie für alle Fälle mitgenommen hatte, ließ sich von Kreuzeder die LED-Taschenlampe geben, die er in weiser Voraussicht mitgenommen hatte, und warf einen Blick ins Zelt. Von innen sah es geräumiger aus, als es von außen wirkte. Der weiße Lichtkegel der Lampe streifte einen Schlafsack, einen Wäschesack, eine winzige, kaum daumengroße Taschenlampe, ein Buch – nicht etwa ein Taschenbuch, sondern einen leinengebundenen alten Schinken mit zerfledderten Seiten, wie es aussah. Sie kroch vor und beugte sich darüber. Las den ersten Satz der aufgeschlagenen Seite 61: »Ich melke den Himmel und die Erde.« Wow, was für ein Satz. Sie schlug die erste Seite auf: *Wildnis oder Das Leben in der Natur*. Von einem Henry David Thiébault. Wie immer man den Namen aussprach.

Sie schlug wieder die Seite 61 auf, hob den Blick und ließ den

Lichtstrahl durch das Zelt wandern. Nichts Ungewöhnliches, wenn man einmal akzeptierte, dass hier ein Aussteiger lebte. Eine Frau, wie Kreuzeder noch einmal versichert hatte, na, mal sehen.

Sie öffnete den Reißverschluss des himmelblauen Schlafsacks und schlug ihn ein wenig zurück.

Da sah sie es liegen.

Ein winziges Teil, charakteristisch geformt und eingeschnitten. Knallbunt. Sie stieß es mit der Taschenlampe an, es war leicht, aus Pappe.

Ein Puzzleteil.

»Mein Gott, ein Puzzleteil!«

Sie sah noch mal genauer hin. Und länger. An einer Stelle erkannte man das Bildmotiv noch halbwegs: gelbe Zehen an einem plumpen elefantenähnlichen Fuß. Dessen Haut jedoch nicht grau, sondern in metallisch bunten Farben gezeichnet war.

Kein Zweifel, dass das hier Teil eines Puzzles war, das einen Dinosaurier darstellte.

Sie zog ihr Handy aus der Tasche und war schon im Begriff, Frank anzurufen, es wenigstens zu versuchen. Doch dann fiel ihr Kreuzeder ein, der vor dem Zelt wartete. Er war Angestellter des Forstamts Köpenick, also befanden sie sich noch auf Berliner Gebiet. Sie hatte mit Liv Grünberg vereinbart, dass in solchen Fällen stets die landesrechtlich zuständige Seite als Erstes informiert werden sollte, um Kompetenzwirrwarr zu verhindern.

Aber die Grünberg war momentan nicht zu erreichen. Also versuchte sie es bei Baer. Er ging tatsächlich ran.

»Ja. Baer.«

»Jana Seitz, hallo. Also … ich glaube, ich …« Sie fühlte sich, als müsse sie sich entschuldigen für das, was sie ihm zu sagen hatte. »Ich hab ihn gefunden, glaube ich.«

»Gefunden? Wen?«

Sie zögerte, wagte kaum, es auszusprechen.

»Den Imker.«

23

Überraschend war Liv Grünberg wieder in ihrem Büro gewesen, als Baer von der Møller-Vernehmung aus Brandenburg zurückkehrte. Ihre Tür stand halb offen, sie telefonierte soeben und bedeutete ihm, als er vorbeilief und einen Blick in ihr Zimmer warf, dass sie gleich bei ihm reinschauen werde.

Er ging weiter in sein Büro, ließ gegen seine Gewohnheit ebenfalls die Tür offen und machte sich ein paar Notizen zu dem Gespräch, das er vor einer guten Stunde in Netzow mit Brigitte Møller und Agneta Rehmanová geführt hatte.

Er versuchte, sich auch die Details aus den Berichten der Brandenburger zum ersten Überfall des »Imkers« auf den Architekten Grandgenet in Erinnerung zu rufen. Was ihm nur schlecht gelang. Und bevor er pflichtgemäß die Dateien dazu aus dem Intranet abrief, kam Liv Grünberg herein.

Ohne zu klopfen, trat sie ins Zimmer und ließ sich erschöpft seufzend auf einen der drei Stühle fallen, die hinten an seinem kleinen Besuchertisch standen.

Liv sah nicht einfach nur blass aus, müde. Sondern vollkommen fertig.

Er stand auf, schloss die Tür und ging zu ihr hinüber.

Sie legte ihr Schlüsselbund auf den Tisch und presste den Anhänger des Bunds so fest zusammen, dass er vollständig in ihrer Faust verschwand.

Baer sah sie fragend an.

Sie hob den Kopf und schüttelte ihn traurig. »Lass mal, Roman. Du hast eigene Sorgen, oder?«

Er schaltete das harte weiße Deckenlicht aus und dafür die uralte Stehlampe neben dem Besuchertisch an. Dann setzte er sich zu ihr an den Tisch.

Es war nun dämmerig im Zimmer, der schwache gelbe Lichtkegel der Lampe erhellte die weiße Tischplatte und strahlte ein wenig ab auf ihre Gesichter.

Sie sah ihn an. Ihre grünen Augen hatten die Farbe von dunklem Moos. »Stella, meine Tochter, sie ist neunzehn …« Liv holte tief Luft. »Ihr ist was passiert.« Sie machte eine Pause, die sich mit einer diffusen, unheilvollen Ahnung füllte. »Sie war am Abend noch bei Freunden in Steglitz. Manchmal übernachtet sie auch bei denen. Oder sie gehen noch irgendwo hin, Party machen und so. Sie will studieren nächstes Jahr und …« Sie verlor den Faden und starrte auf den Lichtkegel in der Mitte der kleinen Tischplatte.

»Ja. Und letzte Nacht ist was passiert? Wie schlimm ist es?«

»Das weiß ich eben nicht! Sie weiß es selbst nicht.«

Baer schüttelte leicht den Kopf und kniff die Brauen zusammen.

»Sie war feiern, wie gesagt, auf irgendeiner Party. Und morgens um fünf setzt sie sich in die S-Bahn, um nach Hause zu fahren. Ein Freund hatte sie bis dahin begleitet. Das ist so ziemlich das Letzte, woran sie sich erinnern kann. Heute Mittag wacht sie in einer leeren Wohnung auf. In einem Rohbau, menschenleer. Einem Hochhauskomplex am Rande von Marzahn.«

»Marzahn?«

Sie nickte. »Stella hat keine Ahnung, wie sie dorthin gekommen ist. Was passiert ist. Wer sie … wer dafür verantwortlich ist, dass sie dort …«

Baer begriff sofort die volle Dimension. Und beschloss, sich der möglichen Katastrophe nur mit äußerster Vorsicht zu nähern. »Sachen gestohlen?«

Sie nickte wieder. »Ihr Portemonnaie mit ein bisschen Bargeld drin, das Handy, nicht mal neu, wir sind … Momentan sind wir etwas knapp bei Kasse in der Familie. Na ja.« Sie winkte leicht ab. »Anderes Thema.« Sie sah ihn wieder direkt an. Die Angst stand ihr ins Gesicht geschrieben.

Baer verstand. Liv wusste nicht, was der oder die Täter ihrem

Mädchen angetan hatten. Nachdem sie sie vermutlich angesprochen, irgendwie mit Drogen vollgepumpt und in den Neubau am Rande Berlins verschleppt hatten.

»An was denkst du? K.-o.-Tropfen?«

»Ja. Ich habe vorhin mit Matuschek von der Drogenfahndung gesprochen und ihm die Sache – ganz allgemein, verstehst du? – geschildert. Er meint, es kämen eigentlich nur K.-o.-Tropfen in Frage. Typisch, dass sich die Opfer später an nichts erinnern können.«

»Und deine Tochter? Was sagt sie?«

»Am liebsten nichts mehr. Sie will die Sache nur noch vergessen. Sie hat natürlich Angst. Genau wie ich.«

Angst vor der vollen Wahrheit. Vor dem, was sie alles mit ihr angestellt hatten.

»Schmerzen?«

»Überall am Körper. ›Absolut überall, Mama‹, hat sie gesagt.«

Es zerriss ihr sichtlich das Herz. Sie fuhr sich mit der Hand, die das Schlüsselbund hielt, an ihre Lippen und presste sie als Faust dagegen.

Ja, es stimmte, was die Kollegen von Liv sagten: Sie *war* hart. Aber in erster Linie gegen sich selbst.

Plötzlich fiel ihr offenbar auf, dass sie noch immer das Schlüsselbund zusammenpresste. Sie öffnete die Faust und zeigte ihm auf der offenen Handfläche den Anhänger. Es war das in Plastik eingeschweißte Foto eines kleinen Mädchens, vielleicht vier oder fünf Jahre alt.

»Das ist meine Kleine. Stella.« Sie lächelte und legte den Kopf ein wenig schief. »Das *war* sie. Mit vier oder fünf. Das Foto wurde damals im Kindergarten gemacht. Dieser Halsabschneider von Fotograf hat ein Heidengeld dafür und für ein paar weitere Bilder verlangt. Nicht mal besonders gute Fotos. Aber du siehst ja, man hat es trotzdem immer bei sich.«

Baer schwieg. An Liv wurde ihm wieder einmal bewusst, dass die verletzlichste Stelle von Eltern ihre Kinder waren. Vielleicht war es genau diese frühe Erkenntnis, dachte er jetzt, dass er sich nie hatte vorstellen können, selbst Kinder zu haben, Vater zu werden. Nicht in seinem Beruf.

Und während er noch das winzige Foto der kleinen Stella betrachtete, fiel ihm plötzlich Tobias Sicking ein. Stella Grünberg war damals etwa so alt wie Tobias heute. Und es zog sich ihm die Haut im Nacken zusammen bei der Vorstellung, dass der kleine Tobias vielleicht nicht einmal mehr lebte. Oder aber furchtbar leiden musste. Gerade in diesem Moment, wo sie hier zusammen saßen, er und Liv.

Mitten in die Stille hinein summte sein Diensthandy. Liv Grünberg steckte das Bund in die Seitentasche ihres blauen Blazers, während er den Anruf annahm.

»Ja. Baer.«

Es war Jana Seitz, ihre Stimme klang glockenhell und ziemlich aufgeregt.

»Ich glaube, ich ... hab ihn gefunden.«

»Gefunden? Wen?«

Er hörte sie heftig atmen, ohne dass sie antwortete. Litt sie jetzt am gleichen Symptom wie Fleischmann, ihr Chef?

»Den Imker.«

Er sprang auf. »Den *Imker*? Was soll das heißen? Wo sind Sie überhaupt?«

Liv starrte ihn an und erhob sich wie in Zeitlupe von ihrem Stuhl. Ihr vor wenigen Sekunden noch blassgraues Gesicht nahm eine intensive dunkle Farbe an. Im dämmerigen Licht der Stehlampe stand sie Baer kerzengerade gegenüber, ihre Gesichter waren nur wenige Zentimeter voneinander entfernt, er konnte ihren warmen Atem *schmecken*.

Er nahm den Hörer ein wenig vom Ohr. »Jana Seitz. Sie glaubt, sie hat den Täter gefunden.«

Liv kniff ungläubig die Augen zusammen.

Er sprach wieder in den Hörer: »Jana? Informieren Sie Fleischmann. Und klären Sie den Einsatz mit Liv … Liv Grünberg. Ich geb sie Ihnen.«

Er reichte Liv sein Telefon.

Für einen Moment berührten sich ihre Finger, er zuckte zurück, als hätte er sich elektrisch aufgeladen.

Es war kurz nach sieben am Abend, als Baer seine Wohnung betrat. Galina beendete soeben Corinnas abendliche Übungseinheit mit dem Stehen auf einem Bein. Dem linken, dem noch immer teilweise gefühllosen Bein.

Corinna hielt einige Sekunden durch und ließ sich dann rückwärts aufs Sofa fallen.

Baer sah, wie erschöpft sie war, nachdem sie in ihrem hellgrauen Jogginganzug die obligatorischen fünfundvierzig Minuten mit Galina trainiert hatte.

Galina lachte, gratulierte Corinna zu ihrer Leistung, begrüßte Baer beiläufig und freundlich, als er ins Wohnzimmer trat, und ging in den Flur, um ihre Sachen zusammenzupacken.

Galina hatte Feierabend für heute.

Er nicht.

Als ihm ganz unwillkürlich dieser Gedanke kam, schämte er sich so entsetzlich, dass er spürte, wie er rot wurde.

Corinna sah zu ihm auf, mit schweißglänzendem Gesicht und müden Augen. Er beugte sich zu ihr hinab und küsste sie auf die Lippen. Sie fühlten sich feucht und kühl an.

Er setzte sich neben sie, rechts von ihr, legte den Arm um ihre schmalen Schultern. »Du darfst dich nicht überanstrengen, Corinna.«

»Hat sie nicht!« Galina schaute noch mal herein, um sich zu verabschieden. »Sie muss trainieren, Herr Baer. Trainieren, trainieren, trainieren. Jeden Tag. Dann wird es besser. Bestimmt.«

Baer mochte es, wie Galina »trainieren« aussprach, ihr hart rollendes R. Sie nickte ihnen beiden zu, wünschte eine gute Nacht (sie wünschte immer eine gute Nacht, niemals einen guten Abend) und verließ die Wohnung.

Sie waren allein.

Mit sich.

Eine Weile saßen sie so nebeneinander auf dem Sofa. Sahen schweigend zu den Erkerfenstern hinüber, in denen sich der abendliche Grauschleier der Stadt verfangen hatte.

Seine Gedanken wanderten zurück zu Liv.

Er wurde sich plötzlich bewusst, dass er auf ihren Anruf wartete.

Nicht privat. Natürlich nicht.

Sondern dienstlich. Schließlich hatten die Brandenburger, vielmehr Jana Seitz, die Zweite im Team von Frank Fleischmann, das Versteck des »Imkers« gefunden.

Vielleicht.

Hoffentlich.

Mitten im Sumpf, in dem Naturschutzgebiet, das sich an Berlins Stadtgrenze anschloss.

Baer hatte inzwischen ein paar mehr Details erfahren. Doch so viel war klar: Von dem Jungen war in dem Lager keine Spur zu finden. Bis auf das Puzzleteil, das Seitz entdeckt hatte. Doch ob es wirklich zu Tobias Sickings Dino-Puzzle gehörte, ob sich noch weitere belastende Indizien dort fanden, das und vieles mehr war bislang völlig unklar.

Aber es war die erste heiße Spur, die sie hatten, und Baer wunderte sich gar nicht, dass ausgerechnet die junge Jana Seitz darauf gekommen war. Er hatte sich nicht in ihr getäuscht, sie hatte die Energie, niemals aufzugeben. Und den Verstand, um selbst im Wirrwarr Spuren zu erkennen und eigenständig Schlüsse daraus zu ziehen.

Doch das Lager war leer gewesen. Es gab keinen Hinweis darauf, wer sein Bewohner (wenn man denn so sagen konnte) sein könnte und wo sich die Person derzeit aufhielt. Deshalb war entschieden worden, dass das Lager beobachtet werden müsse. Ab sofort. Pausenlos. Die Leitende, Roswitha Laschwitz, hatte Iwersen diesen Vorschlag gemacht, der sofort zustimmte.

Es stellte sich dann heraus, dass Laschwitz schon davor in diesem Sinne entschieden hatte und die Brandenburger unter Fleischmanns Leitung längst im Einsatz waren.

Iwersen fand ihr nachgeschobenes Geständnis wenig lustig und Baer gab seinem alten Freund und Kollegen recht, als der ihm verärgert davon erzählte. Im Stillen aber auch Laschwitz, die sachlich vollkommen richtig entschieden hatte: Eine solche Spur durften sie keine Sekunde aus den Augen verlieren.

Sobald es etwas Neues gab, würde Liv, die auf Berliner Seite alles koordinierte, als Erste darüber informiert werden. Und natürlich umgehend auch ihn, Baer, benachrichtigen.

Darauf hoffte er. Auf die Nachricht selbst.

Aber auch auf Livs Stimme, wie er sich jetzt eingestand.

Plötzlich bemerkte er, dass Corinna leicht zu zittern begann, vermutlich vor Erschöpfung. Auf einmal packte ihn wieder das schlechte Gewissen. Er wandte sich ihr zu, geradezu bestürzt über seine Gedankenlosigkeit.

»Du musst dich ausziehen, Schatz. Und dann duschen.«

Das Ausziehen musste sie selbstständig hinbekommen. Dringende Empfehlung der Ergotherapeutin. Sie müsse es unter allen Umständen selbst versuchen, fremde Hilfe behindere nur den Fortschritt.

Fremde Hilfe. Das war an seine Adresse gerichtet.

In gewisser Weise stimmte es sogar, Corinna war ihm fremd geworden und er ihr auch. Er wusste nicht einmal, was ihr von ihrem gemeinsamen Leben noch präsent war.

Beim Duschen würde er ihr aber helfen dürfen.

Sie gingen gemeinsam ins Bad, wo Corinna eine gefühlte Ewigkeit brauchte, um ihren Jogginganzug, das T-Shirt und den Slip auszuziehen. Mehrfach war er versucht, sie zu unterstützen, zwang sich aber immer wieder, den Impuls zu unterdrücken. Corinna kämpfte tapfer um jeden Handgriff, jede Bewegung. Irgendwann saß sie nackt, nur noch in den Sportsocken, vor ihm auf dem niedrigen Schemel.

Er ging vor ihr in die Hocke und sah sie an.

Sie war wunderschön. Noch immer.

Und todtraurig, das las er in ihrem Gesicht.

Er nahm ihre Hand, die linke, und drückte sie sanft. Dann zog er ihr rasch die Socken aus.

Plötzlich tat sie etwas, das sie schon so lange nicht mehr getan hatte. Sie umfasste seinen Kopf – mit beiden Händen! – und zog ihn leicht zitternd zu sich hoch. Die Geste war unmissverständlich, er küsste sie. Und spürte, dass sie seinen Kuss erwiderte. Nicht leidenschaftlich, das wäre das falsche Wort. Aber doch lustvoll, sinnlich, ausdauernd. Er streichelte ihren Hals, den weichen Flaum der Haare in ihrem Nacken, ihre zarten Schultern. Seine Hände wanderten über ihren Rücken bis zur Hüfte, zu den Schenkeln hinab. Doch er spürte, wie sie sich verschloss, ein wenig nur, aber genug, um ihm die Grenze zu signalisieren.

Für heute.

Er nahm ihr schmales Gesicht in seine Hände, rahmte es wie ein kostbares Gemälde, küsste sie wieder zart.

Sie lächelte in seinen Mund hinein und strich mit zwei Fingern über seinen ewigen Dreitagebart, den er schon getragen hatte, bevor es Mode geworden war. »Lass uns duschen, Schatz.«

Der Satz, von ihr nur gehaucht, elektrisierte ihn. Vielmehr das eine Wort, das sie gesagt hatte, noch während er sie küsste: »Schatz«. Noch vor ein paar Tagen hatte sie nicht mal mehr seine Bedeutung gekannt. Jetzt sprach sie es aus, als wäre es das Selbstverständlichste auf der Welt.

»Nein, nicht duschen, Schatz.« Er wiederholte das Wort mit Absicht. »Ich werde dich *baden.*« Baden und einreiben. Wie ein kleines Baby. Er erhob sich langsam aus der Hocke und ließ das Wasser in die Badewanne ein.

24

Der Einsatzbus stand verborgen in einer Schneise am Waldrand, die auf natürliche Weise durch einen umgestürzten Baumriesen ins Unterholz geschlagen worden war.

Jana Seitz schaute durch das rückwärtige Fenster hinaus in den Wald, ihr Blick verlor sich in dem vom Mondlicht nur schwach erhellten Nebel, der wie Lichtrauch träge zwischen den unbewegten schwarzen Stämmen und Büschen hing.

Eine unwirkliche Nacht. Voller Hoffnungen auf ein dramatisches Ereignis mit märchenhaft gutem Ende.

Die Realität: Es war nebelfeucht, scheißkalt und stinklangweilig. Seit Stunden saß sie mit den Kollegen des Einsatzkommandos eingepfercht in einem stickigen Einsatzbus. Kämpfte mit der extremen Anspannung, der Hoffnung, dass sie den »Imker« noch in dieser Nacht fassen könnten – und zugleich gegen eine übermächtige Müdigkeit. Immer wieder dämmerte sie weg und wachte erschrocken auf, wenn irgendwer lachte, sich schnäuzte, laut gähnte oder ein Funkspruch eintraf. Und dann taten ihr die Füße weh (der verfluchte Gewaltmarsch durch den sumpfigen Wald in den Stiefeln von Kreuzeders Kollegin).

Die Erlösung trat nicht ein. Vielleicht würde die ganze Nacht nichts passieren.

Keine Nachricht vom unmittelbaren Einsatzort, dem wilden Zeltlager, dass die Zielperson an ihren Zufluchtsort zurückgekehrt wäre.

So hatte sie sich diesen Einsatz nicht vorgestellt. Während sie wieder hinaussah, in die neblige Unwirtlichkeit des Waldes, flatterten die Gedanken durch ihren Kopf wie Scharen dunkler Vögel.

Sie dachte an Frank. Der in diesem Augenblick zusammen mit

Reuter, dem Einsatzleiter der SEK, und seinen Leuten am Einsatzort postiert war.

Wo hatte Frank gestern den ganzen Tag gesteckt? Auch noch, als sie sich nach der Entdeckung des Zeltlagers – und des Puzzleteils, das sie im Schlafsack gefunden hatte – mit ihm absprechen wollte? Er war wie vom Erdboden verschluckt gewesen, sein Handy blieb ausgeschaltet, keine Nachricht, kein Rückruf, nichts kam von ihm.

Eine Erklärung dafür war er ihr bis zu dieser Stunde schuldig geblieben.

Doch plötzlich war er wieder aufgetaucht. Just zu dem Zeitpunkt, als es im Präsidium um die Entscheidung für oder gegen den Zugriff auf das Lager des Tatverdächtigen ging. In schwierigem, unübersichtlichem Gelände, mitten in einem Naturschutzgebiet, einem Sumpf noch dazu.

Jana hatte von Anfang an dafür plädiert, den Lagerplatz im Wald keine Sekunde mehr aus den Augen zu lassen und auch über Nacht eine Sondereinsatzgruppe zu postieren.

Frank unterstützte sie darin. Wenigstens das.

Aber der Vorschlag stieß bei SEK-Chef Reuter nur auf Sarkasmus. Wenn nun die Zielperson erst in einer Woche auftauche?, hatte er geunkt. Oder in einem Monat? Einem Jahr? Wollten sie und Frank dann ebenfalls, dass seine Truppe die ganze Zeit Gewehr bei Fuß stehe, mitten im Sumpf, bei Regen, bei Eis und Schnee, am Tag und in der Nacht?

Laschwitz musste die Entscheidung treffen. Sie hielt sich aus der Diskussion aber vornehm raus. Typisch Sphinx. Sie hatte wieder Frank fragend angeschaut, um Reuter zu widersprechen oder ihm klein beizugeben.

Frank hatte lange geschwiegen, zu lange für Janas Geschmack. Sie gab Reuter die ihrer Meinung nach passende Antwort: Irgendetwas, nein, nicht irgendetwas, sondern das voll ausgestattete, intakt wirkende, sicher bis zuletzt noch benutzte Lager im Sumpf sage ihr, dass die verdächtige Person nicht lange auf sich warten lassen würde. Dass sie sich vielleicht wie ein Jäger durch den Wald pirsche und jeden Moment zurückkehren könne. Wollten sie den etwa verpassen? Vielleicht sei es sogar möglich, den Verdächtigen zuerst nur zu beobachten, um, falls es sich wirklich um den »Imker« handele, ihn unbemerkt zu observieren, wenn er sich zum Versteck des Jungen bewege.

Reuter begann in seiner Meinung zu schwanken, lehnte aber eine Observierung der Person in einem solchen Gelände als vollkommen unrealistisch (»naiv«) ab. Außerdem stehe die Identität der Person noch keineswegs fest. »Wenn Einsatz, dann erst mal nur, um den Tatverdächtigen zu identifizieren und festzunehmen. Alles andere ist Grütze.«

Laschwitz war danach aufgestanden, um zu ihrem Schreibtisch zu gehen. Hatte den Hörer schon in der Hand gehalten, vielleicht, um sich mit den Berlinern abzusprechen. Wählte aber nicht, sondern blieb stehen und überlegte eine gute Minute lang.

Dann legte sie den Hörer wieder auf und kam zu ihnen zurück an den Tisch. Stellte sich hinter ihren Stuhl, Hände auf der hohen Rücklehne, sah sie alle drei, Frank, Reuter und sie, von oben herab an, mit ihrem typischen Gesichtsausdruck, unbewegt und glatt.

Und sprach sich für den Einsatz aus.

Seitdem war bereits die halbe Nacht vergangen. Wenn jetzt nichts mehr geschah, auch am nächsten Tag nicht, würde Reuter die Aktion abbrechen. Und sie war sicher, dass die Sphinx sich dann daran erinnern würde, dass sie, Jana, den Einsatz am vehementesten unterstützt hatte. Wenn sich dann noch herausstellen sollte, dass sich an dem Puzzleteil keine DNA, keinerlei Spuren von Tobias Sicking befanden, würde sie von Laschwitz die Quittung dafür bekommen.

Nicht sofort, sondern später. Nicht offen, sondern versteckt.

Und dann würde sich zeigen, wie Frank wirklich zu ihr stand. Ob er zu ihr hielt, sie verteidigte. Oder ob er kniff. Weil sein merkwürdiges Band zu Laschwitz am Ende sogar stärker war als die Beziehung zu ihr.

Je weiter die Nacht voranschritt, desto bedrohlicher wurden die Vogelschwärme in ihrem Kopf.

Gegen Morgen war der Nebel draußen so dicht geworden, dass die Bäume und Sträucher darin zu ertrinken schienen.

25

Im Nachhinein würde sie sich fragen, wie sie das ungute Gefühl an diesem Morgen, dem ersten Novembertag, hatte ignorieren können.

Sie hörte sonst immer auf ihr Bauchgefühl, aber diesmal fühlte sie sich sicher, da sie einen Weg zu ihrem Lager genommen hatte, den sie schon seit Monaten nicht mehr gegangen war. Weit weg vom Standort des Beobachters von Sonntag.

Erich war es heute früh nicht gut gegangen, er fror, zitterte, hatte blaue Lippen, sah grippig aus. Sie hatte den ärztlichen Notdienst angerufen und gemacht, dass sie fortkam. Jetzt nur keine neugierigen Fragen von irgendwem, der sah, dass sie bei Erich wohnte, wenigstens dort übernachtete, der wissen wollte, wer sie denn eigentlich sei.

Erich war herzzerreißend lieb gewesen, als sie sich von ihm verabschiedet hatte.

»Willst schon wieder jehn, ja. Den ollen Erich verjammeln lassen in Bette, wa?« Er lachte und hustete. »Wann kommste denn wieder, Kleene?«

»Bald, Erich.«

»Versprochen?«

»Versprochen. Aber du musst dem Notarzt sagen, dass du für

eine Weile eine Haushaltshilfe brauchst. Zum Einkaufen und Essenmachen und so. Du hast ja Pflegestufe.«

»Det zahlt die Kasse nicht.«

»Doch, tut sie.«

Hoffte sie für ihn.

Ihr Weg führte sie von Schönhorst in weitem Bogen über die Küstiner Höhe, den Großen Graben und am Alten Strom entlang, mitten durch das Sumpfgebiet jenseits des Janusgrabens. Es hatte die Nacht geregnet, die Luft war immer noch feucht und inzwischen, um halb neun etwa, auch kalt; sie versank mit ihren schweren Stiefeln oft bis über die Knöchel im Schlick.

Egal, Hauptsache, sie wurde von niemandem gesehen.

So wie vorgestern Abend, als sie in der feuchten Dämmerung das Faltboot an eine neue Stelle manövriert hatte, die allerdings nicht vom Kanal aus und damit vom Lager aus schwieriger zugänglich sein würde.

Sie konnte also nur das Allernötigste mitnehmen, Zelt, Schlafsack, einen kleinen Teil der Wäsche, Kompass, Taschenlampe.

Und das Buch.

Mehr nicht.

Anschließend würde sie nicht wie sonst am Kanal entlanggehen, sondern den Umweg über die Feuchtwiesen nehmen und danach wieder mitten durch den Wald. Sie hoffte, es waren auch heute wenigstens ein paar Ausflügler auf dem See. Nicht wie am Samstag natürlich, aber doch so viele, dass sie nicht weiter auffiel, wenn sie sich mit dem Faltboot aufmachte, um so weit östlich wie möglich ein neues Lager aufzuschlagen, das vorerst ohne das große Tarnnetz auskommen musste.

Während sie sich durch den Wald vorankämpfte, schossen ihr wie so oft Gedanken an Hanno durch den Kopf.

Sie vermisste ihn noch genauso wie an dem Tag, als er gestorben war. Unter den unerfahrenen Händen von Dr. Völlig Unerfahren.

Aber hier draußen spürte sie wie nirgendwo sonst, dass Hanno immer noch bei ihr war. Dass sie ihm nah war. Dass er lebte, in jedem Blatt am Baum, jedem Vogel, der sang, jedem Luftzug, der über ihre Wangen strich, sogar in jedem Ast, der am Boden moderte und gegen den ihr Fuß stieß. Ihr kleiner, süßer Junge … Den sie unter solchen Schmerzen geboren hatte, dass sie sich verflucht hatte, auf die Periduralanästhesie, eine einfache, schmerzstillende Spritze, verzichtet zu haben. Aber als das Baby dann da war, in ihren Armen lag, das erste Mal an ihrer Brust und um sein Leben sog und soff, dass ihr die Tränen kamen vor Glück und vor Schmerz, da hatte sie gewusst, dass es nichts gab, nichts je geben würde, das sie von diesem Kind, *ihrem* Kind, trennen konnte.

Den Tod gab es nicht, er war nur eine andere Form zu sein. Diese Gewissheit hatte sie erst hier draußen gewonnen. In einem harten, erbarmungslosen Kampf mit sich selbst. Gegen das Gefühl der Verlorenheit, des bitteren ewigen Getrenntseins von ihrem Kleinen. Aber sie hatte durchgehalten. Und den Kampf gewonnen. Hanno konnte ihr niemand mehr wegnehmen. Nicht hier draußen.

Sie erreichte das Waldgebiet, und ab jetzt wurde es leichter, voranzukommen. Sie marschierte durchs nasse Unterholz, passierte den altersschwachen Hochsitz, stiefelte durch das Dickicht aus hüfthohen Farnen, Gestrüpp und morschem Geäst, wurde schließlich empfangen von den satteren, braunroten Farben des Herbstes im Inneren ihres Reviers.

Das sie nun verlassen musste.

Vielleicht war das der Grund: dass sie endgültig Abschied von ihrem Lager, ihrem Zuhause der letzten vier Jahre, nehmen musste.

Sodass sie ihr warnendes Bauchgefühl nicht ernst nahm. Es falsch deutete. Als Abschiedsschmerz. Nicht als Warnsignal.

Sie erreichte das Lager.

Zelt, Plane, Gerätschaften, alles wie gehabt.

Sie schlug das Tarnnetz vorne etwas zurück und öffnete den Reißverschluss des Zelts, bückte sich und wollte soeben hineinkriechen.

In dem Moment hörte sie in ihrem Rücken die Stimme, die mit ohrenbetäubender Lautstärke in ein Megafon bellte.

»Polizei! Nehmen Sie die Hände hoch. Keine Bewegung! Sie sind verhaftet.«

Beinahe in derselben Sekunde stürmten dutzendweise schwarz vermummte Gestalten von der Kanalseite auf sie zu, Spezialeinsatz-Bullen, die allesamt ihre Gewehre auf sie richteten.

Sie hob nicht die Hände. Sie konnte nicht. Es war, als würden tonnenschwere Gewichte daran hängen.

»Ich wiederhole: Nehmen Sie die Hände hoch!«

Sie war nur noch dazu fähig, ihre Hände zu drehen, sodass sie der Bande ihre bloßen Handflächen zeigen konnte.

Plötzlich bekam sie einen furchtbaren Schlag in den Rücken, der sie niederstreckte. Zwei Bullen hatten sich von hinten herangepirscht und rissen ihr nun beinahe die Arme aus den Schultergelenken. Sie schrie auf vor Schmerz, spürte, wie etwas sich um ihre Hände schloss und in die Gelenke schnitt.

Sie lag mit dem Gesicht im Dreck, konnte kaum atmen. Sie spürte, dass sich ihr jemand von vorne näherte und dann unmittelbar vor ihr stehenblieb.

»Passt auf, Kollegen, dass sie genügend Luft kriegt.«

Eine dunkle, etwas knarzende Stimme. Männlich. Das war alles, was sie wahrnahm. Die schwarzen Kuppen von Einsatzstiefeln.

»Ich muss aus der noch rauskriegen, wo sie den Jungen versteckt hält und was sie mit ihm gemacht hat.«

Auf einmal spürte sie einen Schlag oder vielmehr einen Tritt gegen ihr Schultergelenk. Die Stiefelspitzen. Ansatzlos und extrem hart. Sie schrie den Schmerz in den Dreck.

»Vorwärts. Abmarsch mit dir. Na los.«

Sie wurde an beiden Armen hochgerissen und fortgezogen.

26

Baer hatte Corinna bei ihren morgendlichen Übungen assistiert, ihr die linke Hand und den Arm massiert, das Frühstück gemacht, den Tisch gedeckt. Und alles auf die richtige Seite ihres Tellers gelegt.

Er hätte mit sich zufrieden sein können.

Aber er war es nicht.

Ja, er wollte für sie da sein. Wie er es in den letzten Monaten gewesen war. Und seit gestern Abend, als sie sich zu seiner großen Überraschung beinahe wie neu begegnet waren, hatte er unerwartet wieder Hoffnung geschöpft, dass sich doch alles noch zum Guten wenden könnte, dass er Corinna zurückbekommen würde. Als seine Frau. Nicht nur als Mitbewohnerin, deren Persönlichkeit ihm beängstigend fremd geworden war.

Aber mit seinen Gedanken war er ganz woanders.

Liv Grünberg hatte bisher nicht angerufen. Das zehrte von Minute zu Minute mehr an seinen Nerven. An dem Einsatzort im Sumpf, der von den Brandenburger Kollegen selbst in der Nacht observiert wurde, hatte sich also nichts getan. Hatte sich Jana Seitz verrannt? Die Lage dramatisiert? Er hielt es kaum aus, keine Nachricht von der aktuellen Situation zu bekommen. Aber noch vor dem Frühstück wollte er sich nicht selbst darum bemühen. Das durfte er Corinna an diesem Morgen nicht antun.

Und dann dachte er immer wieder an das beunruhigende Gefühl, das ihn gestern Nachmittag in Livs Gegenwart ergriffen hatte. Das Gefühl, sich ihr nicht nur körperlich sehr nahe zu fühlen. Als wäre ihre Attraktivität allein nicht schon aufregend genug für ihn, fühlte er sich auf unerklärliche Weise auch gefühlsmäßig zu Liv hingezogen.

Corinna dagegen wirkte entspannt auf ihn wie schon lange nicht mehr. Nicht mal der Nieselregen, der das Glas der Erkerfenster schlierig machte, konnte ihr die gute Laune verderben.

Während sie frühstückten, erzählte er Corinna – weil es ihm gerade einfiel – von dem schlimmen Erlebnis, das Livs Tochter kürzlich gehabt hatte.

Corinna hörte ihm aufmerksam zu, musterte ihn, während er redete. Er bemerkte jedoch an dem Zucken in ihrem Gesicht, einer Art Spasmus, der eine weitere Folge des Schlaganfalls war, dass sie sich zunehmend beunruhigte.

Er brach mitten im Satz ab. Legte eine Hand auf ihre.

Sie zog sie zurück und sah ihm in die Augen. »Ist sie schön?«

Die Frage überraschte und erheiterte ihn ein wenig. »Wie soll ich das wissen, Corinna? Ich kenne Livs Tochter nicht, hab das Mädchen nie gesehen.«

Sie schüttelte leicht den Kopf. »Nicht die Tochter. Ihre Mutter. Deine Kollegin. Liv. Findest du sie schön?«

Er war sprachlos.

Schockiert.

Beschämt.

Ihre Hand wanderte über den Tisch zu ihm zurück. »Erzähl weiter, Roman. Was ist dem Mädchen passiert?«

Er zögerte, versuchte, neu anzusetzen, kam aber nicht mehr dazu. Sein Telefon klingelte. Er ging zu dem kleinen Tisch, auf dem sich das private Telefon befand, dort legte er gewöhnlich auch sein Handy ab.

Er schaute aufs Display.

Es war Liv. Ausgerechnet.

Er räusperte sich. »Ja?«

»Roman. Vorhin war der Zugriff. Die Tatverdächtige wird nach Potsdam überstellt.«

»*Die* Tatverdächtige? Eine Frau?«

»Richtig. Solveigh Adams heißt sie. Laut Pass, den sie bei sich hatte.«

»Solveigh Adams?« Hatte er das richtig verstanden? »Bist du sicher?«

»Ihre Identität wird überprüft. Mehr weiß ich selbst noch nicht, Roman.«

Solveigh Adams war kein alltäglicher Name. Er hatte ihn schon gehört. Oder glaubte es zumindest.

»Willst du direkt nach Potsdam fahren, Roman? Treffen wir uns dort, oder kommst du vorher ins Präsidium?«

Sie hatte ihn mindestens schon zweimal bei seinem Vornamen genannt, fiel ihm auf.

»Wir sehen uns im Präsidium. Ich muss was klären, bevor ich nach Potsdam fahre.«

»Schön. Bis gleich.«

Liv war weg.

Er hielt das Telefon noch in der Hand und fing Corinnas enttäuschten Blick auf.

»Bleib noch. Wenigstens bis ...« Sie schaute ihn hilfesuchend an.

»Bis Galina kommt?«

Sie sah ihn bloß an, beinahe ausdruckslos.

»Ich kann nicht warten, Corinna. Galina wird aber gleich da sein. Sie ist ja immer pünktlich.«

Corinna lächelte zaghaft. »Sie will mit mir Teppich steigen üben.«

»Ich weiß ...« Er überlegte, wie er sie korrigieren konnte, ohne sie zu kränken. » ... weiß, dass sie mit dir Treppe steigen übt.«

Dann stand er auf und ging ins Bad.

Kaum zehn Minuten später saß er in seinem Wagen, auf dem Weg ins Präsidium. Es war jetzt neun Uhr zwanzig, Galina war noch nicht gekommen, musste aber jeden Moment da sein.

Er schnaufte durch und richtete den Blick bewusst nach vorn auf die regennasse Fahrbahn. Da war er also wieder, Teil des dicken Verkehrswurms, der sich mit seinen hunderttausend Gliedern täglich durch die Straßen der Stadt wand.

Ihm fiel ein, was Liv ihm über die Tatverdächtige – *die*, nicht *den* – mitgeteilt hatte.

Solveigh Adams.

Falls sie denn wirklich so hieß und der Pass, den sie bei sich trug, nicht gestohlen war.

Immerhin kein gewöhnlicher Name. Er hatte ihn definitiv schon gehört. Aber wo?

Er kam nicht drauf.

Zwei Ampeln weiter fiel es ihm plötzlich ein: Die Hammerattacke damals! Solveigh Adams, aber natürlich!

Der Fall war heikel gewesen. Nicht der Sachverhalt, sondern seine Hintergründe. In der Zeit vor einigen Jahren brannte beinahe jeden Tag ein Auto aus, meistens handelte es sich um Anschläge auf Luxuskarossen. Die Staatsanwaltschaft glaubte, ein Exempel statuieren zu müssen. Kriminalprävention nannte sich das. Die Angeklagte Solveigh Adams kam ihnen sehr zupass. Mit einem Hammer bewaffnet, hatte sie Luxusautos gleich im Dutzend demoliert. Adams wurde Tötungsabsicht unterstellt, weil sie den Hammer am Ende auch gegen das Sicherheitspersonal geschleudert habe. Der Fall landete in Iwersens Zuständigkeit, dessen Befugnisse nach seiner Beförderung gerade erst ausgeweitet worden waren. Die Erwartung der Staatsanwaltschaft an ihn war klar, auch wenn sie nicht direkt ausgesprochen wurde: Setze irgendeinen jungschen Ermittler ein, der uns vor Gericht nicht in die Quere kommt.

Iwersen aber hatte den Teufel getan und Baer gebeten, sich um den Fall zu kümmern.

Viel Arbeit war dazu nicht nötig gewesen, erinnerte er sich, während die Fahrt durch die vor Nässe triefende Stadt weiterging. Er hatte die Beschuldigte vernommen, besser: es versucht. Solveigh Adams hatte eine Aussage jedoch rundweg abgelehnt. Weil sie Polizei und Justiz verachtete. Grundsätzlich. Also hatte er zwei Fahrer beschädigter Fahrzeuge vernommen und ihre Aussagen mit den sichergestellten Videoaufzeichnungen der Kameras verglichen, die die Straßenfront des Hotels überwachten.

Er musste, als ihm die Erinnerung vor Augen stand, wieder unwillkürlich lachen, wie damals schon. Es war durchaus unterhaltsam gewesen, der jungen Frau per Videoaufzeichnung dabei zuzusehen, wie sie einen Luxusschlitten nach dem anderen demoliert hatte. Und das offenbar mit äußerster Gelassenheit, als sei die Hammerattacke Teil ihrer täglichen Yogaübung.

Das Ergebnis seiner Ermittlung war eindeutig gewesen. Die Sachbeschädigung ging voll auf das Konto der Angeklagten, keine Frage. Und das konnte man wörtlich nehmen, die Schulden würde sie ihr Lebtag nicht mehr abzahlen können, wenn sie nicht mindestens einen Fünfer im Lotto hatte.

Aber von Tötungsabsicht konnte keine Rede sein. Irgendwann waren Wachleute ins Videobild gestürmt (wo auch immer sie vorher gepennt hatten), und Solveigh Adams hatte den Hammer achtlos zwei, drei Meter hinter sich geworfen, kein Mensch, den sie hätte treffen können, hielt sich dort auf oder näherte sich ihr aus der Richtung.

Mit seiner Expertise vor Gericht war die von der Staatsanwaltschaft unterstellte Tötungsabsicht schnell vom Tisch.

Und jetzt sollte dieselbe Frau mehr als fünf Jahre später drei Morde begangen und ein Kind entführt haben? Er musste zugeben, dass er sich den »Imker« bisher keine Sekunde als Frau vorgestellt hatte. Aber wenn das Puzzleteil, das Jana Seitz in dem Waldlager der Festgenommenen gefunden hatte, Tobias Sicking gehörte, war Solveigh Adams so gut wie verurteilt. Zumindest ohne einen Spitzenanwalt, den sie sich kaum würde leisten können. Interessant wäre dann nur noch, zu wissen, welches Motiv die junge Frau, sie musste jetzt Anfang dreißig sein, für die Verbrechen gehabt haben könnte. Welcher Prozess der Verrohung hatte sie dazu gebracht, etwas so Grausames wie diese Überfall-, Mord- und Entführungsserie zu begehen?

Aktuell aber drängte eine Frage alles andere in den Hintergrund: *Wo war der Junge?*

Wenn Solveigh Adams noch immer so verstockt gegenüber Polizei und Justiz war wie damals, würden sie sich an ihr allerdings die Zähne ausbeißen, fürchtete er.

Vorausgesetzt, die Festgenommene *war* die Adams.

Er erreichte den grauen Betonklotz des Präsidiums und parkte wie immer im Innenhof.

27

Die Sphinx ließ auf sich warten.

Laschwitz hatte sie beide in ihr Büro bestellt, sie und Frank. Doch jetzt ließ Madame auf sich warten.

Jana Seitz schüttelte verärgert den Kopf und warf Frank Fleischmann, der ihr schräg gegenüber saß, einen Verständnis heischenden Blick zu.

Aber Frank schien die demütigende Warterei nicht zu stören. Er streckte sich, die Hände hinter dem Kopf verschränkt, in dem cremefarbenen, lederbezogenen Freischwinger wie in einem Strandsessel und strahlte in Siegerlaune.

Er wusste, sie hatten alles richtig gemacht.

Bis hierhin.

Den nächtlichen Einsatz hatte er wirklich gut gemanagt, das musste sie zugeben. Er war so präsent und entscheidungsstark gewesen, wie sie ihn lange nicht erlebt hatte.

Das imponierte ihr.

Aber es verwirrte sie auch.

Sie beugte sich vor und fing seinen Blick ein. »Frank. Was war los gestern? Ich hab dich stundenlang nicht erreichen können. Wo hast du gesteckt?«

Er stutzte, seine hinter dem Kopf verschränkten Hände hoben leicht ab. Aber seine gute Laune wich nicht aus seinem Gesicht. »Hast du mich schon gefragt, Jana.«

»Eben. Und du hast mir nicht geantwortet.«

Er kniff, leicht gespielt, die Brauen zusammen. »He, ich hatte zu tun. Absprachen, dies und das.« Er nahm die Hände nach vorn und setzte sich aufrecht. »Jana, das war gestern. Ich kann mich kaum noch erinnern. Was ist heute für ein Tag? Dienstag. Montag ist wie letztes Jahr für mich. Was zählt, ist jetzt, heute! Verdammt, wir haben einen Rieseneinsatz hingelegt. Du doch auch! Ist super gelaufen. Hätte aber auch schiefgehen können. Wenn uns die Zielperson durch die Lappen gegangen wäre, dann gute Nacht. Reuter hätte mich gegrillt, aber am Spieß!« Er lehnte sich wieder zufrieden zurück und faltete die Hände vor dem Bauch.

Der Einsatz war erst wenige Stunden her. Nach dem Zugriff, der Festnahme der Tatverdächtigen – Kreuzeder hatte sich nicht geirrt, es handelte sich wirklich um eine Frau – und ihrer Überführung ins Polizeigewahrsam des Präsidiums war Jana erst mal nach Hause gefahren. Sie hatte geduscht, sich umgezogen, eine halbe Pizza aufgewärmt (nichts sonst mehr im Kühlschrank) und das übernächtigte Gesicht ein wenig aufgehübscht (hoffte sie). Danach war sie wie ferngesteuert zurück zum Präsidium gefahren und wieder zum Team gestoßen.

Keiner hätte es ihr verdenken können, wenn sie nach einem solchen Einsatz wenigstens ein paar Stunden geschlafen hätte. Aber unmöglich! Sie hatte in der Nacht mindestens ein halbes Dutzend großer Becher Kaffee getrunken (sie musste davon auch jetzt noch ständig aufstoßen).

Vor allem aber wollte sie dabei sein, wenn die Tatverdächtige heute verhört wurde. Sie konnte nicht darauf hoffen, dass sie sie selbst vernehmen durfte. Das stand den Chefermittlern, Frank und Baer aus Berlin, zu. Aber sie wollte das Geschehen wenigstens hinter Glas verfolgen, selbst wenn die Laschwitz neben ihr stand und wie gewöhnlich tat, als wäre sie Luft.

Inzwischen waren der Tatverdächtigen die Fingerabdrücke genommen worden. Und sieh mal an, es handelte sich tatsächlich um Solveigh Adams, der Ausweis war also nicht gestohlen. Ihre Computer-Identität stimmte überein mit dem Personalausweis, den sie in einem schwarzen Lederbeutel, zusammen mit anderen Sachen (allerdings keiner Schusswaffe), bei sich getragen hatte. Und: Adams war bereits im System gespeichert! Vorbestraft wegen Sachbeschädigung, Beamtenbeleidigung, Widerstands gegen Polizeigewalt … Anderthalb Jahre hatte sie alles in allem deswegen abgesessen.

Maik Vieth und die Pradova aus ihrem Team, das musste man ihnen lassen, hatten sich fast überschlagen, alle über Solveigh Adams verfügbaren Informationen zusammenzukratzen und für die bevorstehende Vernehmung bereitzustellen.

Und was tat Laschwitz? Ließ sich die Infos auf ihren Rechner schicken, bestellte dann Jana und Frank in ihr Büro und spazierte seitdem im Haus herum. In welcher Mission auch immer.

Was bildete sich die Kuh eigentlich ein! Was glaubte sie, wie es dem Jungen in diesem Moment ging? Wie lange er noch zu leben haben würde, wenn sie heute nicht erfolgreich sein würden?

Sie hatten keine Zeit zu verlieren, verflucht noch mal, keine Sekunde!

Es war typisch. Chef oder Chefin, ganz egal, einmal oben auf der Hühnerleiter angekommen, verhielten sie sich doch alle gleich. Warten lassen, der alte Trick, dich kleinzukriegen, ließ sich auf gewöhnliche Kriminelle im Verhör genauso effektiv anwenden wie auf gewöhnliche Kriminalbeamte.

Aber Frank schien das nicht anzufechten. Er schlug die Beine übereinander und wippte lässig mit dem Fuß. Er sah aus, als hätte er ein volles Röhrchen Downers intus.

28

Liv Grünberg trug ein schwarzes Jackett mit schmalem Revers über einer strahlend weißen Bluse, die weit aufgeknöpft war. Ihr Dekolleté schmückte eine kunstvoll geformte goldene Schlange, deren Kopf auf dem hauchdünn wahrnehmbaren Ansatz ihrer Brüste ruhte.

Baer begegnete ihr auf dem Flur. Sie sah weniger blass aus als gestern, aber nicht weniger sorgenvoll. Ihre Augen schimmerten grünlichblau in der Farbe gewisser exotischer Frösche. Pfeilgiftfrösche.

Er grüßte sie mit einem Nicken. »Wie ist der aktuelle Stand in Potsdam?«

»Sie sagen, sie fangen nicht ohne uns mit der Vernehmung an. Klären aber noch ein paar Details zur Vorgeschichte von Adams, um sie zu packen.«

»Ist sie es, Solveigh Adams?«

»Der Pass ist echt. Und nicht gestohlen.«

»Gut. Wir reden gleich darüber.«

Er eilte in sein Büro, warf den Regenmantel über einen Stuhl, legte sein Schlüsselbund auf den Schreibtisch und fuhr den Rechner hoch.

Solveigh Adams, fünf, sechs Jahre war das jetzt her. Er suchte nach dem Ordner mit seinen Dateien zu dem Fall.

Fand nichts.

Natürlich nicht.

Mein Gott. Er schüttelte über sich selbst den Kopf. Er war noch immer nicht ganz angekommen im Dienst. An seinem Computer hatten im letzten Jahr mindestens zwei weitere Kollegen gearbeitet, alle personalisierten Dateien, die er nach ausdrücklicher Aufforderung nicht gesichert hatte, waren natürlich gelöscht worden.

Mist.

Aber, Moment, die Strafsache Adams war amtlich und abgeschlossen, das hieß ... Er griff zum Hörer und wollte schon Brock oder Wundt oder Nou'man bitten, ihm die Akte zu besorgen, doch er entschied sich, selbst ins Archiv hinunterzugehen.

Im Aktenarchiv arbeitete Ralf Gotzkowsky, einer der unausstehlichsten Kollegen, die er kannte.

Gotzkowsky war so etwas wie sein Lieblingsgegner im Haus, seine Unverschämtheiten brachten Baer jedes Mal auf hundertachtzig. Merkwürdigerweise aber hatte er nach den Zusammenstößen mit Gotzkowsky schon oft gute Einfälle gehabt, als hätten dessen Stänkereien einen Katalysatoreffekt auf sein Denken, wie eine Art Hochdruckreiniger für sein Hirn.

Gotzkowsky saß dickbäuchig und schnauzbärtig an seinem Schreibtisch und sah kaum von seinem Bildschirm auf, als Baer das Archiv betrat.

»Ach, Baer. Lebt deine Leiche noch, ja?« Er lachte feist.

»Lass mal gut sein, Gotzkowsky. Ich brauch die Akte Solveigh Adams. Schnell.«

»Wer soll das sein?« Gotzkowsky sah ihn immer noch nicht an.

»Strafsache. Fünf, sechs Jahre her.«

Gotzkowsky löste sich jetzt von seinem Bildschirm. »Du weißt doch, dass bei uns keine abgeschlossenen Sachen lagern. Frag die Staatsanwaltschaft. Alles klar? Tschüssikowsky.«

»Ich will nur mein Gutachten von damals. Meine Expertise mit allen Unterlagen.« Baer war mit zwei schnellen Schritten bei ihm und warf einen Blick auf den Bildschirm.

Dachte er sich's doch. »Weißt du, warum du immerzu Solitaire spielen musst, Gotzkowsky? Weil keiner mit dir reden will.« Nicht mal außer Dienst vermutlich. »Und jetzt such mir verdammt noch mal die Unterlagen raus, sonst setze ich bei Iwersen Spielverbot gegen dich durch. Du weißt, wie ich zu Iwersen stehe, er frisst mir aus der Hand.«

Gotzkowsky verzog keine Miene, erhob sich aber endlich und verschwand mit schlurfenden Schritten (er trug wie immer Pantoffeln) hinten in den Regalen des Archivraums. Kurz darauf kehrte er mit der Akte zurück und klatschte Baer den fleischfarbenen Ordner achtlos gegen den Bauch.

Baer lachte erschrocken. Vielleicht mochte er den alten Motzkopf sogar, dachte er. Gotzkowsky war wie ein alter Mantel, in den man immer wieder schlüpfte, obwohl er schon seit Jahren muffig roch. Weil man wusste, es war der eigene Stallgeruch.

Fünf Minuten später blätterte Baer in seinem Zimmer in den Unterlagen und brütete über seinem Gutachten von damals. Seine Erinnerungen hatten ihn nicht getrogen. Der Fall Adams verhielt sich im Wesentlichen so, wie er ihn im Kopf hatte. Was er allerdings vollkommen vergessen hatte, waren die Presseberichte, die damals zu der Hammerattacke erschienen waren. In dem Ordner befanden sich ausschließlich Internetausdrucke, sauber abgeheftet, vermutlich die Fleißarbeit eines Anwärters. Er konnte sich nicht daran erinnern, sie damals gelesen zu haben, und wollte es auch jetzt nicht tun.

Als ihm plötzlich ein Wort ins Auge stach.

Ein einzelner Name.

Sicking.

Professor Albert Sicking.

Stand da im letzten Absatz des Artikels, den er im Begriff war, ebenso achtlos umzuwenden wie die anderen Presseberichte.

Er las jetzt den ganzen Bericht. Und erfuhr, dass Solveigh Adams' Hammerattacke vor dem Kladower Hotel stattgefunden hatte, während drinnen der bekannte Kardiologe und Chefarzt des Berliner Albert-Moll-Klinikums, Professor Albert Sicking, einen Vortrag vor hochrangigem Fachpublikum sowie weiteren geladenen Gästen gehalten hatte.

Solveigh Adams und Albert Sicking. Damals war der Zusammenhang ohne Belang für ihn gewesen.

Plötzlich stieg eine Ahnung in ihm auf, dass hinter der lustvollen Sachbeschädigung von damals weit mehr stecken könnte, als er geahnt hatte. Dass diese Information vielleicht zu einem Schlüssel werden könnte, um Adams im Verhör aus der Reserve zu locken.

Er stand auf, die Akte in der Hand, verließ das Büro und stürmte über den Flur in das Zimmer von Wundt.

Wundt war nicht da.

Er ging rüber zu Brock. Hatte die Klinke schon in der Hand, überlegte es sich aber noch mal, wandte sich um und stieß gegenüber die Tür von Nou'man auf.

Sie saß an ihrem Schreibtisch und erschrak nicht schlecht, als sie ihn so plötzlich vor sich sah. (Dieses wallende schwarze Haar, unglaublich.) Lachte dann, indem sie eine Hand, zum Fächer gespreizt, auf ihr Brustbein legte.

Er tippte mit dem Finger auf die Akte, legte sie auf ihren Schreibtisch und bat sie, die Hintergründe von Solveigh Adams' Sachbeschädigung von damals noch mal aufzubereiten. Gründlicher, als es für seine Zwecke damals nötig gewesen war.

»Wann?«

»Jetzt. Sofort.«

Yasmina Nou'man schlug ohne jeden Kommentar die Akte auf und begann, darin zu blättern. »Wonach suchen wir?«

»Keine Ahnung, Kollegin. Verlass dich auf deinen Instinkt.«

Baer verließ das Zimmer und eilte zurück in sein Büro. Er nahm den Hörer in die Hand und rief zu Hause an.

Nach dreimal Klingeln nahm Galina ab.

Na also, sie war gekommen.

»Hallo. Roman ... Baer hier.«

»Alles in Ordnung, Roman.«

Ihr stark rollendes R. Er liebte es.

»Kann ich Corinna kurz sprechen?«

Drei Sekunden verstrichen.

»Wissen Sie, Sie stören.« Sie sprach es aus wie störrisch. »Corinna, sie wird mit mir jetzt Treppe üben. Nur halbes Stockwerk heute. Sie steht schon im Flur.«

»Ja und?« Dann konnte sie doch kurz mit ihm sprechen.

»Ich meine draußen. In Hausflur. Sie wartet, dass losgeht.«

»Okay. Verstehe. Alles gut, ich wollte nur ... Danke.«

Er legte auf.

Kam sich vor wie ein Idiot.

Warum tat er eigentlich so, als könne Corinna ohne ihn, sogar ohne seinen Anruf, keinen Vormittag überleben? Sie war in besten Händen, Herrgott, er wusste es doch, also warum tat er so übertrieben? Er war nicht Corinnas Mutter. Er war ihr Mann.

Eben darum.

Er war ihr Mann. Und er hatte schon wieder ein schlechtes Gewissen. Seitdem er vorhin im Gang Liv begegnet war. Die Frau ... irritierte ihn. Traf es das? Nein. Er fühlte sich unsicher in ihrer Gegenwart. Aber zugleich stark zu ihr hingezogen. Was sollte er dagegen machen?

Na, was wohl!

Er wusste es doch.

Er würde auf Abstand zu achten haben. Korrektheit. Er musste, mit einem Wort, nur professionell sein. Wie er es gelernt und immer praktiziert hatte in den dreißig Jahren seiner Dienstzeit.

Der Rest würde vergehen. Gefühle waren vergänglich. Oder?

Er hielt den Hörer noch in der Hand und rief Liv in ihrem Zimmer an, statt zu ihr hinüberzugehen.

Sie stutzte einen Moment, als sie seine Stimme hörte, fragte dann, ob sie jetzt zusammen nach Potsdam fahren sollten. Die Kollegen wären sicher bald so weit, dass die Vernehmung beginnen könne.

»Ich ... werde allein fahren, Liv.«

»Ah.« Zwei Sekunden verstrichen. »Soll nicht noch ... jemand mitfahren? Ich meine, ich könnte ...«

»Nein. Ich fahre allein hin. Du bleibst besser hier, für alle Fälle.«

Er hörte sie etwas gezwungen lachen. »Eigentlich haben wir im Moment hauptsächlich diesen einen Fall. Zusammen mit den Brandenburgern. Aber okay. Wie du willst.«

Sie klang nicht eben kurz angebunden. Aber enttäuscht.

Und das gab ihm jetzt doch einen Stich, als sie auflegte. Er hatte sie gekränkt, und das wollte er nicht.

Jetzt war es zu spät.

Er stand auf, nahm seinen Mantel, griff nach seinem Schlüsselbund und verließ das Büro.

29

Jana Seitz hielt es nicht mehr auf ihrem Freischwinger in Laschwitz' Büro, dessen sanftes Schaukeln ihr auf die Nerven ging. Sie stand auf und wanderte auf und ab in dem länglichen Raum, dessen einzige Möbel die weißen Sessel am Besuchertisch, der riesige, bis auf den Computerbildschirm vollkommen leere Schreibtisch und, immer an der Wand entlang, der hüfthohe Aktenschrank aus dem gleichen hell lackierten Holz waren.

Die Sphinx hatte kein einziges Bild oder irgendein anderes Zeichen von sich und ihrer Familie aufgestellt. Nichts Privates in diesem Zimmer, die Beförderungsurkunden an der Wand konnte man wohl kaum als persönlich bezeichnen. Eine einzelne Stechpalme hielt neben dem Schreibtisch einsam die Stellung und täuschte ein wenig echtes Leben vor.

Jana ging zum Fenster und sah hinaus. Der Nieselregen legte einen feuchten Film aufs Fensterglas, dahinter war die Stadt wie auf einem verwackelten Foto nur zu erahnen.

Sie wandte sich um, und plötzlich stand Frank vor ihr. Dicht. Sein Gesicht ganz nah. Seine Augen leuchteten. Er nahm ihre kalte

Hand in seine, die sich warm anfühlte. Er drängte seine Hüfte gegen ihren Bauch, beugte sich hinunter zu ihr, küsste ihre Stirn. Seine Lippen fanden den Weg zu ihrem Ohr, sie spürte seine Zunge, heiß, feucht.

Weiß Gott der falsche Ort und der falsche Zeitpunkt. Aber es tat gut. Sehr gut sogar.

»Das war verdammt gute Arbeit, Jana.« Er flüsterte, sprach so leise, dass sie ihn kaum verstehen konnte, obwohl sie seine warmen Lippen an ihrer Ohrmuschel spürte. »Ohne dich, deine … Initiative hätten wir das Aas niemals gefasst. Das war *geil*, Jana.«

Er biss ganz leicht in ihr Ohrläppchen. Sie spürte seine Erregung. Und hätte vielleicht selbst das Gleiche empfunden – wenn er ihr etwas *anderes* ins Ohr geflüstert hätte … Wie gut sie roch, vielleicht. Wie toll sie aussah in der hellblauen Bluse, die sie sich frisch angezogen hatte. Wie gut sie sich anfühlte. Und wenn sie jetzt bei ihm wären oder bei ihr, im Bett, auf dem Sofa, egal wo, dann …

Aber nein.

Gute Arbeit.

Nicht, dass sie sich gar nicht darüber freute, sie *brauchte* sein Lob.

Aber auf diese Weise?

Seine Zärtlichkeiten wirkten wie die Belohnung für die »gute Arbeit«.

Sie schob ihn ein wenig von sich.

Und das rettete die Situation, den äußeren Schein, wenigstens einigermaßen. Denn im nächsten Moment flog die Tür auf, und die Sphinx kam hereingestampft.

Frank fuhr noch erschrockener zusammen als Jana, er rotierte um die eigene Achse wie ein unbeholfener Eiskunstläufer.

»Stör ich?« Die Sphinx warf einen kalten Blick zu ihnen herüber und verpasste der Tür einen derben Schlag. Dass das Schloss nur mit einem leisen Klick einschnappte, lag an seiner geschmeidigen Konstruktion. »Wie schön, dass Sie beide sich in der Zwischenzeit offenbar gut unterhalten haben.«

Laschwitz ging zum Tisch, warf ein paar Papiere darauf und setzte sich auf den Stuhl mit der erhöhten Rückenlehne. Dann verfolgte sie mit langem, unbewegtem Blick, wie Jana und Frank den Weg zu ihr an den Tisch fanden.

Sie ist keine Sphinx, dachte Jana. In Wahrheit ist sie ein Krokodil. Kalt und scharf beobachtend, bereit, jeden Moment zuzuschnappen.

Sie setzten sich.

»Ich habe mir das Material zu der Tatverdächtigen durchgesehen.« Laschwitz deutete mit dem etwas fleischigen Kinn auf die Papiere, die sie auf den Tisch gelegt hatte, die Ausdrucke der Recherche von Vieth und Pradova.

Sie hob den Kopf, sah Frank an, nur ihn. »Ausgezeichnete Aktion, Frank. Auch der Zugriff heute früh: perfekt. Gratulation.«

Jana wusste gar nicht, dass die beiden schon so weit waren, dass die Sphinx ihn beim Vornamen nannte. Und das Lob für ihren Musterschüler klang nicht weniger anerkennend als das, was Frank ihr vorhin ins Ohr geflüstert hatte, als wäre es ein Liebesschwur.

Das berührte sie doppelt unangenehm.

»Deshalb bin ich mir sicher …« Laschwitz unterbrach sich, schaute auf die Papiere vor sich und räusperte sich. »Ich bin überzeugt, dass Sie den Sack zumachen werden, Frank. In der Vernehmung gleich.«

Sie schaute ihn wieder direkt an. Doch ihr Blick hatte sich verändert, er war mit einem Mal hart und fordernd.

Jana sah zu Frank neben sich. Das Leuchten war schlagartig aus seinem Gesicht verschwunden. Was sie jetzt darin las, war nicht gesteigerter Respekt gegenüber der Vorgesetzten. Nicht das Gefühl von Herausforderung angesichts einer enorm wichtigen Aufgabe. Nein, pure Angst flackerte in seinen Augen.

Die Angst, zu versagen.

Sie erschrak darüber, wie sehr er sich von den Launen der Sphinx einschüchtern ließ.

Laschwitz schaute auf ihre Armbanduhr, ein großes schickes Modell aus mattem Silber mit schwarzem Zifferblatt. »Ich habe die Pressekonferenz für sechzehn Uhr angesetzt. Ein Plus von dreißig Minuten wäre in Ordnung. Aber dann spätestens sollten Sie Adams so weit haben.«

Frank starrte sie verdattert an. »Wie weit?«

»Na, dass sie gesteht. Dass sie sagt, wo sich der Junge befindet. Ob er noch lebt. Mein Gott, Frank, Sie wissen doch selbst: Wenn Sie sie nicht gleich beim ersten Mal, also heute noch, zu packen kriegen, wird sie dichtmachen. Und der Junge wird sterben, falls er nicht schon tot ist.« Sie schüttelte tadelnd wie eine strenge Lehrerin den großen Kopf, ihr naturgewelltes, mittelblondes Haar schwang leicht mit, ohne aus der Form zu fallen. Wie das Pendant zum Freischwinger, in dem sie saß.

Aber was den Jungen betraf, musste Jana ihr recht geben.

Sie wunderte sich nur über etwas anderes. »Pressekonferenz? Heute schon?« Es war das Letzte, was sie momentan dringlich fand.

Laschwitz' Gesicht fuhr ruckartig zu ihr herum. Zum ersten Mal, seitdem sie das Zimmer betreten hatte, schien sie Jana überhaupt zur Kenntnis zu nehmen. »Pressekonferenz, ja, Frau Seitz. Oder glauben Sie, die Öffentlichkeit hätte kein Anrecht darauf, zu erfahren, was hier los ist? Was glauben Sie eigentlich, wie sehr uns – mir hier und Iwersen in Berlin – die Politik im Nacken sitzt! Dass wir endlich Entwarnung geben, damit die Bevölkerung sich nicht weiter sorgen muss. Aber jetzt haben wir endlich eine klare Botschaft: Der *Imker* – ich kann diesen dummen Namen schon nicht mehr hören! –, dahinter steckt bloß eine altbekannte Straftäterin, die wir festgenommen und überführt haben.«

Jana hob eine Hand und wendete sie leicht gegen Laschwitz, wie um ihren Einwand zu entschuldigen. »Sorry, aber wir haben sie noch nicht mal vernommen. Was, wenn sie mauert? Uns nur Lügen auftischt?«

»Kein Problem. Wir nageln sie fest.«

Sie fuhr zu Frank herum. Was hatte er da eben gesagt? Ein so großes Versprechen nassforsch herausposaunt wie auf dem Jahrmarkt?

Er hielt den Blick auf Laschwitz gerichtet. »Wir knacken die Frau. Ich hab sie bei der Festnahme ja erlebt, die ist keine Steherin. Schon gar keine Aufsteherin. Und im Dreck hat sie ja schon gelegen.« Er grinste. Nein, tat er nicht, nur seine Lippen verzogen sich mit Schlagseite nach links, und seine Augen flackerten nervös.

Laschwitz lächelte nicht. Auch bei ihr sah es nur danach aus. Ein Reptilienlächeln, die Augen unbewegt und kalt. »Gut. Ich verlass mich auf Sie.« Überraschend wandte sie sich auch an Jana. »Auf Sie beide.«

Jana begriff nicht. Brauchte ein paar Sekunden. Sollte das heißen, dass sie bei der Vernehmung dabei sein würde? Mit Frank zusammen?

Was war mit Baer, mit den Berlinern, die jeden Moment eintreffen mussten?

Laschwitz schien sich mit dieser Frage nicht zu belasten, sie stand auf und ging zu ihrem Schreibtisch hinüber.

»Jana?« Frank sah sie auffordernd an.

Sie verstand nicht und kniff irritiert die Brauen zusammen.

Er stand nun ebenfalls auf. »Wir warten in meinem Büro. Besprechen die Strategie.«

Die Sphinx, hinten an ihrem Schreibtisch, hob nicht einmal mehr den Kopf, als sie mit Frank hinausging.

30

Das Büro der Leitenden, Roswitha Laschwitz, war ein kühler Ort, ohne jedes Anzeichen dafür, dass Laschwitz ein Privatleben, irgendein Hobby, Interesse an Kunst, Fotografie oder eine Sammelleidenschaft hätte. Die Wände waren kahl bis auf die Urkunden ihrer Beförderung, die in genau bemessenen Abständen über dem lang gestreckten Sideboard hingen.

Als Baer eintrat, saß Laschwitz hinter ihrem Schreibtisch, erhob sich aber sofort und begrüßte ihn sehr herzlich mit Handschlag.

»Sind Sie allein, Herr Baer? Wo ist Ihre Kollegin Grünberg abgeblieben? Doch nicht etwa in Berlin?«

Sie hatte zielsicher den Finger in die Wunde gelegt.

»Wo sind *Ihre* Kollegen, Frau Laschwitz? Seitz und Fleischmann?«

»Waren schon vor Ihnen da. Sind schon wieder auf dem Weg, keine Sorge.«

Baer ließ sie mitten im Raum stehen und ging zum Fenster. Der Regen hatte aufgehört, jeder Tropfen auf der Scheibe verzerrte die Stadt unter dem hellgrauen Himmel zu einer absurden Miniatur.

Es klopfte, Seitz und Fleischmann traten ein und grüßten ihn.

Sie setzten sich an den ovalen Besuchertisch, auf die Freischwinger aus cremeweißem Leder. Er mochte diese Art der Bestuhlung nicht, Freischwinger, das grenzte für ihn an die Vortäuschung falscher Tatsachen. Er konnte sich kaum einen Ort vorstellen, an dem es weniger entspannt zuging als im Polizeipräsidium. Auch für die Mitarbeiter.

Fleischmann wirkte angespannt, aber sein kantiges Gesicht drückte zugleich Entschlossenheit aus. Die brauchte es auch angesichts der Vernehmung, die nun bevorstand.

Jana Seitz war anscheinend sehr aufgeregt. Ihre sonst so weißen

Wangen glühten wie Lampions, ihr Blick aus den dunklen Augen war unruhig, die vollen Lippen, der »Schmollmund«, fest zusammengepresst.

Und er hatte den Eindruck, dass sie ihn in regelmäßigen Abständen unsicher anblickte. Warum nur?

Das ungleiche Paar, der athletische Fleischmann und die zierliche Seitz, hockten brav wie Schulkinder nebeneinander, Laschwitz thronte auf ihrem leicht erhöhten Sitz an der Wand, Baer saß buchstäblich zwischen ihnen, am Kopfende des Tischs.

Fleischmann berichtete, dass die Tatverdächtige sich bereits im Vernehmungsraum befinde. »Kann ruhig noch schmoren, bis es losgeht.«

Baer wiegte, an den entführten Jungen denkend, den Kopf hin und her. »Eigentlich haben wir keine Zeit zu verschenken.«

Laschwitz gab ihm recht und nickte auffordernd Jana Seitz zu, die, mit ihrem hochroten Kopf, zusammenfasste, was das Team Brandenburg über Solveigh Adams herausgefunden hatte.

»Sie ist zweiunddreißig Jahre alt, geboren in Köln, lebt aber schon mindestens fünfzehn Jahre in der Region, mal in Berlin, mal in Brandenburg, zeitweise polizeilich gemeldet, dann wieder lange Zeit nicht. Ausbildung zur Krankenschwester, anschließend mehrere Jahre in ihrem Beruf tätig. Zuerst als Stationsschwester, dann, nach einer Zusatzausbildung, als OP-Schwester.«

Baer erinnerte sich halbwegs an Adams' Berufsbiografie. Er stülpte die Lippen vor. »Hört sich doch nach Stetigkeit und Zuverlässigkeit an.«

Fleischmann schüttelte ungehalten den Kopf und sah ihn giftig an. »Entscheidend ist aber nicht ihr Job, Herr Kollege. Sondern ihr Privatleben. Sie ist Mutter. Besser gesagt, sie war es. Sie hatte einen Sohn, Hannes.«

»Hanno.«

Es war anscheinend das Schicksal von Jana Seitz, ihren Vorgesetzten in den Details korrigieren zu müssen.

Fleischmann warf ihr einen kurzen unfreundlichen Seitenblick zu, kniff die Brauen zusammen. »Hanno, gut, meinetwegen. Wichtiger ist: Der Junge hatte einen Herzfehler. Die Kollegen haben das sauber recherchiert.« Ein Mundwinkel verzog sich, wie von einem unsichtbaren Faden gezogen, zu einem überheblichen Lächeln. »Und wo wurde er operiert, der Kleine?« Baer ahnte es bereits. »Richtig, im Albert-Moll-Krankenhaus, Abteilung für Kardiologie.« Fleischmann spitzte die Lippen. »Interessant ist Folgendes. Ursprünglich sollte Adams' Sohn vom Chefarzt Professor Doktor Albert Sicking persönlich operiert werden. Davon gingen wegen der schweren Symptome des Jungen gleich mehrere Ärzte und auch Pfleger auf der Station aus. Doch wider Erwarten wurde Hannes … Hanno Adams von einem anderen Arzt operiert. Einem jüngeren Kollegen. Adams' Kind starb an der OP. Vielmehr an den Folgen der Operation.«

Fleischmann lehnte sich zurück und eine Pause entstand.

Laschwitz schaltete sich ein. Sie sah Baer an, mit ihrem langen Gesicht und den etwas wässerigen bernsteinfarbenen Augen. »Sie kennen Solveigh Adams, Herr Baer, nicht wahr.«

Er antwortete nicht darauf, das war eine Aussage, keine Frage. Er wartete ab, worauf sie hinauswollte, beobachtete aber, dass Jana Seitz und Frank Fleischmann von dieser Information überrascht waren.

Laschwitz legte ihre große knochige Hand auf ihre Papiere. »Ich habe mir die Unterlagen der Berliner Staatsanwaltschaft über Adams' Prozess damals übermitteln lassen.«

»Aha.« Manchmal mahlten selbst Justizmühlen schnell. Kam immer drauf an, für wen, dachte er. »Und?«

»Sie waren Gutachter in dem Verfahren. Ihre Expertise hat Adams in puncto versuchtem Totschlag, Nötigung und so weiter exkulpiert.«

Exkulpiert. Wollte sie seine Kenntnisse in Juristendeutsch testen? »Richtig. Der Vorwurf war absurd. Musste fallengelassen werden nach meinen Ermittlungen.«

Sie gab einen schnalzenden Ton von sich und kniff ein Auge zusammen. »Das heißt, Solveigh Adams wird Sie erstens natürlich wiedererkennen. Und zweitens hat die Gute Sie als ihren Retter in Erinnerung.«

»Möglich, ja.« Der Gedanke war ihm auf seiner Autofahrt nach Potsdam ebenfalls schon gekommen.

»Das könnte ein Problem sein in der Vernehmung. Adams könnte Ihre Rolle von damals unverhofft ein Gefühl von Sicherheit vermitteln. Das wäre, gelinde gesagt, fatal.«

Laschwitz, so viel stand fest, war Profi. Eine Polizistin mit Sachverstand. Er schätzte das. »Wir können das abkürzen, Frau Laschwitz. Ich sollte bei der Vernehmung nicht anwesend sein.«

Laschwitz setzte sich noch aufrechter hin als ohnehin schon und warf einen winzigen triumphalen Blick zu Jana Seitz hinüber.

Die jetzt noch mehr errötete.

Das war es also. Seitz hatte bereits erfahren, dass sie zusammen mit Fleischmann Solveigh Adams vernehmen sollte. Aber sie hatte keine Vorstellung gehabt, warum ihm, dem erfahreneren und ranghöheren Baer, diese Rolle nicht zufiel.

Jetzt wusste sie es.

Aber es rührte ihn sogar ein wenig, dass der jungen Kollegin Laschwitz' Berechnung anscheinend peinlich war.

Roswitha Laschwitz, das war ebenfalls allen klar geworden, hatte die Rechercheergebnisse ihrer Mitarbeiter unter die Lupe genommen – und selbst weitergeforscht. Ihre zusätzlichen Erkenntnisse und die Schlüsse, die sie daraus zog, hatte sie ihnen aber vorenthalten.

Kühle Strategie, pures Kalkül.

So konnten nun »ihre« Brandenburger die Tatverdächtige dazu bringen, ein Geständnis abzulegen und das Versteck des Jungen preiszugeben. Baer hielt Laschwitz für ehrgeizig genug, mit diesem Pfund noch zu wuchern. Die Voraussetzung dafür war jedoch, dass Seitz und Fleischmann Solveigh Adams auch wirklich in den Griff bekamen. Und dass sie tatsächlich der »Imker« *war*.

Vieles sprach allerdings dafür, nicht zuletzt das, was er selbst heute Morgen herausgefunden hatte.

Pflichtgemäß berichtete er davon, dass Solveigh Adams' Hammerattacke schon damals dem Chefarzt Dr. Sicking gegolten haben könnte. »Zumindest symbolisch.«

»Ah, da haben wir ja das Motiv!« Laschwitz zog lebhaft die Brauen in die Stirn. »Damals hat sich ihr Angriff gegen den Arzt noch indirekt entladen. Gegen Sachen. Die teuren Autos seiner Zuhörerschaft. Jetzt ist sie zum direkten, tödlichen Angriff gegen ihn und seine Familie übergegangen.«

Fleischmann beugte sich abrupt vor, seine Augen blitzten angriffslustig. »Sie hat es all die Jahre nicht verwinden können, dass ihr Sohn in Sickings Krankenhaus gestorben ist. Hat den Chefarzt, der ihn nicht behandeln wollte, für seinen Tod verantwortlich gemacht. *Sein* Junge als Ausgleich für *ihren* Jungen.«

Aus Jana Seitz' Gesicht war die aufgeregte Röte inzwischen gewichen, es hatte eine seltsame altrosa Farbe angenommen, als sie in die Runde blickte. »Wenn es so ist, lebt Tobias Sicking nicht mehr.«

Sie hat recht, dachte Baer. Solveigh Adams' Hass muss unermesslich und unkontrollierbar sein, wenn sie über Jahre hin derart von ihm beherrscht wurde.

Allerdings blieb für ihn eine entscheidende Frage offen: Warum hatte sie zuvor Ruth Grandgenet entführt und sterben lassen und schließlich auch Arne Hellwig kaltblütig erschossen bei dem Versuch, in die Villa von Brigitte Møller einzudringen?

Als hätte Fleischmann Baers stumme Frage an seinem Gesicht abgelesen, lieferte er prompt eine Antwort. »Die Überfälle auf Grandgenet und die Møller-Villa sollten ihre eigentliche Absicht, sich an Doktor Sicking und seiner Familie zu rächen, nur tarnen. Die Serie sollte von ihrem Motiv gegen Sicking, den Arzt ihres Sohnes, ablenken.«

Denkbar, dachte Baer.

Doch es blieb keine Zeit mehr, darüber zu reden. Laschwitz sah auf ihre schicke Armbanduhr und beendete die kurze Besprechung, indem sie in die Hände klatschte. Sie schenkte Jana Seitz und besonders Frank Fleischmann einen kurzen, harten Blick. »Jetzt sind Sie dran. Ich verlass mich auf Sie.«

Fleischmann biss sichtlich die Zähne zusammen, seine Kiefermuskeln traten hervor wie Bizepse.

31

Ines lügt.

Hat sie schon immer getan.

In Wahrheit war es so: Wir waren zuerst bei Ines zu Hause. Haben uns gelangweilt. Ines und Ralfi, das ist ihr kleiner Bruder, und ich.

Ines sagt, lasst uns zu dir gehen. Also zu mir.

Ich sage, geht nicht, Opa ist letzte Woche gestorben. Und Mutti will ihre Ruhe haben.

Deshalb hatte sie mich ja zu Ines geschickt.

Lasst uns zum Wald gehen, habe ich gesagt, irgendwas machen da.

Ich mag den Wald. Weiß auch nicht. Du hast deine Ruhe im Wald, keiner nervt, kannst machen, was du willst.

Also, sind wir rüber, zum Wald ist es nicht weit.

Ich hab den beiden die alten Bienenkästen von Opa gezeigt, fast schon am See hinten. Aber es waren keine Bienen mehr drin, die Kästen fingen schon an zu verrotten.

Ines fand's langweilig im Wald. Aber sie hatte Speckmäuse dabei. In einer Tüte. Und was macht sie? Setzt sich auf einen Baumstamm, der dort lag, umgestürzt, und fängt an zu futtern.

Ralfi sagt, er will auch. Und sie gibt ihm eine. Eine rosa Speckmaus hat sie ihm gegeben, weiß ich noch genau.

Ich mag eigentlich keine Speckmäuse. Aber Ralfi hatte eine gekriegt, ich wollte auch.

Ich sage, ich will auch, Ines.

Aber sie tut so, als hätte ich nix gesagt. Oder als hätte sie es nicht gehört.

Ich sage noch mal, he, ich will auch, Ines!

Aber sie? Schüttelt den Kopf. Nö.

Sagt einfach nur nö. Und mampft weiter.

Da bin ich … ich bin voll wütend geworden. Bin aufgesprungen und auf sie drauf.

Aber sie hält die Tüte weg, dass ich nicht ran kann.

Ich hab sie am Hals gepackt, ja, stimmt. Aber nur kurz, damit sie mir was abgibt. Das war alles.

Hinterher hat sie behauptet, ich hätte nicht losgelassen und sie hätte keine Luft mehr gekriegt, sie wäre beinahe erstickt.

Aber Ines lügt. Das hab ich der Alten vom Amt, die mich damals schon gelöchert hat, auch gesagt: Ines lügt.

Ich hab ihr die Tüte mit den Speckmäusen aus der Hand gerissen, ja. Aber es stimmt nicht, dass ich ihr die Speckmäuse in den Hals gestopft habe, ein Stück nach dem anderen.

Vielleicht eine. Eine einzige Speckmaus.

Aber gewürgt hat sie wegen der Speckmaus, die sie schon runtergeschluckt hatte. Nicht wegen der, die ich ihr danach noch in ihr gieriges Maul gestopft habe.

Sie lief dann blau an und würgte rum. Aber ich konnte ihr nicht helfen, weil Ralfi, ihr Bruder, der Idi, anfing, mir in den Rücken zu boxen. Als könnte ich was dafür, dass seine bescheuerte Schwester den Hals nicht vollkriegt.

Ralfi hörte nicht auf zu boxen, also musste ich mich erst mal um ihn kümmern, die blutige Schnauze hatte er sich also selbst zuzuschreiben.

Ja, und dann brauchte Ines gar keine Hilfe mehr. Auf einmal flog das Stück, die Speckmaus, die ihr schon tief im Hals saß, in hohem Bogen heraus. Einfach so. War also gar kein Problem gewesen.

Aber Ines? Röchelt immer weiter. Hat sich gekrümmt und die Hände an den Hals gehalten, als wollte sie sich selber würgen, und geglotzt hat sie, als wäre sie schon krepiert.

Ehrlich, ich hab mich fast totgelacht.

32

Der Schmerz war überall. Nicht nur in der Schulter, nach dem derben Tritt, den sie erhalten hatte. Nicht nur in den Handgelenken, durch die Einschnitte der Handschellen, die man ihr endlich abgenommen hatte. Alles tat ihr weh, jede Faser ihres Körpers.

Sie saß auf ihrem Stuhl unter dem kaltweißen Neonlicht im fensterlosen Verhörraum und stierte auf die Wand gegenüber, auf die breite spiegelnde Glasfront, hinter der sich im Nebenraum ihre Peiniger vermutlich schon auf die große Show vorbereiteten. Sich warm machten, schon heißliefen, um sie fertigzumachen, ihre Psyche zu brechen, um sich die Bruchstücke zusammenzusetzen, wie es ihnen passte.

Dabei interessierte die Bullen doch nur eines: *Wo war der Junge?*

Sie hatten sie in den Dreck gestoßen, ihr die Arme auf den Rücken gedreht, die Knie gegen ihre Wirbelsäule gerammt, sie hochgerissen und fortgeschleppt wie Jäger einen angeschossenen Hasen, zappelnd, also noch nicht tot.

Doch das war es nicht.

Der größte Schmerz kam daher, dass sie sie überhaupt gefasst hatten.

Ihr eigenes Versagen, das war es, was in ihr fraß.

Sie würde es sich nun ewig vorwerfen müssen, nicht vorsichtig gewesen zu sein.

Was hatte sie denn erwartet! Sie suchten nach dem Kind, das

machte sie alle hysterisch. Sie hätte konsequent bei Erich bleiben sollen. Oder sich früher verziehen. Den Kanal oder die Flussauen entlang. Dort kannte sie sich doch aus. Hatte schon damals ihren Frieden gefunden.

Allerdings hatte Hanno da noch gelebt.

Jetzt war es zu spät. Für ihn. Für sie. Für alles.

Sie hatten sie nicht lange in der muffigen Zelle des Polizeigewahrsams behalten. Es konnten höchstens zwei Stunden gewesen sein. Bewacht von der fetten Kuh, die auch jetzt im Verhörraum neben der gepanzerten Tür Wache stand. Eine von den Beamtinnen, die Jahr für Jahr feister und korpulenter wurden und immer mehr wie Karikaturen ihrer selbst aussahen, uniform und unförmig.

Warten, schmoren lassen, sie ahnte, was gerade vor sich ging. Jenseits dieses kahlen, mit braunem, schalldichtem Material gedämmten Verlieses. Sie wühlten in ihrem Leben. Und in dem von Hanno. Wenn es denn eines gewesen war, mit zwei Jahren zu sterben. – Nein, nein, das hatte sie jetzt nicht gedacht! Natürlich hatte Hanno ein Leben gehabt, ein wunderschönes Leben.

Nur grausam kurz.

Ein Kinderleben, an dem sie Anteil haben durfte. Und von dem sie noch immer zehrte, sooft und sobald sie an ihn dachte. Ihren Kleinen.

Ihr war klar, was ihr jetzt bevorstand. Sie würden sie mit Hannos Tod konfrontieren. Auf ihre brutale, gefühllose Weise. Und die Verbindung zu Sicking herstellen. War nicht schwer. Und mit allen Mitteln, ihren miesen Tricks, würden sie versuchen, aus ihr herauszubekommen, wo der Junge war. Sickings Junge. Sie wisse es doch. Solle es zugeben, um nicht noch einen weiteren Mord auf ihr Gewissen zu laden. Die schlimmste, verwerflichste Form des Mordes, den Mord an einem Kind. Vollkommen unschuldig an allem, der Junge.

In dem Stil.

Ja, ich weiß, wo der Junge ist.

Aber wenn ihr davon auch nur eine Andeutung entschlüpfte, irgendeine unbedachte Bemerkung – *war sie verloren*. Auf ewig in einem Verlies wie diesem.

Das würde sie nicht überleben. Nicht nach der Zeit in Freiheit. Im Wald. Draußen. In der Natur.

Noch immer geschah nichts. Die Minuten verendeten in dem schalltoten Raum, der ihr immer mehr vorkam wie eine Grabkammer aus Zeit. Gleich würde die Tür aufgehen, die Beamtin herausgerufen werden und sie würden sie verrecken lassen …

Plötzlich wurde die Tür wirklich geöffnet, aber die Beamtin ging nicht hinaus, sondern blieb wie versteinert stehen.

Zwei Bullen betraten den Raum. In Zivil. Kripo.

Vorneweg ein athletisch gebauter Typ mit kurzer Deutschdrahthaar-Frisur und starrem Blick aus kaltblauen Augen, der die Luft anhielt, um seine Brust aufzupumpen.

Sie war nicht ganz sicher, ob es derselbe war, der ihr heute Morgen gegen die Schulter getreten hatte, als sie noch mit dem Gesicht im Dreck lag. In jedem Fall, erkannte sie jetzt, war es der Bulle, den sie im Fernsehen schon gesehen hatte, als sie mit Erich zusammen die erste Pressekonferenz der Polizei geschaut hatte.

Sein durchgedrückter Rücken sollte wohl Entschlossenheit und seine straffe, aufstrebende Körperhaltung offenbar Überlegenheit bis zur Unfehlbarkeit ausdrücken. Aber seine Gesichtshaut zog sich eine Spur zu straff über die mahlenden Kieferknochen, er wirkte angespannt, als wäre *er* es, der verhört werden sollte.

Gleich dahinter eine Frau Anfang dreißig. Für eine Polizistin ungewöhnlich grazil gebaut, wirkte ihre Figur feminin und dennoch sportlich. Die rötlich blond schimmernden Haare rahmten ein weiches weißes Gesicht, geformt wie ein Lindenblatt. Die vollen Lippen machten aus ihr einen Trotzkopf.

Die Polizistin warf ihr wie beiläufig einen Blick zu. Aus wachen, schnellen, schlehenschwarzen Augen.

Auf einmal wurde ihr klar, dass sie die Frau schon mal gesehen hatte.

Der Kobold!

Vor ein paar Tagen hatte die Frau auf der Brücke gestanden und auf den See hinausgeblickt, als hätte sie Fernweh.

Würde sie gar nicht wundern, wenn es diese koboldgesichtige Polizistin wäre, die ihr Lager aufgespürt hatte.

Allerdings nur ermöglicht durch ihre eigene entsetzliche Dummheit, ihre Unachtsamkeit, ihre Nachlässigkeit.

Verflucht.

Die beiden Bullen setzten sich ihr frontal gegenüber an den großen schwarzen leeren Tisch, der Große mit dem stieren Blick rechts, seine kleine Kollegin, der Kobold, links. Von der Decke, genau zwischen ihnen, wurde ein winziges Mikro an einem Galgen herabgelassen. Es kam ihr vor wie die Vorbereitung zu ihrer Hinrichtung.

Der Große (wer sonst) begann, indem er Namen und Dienstgrad der anwesenden Polizeibeamten ins Mikrofon diktierte, dann das Datum, die Uhrzeit und den Zweck der Aufnahme: »Vernehmung von Solveigh Adams zu den Mordfällen Sicking, Grandgenet und Hellwig sowie zur Entführung von Tobias Sicking.«

Fleischmann, so hieß der Bulle also, richtete seinen harten Blick auf sie.

Sie erwiderte diesen Blick, ohne zu starren, musterte ihn nur.

Las ihn.

In seinem Gesicht zuckte es mittlerweile an verschiedenen Stellen, es sah aus, als kröchen winzige Krabbeltierchen unter seiner Haut, panisch auf der Suche nach dem Notausgang. Wahrscheinlich hing für ihn eine Menge davon ab, dass er sie überführte. Jetzt. Heute. Hier. Hinterher, nach diesem Fight mit ihr, würde er es von seinen Chefs erfahren: Daumen rauf oder runter.

Mit ihm würde sie fertigwerden.

Von einem Blatt las er ihre Rechte vor. Blablabla. Sie hörte gar nicht hin. Stattdessen warf sie einen Blick auf seine Kollegin.

Seitz hieß sie und war aus ganz anderem Holz geschnitzt als ihr Kollege, das war offensichtlich. Die Frau beobachtete sie scharf. Sie war ihre eigentlich gefährliche Gegnerin. Sofern der Große, ihr Vorgesetzter dem Dienstgrad nach, sie ließ.

Doch daran glaubte sie nicht. Das hier sollte sein Auftritt werden, das signalisierte seine sprungbereite Körperhaltung.

Er hob die rechte Hand und richtete seinen Finger auf sie. »Sie wissen, warum Sie hier sind.«

Sie beugte ihren Oberkörper ein wenig vor und sah ihm direkt in die Augen. »Schätze, weil Sie mich festgenommen haben.«

Er versuchte sich an einem Grinsen, das aber gleich wieder aus seinem Gesicht rutschte. »Sie sind hier, weil Sie Albert Sicking getötet, seine Frau verletzt und seinen fünfjährigen Sohn Tobias entführt haben. Sie sind hier, weil Sie zwei weitere Morde, den an Ruth Grandgenet und den an Arne Hellwig, begangen haben, um Ihren persönlichen Rachefeldzug gegen die Familie Sicking als Überfallserie zu tarnen. Ziemlich plump übrigens.«

»Sicher, dass ich nicht noch ein Dutzend Leute mehr umgebracht oder entführt habe?«

Sollte er doch quatschen. Am Ende mussten sie beweisen, was sie behaupteten.

Der Bulle sog Luft an und stieß sie wieder aus wie ein Blasebalg. »Na schön. Fangen wir ganz von vorn an. Wir wissen, dass Sie einen Sohn hatten. Hannes.«

»Herrgott, er hieß Hanno! Hanno! Könnt ihr euch nicht mal einen Namen korrekt merken?«

Stümper.

Er sah sie verbissen an. Die Insekten unter seiner Haut tobten sich nun an seinen Schläfen aus. »Hanno. Meinetwegen. Ihr Sohn wurde vor sechs Jahren etwa im Albert-Moll-Krankenhaus behandelt. Auf der Herz-Station, die Doktor Albert Sicking als Chefarzt geleitet hat.«

Sie riss sich zusammen, spannte alle Muskeln an, um jetzt nicht loszubrüllen. Zu heulen.

»Ihr Sohn starb. An den Spätfolgen der OP.«

»Nicht an den Folgen, verflucht noch mal. An der OP selbst starb er. Noch am selben Tag.«

Das musste einfach aus ihr raus. Es war die Wahrheit.

Fleischmann lehnte sich zurück, bleckte ein wenig die Zähne, machte eine affektierte Rollbewegung mit den Schultern. Ihre Antwort gefiel ihm sichtlich. »Sehen Sie, das ist Ihre Sicht der Dinge. Sie denken, Ihr Sohn starb an der OP, die Doktor Sicking ihm verweigert hat. Stimmt's?«

Ja, weil ihm kurzfristig ein alter Sack ins Netz gegangen war, Privatpatient, dessen Herz-OP ihm fünfmal mehr einbrachte als Hanno. Eine der Schwestern hatte ihr das damals gesteckt.

Sie wandte den Kopf ab, sah zu der Beamtin neben der Tür hin. Auf den ersten Blick bemerkte sie, dass in dem Gesicht der Uniformierten eine Veränderung vorgegangen war. Sie sah nach wie vor stur geradeaus, aber etwas war mit ihren Augen, sie ... glänzten auf eine sonderbare Weise. Und auf einmal wurde ihr klar, dass die Frau weinte. Sie weinte, ohne einen Ton von sich zu geben, sie litt still und starr in sich hinein.

Sie wandte sich wieder dem Bullen zu. Er hatte eine gönnerhafte Pose eingenommen.

»Gut, Sie müssen dazu nichts sagen. Wir wissen sowieso Bescheid. Durch das Krankenhaus, in dem Ihr Sohn behandelt wurde. Sie haben Doktor *Sicking*, nicht etwa seine Vertretung damals, offen beschuldigt, am Tod Ihres Sohnes schuldig zu sein. Sie haben das sogar schriftlich geäußert. Unterlassene Hilfeleistung haben Sie das genannt. Wir haben Ihren Brief von damals als Beweisstück.«

»Warum fragen Sie mich dann?«

Er presste die Lippen zusammen und versuchte durch Drücken mit der flachen Hand das Zucken an seiner Schläfe zu kontrollieren. Das schien es aber nur noch schlimmer zu machen.

Er räusperte sich und sah sie beinahe schon hasserfüllt an. »Wir wissen außerdem, dass Sie kurz darauf, wenige Monate später, mit einem Hammer auf sämtliche Fahrzeuge der Besucher eines öffentlichen Vortrags von Doktor Sicking losgegangen sind.«

»War er nicht.«

»Was?« Er kniff irritiert die Brauen zusammen, fuhr dabei gespielt überheblich sein Kinn in die Höhe. »Was war wer nicht?«

»Der Vortrag. Er war gar nicht öffentlich. Und sämtliche Autos vor dem Hotel habe ich leider nicht erwischt. Nur ein Dutzend. Ungefähr.«

Er atmete einmal tief durch und schien überlegen zu müssen, wie er weitermachen sollte. Dabei hatte sie seine Strategie längst durchschaut. Er wollte sich langsam an sie heranschleichen. Ihr zuerst ihr Motiv vor Augen halten, um sie unter Druck zu setzen. Damit sie wütend wurde, quatschte und am besten auch gleich unbedacht verriet, wo der Junge wäre.

Heiße Luft. Sie hatten nichts. Natürlich nicht. Der Typ wollte sich nur in Szene setzen. Vor seinen Vorgesetzten, die hinter der Glasfront lauerten und ihnen zusahen.

Der Bulle sah sie an, als stünde die alles erlösende Frage, die ihm ihr Geständnis liefern würde, mitten auf ihrer Stirn geschrieben.

Doch er bekam keinen Ton heraus.

Etwas Ähnliches hatte sie erwartet, wenn auch nicht in dieser krassen Form. Sein Gesicht sah auf einmal so verschrumpelt aus wie ein geplatzter Luftballon.

Sie lehnte sich zurück, verschränkte die Arme vor der Brust und sah wieder zu der Uniformierten neben der Tür. Inzwischen hielt die Frau ein Taschentuch in der Hand, mit dem sie sich übers ganze Gesicht fuhr, als würde sie schwitzen. In Wahrheit wischte sie den Tränenstrom fort, der immer noch aus ihren Augen floss.

Die Szene kam ihr so bizarr, so unwirklich vor, dass sie ihrer eigenen Wahrnehmung misstraute.

Aber nein, es konnte gar keinen Zweifel geben, die Frau weinte, sie sah todtraurig aus. Und mitten in ihrem eigenen Gefühlschaos fühlte sie sich plötzlich dieser steifen, uniformierten, offensichtlich leidenden Beamtin *nahe*.

Auf einmal spürte sie, dass sich die kleine Rothaarige vorbeugte, der Kobold, und sie wandte ihr das Gesicht zu.

»Sie scheinen zu denken, dass Sie hier bald wieder rauskommen, Frau Adams. Sie glauben, wir hätten nichts gegen Sie in der Hand.« Seitz sprach mit einer überraschend rauchigen, tiefen Stimme und schüttelte ernst den Kopf. »Aber das ist ein Irrtum. Sie kommen nicht mehr raus. Nicht, ehe Sie uns gesagt haben, wo Sie den Jungen versteckt halten.«

Der Junge, das war das Stichwort. Anders als ihr Kollege Fleischmann stieß Seitz ohne Zögern mitten ins Zentrum vor.

Sie zog die Notbremse. »Ich will einen Anwalt.«

Seitz stieß einen leisen Seufzer aus. »Frau Adams, Sie haben offenbar nicht zugehört, als mein Kollege Ihnen Ihre Rechte vorgelesen hat. Sie sind *vorläufig* festgenommen worden. Das bedeutet, dass Sie vierundzwanzig Stunden Zeit haben, die Tatvorwürfe zu entkräften. Erst dann muss der Haftrichter entscheiden, ob Sie in Untersuchungshaft zu nehmen sind. Vorher brauchen Sie keinen Anwalt.«

Die Seitz war wirklich das schlaue Biest, für das sie sie gehalten hatte. »Ich kenne meine Rechte, also hören Sie auf, mich zu verarschen. Ich kann zu jeder Scheißvernehmung einen Anwalt verlangen. Und den will ich jetzt.«

Seitz sah sie weiter eindringlich an. »Der Anwalt nützt Ihnen nichts mehr, Frau Adams. Weil wir nämlich das Puzzleteil des Jungen bei Ihnen gefunden haben. In Ihrem Lager, draußen im Sumpf.«

Es traf sie wie ein Hammerschlag.

Das Puzzleteil.

Scheiße. Daran hatte sie gar nicht mehr gedacht.

»Wissen Sie, wo es lag, Frau Adams?«

Sie schüttelte den Kopf, ohne es zu wollen, es geschah einfach.

»Das Teil lag in Ihrem Schlafsack. Verloren, was? Aus der Tasche gefallen?« Die Polizistin fixierte sie unablässig mit ihren schwarzen Augen, gefährlich ruhig, extrem intensiv.

Sie spürte auf einmal, wie die Angst sie überwältigte, ihren ganzen Körper erfasste, wie sie erstarrte.

»Die DNA wird noch untersucht. Dauert ein paar Tage, bis alles niet- und nagelfest ist. Ist leider immer so, wenn verschiedene Spuren differenziert werden müssen. Aber wissen Sie was?« Seitz legte ihren Kopf ein wenig schief. »Ich weiß jetzt schon, was dabei rauskommt. Man wird nicht nur Ihre DNA daran finden. Sondern auch die des Jungen. Die von Tobias Sicking.«

Ihre Füße, ihre Hände fühlten sich inzwischen eiskalt an. In ihrem Kopf aber brannte es wie unter dem Strahl eines Flammenwerfers.

Der Flammenwerfer war Seitz.

Sie hatte gedacht, der Große würde nur bluffen, so pomadig und plump hatte er angefangen. Aber das kleine Biest an seiner Seite hatte sie wie aus dem Nichts heraus attackiert.

Verdammt, sie hatten einen Beweis – nein, das nicht, aber ein Indiz gegen sie.

Das verfluchte Puzzleteil!

Es würde ihr jetzt zum Verhängnis werden.

Auf einmal regte sich auch Fleischmann wieder, der von der Attacke seiner Kollegin offenbar ebenso überrascht worden war wie sie. Sein Oberkörper schnellte vor, er riss den Mund auf, sie kannte das von Landsknechtstypen wie ihm. »*Wo zum Teufel ist Tobias Sicking?* Was haben Sie mit ihm gemacht?«

Sie überlegte, ob sie es nicht einfach zugeben sollte. Ob es nicht am Ende günstiger für sie wäre, es einzugestehen? Dass sie wusste, wo sie den Jungen fanden.

Nein, noch nicht.

Nicht gegenüber *diesem* Bullen.

Sie sah ihn an. Hoffte, es kam so verächtlich rüber, wie es gemeint war: »Ich habe *gar nichts* mit dem Jungen gemacht!«

»Sie hatten sein Puzzleteil! Schon vergessen?«

Du scheinst es vergessen zu haben, Cowboy. Erst Seitz hat den Joker gezogen. »Na und? Das beweist gar nichts.« Sie verschränkte demonstrativ die Arme vor der Brust. »Ich sage nichts mehr. Ich will einen Anwalt. Sofort.«

Sie drehte den Kopf weg und sah wieder zu der Beamtin neben der Tür hin. Die Frau hatte aufgehört zu weinen, ihre Blicke trafen sich jetzt. Ihre Augen glänzten noch immer und sahen sie auf eine Weise an, die ihr beinahe verständnisvoll, ja mitleidend vorkam. Wie war das möglich?

Sie lenkte ihren Blick wieder zu den beiden Kripoleuten. Seitz und der Große sahen sich an. Sie wirkten ratlos, begriffen wohl erst in diesem Moment, dass sie keinen Schritt weitergekommen waren. Zumindest was den Jungen betraf. Sie hatten doch tatsächlich auf ein rasches Geständnis von ihr gehofft.

Seitz wandte sich ihr wieder zu, wollte wohl noch nicht aufgeben. »Solveigh, haben Sie denn gar kein Mitleid mit dem Jungen? Ich bin sicher, Sie werden es später bereuen, dass Sie ihn haben sterben lassen.«

»Soll das eine Drohung sein?«

»Das haben *Sie* gesagt, Frau Adams.«

»Eine Warnung ist das!« Fleischmann sah sie wutgeladen an, die Fäuste lagen geballt auf dem Tisch, er schien sie nur mit Mühe bändigen zu können. »Es bedeutet, dass wir Sie nicht in Ruhe lassen werden, bis Sie uns verdammt noch mal gesagt haben, wo der Junge ist!« Er donnerte mit einer Faust auf den Tisch.

Darauf hatte sie nur gewartet. Der Idiot bot ihr den Ausweg, auf den sie schon nicht mehr gehofft hatte. »Ich fühle mich bedroht. Mir wird Gewalt angedroht. Ich will einen Verteidiger sprechen. Sofort!« Sie sprang von ihrem Stuhl auf und wich demonstrativ zurück.

Im nächsten Moment wurde die Tür aufgerissen und zwei Uniformierte betraten den Raum.

Sie hob ruhig die Arme in Brusthöhe und streckte bereitwillig ihre Hände vor.

Die Männer legten ihr Handschellen an. Führten sie hinaus. Gefolgt von der Beamtin neben der Tür, die sich während der letzten Sekunden vollkommen passiv verhalten hatte.

Als sie sie auf den Flur führten, stand die Tür zu dem Raum, in dem sich die Aasgeier hinter der Einwegscheibe befanden, bereits offen. Sie warf einen schnellen Blick hinein. Und entdeckte in der Gruppe einen Mann Ende fünfzig, kurze braune Haare, bisschen füllig, etwas trauriger Blick aus dunklen Augen, vielleicht war er auch nur müde.

Sie erkannte ihn sofort wieder.

Es war Baer.

Der Bulle, der sie damals rausgehauen hatte. Dessen Expertise in dem Hammer-Prozess ihr viele Jahre Knast erspart hatte.

Wenn er also anwesend war, warum hatte *er* sie dann nicht verhört? Im Fernsehen hatten sie ihn doch als federführend in dem Fall vorgestellt.

Ah, sie verstand. Man hielt ihn wohl für parteiisch aufgrund seines positiven Gutachtens von damals.

Und konnte es nicht sogar möglich sein, dass Baer auch jetzt wieder auf ihrer Seite war? Eine schwache, kränkliche Hoffnung keimte in ihr auf, dass Baer womöglich ein weiteres Mal ihr rettender Strohhalm sein könnte.

Einen anderen hatte sie nicht.

33

Ein einzelnes Blatt klebte an der nassen Fensterfront von Laschwitz' Büro. Kam aus einer Welt, in der die Aussteigerin Solveigh Adams bis heute zu Hause gewesen war.

Das Blatt, dachte Jana Seitz, ein vergilbtes welkes Ahornblatt, passte ebenso wenig an diese Stelle wie Solveigh Adams in die Gesellschaft. In die Zivilisation.

Ein seltsames, beunruhigendes Gefühl hatte sie während der Vernehmung von Solveigh Adams zunehmend bedrängt und war nicht mehr gewichen. Obwohl die Beweislage gegen Adams überwältigend war, passten Person und Serie irgendwie nicht zusammen.

Sie hätte jedoch nicht klar benennen können, woran das lag. Ihr Zweifel war so vage, ihre Gedanken dazu waren so unausgegoren, dass sie sie besser für sich behielt. Vorerst wenigstens.

Nach der Vernehmung fand die Lagebesprechung in kleiner Runde wieder in Laschwitz' Büro statt. Baer telefonierte im Nebenzimmer, dem Sekretariat. Sie wartete mit Frank und Laschwitz darauf, dass er zurückkam.

Es war nicht gut gelaufen, das stand fest. Sie hatten sich in eine Sackgasse manövriert.

Überraschenderweise sah Laschwitz aber gar nicht unzufrieden aus. Sie warf mit Schwung ihren Stoß Papiere auf den Tisch. »Das war zwar noch nicht der Knockout. Aber die Dame ist deutlich angezählt. Das Puzzleteil war ein Stich ins Herz. Genau richtig getimed.«

Sie sah dabei Frank an. *Ihn*. Als wäre es sein Verdienst gewesen, dass Solveigh Adams plötzlich doch noch Nerven gezeigt hatte. Dabei war er mit seiner Strategie, die Tatverdächtige über die Motivlage in die Enge zu treiben, total ins Leere gelaufen.

Das schienen die beiden, Laschwitz und Frank, allerdings ganz anders zu sehen. Jana merkte, wie ein bitterer Geschmack ihre Speiseröhre hinaufkroch.

Laschwitz spitzte die schmalen Lippen (stand ihr gar nicht gut, erinnerte an eine Ente). »Das Glück, dass sie erst im Laufe der Vernehmung auf einem Anwalt besteht, werden wir natürlich nicht wieder haben. Aber wir lassen ihr jetzt keine Ruhe mehr. Es geht weiter, sobald ein Pflichtverteidiger gefunden ist. Wird nicht lange dauern, den bei Gericht aufzutreiben.«

Frank richtete sich auf und streckte den Rücken durch. »Am liebsten würde ich ihr noch die Leviten lesen, bevor sie sich mit einem Paragrafenreiter besprochen hat. Ich meine, worum geht's denn hier? Um das Leben eines Kindes!«

Laschwitz warf ungeduldig einen Blick auf ihre Armbanduhr und dann über die Schulter in Richtung Sekretariat, wo Baer noch immer telefonierte. Sie schien nicht einzusehen, noch länger auf ihn zu warten. »Rekapitulieren wir kurz. Motivlage. Solveigh Adams hasste den Arzt Albert Sicking. Das steht fest, wurde in der Vernehmung mehr als deutlich. Für sie war Sicking der Mörder ihres Kindes. Seinetwegen hat es sterben müssen. Geld ging ihm vor Leben, dem Leben ihres Kindes, so sieht sie es. Also nimmt sie ihm jetzt sein Leben *und* sein Kind. Tarnt das persönliche Motiv für den Mord und die Entführung des Jungen, indem sie zwei weitere Überfälle begeht. Vorher und nachher.« Sie sah Frank an. »Ich denke, das ist ein sehr plausibles Motiv. Dass dabei zwei Unschuldige sterben – deren Pech. Eine Art kontrollierter Amoklauf.«

Sie unterbrach sich und warf stirnrunzelnd wieder einen Blick über die Schulter. Im Nebenzimmer hörte man Baer am Telefon etwas fragen, ohne den Inhalt zu verstehen. »Auch die Ganzkörpermaskierung als Imker ergibt jetzt einen ganz neuen Sinn. Sie diente nicht nur dazu, an den Tatorten keine DNA zu hinterlassen. Sie wollte dadurch auch ihre Identität als Frau verbergen.«

»Ein Imkeranzug als Burka quasi.« Frank schnaufte durch die Nase. »Ganz schön schlau.«

Laschwitz zog die fast farblosen Brauen hoch. »Eine intelligente Frau, zweifellos. Sogar die Auswahl der Entführungsopfer wird jetzt verständlich. Selbst eine schwächere Person als Adams, die in der Natur, im Sumpf da draußen, sicher Kraft und Zähigkeit entwickelt hat, hätte keine Schwierigkeiten gehabt, eine behinderte Frau wie Ruth Grandgenet in Schach zu halten und ein kleines Kind wie Tobias Sicking zu entführen.«

Frank suchte Janas Blick. Sie wich ihm aus. Musste darüber nachdenken, was Laschwitz gesagt hatte. »Kontrollierter Amoklauf« ... war das nicht ein Widerspruch in sich? Aber das traf dann auf einen Begriff wie »Erweiterten Selbstmord« ebenso zu ...

Im nächsten Moment geschahen zwei Dinge gleichzeitig. Laschwitz' Telefon klingelte. Und Baer kam herein. Sie stampfte zum Schreibtisch hinüber, ohne Baer zu beachten. Und er wirkte noch nachdenklicher als sonst.

Er setzte sich. Sah aus, als hätte er ihnen etwas Wichtiges mitzuteilen, deshalb wohl wartete er jetzt schweigend auf die Chefin.

Nach wenigen, leise gesprochenen Sätzen legte Laschwitz auf und kehrte zu ihnen zurück. Auch sie sah aus, als hätte sie neue Informationen. Sie gab Baer jedoch mit einer gönnerhaften Geste zu verstehen, dass sie ihm den Vortritt lasse.

Er warf einen Blick in die Runde. »Meine Kollegin Nou'man hat mich über ein paar Details informiert, die den Hammer-Prozess von damals betreffen. Sie hat sich die Umstände von Adams' Attacke noch mal genau angesehen.« Er machte eine Pause, um durchzuatmen. »Der Vortrag von Chefarzt Sicking vor fünf Jahren fand in einem Hotel statt, das damals noch zum Konsortium des Hotelunternehmers Gunder Møller gehörte. Møller hat sich vor drei Jahren umgebracht. Seine Witwe, Brigitte Møller, ist uns seit Sonntag nicht ganz unbekannt, wie ihr wisst.«

Frank sah Baer etwas schief von der Seite an. »Dass Adams ihre Hammernummer vor einem Møller-Hotel abgezogen hat, das hätten Sie damals aber auch schon wissen können. Oder?«

Baer reagierte nicht darauf. Jana aber platzte der Kragen. »Was soll das, Frank?« Für ihn konnte man sich nur noch fremdschämen. »Damals spielte Møller doch noch gar keine Rolle. Es gab zu dem Zeitpunkt noch keinen Mordfall Sicking!«

Frank grinste. »War doch bloß ein Scherz.«

Baer ignorierte ihn einfach und fuhr fort. »Es wird noch interessanter. Auch zum Architekten Grandgenet gibt es eine Verbindung, wie die Kollegin herausgefunden hat. Jean-Luc Grandgenet hat das Hotel entworfen, in dem Sicking damals seinen medizinischen Vortrag gehalten hat. Das Haus war frisch eröffnet worden, obwohl es um Møllers Hotelkette offenbar schon nicht mehr gut stand.«

Laschwitz, die sich nicht wieder zu ihnen gesetzt hatte, sondern unbewegt wie eine Statue neben ihrem Stuhl stand, nickte zufrieden. »Schon damals also eine Verbindung von Adams zu Grandgenet, Sicking und Møller, unseren heutigen Überfallopfern beziehungsweise deren Familien. Das ist wirklich aufschlussreich.«

Baer runzelte die Stirn. Nach deutlicher Zustimmung sah das nicht aus, fand Jana.

Laschwitz war noch nicht fertig, auch sie hatte ihnen etwas mitzuteilen. »Adams kann keinen Wunschverteidiger benennen. Lehnt aber auch einen Pflichtverteidiger aus dem Pool ab.«

»Ach, die spielt doch auf Zeit!« Frank warf den Kopf zurück und stöhnte genervt auf. »Erst fordert sie einen Anwalt. Dann kann sie angeblich keinen nennen. Und quasi geschenkt will sie ihn auch nicht. Hinhaltetaktik.«

Laschwitz' Ausdruck verhärtete sich. »Aber da spielen wir nicht mit. Eine Mordermittlung ist kein Wunschkonzert.« Sie sah auf die Uhr. »Wir setzen zur zweiten Runde an. Sofort.« Sie warf Frank einen auffordernden Blick zu.

Der reagierte prompt auf das Kommando. Streckte seinen Oberkörper und klatschte mit den Handflächen auf seine trainierten Schenkel.

Jana sah Baer an. So zweifelnd und bedrückt wie jetzt war er ihr noch nicht vorgekommen.

Aber dann wechselte sein Ausdruck, bekam etwas beinahe Trotziges. »Nein.« Er schüttelte den Kopf und blickte zu Laschwitz auf. »Wir werden warten.«

»Wie bitte?« Sie sah ihn verständnislos an. »Warten? Worauf denn?«

»Darauf, dass der Haftrichter ihre Weigerung formal ablehnt und ihr einen Pflichtverteidiger aufs Auge drückt. In spätestens dreißig Minuten ist alles geklärt.«

Laschwitz zog skeptisch eine Braue hoch. »Das sagen Sie!«

»Wollen Sie riskieren, dass die Beweisaufnahme später im Verfahren für ungültig erklärt wird, weil sie vielleicht ihre Rechte nicht bekommen hat? Sie wissen doch, was Formfehler anrichten können.«

Baer hatte recht, und Jana konnte an Laschwitz' Gesichtsausdruck ablesen, dass auch sie das zugeben musste. Aber aussprechen wollte sie es nicht. Stattdessen trabte sie zurück zu ihrem Schreibtisch, wo sie ungehalten in ihren Papieren blätterte, als müsse sie erst die entsprechenden Paragrafen nachschlagen.

Frank passte das offenbar gar nicht. Er wandte sich mit empörter Miene wieder an Baer. »Dreißig Minuten! Wissen Sie, dass dreißig Minuten den Tod für den Jungen bedeuten können?« Er verzog sarkastisch den Mund und schüttelte den Kopf. »Dreißig Minuten. In der Zeit hab ich sie mir längst gekauft. Aber dreimal!« Und er sprang tatsächlich auf, marschierte in Riesenschritten zur Tür, riss sie auf und war weg.

Was, zum Teufel, hatte er vor? Jana wollte ihm schon hinterhereilen. Aber Laschwitz hielt sie mit einer beiläufigen Handbewegung davon ab. »Lassen Sie ihn. Der rennt einmal durchs Haus und beruhigt sich wieder.« Von ihrem Platz hinter dem Schreibtisch warf sie Baer einen herausfordernden Blick zu. »In einer halben Stunde machen wir weiter. Mit oder ohne Anwalt.«

Jana schaute zur Tür hin, die sich nach Franks effektvollem Abgang mit dem gewohnten luftigen Geräusch wieder schloss.

Möglich, dass Laschwitz recht hatte, dachte sie. Dass Frank nur einmal durchs Haus rannte, um sich abzureagieren. Hauptsache, er würde jetzt nicht zu Solveigh Adams in die Zelle stürmen und wer weiß was mit ihr anstellen. Sie war sich im Moment überhaupt nicht mehr sicher, wie weit er sich noch unter Kontrolle hatte.

Sie sah beunruhigt zu Baer hin. Ihre Blicke trafen sich.

Er beugte sich zu ihr vor. »Was halten Sie von der Frau?« Seine Stimme klang leise, aber eindringlich.

Sie warf einen irritierten Seitenblick zur Sphinx hinüber, deren Kopf gerade vollständig vom riesigen Bildschirm auf ihrem Schreibtisch verdeckt wurde.

Baer deutete ein winziges Lächeln an. »Nein, nicht *sie*.« Er deutete mit den Augen in Laschwitz' Richtung. »Ich meine die Tatverdächtige. Adams. Was halten Sie von ihr?«

Sie zögerte. Wie meinte er das?

Baer sah sie weiter angespannt an. »Ist sie es? Ist sie der *Imker*? Kann sie es getan haben? Drei Morde und eine Kindesentführung?«

Sie war unfähig zu antworten. Was verlangte er da eigentlich von ihr? Sie waren doch gerade erst dabei, die Wahrheit *herauszufinden*! Sie zuckte die Achseln und sah ihn ratlos an. Baer drang nicht weiter in sie.

Kurz darauf wurde die Tür bereits wieder aufgestoßen und herein kam – Frank.

Jana erschrak, als sie sein Gesicht sah. Bleich und schweißglänzend. Sein halb geöffneter Mund drückte zugleich Empörung und Erstaunen aus. Er machte ein paar hastige Schritte auf Baer zu, der erwartungsvoll zu ihm aufsah. Auch Laschwitz verließ ihren Schreibtisch und näherte sich Frank, wenn auch langsam, mit extrem wachsamem Blick. An ihr war eindeutig ein Reptil verloren gegangen.

Frank streckte den Arm aus und zeigte mit dem Zeigefinger auf Baer. »Sie sagt … die Adams, sie sagt, sie will mit *Ihnen* sprechen.«

Wenn Baer überrascht war, so ließ er es sich nicht anmerken. »Sie waren also bei ihr? In der Zelle?«

Frank breitete die Arme aus und warf einen theatralisch nach Kritik heischenden Blick durch den Raum.

»Und sie will mich sprechen?« Baer lehnte sich in seinem Freischwinger weiter zurück, weil Franks Gesicht jetzt direkt über ihm schwebte.

»Richtig. Sie oder keinen. Aber in ihrer Zelle. Nicht im Vernehmungsraum. Die spinnt doch!« Er wandte sich zu Laschwitz um. »Wo sind wir denn? In 'nem Hotel mit Zimmerservice?« Er schüttelte heftig den Kopf.

Laschwitz sah an Frank vorbei zu Baer hinüber. »Wollen Sie?«

Frank starrte sie geschockt an. »Was denn? Mit Adams reden?«

Laschwitz ignorierte ihn vollkommen, sah weiter ruhig und ausdruckslos Baer an.

Baer erhob sich langsam und ein wenig ächzend aus dem Freischwinger und knöpfte sich das braune Jackett zu. Dann verließ er wortlos den Raum.

Jana sah zu Frank hinüber. Er stand fassungslos neben dem Besuchertisch, die Hände in den Hosentaschen vergraben, sein Kopf wackelte leicht wie bei einem alten Mann mit schwacher Nackenmuskulatur.

Erst jetzt fiel die Tür ins Schloss, mit dem sanften, fluffigen Geräusch, das sie inzwischen wahnsinnig machte.

34

Solveigh Adams war hagerer im Gesicht als vor fünf Jahren. Das war Baer bereits vorhin im Beobachtungsraum aufgefallen.

Sie saß im Schneidersitz auf dem hellgrauen Bezug der Pritsche und drehte erschrocken den Kopf in seine Richtung, als er die Haftzelle betrat.

Statt ihrer wahrscheinlich verdreckten und beschädigten Kleidung hatte man ihr lockere Baumwollsachen gegeben. »Eigentum des Landes« stand auf dem dunkelblauen Sweatshirt. Es sah aus, als bezeichnete der Pulli ihren aktuellen Status als Person: Solveigh Adams, Eigentum des Landes Brandenburg.

Unter der plumpen Kleidung zeichnete sich die athletische, muskulöse Statur ihres Körpers ab. Ein wenig erinnerte ihr dichtes dunkles Haar ihn sogar an Corinna. Doch im Unterschied zu den femininen Rundungen seiner Frau waren Solveigh Adams' Brüste nicht mal im Ansatz zu erkennen. Ihre Gestalt hatte etwas Jugendliches, Jungenhaftes. In einem Imkeranzug würde sie ohne Weiteres als der schlanke sportliche Mann mittlerer Größe durchgehen, nach dem sie gefahndet hatten.

Sie hatte große dunkle Augen und volle blassrote Lippen in einem schmalen Gesicht mit harten Konturen. Vielleicht konnte man sie als eine herbe androgyne Schönheit bezeichnen. Interessant für beide Geschlechter.

An der Kopfwand des kahlen, weiß gekachelten Raums, unter dem hoch angebrachten Fenster, saß auf einem Stuhl die Beamtin, die schon im Vernehmungsraum anwesend gewesen war. Die korpulente Kollegin stand auf, um ihm den Platz zu überlassen, und machte Anstalten, die Zelle zu verlassen.

Doch er bat sie zu bleiben.

Er wandte sich an Solveigh Adams. »Ich werde mit Ihnen sprechen, Frau Adams. Was immer Sie mir zu sagen haben, ich höre es mir an. Aber ich werde nicht allein mit Ihnen in der Zelle bleiben.«

Nicht weil er Angst vor einem Angriff hatte. Sondern weil ihr das die Möglichkeit verschafft hätte, später zu behaupten, er habe sie in irgendeiner Weise unangemessen behandelt, bedroht, berührt oder gar angegriffen. Er hatte schon erlebt, dass Gerichtsverfahren wegen solcher Anfängerfehler eingestellt werden mussten.

Solveigh Adams machte keine Einwände.

Das überraschte ihn.

Und die Beamtin versicherte *ihr*, nicht ihm, sie werde neben der Tür stehen bleiben und den Raum nicht verlassen.

Er betrachtete die Kollegin erstaunt. Anfang vierzig, mollusken-förmiger Körper, das weiche Gesicht ein wenig aufgedunsen, kränklich. Ihre Augen, fiel ihm jetzt auf, sahen nicht einfach gerötet, sondern verweint aus. In ihrer rechten Hand presste sie ein Papiertaschentuch, knetete es wie Corinna einen speziellen Schaumstoffball, um das Greifen zu trainieren.

Die Beamtin passte zu dem Fall. Der ihm so vielschichtig, so komplex, so verwirrend erschien wie keiner vorher.

Er stieß einen leisen Seufzer aus, nahm den Stuhl von der Wand und schob ihn vor die Pritsche. »Na, schön.« Er sah Solveigh Adams direkt ins Gesicht. »Was haben Sie mir zu sagen?«

Hatte sie ihm wirklich etwas mitzuteilen? Oder bluffte sie nur, wie Fleischmann, nicht ohne Grund, glaubte?

Sie beugte sich noch etwas weiter vor, kam ihm so dicht, dass die Beamtin an der Tür allenfalls ein Wispern verstehen würde. Schon ihre ersten, bloß geflüsterten Worte elektrisierten ihn: »Sie wollen den Jungen. Und ich weiß, wo er ist.«

Er schnellte auf seinem Stuhl zurück wie eine Feder. Hatte sie das wirklich gesagt: *Ich weiß, wo der Junge ist?* Er warf einen Blick zu der Kollegin neben der Tür. »Haben Sie verstanden, was die Tatverdächtige soeben geäußert hat?«

Kopfschütteln. »Nein. Nichts.«

Er wandte sich wieder Adams zu. »Wo ist der Junge? Sagen Sie es mir, damit wir ihn retten können! Retten. Das Wort kennen Sie doch. Sie waren schließlich mal Krankenschwester, OP-Schwester.«

Sie sah ihm traurig, vielleicht auch ängstlich in die Augen.

»Oder ...« Er zog den Stuhl noch näher an die Pritsche. »... Lebt er nicht mehr?«

Ihr kantiges Gesicht war dem seinen wieder ganz nah, sie sah buchstäblich todtraurig aus. »Der Junge ist tot.« Sie flüsterte kaum hörbar. »Aber ich bin dafür nicht verantwortlich.«

Sehr langsam bewegte sie ihren Oberkörper ein Stück zurück, hielt ihn aber in Spannung. Beobachtete ihn mit den großen Augen eines Kindes, das die Strafe des Vaters erwartet.

Er dachte darüber nach, was sie gesagt hatte. *Der Junge ist tot.* Ein furchtbarer Satz. »Erklären Sie mir das. Und zwar genau.«

Sie beugte sich wieder vor, zögerlicher diesmal, spürte sein Misstrauen. »Das war ... am Samstag. Ich wollte aus der Gegend verschwinden, wo ich mein Lager habe. Hatte. Ihr durftet mich nicht finden. Verletzung der Tilgungspflicht. Ich habe Schulden. Hunderttausend und mehr. Sie wissen das.« Sie sah ihn eindringlich an, ihr Gesicht schimmerte kaum eine Handbreit vor seinem. »Wegen der Schulden wäre ich doch gleich wieder in den Knast eingefahren.«

»Lenken Sie nicht ab. Was war am Samstag?«

»Ich ... bin los, mit dem Boot, dem alten Faltboot, über den See, den Küstin. Neues Lager suchen.« Sie stockte, ging ein wenig auf Distanz zu ihm, musterte ihn sekundenlang, als müsse sie noch einmal prüfen, ob er ihr Vertrauen wirklich verdiene.

Dabei war die Frage doch, ob er *ihr* trauen konnte.

Sie kam ihm wieder sehr nah. Flüsterte. »Ich habe die gleiche Frage gehabt wie der Täter, den ihr sucht, der Entführer. Ohne dass ich das wusste. Wo finde ich einen sicheren Platz? Zugänglich nur für den, der weiß, dass es diese Stelle überhaupt gibt. Verstehen Sie? Für mich relativ problemlos zu erreichen, aber andere durften nicht mal ahnen, dass dieser Platz existiert. Er sollte von keiner Seite einsehbar sein, auch nicht von oben, aus der Luft, aber gut zugänglich vom Wasser her. Für das Faltboot.«

Er nickte angedeutet. Zumindest stieg eine Ahnung in ihm auf, was sie sagen wollte. Oder womit sie ihn zu täuschen hoffte.

»Der Täter … der Entführer hatte natürlich das gleiche Interesse. Er suchte genauso einen Platz wie ich.« Ihr Blick durchbohrte ihn jetzt geradezu. »Für den toten Jungen.«

»Woher wollen Sie wissen, dass der Junge tot ist?« Ihm fiel auf, dass er ebenfalls geflüstert, bestenfalls geraunt hatte.

»Ich habe ihn … gesehen. Seine Leiche. Sein … Grab.«

»Sein Grab?« Er fuhr auf seinem Stuhl heftig zurück. Die Beamtin an der Tür zuckte vor Schreck zusammen. Wegen seines Ausrufs und wegen des Schrappens, das die Stuhlbeine auf dem Boden machten.

Solveigh Adams schien seine Reaktion nicht zu wundern. Sie wartete, bis er sich halbwegs beruhigt und sein Gesicht sich ihr wieder genähert hatte. »Das Puzzleteil, es lag neben der Stelle, wo er ihn … Der Junge hat es vielleicht in der Hand gehabt. Oder in seine Tasche gesteckt, unwillkürlich. Aber an der Stelle ist es dann doch herausgefallen. Ich hab es … ich hab das Teil … irgendwie im Schock an mich genommen. Ich meine, dieses Puzzleteil muss ihm viel bedeutet haben. Und es war ja unversehrter als … das Kind. Verstehen Sie?«

Vielleicht sollte er besser aufstehen und gehen, statt sich diesen Nonsens anzuhören. Sie tat soeben nichts anderes, als eine Erklärung für das Indiz, das sie so schwer belastete, an ihm auszuprobieren.

Doch er entschied sich, sitzen zu bleiben. Er wollte wenigstens wissen, wie ihr Märchen ausging. »Sie haben das Puzzleteil also eingesteckt?«

»Hatte es in der Hosentasche, glaube ich. Hab's vergessen später. Die Leiche des Kleinen. Sein Grab, das hat mich …«

Er unterbrach ihr Geflüster jetzt barsch. »Sie sprechen immer von seinem Grab. Wenn die Leiche des Kindes begraben war, wie Sie behaupten, wie konnten Sie sie dann finden?«

Sie sah ihn ausdruckslos an. »Tiere. Wildtiere. Wenn Sie einen toten Körper nicht metertief versenken, dann graben Tiere ihn wieder aus und …«

Ihm stellten sich bei der Vorstellung die Nackenhaare auf. Der tote Tobias Sicking, vergraben von seinem Mörder, ausgegraben von wilden Tieren, die seinen Körper fraßen. Angeblich.

Nein, das war zu viel.

Er rückte von ihr weg. »Was für ein Horrormärchen tischen Sie mir da auf? Wieso sollte ich Ihnen so etwas glauben?«

»Weil Sie – *Sie*, nicht die anderen – den wollen, der das getan hat, den Mörder des Jungen. Nicht mich, bloß weil Sie mich bequemerweise gerade haben. Verstehen Sie denn nicht? Ich habe meinen neuen Lagerplatz dort gesucht, in der gleichen Richtung, wo auch der Mörder gesucht hat, suchen *musste*, um den Jungen zu vergraben: weg von der Stadt, weg vom Küstin, weit hinaus, für den Transport vom Wasser aus gut zu erreichen, aber von der Landseite her nicht sichtbar und praktisch unzugänglich. Wir hatten die gleichen Kriterien, der Mörder und ich. Ich für mein Lager, er für die Leiche des Kindes.« Sie schüttelte mit gequälter Miene den Kopf. »Scheiße, ich hatte schon zwanzig mögliche Plätze für mein Lager abgefahren, mindestens. Aber keiner war gut genug. Und dann kam diese verfluchte Stelle … ideal, dachte ich. Aber dieser Scheißkerl, der Täter, auch. Und er war vor mir da.« Sie stockte und bohrte ihren Blick in seine Augen wie ein Hypnotiker. »Er kommt aus der Gegend, der kennt sich aus.«

»Und das Puzzleteil?« Wurde Zeit, dass er sie an die Realitäten erinnerte.

»Ich hab's einfach vergessen. Bin zurück zu meinem Lager, musste mich erst mal erholen von dem Schock. Hab mich ins Zelt gelegt, versucht, den Anblick zu vergessen, wie ich zuerst seinen

Arm gesehen habe, schon ziemlich angefressen. Ich meine, ich habe schon als Krankenschwester Kinderleichen gesehen, aber so etwas ...« Sie drehte den Kopf hin und her, ohne den Blick von ihm abzuwenden. »Es muss mir im Schlafsack aus der Tasche gerutscht sein, das Puzzleteil.«

»Worauf wir's dann gefunden haben. Die böse Polizei.« Er legte den Kopf schief. »Und wenn das Kind nicht gestorben wäre, würde es heute noch leben.«

Sie kam ihm jetzt noch näher, von Ferne hätte man sie vermutlich für Liebende halten können. »Der Junge. Ist. Tot.«

Wenn er bis heute noch nicht gewusst hatte, was eine Grabesstimme war, dann spätestens jetzt, nachdem sie den Satz in sein Hirn gestanzt hatte.

Er richtete sich etwas auf. »Na gut. Beweisen Sie's mir. Sagen Sie mir jetzt, wo wir den Jungen finden.«

»Wenn ich das mache, kann ich mir gleich einen Strick nehmen und mich weghängen. Ich werde beschuldigt, Tobias Sicking entführt zu haben. Aus Rache. Wegen Hanno. Schon vergessen? Aber ich schwöre Ihnen: Ich habe dem Jungen nichts angetan. Ich hab ihn nur wieder begraben, so gut es ging, hiermit!« Sie hielt ihm beide Hände vors Gesicht, ehe sie leise weitersprach. »Ich werde Ihnen sagen, wo Sie ihn finden. Ihnen, Herr Baer. Aber nicht jetzt.«

»Wann dann, Herrgott?«

»Wenn Sie ihn haben.«

»Wenn ich *wen* habe?«

»Den *Imker*. Den wahren Täter. Der noch da draußen ist, irgendwo, und sich schlapp lacht, dass Sie mich eingesperrt haben. Statt ihn. Erst wenn sie *ihn* haben, kann ich Ihnen sagen, wo Sie die Leiche des Jungen finden. Weil ... er wird es abstreiten.«

»So wie Sie jetzt. Richtig? Frau Adams. Ihre Story, die Sie sich da ausgedacht haben, wird Sie nicht retten. Sie hat nämlich einen verdammten Haken. Sie fußt auf einem Zufall, den Ihnen kein vernünftiger Mensch abkaufen kann.« *Er* tat es bestimmt nicht.

Sie schoss plötzlich mit ihrem Oberkörper zurück. »Nein, das ist kein Zufall!« Sie wurde laut. »Zufall ist ... verflucht, Zufall ist, wenn ein Blitz ausgerechnet Ihr Haus trifft, aber nicht das Ihres Nachbarn. Kein Zufall ist, wenn Sie ... wenn Sie vor dem Gewitter wegrennen und in dem erstbesten Unterstand treffen Sie alle anderen, die unterwegs waren. Begreifen Sie das denn nicht?« Sie beugte sich wieder vor, sie wirkte mit einem Mal ziemlich verzweifelt. »Thiébault, er war ein ... ein Weiser, er hat ein Buch geschrieben ...«

Er hob schützend eine Hand. »Lassen Sie das. Ich will von Ihrem Thiébault nichts wissen.«

»Aber Sie haben es versprochen. Sie wollten mir zuhören.«

Er seufzte und ließ sie gewähren. Ein letztes Mal.

»Thiébault, er sagt, wenn wir Europäer, Amerikaner, was weiß ich, wir Weißen der Nordhalbkugel, wenn wir einen lange vermissten Bekannten treffen, einen Tag, nachdem wir aus irgendeinem Grund an ihn denken mussten, dann *wundern* wir uns. Stimmt's? Aber Thiébault hat mit den Indianern gelebt, war mit einem unterwegs in den Wäldern. Er sagt, wenn den Indianern das Gleiche passiert, also, sie treffen einen Bekannten, an den sie vorher gedacht haben, dann wundern sie sich überhaupt nicht! Sondern sie *erwarten*, dass das passiert. Für sie ist das eben *kein* Zufall! Es macht *Sinn*.«

»Ich glaube nicht an Esoterik.«

Sie rückte plötzlich heftig von ihm ab, verharrte einen Moment und sah ihn dabei seltsam prüfend an. Sie entschloss sich offenbar zu einem letzten Versuch mit ihm. »Wenn – nur mal angenommen –, wenn Ihre Frau Sie nicht mehr liebt ... oder nein, Sie *denken*, sie liebt Sie nicht mehr ...«

»Lassen Sie das.«

»Ist es dann ein scheißgöttlicher Zufall, wenn Sie sich plötzlich in eine andere Frau verlieben? Nein, kein Zufall! Stimmt's? Verstehen Sie jetzt?«

Er starrte sie an.

Was geschah hier mit ihm?

Er kam sich wie entblößt vor.

Was erlaubte sich diese Frau? Eine Wilde beinahe!

Eine Tatverdächtige in einem mehrfachen Mordfall.

Die ihm ein grässliches Theater vorspielte. Ihn in ein Psychospiel zu verwickeln suchte. Im Grunde das Opfer mimte, so wie sie dasaß, mit hängenden Schultern und einem aufgesetzten Trauergesicht. Um mit seiner Hilfe ihren Kopf aus der Schlinge zu ziehen.

Sollte sie sich einen anderen Dummen suchen.

»Sie glauben mir nicht, hm?« Sie sah ihn maßlos enttäuscht an.

Er stand auf, stellte den Stuhl zurück an die Wand und nickte der Beamtin neben der Tür zu, die ihm wortlos aufschloss.

Er verließ die Zelle und befand sich bereits auf dem Flur, unbeteiligt beobachtet von zwei weiteren Sicherungsbeamten, als er sich noch einmal umwandte. Zu der korpulenten Kollegin, die im Begriff war, die Zellentür von innen wieder zu schließen.

Er berührte mit der Fingerspitze ganz leicht den Ärmel ihrer blauen Uniform. »Entschuldigen Sie, Frau …?«

»Körber.«

»Frau Körber, eine Frage.«

»Ja?«

»Kennen Sie beide sich?« Seine Augen deuteten auf die Zelle. »Die Tatverdächtige und Sie?«

Sie sah ihn verblüfft an. »Nein! Wie kommen Sie darauf? Seh die Frau heute das erste Mal in meinem Leben.«

Er lächelte, dankte, und sie schloss die Zellentür.

35

Baer war gegangen und mit ihm die Hoffnung, er würde ihr helfen.

Ihre Bemerkung über die Liebe, den Zufall … Das verstand er eben nicht. Er hatte es ihr sogar übelgenommen. Aber es war doch nur ein Beispiel gewesen. Und Baer kein dummer Bulle wie die meisten anderen seines Schlags. Hatte sie angenommen.

Sie musste eine offene Wunde bei ihm berührt haben. Anders konnte sie sich seine heftige Reaktion nicht erklären. Baer war verheiratet, er trug einen Ehering. Vielleicht kriselte es in seiner Ehe. Betrog ihn seine Frau … oder er sie?

Wie auch immer, sie hätte besser ihr Maul gehalten.

Jetzt war es zu spät.

Ob mit oder ohne Anwalt an ihrer Seite, sie würden sie fertigmachen.

Das hatte ihr bereits Fleischmann zu verstehen gegeben. Noch vor Baer. Plötzlich war die Zellentür aufgestoßen worden und Fleischmann erschien. Er schickte die Beamtin, ihren Schatten, hinaus wie einen Hund und baute sich bedrohlich vor ihrer Pritsche auf. Er sprach sehr leise, damit die Wachhunde vor der Zellentür ihn nicht hören konnten, aber seine Stimme vibrierte – vor Aufregung, vor Wut, vor Abscheu, sie wusste es nicht.

Sie könne wählen: zehn, zwölf Jahre, die sie auf einer Backe absitzen könne, falls sie ab sofort kooperiere. Oder lebenslänglich mit Schikanen, die ihr jeden einzelnen Tag zur Hölle machten, falls sie sich jetzt weiter verweigere. Er habe beste Beziehungen. »Ich kenne Leute, tief im Arsch von Justitia, die werden Sie ficken, Werteste, das garantiere ich Ihnen.«

In dem Ton. Sie hatte auf Totstellreflex gemacht, bis er die Lust verloren hatte. Die Methode wirkte meistens. Auch bei ihm. Und gerade, als er die Zelle wieder verlassen wollte, war sie aus der Deckung gekrochen und hatte Baer verlangt.

Schon sein entgeisterter Blick war den Versuch wert gewesen. Und er hatte gespurt, wie sich gezeigt hatte. Ein Idiot.

Aber was hatte ihr nun Baers Besuch in ihrer Zelle gebracht?

Nur einen weiteren Gegner.

Und sie hatte es selbst vergeigt, das war das Schlimmste. Sie biss die Zähne aufeinander, bis der Kiefer schmerzte.

Okay, ab sofort kein Wort mehr von ihr. Sinnlos. Die Justiz ließ ihren Apparat doch nicht auf Hochtouren laufen, um der geifernden Öffentlichkeit am Ende eine Niete zu präsentieren! Nein, das konnten sie sich nicht leisten. Sie war ihnen ins Netz gegangen, selbst schuld, und nun würden sie sie schlachten. Ende.

Sie sah sich um.

Die nackten Wände, Bett, Stuhl, Klo, Waschbecken, das und nichts anderes für den Rest ihres Lebens. Schon jetzt verursachte ihr der Formaldehydgestank des Reinigungsmittels ziehende Kopfschmerzen.

Sie könnte kotzen.

Die Zellentür wurde wieder geöffnet und die Beamtin kam herein.

Die Frau sah nicht mehr so verheult aus, aber sie war sicher, dass auch Baer, den sie für einen guten Beobachter hielt, bemerkt hatte, dass die Beamtin geweint hatte.

»Nun komm.« Sie machte eine kleine Bewegung mit dem Kopf zum Stuhl hinüber. »Setz dich mal wieder zu mir. Und erzähl, was los ist.«

Die Beamtin sah sie ungläubig an. Ihr Gesicht sagte: *Wie spricht die denn mit mir?* Sie öffnete die Tür wieder einen Spalt breit, trat hinaus, bat die Kollegen auf dem Flur vermutlich um Verstärkung.

Aber dann kam sie solo wieder herein und schloss hinter sich die Tür. Mit dem Schlüsselbund in der Hand ging sie zur Kopfseite der Zelle und setzte sich wie zuvor auf den Stuhl, auf dem zwischenzeitlich der Bulle gesessen hatte, Baer.

»Ich heiße Solveigh, weißt du ja. Hast du auch einen Namen?« Sie bemühte sich um etwas wie ein Lächeln, trotz alldem hier.

»Körber.«

»Einen Vornamen hast du nicht?«

Die Frau zuckte mit den Mundwinkeln. Sollte vielleicht ein zaghaftes Lächeln werden, sah aber nicht danach aus. Eher, als würden gleich wieder die Tränen fließen. »Elisabeth.« Sie schluckte.

»Schöner Name.« Klassisch. Nicht wie Solveigh. Den Namen hatte sich ihre Mutter für sie einfallen lassen, nachdem ihr Vater noch während der Schwangerschaft mit einer Schwedin abgedampft war.

»Früher haben alle immer Lisa zu mir gesagt.« Die dicke Frau stockte, schluckte wieder.

»Früher? Jetzt nicht mehr?«

Sie schüttelte den Kopf, senkte den Blick. Begann auf einmal wieder zu weinen. »'tschuldige.« Die Beamtin winkte ab, zog mit der anderen Hand eine Packung Taschentücher heraus. »Es ist wegen … Lisa. Also wegen meiner Tochter. Lisa.« Sie schnäuzte sich die rote Nase, schüttelte wieder den Kopf. »Bescheuerte Idee, ihr den Namen der Mutter zu geben, meinen Namen. Aber Robert, mein Mann, er meinte damals, er will keinen anderen Namen für seine Tochter und … na ja.«

»Was ist mit deiner Lisa?«

Die Frau hob den Kopf und sah sie an. Die Tränen flossen still und stetig über ihre teigigen Wangen.

Sie hatte es im Grunde schon im Vernehmungsraum geahnt. Etwas in der Art. »Wann ist sie gestorben, deine Lisa?«

»Letztes Jahr. Fast genau vor einem Jahr, 5. November, kurz vor Mitternacht. Ich war bei ihr.« Ihre Stimme erstickte hinter dem Taschentuch.

»Natürlich.« Auch sie war bei Hanno gewesen. Wenigstens das. Aber er war nicht mehr zu ihr zurückgekommen. Er war fortgegangen. Sie hatte ihn nicht zurückhalten können.

Es war unfassbar. Sie würde das nie verstehen.

»Aber das ist kein Trost für mich.«

»Nein, Elisabeth. Noch nicht.« Aber später, ein wenig, glaub mir. »Wie alt war sie, deine Kleine?«

»Elf. Elf wunderschöne Jahre hat sie uns geschenkt.«

»Ja.«

»Sie hatte Kn... Knochenmarkkrebs. Eine ... eine Variante von Leukämie.«

»Ja. Wie oft brauchte sie ...?«

»Zum Schluss jeden zweiten Tag. Lisa hat sie gehasst, die Transfusionen. Flaschen voller Blut.«

Fremdem Blut.

»Dabei hat ihr das Blut noch ein gutes halbes Jahr zu leben geschenkt.«

Ein höllisches halbes Jahr. Sie wusste Bescheid, hatte mindestens ein Dutzend Kinder auf diese Weise sterben sehen.

»Dann hat auch das Blut nicht mehr geholfen.«

»Nein. Ist sie bei euch gestorben?«

»Ja. Zu Hause. Bei uns. In ihrem ... ihrem ...« Sie fing hemmungslos an zu schluchzen.

»Elisabeth.« Sie erhob sich aus ihrem Schneidersitz, rutschte von der Pritsche und ging zu ihr. Beugte sich über sie, schlang ihre viel zu kurzen Arme um die breiten, weichen Schultern der großen, schweren, vor Schmerz zuckenden Frau, die wie ein Mensch ohne Knochen in sich zusammengefallen schien. Sie legte eine Hand auf ihren Kopf. Weinen half, sie wusste das. Sie hatte Tage und Nächte durchgeweint. Im Wald. Es half. Sie hatte sich ihm nah gefühlt. Hanno.

In diesem Moment flog krachend die Tür auf, zwei Uniformierte stürmten herein. Schrien irgendwas, brüllten sie an, ein Schlag traf ihren Hinterkopf, ein anderer die Schulter, der Schmerz explodierte in ihrem ganzen Körper.

Sie wurde fortgerissen, weg von der zuckenden Frau, deren rote

Augen jetzt weit aufgerissen waren. Wurde herumgeschleudert, auf den Boden gestoßen, etwas Knochenhartes, Spitzes bohrte sich zwischen ihre Schulterblätter, und sie hörte, wie jemand schrie.

Dann noch ein Schlag gegen den Kopf, gegen die Schläfe.

Und alles war gut!

Es war nur ein Traum gewesen. Schrecklicher Traum. Vorbei jetzt. Es war Sommer und sie federte leichtfüßig durch den Wald. Gedämpftes Licht, das friedvoll durch die sattgrünen Baumkronen sickerte. Die herben Sommerdüfte des Waldes, die hallenden Schreie der Vögel, ein Hämmern ganz in der Nähe ... Ein Hämmern, das lauter wurde, ein Hämmern, das immer näher kam, stärker wurde, unerträglich laut, das ... in ihrem Kopf war ...

»Seid ihr verrückt geworden? War doch alles in Ordnung!«

»In Ordnung? Du müsstest dich mal sehn, Lisa!«

»Sag verdammt noch mal nicht Lisa zu mir. Nie wieder, kapiert?«

»'kayokay, Kollegin. Beruhig dich mal.«

»Die ist nur ein bisschen weggetreten. Ah, schlägt die Äuglein schon wieder auf, unser Liebling.«

Zwei Gesichter über ihr. Die Visagen der Wachbullen.

»Hoch mit dir. Auf die Pritsche, wo du hingehörst! Für die nächsten paar Jahrzehnte.«

Das Hämmern in ihrem Kopf. Das verheulte rote Gesicht von Elisabeth. Lisa Elisabeth Lisalisabeth.

»Wer sind *Sie* denn?« Die polternde Stimme eines der Bullen. »Was wollen Sie, Mann?«

»Was zum Teufel ist hier los?«

Eine dritte Männerstimme. Wo kam die her?

»Hanauer. Was machen Sie mit meiner Mandantin?«

»Alles in Ordnung?« Lisa Elisabeth ... umfasste ihren Arm am Puls.

Große Fleischhand.

Weich, warm, nass.

Gute Mutter.
Gute Lisa. Elisa. Lisabeth.
»Ich rufe den Arzt. Bleib ganz ruhig.«
War sie. Ruhig.
Vollkommen ruhig.
Tote sind immer und ewig … ruhig.
Und sie war tot.
So gut wie.

36

Dabei war das nur ein Spaß von mir gewesen, mit Bruno im Garten. Die Brandwunde war auch schnell wieder verheilt, war ja bloß hinten am Schwanz. Und das bisschen an den Hinterpfoten.

Bruno war unser Hund, er war mein Freund. Bruno hat immer bei mir geschlafen, nicht im Bett, dazu war er zu groß, aber im Zimmer.

Paul *hat Bruno auf dem Gewissen!*

Paul war ihr Neuer. Er ist bei uns eingezogen. Mit seinen Scheißkaninchen und Flugratten, seinen Tauben.

Er sagt, kannst Paul zu mir sagen. Ich sage, klar, was soll ich denn sonst zu dir sagen: Papa? Scheiß der Hund drauf!

Da hat er mir eine gedengelt. Aber volle Lotte.

Als mein Auge blau und schwarz wurde und dick wie 'ne Boulette, durfte ich zwei Wochen nicht mehr zur Schule gehen. Auf einmal sollte ich schwänzen. Früher hätte ich von der Alten die Hucke dafür voll gekriegt, aber wenn ihr Neuer austeilte, durfte es keiner merken. Sie hat mein blaues Auge gesehen, meine geschwollene Backe, und mit den Schultern gezuckt. Ich wär selbst schuld. Schlechtes Fleisch eben.

Aber ihr Paul! Der *hat Bruno schon kurze Zeit, nachdem er eingezogen war, so durch den Garten gehetzt, dass er plötzlich tot umfiel. Mit Absicht.*

Der Scheißkerl wusste genau, dass der alte Hund Herzprobleme hatte und so was.

Und sie, die Alte? Einen Ton zu ihm gesagt deswegen? Nichts. Nur gesoffen hat sie danach, die ganze Nacht durch.

Und er, Paul? Hat später zu mir gesagt, wenn ich auch nur eins von seinen Kaninchen hinten in den Ställen kaputtmachen würde, da wo Opa früher seine Scheißbienen hatte, würde er mich durchmangeln, dass ich nicht mehr wüsste, ob ich Weiblein oder Männlein wär.

(Lacht.)

Das hab ich mir gemerkt.

Genau deswegen hab ich es ja getan!

Weil ich gewusst hab, dass Paul mich grün und blau hauen würde, wenn ich ihm erst seine Karnickel und dann seine Tauben kaputtmache. Er hatte es angekündigt, also musste er es tun.

Für die Karnickel gab's von mir den Prügel ins Genick. Zack.

Und für die Flugratten der alte Trick: Hals zwischen Zeige- und Mittelfinger, einmal drehen, kräftiger Ruck, Ende. Zwei Dutzend Scheißtauben … kaputt.

Danach habe ich bloß drauf gewartet, dass er ausrastete. Natürlich hatte ich auch Schiss, weil er sicher halb verrückt werden würde, sobald er die toten Viecher entdeckte.

Aber ganz totschlagen durfte er mich ja nicht. Obwohl ihm bestimmt danach war.

Der Idiot konnte sich einfach nicht vorstellen, dass ich anschließend, sobald ich mich nur wieder rühren konnte, zum Amt gehen würde. Fürsorge. Mit den frischen blauen Flecken am ganzen Körper. Mit dem verkrusteten Blut im Ohr. Ihnen die zwei ausgeschlagenen Backenzähne zeigen würde …

Die haben ihn ratzfatz kassiert.

In den Bau ist er dafür gegangen. Hat richtig geknallt in meiner Birne, als die Alte gejammert hat, dass sie ihn dafür einbuchten. Und da drin, das steht mal fest, haben sie ihn gefickt! Jeden Tag.

Hab nie wieder von ihm gehört.

37

Kurz vor Mitternacht musste die Hoffnung aufgegeben werden, Solveigh Adams noch in der Nacht vernehmen zu können. Der Zwischenfall in der Haftzelle hatte nach vorläufiger haftärztlicher Diagnose eine schwere Gehirnerschütterung zur Folge, die sie vorerst vernehmungsunfähig machte. Sie würde noch mindestens bis zum folgenden Vormittag in Bornim, im Haftkrankenhaus, behandelt und beobachtet werden müssen.

Die Katastrophe, der absolute Stillstand, war eingetreten, nur anders als befürchtet.

Jana verließ zusammen mit Frank das Präsidium durch einen Hintereingang, um nicht einem der Reporter in die Hände zu fallen, die selbst um diese Uhrzeit noch vor dem Gebäude ausharrten wie Obdachlose vor einer Suppenküche. Seit auf der Pressekonferenz am Nachmittag die Nachricht von der spektakulären Festnahme einer dringend Tatverdächtigen verkündet worden war (wobei der Zwischenfall in der Haftzelle wohlweislich verschwiegen wurde), nervten die Journalisten wie aggressive Wespen an einem schwülwarmen Sommertag. Die Telefone standen nicht mehr still, die Mailboxen wurden bombardiert mit unzähligen Interviewanfragen, das Präsidium befand sich im Belagerungszustand. Selbst die Angestellten der Kantine im sechsten Stock waren vor den Fragen Breaking-News-geiler Reporter nicht mehr sicher.

Sie ließen daher jetzt ihre Wagen auf dem Parkplatz vor dem Hauptgebäude stehen und eilten unbemerkt zum Taxistand in der Breiten Straße, um gemeinsam nach Hause zu fahren.

Zu Frank.

Während das Taxi durch die nebelfeuchte Nacht surrte, durch Straßen, die immer stiller und dunkler wurden, nahm Frank, der auf der Rückbank neben ihr saß, ihre Hand und drückte sie leicht.

Er wandte ihr sein Gesicht zu. »Hör mal, Jana. Es war heute keine Gelegenheit, dir das zu sagen. Aber danke.«

Sie tat überrascht. »Danke wofür?«

»In der Vernehmung heute. Ich hatte … weiß auch nicht … einen Aussetzer plötzlich. Irgendwas hat mich aus der Kurve geworfen. Passiert mir sonst nie.« Er stieß vernehmbar einen Seufzer durch die Nase. »Du hast das Ding gerettet. Ich meine, genau dahin wollte ich natürlich auch, zu dem Jungen, dem Puzzleteil und …« Er brach den Satz ab. Musste auch nicht mehr dazu sagen.

Erst jetzt, da er sich bei ihr bedankte, war sie versöhnt. Dass die Sphinx im Anschluss an die Vernehmung ihren Part einfach Frank gutgeschrieben hatte, als wäre Jana gar nicht anwesend gewesen, hatte sie tief gekränkt. Oder nein, verletzt hatte sie vor allem, dass Frank Laschwitz' übles Spielchen *mitgespielt* hatte.

Gut, dass es ihm jetzt leidtat. Sie konnte es damit abhaken.

Es gab Wichtigeres.

Durch den Zwischenfall in der Haftzelle, von dem es unterschiedliche Versionen des Wachpersonals gab, war die erste Vernehmung der Tatverdächtigen durch sie und Frank ohnehin in den Hintergrund gerückt worden. Die Frage war seitdem nur noch, wie es *weitergehen* konnte. Wann würde Adams wieder vernehmungsfähig sein? Und würde sie sich nach dem Vorfall, was auch immer genau passiert sein mochte, überhaupt noch auf eine Aussage einlassen?

Hanauer, ihr Pflichtverteidiger, vom Haftrichter umgehend angeordnet, wie Baer es richtig vermutet hatte, hatte sich bereits zu seiner Strategie geäußert. Angesichts der Beweislage werde er seiner Mandantin raten, alle Vorwürfe zu bestreiten und im Übrigen zu schweigen. Dass das Leben des entführten Kindes davon abhänge, ob sie rede oder nicht, ließ er nicht gelten. Seine Mandantin habe nach seinen bisherigen Informationen mit keinem Wort zu verstehen gegeben, dass sie Tobias Sicking entführt habe. Infolgedessen könne sie zu seinem Aufenthaltsort nichts sagen.

Fuck. Das war sie, die totale Sackgasse.

Sie drehte den Kopf zum Seitenfenster und sah hinaus in die neblige Nacht. Nein, tat sie nicht. Sie sah nur ihr eigenes Spiegelbild. Kleines bleiches unbedeutendes Gesicht. Oder nicht?

Das Taxi hielt vor dem Dreifamilienhaus, in dem Frank wohnte. Sie stiegen aus, Frank zahlte gegen Quittung und sie gingen hinein, stiegen die Treppe hinauf in den zweiten Stock, wo seine Zweizimmerwohnung lag.

Sie fläzte sich in die prallen blauen Kissen seiner Wohnzimmercouch und er brachte Bier für sie beide aus der Küche.

Eine Weile sprachen sie nichts, nippten an ihren Flaschen. Es war ein angenehmes, einvernehmliches Schweigen. Frank wirkte nachdenklich, vielleicht nicht entspannt, aber ruhig. Auffällig anders als noch während der Vernehmung.

Dann brach er das Schweigen. Schüttelte leicht den Kopf, während sein Blick auf der dunklen Fläche des ausgeschalteten Fernsehschirms an der Wand gegenüber hing. »Möchte wissen, was die Adams von Baer eigentlich wollte. Ich meine, er ist eine Viertelstunde oder so in ihrer Zelle, und dann hat sie ihm nichts zu berichten?« Er nahm den Blick vom toten Bildschirm zurück und sah sie an, lebhafter jetzt. »Behauptet er jedenfalls.«

»*Nichts von Belang*, hat Baer gesagt. *Unwichtig*, hat er gesagt, *wirres Zeug, was sie von sich gegeben hat.* Und sowieso ohne Zeugen, also nicht gerichtsverwertbar.«

»Ich frage mich nur, was er anderes erwartet hat.« Er zuckte die Achseln. »Schon seltsam. Wie er wirkte, meine ich, hinterher. So … weiß nicht … entrückt irgendwie.«

»Entrückt?« Nein, verwirrt eher.

Frank zog die Brauen zusammen. »Entweder er hat private Probleme. Oder irgendwas ist da zwischen ihm und der Adams.«

»Was meinst du?«

Er setzte die Flasche an den Mund, nahm sie wieder fort. »Es war doch vollkommen unprofessionell von ihm, einfach loszumarschieren, bloß weil sie nach ihm gepfiffen hat.« Er setzte die Flasche wieder an und nahm einen Schluck.

Es war, schoss ihr durch den Kopf, auch von Frank nicht professionell, allein in Adams' Zelle zu stürmen. *Ohne* dass sie nach ihm gerufen hätte. Aber sie sagte nichts, wollte die coole, überraschend entspannte Stimmung mit ihm genießen und nicht durch Rechthaberei kaputtmachen. In wenigen Stunden würden sie schon wieder im Dienst sein, jede Menge Stress und Ärger waren garantiert.

»Weißt du, ich glaube, morgen kriegen wir sie. Die kleine Gehirnerschütterung hilft uns vielleicht sogar, sie schnell weichzukochen.« Er stockte, wurde wieder nachdenklich. »Ich darf gar nicht an den Kleinen denken. Scheiße.«

»Ja.« An den Jungen durften sie jetzt wirklich nicht denken, sonst würden sie auch diese Nacht keinen Schlaf finden.

Jana stellte die leere Bierflasche auf den Teppich, weil ihre Arme nicht bis zum gläsernen Couchtisch reichten. »Lass uns ins Bett gehen. Ich will *zuerst* ins Bad. Komm, trag mich, mein Großer.« Sie streckte die Arme nach ihm aus.

Er lächelte jungenhaft, trank schnell seinen letzten Schluck, stellte die Flasche auf den Tisch, kam zu ihr und trug sie ins Bad.

Später, als sie bereits im Bett lag, legte er sich frisch geduscht zu ihr. Er roch gut. Aus Barcelona hatte er sich im Sommer eine Deo-Serie mitgebracht, auf der Basis von Oliven, die sie sehr an ihm mochte.

Sie schmiegte ihren Kopf in seine rasierte Achselhöhle und begann ein wenig mit der Zungenspitze darin herumzufahren. Er schmeckte salzig, herb und eben mit der Note von Olive. Er hielt kurz den Atem an und sie spürte, wie sich seine Bauchmuskeln spannten, als sie ihre Hand darauf legte.

Ihre Hand glitt langsam tiefer und seine Erregung wuchs ihr bereits ein wenig entgegen. »Entspann dich.«

Er stöhnte leicht auf und sie machte weiter. Sie spürte seine kräftige Hand ihren Nacken streicheln, sanft über ihr Haar fahren, die magische Stelle hinterm Ohr kraulen wie einem Hundebaby. Seine Hand fuhr zielstrebig ihren Rücken hinab, er beugte sich über sie und sie küssten sich. Sie hatte wirklich Lust auf ihn. Schwang ein Bein über seine Hüfte und bestieg ihn. Sie ließ ihn eindringen, sehr sanft. Dirigierte ihn, rhythmisch kreisend, sah auf ihn hinunter, er kam ihr beinahe hilflos vor, ihrer Lust vollkommen ausgeliefert. Er ließ alles mit sich geschehen. Alles, was sie sich für diesmal wünschte.

Hinterher waren sie erschöpft. Aber die Ereignisse der letzten Nacht und des Tages hatten sie so gepusht, dass sie nicht wie sonst einschlafen konnten.

Er setzte sich auf und sah sie spitzbübisch an. »Ich zeig dir was.«

Frank hievte seinen muskulösen Oberkörper hinaus, langte unters Bett und zog einen großen marmorierten Pappkarton mit Deckel hervor. »Stehen noch mehr von der Sorte unterm Bett.« Er nahm den Deckel ab und zog ein reichlich zerfleddertes Heft an seinen Eselsohren heraus. Einen alten Comic. *Tim in Tibet*.

Tim in Tibet?

Tim, Struppi und eine weitere Figur mitten im Schnee, irgendwo auf dem verschneiten Dach der Welt.

Sie musste lachen. »Du liest *Tim und Struppi*?«

Er begann, in dem Heft zu blättern, die bekannten, farbintensiven Bilder von Hergé. »Mein Vater hat das Zeug gesammelt. Die Hefte, die Bücher, kleine Serien in Zeitungen, *alles* von Tim und Struppi.«

»Ist ja süß. Und du hast die Sachen geerbt?«

»Jepp. Wenn ich nicht einschlafen kann, na ja ...«

»... Blätterst du in *Tim und Struppi*.« Sie lachte. Wer hätte das von ihm gedacht?

»Hilft immer bei Schlaflosigkeit. Deshalb liegen sie unter meinem Bett. Seit damals, seit Vater gestorben ist, hab ich sie. Schon elf Jahre her. Mein Gott.«

Frank hatte ihr bisher nur wenig von seinen Eltern erzählt. Er war Einzelkind, so wie sie, das wusste sie von ihm. Frank war bei seinen Eltern in einem süddeutschen Kaff, Soundsoweiler, aufgewachsen. Der Vater war gestorben, die Mutter lebte inzwischen in einer Art Seniorenheim. Das war's auch schon, was sie von seiner Familie wusste.

Aber auch sie hatte von sich bislang nicht allzu viel preisgegeben. Ihre Familie war mit Sicherheit nicht interessant für andere. Ihr Vater war Apotheker und hatte sich von ihrer Mutter getrennt, als sie drei war, um eine Frau zu heiraten, die fünfzehn Jahre jünger war als er. Sie hatte keinen Kontakt mehr zu ihm. Ihre Mutter war »nach ihm«, wie sie immer sagte, als wäre er schon gestorben, mit Kerlen zusammen, von denen jeder zweite sie nach Strich und Faden ausnutzte, während die andere Hälfte sie in Serie betrog. Immer zu spät hatte sie es herausgefunden. Aus Frust hatte sie unzählige Zigaretten geraucht, irgendwann hatte sich ein Tumor in der Lunge gebildet. Der hatte sie rasch aufgefressen.

Jana rang plötzlich um Luft, begann zu husten.

Frank sah sie besorgt an. »Alles in Ordnung?«

»Ja, ja.«

Er blieb ernst. »Weißt du was? Eigentlich ist mein Vater gar nicht mein Vater.«

»Sondern?«

»Mein Onkel.«

»Dein *Onkel*? Wieso das?«

»Meine richtige Mutter, also meine biologische Mutter, hat mich gekriegt, da war sie sechzehn. Vollkommen überfordert mit so einem kleinen Scheißer. Der Deal war, dass sie mich quasi auslieh.«

»Auslieh?«

»Als Dauerleihgabe. An meine Tante. Ihre älteste Schwester. Und meinen Onkel. Die waren kinderlos. Schon mit ein paar Monaten wurde ich ihnen gegeben. Ich denke, so kann man das nennen.« Er zuckte die Achseln, sah nicht unglücklich aus deswegen. »Die waren dann eben meine Eltern.«

»Deine Tante, dein Onkel?«

»Ja. Wurde in der Familie nicht weiter drüber geredet.«

Sie streichelte seinen Arm, fuhr mit dem Finger vom Handrücken bis zum Oberarm hoch. »Und deine Mutter? Deine richtige, die biologische, meine ich?«

»Hat sich früh vom Acker gemacht. Einen Holländer kennengelernt, mit dem ist sie dann nach Amsterdam gezogen. Hat nie wieder von sich hören lassen.«

»Und du? Nie das Bedürfnis gehabt, sie ... weiß nicht, zu besuchen? Kontakt aufzunehmen?«

»Wozu? Ich kenne sie doch gar nicht. Kein Bedarf, wirklich nicht.«

Mit ihrem Vater, der noch lebte, ging es ihr nicht anders. Mochte er mit seiner Zweiten oder inzwischen vielleicht einer dritten oder vierten Frau unglücklich geworden sein oder nicht, was ging sie das an? Ihr Vater meldete sich umgekehrt auch nicht bei ihr.

»Du, Frank?« Sie sah zu ihm auf.

Er blätterte noch abwesend in Tims Abenteuern.

»Leg das mal weg.« Sie nahm seine Hand und führte sie an ihre Brüste. Die Hand war so groß, dass seine gespreizten Finger beide Brustwarzen berührten.

Er beugte sich über sie und sie küssten sich wieder.

»Mach diesmal das Licht aus.«

Es wurde dunkel im Zimmer.

Um sechs säuselte ihr Handywecker, Frank ließ sich davon nicht stören. Sie stand auf und ging ins Bad. Sie duschte, trocknete sich ab und öffnete den Spiegelschrank, um die Tagescreme herauszunehmen, die sie dort deponiert hatte.

Sie fand sie nicht gleich, suchte im mittleren Fach, schob ein paar Fläschchen und Tuben zur Seite. Und entdeckte die Creme.

Sie nahm sie heraus und erblickte eine weitere Dose, die dahinter gestanden hatte, der Form nach ganz ähnlich. Sie stutzte. In blauer Schrift stand *Anabol 100* darauf.

Jana griff nach der Dose und stellte ihre eigene Creme zurück. Schraubte den Deckel ab und sah, dass die Dose bis zum Rand mit knatschrosa Pillen gefüllt war. Sie las, was als Wirkstoff auf der Dose angegeben war. Ein unlesbares Wortungetüm. Aber ein Bestandteil stach ihr doch ins Auge. Testo. Und einen weiteren erkannte sie ebenfalls. Steroide.

Anabole Steroide. Künstliches Testosteron. Ein Dopingmittel. Kein Herstellername. Natürlich nicht, das Zeug war illegal.

Sie schraubte den Deckel wieder zu und nahm die Dose mit ins Schlafzimmer. Frank war inzwischen wach. Sie setzte sich an seiner Seite auf den Bettrand und stellte die Dose auf den Nachttisch.

Er sah mit einem müden Blick hin und brauchte ein paar Sekunden, um zu realisieren, was sie ihm da hingestellt hatte. Er riss die Augen auf. »Was soll das?«

»Das frag ich dich. Hab ich zufällig gefunden, hinter meiner Tagescreme.«

Er griff nach der Dose, betrachtete das Etikett, als läse er zum ersten Mal, was drauf stand. »Es ist … Medizin. Das Zeug hilft mir.«

»Hilft dir wobei?«

Er versuchte ein kleines Lächeln. »Hast du doch gemerkt, heute Nacht.«

Sie ging darauf nicht ein. Unwichtig jetzt. »Wie kommst du an Steroide? Jetzt erzähl mir nicht, du hast die Pillen vom Arzt verschrieben bekommen.«

»Ich hab da eine kleine Connection in Moabit.«

»Kleine Connection?«

»Ja. Ein Typ aus Tschechien. Ganz verlässlich im Allgemeinen.«

»Frank, das ist Schmuggelware. Ist dir doch klar, oder?«

»He, das schlucken neunzig Prozent der Jungs in den Muckibuden.«

»Schmuggelware, das heißt, du hast keine Kontrolle, was du wirklich schluckst. Was in Wahrheit alles drin ist.«

Er zuckte die Achseln. »Bisher hat's mir nicht geschadet.« Er zog sie an sich. »Es macht mich … ruhiger. Dauert bloß immer ein paar Tage, bis die Wirkung da ist. Manchmal ist es schwierig mit der Dosierung. Das sind die einzigen Probleme, die ich damit habe.«

Sie schüttelte seine Hand ab und setzte sich wieder aufrecht hin. Sah ihn prüfend an. Er hatte Probleme *ohne* das Zeug. So wurde ein Schuh draus.

»Was guckst 'n so kraus, Jana?«

»Egal, wie das Zeug wirkt, Frank. Es ist illegal. Und das macht dich erpressbar. Du bist Polizeibeamter.«

Er schlug auf einmal ärgerlich die Decke zurück, sprang auf der anderen Seite aus dem Bett, verschwand im Bad. Mit seiner Dose voller rosa Pillen in der Hand.

Steroiden.

Sie fragte sich plötzlich, ob das alles war, was er nahm.

38

Baer stand am Fenster von Iwersens Büro, die Hände in den Taschen vergraben, und sah hinaus. Es war Mittwoch, sieben Uhr früh, der Himmel über dem Viereck des Innenhofs schimmerte rot-violett wie ein frisches Hämatom.

Er holte tief Luft, wandte sich um und ging zurück zum Konferenztisch. Zu Iwersen, der wie immer am Kopfende saß und eine dampfende Kippe in die Luft hielt. Vor sich die Ausdrucke der aktuellen Lageberichte zur Entführung von Tobias Sicking.

Iwersen gehörte zu den Menschen, die nur schlecht am Computer lesen konnten. Schwarz musste nicht nur auf Weiß stehen, sondern auch auf Papier, auf echten Blättern. Die man anfassen, bekritzeln und abheften oder zusammenknüllen und in den Papierkorb werfen konnte. In einen, der noch wirklich neben dem Schreibtisch stand, gegen den man treten konnte, wenn einem danach war.

Ihm selbst ging es ähnlich wie Iwersen, sie waren alte Polizeihunde, die nicht leicht mehr neue Kunststücke lernten. Jedenfalls keine digitalen.

Iwersen schüttelte frustriert den Kopf. Asche fiel auf den Tisch, er blies sie fort. »Tausend Hinweise auf den Jungen aus der Bevölkerung. Aber nichts Brauchbares. Lauter Nieten.« Er sah Baer mit gerunzelter Stirn an. »Die Kessler-Truppe ist mit ihrem Latein am Ende. Wir *brauchen* die Aussage der Adams, Roman.«

Baer legte die Hände übereinandergefaltet auf den Tisch und senkte den Kopf, der sich so schwer anfühlte, als wäre er mit Beton gefüllt.

Es war noch nicht einmal sicher, dass Solveigh Adams heute wieder vernehmungsfähig sein würde. Und selbst wenn, würde sie das nicht weiterbringen, davon war er überzeugt. »Sie wird keinen Ton mehr sagen, Rolf. Wir werden uns die Zähne an ihr ausbeißen.«

Iwersen drückte seine Zigarette in dem dicken gläsernen Aschenbecher aus. »Wie kannst du da sicher sein, Roman? Wenn die Idioten von der Wachtruppe in Potsdam nicht überreagiert hätten, wäre sie vielleicht längst weichgekocht worden. Fleischmann ist doch ein zäher Bursche, scheint mir. Und unter deiner Regie …«

Baer lachte bitter auf. Nach seiner Regie hatte der Tag gestern wahrhaftig nicht ausgesehen. Weder konnte er die Bedeutung des rätselhaften Gesprächs zwischen ihm und der Tatverdächtigen einschätzen. Noch hatte er eine Vorstellung davon, was genau eigentlich passiert war, nachdem er Solveigh Adams' Zelle verlassen hatte.

Nach Aussage der Aufsicht führenden Beamtin, verantwortlich

dafür, dass Adams keinen Suizid versuchte, hatte die Doppelsicherung vor der Tür eine harmlose Situation in der Zelle fehlinterpretiert und die Tatverdächtige gleich krankenhausreif geschlagen.

Unfassbar.

Die Nachricht kam kurz nachdem er den Brandenburgern zu verstehen gegeben hatte, dass sein Besuch in Adams' Zelle nutzlos gewesen sei, irrelevant, ihr Wunsch, ihn zu sehen, ein sinnloses Manöver. Fleischmann fand sichtlich Genugtuung an diesem Ausgang, obwohl er sich zuvor selbst eine blutige Nase bei Adams geholt hatte.

Baer hatte, nachdem er zurück nach Berlin gefahren war, seinem Team, Wundt, Nou'man, Brock, die Situation erklärt, ihnen geschildert, was passiert und somit Stand der Dinge war.

Dass nämlich Stillstand herrschte. Und zwar bereits vor dem Zwischenfall im Haftraum.

An dieser deprimierenden Tatsache hatte sich bis heute früh nichts geändert.

Dass er mit der Tatverdächtigen unter vier Augen gesprochen und was sie ihm dabei zu sagen gehabt hatte, das hatte er dem Team gegenüber nicht erwähnt.

Zu vage das Ganze. Gleichzeitig zu brisant.

Wenn von Adams' Behauptung, der Junge sei bereits tot und begraben, seine Leiche aber von Tieren wieder herausgezerrt worden … wenn davon durch ein Leck nur das Geringste an die Presse gelangte, wäre der Teufel los. Endgültig.

Iwersen dagegen hatte er in vollem Umfang informiert. Er reagierte wie erwartet. »Ziemlich gaga die Dame, oder?« Iwersen schlug dennoch vor, die Sache in kleiner, vertrauensvoller Runde zu besprechen: Sie beide, Kessler und Grünberg sollten daran teilnehmen. »Damit wir nichts übersehen.«

Heute, zu dieser Stunde, war dafür der frühestmögliche Zeitpunkt, da Liv Grünberg gestern Nachmittag bereits gegangen und Kessler den ganzen Tag im Einsatz gewesen und selbst in der Nacht nur für ein paar Stunden nach Hause gefahren war.

Liv Grünberg war laut Iwersen schon im Haus und würde kommen, sobald sie sich mithilfe von Wundts Protokollen auf den neuesten Stand gebracht habe. Das habe sie Iwersen vorhin am Telefon mitgeteilt.

Iwersen. Nicht ihm, dachte Baer.

Sie war also ernsthaft gekränkt, weil er sie gestern ausgebootet hatte wie eine lästige Praktikantin. Er musste ihr sagen, dass er das im Nachhinein für einen Fehler hielt. Unbedingt!

Kurz darauf wurde die Tür geöffnet. Kessler und Liv kamen gemeinsam herein.

Kessler sah schrecklich aus. Das fleischige Gesicht noch grauer und aufgedunsener als sonst (er nahm vielleicht irgendwelche Tabletten), die Augen gerötet, wässrig und verquollen. Er nickte ihnen beiden, Baer und Iwersen, zu, ließ sich Baer gegenüber auf einen Stuhl fallen und langte mit seinen Orang-Utan-Armen mühelos nach der Kaffeekanne und einer Tasse, die als Ensemble auf einem schrundigen Plastiktablett auf dem Konferenztisch standen.

Liv grüßte zuerst Iwersen mit einem etwas müden Augenzwinkern und setzte sich dann neben Baer. Sie sah ihn kurz von der Seite an und schenkte ihm ein zaghaftes Lächeln, das ihre Verunsicherung deutlich verriet.

Nicht jedoch ihre Verärgerung.

Das erleichterte ihn.

Iwersen ging zu seinem Schreibtisch, um sich eine neue Zigarette zu holen, aber Kessler blaffte ihn an, er werde sie ihm aus der Hand schlagen, wenn er sich unterstehe, sie anzuzünden.

Kessler war fertig mit den Nerven, das konnte jeder sehen. Und nachfühlen.

Iwersen sah ihn beeindruckt an, warf die Zigarette achtlos auf die Schreibtischplatte, wo sie neben die Maus rollte, und kehrte an den Konferenztisch zurück. Er deutete versöhnlich mit dem spitzen Kinn auf das Tablett in der Mitte. »Nehmt euch Kaffee. Kuchen gibt's an meinem Geburtstag.«

Liv Grünberg musste lachen. »Wann ist der? Nächstes Jahr, oder?«

»Das hoffe ich doch.« Iwersen hob ironisch eine Braue und machte auch Baer ein Zeichen, sich zu bedienen.

Der hatte jedoch bereits zu Hause zwei Tassen getrunken. Allein. Corinna hatte noch geschlafen. Offenbar sogar die Nacht durch. Es ging aufwärts. Doch, ja, es ging ihr besser. Jeden Tag ein winziges bisschen mehr, fand er.

Hoffte er.

Liv Grünberg musste aufstehen, um an den Kaffee zu gelangen. Goss sich ein, trank ihn schwarz, mit zwei Löffeln Zucker. Als sie merkte, dass Baer sie beobachtete, vollführte sie eine elegante Taubenhalsdrehung und sah ihn von der Seite an, als müsse sie sich für den Zucker entschuldigen.

Musste sie nicht. Sie trug Jeans und einen knapp sitzenden schwarzen Pulli (wenn das der Fachbegriff war), die zeigten, dass Liv es sich leisten konnte, gegen ihre Figur zu sündigen.

Iwersen nickte ihm auffordernd zu, und Baer wandte sich an Kessler und Liv Grünberg. »Ihr kennt die Entwicklung seit gestern in Potsdam?«

»Chaos.« Kessler warf Liv Grünberg einen Blick zu. »Liv hat mich vorhin gebrieft.« Er schlürfte lautstark seinen Kaffee und setzte die Tasse klappernd ab. »Was verstehen die Kollegen dort eigentlich unter Sicherung? Tatverdächtige zusammenschlagen? Skandalös, der Vorgang.«

»Was ihr noch nicht wisst …« Baer räusperte sich. »Ich habe mit der Tatverdächtigen gesprochen. *Nach* der Vernehmung durch die Potsdamer. Unter vier Augen. In der Haftzelle. Nicht ganz nach Lehrbuch, zugegeben.«

Kessler knurrte zustimmend hinter seiner Kaffeetasse, Liv Grünberg sah Baer konzentriert an. Iwersen wollte wissen, ob er den Potsdamern das Ergebnis des Gesprächs mit Adams, wenn man es denn so nennen könne, mitgeteilt habe. »Laschwitz insbesondere?«

»Die Kurzversion. Das Ergebnis: nicht gerichtsverwertbar. Das reichte ihr.«

Zu den Brandenburgern fehlte ihm einfach noch das Vertrauen. Er kannte die Kollegen erst seit einigen Tagen, und nur weil es plötzlich die Alphaorder gab, ein gemeinsames Team zu bilden, mussten sie ja nicht so tun, als wären sie bereits als zwei Backen und ein Arsch auf die Welt gekommen. Besonders Frank Fleischmann gefiel ihm immer weniger, nach dem anfangs so positiven Eindruck, den er von ihm hatte. Dem Mann stand entweder der Schaum vor dem Mund oder die Panik im Gesicht. Wie sollte man mit so einem unausgegorenen Charakter knifflige Ermittlungsfragen besprechen? Vielleicht änderte er sich in Zukunft noch, aber im Augenblick? Nein danke, verzichte.

Baer sah wieder abwechselnd Liv und Kessler an. »Adams behauptet …«, er senkte seine Stimme etwas, »dass der Junge bereits tot sei. Notdürftig begraben. Mit seiner Entführung und seinem Tod will sie aber nichts zu tun gehabt haben. Sie hätte nur seine Leiche gefunden.« Er hielt inne und ließ diese Information auf sie wirken.

Schweigen füllte den Raum und schien alle einzuhüllen wie eine zähe Masse.

Liv Grünberg wurde leichenblass.

Kessler setzte die Kaffeetasse, die er schon an den Mund geführt hatte, erschrocken wieder ab. »Begraben. Vom *wahren Imker*, oder was?«

Baer zuckte die Achseln.

Liv Grünberg fasste sich wieder. »Was ist mit dem Puzzleteil, das Seitz in ihrem Lager da draußen entdeckt hat? Wie erklärt sie das?«

»An der Stelle gefunden, wo der Täter die Leiche des Jungen begraben habe. Sie will das Puzzleteil unter Schock stehend an sich genommen und später in ihrem Lager aus der Tasche verloren haben.«

»Blödsinn.« Kessler schob genervt seine leere Kaffeetasse von sich. »Im Leben nicht.«

Wo genau sich die Stelle denn befinde, die Adams angegeben habe, wollte Liv wissen.

»Irgendwo in Ufernähe. Fluss, Kanal oder Seeufer, das wollte sie mir nicht sagen. Weil sie sich damit ja selbst belaste.«

Kessler schnaufte heftig durch die Nase. »Allerdings.«

Baer sah ihn an und hob ein wenig beschwichtigend die Hand. »Geht noch weiter. Adams sagt, sie will ... sie bietet an, uns die Stelle zu zeigen, wo die Leiche des Jungen liegt. Sobald wir denken, dass wir den wahren Täter haben. Den *Imker*. Der da draußen immer noch unterwegs sei.«

Kessler lachte sarkastisch auf. »Sie *bietet an!* Die hat Nerven, wirklich. Aber offenbar keinen Verstand mehr.«

Auch Iwersen schüttelte den Kopf. »Das habe ich gestern schon nicht verstanden. Seltsames Angebot.«

Liv Grünberg schloss sich an. »Was erhofft sie sich davon, wenn sie, wovon wir doch ausgehen, selbst die Täterin ist?«

»Ist doch ganz klar!« Kessler fuhr energisch die Ellbogen aus und beugte sich ungehalten vor. »Erstens, sie liefert eine Erklärung für das Puzzleteil, dessen Besitz sie ja irgendwie rechtfertigen muss. Das Indiz haut ihr nämlich die Füße weg. Zweitens, sie will vorbauen, falls wir zufällig doch die Leiche des Jungen finden sollten. Und DNA oder andere Spuren von ihr an der Stelle finden.« Er sah Baer an. »Vollkommen richtig, wie du damit umgegangen bist, Roman. Ignorieren, den Unsinn. Vielleicht spekuliert sie mit dieser verrückten Nummer sogar auf pathologischen Fall und Strafminderung.«

Iwersen verzog skeptisch den Mund. »Glaube ich nicht. Das brächte ihr nur die Forensische und Sicherungsverwahrung bis ultimo ein. Die ist zu schlau, um das zu riskieren.«

Kessler zuckte die Achseln und zog die Kaffeekanne zu sich heran, um sich nachzuschenken. »Willst du meine Meinung hören,

Roman?« Er nahm die Tasse in die Hand. »Von *ihr selbst* wurde der Junge begraben. Weil *sie* der Täter hinter der Imkermaskerade ist. Das ist das einzig Wahre an der geschmacklosen Story, die sie dir zugeflüstert hat.«

Kesslers Telefon klingelte. Er ging ran und hörte verdrießlich zu. Steckte es wieder in seine Jacketttasche. Blickte in die Runde. »Ihr entschuldigt mich.« Wandte sich dann doch noch einmal an Baer. »Vorschlag, Roman: Vergiss die Geschichte. Plumper Versuch, das Beweisstück gegen sie zu entkräften. Wenn ihr danach ist, soll sie den Quatsch später ruhig vor Gericht erzählen. Die lachen auch mal gerne dort.« Er klopfte flüchtig zweimal mit den Knöcheln auf die Tischplatte und eilte hinaus.

Baer mochte Kesslers Art. Bei ihm wusste man immer, woran man war. Wie er dachte, was er von den Dingen hielt.

Er sah zu Iwersen hinüber, der bereits am Schreibtisch stand und sich die von Kessler verbetene Zigarette zwischen die Lippen quetschte, als wäre sie eine Sauerstoffzufuhr. Er zündete sie an und nahm einen tiefen, rettenden Zug.

Liv Grünberg schüttelte tadelnd den Kopf in Iwersens Richtung. »Du bringst dich noch um mit der Qualmerei, Rolf. Und uns dazu.«

Er winkte ab, mit der Hand, die die Zigarette hielt. »Sagt mein Kerl auch immer. Wisst ihr, dass er mich immer auf den Balkon schickt? Bei jedem Scheißwetter. *Das* bringt mich um!«

Liv schmunzelte. Wahrscheinlich wusste auch sie, was für ein zänkisches Paar die beiden, Iwersen und Bernhard, mitunter abgaben. Iwersen lebte mit Bernhard, seinem Partner, in einer großen Charlottenburger Altbauwohnung zusammen. Zwei- oder dreimal waren Corinna und er von den beiden zum Essen eingeladen worden. Bernhard kochte leidenschaftlich gern, und es stimmte: Iwersen war jedes Mal auf den Balkon geschickt worden, sobald seine Hand sich auch nur in die Nähe der Zigarettenschachtel gewagt hatte.

Iwersen lehnte sein klappriges Gestell an den Schreibtisch und fing Baers Blick auf. »Ich seh's wie Kessler, Roman.« Er ließ den Rauch genussvoll wieder ausströmen. »Im Prinzip.«

»Heißt?«

Iwersen musste wieder einen tiefen Zug nehmen, ehe er antworten konnte. »Weißt du, ich frage mich, ob dieses Manöver, das die Adams mit dir versucht hat, nicht etwas Spezifisches über sie aussagen könnte. Über ihre Person, ihre Psyche. Etwas, das uns unverhofft weiterhilft, sie doch noch zu knacken. Sie wenigstens wieder aus der Reserve zu locken. Ihr wisst ja, man muss sie nur zum Reden bringen, diese verrätselten Typen, mit Glück verplappern sie sich irgendwann vor lauter Wichtigtuerei.« Er kam zurück zum Konferenztisch und schnippte die Asche in den gläsernen Aschenbecher. »Vielleicht redet ihr mal mit Wünsche. Oder ihr grabt in ihrer Bio, ob irgendein anderes Detail zu der Geschichte passt, die sie dir aufgetischt hat, Roman. Zum Beispiel, was den Ort betrifft, wo sie den Jungen versteckt hält. Und ihn hoffentlich ...«, er atmete durch, ohne zu inhalieren, »hoffentlich nicht wirklich schon begraben hat.« Sein sonst so rotes Gesicht wurde fahl, die von jugendlicher Akne früh gezeichnete Haut wirkte auf einmal wie angefault.

Baer erhob sich. Sah Liv Grünberg auffordernd an. »Wollen wir, Liv?«

Sie stand ebenfalls auf. »Na klar.« Halb schien sie zu lächeln, halb legte sie die Stirn in Falten. »Zu dir oder zu mir?«

Iwersen stieß plötzlich hustend den gerade inhalierten Rauch aus. »Also, wenn man euch nicht kennen würde ...« Er schüttelte den Kopf und hustete immer weiter den Qualm aus. »Man könnte fast meinen ...« Er winkte sie hinaus und hustete noch, als sie bereits die Tür hinter sich geschlossen hatten.

Sie gingen in Baers Büro. Er wusste, er hatte etwas gutzumachen bei Liv.

Sie hatten sich schon einmal so gegenübergesessen, vor zwei

Tagen, zwischen sich nur den Lichtkegel der Stehlampe. Am Ende nicht einmal mehr das. Jetzt aber war alles klarer, heller, sachlicher, schien ihm.

»Wie geht's deiner Tochter?«

Sie erschrak sichtlich und er stammelte eine schnelle Entschuldigung.

»Nein, nein.« Sie schüttelte den Kopf. »Es ist nur ... Ich war mit Stella bei der Frauenärztin, gestern Nachmittag.« Sie zog ein wenig die Brauen zusammen. »Du hast mich ja nicht gebraucht.«

»Liv, darüber wollte ich mit dir reden. Das war natürlich ...«

Sie hob leicht eine Hand, ließ ihn nicht ausreden. »Die gute Nachricht ist: Stella wurde nicht ... missbraucht.« Sie sprach das Wort äußerst kontrolliert aus. Als könne sie dadurch das Schreckliche, das es bezeichnete, im Zaum halten. Unter Kontrolle. »Das versichert die Ärztin. Keine Spuren von ... Gewalt.« Sie stockte, trotz der Erleichterung, die ihr ins Gesicht geschrieben stand. »Die schlechte Nachricht ist: Sie musste trotzdem die Pille-danach nehmen. Nicht gut für ihren Körper. Aber ...« Sie zuckte die Achseln. »Sie hatte Sex an dem Abend. Ich meine, freiwillig. Mit einem Jungen auf der Party vorher. Ungeschützt. Daran konnte sie sich sehr wohl erinnern. Wir wollten kein Risiko eingehen.«

»Hätte der junge Mann, mit dem sie ... hätte der sie nicht nach Hause begleiten können? Dann wäre ...« Er brach den Satz ab. Kam sich auf einmal ziemlich altbacken und steif vor. Benimm-Ratschläge für die Jugend von Onkel Roman.

Liv senkte leicht den Kopf und sah ihn dann etwas zwiespältig von unten herauf an. »Manche Männer gehen eben lieber eigene Wege. Die einen lassen uns gehen. Die anderen lassen uns sitzen.«

Er verstand natürlich und überlegte, ob er das Thema noch mal aufgreifen sollte.

Aber sie sah ihn wieder offen an und machte selbst einen Schwenk. »Solveigh Adams. Wie gehen wir weiter vor? Oder bestimmen das die Potsdamer, weil sie ersten Zugriff auf sie haben?«

Sie hatte recht. Einmal mehr wurde ihm bewusst, dass die Kompetenzen und Zuständigkeiten zwischen den beiden Ermittlungsteams in Berlin und Brandenburg bisher nur in Ansätzen geklärt waren. So gab es die offiziellen Absprachen zwischen Liv und Seitz. Und die inoffiziellen Alleingänge wie von ihm selbst. Oder spontane Entscheidungen wie die von Laschwitz, das Lager im Wald zu überwachen, die im Nachhinein abgesegnet werden mussten.

Ein schwerfälliger Apparat, den sie mit der gemeinsamen SoKo ins Leben gerufen hatten. Der Teufel steckte im Detail. Da Solveigh Adams zuletzt (Jahre her) in Brandenburg gemeldet und nun auch auf Brandenburger Gebiet festgenommen worden war, hatten die Potsdamer in der Tat »den Hut auf«, wie mit ihr zu verfahren war.

»Offen gesagt, Liv, ich wollte dich bitten, heute in Potsdam dabei zu sein. An meiner Stelle.«

Sie sah ihn entgeistert an. »Bei der weiteren Adams-Vernehmung?«

»Falls sie denn stattfindet, ja.«

»Was ist mit dir? Wieso willst du nicht?«

»Ich verspreche mir nicht viel von der Vernehmung, eigentlich gar nichts.«

»Ah, vielen Dank. Jetzt verstehe ich, warum du mich schickst.«

Ihr gut gespieltes Beleidigtsein gefiel ihm. Er lachte. »Liv. Selbstverständlich muss von uns jemand dabei sein. Damit wir hinterher Bescheid wissen, was und wie es gelaufen ist.«

»Traust denen nicht, was?«

Er wiegte den Kopf hin und her. »Kommt drauf an, wem. Vielleicht kannst du, vor oder nach der Vernehmung, mit Jana Seitz sprechen? Vertraulich.«

»Sicher. Aber worüber?« Sie schnaufte etwas ungehalten durch die Nase. »Roman, jetzt lass endlich die Katze aus dem Sack. Was hast du vor?«

»Ich möchte, sagen wir, Jana Seitz ein bisschen mehr auf unsere Seite ziehen.«

Und dafür war Liv geeigneter als er, wie ihm schien. Er hatte das Gefühl, dass die beiden Frauen, die ältere erfahrene aus Berlin und die jüngere enthusiastische aus Brandenburg, sich gut verstanden, einen Draht zueinander gefunden hatten.

Liv legte den Kopf etwas schief und sah ihn irritiert an. »Wie meinst du das: auf unsere Seite ziehen? Das klingt für mich, als wären wir grundsätzlich anderer Meinung als die Kollegen in Potsdam.«

»Nicht grundsätzlich. Aber ich bin, na ja, noch nicht ganz überzeugt. Was Solveigh Adams als Tatverdächtige für die ganze Serie betrifft.«

Sie stutzte. Runzelte die Stirn. »Also doch grundsätzlich. Roman, sie ist unsere einzige Tatverdächtige! Und durch das Beweisstück schwer belastet.«

Er mochte ihre Offenheit. Aber wie konnte er Liv jetzt verständlich machen, was ihn quälte? Sein Unbehagen auf den Punkt bringen, das er nicht mal vorhin in der Sitzung geäußert hatte? Er war schließlich an der Meinung der anderen interessiert gewesen.

»Wir haben doch vorhin über deine Tochter gesprochen, Liv.«

»Stella, ja.«

»Ich würde dir gern eine Frage stellen. Rein hypothetisch, aber doch … ziemlich persönlich. Darf ich?«

»Wenn's der Wahrheitsfindung dient.« Sie spitzte den Mund zu einem kleinen Lächeln, das ihr ausgesprochen gut stand.

»Okay. Angenommen, deiner Tochter wäre etwas Schlimmes zugestoßen. Etwas wirklich Böses, kürzlich in der Nacht.«

Livs Körper versteifte sich. »Ja?«

»Wirklich in Ordnung, wenn ich dich das frage?«

»Mach weiter.« Ihre Stimme klang auf einmal hart. Das war die Liv, wie alle sie kannten. Wie auch er sie bis vor kurzem gekannt hatte. Hart bis an die Schmerzgrenze, hart gegen sich selbst.

»Stella wäre also etwas sehr Schlimmes geschehen. Und du wüsstest, wer dafür verantwortlich ist.« Er ließ den Satz einige Sekunden in der Luft hängen, sah direkt in Livs aufmerksames, streng-schönes, schmales Gesicht. Das ihm jetzt zugewandt war, als hinge ihr Leben davon ab. Oder das ihrer Tochter. »Könntest du dir vorstellen, so jemanden, den Schuldigen, umzubringen?«

»Ohne mit der Wimper zu zucken.« Eine Antwort, so klar und kalt wie Eis. »Ich würde nicht die Gelegenheit dazu *suchen* … obwohl ich selbst da nicht sicher wäre. Aber wenn ich das Schwein plötzlich vor mir hätte … Ja, ich könnte ihn umbringen.«

Baer war beeindruckt. Aber nicht wirklich überrascht von ihrer Antwort. »Und angenommen, du wüsstest, dass der, den du für schuldig hältst, Angehörige hat, Freunde, Bekannte, Förderer und so weiter. Hättest du auch denen gegenüber das Bedürfnis, dich zu rächen? Wie auch immer?«

»Das Bedürfnis?« Sie sah ihn verständnislos an. »Nein. Wieso sollte ich?« Sie schüttelte den Kopf. »Das wäre dann doch schon krank. Ein Fall für die Forensische, nicht für den Knast. Meinst du nicht auch?«

»Siehst du, Liv.« Er holte tief Luft und beugte sich unwillkürlich vor. Legte eine Hand ausgespreizt auf den Tisch. »Das genau ist für mich das Problem. Ist Solveigh Adams ein Fall für den Knast? Oder einer für die Forensische Psychiatrie? Inklusive Sicherungsverwahrung, bis sie zu alt ist, um noch einmal eine Waffe in die Hand zu nehmen?«

»Tut mir leid, Roman. Ich komme nicht mit.«

»Okay. Wir wissen seit gestern (dank Nou'mans hervorragender Recherchearbeit), dass zwischen den drei Überfällen, die wir Adams zur Last legen, eine Verbindung besteht. Durch einen alten Vorfall. Chefarzt Sicking hält vor Jahren einen Vortrag in einem der Hotels von Gunder Møller. Einem Hotel, das von Architekt Grandgenet geplant worden war. Auf den ersten Blick sieht das aus, als hätte Solveigh Adams sich, wenn auch mit erheblicher Verspätung, nicht nur an dem Arzt als vermeintlichem Mörder ihres kleinen Sohnes gerächt. Sondern auch an weiteren Personen, nämlich Grandgenet und Møller, die Sicking damals, direkt oder indirekt, die Bühne für seine grandiose Selbstdarstellung anlässlich einer feierlichen Hoteleröffnung geschaffen haben.«

Liv Grünberg zog die Brauen hoch. »Aber auf den zweiten Blick erscheint die Verbindung viel zu vage, meinst du? Geradezu willkürlich, um damit Jahre später Überfälle zu rechtfertigen, ja?«

»Die Vorstellung, dass Solveigh Adams so ticken sollte, fällt mir, offen gesagt, verdammt schwer. Und es gibt noch einen zweiten Grund. Wenn Adams ihren Racheakt gegen den Arzt Sicking und dessen Familie mit den beiden anderen Überfällen tarnen wollte, damit die Spur nicht eindeutig zu ihr führt – warum überfällt sie dann ausgerechnet die Häuser von Architekt Grandgenet und Hotelier Møller, die wir über Sickings Vortrag damals eben doch mit Solveigh Adams in Verbindung bringen können? Haben wir auch bereits getan. Verstehst du? Um eine Serie vorzutäuschen, die mit ihr nichts, aber auch gar nichts zu tun hat, hätte sie stattdessen vollkommen neutrale Personen überfallen müssen!«

»Mag sein, Roman. Aber nimm umgekehrt mal an, die Adams wäre nicht so schlau und logisch denkend, wie du sie dir anscheinend vorstellst. Was, wenn sie zum Beispiel zwanghaft fixiert wäre. Für die Hammerattacke ist sie immerhin in den Knast gegangen. Hinter Gittern fressen sich Wut und Hass ziemlich tief in die Psyche ein. Die Fantasie zieht Kreise, braucht Gesichter von Personen, die ihre Rache verdient hätten. Die Serie würde dann mehr dazu dienen, ihre im Knast aufgestaute Wut abzureagieren.«

»Aber Wut und Hass gegen Personen, die mit dem Tod ihres Kleinen nicht das Geringste zu tun hatten, Liv? Gunder Møller ist bereits vor Jahren gestorben, wieso überfällt sie noch dessen Villa, in der nur seine Frau lebt? Grandgenet war lediglich Møllers Architekt, und Ruth Grandgenet, seine entführte Frau, litt selbst an einer Krankheit. Müsste sich Adams' Wut außer gegen Sicking nicht vor allem gegen den Arzt richten, der den Jungen damals ersatzweise – und eben erfolglos – operiert hat? Stattdessen mäht sie Personen nieder, die sich ihr wie zuletzt in Netzow zufällig in den Weg stellen: Arne Hellwig. Und beinahe auch die Hauswirtschafterin. Welchen Sinn ergibt das?«

»Tja. Welchen Sinn macht es für einen lebensmüden Piloten, ein ganzes Flugzeug voller Passagiere, darunter Babys, mit in den Tod zu reißen? Warum tötet eine Mutter ihre *Kinder*, wenn sie von ihrem *Mann* verlassen wurde? Warum erschießen frustrierte Schüler *andere* Schüler und Lehrer, von denen sie nie unterrichtet oder gemobbt wurden? Alles das ist schon hundert Mal passiert. Wie verrückt muss man sein, um *so* verrückt zu sein? Ich weiß es nicht.« Liv schürzte die Lippen. (Diese schön geschwungenen, vollen Lippen.) »Vielleicht sollten wir doch mal mit Wünsche über die Sache reden, wie Rolf vorgeschlagen hat?«

»Sicher. Später.« Er mochte die Profilerin. Aber er hatte das Gefühl, sie sprachen nicht dieselbe Sprache. Ihre Theorien und Täterprofile erschienen ihm oft blutarm und lebensfremd.

Liv schüttelte leicht den Kopf. »Roman, ich verstehe im Moment nicht, worauf du hinauswillst.«

»Ich auch nicht, Liv. Noch nicht. Aber eins weiß ich: Diese Überfallserie stinkt zum Himmel! Das war mein Gefühl von Anfang an. Und Solveigh Adams als Tatverdächtige für alles und jedes überzeugt mich nicht! Trotz der Beweislage, Liv, da ist was faul.« Jetzt war es heraus. Ohne Netz und doppelten Boden.

Sie lächelte. »Bitte hau jetzt nicht mit der Faust auf den Tisch. So einen Mann hab ich schon zu Hause sitzen. Hab verstanden.« Sie streifte mit den Fingern leicht und schnell über seinen Handrücken. »Was schlägst du also vor?«

Er stockte kurz, schaute auf ihre Hand. Mit dem Ehering. »Ich ... schlage vor, wir schauen uns mal an, wie die Fäden zwischen den Opfern *unabhängig* von Solveigh Adams verlaufen. Ob es da noch mehr gibt als nur Sickings Vortrag damals in Møllers Hotel, gebaut von Architekt Grandgenet. Finden wir nichts, vergessen wir das Ganze. Konzentrieren uns nur noch auf Adams. Dann allerdings können wir nur hoffen, dass sie lügt mit ihrer Behauptung, der Junge wäre bereits tot.«

»Willst du wissen, was ich denke, Roman? Ganz ehrlich?« Sie legte wieder ihre warme Hand auf seine. Zwei Sekunden nur. Aber sie reichten, um seinen Puls auf hundertachtzig zu bringen. »Vermutlich hat sie den Jungen gleich nach seiner Entführung getötet. Die Frau ist gewalttätig und schlau. Und nach den Jahren im Knast und da draußen im Sumpf kennt sie keine Grenzen mehr. Die tickt nicht nach normalen moralischen oder logischen Maßstäben. Ich traue so einer Person alles zu. Auch den Mord an völlig Unbeteiligten. Sogar an einem Fünfjährigen.« Ihre Hand lag jetzt wieder neben seiner. Sie neigte den Kopf ein wenig und schnaufte leicht. »Aber was ist nun mit Jana Seitz? Was sage ich ihr?«

»Ich möchte von ihr alles Material, auch Informelles, das die Brandenburger über den Architekten, Grandgenet, haben. Was uns bisher dazu vorliegt, das, was ich bisher gesehen habe, kann unmöglich schon alles sein. Wäre ja lächerlich wenig.«

»Warum Material über Grandgenet? Warum gerade jetzt, wo sie sich Adams vornehmen? Sie wird das nicht verstehen, schätze ich.«

In dem Punkt war er anderer Meinung. Wenn er Jana Seitz richtig einschätzte, würde sie Feuer fangen, selbst wenn sie nicht verstand, warum ihn auf einmal Grandgenet interessierte.

»Sag ihr, dass ich verstehen will, warum *er* noch lebt. Statt seiner Frau. Ich will den Tathergang verstehen, als wäre ich dabei gewesen. Was ist bei dem Überfall auf sein Haus in welcher Abfolge wie passiert? Es gibt nur oberflächliche Angaben dazu in der Intranet-Akte. Ich will außerdem wissen, wie Grandgenets Verhältnis zu seinem Bauherrn Møller aussah. Eventuell kannte er auch Arne Hellwig, als Møllers Subunternehmer. Und mich interessiert, ob Grandgenet eine persönliche Verbindung zu Albert Sicking hatte.«

»Dazu müsste jemand den Architekten neu vernehmen. Die

Møller-Grandgenet-Verbindung kennen wir doch selbst erst seit Neustem. Ich habe sie sogar erst heute früh in Wundts Protokoll von eurer Sitzung gestern nachgelesen.«

Er zuckte die Achseln. Sollte heißen: Wo ist das Problem? »Dann soll sie den Zeugen noch mal befragen.«

»Na schön.« Liv fuhr sich mit der Zungenspitze über die Lippen, legte einen feuchten Film darüber. »Ich rede mit ihr.« Sie tippte wieder mit den feingliedrigen Fingern auf seinen Handrücken. Ihrer beider Hände lagen millimeterdicht nebeneinander, nur um Flaumhaarlänge getrennt. Und zwar, weil *er selbst* seine Finger nach ihr ausgestreckt hatte. Ohne darauf zu achten. Als wäre es das Normalste auf der Welt.

Er zog sie sachte zurück.

»Und du, Roman?« Sie setzte eine etwas kecke Miene auf. »Was machst du, während ich mich in Potsdam vergnüge?«

Er lachte. »Ich kümmere mich um die Witwe. Brigitte Møller.«

Sie musterte ihn ernst, fast schon besorgt. »Verrenn dich nicht, Roman.«

»Was meinst du?«

Er wusste genau, was sie meinte.

»Mach den Fall nicht komplizierter, als er ist. Vergiss nicht: Motiv und Indizien gegen Adams sind einfach erdrückend.«

»Vergess ich nicht.«

Das eben machte ja seinen furchtbaren inneren Zwiespalt aus. Solveigh Adams erschien auch ihm zu mindestens fünfundneunzig Prozent schuldig. Und wenn Livs Argument stimmte, dass man diese Aussteigerin nicht mehr mit normalen Maßstäben messen konnte, dass sie unzurechnungsfähig war, dann summierte sich die Wahrscheinlichkeit, dass sie der »Imker« war, auf neunundneunzig Prozent.

Was ihn jedoch quälte, war das fehlende eine Prozent. Die endgültige Gewissheit, dass es richtig war, sie für ihr restliches Leben hinter Gitter zu sperren.

Als Ermittler waren sie *verpflichtet*, auch den entlastenden Aspekten eines Falls nachzugehen. Jedem irgend möglichen Verdacht. So hatte er es nun mal gelernt.

Vor langer Zeit, das stimmte.

Aber sollte das heute etwa nicht mehr gelten?

Dann konnte er seinen Beruf an den Nagel hängen. Er wäre sinnlos für ihn geworden.

Er sah Liv Grünberg an. »Dank dir, Liv.«

»Wofür?«

»Deine Hilfe natürlich. Deine Offenheit.«

Sie schaute verblüfft zurück. Als hätte sich schon sehr lange kein Mensch mehr bei ihr bedankt.

Sie öffnete leicht ihre Lippen, die hellen Zähne schimmerten feucht.

39

Waren das wirklich Ärzte gewesen, die sie untersucht hatten? Zumindest hatten sie Weißkittel getragen. Aber Gefängnisärzte waren unterste Schublade im Vergleich zu den Klinikärzten, mit denen sie früher als Krankenschwester zusammengearbeitet hatte. Im Frauenknast hatte sie Mitgefangene gesehen, deren Blinddarmnarben groß wie ein Kaiserschnitt waren …

Wie spät war es eigentlich? Vormittag. Aber die genaue Stunde? Sie verlor bereits das Gefühl für Zeit. Als Krankenschwester war sie nie ohne Armbanduhr gewesen, nicht mal zu Hause, nachts im Bett. Selbst beim Sex nicht.

Später im Frauenknast brauchte sie keine Uhr mehr, die Zeit stand still. Aber nur drinnen. Wieder draußen, merkte sie, dass die Uhren weitergelaufen waren. Und dass sie niemals mehr hinterherkommen würde. Im Freien orientierte sie sich an den Geräuschen, den erwachenden Vögeln, am Licht, dem Sonnenstand, an der Mondbahn. Auch an den Flugzeugen natürlich, die wieder zu hören waren oder ein paar Stunden lang schwiegen, am Straßenlärm, den der Wind je nach Richtung herantrug. In der Stadt wiederum wurde einem die Zeit an jeder Straßenecke aufgedrängt.

Und jetzt? Sie befand sich also wieder in, wie hieß das: Polizeigewahrsam. In einem aseptischen Käfig, frisch gewienert, formaldehydgeschwängert, gekachelt wie ein Schlachtraum fürs Vieh, in dem ständig das kaltweiße Deckenlicht brannte, Tag und Nacht, ewiges Licht, Halleluja, häng dich auf, wenn du kannst, wir sehen dir dabei zu.

Elisabeth war gegen eine jüngere Kollegin Ende zwanzig ausgetauscht worden. Die Neue hatte den Haftraum noch nicht einmal betreten. Die Kollegin Körber, hatte die Jungsche ihr beim Einschließen mit spröder Strenge Auskunft gegeben, werde erst später, zur Mittagsschicht, die Aufsicht wieder übernehmen. Bis dahin müsse sie sich mit ihr begnügen. Sie stehe draußen vor der Tür, bei den Kollegen. Beobachte sie aber durch den Sichtschlitz. Nur, dass sie es wisse.

Vielen Dank auch.

Mittag war also, wenn Elisabeth kam.

Irgendwann – zehn Minuten später, zwanzig Minuten, vierzig? – wurde die Zellentür geöffnet und ihr Zwangsverteidiger trat ein.

Um seine Pflicht an ihr zu tun.

Braunes Haar, braunes Sakko, braune Hose, offenes rosafarbenes Hemd. Kein unsympathisches Gesicht, herb, ernst, der Mann mit dem riesigen Aktenkoffer gefiel ihr ganz gut. Sogar sein Alter, um die vierzig.

Er zog den Stuhl wie Baer gestern an die Pritsche heran und musterte sie. »Wie geht's Ihnen heute Morgen? Fühlen Sie sich wirklich vernehmungsfähig? Die Ärzte sagen …«

»Vernehmungsfähig ist nicht die Frage.«

»Sondern?«

»Vernehmungswillig.«

»Und?«

»Nein.«

»Gut, das wäre auch mein Rat an Sie. Dann erkläre ich für Sie im Vernehmungsraum, dass Sie vom Aussageverweigerungsrecht Gebrauch machen. Die Vernehmung zur Person kann ich Ihnen jedoch nicht ersparen, Sie müssen zumindest anwesend sein.«

Er legte die Hände vor dem Mund flach aneinander und sah dadurch aus wie ein betender Mönch. Er schien zu überlegen.

Sie betrachtete ihn eingehend. Seine weichen weißen Hände gefielen ihr nicht. Aber seine braunen Augen waren schön. Sie wirkten sanft, aufrichtig, ehrlich.

Zu sanft.

Zu aufrichtig.

Zu ehrlich.

Für einen Anwalt.

Sie würde den Prozess mit ihm verlieren.

Ohne ihn aber auch.

Es spielte keine Rolle. Sie würden sie verknacken. So oder so.

Er stieß einen leisen Seufzer aus. »Sagen Sie mir bitte eins, Frau Adams, ich muss das wissen …«

»Nein.«

»Was? Ich habe doch noch gar nicht …«

»Nein. Ich bin es nicht.«

»Was nicht?«

»Das ist doch Ihre Frage: Ob ich der *Imker* bin. Oder nicht?«

Er deutete ein Nicken an.

»Nein. Bin ich nicht. – Reicht?«

»Reicht.« Sein Gesicht sagte etwas anderes. Seine Stirn warf Falten.

Die Tür wurde wieder geöffnet. Auf der Schwelle erschien die Neue, der Bund klobiger, fingerdicker Schlüssel klackerte metallisch in ihrer linken Faust. Die typische Handbewegung von Schließern – ob männlich oder weiblich, spielte keine Geige – war nicht etwa das Schließen, das Auf- und Zusperren von Zellentüren und Hoftoren. Sondern das rhythmische Umschließen des Schlüsselbunds mit dem Handballen, das unbewusste Spiel der Finger mit den Klöppeln. Als müssten sie sich ständig vergewissern, dass *sie* den Schlüssel in der Hand hielten, nicht *die Anderen*, die Gefangenen. Die Gefährlichen.

»Zur Befragung, bitte.«

Das war die neue Sprachregelung, wenn es zum Verhör ging. *Ab zur Befragung*. Beaufsichtigt, doppelt bewacht, in Handschellen, begleitet vom Anwalt. Halleluja, die Prozession konnte beginnen.

Langer, grau gestrichener Flur, endlos scheinender Gang, Treppe rauf, noch ein Gang, diesmal orangegelb gestrichen. Anstaltspsychologie: Orangegelb beruhigte. Glaubten sie. Eigentlich war das senffarben hier. Und nicht beruhigend, sondern geschmacklos. Aber was an der Justiz war nicht geschmacklos?

»Okay, da wären wir.«

Die Prozession stoppte. Es folgte der Götzendienst für die blinde Justitia, Teil zwei. Mit ihr als Schlachtopfer.

Im Verhörraum saßen bereits die zwei von gestern am Tisch. Der große Bulle und das schlaue Mädchen mit den rotblonden Haaren, Fleischmann und Seitz.

Und eine Dritte. Verstärkung. Eine Frau Mitte vierzig, schlank, gut erhalten, metallisch glänzende grüne Augen hinter engen Blickschlitzen.

Sie setzten sich dem Trio gegenüber, ihr Anwalt und sie.

Der Mikrofongalgen wurde herabgelassen.

Die Tür wurde geschlossen, gleiche Szene wie am Vortag, das werte Publikum hatte sicher schon die Plätze hinter der dunklen Scheibe eingenommen. Im Beobachtungsraum nebenan.

Wünsch euch viel Spaß im Menschenzoo.

Aber heute würde sie schweigen.

Komplett.

Von Anfang an. Den Rat ihres braven Anwalts hätte sie nicht nötig gehabt.

Fleischmann nannte die Anwesenden. Die attraktive weibliche Verstärkung hieß Grünberg und war aus Berlin zugeordnet worden.

Sie hatte also recht gehabt mit ihrem Gefühl gestern, Baer ließ sie diesmal hängen. Sie hatte es selbst verbockt. Wieder mal.

Fleischmann betete ihre Rechte herunter. Dann sagte ihr Verteidiger seinen Satz. »Meine Mandantin bestreitet weiter die ihr zur Last gelegten Taten und wird von ihrem Recht, die Aussage zu verweigern, Gebrauch machen.«

Schweigen.

Dann wieder Fleischmann. Er gab noch nicht auf. Zäher Charakter. Aber Geduld war nicht seine Sache. Sie sah ihm beim Heißlaufen zu, beim ersten Schweißausbruch und wie er seinen Brustkorb aufpumpte. Sein Gesicht glänzte dunkelrot wie rohes Fleisch. Er sagte was von dem Jungen, den sie in ihrer Gewalt hätte. Den sie aus purem Sadismus entführt habe. Nicht etwa aus Rache. Das bilde sie sich nur ein. Sie sei eine Mörderin, die vor Gericht nur dann auf mildernde Umstände hoffen könne, wenn sie preisgebe, wo sie den Jungen versteckt halte. »Verstehen Sie das endlich: Jetzt! Hier! Sofort!«

Alles an ihm schien sich zusammenzuziehen, zu verkrampfen, mit Sicherheit konnte er nicht mehr klar denken. Wenn er eine Strategie verfolgte, dann bestand sie darin, sich aufzuplustern, um sie einzuschüchtern.

Sie sah ihn unbeteiligt an. Er presste die Lippen aufeinander, dass es ihm schon wehtun musste.

Ihr Anwalt schob seinen Stuhl zurück. »Okay, das war's dann wohl.« Er sah sie an. Sie standen auf.

Fleischmann nun ebenfalls. Zitternd vor Wut und mit der Gewissheit des endgültigen Versagens. Das gönnte sie ihm.

Die Verstärkung aus Berlin aber blieb noch sitzen, schaute ohne sichtbare Emotion zu ihr hoch.

Auch Seitz saß noch an ihrem Platz. Die ganze Zeit hatte sie geschwiegen.

Aber jetzt sagte sie was.

Zu ihr.

Nicht mal laut.

Sie reagierte, ohne nachzudenken. »Bitte, *was*?«

Ihr Verteidiger berührte sie am Arm. Sie fuhr heftig zu ihm herum. »Lassen Sie das, Mann! Nicht anfassen. Niemals.«

Er zuckte zusammen.

Sie wandte sich wieder um. Seitz sah sie weiter ungerührt an. »Ich sagte: Mögen Sie eigentlich Hunde?«

»Hunde?!«

»Ja. Hunde. Oder haben Sie Angst vor ihnen?«

»Wieso ... Angst?«

Was zum Teufel sollte das?

»Wie steht's mit Dobermännern? Sagt man so, Dobermänner?«

»Woher ...?« Der Anwalt nestelte wieder an ihrem Ärmel herum, sie zog ihn weg. »Wie soll ich das wissen? Was soll der Quatsch?«

Die Kleine hat vor, dich aufs Glatteis zu ziehen. Vorsicht, Sol!

»Warum sind Sie weggerannt, wenn Sie doch mit Hunden so gut können? Inklusive Dobermännern?«

»Wieso weggerannt?«

Halt die Klappe, Sol. Abmarsch, raus hier. Die Kleine ist gefährlich.

»Na gut. Dem Hund ist ja nichts passiert. Haben Sie absichtlich vorbeigeschossen? Tierliebe, was?«

»Wovon reden Sie eigentlich?«

War sie verrückt geworden, die Seitz?

»Aber Menschen lieben Sie nicht so, stimmt's? Oder was hatten Ihre Opfer mit Ihrem Sohn zu tun? Damit, dass er gestorben ist?«

Das kleine Biest glotzte sie mit ihren schräg stehenden kohlschwarzen Augen herausfordernd an: spöttisch, überheblich. Aus irgendeinem Grund machte sie das wütend.

»Sicking, okay. Sein Sohn: ausgleichende Gerechtigkeit. Schon klar. Aber warum Ruth Grandgenet? Was haben Sie mit ihr gemacht, Solveigh?«

»Nennen Sie mich nicht Solveigh, klar?«

Ihr Anwalt muckste sich. »Das ... Frau Seitz, das ist ...«

Sie fuhr zu ihm herum, dieser Witzfigur von einem Anwalt. »Halt die Klappe. Ich brauch dich nicht!«

Seitz sah weiter spöttisch zu ihr auf. »Und Arne Hellwig? Einfach weggepustet, so wie er war, nackt wie ein Baby.«

»Nackt? Was soll das?«

»Überhaupt der Angriff auf die Møller-Villa: wieso? Møller ist seit drei Jahren tot. Wussten Sie das nicht ... Solveigh?«

»Du sollst mich nicht ...!«

»Frau Adams, wir sollten jetzt ...« Dieser Typ, ihr Verteidiger, zupfte an ihrem Ärmel, er zerrte geradezu an ihr. »Die Vernehmung hier ist beendet, lassen Sie uns ...«

Jetzt reichte es ihr. »*Fass. Mich. Nicht. An!*, hab ich gesagt!« Sie riss ihren Arm fort. Den er nur berührt, aber nicht wirklich festgehalten hatte. Dabei kam sie plötzlich ins Trudeln, ihr war schon vorher schwindelig gewesen, durch die Prügel gestern, jetzt wurde ihr schwarz vor Augen, sie verlor das Gleichgewicht, der schiefergraue Boden raste auf sie zu, die Tischkante donnerte gegen ihre Stirn.

Schwindel. Sturz. Schrei. Und Schwärze.

40

Frank saß an seinem Schreibtisch, den Kopf in die Hände gestützt, ein Bild des Jammers. Jana stand unschlüssig daneben und fragte sich noch, wie sie ihn aufrichten könnte, als Maik Vieth und Elena Pradova hereinschneiten, ohne anzuklopfen.

Der Termin zur Aufgabenbesprechung nach der zweiten Vernehmung von Solveigh Adams war heute früh vereinbart worden. Aber Frank winkte unwillig ab, als sie bereits nach den Stühlen griffen, um sich zu setzen. »Gibt nichts Neues. Habt ihr doch gesehen. Die Täterin schweigt und zieht ihre Show ab. Die Chefs sind in Berlin. Termin fällt aus. Ende.« Er ließ sich auf seinem Stuhl zurückfallen, rollte zurück bis zum offenen Aktenregal an der Wand und wartete mit genervtem Gesicht darauf, dass sie wieder hinausschlichen.

Die beiden taten es mit bemerkenswerter Disziplin, ohne zu murren, nur die Pradova rollte leicht mit den Augen.

Jana sah zu, wie die Tür sich am kurzen Arm des Spanners langsam und lautlos zum Schloss zurückbewegte.

Sie verstand Frank ja. Im Prinzip. Die Sphinx war zusammen mit dem Staatsanwalt, dem Chef der Presseabteilung und Liv Grünberg nach Berlin gefahren, wo für den Nachmittag die nächste Pressekonferenz zu dem Fall angekündigt war.

Und Solveigh Adams war nach dem unglücklichen Sturz und ihrer neuerlichen Verletzung am Kopf zurück nach Bornim, ins Haftkrankenhaus, überführt worden. Ihre kurzzeitige Bewusstlosigkeit war mit Sicherheit nicht gespielt, wie Frank offenbar glaubte. Und hätte Hanauer, ihr Verteidiger, nicht selbst eine so dämliche Rolle bei dem Vorfall gespielt, hätte er die Presse sicher schon darüber informiert, ehe Laschwitz und die anderen Berlin erreicht hätten.

Sie konnte sich die Schlagzeilen schon bildlich vorstellen: *Folter im Polizeigewahrsam!* (Linke Presse), *Kein Geständnis trotz Verhörmarathon!* (Rechte Presse.)

Aber es war unfair von Frank, Vieth und Pradova so anzublaffen. Zuverlässig prüften sie auch weiterhin jeden bereits vorgesichteten und -sortierten Hinweis aus der Bevölkerung zum Entführungsopfer Tobias Sicking und leiteten die Ergebnisse an Kessler und seine Leute in Berlin weiter.

Wenn es stimmte, was Frank heute früh behauptet hatte, dass »das Zeug«, die Steroide, ihm halfen, stabil zu bleiben (in jeder Hinsicht angeblich), wieso ließ er sich dann jetzt so hängen? Vielmehr, warum ließ er seinen Ärger über den enttäuschenden Verlauf der Vernehmung an den Kollegen aus?

»Hör mal, Frank. Wir sind nicht verantwortlich für das Desaster. Die Ärzte hätten die Adams wahrscheinlich nicht für vernehmungsfähig erklären dürfen. Wenn sich außer denen noch jemand Vorwürfe machen sollte, dann höchstens ihr Anwalt. Sie hatte ihm doch gesagt, er solle sie nicht anfassen.«

Frank verschränkte die Arme hinter dem Kopf und sah sie mit einem befremdlichen Ausdruck an, den sie schwer deuten konnte. »Was die Adams aus der Fassung gebracht hat, war nicht ihr Anwalt, Jana. Das warst du! Du mit deinen Fragen zu dem ... dem Hund! Und zu den anderen Opfern. Grandgenet, Hellwig.« Er schüttelte leicht den Kopf. »Weißt du, was Laschwitz gesagt hat, hinterher?«

»Ich dachte, sie hätte gar nichts mehr gesagt. Sei bloß sauer gewesen und abgeschwirrt? Hast du doch gesagt.«

»Stimmt auch. *Zu mir* hat sie nichts mehr gesagt. Aber zu den anderen, die noch nebenan im Raum waren, Grünberg, Vieth, Pradova. Sogar der Staatsanwalt war dabei. Wenn die Kleine so weitermacht, hat sie denen gesteckt, so laut, dass ich's auf dem Flur noch deutlich hören konnte, wenn die Kleine so weitermacht, hat sie spätestens beim nächsten Fall den Hut auf.«

»Na prima. Mit ›Kleine‹ ...«

»Warst natürlich du gemeint.«

»Das ist doch ein Witz, Frank!« Und zwar ein ganz schlechter.

»Hörte sich für mich nicht so an.« Er presste die Lippen zusammen und wich ihrem Blick aus, sah zum Fenster, hinter dem der Herbst seine Regenmaschine auf Hochtouren laufen ließ. »Ich hab's vergeigt, Jana, ich weiß das. Ich wollte die Adams diesmal genau da packen, wo wir sie das letzte Mal, gestern, gekriegt haben. Aber diesmal hat sie der Junge nicht im Ansatz gejuckt.«

»Sie war eben darauf vorbereitet, dass wir ihr wieder mit Tobias Sicking kommen würden.«

»Ihr verdammtes Schweigen, ihr Glotzen … machen mich rasend. Ich hab mich irgendwie festgebissen an ihr …«

Festgebissen traf es, fand Jana. Aber was ihm im Moment viel mehr zu schaffen machte, war, dass er Laschwitz enttäuscht hatte. Um den Jungen, dessen Versteck er Adams auch diesmal nicht entlocken konnte, ging es ihm gar nicht.

»Mich hat Adams voll auflaufen lassen. Aber auf dich reagiert sie. Verliert sogar die Fassung.«

Sie stöhnte leicht auf. Wie er es ausdrückte, klang es, als hätte sie einen Pakt mit Adams geschlossen, um ihn schlecht aussehen zu lassen. Er begann ihr nun doch auf die Nerven zu gehen. Sein Selbstmitleid schien ihm wichtiger zu sein, als zu überlegen, *gemeinsam* zu überlegen, wie es weitergehen könnte.

Vielleicht bot der Inhalt des Gesprächs, das sie heute mit Liv Grünberg geführt hatte, einen neuen Ansatzpunkt. »Frank. Liv Grünberg hat mir vor der Sitzung gesagt, dass Baer sich für weitere Hintergründe des Überfalls auf Grandgenet interessiert. Er ist anscheinend unzufrieden mit unserer Dokumentation und checkt auch die Verbindungen der Opfer untereinander.«

»Moment, Moment.« Frank fuhr auf seinem Schreibtischstuhl bis zur Tischplatte vor und starrte sie an. »Was heißt, Baer ist *unzufrieden* mit uns?«

»Die Informationen zu Grandgenet reichen ihm nicht. Sagt Grünberg.«

»Ach, reichen ihm nicht, nein? Mehr Informationen haben wir aber nicht. Mehr braucht es auch nicht. Was will er denn noch? Wozu?«

Sie hätte es ihm sagen können. Schließlich war sie in puncto Grandgenet-Überfall genauso unzufrieden mit den Ermittlungen wie Baer. Von Anfang an. Und dass Baer die Ergebnisse ebenfalls mager fand, empfand sie als eine ziemliche Genugtuung.

Deshalb sah sie nicht ein, klein beizugeben. »Ich finde, wir sollten das nicht auf uns sitzen lassen, Frank. Ich meine, dass wir schlecht gearbeitet hätten.«

Er ließ buchstäblich die Luft aus sich heraus, gab der Computermaus einen Klaps und fuhr den Rechner hoch. »Mir doch egal, was die in Berlin von uns halten.«

»Mir aber nicht, Frank. Ich kümmere mich darum. Ja?«

Er starrte auf den Bildschirm, der einen grauen Lichtfilm auf sein Gesicht legte, und wirkte plötzlich um Jahre gealtert.

Hatte er ihr überhaupt zugehört? »Okay für dich, Frank?«

»Was?« Er kniff die Brauen zusammen und fixierte weiter den Bildschirm. »Weißt du was, Jana, mach doch, was du willst. Übernimmst sowieso bald den Laden, wenn es nach Laschwitz geht.«

Sie schüttelte den Kopf. Zwecklos, mit ihm zu reden. Sie löste ihre Hüfte von der Schreibtischkante und verließ wortlos das Zimmer. Ging schnurstracks nach nebenan, in ihr eigenes winziges Büro.

Sie stellte sich ans Fenster und fragte sich, was sie jetzt machen sollte. Das Klingeln des Telefons riss sie aus ihren Überlegungen. Es war Hans Brenske, einer der älteren Kollegen aus der Technischen. Netter, umgänglicher Kollege. Vater von fünf Kindern. Mit vier Frauen.

»Tag, Herr Brenske.«

»Ja, Tagchen. Nur mal schnell eine Frage zwischendurch.«

»Ja?«

»Wir verschaffen uns gerade einen Überblick über die Sachen, die wir von der Dame sichergestellt haben. Am Zeltlager draußen. Also, der Außenbordmotor für das Faltboot, der dort herumlag …«

»Ja?«

»Was soll denn da noch untersucht werden?«

»Wieso?«

»Der Motor ist kaputt. Irreparabel. Damit ist garantiert schon seit zwei Jahren keiner mehr gefahren. Vielleicht hat sie gedacht, sie könnte das Teil wieder flottkriegen. Aber da wäre nichts mehr zu machen gewesen.«

»Sind Sie sicher?«

»Definitiv. Reicht Ihnen das? Keine weiteren Untersuchungen zu dem Motor, nein?«

»Ich denke, nicht. Andernfalls melden wir uns, Herr Brenske, vielen Dank.«

Sie legte auf, ließ die Hand aber auf dem Hörer liegen. Demnach hatte Adams ihr Boot, das sie leider nicht mehr gefunden hatten (irgendwo im Dickicht musste sie ein neues Versteck dafür gefunden haben), wohl mit einem anderen Außenbordmotor ausgestattet. Den sie entweder am Boot befestigt ließ oder für den sie einen eigenen Platz gefunden hatte. Aber dass die Frau, die sonst nichts Überflüssiges in ihrem Waldlager hortete, einen defekten Motor aufbewahrte, obwohl sie einen intakten besaß, passte nicht recht zu dem Bild, das sie sich von Adams gemacht hatte.

Sie schaute auf das Telefon, auf dem noch ihre Hand lag: Freund oder Feind? Und traf die Entscheidung: Freund.

Nahm sie eben Frank beim Wort. Machte wirklich, was *sie* für richtig hielt. Und nahm den Hörer wieder ab.

41

Heute würde er Corinna nicht anrufen.

Baer suchte seine Unterlagen für die Teamrunde zusammen und hielt sich vor Augen, dass es ihr gut ging. Sie würde ihre Übungen machen, mit Galina weiter das Treppensteigen üben; heute wollte sie es sogar bis in den ersten Stock hinunter schaffen, Stufe für Stufe, Schritt für Schritt.

Plötzlich schoss ihm wieder Corinnas unvermittelte Frage durch den Kopf, beim Frühstück gestern. Fand er sie schön, seine Kollegin Liv? Das hatte ihn sprachlos gemacht. Sie bemerkte es, ging aber darüber hinweg, als hätten sie sich nur darüber verständigt, wie spät es war oder welcher Tag in der Woche.

Er hatte das seltsame Gefühl, dass Corinna seit dem Schlaganfall jede noch so vage Stimmung in ihm erkannte. Geradezu erfühlte, manchmal noch bevor sie ihm selbst bewusst war. Als wäre durch den Hirnschlag ihre seelische Grenze durchlässiger geworden.

Baer brach den Gedanken ab, als er seine Notizen fand, und war bereits im Flur, auf dem Weg zum kleinen Konferenzraum, als sein Handy klingelte.

Liv.

»Ja?«

»Du, ganz kurz. Bin auf der Avus, zurück nach Berlin.«

»Und?«

»Schöner Mist. Adams ist zusammengebrochen. Oder gestürzt, am Ende der Vernehmung. Nicht leicht zu sagen. Sie ist nicht schwer verletzt, denke ich, aber natürlich wieder auf dem Weg ins Haftkrankenhaus.«

Er erstarrte. Das konnte einfach nicht wahr sein.

Wundt eilte an ihm vorbei, ebenfalls auf dem Weg zur Teamrunde. Warf ihm über die Schulter einen verwunderten Blick zu.

»Zuerst lief es, wie du erwartet hast. Sie hat den Mund nicht aufgemacht. Dann hat Jana Seitz unerwartet nachgehakt. Zu Details der Überfälle Grandgenet und Møller. Das hat Adams offenbar ziemlich kalt erwischt. Versteh's immer noch nicht ganz.«

»Wann bekommen wir das zusätzliche Material zu Grandgenet?«

»Du, ich hab den Eindruck, es gibt kein weiteres Material. Nur was im Intranet steht.«

»Kann ich mir nicht vorstellen.« Er war enttäuscht. »Schade. Dachte, die Seitz würde kooperieren.«

»Weswegen ich anrufe, Roman: Die PK soll vorbereitet werden.

Laschwitz und ihr Tross sind auch schon auf dem Weg nach Berlin, um mit Iwersen …«

»Liv, ich wär dir dankbar, wenn du das für mich erledigen könntest.« Er vertrug diese Lügenkonferenzen einfach nicht mehr. Auf denen stets nur die halbe Wahrheit verkündet wurde. Also keine.

»Gut, Roman, kein Problem. Ich kläre das mit Iwersen, sobald ich in Berlin bin.«

»Danke, Liv.«

Aber sie war schon weg.

Wundt, Brock, Nou'man waren bereits anwesend, als er den Raum betrat. Er setzte sich, legte seine Papiere mit den Notizen auf dem Tisch ab und sah gespannt in die Runde.

Sein Auftrag an die Kollegen hatte gelautet, alles zu sammeln, was auf eine wie auch immer geartete Verbindung zwischen den Überfallopfern beziehungsweise Opferfamilien Grandgenet, Hellwig, Møller und Sicking hindeutete. Er hatte keine Ahnung, was und ob überhaupt etwas dabei herauskommen würde. Aber dies hier war einer dieser ungewissen, prickelnden Momente, für die er seinen Job so liebte. Weswegen er überhaupt zur Kriminalpolizei gegangen war. Eine ganz neue Welt, völlig überraschende Aspekte des Falls konnten sich auftun. Oder nichts. Gar nichts Neues.

Amina Nou'man fuhr sich mit dem Unterarm durch ihr unzähmbares schwarzes Haar und begann mit Jean-Luc Grandgenet. »Soviel ich ersehen konnte, war Grandgenet quasi der Leib-und-Magen-Architekt von Gunder Møller. Nicht nur bei dem Kladower Hotel damals, sondern überhaupt. Auf Grandgenets aktueller Webseite ist davon zwar nichts mehr zu sehen, als Hinweis auf realisierte Projekte zum Beispiel. Aber ihr wisst natürlich, Wayback speichert Snapshots alter Webseiten weltweit, vermutlich bis zum Jüngsten Tag.«

»Wayback?« Baer hatte den Namen noch nie gehört. Und wenn er in die Pokerfaces von Brock und Wundt sah, schien es denen nicht anders zu gehen.

»Invisible Web. Wayback ist eine Metasuchmaschine für das, wovon Google nicht mal einen Schimmer hat. Ich hab die vorhandenen Snapshots der alten Seiten aufgerufen. Und siehe da, Grandgenet hat schon vor zehn Jahren Hotelprojekte für die Møller-Holding entworfen und damals auf seinen Webseiten auch nicht damit hinterm Berg gehalten.«

Baer nahm seinen Kugelschreiber zur Hand und zog eine blanke Papierseite heran. »Wann und wie endete die Zusammenarbeit? Mit Møllers Tod oder früher?«

»Wo, wäre die bessere Frage. Sein Engagement – oder wie sagt man in solchen Kreisen? – endete in Spanien. Vor gut fünf Jahren. Das waren ziemlich große Bauprojekte, die Grandgenet für Møller entworfen hat. Riesige Wellness- und Gesundheitsressorts.«

»Resorts. Nicht Ressorts.« Brock sah sie überlegen an. Was seltsam aussah, weil er dabei zwei Finger auf sein schwarzes Muttermal presste wie auf ein Leck in seiner Schläfe.

Nou'man zuckte die Achseln. »Ihr wisst, was ich meine.«

»Und ob.« Wundt legte demonstrativ seine Hand auf die eigenen Notizen, die vor ihm auf dem Tisch lagen; mit der anderen fuhr er sich über die grauen Bartspieße an seinem Kinn, was ein raspelndes Geräusch erzeugte. »Gunder Møller wollte anscheinend halb Spanien mit seinen Gesundheitshotels pflastern. Aber nur ein halbes Dutzend davon hat das Licht der Welt erblickt. Die anderen Objekte sind anscheinend nie eröffnet worden. Nach der Møller-Pleite sind auch die fertiggestellten Resorts«, er warf Brock einen kleinen provokanten Blick zu, »an verschiedene Gläubiger gefallen, jedenfalls werden sie zum Teil heute noch im Netz zum Verkauf angeboten. Was mit den übrigen Objekten ist, keine Ahnung. Vielleicht abgerissen, dann das Grundstück verkauft, vergammelt, was auch immer.«

Baer nickte zustimmend. Nou'mans und Wundts Recherchen deckten sich im Wesentlichen mit seinem Informationsstand und ergänzten ihn. Er hatte seine Notizen zur Vernehmung von Brigitte

Møller noch einmal durchgesehen und heute auch eigene Recherchen im Netz angestellt. Soweit er sich dazu in der Lage sah. Die Sicherheit, mit der Nou'man und Wundt ihre Ergebnisse vorgetragen hatten, würde er wohl nie erreichen.

Fehlte noch Brock. Baer sah ihn fragend an.

»Ja. Doktor Sicking. Ich muss zugeben, er hat mich überrascht. Sicking hat zwar keine eigene Webseite, nur seine offizielle Präsenz auf der Klinikseite. Aber es gibt zwei Riesenhotelprojekte in Spanien, wo sein Name plötzlich auftaucht, wenn man weit genug in die Vergangenheit googelt.«

Baer glaubte, sich verhört zu haben. »*Hotel*projekte? Doch nicht von Møller?«

Nou'man spitzte die Lippen. »Doch. Von Møller. Hab ich auch entdeckt.«

Brock nickte und fuhr fort: »Diese speziellen Hotelobjekte von Møller in Spanien, irgendwo zwischen Madrid und Toledo, wurden offenbar als besonders hochpreisige Gesundheitstempel geplant. Und in dem Fall auch gebaut. Exklusiv für Leute, die sich's leisten können, ihren empfindlich teuren Arsch mit Goldstaub polieren zu lassen, was weiß ich.«

Baer wurde immer unruhiger. »Und Sicking? Was hat der damit zu tun?«

»Sicking war, wenn ich das richtig begriffen habe, so was wie das Zugpferd für die Gesundheitsresorts. Professor Doktor Doktor Sicking steht mit seinem guten Namen dafür, dass medizinisch alles seine Topqualität hat. Und von daher seinen Toppreis verdient.«

Von den spanischen Resortunternehmungen ihres Mannes hatte Brigitte Møller ihm berichtet, erinnerte sich Baer. Aber der Name Sicking war dabei nicht gefallen. Doch das musste nichts heißen.

Brock fuhr sich mit der großen Hand durch das stumpfe dunkelblonde Haar. »Scheint aber nicht geklappt zu haben mit den Wohlfühltempeln für die Superreichen. Die Objekte stehen heute noch zum Verkauf. Mal wieder oder immer noch, keine Ahnung.«

Wundt konnte das bestätigen. »Die Resorts sind mir auch aufgefallen.«

Nou'man lachte. »Mir auch.«

Brock schaute frustriert in die Runde. »Wozu mache ich mir eigentlich die Mühe, wenn ihr alles schon wisst?«

Baer raffte seine Papiere zusammen und stand auf. »Das war gute Arbeit. Danke euch.«

Die drei sahen ihn verdutzt an. Nou'man runzelte die Stirn. »Und was bedeutet das jetzt? Ich meine, für unseren Fall, für die Tatverdächtige und so weiter?«

»Weiß ich noch nicht.« Baer eilte bereits hinaus. »Ich halte euch auf dem Laufenden.«

Wieder in seinem Zimmer, wählte er die Nummer von Brigitte Møller. Er hatte es bereits vor der Sitzung mehrfach probiert. Erfolglos.

Diesmal versuchte er es mit seinem Handy. Und wählte Rufnummernunterdrückung.

»Bei Møller, hallo?«

Agneta Rehmanovás charakteristische, etwas schleppende Stimme.

»Baer hier. Hallo. Ich möchte Frau Møller sprechen.«

»Moment, bitte.«

Etwa eine Minute später hatte er Brigitte Møller am Ohr.

»Ja?«

Sie hörte sich etwas außer Atem an.

»Baer. Tag, Frau Møller. Tut mir leid, wenn ich störe.«

»Tun Sie nicht. Ich komme nur gerade von draußen. Was gibt's denn? Neues in dem Fall? Ich hab gelesen, Sie haben eine Verdächtige festgenommen. Eine Frau. Das hätte ich nun wirklich nicht für möglich gehalten.«

»Sie glauben nicht, dass Sie von einer Frau überfallen wurden? Die auch Arne Hellwig erschossen hat?«

»Herr Baer, wie soll ich das beurteilen können? Ich habe den

Täter ja nicht mal gesehen. Oder die Täterin, falls sie es war. Da müssten Sie bitte Agneta fragen. Warten Sie, ich ruf sie Ihnen noch mal ans Telefon.«

»Nicht nötig! Danke. Ich wollte mit *Ihnen* sprechen. Dauert nicht lange.«

»Ja, bitte.«

»Frau Møller, kennen Sie den Architekten Grandgenet? Jean-Luc Grandgenet, gebürtiger Luxemburger, lebt aber schon lange in Brandenburg.« Beinahe in ihrer Nachbarschaft, wenn man es nicht zu eng sah.

»Dem Namen nach, ja. Er hat eine Reihe von Häusern, teilweise ganze Anlagen, für meinen Mann entworfen. Warum fragen Sie?«

»Weil Grandgenet ebenso wie Sie überfallen wurde. Und zwar Wochen vor Ihnen. Wie bei Ihnen gab es ein Todesopfer. Grandgenets Frau.«

»Ich weiß, ja. Sie wurde entführt und … ja, schrecklich.«

»Sie haben nicht erwähnt, dass Sie Grandgenet kennen. Obwohl Sie also wussten, dass auch er überfallen worden war.«

»Herrgott, Sie haben mich nicht nach ihm gefragt. Sonst hätte ich es gesagt. Warum auch nicht? Außerdem, ich sagte doch: Ich kannte ihn nur dem Namen nach. Mein Mann hat mit vielen Fachleuten zusammengearbeitet. Und das alles liegt schon einige Jahre zurück. Mein Mann ist seit drei Jahren tot, wie Sie wissen.«

Wusste er. »Kannten Sie Chefarzt Doktor Sicking? Ich meine, persönlich?«

»Sicking? Sie meinen den Arzt, der erschossen wurde? Sein Sohn wurde entführt, hab ich gehört. Waren Sie da inzwischen auch erfolgreich? Haben Sie das Kind befreit? Ich habe gar nichts davon …«

Er unterbrach sie. »Doktor Sicking, Frau Møller. Kannten Sie ihn?«

»Nein, ich kannte ihn nicht. Nicht *persönlich*, wie Sie sagen.« Sie klang gereizt. »Und falls Sie auch wissen wollen, ob mein Mann ihn kannte: Ja, Gunder kannte Doktor Sicking. Sie hatten für ein, zwei Projekte in Spanien eine Art Joint Venture, glaube ich.«

»Auch davon haben Sie mir nichts gesagt, Frau Møller.«

»Wieso sollte das denn wichtig sein? So detailliert war ich in die Geschäfte meines Mannes ohnehin nicht involviert. Das *hatte* ich aber erwähnt, oder nicht?« Er hörte sie scharf durch die Nase schnaufen. »Herr Baer, an dem Tag, bevor wir miteinander sprachen, habe ich meinen ... ich habe *Arne* verloren. Ich weiß nicht, in welcher Verfassung Sie wären, wenn Ihre Frau auf so grausame Weise ums Leben gekommen wäre.«

Er hatte nicht die Absicht, dieser Vorstellung auch nur im Ansatz Raum zu geben. »Es geht hier nicht um mich, Frau Møller. *Sie* sind überfallen worden, nicht ich.«

»Schön, dass Sie mich daran erinnern. Und sich selbst. Dass ich nämlich nicht die Täterin bin. Sondern die Geschädigte.«

Geschädigte. Merkwürdiges Wort in dem Zusammenhang, dachte er. Ein Synonym für Opfer, das ihm ziemlich fremd war. Mit dem er eher Schadensregulierung assoziierte, Schadensersatz und so weiter.

Ein Gedanke schoss ihm plötzlich durch den Kopf, der ihm bislang noch gar nicht gekommen war, weil er schlicht keine Rolle im aktuellen Fall gespielt hatte. »Frau Møller, als Ihr Mann starb, durch Selbstmord, in Spanien, wie Sie mir erzählt haben ...«

»In Toledo, ja.«

»War er da eigentlich versichert?«

»Versichert? Was meinen Sie?«

Ja, was sollte er schon meinen? »War er lebensversichert?«

Drei, vier Sekunden versickerten in der Leitung. »War er. Ja. Wieso fragen Sie?«

»Aber bei Selbstmord zahlt die Versicherung nicht. Richtig?«

Sein Wissen auf dem Gebiet war absolut lückenhaft. Er selbst besaß keine Lebensversicherung. Weder Corinna noch er würden im Todesfall des anderen in finanzielle Schwierigkeiten geraten, also wozu eine Lebensversicherung? Seltsamerweise war auch unter den Mordfällen, die er zu bearbeiten hatte, noch nie Versicherungsbetrug das Motiv gewesen. Jedenfalls soweit er herausgefunden hatte.

Sie ließ sich Zeit mit ihrer Antwort. Musste sie wirklich so lange darüber nachdenken?

»Frau Møller?«

»Die Suizid-Klausel in seinem Vertrag sah vor, dass man mindestens drei Jahre lang Beiträge gezahlt haben musste.«

»Und wie lange war Ihr Mann versichert?«

»Fünfzehn, sechzehn Jahre. Weiß nicht genau.«

»Die Versicherung hat also gezahlt?«

»Ja.«

»Wie viel?«

»Wie?«

»Wie viel wurde gezahlt? An Sie, nehme ich doch an?«

»An mich, ja.«

»Wie viel also?«

»Drei …« Sie räusperte sich. »Drei Millionen.«

»*Drei Millionen Euro?*«

»Das hört sich jetzt sehr viel an. Aber Gunder hatte eben hohe Beiträge eingezahlt. Und glauben Sie mir, es bestanden nach seinem Tod noch so viele Verbindlichkeiten, dass das Geld schnell aufgebraucht war. In großen Teilen zumindest.«

Verbindlichkeiten? Hatte sie ihm nicht vorgestern erklärt, es hätte Gütertrennung zwischen ihr und ihrem Mann bestanden?

Er erinnerte sie jetzt daran.

Sie antwortete nicht gleich, und er spürte, wie die Stimmung zwischen ihnen zunehmend eisig wurde.

»Herr Baer, Sie fragen mich auf eine Art, die mir nicht gefällt. Ich bin hier die Geschädigte, wie gesagt. Die Täterin haben Sie doch gestern erst festgenommen. Ich verstehe nicht, dass Sie schon wieder nach Dingen fragen, die Jahre zurückliegen und mit dem Überfall auf mein Haus und Arnes Tod überhaupt nichts zu tun haben. Oder sehen Sie das anders? Dann müsste ich nämlich meinen Anwalt hinzuziehen.«

»Müssen Sie nicht.« Er hatte nichts gegen sie in der Hand. Nur ein immer heftigeres Stechen im Kopf, seitdem er mit ihr telefonierte. Sein Nacken, die Nerven feuerten Alarm bis hoch in die Schläfen.

»Gut. Falls Sie noch Fragen zur Versicherung meines Mannes haben, warum auch immer, können Sie sich gern an unseren Versicherungsagenten wenden, Herrn Eipel. Henning Eipel. Er makelt seit vielen Jahren alle unsere Verträge. Soll ich Ihnen seine Nummer geben?«

Sie klang keineswegs versöhnlicher. Im Gegenteil.

»Danke, das wird nicht nötig sein. Ich sagte ja schon, dass wir manchmal Fragen stellen, die Ihnen auf den ersten Blick unverständlich erscheinen mögen.«

»Auf den zweiten Blick auch, Herr Baer. War's das?«

Er dachte: Ganz sicher nicht. »Vielen Dank, Frau Møller.«

Sie hatte bereits aufgelegt.

Drei Millionen Euro, dachte er.

Und ein Selbstmord in Spanien.

Das Stechen in seinen Schläfen wurde unerträglich.

42

Grandgenets Haus war ein verschachtelter weißer Bungalow, der sich, von hohen Hecken gesäumt, unscheinbar an das Ufer des Küstinsees schmiegte. Er war zwar noch Teil einer Siedlung von vielleicht fünfzig Häusern, doch die Zufahrtsstraße, an deren äußerstem Ende er lag, führte noch ein gutes Stück hinaus auf die Landzunge, die wie eine lang gezogene Träne in den See hineinragte.

Die blickdichte Straßenfront und die nur zum See hin offene Flanke des Hauses boten sich geradezu an für einen Überfall, das hatte Jana Seitz schon gedacht, als sie Grandgenet das erste Mal hier draußen aufgesucht hatte.

Sie parkte den Corolla auf dem roten Schotterstreifen vor dem Haus und rannte durch den Regen, der schäumende Blasen auf den Asphalt warf.

Der Architekt öffnete die Haustür, noch bevor sie geklingelt hatte.

Ein großer drahtiger Mann, fünfundvierzig Jahre alt, wie sie wusste, hohe Stirn, Hakennase und die stechenden blauen Augen eines Eichelhähers. Schwarzer Rollkragenpulli, dunkle Hose, schwarze italienische Schuhe.

Ein modebewusster Trauernder.

»Han Sie keen Präbbeli dabei?«

Sie verstand nur ein Wort: *keen*. »Keen was?«

»Einen Regenschirm. Nicht dabei?«

Seine leicht näselnde Stimme und sein Luxemburger Dialekt, der spontan durchkam, waren ihr schon das letzte Mal aufgefallen. Der Zungenschlag erinnerte sie ein wenig an Franks Dialekt. Oder an Laschwitz, wenn die sich mit Frank unterhielt.

Er hielt ihr die Tür auf und trat ein wenig zur Seite. »Na, kommen S' halt erá.« Er klang alles andere als begeistert.

Als sie ihn vorhin angerufen hatte, hielt er sie wegen der Telefonnummer des Präsidiums für Laschwitz, denn er meldete sich mit »Roswitha! Willsche vorbeikomme?«. Die Sekunden, die er brauchte, um sich über seinen Irrtum klar zu werden, nutzte sie für ihre Bitte, ihn noch einmal aufsuchen zu dürfen, wegen einiger Details, mittels derer sie hofften, die gefasste Tatverdächtige überführen zu können. Sein unartikuliertes Knurren deutete sie forsch als Zustimmung und kündigte sich für eine halbe Stunde später an.

Und hier war sie also.

Von dem Vorraum, in dem er ihr formvollendet aus der Jacke half, um diese an die Garderobe zu hängen, ging es um zwei Ecken herum in einen lang gestreckten Raum, dessen Glasfront mit Schiebetüren zur Terrasse hinausführte.

Dahinter lag der See. Grau und menschenleer unter den tief hängenden Regenwolken, die aussahen, als müssten sie jeden Moment in vollem Umfang herunterstürzen. Wasser zu Wasser …

Dort, wo die mit Terrakotta geflieste Terrasse das unbefestigte Ufer berührte, standen zwei Nashörner, Muttertier und Kind, aus breiten schwarzen Riemen gefertigt. Seit an Seit blickten sie hinaus auf den Küstin.

Jana wandte sich zum Hausherrn um, musste steil zu ihm aufschauen. »Sind Sie Großwildjäger, Herr Grandgenet?« Sie hatte ihn das schon beim ersten Mal fragen wollen.

Er verdrehte die Häheraugen, was gespenstisch aussah. »Großwildjäger! Was für ein Bild haben Sie eigentlich von mir? Des isch Kunscht do unne.« Er deutete mit dem schlecht rasierten Kinn energisch in Richtung seiner Nashornplastiken.

Sie warf noch mal einen Blick darauf. Kunscht also.

Er bat sie mit einer kleinen Handbewegung an einen hohen, langen Tisch, um den herum Hocker standen, deren Sitzfläche sich in Höhe ihres Bauchnabels befanden.

Er setzte sich, sie blieb lieber stehen und legte nur den Ellbogen auf die schneeweiß lackierte Tischfläche, auf der nicht ein einziges Staubkorn zu erkennen war.

Die Farbe Weiß dominierte auch den hinteren Raum, der kaum möbliert war, bis auf ein hüfthohes Sideboard und ein halbrundes schokobraunes Sofa, das einen niedrigen Glastisch wie eine Wagenburg umgab.

An der Wand gegenüber dem Sideboard hing das einzige Bild in dem Raum, ein großformatiges, annähernd quadratisches Ölgemälde, marineblaue Wirbel auf mattgrauem Grund. Abstrakt. Kunscht eben.

Sie hätte gern festgestellt, dass ihr das Bild nicht gefiel, schon um sich einem Mann wie Grandgenet, der sich als Architekt sicher selbst als Künstler sah, nicht unterlegen zu fühlen.

Aber das Bild gefiel ihr durchaus. Nur zu groß. Für ihre Wohnung.

Er beugte seinen langen Oberkörper ein wenig zu ihr herunter und zog die hellen Brauen so weit nach oben, dass sie aussahen wie die Vorhut des weit im Hinterland lauernden Haaransatzes. »Ich habe, offen gesagt, schon erwartet, dass Sie noch mal auf mich zukommen würden.«

»Ah ja?«

»Nicht direkt Sie persönlich.« Er ließ die Brauen sinken wie eine Schranke. »Aber ich nehme doch an, dass ich mir die Person, die Sie festgenommen haben, in Bälde ansehen soll?«

In Bälde. Wenn er nicht in seinen Dialekt fiel, redete er wie gedruckt. Jana warf einen Blick auf seine Hände. Er trug keinen Ehering. Noch nie oder schon nicht mehr. »Sie meinen eine Gegenüberstellung, Herr Grandgenet. Ja, möglich, dass wir Sie darum bitten werden.«

»Möglich?« Er legte irritiert die Stirn in Falten. Glättete sie dann. »Ah, verstehe, die Person war ja maskiert. Doch eine ungefähre Beschreibung des Täters habe ich ohnehin schon abgegeben, anderthalb Köpfe kleiner als ich und so weiter. Aber dass es sich um eine Täterin handelt … Ich wäre niemals auf die Idee gekommen, dass eine Frau in diesem unheimlichen Aufzug als Imker stecken könnte. Dass überhaupt eine Frau so etwas …«

»Was mich interessiert, Herr Grandgenet, ist der genaue Tathergang. Alles, was an dem Abend passiert ist, als Sie und Ihre Frau überfallen wurden.«

»Herrgott, an dem Punkt waren wir doch schon mal. Nein?« Ihm gingen bereits wieder die Zügel durch.

»Nein, Herr Grandgenet, bis zu dem Punkt sind wir, genau genommen, nicht gekommen. Ich spreche von den Vorgängen hier in Ihrem Haus. Sie wurden eingesperrt, haben Sie ausgesagt.«

»Habe ich ausgesagt, und so war es ja auch! Ich wurde im Keller eingesperrt. Ich wurde gezwungen, hinunterzugehen. Das hatte ich Ihnen aber alles schon berichtet.«

»*Wie* wurden Sie gezwungen?«

»Na, mit vorgehaltener Pistole!«

»Schon klar. Aber wurde denn nichts gesprochen?«

»Ah, Sie wollen sie über die Stimme ...« Er klang wieder etwas zahmer. »Bloß, nein. Kein Ton, an den ich mich erinnern kann. Leider.«

»Wie verhielt sich der Täter Ihnen gegenüber? Wie würden Sie sein Verhalten in der Situation charakterisieren?«

»Entschlossen. Der ganze Körperausdruck war ... entschlossen, ja. Uns wurde gezeigt ... mit entsprechend energischen Handbewegungen und der Pistole natürlich wurde uns klargemacht, dass wir die Treppe hinuntergehen sollten, alle beide.«

»Das klingt sehr zielstrebig. Als hätte der Täter sich bei Ihnen ausgekannt.«

Er sah verständnislos auf sie herab. »Wie sollte das möglich sein? In dem Fall müsste ich die Person, die Sie festgenommen haben, doch kennen. Nein?«

Sie ließ sein provokantes *Nein* im Raum stehen. Aber der Gedanke, dass sich der Täter (Solveigh Adams) in seinem Haus ausgekannt haben könnte, war zumindest interessant und wert, nicht übersehen zu werden.

»Was erwarteten Sie, als Sie und Ihre Frau aufgefordert wurden, hinunterzugehen?«

»Na, ich dachte selbstverständlich, der Täter will uns *beide* einsperren, um in Ruhe das Haus ausräumen zu können. Vielleicht, dass draußen ein Wagen stand, in dem die Komplizen schon warteten. Ich hatte ja keine Ahnung, dass er – oder eben sie – über den See gekommen war. Mit einem ... so einem Faltboot, wie man jetzt liest. Als wir dann unten waren, im Keller, meine ich, stieß er ... also stieß mich diese Person eben plötzlich hinein. Nur mich, nicht

Ruth. Im nächsten Moment fiel die Tür zu und wurde von außen abgeschlossen.«

»Wollen wir kurz hinuntergehen in den Keller, uns das ansehen?«

Er runzelte die Stirn. »Wenn Sie meinen, dass es Ihnen hilft.« Er stand sichtlich unwillig von seinem Hocker auf. »Bitte schön.«

Seltsam, dachte Jana. Wenn *ich* überfallen, wenn meine Frau getötet worden wäre, würde ich dann nicht alles bereitwillig tun, um der Polizei zu helfen, den Täter zu überführen?

Aber Grandgenet ...

Er ging mit leicht gebeugtem Oberkörper voran. Führte sie zurück zum Eingangsbereich, öffnete dort eine Tür neben der Garderobe, schaltete das Licht ein und stakste vor ihr eine komfortabel breite Betontreppe hinunter.

Ein trockener, weiß gekalkter Flur mit diversen schweren Metalltüren und Spotlights in regelmäßigen Abständen. Grandgenet öffnete gleich die erste Tür, eine Stahltür. Ein kleiner, kaum fünf Quadratmeter großer fensterloser Raum, rundum Regale, fast lückenlos bis zur niedrigen Decke gefüllt mit Weinflaschen.

»Unser kleiner Weinkeller.« Er machte eine umgreifende Handbewegung. »Hauptsächlich Rheinwein, Mosel, Pfälzer. Und die Franzosen natürlich, Bordeaux, Beaujolais, Elsässer.«

»Aha.«

Sie fand es befremdlich, dass er den Wein erwähnte, der hier lagerte, statt als Erstes auf seine Lage während der Entführung zu sprechen zu kommen. In der Nacht, als er in dem Keller bis zum Morgen eingesperrt war. Angeblich. Während seine Frau dort draußen ihr Leben verlor. Qualvoll erstickte in einem Bauwagen.

»Wie hat eigentlich Ihre Frau auf die Situation reagiert?«

»Ruth war ... wie paralysiert. Kalkbleich, sie zitterte vor Angst, sagte in der ganzen Zeit keinen Ton. Nur ihr Blick ... diesen Blick werde ich mein Leben lang nicht vergessen.«

»Ihre Frau war krank.«

»Ja. MS, in einem fortgeschrittenen Stadium, progredienter Verlauf. Nur mit Mühe gehfähig. Kurzatmig.«

Eigentlich ein zwiespältiges Entführungsopfer aus der Sicht eines Entführers. Leicht zu überwältigen, aber schwer, mit ihr weite Strecken oder Hindernisse zu überwinden.

Aber warum musste die Frau sterben?

»Sie waren hier unten also eingesperrt, Herr Grandgenet. Und dann?«

»Kurze Zeit später hörte ich ein Motorengeräusch. Zweitakter vermutlich.«

»Wir befinden uns hier im Keller. Die Wände sind sehr dick.«

»Das Motorengeräusch war nur schwach, aber für mich noch zu hören. War ja totenstill ansonsten.«

»Okay. Sie wurden dann erst am nächsten Morgen entdeckt.«

»Ja. Von unserer Reinigungskraft, Frau Pisulski. Sie hat die Polizei gerufen. Die mich endlich befreit hat.«

»Der Schlüssel steckte nicht mehr.«

»Nein.« Er sah sie wieder misstrauisch an. »Nein, war abgezogen.«

»Warum?«

»Wie bitte?«

»Was denken Sie, warum der Schlüssel nicht mehr steckte?«

»Na, weil der Täter ihn mitgenommen hat. Vielmehr diese Person, die Sie festgenommen haben.«

»Herr Grandgenet, welchen Sinn ergab das, wenn Sie doch eingeschlossen waren?«

»Sagen Sie …« Er ruckte verstört mit dem Kopf zurück und glich jetzt mehr denn je einem Häher. »Glauben Sie mir etwa nicht?« Er zog genervt die Brauen zusammen. Und fand auf einmal doch eine Antwort auf ihre Frage. »Ich denke, es war eine reine Vorsichtsmaßnahme, den Schlüssel mitzunehmen. Der Täter konnte ja nicht wissen, dass erst am nächsten Morgen jemand kommen würde. Wenn der Schlüssel fort war, musste die Tür zum Kellerraum in jedem Fall aufgebrochen werden. Aus Stahl immerhin. Das bedeutete Zeitgewinn. Stelle ich mir vor.«

Zumindest konnte er sich hervorragend in die Täterperspektive hineindenken. Doch er witterte jetzt Gefahr. Spürte, dass er auf den Blanko-Vertrauensvorschuss von Laschwitz im Moment keinen Zugriff hatte.

»Ich nehme doch an, das war alles.« Er komplimentierte Jana auf einmal hinaus und führte sie mit schnellen Schritten wieder nach oben.

Aber nicht zurück in den Wohnraum.

Sie standen sich im Eingangsbereich neben der Garderobe frontal gegenüber. Er angelte ihre Jacke vom Garderobenhaken und reichte sie ihr wie einen Schmutzlappen mit der äußersten Spitze seines Zeigefingers.

»Eine Frage noch, Herr Grandgenet.« Sie riskierte ein Lächeln, als sie, die Jacke noch über dem Arm, wieder steil zu ihm hochschauen musste.

»Was denn noch?«

»Sie wissen, dass außer Ihnen noch weitere Personen überfallen wurden?«

»Natürlich.«

»Kannten Sie die?«

Er starrte sie an. »Was?«

»Kannten Sie den Chefarzt Albert Sicking und den IT-Spezialisten Arne Hellwig, die beide getötet wurden? Kennen Sie Brigitte Møller, die Witwe des Hotelunternehmers Gunder Møller, deren Haus überfallen wurde? Vor kurzem erst, nur wenige Wochen nach dem Überfall auf Sie und Ihre Frau.«

Er stierte sie unverwandt an. Wie eine Tür, dachte sie, die nicht das richtige Höhenmaß hat.

»Ich kannte Gunder Møller, ja. Selbstverständlich. Ich habe verschiedene Objekte für ihn geplant und realisiert. Einige Jahre her. Seine Frau kenne ich flüchtig von irgendwelchen gesellschaftlichen

Ereignissen, viele Leute, viele Gesichter, Unmenge Geschwätz. Sie kennen das.«

Eigentlich nicht, dachte sie. »Und Arne Hellwig?«

»Hellwig war Subunternehmer bei Møller. Zuständig für die IT, wie Sie schon sagten, in Møllers Hotelobjekten.«

»Sie kannten ihn also.«

Er zuckte mit den Schultern, die Hände in den Hosentaschen. »Was man so kennen nennt.« Er stieß einen heftigen Schnauber durch die Nase. »Hören Sie, Frau …«

»Seitz.«

»Meine Frau ist gestorben. Sie wurde ermordet. Was haben Ihre Fragen mit der Person zu tun, die das getan hat? Die Sie endlich gefasst haben?«

»Ich tue nur meine Arbeit, Herr Grandgenet. Und Sie haben mir noch nicht gesagt, ob Sie Albert Sicking kannten. Womöglich auch seine Familie, seine Frau und Tobias Sicking.«

Grandgenets Häheraugen blitzten sie an. »Sagen Sie, weiß eigentlich Roswi-, Ihre Chefin, Frau Laschwitz, davon, dass Sie mir diese sinnlosen Fragen stellen?«

Laschwitz, das war kein gutes Stichwort. Er hatte ihren Namen nun schon mehrfach genannt und benutzte ihn jetzt wie einen Besen, um sie damit hinauszukehren.

»Ich habe nichts verbrochen. Meine privaten und beruflichen Kontakte gehen die Polizei nichts an. Ich bin sicher, Ihre Vorgesetzte sieht das genauso wie ich.« Er hielt ihr bereits die Tür auf, um sie in den Regen zu entlassen.

Sie schlüpfte in ihre Jacke. »Vielen Dank, Herr Grandgenet.«

Sein Blick erdolchte sie.

Sie eilte zum Auto.

Der Regen war noch stärker geworden.

Sehr viel stärker.

43

Während unten im Presseraum die PK inszeniert wurde, saß Baer an seinem Schreibtisch und rieb sich verwundert den Nacken.

Der Schmerz, der vor zwei Stunden noch bis in seine Schläfen gehämmert hatte, war verschwunden! Mit einem Schlag. Vielmehr – mit einer Quaddel.

In seiner Not hatte er Hansmann angerufen, weil er es nicht mehr ausgehalten hatte. Sein früherer Hausarzt war über siebzig und praktizierte nicht mehr, aber im Notfall durfte sich Baer bei ihm melden und wurde in Hansmanns Privatwohnung behandelt. Einem Zimmer, lang wie eine Schiffsmesse, voller Modelle und alter Stiche von Segelschiffen. Hansmann besaß selbst eine Jacht in Rostock.

Baer hatte dem Doktor die Symptome geschildert, der hatte getastet, geknurrt wie ein alter Hund und dann »die Quaddel angesetzt«. Die Quaddel war ein Kissen feinster Nadeln, die mit einer geheimnisvollen Rezeptur (Hansmanns Geheimnis) die Muskeln schlagartig entspannten.

»Funktioniert nur, wenn Sie nichts davon ahnen. Sonst verspannen Sie die Muskulatur. Überraschungsmoment, verstehen Sie?« Hansmann hatte gelacht und mit der Hand zufrieden sein Werk überprüft.

Auch Baer tat es jetzt wieder. Die Wirkung war verblüffend. Es fühlte sich an, als hätte der Doktor ihm einen neuen, schmerzfreien Kopf aufgeschraubt.

Als er gerade mit zwei Fingern den butterweich gewordenen Muskelstrang am Hals entlangfuhr, erhielt er einen Anruf von Brock.

»Hab Ihnen eine Datei geschickt. Schauen Sie mal rein.« Das war alles, dann war er weg.

Baer glaubte an einen ziemlich minderwertigen Scherz, als er Brocks Mail öffnete, die nur aus einem Link ohne weiteren Kommentar bestand.

Er folgte dem Link dennoch und landete auf der Archivseite einer spanischen Zeitung mit dem schlichten, ihm völlig unbekannten Namen *Qué*. Ein Boulevardblatt? Die Gesellschaftsseite einer seriöseren Zeitung? Eine Zeitschrift? Die Seite war im Sommer vor fünf Jahren, am 22. August, erschienen. Sie bestand im Wesentlichen aus knallbunten Schnappschüssen festlich gekleideter Personen in Champagnerlaune, spanischen Prominenten wahrscheinlich, auf irgendwelchen gesellschaftlichen Ereignissen.

Und warum hatte Brock ihm den Link geschickt?

Unten auf der Seite fand er den Grund dafür. Das Foto einer langen Festtafel, ein Schnappschuss, in dessen Vordergrund einige Personen deutlicher, wenn auch nicht wirklich scharf abgebildet waren. Darunter stand der Begleittext.

Außer dem Ortshinweis Toledo, Smart Hotel de Sanidad, konnte er dem Text entnehmen, dass sich auch der Ministro de Sanidad, Manuel Segador, unter den abgelichteten Gästen befand. Und für die weiter erwähnten Namen brauchte er keine Übersetzung: *»El empresario de hosteleria G. Møller, el arquitecto J.-L. Grandgenet, el cardiológico profesor A. Sicking, y sus consortes.«*

Er betrachtete wieder das Bild. Drei Männer, die selbstbewusst von ihren Plätzen hoch in die Kamera schauten. Und zwischen ihnen *sus consortes*, ihre schick gekleideten, tief dekolletierten Frauen.

Y sus consortes war natürlich die entscheidende Neuigkeit. Nicht nur die Herren Grandgenet, Sicking, Møller kannten sich also. Sondern auch ihre Frauen.

Das erweiterte das Netzwerk zwischen ihnen erheblich. Auch das von Brigitte Møller, der heutigen Witwe des Hotelunternehmers. Mit dem Luxemburger Grandgenet, den sie persönlich nicht gekannt haben wollte, hatte sie immerhin zusammen gefeiert. In Spanien. Toledo. Vielleicht anlässlich einer der letzten Hoteleröffnungen ihres Mannes, bevor auch das pleitegegangen war. Dabei hatte sie Seite an Seite mit der Architektengattin Ruth Grandgenet gesessen. Und mit Evelyn Sicking, der Frau des Chefarztes. Die eine tot, die andere schwebte in Lebensgefahr. Beide Frauen Opfer des Imkers.

Baer lehnte sich zurück und atmete durch. Spanien, dachte er. Toledo. Møller, Grandgenet und Sicking ... Mit einem Mal setzte sich in ihm der Gedanke fest, dass der Schlüssel zur Aufklärung ihres Falls womöglich nicht in den Brandenburger Sümpfen, sondern in den spanischen Hochebenen zwischen Madrid und Toledo, Barcelona und Valencia zu finden war.

Der Tod des *empresario de hosteleria*, Gunder Møller. Was, wenn damit angefangen hatte, was drei Jahre später in Brandenburg und Berlin fortgesetzt worden war ...?

Das Telefon klingelte.

Von seinen diffusen Gedanken noch ganz eingenommen, nahm er ab, ohne aufs Display zu schauen. Er wollte sich bereits bei Brock, den er vermutete, für den Link bedanken. Doch es war eine ihm unbekannte Frauenstimme in der Leitung.

»Guten Tag, meine Name ist Wiedemann, spreche ich jetzt mit Herrn Baer?« Sie war offenbar von der Zentrale zu ihm durchgestellt worden.

»Ja, Baer. Worum geht's?« Er wusste nicht, warum, aber er witterte sofort Alarm. Vielleicht lag es an ihrer gehetzten Stimme.

»Ich bin vom SRB, Herr Baer.«

»SRB? Sagt mir nichts. Wollen Sie nicht lieber mit einem anderen ...?«

»SRB, Herr Baer, Schlaganfall-Ring Berlin. Wir sind der freie Träger, der Ihre Frau betreut.«

»Meine Frau? Wieso?« Er spürte einen heftigen Stich in der Herzgegend. Galina arbeitete für den Schlaganfall-Ring. »Warum rufen Sie mich an? Was ist los?«

»Frau Januschewski, also Galina, hatte heute Morgen einen Unfall. Verkehrsunfall. Sie liegt im Krankenhaus. Nicht lebensgefährlich, sie ist schon wieder bei Bewusstsein, halbwegs. Aber unglücklicherweise haben wir erst jetzt erfahren, dass sie wegen des Unfalls gar nicht bei Ihnen im Einsatz war.«

»Nicht im ... Was ist mit meiner Frau? Haben Sie jemand anderen hingeschickt?«

»Nein. Wir wissen ja selbst erst seit ein paar Minuten Bescheid. Herr Baer, ich bitte Sie, jetzt nicht in Panik zu geraten. Ihre Frau ist, jedenfalls nach unseren Unterlagen, nicht mehr vollkommen unselbstständig, kann sich inzwischen alleine im Haushalt bewegen und so weiter. Wir schicken aber gern sofort eine Ersatzbetreuung in Ihre Wohnung, wenn Sie möchten. Meinen Sie, Ihre Frau wird uns öffnen?«

»Keine Ahnung. Ich fahre selbst.«

Und zwar sofort. Er legte auf, angelte seinen Regenmantel vom Haken und stürmte aus dem Büro.

Auf dem Flur kam ihm Brock entgegen, mit einem breiten Grinsen, das bis zu seinem schwarzen Schläfenmal hinaufreichte. »Hübscher Link, was?«

Baer hastete grußlos an ihm vorbei.

44

Auf der Fahrt zurück, entlang der schmalen Uferstraße des Küstins, während die altersschwachen Scheibenwischer beinahe vor den Wassermassen kapitulieren mussten, schaute Jana Seitz immer wieder hinaus auf den See. Aus der bleigrauen Oberfläche wuchsen in Abständen von einigen hundert Metern in gerader Linie ampelrote Markierungen und verloren sich weit hinten im grauen Dunst. Ohne die Bojen hätte man meinen können, die Welt habe ihre Farbe verloren, selbst die jungen Bäume an den Ufern schimmerten aschgrau durch den strömenden Regen, als wären sie über Nacht in die Jahre gekommen.

Ihr Handy klingelte.

Frank.

»Du, ich bin schon auf dem Weg ins Präsidium. Gibt's was Neues?«

»Jana, ich hab vor zwei Minuten einen Anruf von Laschwitz bekommen.« Seine Stimme klang gepresst. Sekundenlang herrschte Schweigen zwischen ihnen. Die Pause blähte sich immer mehr mit Bedeutung auf.

»Ja, und?«

»Warst du vorhin bei Grandgenet? Hast ihn vernommen?«

»Aber sicher. Frank, wir haben das abgesprochen. Vorhin erst.«

»Soll das ein Witz sein, Jana? Wir haben gar nichts abgesprochen.« Seine Stimme zischte in ihren Ohren wie eine geschwungene Peitsche.

»Ich hab's dir jedenfalls gesagt.« Das war ihr nun wirklich zu blöd. Sie hatten andere Sorgen, oder? »Wo liegt für dich auf einmal das Problem, Frank?«

»Nicht für mich. Für Laschwitz. Grandgenet hat sie angerufen. Sich wieder über dich beschwert. Und zwar heftigst. Du hättest Laschwitz mal erleben müssen. Sie ist stinksauer.«

Es kam ihr vor wie ein Déjà-vu. Er versteckte sich wieder mal hinter Laschwitz. Aber wie war das möglich? Laschwitz war zurzeit in Berlin. Sollte Grandgenet sogar ihre Handynummer haben? Ihr wurde plötzlich eiskalt. Welchen Einfluss besaß der Mann auf ihre Chefin?

Sie bremste ab, musste rechts ranfahren und halten. Der Wagen stand, der Motor lief, die Wischblätter schaufelten Wasser. »Frank, ich hab ihm ein paar Fragen gestellt, die noch offen waren. Zum Tathergang. Zu seinen Kenntnissen über die anderen Opfer. Könnte noch wichtig werden für uns.«

»Mach keine Sprüche, Jana.«

»Ich hab nur meine Arbeit gemacht. Und das ist doch wohl okay!«

»Nichts ist okay, Jana, wenn du einem Zeugen, noch dazu einem so sensiblen wie Grandgenet, *allein* auf die Pelle rückst!«

»Sensibel? Grandgenet? Soll das ein Witz sein?«

»Du hättest nicht einfach losfahren dürfen. Ohne letzte Absprache. Mit mir.«

Absprache mit *ihm*? Ja, wäre er denn mitgefahren zu Grandgenet? In der deprimierten Verfassung von heute Morgen? *Never*.

»Frank, worum geht's denn hier? Wir stecken fest mit Adams. Also müssen wir uns mehr um die Hintergründe kümmern. Wir brauchen neue Ansatzpunkte, Hinweise, mögliche Verbindungen von Adams. Und zwar schnell. Wegen des Jungen. Das musst du doch zugeben.«

Sie hörte eine Art Grunzen. »Hintergründe dauern, Jana. Bis wir sie verstanden haben, ist der Junge tot.«

»Das sehen die Berliner aber anders. Baer zumindest. Hast du Laschwitz das nicht gesagt?«

»Wenn Baer in Berlin mir etwas mitzuteilen hat, soll er es mir direkt sagen. Und es nicht über die zweite Garde unters Team streuen.«

»Danke, Frank. Für die zweite Garde.«

»Was ich denke oder sage, Jana, ist dir doch sowieso egal. Du machst, was du willst, ohne Absprachen. Wie man jetzt zum zweiten Mal sieht. Genau wie dein Baer in Berlin. Du passt eigentlich viel besser zu ihm als zu mir.«

»Frank. Übertreib mal nicht. Sag mir lieber, was nun wird. Was hat Laschwitz gesagt?«

»Was sie nach deinem ersten Alleingang angekündigt hat, natürlich: Du bist raus.«

»Raus? Was meinst du?«

»Weg von dem Fall. Raus aus der Einheit. Mit sofortiger Wirkung beurlaubt. Das soll ich dir mitteilen. Dienstanweisung. Nicht meine Idee.«

Ihr wurde schlecht, sie schnappte nach Luft, musste sich mit der Hand am Lenkrad abstützen.

»Jana?«

Sie bekam sekundenlang keinen Ton heraus.

»Jana?«

»All's klar, Frank.«

Sie drückte ihn weg.

Ließ das Handy auf den Beifahrersitz fallen wie ein Stück Abfall in einen Mülleimer.

Stellte den Motor ab, stieg aus.

Warf die Tür zu, lehnte sich mit dem Rücken dagegen. Der Regen klatschte mit dicken, harten Tropfen in ihr Gesicht. Ihr Blick fiel auf einen grünweiß gestrichenen Mast am Uferstreifen des Sees. Wozu stand der da? Ergab der Sinn? Hatte das *alles* hier irgendeinen Sinn? Wozu machte sie ihre Arbeit? Mit welchem Ziel? Für wen eigentlich? Wieso konnte man ihr wegen einer simplen Zeugenvernehmung den Job wegnehmen?

Weil dieser verfluchte Grandgenet Beziehungen hatte. Mächtige Freunde bei der Polizei. Laschwitz.

Und weil die kleine Polizistin Jana Seitz keine Freunde hatte. Nicht mal bei der Polizei.

Heul doch!

Und Frank? War nur ein Rad im Getriebe. Eines, das sich von Laschwitz in jede gewünschte Richtung drehen ließ. Ein Mann, der im entscheidenden Moment den Schwanz einzog. Der sie unterstützte, solange sie für ihn von Nutzen war. Sich aber »raushielt«, sobald es brenzlig wurde. Wenn es Wind von vorn, besser: von oben gab.

Frank war, das fühlte sie jetzt bitter, eine echte Enttäuschung.

Und was würde am Ende für den Fall dabei herauskommen?

Die Wahrheit vielleicht?

Vergiss es.

Nur die Wirklichkeit.

Aber Wahrheit und Wirklichkeit waren zwei ganz verschiedene Dinge, das wurde ihr in diesem Moment so bewusst wie nie zuvor.

Sie gab sich einen Ruck und stieg wieder ein. Klappte die Sonnenblende runter und schaute in den Spiegel. Wischte sich den Regen aus dem Gesicht. Er schmeckte salzig.

45

Ein breites Band aus verschwommenem Grün. Schneeweiße Flecken bewegen sich darin.

Gänse auf einer Weide.

Ein schmaler Streifen Schwarzbraun über dem Grün. Mit angefressenen Spitzen, die nach dem Blau greifen, das leicht und leuchtend über allem schwebt.

Winterende, noch nicht Frühling, kalt.

Aber sie sind ja mit dem Auto unterwegs. Zu ihrem neuen Zuhause. Weit draußen am Fluss.

Sie und Hanno.

Eine schmale Straße, die zu einem lichten Tunnel aus kahlen Bäumen wird.

Ein rotes Haus am Ende des Wegs, langgestreckter roter Backsteinbau, schlicht.

Ankommen. Aussteigen.

Schau mal, Hanno, da drüben das kleine Boot auf dem Wasser.

Aufpassen, Sol, dass er niemals allein …

Und ein Steg, wie schön, sieh mal, Hanno.

… Dass er niemals allein ans Wasser geht.

Flussaue. Das Wasser glatt wie ein Spiegel, der Fluss gesäumt von Schilf und Büschen, Bäumen und … Träumen und …

Ein Graben, schmal, fett glänzend, zäh und schwarz wie Öl, von beiden Seiten überwuchert durch Strauch und Gestrüpp.

Eine Rinne voll geronnenem schwarzem Blut.

Bleib zurück, Hanno, bleib hier stehen, bis Mama zurückkommt. Mama muss fort, einen neuen Ort für uns finden.

Durch die nassen Wiesen, vorbei am Waldrand, bis die Rinne sich dehnt, weitet und ... weiter und weiter ... Und sie sitzt in einem Boot, einem alten Faltboot, Zweisitzer, paddelt den Fluss entlang, immer weiter, und die Abendsonne leert bereits ihr Rot ins ölschwarze Wasser, und der Fluss wird zum See, weit und leer und mit einer frierenden Haut, hauchdünn gekräuselt. Da drüben der Hügel vielleicht, schwarze Stämme vor himmlischer Orangenhaut. Nein, zu licht.

Aber dort! Dichtes dunkles Buschwerk, ein Bollwerk aus Dornen, dazwischen die Lücke, genau richtig fürs Boot.

Land unter den Füßen. Gestrüpp, Gesträuch, Gebüsch. Frische Erde im Wald.

Aber zu locker.

Zu aufgeworfen.

Zu fettfeuchtschwarz.

Aus der Erde wächst eine Blume, schön wie eine Kinderhand, nachtkerzenweiß.

Aber starr.

Aber kalt.

Aber tot.

Das Kind ist tot.

Welches Kind?

Mein Kind.

TOT!

»Alles in Ordnung, Frau Adams?«

Ihr Herz hämmerte. Ihr war heiß. Und kalt.

Eine Frau stand neben ihrem Bett. Weißer Kittel, Stethoskop.

»Sie sind bei uns. Im Krankenhaus. Haftkranken-«

Neben der Stahltür drüben erkannte sie schemenhaft ihren neuen Schatten.

»Sie haben offenbar schlecht geträumt. Wie geht's Ihnen jetzt?« Die Ärztin sah stirnrunzelnd auf sie hinab und griff nach ihrer Hand. Fühlte den Puls.

Sie ließ es geschehen, zu schwach für alles. »Mir ist schlecht.«

»Sie bekommen gleich ein Medikament von mir.«

Sie hob leicht den Kopf und nahm einen dunklen Schatten neben der Stahltür wahr. Versuchte scharf zu stellen. Der Schatten bewegte sich nicht. Fetter Frosch vor einer Fliege. Unbeweglich züngelnd.

Sie sah die Ärztin an. »Lebt der eigentlich?«

»Wer? Wen meinen Sie?«

»Der Frosch da neben der Tür.« Sie versuchte mit dem Kinn in die Richtung zu deuten.

Die Ärztin sah nicht mal hin.

Der Frosch schwieg.

46

Als Baer vor dem Haus einen Parkplatz suchte, fand er natürlich keinen. Aber von den Stellplätzen im Hof für die Autos der Kita-Erzieherinnen war genau ein Platz frei. Er stieß mit dem Wagen in die Lücke, als wäre sie gerade zu dem Zweck, nur für ihn, freigehalten worden.

Er eilte durch den Hof zum Hauseingang und stürmte atemlos das Treppenhaus hinauf. Aus Neumanns Wohnung im ersten Stock drangen wieder grässliche Töne. Es klang wie Schlachtgesang in einer Sprache, die er nicht verstand.

Im zweiten Stock stand die Wohnungstür sperrangelweit offen.

Im ersten Moment begriff er zunächst nicht, dass es wirklich seine Wohnung war, so ungewohnt war das Bild.

Er ging hinein und rief nach Corinna. Keine Antwort. Sein Puls raste immer mehr. Er hastete in alle Räume, Schlafzimmer, Bad, Erkerzimmer, Berliner Zimmer, Küche, Arbeitszimmer. Nichts.

Ihm wurde schlecht vor Aufregung.

Er lief hinaus ins Treppenhaus. Rief wieder ihren Namen. Klingelte bei Engelke, dem Nachbarn auf der Etage. Der alte Mann öffnete nicht, war vielleicht spazieren oder bei seiner Tochter oder sonst wo.

Er stand ratlos im Treppenhaus. Von unten drangen wieder Brüllgesänge herauf, etwas leiser diesmal.

Plötzlich packte ihn ein böser Verdacht.

Die Treppenübung. »Schon bis hinunter in den ersten Stock.«

Das Kriegsgeheul begann von Neuem zu dröhnen.

Er eilte die Stufen hinunter. Klingelte. Hämmerte. Und klingelte.

Der Schlachtgesang erstarb endlich. Die Tür wurde geöffnet. Ein Mann in seinem Alter, Ende fünfzig, stand vor ihm. Mit glasigen Augen. Und einem rot-blauen Trikot von Bayern München über der umfangreichen Wamme.

»Ja? Was gibt's denn?«

Gott, was für eine Fahne.

Zwei weitere Männer schlurften heran. Auch sie im Bayern-Trikot, einer mit einem halbvollen Weißbierglas in der Hand. »Wenn's a Herthaner is, schmeißn ausse.« Das Bier schwappte im Glas, als der Mann dazu die Richtung wies.

Die Sprache, die Baer nicht verstanden hatte: bayerischer Fangesang.

»Ich suche meine Frau. Sie ist krank, verstehen Sie. Haben Sie sie zufällig …«

Der dritte Mann, der Mann ohne Bier, gab ihm ein Handzeichen und Baer folgte ihm durch die Wohnung.

Er glaubte, sein Herz setze aus, als er Corinna sah. Sie saß wie versteinert in einem Sessel, der hinten in Neumanns Wohnzimmer stand. Die Männer des Bayern-Fanklubs standen in Grüppchen im Raum verteilt, starrten ihn mit glasigen Blicken an, als er an ihnen vorbeieilte. Zu Corinna.

Sie sah ihn zuerst an, als würde sie ihn nicht erkennen. Aber als er ihre kalte Hand nahm, stand sie auf und überließ sich ihm – es gab kein anderes Wort dafür.

Der Mann ohne Bier setzte eine entschuldigende Miene auf. »Sie stand im Hausflur und hat geklingelt. Hat gemeint, sie müsste a bisserl ausruhen. Ja, da haben wir ihr den Sessel drinnen angeboten. Und …« Er zuckte die Achseln.

… Und sie halt vergessen, sagte sein Blick, der ebenso betrunken war wie der seiner Kameraden.

Baer führte Corinna aus der Wohnung. Kaum war die Tür hinter ihnen ins Schloss gefallen, brach der Schlachtgesang wieder los. Er hielt sie an der Hand, Stufe für Stufe gingen sie hinauf. Es dauerte lange. Und als sie ihre Wohnung erreichten, hatte sie noch immer kein Wort mit ihm gesprochen.

Erst später, eine ganze Stunde später, konnte sie darüber reden.

Sie saßen nebeneinander auf der Couch.

»Galina …«

»Ja, ich weiß. Sie ist heute nicht zu dir gekommen.«

»Aber ich muss üben. Jeden Tag. Heute auch. Hab ich gemacht.«

»Ja.«

»Bis runter in den …«

»… ersten Stock.«

»Dann ging es nicht mehr.«

»Nein.«

»Diese Männer …« Sie sah ihn verstört an.

»Ja?«

Sie schüttelte den Kopf. »Sie haben angefangen zu …«

Er rang sich ein Lächeln ab. »Zu singen.«

»Nein.« Sie schüttelte wieder den Kopf.

»Nicht? Was … womit haben sie denn angefangen, Corinna?«

Sie sah ihn eindringlich an. »Nicht schlimm.«

»Bist du sicher, Schatz?« Er betrachtete sie erschrocken.

Sie begann zu weinen und er begriff nichts. Er nahm sie in den Arm und sie – wieder fiel ihm nur das eine Wort dafür ein – überließ sich ihm.

Noch später, sie saßen bereits im Dunkeln, klingelte das Telefon. Er löste sich von Corinna, die eingeschlafen war, stand auf und ging ran.

Es war Liv Grünberg.

47

Jana war durch den Regen gleich nach Hause gefahren. Hatte heiß geduscht und sich ins Bett gelegt.

Nach kurzer Zeit war sie wieder aufgestanden. Die Bettwäsche roch nach Frank. Sie wechselte sie.

Sie warf sich in die frisch bezogenen Kissen, vergrub sich darin. Frank-freie Zone jetzt.

Als sie wieder aufwachte und einen Blick durch die schmale Balkontür warf, war der Hinterhof bereits dunkel wie ein Brunnenschacht. Sie musste wie ein Stein geschlafen haben.

Wenigstens hatte es aufgehört zu regnen.

Sie stand auf, ging ins Bad, duschte. Eiskalt.

Das tat gut.

Sie zog den Bademantel an und fand im Kühlschrank noch die Eier, die sie gestern, während der Zeit des Wartens nach dem Zwischenfall mit Solveigh Adams, zusammen mit ein paar anderen

Kleinigkeiten vorsorglich eingekauft hatte. Sie machte sich Rührei, gabelte es lustlos in sich hinein. Überlegte, ob sie Mascha anrufen sollte.

Nein, Mascha hatte eigene Sorgen. Ihre Freundin suchte schon seit über einem Jahr erfolglos einen Job als Museumspädagogin. Oder als Theaterpädagogin. Oder als irgendeine Pädagogin. Wäre nicht fair, sie jetzt als Kummerkasten zu missbrauchen, nachdem sich Jana wochenlang nicht bei ihr gemeldet hatte.

Eine Weile saß sie in der kleinen Küche und sah aus dem Fenster. Schaute den Autos beim Ein- oder Ausparken am Straßenrand zu. Hörte die Vorbeifahrenden übers Kopfsteinpflaster donnern. Die Laternen flimmerten, schufen weißblaue Lichthöfe im Dunst der Straße.

Sie ging rüber ins Zimmer und setzte sich mit ihrem Tablet-Computer auf die Couch. Öffnete die regionale Nachrichten-App. Rief das letzte Video auf.

Sie musste nicht suchen – die Pressekonferenz zur Entführung von Tobias war der Aufmacher. Da waren sie, Laschwitz, Iwersen, Kessler. Zwei Staatsanwälte, die Pressesprecher. Es fehlte: Frank. Den Laschwitz gar nicht erst gebeten hatte, mitzufahren, wie sie wusste. Geschah ihm recht. Aber auch Baer war nicht dabei. Am Rand des Bildes erkannte sie jetzt Liv Grünberg; wahrscheinlich ließ Baer sich von ihr vertreten. Die beiden schienen wirklich gut zu harmonieren, den Eindruck hatte sie von Anfang an gehabt.

Die Bilanz des Reporters über den Stand der Ermittlungen klang, wie sollte es anders sein, vernichtend. Kein Lebenszeichen von Tobias. Kein Geständnis der Tatverdächtigen Solveigh A. Kein Erfolg bei der Vernehmung der Verdächtigen, da sie die Aussage verweigere und es der Polizei nicht gelinge, ihre Blockadehaltung trotz scharfer Verhörmethoden zu durchbrechen. Ja, sämtliche Aufzeichnungen von Überwachungskameras an öffentlichen Plätzen, Bahnhöfen, Flughäfen und so weiter würden nach wie vor ausgewertet. Weiter ohne jeden Anhaltspunkt. Ein Foto des Jungen, das nach Aussage seiner Großeltern als lebensnah galt – hatte der Typ wirklich *lebensnah* gesagt? –, war in allen Print- und Onlinemedien, regional und überregional in den großen Nachrichtensendungen verbreitet worden. Mit unzähligen Reaktionen aus der Bevölkerung. Sechzig Beamte seien permanent damit beschäftigt, diese auszuwerten. Und dennoch: nicht der Hauch einer Spur, die zum Versteck des Jungen führen könnte. »Lebt der kleine Tobias überhaupt noch? Betretene Mienen bei den Verantwortlichen der Polizei.« Die Kamera zeigte die langen Gesichter von Laschwitz und Iwersen. Als verantwortliche Leiter wirkten sie nicht nur wie Versager, sondern wie Angeklagte, die soeben vollständig ihrer Schuld überführt worden waren.

Jana schloss die App und legte das Tablet neben sich auf die Couch. Ging in den Flur, holte ihr Handy aus der Handtasche, schaltete es ein, setzte sich damit wieder an den Küchentisch. Wählte.

»Hallo, Jana. Was Neues in Potsdam?«

»Liv. Wahrscheinlich darf ich gar nicht mehr mit Ihnen reden.«

»Was?« Sie hörte Liv Grünberg lachen. »Wieso? Hat jemand gesagt, ich wäre ein schädlicher Einfluss für Sie?«

»Nein, eher umgekehrt.«

»Jana, was ist passiert?«

»Ich bin beurlaubt. Ab sofort. Übersetzt: rausgeschmissen aus der Einheit.«

Liv schwieg ein paar Sekunden lang. Nur ein Knacken in der Leitung. »Warum, Jana? Mit welcher Begründung denn?«

»Es ist ... kompliziert. Hat mit meinen Ermittlungen zu tun, nach unserem Gespräch heute Morgen. Die Hintergründe der Opfer, der Grandgenet-Überfall. Ich habe ihm heute etwas auf den Zahn gefühlt. Er hat Aua geschrien und Laschwitz hat's gehört.«

»Na und?«

»Er ist gut Freund mit ihr. Oder mit ihrem Mann, was weiß ich. Jedenfalls steht er unter Denkmalschutz oder so was.«

»Ach, du Schande. Auch das noch.« Sie hörte Liv leicht aufstöhnen. »Ich denke, ich spreche am besten mit Baer. Sind Sie in der nächsten Zeit erreichbar unter der Nummer, Jana?«

»Tag und Nacht.«

»Ich melde mich so schnell wie möglich.«

»Danke, Liv.«

»Na klar.«

Liv Grünbergs unsentimentale, sachliche Stimme tat ihr gut.

48

Baer fühlte sich schlecht.

Nach Corinnas verunglücktem Ausflug in den ersten Stock gestern musste er sie heute Morgen einer neuen Hilfskraft überlassen, die auf ihn wirkte, als bräuchte sie selbst psychologische Betreuung.

Sie hieß Olga Kurella und kam aus der Ukraine. Ihr starrer Blick aus den graublauen Augen drückte das Trauma aus, das sie erlebt haben musste.

Laut SRB war sie ausgebildete Altenpflegerin, doch sie arbeitete erst seit zwei Monaten für die Schlaganfallhilfe und sprach kaum Deutsch.

Sie würden schon reinkommen, sie und Olga, versuchte Corinna ihn zu beruhigen. Sie wollte wohl »klarkommen« sagen, dachte Baer und verließ mit schlechtem Gewissen die Wohnung.

Erst als er mit langen Schritten durch den Hof den Parkplätzen der Kita-Erzieherinnen zustrebte, fiel ihm siedend heiß ein, dass er seinen Wagen gestern verbotenerweise dort abgestellt – und danach vollkommen vergessen hatte. Der Anblick, als er die Stellplätze erreichte, verwirrte und erleichterte ihn gleichermaßen. Sein silbergrauer Citroën stand noch an seinem Platz. Es war jedoch das einzige Auto, das dort parkte. Baer warf einen Blick zum Kita-Gebäude hinüber und sah kein Licht. Vielleicht waren die Mitarbeiterinnen in den Streik getreten oder etwas Ähnliches.

Dann fuhr er ins Präsidium.

Da saß er nun also in seinem Büro, zusammen mit Liv und Iwersen an dem kleinen Besuchertisch.

Der Anlass war Jana Seitz. Ihre Beurlaubung, ihr Rausschmiss aus dem Brandenburger Team, war der zweite Grund an diesem Morgen, dass er sich schlecht fühlte. Seine »kleine Anfrage«, wie Liv es ironisch genannt hatte, seine Bitte an Seitz, für mehr Material im Fall Grandgenet zu sorgen, war anscheinend der Auslöser für den Ärger gewesen, den sie sich eingehandelt hatte.

Liv hatte mit Jana Seitz telefoniert und von ihr erfahren, dass es irgendeine persönliche Verbindung zwischen dem Architekten Grandgenet und Laschwitz geben musste, die schon eine simple Zeugenbefragung zum Drahtseilakt werden ließ.

Aber sie *brauchten* mehr Material, Herrgott noch mal. Und nun stellte sich heraus, dass es Laschwitz selbst war, die das bislang verhindert hatte! Die dünne Dokumentation zum Grandgenet-Überfall wunderte ihn jetzt nicht mehr.

Iwersen, der es kaum aushielt, in Baers Büro nicht zu rauchen, fingerte nervös an einer Zigarette, die er nur zu gern angezündet hätte. »Sag mal, Roman, hast du die Brandenburger inzwischen über unsere eigenen Recherchen zu Grandgenet, Møller, Hellwig informiert? Deine Vernehmung der Møller –, weiß Fleischmann davon? Hast du Laschwitz eingeweiht?«

Baer sah Iwersen verdrossen an. »Wann denn, Rolf? Ich hab dir gesagt, was gestern mit Corinna passiert ist. Dass ich nach Hause …«

Iwersen winkte rasch ab, mit der kalten Zigarette in der Hand. »Schon gut, okay.« Er sog Luft ein und stieß sie durch die Nase wieder aus, als würde er das Rauchen simulieren. »Bloß, das macht die Sache jetzt nicht leichter, wenn ich mit Laschwitz reden soll. Sie wird stinksauer sein, wenn sie erfährt, dass du dich über schlampiges Material aus Brandenburg beschwerst, selbst aber auch nicht lieferst. Oder nur verspätet.«

Liv, die Iwersen gegenübersaß, beugte sich vor. »Versuch's einfach bei ihr, Rolf. Jana Seitz hat sachlich vollkommen korrekt gehandelt. Und ihre Vernehmung von Grandgenet gestern ergänzt unsere eigenen Ergebnisse. Es gibt Verbindungen zu den anderen Opfern beziehungsweise deren Familien, die wir nicht einfach ignorieren können.«

Iwersen schien trotzdem alles andere als zufrieden damit. »Wisst ihr, ich verstehe momentan nicht, wohin uns das alles führen soll.« Er sah abwechselnd Baer und Liv Grünberg an. »Unsere Tatverdächtige, die Adams, passt ideal zu dem Mord an Sicking, der Entführung von Tobias. Dafür haben wir sogar den Beweis, das Puzzleteil. Vorhin kam die Laborbestätigung: DNA von Tobias Sicking, seinen Eltern und Solveigh Adams. Sonst keine.«

Baer wollte wissen, was der Abgleich der DNA an der Leiche von Ruth Grandgenet ergeben habe.

»Keine DNA von Adams, wenn du das meinst. Aber das Fehlen beweist nicht, dass sie es nicht war. Der Imkeranzug hat es perfekt verhindert. Auch dass wir die Tatwaffe in allen drei Fällen bei ihr nicht gefunden haben, heißt nicht, dass die Ein-Täter-Theorie falsch ist. Oder?«

»Nein, hast recht, Rolf, Adams könnte es nach wie vor gewesen sein.« Baer deutete ein Nicken an. »Andererseits dürfen wir uns nicht dümmer stellen, als wir sind. Wir wissen inzwischen, dass die Überfallopfer sich unabhängig von Solveigh Adams sehr wohl kannten. Und zwar schon lange. Wenn Adams davon wusste, wäre es ausgesprochen idiotisch von ihr gewesen, sie zu überfallen, um eine Serie vorzutäuschen. Weil die Spur über Sicking, mit dem sie alle bekannt waren, auch zu Adams führen konnte. Immer vorausgesetzt, wir ermitteln umfassend und nicht stümperhaft oder nur mit Ergebnissen, die von Laschwitz freigegeben werden. Wenn Adams aber von den Verbindungen *nicht* wusste, wäre es schon ein sehr seltsamer Zufall, dass ausgerechnet diese Personen zu ihren Opfern wurden.« Baer schüttelte unwirsch den Kopf. »Was mich mindestens genauso stutzig macht: Nicht die kleinste Bemerkung unserer Opfer dazu, dass man sich gekannt hat! Kein Bedauern darüber, dass leider auch andere aus dem Geschäftsumfeld vom Hotelier Møller überfallen wurden! Møllers Witwe hat die Kontakte zu Grandgenet und Sicking derart kleingeredet, dass ihre Lügennase wahrscheinlich schon den Kamin in ihrem Haus hinaufwächst. Und wenn Grandgenet so gut Freund mit Laschwitz ist, wieso hat er nicht wenigstens *ihr* davon berichtet, dass er sowohl unser erstes Mordopfer, den Chefarzt Sicking, kannte als auch den Hotelunternehmer Møller selig? In dessen Villa immerhin Arne Hellwig ermordet wurde, der Geliebte der Witwe? Oder behält Laschwitz solche Details lieber für sich? Weil sie im stillen Kämmerlein beschließt, sie unwichtig zu finden?«

Iwersen tippte immer ungeduldiger mit der Zigarette auf die Tischplatte, Tabakkrümel fielen heraus, die er mit der Hand fortwischte. »Na schön, ich rede mit Laschwitz über Seitz. Und über deine ... alternative Ermittlungsrichtung, Roman.« Er stand ächzend auf und sah stirnrunzelnd auf Baer herunter. »Aber die Details verklickerst du ihr selbst. Und zwar bald.« Er verließ das Zimmer.

Liv Grünberg sah Baer mit ernster Miene an. »Wie geht's deiner Frau, Roman?«

Er hatte Liv, als sie ihn gestern Abend zu Hause angerufen hatte, bereits erzählt, dass Corinna sich überanstrengt und einen Rückfall erlitten hatte. »Ich hoffe, besser. Besser als gestern zumindest.«

Sie sah ihn mitfühlend an.

Dann schwiegen sie miteinander.

Es dauerte nicht mal eine Zigarettenlänge, bis Iwersen wieder erschien. Sein Blick wirkte gehetzt, sein Gesichtsausdruck frustriert. Er setzte sich nicht, sondern blieb neben Baer stehen, legte eine Hand an dessen Stuhllehne.

»Wie ich es erwartet hatte. Laschwitz schäumt vor Wut. Sie

fühlt sich von dir hintergangen, Roman.« Er tippte Baer mit einem Finger auf die Schulter. »Überhaupt würden wir nicht mit ihrem Team kooperieren, sondern intrigieren, Informationen verschleppen, Mitarbeiterinnen gegen Vorgesetzte aufhetzen und so weiter. Starker Tobak.«

Liv Grünberg sah Baer an. Wartete auf eine Reaktion von ihm, genau wie Iwersen.

Baer machte eine halbe Drehung auf seinem Stuhl und sah zu ihm hoch. »Findest du das nicht seltsam, Rolf?«

Iwersen sah ihn verstört an. »Was?«

»Wie Laschwitz sich verhält. Dass sie sich wegen Grandgenet so aufspielt! Ihre beste Ermittlerin gibt sich alle Mühe, den Fall voranzubringen, kooperiert mit uns, wie Laschwitz es sich von unserer Seite wünscht. Und was macht die Chefin? Schmeißt sie raus. Was soll das?«

Dabei hatte er Roswitha Laschwitz noch kürzlich den Sachverstand zugetraut, zu erkennen, dass Jana Seitz genau den Biss hatte, den der Erste Ermittler Fleischmann vermissen ließ.

Iwersen schüttelte den Kopf. »Laschwitz findet, dass illoyale Mitarbeiter den Fall blockieren. Ein Prinzip der Führung, meint sie. Davon hätte ich offensichtlich noch nichts gehört.« Er tippte sich mit dem Finger gegen die schmächtige Brust und zeigte seine langen nikotingelben Zähne. »Wenn du dich aber mit Seitz so gut verstehen würdest, solle sie sich doch bei uns in Berlin bewerben.« Er schob die bläulichen Lippen vor. »Ich hatte es geahnt, dass sie so reagieren würde.«

Liv Grünberg machte ein enttäuschtes Gesicht. »Wirklich nichts zu machen, Rolf?«

»Absolut nichts.«

Baer stand auf. Dann musste es eben andere Wege geben. Er ging hinüber zum Telefon auf seinem Schreibtisch. Wählte Jana Seitz' Handynummer, die er sich von Liv bereits gestern hatte geben lassen.

Zehn Minuten später saß er in seinem Auto. Noch bevor er losfuhr, auf dem Parkplatz des Präsidiums, rief er bei sich zu Hause an.

Die Neue, Olga Kurella, nahm ab.

»Hallo, hier ist …«

Sein Gruß ging ins Leere, sie reichte den Hörer offenbar weiter, weil er sie nur noch dünn sagen hörte: »Mann.«

Im nächsten Moment hatte er Corinnas dunkle, momentan wieder etwas flatternde Stimme am Ohr.

»Roman?«

Es gehe ihr gut. Sie fühle sich wohl. Sie höre Olga zu.

»Du hörst ihr zu? Wobei?«

»Sie … erzählt von sich. Von ihrem Leben.«

»Aber sie spricht doch kaum Deutsch.«

»Dafür muss man nicht Deutsch können. Ich verstehe sie jedenfalls.«

Sie legte ohne Abschied auf.

Er fuhr los. Etwas irritiert durch Corinnas ungewohnt schroffe Art, aber froh, dass sie sich mit Olga verstand. Wie auch immer sie das machte. Er klappte die Blende runter, die Sonne schien, als wäre es nie anders gewesen. Der Verkehr lief störungsfrei und er brauchte kaum eine halbe Stunde bis Potsdam.

Jana Seitz wohnte in einer Altbauwohnung in der Nähe von Sanssouci. Vom Park war jedoch nicht viel zu sehen, da eine hohe Mauer und ein Nebengebäude den Blick versperrten.

Sie machte einen Mitleid erregenden Eindruck, als sie ihm die Wohnungstür öffnete und ihn durch den engen Flur in ein kleines Wohnzimmer führte. Das Gesicht verheult, das Weiß der dunklen Augen von roten Äderchen durchzogen, die Haare hingen ihr in stumpfen rötlichen Strähnen, manche wie kleine Stricke, um den Kopf, sogar ihre Bewegungen in dem verwaschenen grünen Jeanskleid wirkten ungewohnt linkisch.

Sie bot ihm einen Platz auf dem Sofa an, doch ihm war nicht nach Entspannung, so setzten sie sich an den kleinen Tisch.

Jana Seitz hatte Tee gemacht und verschüttete einiges davon, als sie ihm davon etwas in die filigrane weiße Schale einschenkte. Sie reichte ihm Anisplätzchen in einer Glasschale und er bemerkte, dass ihre Hand zitterte.

Sie tat ihm leid.

Und er fühlte sich schuldig.

Baer seufzte schwer. »Wenn ich gewusst hätte, Jana, was ich mit meiner …«

Sie hob abwehrend eine Hand. »Nicht Ihre Schuld.« Ihre raue Stimme klang dünn und verzagt. »Sie hatten ja recht, wir haben nicht gut gearbeitet.«

Er nahm einen Schluck Tee, knabberte ein Anisplätzchen. Und schilderte ihr dann, als wäre sie nach wie vor im Dienst, was das Berliner Team über die beruflichen Verflechtungen zwischen Architekt Grandgenet, Hotelunternehmer Møller und den Mordopfern Albert Sicking und Arne Hellwig herausgefunden hatte. Dass auch die Frauen dieser Männer sich gekannt haben mussten. Sich mindestens einmal persönlich begegnet waren. In Spanien. Bei einem Treffen, dessen Ort sie so leicht nicht vergessen haben dürften. Toledo. Wo Gunder Møller sich nämlich das Leben genommen hatte. »Von der Stadtmauer gestürzt. Angeblich.«

»Sie meinen, es könnte jemand nachgeholfen haben, dass Møller unten aufschlägt?«

Baer zuckte die Schultern. »Seine Witwe hat sage und schreibe drei Millionen Euro Versicherungssumme kassiert.« Er schüttelte den Kopf. »Das Dumme ist nur, dass uns das nicht weiterbringt. Wir wissen zu wenig über die genauen Umstände damals. Die spanischen Kollegen haben Møllers Tod in Toledo als Selbstmord infolge seiner beruflichen Pleite eingeschätzt. Und den Fall ad acta gelegt. Keine Chance, dass sie ihn wiederaufnehmen.«

Er hatte Wundt damit beauftragt, die Behörden in Madrid mithilfe eines Dolmetschers zum Fall Gunder Møller schriftlich zu kontaktieren. Die Antwort des zuständigen spanischen Staatsanwalts kam beinahe umgehend und war eindeutig und geradezu scharf formuliert: Møllers Suizid unterscheide sich in keinem relevanten Aspekt von anderen Selbstmorden inländischer, sprich spanischer, wie ausländischer Bankrotteure infolge der Immobilienkrise. Es sei auch im Fall Møller intensiv ermittelt worden und im Ergebnis ohne jedes Anzeichen von Fremdverschulden geblieben. Die Auszahlung einer (»wie üblich hohen«) Lebensversicherungssumme an Hinterbliebene, die die deutschen Kollegen jetzt erwähnten, sei in diesen Fällen nicht die Ausnahme, sondern die Regel, da der betroffene Personenkreis »in besseren Zeiten« für den Lebensstandard der Angehörigen umfangreich vorzusorgen pflege. Falls darüber hinaus keine Anhaltspunkte für eine Straftat vorlägen, bäte man, von weiteren Anfragen im längst abgeschlossenen und den deutschen Behörden bereits übermittelten Fall Møller Abstand zu nehmen.

Offenbar hatte man bereits die Nachfrage als versteckte Kritik an der Arbeit der spanischen Kollegen wahrgenommen. Weiß Gott ein Missverständnis.

Baer nahm noch ein Plätzchen. Sie schmeckten gut. »Außerdem fragt sich natürlich, was ein eventueller Mord vor drei Jahren in Spanien mit den aktuellen Überfällen zu tun haben könnte.«

Vielleicht hatte Iwersen mit seiner deutlichen Kritik an Baers – wie hatte er sich ausgedrückt? – »alternativen Ermittlungsrichtung« ja recht und sie befanden sich schlicht auf dem Holzweg?

»Eben. Das fragt sich!« Jana Seitz sah plötzlich aus, als strömte das Leben wieder zu ihr zurück, ihre dunklen Augen blitzten ihn an. »Wie wollen wir Zusammenhänge finden, wenn wir nicht ermitteln? Vor Ort. Hier bei uns, genauso wie in Spanien?«

Er sah sie verblüfft an. Das hätten seine Worte sein können.

Sie hob die strichschmalen Brauen, in ihrem ganzen Gesicht arbeitete es. »Brauchen wir denn die spanischen Behörden? Jemand von uns könnte doch vor Ort … auf eigene Rechnung quasi …«

»Schlagen Sie sich das aus dem Kopf, Jana. Das wäre kein Urlaub. Sondern immer noch eine Mordermittlung. Wenn auch inoffiziell.«

»Aber nicht illegal.« Sie schaute ihm entschlossen in die Augen.

Er schüttelte tadelnd den Kopf. »Jana. Jetzt bleiben Sie mal auf dem Teppich.«

»Geht nicht, Herr Baer. Man hat mir gerade den Teppich unter den Füßen weggezogen. Ich bin be-ur-laubt.« Sie betonte bitterironisch jede Silbe. »Aber: Ich spreche Spanisch.«

Nein, das konnte Baer nicht zulassen. Sie hatte schon genug Scherereien. »Jana, bewerben Sie sich bei uns und ich werde alles tun, damit man Sie nach Berlin versetzt. Liv Grünberg und Iwersen unterstützen das sicher auch.«

Sie sah ihn eine Weile schweigend an. »Ich hatte eine Kollegin früher, Mascha. Sie wurde gemobbt. Von zwei tollen Kollegen, die im Grunde scharf auf sie waren, aber ohne Chance bei ihr. Sie hat einen Antrag auf Versetzung gestellt. Egal wohin. Nach einem Jahr war immer noch nichts passiert. Sie hat gekündigt. Noch mal studiert. Bachelor in Pädagogik. Heute ist sie arbeitslos.« Sie schüttelte den Kopf. »Ich will damit sagen …«

»Ich weiß, was Sie damit sagen wollen, Jana.«

Sie hatte recht. Versetzungsanträge waren wie alle Verwaltungsvorgänge, besonders im Personalbereich, unberechenbar. Es konnte alles rasend schnell gehen. Oder Jahre dauern. Oder niemals klappen.

Baer lehnte sich auf seinem Stuhl zurück und versuchte nachzudenken. Es gelang ihm nur schlecht. Er beugte sich wieder vor und spürte, dass sie seinen Widerstand schon gebrochen hatte. »Wie gut sprechen Sie denn Spanisch?«

Ihre Augen hellten sich auf. »Genug, um dort klarzukommen.«

»Sie müssen aber wissen, dass ich offiziell von so einer … Reise nicht das Geringste wissen darf.«

»Ist mir klar.«

»Was hätten Sie also davon? Warum sollten Sie so etwas Verrücktes tun?«

Sie zuckte nur ganz leicht mit den Mundwinkeln. »Weil ich wahnsinnig scharf darauf wäre, die langen Gesichter von Laschwitz und Frank zu sehen, wenn sie am Ende doch baden gingen.«

»Das ist ziemlich unwahrscheinlich, Jana.«

Sie seufzte und schwieg wieder eine Weile. »Wissen Sie, Herr Baer, so wie es jetzt läuft, macht es keinen Sinn für mich. Ich will die Wahrheit herausfinden. *Die* Wahrheit. Nicht eine Wahrheit, die sich gut verkaufen lässt. Wie Frank und Laschwitz es machen.«

Er verstand das. Sie dachte wie er früher – und wie er es jetzt eigentlich immer noch tat. Aber er wusste zugleich, dass es die absolute Wahrheit nicht gab. Sie war so relativ wie die Zeit. Jeder Mensch hatte seine eigene Wahrheit. Bei einem Verbrechen gab es so viele Wahrheiten wie Beteiligte in einem Fall. Die Wahrheit der Täter. Der Opfer. Die Wahrheit der Ermittler und die der Strafverfolger. Schwierige Sache, am Ende bei Gericht zu entscheiden, welche davon die *eine* Wahrheit war. Er war froh, kein Richter geworden zu sein.

Sie hielt seinen Blick noch immer fest. »Sie haben mich gefragt, nach der ersten Vernehmung, da haben Sie mich gefragt, was ich von Solveigh Adams halte. Ob ich ihr die Taten zutraue. Wissen Sie noch?«

Er nickte. Natürlich erinnerte er sich.

»Ehrlich gesagt, ich weiß nicht, was ihr zuzutrauen ist. Aber was mich stutzig gemacht hat, ist die Reaktion von Adams in der zweiten Vernehmung. Sie sah aus, als hätte sie nicht die geringste Ahnung, wovon ich eigentlich rede, als ich Details des Tathergangs erwähnte. Den Hund der Møller, den nackten Hellwig. Die gesamte Tatsituation in der Møller-Villa schien ihr vollkommen fremd zu sein.« Sie zuckte die Schultern. »Vielleicht war das vorgetäuscht von ihr. Möglich. Aber das ist noch nicht alles.« Jana schaute jetzt wie durch ihn hindurch, weiterhin ernst und konzentriert. »Ich frage mich, wie es einer intelligenten Frau wie Adams, die schon als OP-Schwester Nervenstärke, Umsicht, Planung, Geduld und so weiter trainiert haben musste – wie es ausgerechnet ihr passieren konnte, dass sie eine behinderte Frau aus purer Nachlässigkeit umgebracht hat.« Sie deutete ein Kopfschütteln an. Ihr Blick heftete sich wieder an seine Augen. »Unsere Tatverdächtige passt vielleicht zum Fall Sicking. Aber nicht zum Rest der Serie, vor allem nicht zum Tod von Ruth Grandgenet.«

Er nahm einen Schluck, aß ein weiteres Plätzchen (schmeckten einfach zu gut) und sah sie wieder verwundert an. Ihre Miene zeigte jetzt nicht mehr das geringste Anzeichen von Verzagtheit oder gar Resignation. Sie streckte den Rücken durch und schenkte ihm Tee nach. Ihre Hand zitterte nicht mehr.

49

Ich hatte immer eine Scheißangst vor dem Alten. Vor Opa. Schon als ich noch klein war.

Ich wusste, er war zu allem fähig. Er machte ja nicht mal vor ihr *Halt.*

Nachts hat er sie sich vorgenommen, hab's tausend Mal gehört. Schon vor Paul und nach ihm erst recht. Es hat gerumpelt in ihrem Zimmer und sie hat geschrien, als würde er sie in Stücke hauen.

Einmal, wirklich nur ein einziges Mal, bin ich nachts in ihr Zimmer, noch halb im Schlaf. War wach geworden durch den Lärm, das Poltern und ihr Schreien. Ich mache die Tür auf, die Nachttischlampe war an, und sehe ihn, wie er sie sich vornimmt.

Ich meine, ich hatte keine Ahnung, dass *er es tat. Hab's erst hinterher begriffen, viel später, was da lief.*

Er starrt mich an, greift sich auf einmal an sein Ding, sein hässliches, und fängt so an zu lachen: Ja, da staunst du, was? Das ist mein *Stachel. Und wenn du dich jetzt nicht sofort wieder in dein Bett verziehst, spieß ich* dich *als Nächstes damit auf, kapiert?*

Und ob ich kapiert habe.

Später hatte ich dann immer diesen Traum.

Den Bienentraum.

Ich träume, ich liege im Bett. Voll der Scheißtraum: Du liegst im Bett und träumst, dass du im Bett liegst.

Es ist dunkel im Zimmer, Nacht.

Die Tür geht auf, ganz langsam und leise.

Im Türrahmen steht ER, der Bienenmann.

Er hat eine Taschenlampe, damit beleuchtet er das dunkle Netz vor dem Gesicht. Ich erkenne die hellen Umrisse von seinem Imkerhut. Und den weißen Anzug, den er trägt. Und seine Schutzhandschuhe.

Aber ich weiß, in dem Traum weiß ich einfach, dass der Bienenmann in Wahrheit er ist, der Alte: Opa.

Ich trau mich nicht zu sprechen. Trau mich nicht mal zu atmen.

Ich höre ihn lachen. Hinter seinem dunklen Netz kann ich ihn hören. Er lacht heiser und schnell. Typisch für den Alten, ich kenne seine widerliche Lache ganz genau. Er hört sich an wie Bruno, wenn er hechelt.

Er lacht, weil er sich freut. Weil die Bienen mich jetzt stechen werden. Denn er wird sie ins Zimmer lassen, Tausende Bienen mit ihren Stacheln, die mich aufspießen wollen. In den Mund, in den Bauch, ins Gesicht. Mitten in die Augen werden sie stechen. Weil er es so will. Der Bienenmann. Weil er es ihnen befiehlt. Opa. Er ist der Bienenmann.

Ich ziehe blitzschnell die Decke übern Kopf, verkriech mich unter den Kissen.

Ich fange an zu schreien, rufe nach meiner Mutter,

Bloß, ›Mutti‹ kam nie, wenn ich sie rief. In dem Scheißtraum nicht. In Wirklichkeit nicht. Nie wenn ich sie mal brauchte.

Ich bin dann aufgewacht, klatschnass am ganzen Körper. Und das Bett war auch immer nass. Wenn meine Mutter ins Zimmer kam und die Sauerei sah, keifte sie immer gleich los: Schon wieder eingepinkelt! Ich wär ein Ferkel, ich soll mich schämen, ich wär doch schon ein großes Schulkind. Keif, keif, keif.

Anfangs habe ich noch geheult und gejammert: Opa ist schuld. Opa *stand heute Nacht wieder in der Tür. Er ist der Bienenmann! Er schickt seine Bienen. Sie wollen mich totstechen.*

Ich dachte wirklich, *dass der Alte nachts in mein Zimmer kommt. Als der Bienenmann. Um mir Angst einzujagen, um zu sehen, wie ich – Scheiße, wie ich fast sterbe vor Angst!*

Dafür kriegte ich dann von ihr den Arsch versohlt. Von meiner Mutter.

Und das Gekeife ging wieder los: Ich wär eine Plage. Sie hätt mich besser weggemacht, als es noch möglich war. Ich soll froh sein, dass mein Opa sich um mich kümmert.

Und überhaupt soll ich endlich mal kapieren, dass ich bloß träume: immer denselben Traum, deinen Scheiß-Bienenmann-Traum!

Ja, ja, ich kapier's, hab ich geschrien, damit sie aufhörte, mir den Buckel grün und blau zu hauen.

Aber ich wusste, in der nächsten Nacht würde ich wieder einpinkeln, wenn der Bienenmann in mein Zimmer kommt. Und seine Bienen auf mich hetzt. Damit sie mich TOTSTECHEN.

50

Zwei uniformierte Beamtinnen betraten das Zimmer, legten ihr Handschellen an und führten sie hinaus.

Sie wusste Bescheid, hatte bereits seit Stunden vollständig angezogen auf dem harten Stuhl neben ihrem Bett gesessen und auf den Abtransport gewartet.

Hanauer, ihr domestizierter Anwalt, hatte sie heute – Freitag, 4. November, wenn sie sich nicht täuschte – schon früh besucht und sie darüber informiert, dass man sie verlegen werde. Nach Gubow, in die einzige U-Haftanstalt für Frauen im Land Brandenburg mit angeschlossener Krankenabteilung.

Die Ärzte dort würden sie noch einmal untersuchen, das sei ihm zugesichert worden.

Aber sie wusste so gut wie Hanauer, dass die Gubower Weißkittel wohl kaum der heute früh getroffenen Einschätzung ihrer Potsdamer Kollegen widersprechen würden, dass sie spätestens morgen wieder vernehmungsfähig sei.

Sie sagte ihm das.

Er zuckte bedauernd die Achseln. Die Ärzte seien nun mal autonom in ihren Entscheidungen.

Autonom? Gefängnisärzte? Ob das ein Witz sein solle? Sie hatte ihn hinausgejagt.

Wie sie es geahnt hatte: Hanauer war zu brav, um ein guter Anwalt zu sein. Mit ihm würde sie jeden Prozess verlieren. Diesen erst recht.

Im Innenhof wartete bereits der Gefangenentransporter auf sie. Sie hoffte, außer den beiden Beamtinnen, die sie aus dem Zimmer geführt hatten, und einem weiteren Bullen, der im Flur auf sie wartete, noch auf die Begleitung durch Elisabeth. Doch sie wurde enttäuscht, es stieg niemand mehr zu.

Sie fuhren eine ganze Stunde. Im rückwärtigen Fenster zog der Transporter Bilder des tristen flachen Landstrichs hinter sich her wie ein Schleppnetz voll abgestandener Erinnerungen.

In Gubow angekommen, hätte sie erwartet, dass man sie zuerst in die medizinische Abteilung führen würde, um ihr den zweiten Unbedenklichkeitsstempel des heutigen Tages aufzudrücken: vernehmungsfähig. Doch der Weg führte vom Innenhof der Anstalt in einen Seitentrakt des Gebäudes und durch einen schier endlos anmutenden Flur direkt in ihre Zelle.

Zelle 97.

»Kommt gleich jemand«, beschied ihr eine der beiden Wachhündinnen, die sie auf dem Transport begleitet hatten.

Sie setzte sich auf das schmale Bett und musste sich nicht mal umsehen, um die übliche Ausstattung der U-Haft-Zelle zu erfassen:

Bett, Schrank, Tisch, Stuhl. Waschbecken, Spiegel, Klo. Ein Heizkörper ohne Thermostat, eine Deckenlampe ohne Lichtschalter an der Wand. Alles zentral reguliert. Besondere Wünsche bitte über Ihren Anwalt. Oder per Vormelder, das hieß schriftlich, per Antrag, der dann bearbeitet wurde oder auch nicht.

Sie hockte wieder im Schneidersitz auf dem Bett, unter sich eine biberbraune Decke mit dem gleichen Aufdruck wie auf den Klamotten, die man ihr zum Anziehen gegeben hatte: Eigentum des Landes.

Plötzlich wurde die Tür aufgeschlossen und sie sah müde auf. Erwartete eine Beamtin, die sie zur Krankenabteilung führen würde.

Aber es war keine Frau, die hereinkam.

Sondern Fleischmann.

Der Bulle aus Potsdam.

Sie sah in sein verbissenes, nervös zuckendes Gesicht.

Er starrte sie an und die Tür wurde von außen geschlossen.

51

Bis Paris war der Flug die reine Folter.

Der Passagier neben ihr, ein Hamburger Geschäftsmann in feinem blauem Zwirn, hatte Mundgeruch, dass es ihr die Tränen in die Augen trieb. Immerzu wandte er sich an sie, weil er wohl fand, dass er im besten Alter sei und sie wie für ihn geschaffen wäre. Sie war schließlich anderthalb Jahrzehnte jünger als er.

Noch schlimmer wurde es, nachdem sie auf Charles-de-Gaulle gelandet waren. Die Tür des Rüssels, der Rampe, die sie ins Flughafengebäude führen sollte, klemmte. Oder was immer. Jedenfalls bekam der Hamburger die Chance, sie eine halbe Stunde lang auf engstem Raum zu frottieren und mit seinem Pestatem halb um den Verstand zu bringen.

Mein Gott, es war zwar Freitag, aber doch nicht der Dreizehnte. Oder?

Zum Glück verloren sich ihre Wege nach der Befreiung aus dem Glaskasten und sie wünschte ihm im Geiste noch einen schönen Absturz.

Den zweiten Teil ihres Billigflugs verbrachte sie in der Hoffnung, dass der starre Blick des Piloten bei der Begrüßung der Passagiere vielleicht angeboren und nicht etwa depressionsbedingt war.

Madrid hieß sie überraschend kalt und feucht willkommen. Es war zwar schon Anfang November, aber sie befand sich immerhin mitten in Spanien und hatte es wärmer und trockener erwartet.

Ihr Hotel, das Principe, lag in der Calle de la Cruz, nahe der Puerta del Sol, dem riesigen, seltsam rautenförmigen Platz mitten im Zentrum, auf dem es von allen Seiten zog wie Hechtsuppe.

Im Principe war Gunder Møller vor drei Jahren abgestiegen, bevor er sich umgebracht hatte. Das ließ sich den Unterlagen entnehmen, die die spanische Polizei den deutschen Behörden damals übermittelt hatte. Wenn auch sonst nicht sehr viel mehr.

Es war ein mindestens hundertjähriges, ehrwürdig ergrautes Hotel mit einer Fassade im Zuckerbäckerstil, trotz der zentralen Lage nicht mal teuer. Vermutlich passend zu Gunder Møllers finanzieller Lage am Ende. Und auch zu ihrem eigenen Geldsäckel.

Jana hatte ein kleines Zimmer im zweiten Stock buchen können, dessen warme braune Farben und die schlichten alten Möbel ihr sehr behagten. Es hatte Holzklappläden und einen winzigen Austritt mit Blick auf die Puerta del Sol im Hintergrund. Im Vordergrund lagerte eine Reihe von Obdachlosen in Schlafsäcken vor einer Wechselstube. Niemand schien sich an ihnen zu stören. Aber auch kein Tourist trat ein, um Geld zu wechseln.

Sie war bereits einmal in Madrid gewesen, mit Mascha vor ein paar Jahren. Als Zwischenstation auf ihrer Reise in den Süden, ans

Meer. Sie hatten in einem Hostel an der Calle Gran Via übernachtet und sich die Stadt ein wenig angesehen. Plaza Mayor, Prado-Museum (ein winziger Teil davon), Picassos Guernica. Ein etwas bildungslastiges Pflichtprogramm, auf Wunsch von Mascha. Für das sie aber mit dem Faulenzen am Strand in den anschließenden zwei Wochen angemessen entschädigt wurde.

Die Stadt hatte ihr nicht besonders gefallen. Zu protzig und staatstragend für ihren Geschmack. Eine dieser monumentalen europäischen Hauptstädte wie Rom oder Paris. In denen sie sich ebenso wenig wohlgefühlt hatte.

Jana ging ins Bad, duschte, zog sich um und verließ das Zimmer, um in der Stadt eine Kleinigkeit zu essen. Sie schlenderte die Calle de la Cruz in südlicher Richtung hinunter, quetschte sich an den Menschenströmen vorbei oder kämpfte sich mitten durch sie hindurch und fand in der Calle de San Pedro, in der Nähe des Museums Reina Sofía, ein kleines Restaurant, in dem sie eine traditionelle Paella mit Artischockenreis, Huhn und Kaninchen aß.

Nach dem Essen ging sie nicht gleich zum Hotel zurück, sondern ließ sich noch eine Weile durch die Straßenschluchten treiben. Merkte zu ihrem wachsenden Erstaunen, dass sie sich immer wohler fühlte. Sie war in einem ganz normalen Wohnviertel gestrandet, enge Straßen, alte, drei- bis vierstöckige Häuser mit Fassaden in warmen Rot- und Brauntönen, verwitterten Haustüren, die aussahen wie moderne Kunst, und schmalen Balkongittern ohne Balkon.

Es war immer noch kalt und vor allem zugig, aber die Sonne hatte die Regenwolken vertrieben, und zum ersten Mal seit Tagen hatte sie das Gefühl, dass sie auch für sie schien. Der Fall Adams, wegen dem sie doch eigentlich hier war, die Demütigung des Rausschmisses durch Laschwitz, und Frank, der sich nicht für sie einsetzte, all das war im Augenblick weit weg. Und während sie noch einem alten Paar dabei zusah, wie es die schmale Straße überquerte und dabei den Verkehr ganz selbstverständlich zum Stillstand brachte, kam ihr der Gedanke, wie es wohl wäre, hier zu leben, in diesem Viertel von Madrid, von dem sie noch nicht einmal den Namen wusste.

Irgendwie, durch Versuch und Irrtum, fand sie in die Calle de la Cruz zurück und schlenderte zum Hotel. Sie ging auf ihr Zimmer, ruhte sich eine Weile auf dem Bett mit der schönen blau-weiß gemusterten Tagesdecke aus und nahm dann die Unterlagen aus dem Koffer, die sie von Liv Grünberg für ihre »Madrid-Mission«, wie Liv sich ausdrückte, erhalten hatte.

Sie steckte die Fotokopie ein, die Møller, Sicking und Grandgenet zusammen mit ihren Frauen auf einer Hoteleröffnung in Toledo zeigten. Fünf Jahre war das nun her. Gunder Møller, Albert Sicking und Ruth Grandgenet lebten nicht mehr. Und Arne Hellwig, der auf dem Bild aus der Qué nicht zu sehen war, von dem sie aber der Vollständigkeit halber ein Porträtfoto aus seiner Berliner Wohnung dabeihatte, war ebenfalls tot.

Eine verdammt mörderische Quote, das stand mal fest.

Sie verließ das Zimmer, um das Hotel-Restaurant aufzusuchen.

Ein großer, schmuckloser, in Gelb gehaltener Raum, zugestellt mit zu vielen Stühlen und Tischen, die bereits gedeckt waren. Menschenleer.

Sie zeigte dem einzigen anwesenden Kellner, einem leicht ergrauten Mittfünfziger mit gelangweilter Miene, das Foto der Feiergesellschaft. Deutete auf Møller. Ob er sich an den Mann erinnere? Oder an eine der anderen Personen auf dem Bild?

Bedauerndes Kopfschütteln. »*No, Señora.*« Er sei damals noch nicht in diesem Hotel angestellt gewesen. Er fragte nicht, warum sie das überhaupt wissen wolle. Kellner in Weltstädten wunderten sich über nichts mehr. Nur der Hinweis, sie möge es unten an der Rezeption versuchen. Sie könne selbstverständlich gern später am Abend wiederkommen, wenn weitere Kollegen im Dienst seien. Das Essen verspreche übrigens köstlich zu werden, er empfehle die traditionelle Paella mit Artischockenreis, Huhn und Kaninchen.

Sie dankte ihm lachend und folgte seinem Rat, versuchte es an der Rezeption.

Die schlanke große Frau in der blauen Livree hinter dem hohen Tresen sah streng und abweisend aus, als sie sich ihr näherte. Wurde aber verhalten freundlich, als sie sich redlich mühte, Spanisch zu sprechen.

Sie betrachtete konzentriert das Bild aus der Illustrierten. Nein, sie kenne keine der Personen auf dem Bild. Auch nicht den Mann auf dem zweiten Foto. Und nein, sie könne ihr leider nicht damit dienen, die Gästeliste von damals zu checken. Im Computer habe sie nur Zugang zu den Namen der aktuellen Gäste, und die seien selbstverständlich keinen fremden Personen zugänglich. Das sei wohl auch in Janas eigenen Sinne. »*No?*«

Doch, natürlich. »*Gracias, Señora.*«

War schon richtig so. Nur im Augenblick wenig hilfreich für den Fall Møller. Wenn es denn einer war. Genau das musste sie herausfinden.

Sie musste plötzlich über sich selbst lachen. Kam sich auf einmal ziemlich dilettantisch vor. Aber auf eine verrückte Weise gefiel ihr das sogar. Wenn nichts bei der Sache herauskam, war es eben ihr privater Wochenendtrip, um etwas Abstand zu dem Desaster in Potsdam zu bekommen. Für Liv Grünberg schien das sogar der Hauptzweck ihrer Mission zu sein. »Lassen Sie sich frischen Wind um die Nase wehen, Jana. Wird Ihnen guttun.«

Frischen Wind, davon gab es in Madrid genug.

Sie verließ das Hotel und gelangte über die Carrera de San Jéronimo, wo Bauarbeiten die Straße verengten und Taschendiebe sie mit verdeckten Blicken scannten, zur Puerta del Sol. Der Abendhimmel senkte sich dunkelblau über die Stadt, die Lichter begannen von allen Seiten zu funkeln, und sie ließ sich mit den Massen – diese unglaublich vielen Menschen! – durch die Straßen treiben. Einmal war sie versucht, ihr Smartphone aus der Tasche zu holen und einzuschalten. Sie ließ es bleiben. Keine Lust auf eine Nachricht von Frank. In einem Café erwischte sie einen Fensterplatz, trank einen Cappuccino, aß dazu ein fettiges, unglaublich süßes Gebäck mit Schokoladenüberzug, das sogleich nach Wasser verlangte, um das aufsteigende Sodbrennen zu löschen.

Während sie den vor dem Panoramafenster vorbeiströmenden Menschen (vor allem Paaren und Touristengruppen) nachschaute, hörte sie zerstreut der einzigen Bedienung zu, die sich bei ihrer Kollegin über die Personalknappheit im Café, ihren Stress und die unterirdische Entlohnung beschwerte. Diese Kellnerin hatte mit Sicherheit triftigeren Grund zu klagen als sie, schien ihr mit einem Mal. Sie zahlte und gab ihr ein besonders großzügiges Trinkgeld.

Jana überließ sich der herabsinkenden Nacht, folgte wie in Trance den sattgelben Lichtern der Laternen, den hungrigen Massen auf der Suche nach freien Plätzen in den Tavernen und Restaurants, dem Lachen der Menschen, die von allen Seiten kamen und zu allen Seiten hin fortströmten.

Sie gelangte an ein Haus, dessen versponnen verzierte rosaweiße Jugendstilfassade aussah wie ein Stein gewordenes Schmuckkästchen. Es war ein Kino.

Wann war sie eigentlich das letzte Mal im Kino gewesen? Vor Monaten.

Die nächste Vorstellung sollte in gut zehn Minuten beginnen …

Es waren genau fünf Gäste in dem kleinen Kinosaal. Der Film spielte am Stadtrand von Madrid und handelte von drei Menschen, die sich durchs Leben schlagen, so gut das in Zeiten extremer Wirtschaftskrise eben möglich ist. Eine afrikanische Einwanderin, die alte Leute in ihren Wohnungen pflegt. Ein Olivenbauer, der seine Ernte an irgendeinen Schädling, ein mitleidloses, gefräßiges Insekt, zu verlieren droht. Eine ehemalige Verkäuferin, die als Prostituierte arbeitet und der wegen der starken Konkurrenz in der Stadt nur noch ein Platz am Rande des Olivenhains bleibt. Täglich kommt die afrikanische Pflegerin auf ihrem kilometerlangen Fußmarsch zu diversen Einsatzorten, den Wohnungen und Häusern der Alten, daran vorbei. Und manchmal unterhält sich der Olivenbauer, ein hagerer Mann in mittleren Jahren, mit der Prostituierten. Dann klagen sie gemeinsam. Über seine miserable Ernte. Und ihre. Keiner kann dem anderen helfen. Aber Glück wünschen sie sich, und das scheint doch viel zu sein unter den gegebenen Umständen.

Nein, ist es nicht. Der Bauer verliert die Hälfte seiner Ernte, und von der Hure wird am Ende verlangt, sie solle für fünf Euro in eine Windel machen. »Stell dir vor, fünf Euro!« Sie echauffiert sich über die miese Bezahlung, nicht über die Windel.

Ruiniert sind beide, Bauer und Hure.

Als Jana das Schmuckkästchen verließ, war der Nachthimmel blauschwarz und wolkenlos, die Sterne brannten ihre flimmernden Löcher hinein. Die Menschenmassen hatten eher noch zugenommen, aber sie fühlte sich jetzt zu müde für den Weg zurück zum Hotel und nahm ein Taxi.

Im Foyer des Principe stand diesmal ein Mann in blauer Livree hinter dem hohen Tresen. Sie ließ sich von ihm den Zimmerschlüssel geben – und versuchte es einfach mal: Zog das Bild mit Møller und seinen Gästen in Feierlaune aus der Tasche und zeigte es ihm.

Er verzog keine Miene, sah sie wie versteinert an. »*No, Señora. No lo sè.*«

»Ah, Hotelier Møller! Ist er doch, oder?«

Sie drehte sich erschrocken herum.

Der Mann, der seinen Kommentar auf Englisch mit einem merkwürdigen Akzent heraustrompetet hatte, stand unmittelbar hinter ihr. Er war um die dreißig, hatte weißblonde lockige Haare, und er lächelte.

Schräg hinter ihm stand ein zweiter Mann, dunkelhaarig, Mitte dreißig. Er lächelte nicht und sah eher aus, als wäre ihm die Situation peinlich.

Beide Männer waren groß und trugen schicke, legere Anzüge über weißen Hemden mit offenen Kragen.

Sie wandte sich an den, der sie angesprochen hatte. Ihr Englisch war nicht das beste, aber er würde sie schon verstehen. »Sie kennen Gunder Møller?«

Er lächelte immer noch. »Nicht persönlich. Aber er war ein Landsmann von mir. Ich bin Däne. Anders Engholm, hallo!«

Er hielt ihr seine Hand hin, die sie zaghaft schüttelte. Sie schaute fragend zu dem anderen Mann hin, der ihr streng zunickte und ebenfalls seinen Namen nannte. »Laurent Postel.«

Klang eindeutig französisch.

Jana sah wieder den freundlich lächelnden Dänen an. Nannte ihren Namen. »Aus Deutschland.«

»Sie interessieren sich für Møller, Jana?«

Hoppla, er nannte sie gleich beim Vornamen. Aber vielleicht war das in Dänemark so üblich, schon okay. »Ja, ich interessiere mich ... beruflich für ihn. Ich bin ... aus dem Hotelfach.« Etwas Besseres fiel ihr gerade nicht ein. »Wieso kennen *Sie* Gunder Møller, ... Anders? Ich meine, bloß weil Sie Däne sind ... Und er ist ja ...«

»... schon tot, ich weiß. Aber Møller war in Dänemark eine große Nummer im Hotelgewerbe. In Deutschland doch auch. Spanien war dann sein Waterloo. Ich arbeite für die *Financial Times København*. Ich recherchiere zu den Auswirkungen der Immobilienkrise in Spanien. Zum aktuellen Stand. Das ist interessant für dänische Investoren.« Er lachte herzerfrischend. Auch wenn sie den Grund dafür nicht verstand.

Sie sah zu dem anderen Mann hin, Laurent Postel, der beharrlich schwieg und offensichtlich wenig an dem Gespräch (oder an ihr) interessiert schien.

Anders Engholm zog mit übertriebener Hochachtung die blonden Brauen hoch und wies mit der Hand auf ihn. »Laurent ist übrigens Buchautor.« Er senkte die Stimme, als vertraute er ihr ein Geheimnis an. »Vorsicht. Er schreibt über Casanova.«

»Casanova?« Sie sah amüsiert zu dem dunklen Schweiger hin. »Der war doch Italiener! Kein Spanier.«

Laurent Postel gab seine etwas arrogant wirkende Deckung auf und beugte sich sogar ein wenig zu ihr herab. »Ich schreibe über Casanovas Aufenthalt in Spanien. In Madrid, Valencia, Barcelona. Einen Roman.«

Er hatte auf Deutsch geantwortet, mit französischem Akzent zwar, aber fehlerfrei. Er bemerkte ihre Überraschung. »Ich bin Schweizer. Muttersprache Französisch, Vatersprache Deutsch.« Er zeigte zum ersten Mal so etwas wie ein Lächeln.

Es stand ihm gut. Er sah überhaupt gut aus.

Genau wie der andere, der Däne, jeder auf seine Art.

Anders Engholm erklärte, wieder auf Englisch, Laurent und er hätten sich gestern in dem Hotel getroffen und kämpften nun gemeinsam gegen die Langeweile am Abend. Er schob sein lächelndes Gesicht näher an sie heran. »Schon was vor heute Nacht, Jana?«

Was vor? Eigentlich war sie auf dem Weg in ihr Zimmer. Aber im Augenblick war ihr überhaupt nicht mehr nach Schlafengehen.

»Okay, wir beide, Laurent und ich, wollen noch ins La Coquette. Das ist ein Blueskeller in der Calle de las Hileras, zu Fuß eine Viertelstunde von hier. Wenn Sie Lust haben, mitzukommen …?«

Sein offener Blick hatte etwas Entwaffnendes, sie konnte ihm nicht widerstehen. Und wollte es auch nicht.

Das La Coquette lag in einer Seitenstraße nahe der Calle Gran Via. Keller stimmte perfekt, und Blues auch. Es war eng, voll und stickig. Und explodierte förmlich vor elektrisierender lauter Musik. Der Sound des spanischen Trios, das auftrat, klang halbwegs bluesig, aber das Englisch des Sängers war eine Katastrophe. Wie bei fast allen Spaniern, die Jana bisher kennengelernt hatte. Und wie ihr eigenes Englisch. Sie fand das ziemlich entspannend.

Sie trank Cerveza aus kelchartigen Gläsern und zwischendurch (zu viel) samtweichen spanischen Branntwein. »Aus der Mancha!«, brüllte ihr Laurent ins Ohr, als hätte das irgendeine besondere Bedeutung, die sie aber nicht erfasste. Das Zeug trieb die Hitze in jede Faser ihres Körpers.

Es war zu laut, um sich zu unterhalten, man verstand sein eigenes Wort nicht. Das hielt Anders nicht davon ab, permanent von irgendwelchen Dingen zu erzählen, an denen er in letzter Zeit offenbar gearbeitet hatte. Laurent tat, als höre er ihm schweigend zu (vermutlich, ohne auch nur eine Silbe zu verstehen), während er ihr immer wieder einen scheuen Blick schenkte.

Erst Stunden nach Mitternacht fuhren sie zurück zum Hotel. Die Musik und der Alkohol pulsten weiterhin angenehm in ihren Adern.

Vielleicht hatte sie selbst die beiden noch in ihr Zimmer eingeladen, sie konnte sich später nicht mehr erinnern. Wahrscheinlicher aber war, dass sie unfähig (zu betrunken) gewesen war, die Tür aufzuschließen.

Sie brauchte auch Hilfe, um sich auszuziehen.

Und ins Bett zu kommen.

Als sie Stunden später aufwachte, fielen schmale weiße Lichtbahnen durch die Schlitze der Holzklappläden ins Zimmer. Ihre nächtlichen Begleiter lagen neben ihr. Laurent links, Anders rechts an ihrer Seite. Sie erinnerte sich nebelhaft an eine Nacht mit dem vierarmigen Liebesgott, der sie mit unglaublichen Zärtlichkeiten, Zauberworten in einer universellen Sprache und unermüdlicher Leidenschaft geliebt hatte.

Laurents Kopf lag schlaftrunken an ihrer Brust. Anders hatte ein Bein über ihren Schenkel geschoben und sah erschöpft, aber nicht unglücklich aus, als er die Augen aufschlug.

Er lächelte. Und schmiegte sich enger an sie.

Auch Laurent wachte jetzt auf. Und begann wie ein Säugling unwillkürlich an ihrer Brustwarze zu saugen.

Sie lachte, entzog sich und setzte sich auf. »Nichts da. Später vielleicht. Jetzt habe ich Hunger.« Sie warf einen Blick auf ihr Smartphone, das im Weckermodus auf dem Nachtschränkchen lag. »Schon halb zehn. Wenn wir noch im Hotel frühstücken wollen, müssen wir uns beeilen!« Sie warf die Decke zurück, missachtete den Protest der beiden, eilte ins Bad und sprang unter die Dusche. Das heiße Wasser prasselte auf ihren Scheitel, strömte über ihren Kopf, prickelte auf ihrem Gesicht, rann über die Schultern den Körper hinab und weckte dabei jede Pore ihrer Haut. *Oh my love …* Diese Zeile aus einem uralten Song fiel ihr plötzlich ein … *for the first time in my life* … keine Ahnung, von wem der war … *my mind is wide open* … Sie sang jetzt aus voller Kehle … *for the first time in my life, my mind can feel …*

Und sie hatte schon gedacht, sie wüsste gar nicht mehr, was das hieß: zu leben.

Sie gehörten buchstäblich zu den Letzten, die zum Frühstücken ins Restaurant kamen, nur drei weitere Tische in dem großen gelben Saal waren noch besetzt. Ein halbes Dutzend Kellner in weißen Hemden und schwarzen Hosen stand bereit wie die Pinguine, um ihnen aus riesigen Metallkannen Kaffee oder Tee einzuschenken, die Männer stets eine Hand auf dem Rücken wie ein Torero.

Kaum hatten sie sich gesetzt, stand schon einer an ihrem Tisch. Es war der Kellner von gestern Nachmittag.

»*Caffè?*«

»*Si, por favor.*«

Er nahm ihre Tasse mit einer eleganten Bewegung und goss ein. »*Con leche?*«

»*Un poquito, por favor.*« Sie liebte den Kaffee am Morgen fast schwarz, aber eben nur beinahe.

Der Kellner rief eine Kollegin herbei, die offensichtlich für die Milch zuständig war. Sie meinte es gut mit ihr, das Ergebnis war ein veritabler Milchkaffee.

Auch gut.

Anders, der nur schwarzen Kaffee trank und ein klebriges, kuchenähnliches Teilchen aß, kam plötzlich auf die Idee, sich von ihr das Foto aus der *Qué* geben zu lassen, den Schnappschuss von Møller und den anderen Gästen, nach denen sie gefragt hatte.

Jana wunderte sich zwar, kramte das Foto aber aus ihrem ledernen Minirucksack, den sie dabeihatte, und reichte es ihm.

Er wedelte ein wenig damit herum und sah sie wissbegierig an. »Ist das alles?«

»Was meinst du?«

»Keine weiteren Bilder, auf denen man sie erkennt?«

»Nein. Leider nicht.«

Aber er hatte recht, sie hätte weitere Fotos von ihnen mitnehmen sollen, Einzelaufnahmen, wie von … »Ach, Moment. Ich habe doch noch ein Foto.« Das von Hellwig. Hatte sie es eigentlich gestern Abend dem Mann am Empfang vorgelegt? Sie konnte sich nicht erinnern.

Anders nahm beide Fotos in die Hand, setzte eine unternehmungslustige Miene auf und funkelte sie an. »Wenn ich jemanden finde, der dir weiterhilft … was bekomme ich dann dafür?«

Sie lachte und schickte ihn mit einem Blick fort, der alles und nichts versprach.

Das schien Anders Verheißung genug, er ging auf den nächstbesten Kellner zu, grinste ihn breit an, zeigte ihm die Bilder, die der Mann sich denn auch bereitwillig ansah. Das Ergebnis war jedoch wie gestern nur bedauerndes Kopfschütteln.

Anders dankte und sprach die Kellnerin mit der Milchkanne an. Zeigte ihr die Fotos. Kopfschütteln. So machte er die Runde, arbeitete sich erstaunlich schnell bis zum Tresen vor – und verschwand schließlich in der Küche, die sich hinter einem Wandvorsprung befand.

Jana sah ihm halb amüsiert (wegen seiner nassforschen Art, auf die Leute zuzugehen), halb enttäuscht (wegen des wiederholten Kopfschüttelns) nach und wandte sich dann Laurent zu.

Er lächelte verlegen, als hätte er nicht Anders, sondern die ganze Zeit sie beobachtet. Vielleicht war es so, die Vorstellung gefiel ihr.

Sie fragte ihn nach dem Buch, an dem er arbeite. »Casanova in Spanien? Wie bist du auf die Idee gekommen, Laurent?«

Er schüttelte den Kopf. »Die Idee ist zu *mir* gekommen. Casanova war wirklich in Spanien. Um die gleiche Jahreszeit wie wir jetzt, im November. Er wohnte sogar ganz in der Nähe, in einer Pension in der Calle de la Cruz.«

Schon komisch, fand sie auf einmal, ein Schweizer, der kein Schwyzerdütsch spricht, sondern Hochdeutsch mit französischem Zungenschlag.

»Wie fand er Madrid, Casanova?«

»Kalt und zugig.«

Sie lachte.

»Er ließ sich extra einen Ofen aus Weißblech bauen, dessen Rohr er zum Fenster hinausführen musste, weil es in seinem Zimmer keinen Kamin gab. Er fand Spanien wirtschaftlich rückständig und gab dem Katholizismus die Schuld dafür.«

Sie lachte. »Und ... die Frauen?«

»Er war damals schon nicht mehr der Jüngste, Anfang vierzig, aber er hatte eine junge Geliebte in Madrid. Ihn faszinierten besonders ihre weißen Schenkel.« Er beugte sich vor und legte seine warmen Lippen an ihr Ohr. »Sie waren sicher nicht schöner als deine und vielleicht nicht mal so weiß.« Er setzte sich wieder aufrecht und zuckte ein wenig mit den Mundwinkeln. »Als Mann in den mittleren Jahren war er aber bereits der Meinung, dass die seelische Anziehungskraft viel wichtiger sei. Das Gesicht also. In dem sich die Seele spiegele.« Er stockte und sah sie an. »Aber den Hauptteil meines Romans bilden seine Verwicklungen in Barcelona. Ich reise morgen hin.«

»Morgen schon?«

Er zuckte die Achseln.

»Wie schade.«

Der Gedanke, auch nur auf einen ihrer beiden Liebhaber so schnell wieder verzichten zu müssen, schmeckte ihr gar nicht.

»Ja, leider. Anders fährt übrigens auch. Heute Nachmittag schon. Nach Valencia.«

»Ah.« Sie versuchte, sich ihre Enttäuschung nicht anmerken zu lassen. Das Glück war eben doch eine leichte Hure. Wer auch immer das geschrieben hatte, er musste was davon verstanden haben.

Anders kehrte zurück und setzte sich wieder mit einem lebhaften Ausdruck im Gesicht. »Zwei von den Älteren erinnern sich an Møller, der Oberkellner und die Köchin, die schon lange hier arbeiten.« Er deutete mit dem Kopf zur Küche hinter dem Wandvorsprung hin. »Die anderen beiden Männer auf dem Bild, sagen sie, wohnten damals ebenfalls hier im Principe, als Møller sich umgebracht hat. Allerdings nicht die Frauen.« Er tippte mit dem Finger auf das Foto von der Festivität, mit Møller, Grandgenet, Sicking und ihren Frauen. »Sie wissen es noch gut, sagen sie, weil wegen Møller damals die Polizei mehrfach im Hotel war, viel herumgefragt hat und so weiter. Mit den beiden anderen Männern war er offenbar gut bekannt, morgens hätten sie zusammen gefrühstückt, mittags zusammen gegessen.«

Jana war plötzlich hellwach und griff nach dem Foto. Doch er entzog es ihr und schüttelte den Kopf, um sich selbst zu tadeln. Lenkte ihren Blick noch mal auf das Bild, tippte auf Møller und dann auf Grandgenet. »Sie meinen natürlich diese beiden und, einen Moment ...« Er nahm das Foto von Hellwig und schob es davor. »... diesen Mann.«

»*Diesen* Mann?« Sie tippte nun selbst auf das Bild von Arne Hellwig. »Nicht den hier?« Sie zeigte auf Albert Sickings reserviert wirkende Feierlaune.

»Nein. An den Mann erinnern sie sich nicht. Der war anscheinend damals nicht im Hotel. Kannst sie aber gerne selbst fragen.« Er schob ihr stolz eine weiße Papierserviette hin, auf der mit blauem Kugelschreiber zwei Namen geschrieben standen, Inés Diaz, Hernan Almeida. Die kleine Fragerunde schien ihm sichtlich Spaß gemacht zu haben. Er war sicher auch als Journalist unwiderstehlich, dachte sie.

Jana zog die Serviette zu sich heran und wollte bereits aufstehen, um die beiden selbst zu befragen. Aber Anders schob plötzlich seinen Kopf vor, spitzte die Lippen übertrieben zu einem Kussmund.

Kindskopf! Sie musste lachen und machte sich frei. »Später, Anders. Nach dem Frühstück.«

Sie schenkte auch Laurent einen Blick, der wie ein Versprechen aussehen sollte. Er wurde rot.

Wenige Minuten später kam sie aus der Küche zurück. Hernan Almeida und Inés Diaz, zwei Bedienstete um die fünfzig, hatten ihr bereitwillig alles bestätigt, was Anders berichtet hatte.

Møller, Hellwig, Grandgenet, dachte sie. Zwei von ihnen tot. Ebenso die Frau des Dritten. Was immer das zu bedeuten hatte, sie musste Baer darüber informieren.

Heute noch.

Hinterher.

»Gehen wir?« Sie sah Laurent und Anders aufmunternd an. Zu ihrer eigenen Überraschung fühlte sie nicht die geringste Verlegenheit.

Zwei Hände auf ihrem Rücken, zwei Hände von zwei Männern. Die beiden flankierten sie auf ihrem Weg zurück aufs Zimmer, der eine beschwingt und voller Tatendrang, der andere ernst, aber nicht weniger entschlossen.

War das noch *sie*, dachte Jana, als sie ihr Zimmer aufschloss und die beiden Männer ihr folgten?

Doch, entschied sie auf dem Weg ins Bad. Heute war sie das.

Was morgen sein würde, war ihr im Moment komplett egal. Im Augenblick wollte sie nur eines: geliebt werden. Nur dafür, dass es sie gab.

Und das gleich doppelt.

52

»Enten. Oder, Roman?« Corinna sah ihn fragend an.

»Richtig. Es sind Enten.«

»Und die kleinen ... kleinen Dinger am Ufer dort, die mit dem weißen ... Dings auf dem Kopf, das sind ... Warte, ich komm gleich drauf ...«

Es war ein klarer, durchsonnter Nachmittag und Baer wollte sich die Gelegenheit nicht entgehen lassen, mit Corinna unter dem rauchblauen, fast wolkenlosen Himmel durch den in satten Herbstfarben strahlenden Tiergarten zu streifen.

Wenn es das richtige Wort dafür war: streifen.

Corinna saß in dem Rollstuhl, den sie hoffentlich bald nicht mehr für ihre Ausflüge brauchen würde. Er schob mit ihr über die breiten Alleen an Hunderten anderer Spaziergänger vorbei, die das schöne Wetter an diesem Samstag ebenralls genießen wollten.

Sein Rücken schmerzte zwar, weil er zuerst den Rollstuhl, dann Corinna aus dem zweiten Stock ins Erdgeschoss hatte tragen müssen. Aber sein schlechtes Gewissen wegen seiner Auszeit mitten in der heißen Phase der Fallermittlungen hielt sich in Grenzen. Sie traten ohnehin auf der Stelle, seitdem Solveigh Adams konsequent schwieg.

»Tauben! Sie heißen Tauben, die Vögel, oder?« Corinna warf ihm über die Schulter wieder einen fragenden Blick zu. Sie war auf die Idee gekommen, möglichst alle Tiere zu benennen, die sie sahen oder die ihnen begegneten. Hunde, Enten und Gänse erinnerte sie richtig. Kaninchen verwechselte sie mit Hasen, aber das ging schließlich auch anderen so. Doch mit den Tauben lag sie nun eindeutig falsch.

»Es sind Blesshühner, Corinna.«

»Na gut.« Sie zuckte die Schultern, schien nicht sehr enttäuscht zu sein. Das freute ihn, sie ließ sich nicht mehr so schnell entmutigen, fand er, wenngleich sie ihr seelisches Gleichgewicht noch lange nicht gefunden hatte. Das hatte ihm der Vorfall mit dem bayrischen Fanclub deutlich gemacht.

Sie folgten der Uferpromenade des Neuen Sees und die Gedanken an den Fall krochen wieder in ihm hoch.

Die Kessler-Gruppe ging inzwischen fest davon aus, dass Tobias Sicking nicht mehr lebte. Zweifel wurden laut, ob es nicht doch einen Weg gegeben hätte, Solveigh Adams zu observieren und ihren Weg zum Versteck des Jungen zu verfolgen. Statt sie gleich festzunehmen und nun davon abhängig zu sein, dass sie ihr Schweigen brach.

Beides, die Vermutung, dass das Kind nicht mehr lebte, und die Kritik an der frühzeitigen Festnahme der Tatverdächtigen, wurde bislang nur hinter vorgehaltener Hand geäußert. Aber das würde sich ändern, wenn der Erfolg ausblieb. Die Verantwortlichen für Adams' Festnahme in Brandenburg, Laschwitz und Fleischmann, setzte das noch mehr unter Druck. Zwar wurde ihnen in Berlin aus Brandenburg signalisiert, dass Fleischmann an einem Weg arbeite, Adams doch noch zum Reden zu bringen. Aber Baer glaubte nicht, dass ihm das gelingen würde, Fleischmann hatte einfach nicht das Format dazu. Und weil er das selber wusste, lebte er in ständiger Angst, dass man es bemerkte, und schnitt auf, wo er nur konnte.

Es herrschte Stillstand. Seit dem Rausschmiss von Jana Seitz erst recht. Unwahrscheinlich, dass sie mit ihren geringen Möglichkeiten in Spanien zu neuen Erkenntnissen kommen konnte. Er hätte sie an dieser unvernünftigen Reise hindern müssen, warf sich Baer inzwischen immer heftiger vor. Zumal sie womöglich einer Spur folgte, die ins Leere führte, weil sie mit ihrem aktuellen Fall vielleicht in keinerlei Verbindung stand.

Hoffnung ging am ehesten noch von Evelyn Sickings Gesundheitszustand aus. Bereits am Donnerstag hatte es Signale aus dem Krankenhaus gegeben, ihr Zustand bessere sich. Vor allem entwickele sich das Ödem im Schläfenbereich zufriedenstellend zurück, sodass erwogen werde, sie bald aus dem künstlichen Koma zurückzuholen.

Entschieden war jedoch nichts. Und selbst wenn sie aus dem Koma erwachte – der nächste Schock stand ihr unweigerlich bevor. Sie würde sich erinnern, dass ihr Junge entführt worden war. Und musste erfahren, dass die Polizei trotz der Festnahme einer dringend Tatverdächtigen keine Spur von Tobias hatte. Sie würde wissen wollen, in welchem Zustand sich ihr Mann befände, und erfahren, dass er bei dem Überfall nicht nur angeschossen, sondern getötet worden war. Ihre Eltern, Tobias' Großeltern, würden ihr kaum helfen können. Sie standen selbst unter Schock, wie Wundt beim Versuch, sie zu vernehmen, hatte erfahren müssen. Wenigstens sei Evelyn Sickings Bruder inzwischen von einer Geschäftsreise aus New York zurückgekehrt, hieß es; er konnte ihr vielleicht ein wenig beistehen. Aber trotzdem – wie würde sie das alles verkraften?

Baers Handy summte in der Hosentasche wie eine dicke Fliege. Er nahm es heraus und warf hastig einen Blick aufs Display, während Corinna ihn besorgt beobachtete.

»Arbeit?«

»Eine SMS von Jana Seitz, der jungen Kollegin aus Potsdam. Ich hab dir von ihr erzählt.«

Jana teilte ihm mit, sie habe zwei Bedienstete des Madrider Hotels befragt, in dem Gunder Møller vor seinem Tod gewohnt hatte. Die beiden Hotelangestellten erinnerten sich, dass zu dem Zeitpunkt damals auch Hellwig und Grandgenet in dem Hotel gewohnt hätten. Nicht aber Sicking.

Er steckte das Handy zurück in die Tasche und fühlte sein schlechtes Gewissen wieder erwachen. Außer ihm und Liv Grünberg wusste niemand von Jana Seitz' Recherchen in Madrid. Liv betrachtete Seitz' »Spanienabenteuer« eher als eine Art Selbsttherapie, die ihr vielleicht etwas Abstand zu ihrem Konflikt im

Team Brandenburg verschaffte. Und ebenso wie Iwersen hielt Liv nach wie vor Solveigh Adams für den »Imker«. Trotzdem hatte sie Jana Seitz gewissenhaft mit Bild- und Hintergrundmaterial versorgt, loyal und pragmatisch. Keine Spur mehr von dem Steinbeißer-Image, das Liv noch vor kurzem angehaftet hatte, dachte er verwundert.

Corinna schüttelte auf einmal den Kopf. »Sie ist es nicht, Roman.«

Er erschrak regelrecht. Sie hatte in einem völlig veränderten, plötzlich sehr ernsten Tonfall gesprochen. »Wer, Corinna? Was meinst du?«

»Diese Frau, die ihr … von der du mir erzählt hast.«

»Jana Seitz.«

»Nein, diese Frau, die ihr festgehalten habt.«

»Festgenommen. Solveigh Adams meinst du?«

»Ja, genau.«

Er hatte Corinna vom aktuellen Stand der Dinge im Fall »Imker« berichtet. Sie hatte ihn sehr darum gebeten. »So wie früher. Du hast mir immer von deinen Fällen erzählt.« Daran erinnerte sie sich also!

Corinna sah in ihrem Rollstuhl immer noch zu ihm hoch. »Solveigh. Sie ist nicht der, na, wie heißt es … der Bienenmann, den ihr sucht.«

Er machte verblüfft zwei Schritte um den Rollstuhl herum. Ging vor ihr in die Hocke. »Wie kommst du darauf?«

Ihr Gesicht wurde ärgerlich. »Ist doch egal!«

Er lächelte und nickte hastig. Stimmt, es war egal. Der Gedanke war ihr eben gekommen.

»*Warum* denkst du, dass Solveigh Adams nicht der *Imker* ist, Corinna?«

Sie schüttelte nachdenklich den Kopf. »Weißt du, sie hat den … den Griff im Leben verloren.«

»Den Halt im Leben, ja?«

»Ihren Halt, ja. Verloren. Wie ich. Bloß … anders.«

Sie wandte den Blick von ihm ab und schaute entrückt zu zwei Graureihern hin, die unbeweglich wie Statuen auf einem umgestürzten Baumstamm die Wasseroberfläche fixierten. »Weißt du, ich … *suche* immer.«

»Du suchst? Was meinst du?«

»Na, ich suche … Worte. Oder … Wörter? Wie heißt es richtig?« Sie zog die Brauen hoch und sah ihn fragend an.

»Keine Ahnung.« Er lachte. Der Unterschied war ihm oft selbst nicht klar.

»Und ich suche meine … Andenken.«

Andenken? Was konnte sie meinen? »Erinnerungen, Corinna?«

»Erinnerungen! Ja, ich suche nach meinen … Erinnerungen. Und sie, diese … Frau, Solveigh …«

»Ja?«

»Sie hat … hat Angst, sie zu *verlieren*. Ihre An-, ihre Erinnerungen.« Sie wandte ihm wieder ihr Gesicht zu. »Verstehst du?«

Er war nicht sicher. »Was für Erinnerungen, meinst du, fürchtet sie zu verlieren?«

»Herrje, die Erinnerungen an ihr Kind natürlich!« Corinna kniff ungehalten die Brauen zusammen. »Sie hat doch nur die Andenk-, die Erinnerungen an den Kleinen. Sonst nichts mehr. Wenn sie die verliert …, ist *sie* … Ja.« Sie nickte, sich selber zustimmend. »Dann ist sie verloren.«

Baer verstand sie noch immer nicht ganz.

Corinna sah es ihm offenbar an. »Wenn sie wirklich … Hass genommen hätte …«

»Wenn sie Rache genommen hätte, meinst du? Für ihr Kind?«

»Rache. Richtig.« Es schien, als hätte sie die Bedeutung des Worts gerade in dem Moment wiedergefunden, in dem er es ausgesprochen hatte. »Dann wäre es dabei ja nicht … nicht um *ihn* gegangen. Nicht … um den Jungen. Sondern … um *sie*. Nur um sie!« Sie schüttelte wieder den Kopf. »Rache über so eine lange Zeit hinweg, Roman, hätte alles ... ausgelöscht. In *ihr*. Hätte alle Erinnerungen an ihr Kind ... getötet.« Sie sah ihm ernst und ruhig in die Augen. »Nur noch tote Bilder wären übrig geblieben. Sie hätte das gewusst, Roman. Lasst sie laufen.«

Er legte betroffen seine Hände auf ihre. Sie fühlten sich warm und geschmeidig an.

Sie lächelte ihn an. »Lass uns weitergehen, Roman. Es ist so schön hier am Strand. Schau mal, dort, die beiden ... die zwei Möwen! Siehst du sie?«

»Ja, ich sehe sie, Corinna.«

53

Im Bahnhof Atocha, südlich des Prado, waren die Ticketautomaten defekt und die Schlangen vor den ersatzweise eingerichteten Schaltern bereits beängstigend lang. Eine Weile stand Jana mit Laurent in der Reihe, dann konnte sie ihn überreden, auf sie zu warten, während sie sich ein wenig im Bahnhof umschaute.

So wie sie ihn schon dazu hatte überreden können, sie nach Toledo zu begleiten.

Sie schlenderte ein wenig durch den tropischen Palmengarten, der im historischen Teil des Bahnhofs angelegt worden war. Verlor sich zwischen den mit Sprühwasser eingenebelten Bananenstauden und vor den Bassins mit unzähligen Schildkröten, die ähnlich ineinander verkeilt waren, wie sie es zuvor mit Laurent und Anders gewesen war ... Die Hände und Münder und Körper der beiden überall an ihr, jede Pore ihrer Haut schwitzend vor Verlangen, geliebt zu werden ...

Anders war für seine Recherchen nach Valencia abgereist, sie hatten ihre Adressen und Nummern ausgetauscht.

»*Love you*, Jana.«

Das hoffte sie doch.

Als sie in den Schalterraum zurückkehrte, war Laurent verschwunden. Ein großer dünner Junge Anfang zwanzig, der bald an der Reihe war, winkte sie zu sich heran.

»*Your son are look for you.*«

»*My … son?*«

»*Yes. She are there.*«

Sein Englisch klang wie ein spanischer Dialekt mit unsinnigen Worten. Es brauchte Zeichensprache, um ihn zu verstehen. Er wedelte mit der Hand in Richtung Palmengarten, wo sie doch gerade herkam. In diesem Moment sah sie Laurent durch eines der Portale von dort kommen, auch er winkte heftig und deutete mit dem Finger auf sein Handgelenk, obwohl er gar keine Uhr trug.

Wenige Minuten später saßen sie in dem Direktzug nach Toledo. Fuhren eine halbe Stunde lang nach Süden durch eine meist leicht gewellte graubraune Landschaft, ein Hochplateau, das unter dem wolkenverhangenen Himmel einfach trostlos aussah. Einmal flog ein geisterhaftes Gerippe aus monströsen Stahlträgern an ihnen vorbei. Das rostende Gerüst eines gigantischen Gebäudes, das gut und gerne eine Hotelanlage hätte werden können, dachte sie. Ein anderes Mal sah sie in der Ferne eine lange Reihe hohläugiger grauer Betonburgen im Rohbaustadium. Gebäude, in die nie jemand einziehen würde, wenn Anders recht behielt. In ihrem letzten Gespräch jedenfalls hatte er behauptet, dass solche Bauleichen bereits wieder verrottet sein würden, ehe genügend Geld in das Land zurückkehrte, um sie fertigzustellen. Sein gescheiterter Landsmann Møller habe offenbar den Fehler gemacht, sein Schicksal allzu eng mit den Banken und dem Finanzsektor zu verknüpfen. Aber die Kritik an Møller sei nur halb berechtigt, hatte Anders hinzugefügt. In der Zeit nach dem großen Crash habe er alles auf eine Karte setzen *müssen*, um noch einmal auf die Füße zu kommen. Aber dabei hatte er eben leider alles in den Sand gesetzt. »Und mit ihm haben viele andere alles verloren, Geschäftspartner, Kunden, Angestellte, Zulieferer. Und deren Familien.«

Laurent sah diesen öden Landstrich offenbar mit ganz anderen Augen. Sie leuchteten, als er ihr jetzt im Zug davon erzählte, dass hier, in der Mancha, viele der Abenteuer von Don Quichotte spielten.

Die Mancha, ja. Der sanfte Branntwein in La Coquette fiel ihr ein. Mit seinen interessanten Folgen.

Jana sah wieder hinaus. Die Bauruine in der Ferne verschwand aus dem Rechteck des Fensters und sie musste an das denken, was Anders über Møllers Bankrott gesagt hatte. Seine letzte Bemerkung: *Und mit ihm haben viele andere alles verloren.*

Hellwig gehörte zu denen, die mit Møller finanziell abgestürzt waren. In geringerem Maße sicherlich auch Grandgenet. Hellwig aber musste Møller dafür gehasst haben, dass er ihn in die Pleite geritten hatte. Grandgenet, Møllers »Leib-und-Magen-Architekt«, wie einer von Baers Kollegen in die Akte geschrieben hatte, die Liv Grünberg ihr gegeben hatte, dürfte ebenfalls kaum noch freundliche Gefühle für den Großpleitier empfunden haben: den lange Zeit so erfolgreichen Hotelunternehmer, der ihn mit Planungen beauftragt hatte, die dann nicht realisiert werden konnten, sodass der teure Architekt nicht mal mehr sein Geld bekam.

Vielleicht war es so, vielleicht nicht. Fest stand, dass Grandgenet und Hellwig in Madrid waren, als Møller starb. Sicking hatte damals nicht im Principe gewohnt, aber vielleicht in einem anderen Hotel, falls er doch in Madrid war. Das wäre eine interessante Frage an seine Witwe. Sofern sie wieder zu sich kam.

Wie hing das alles zusammen? Jana hatte nicht die geringste Ahnung, wohin sie diese Spur führen mochte.

Sie erreichten den Bahnhof von Toledo, klein und provinziell und weit vor der Stadt gelegen. Auf dem Vorplatz wartete ein Bus, der die Ankommenden über eine Straße, breit wie eine Flughafenlandebahn, hinauf in die Altstadt fuhr.

Toledo lag auf einem mächtigen Felsen, um den ein schwarzgrüner Fluss – der Tajo, wie Laurent erklärte – seine rauschende Schleife zog. Der Bus entließ sie in der Nähe einer mächtigen Kathedrale, die ein Grund war, warum Laurent sie begleitete. Nicht etwa, weil er gläubig war oder sich für Kirchenkunst interessierte. Sondern weil schon sein Casanova sie besucht hatte – und in Streit mit einem Priester geraten war, der behauptete, die Kathedrale beherberge die dreißig Silberlinge, die Judas für seinen Verrat von den Römern bekommen habe.

Wenn es stimmte, was er von seinem Helden behauptete – dass der gute Casanova nur glücklich war, wenn er seine Geliebten glücklich machen konnte –, dann war Laurent sein legitimer Nachfolger. Wenigstens im Zusammenspiel mit Anders. Und vielleicht auch ohne ihn, mal sehen.

Jana ließ Laurent die Kathedrale besuchen, ein riesiges Bauwerk, das sich im Zentrum der Stadt allzu breit machte, und begann ihren Fußweg zum äußersten westlichen Zipfel der historischen Stadt. Schon nach kurzer Zeit kam sie sich vor, als durchwandere sie ein Labyrinthmuseum aus mittelalterlichen Mauern und malerisch verwitterten Wänden. Sie ging durch enge Gassen, die unvermittelt endeten und sich zu Plätzen oder Kreuzungen weiteten, von Touristen durchströmt wie Ameisenstraßen.

Nach etwa einer halben Stunde erreichte sie die Paseo Recaredo, die am äußersten Ende der Stadt parallel zur Stadtmauer einen scharfen Bogen bildete.

Der Blinddarm von Toledo, dachte sie, als ihr die geometrische Form des Areals klar wurde.

Über eine kleine Steintreppe auf der Rückseite einer Kirche erreichte sie einen von Pinien bestandenen Rastplatz unmittelbar vor der Mauer. Hier hatte Møller laut Bericht der spanischen Polizei seinen Wagen geparkt.

Kaum jemand schien sich für diesen Ort, hoch über der Flussschleife des Tajo, zu interessieren. Außer ihr war nur noch ein älteres Paar anwesend, beide mit blauen Jeansschlapphüten, dem Dialekt nach Amerikaner. Die meisten Touristen wurden selbst jetzt, zur besten Zeit am Samstagnachmittag, von den Sehenswürdigkeiten, Museen, Kirchen und Plätzen der Innenstadt absorbiert.

Møller war laut Bericht am frühen Abend hier herausgefahren. Niemand hatte ihn gesehen oder gar beobachtet, wie er sich in die Tiefe gestürzt hatte.

Jana trat dicht an die Mauer heran und stieg die unscheinbare schmale Steintreppe in einer halbkreisförmigen Ausbuchtung ein paar Stufen hinauf. Vermutlich diente sie den Spaniern damals, als die Araber noch im Land waren, als Beobachtungsposten.

Bei dem Blick, der sich ihr bot, erschrak sie regelrecht, sie fühlte ihr Herz auf einmal heftig in der Brust schlagen. Unterhalb der Stadtmauer fiel die Felswand steil in die Tiefe hinab. Unten im Tal berauschte sich der Tajo an sich selbst. Eine uralte Steinbrücke links und eine moderne breite Betonbrücke rechts führten über das schäumende Wasser und rahmten den Blick.

Ein Blick in die Tiefe, der einem den Atem raubte, selbst wenn man ihn nicht im freien Fall die Stadtmauer und die Felswand hinunter erlebte.

Hier also, genau an dieser Stelle, hatte Møller den Tod gefunden. Im Angesicht einer weiteren Hotelruine auf der anderen Seite des Tajo. Hinter dem Gebäudekomplex des ehemaligen Smart Hotels, in dessen Luxusambiente er sich vor Jahren noch mit seinen Geschäftspartnern *y sus consortes* hatte fotografieren lassen, erhob sich eine spärlich bewaldete Hügelkette. Anders hatte ihr davon erzählt, dass Møller, aber noch etliche weitere, vor allem deutsche Geschäftsleute, dort Grundstücke erworben hatten, um Wohn-, Hotel- und Freizeitanlagen zu bauen. Doch daraus war bekanntlich nichts geworden. Und als Jana die Mancha, Laurents Don-Quichotte-Landschaft, jetzt karg und ursprünglich vor sich liegen sah, war sie doch froh, dass den Bauherrn der Geldhahn zugedreht worden war, sodass hier nicht eine weitere parfümierte Sperrzone für Superreiche entstanden war.

Irgendjemand, stellte sie sich vor, war zusammen mit Møller hier herausgefahren. Um bei einem letzten wehmütigen Blick über das Tajotal endgültig Abschied zu nehmen.

Von dem gescheitertem Großprojekt, drüben auf der anderen Seite des Flusses.

Und von dem, den er dafür verantwortlich machte: Gunder Møller.

Für dessen Tod seine Witwe drei Millionen kassieren sollte.

Drei Millionen Euro, die, selbst durch zwei oder drei Personen geteilt, für jeden noch immer ein hübsches Sümmchen darstellten. Jedenfalls kein schlechtes Trostpflaster für die Verluste, die einem die Møller-Pleite eingebracht hatte.

Jana stieg die Steinstufen hinunter, bestaunt oder belächelt (sie war nicht ganz sicher) von dem amerikanischen Paar, das sich anscheinend nicht die Treppe hinauf, gar bis zum Rand der Mauer, gewagt hatte.

Nachdenklich spazierte sie den Weg zurück zur Kathedrale. Wo Laurent sie bereits in einem Café am Vorplatz erwartete, wie sie der SMS entnahm, die sie in diesem Augenblick von ihm erhielt.

54

Sie tigerte aufgeregt in ihrer Zelle auf und ab. Wartete auf Hanauer. Der sich seit gut einer Viertelstunde im Büro des Anstaltsleiters befand.

Jetzt konnte er wirklich mal was für sie tun. Wenn sie schon den Prozess mit ihm verlieren würde, musste er ihr wenigstens diesen Irren, Fleischmann, vom Leib halten.

Der Bulle tauchte in ihrer Zelle auf, wann und wie es ihm einfiel. Zu jeder nur denkbaren Stunde. Einmal hatte sie gerade auf dem Klo gesessen. Er war trotzdem geblieben, hatte ihr zugesehen. Nur gegrinst und geschwiegen.

Bei Thiébault hatte sie gelesen, dass die Indianer Nordamerikas den Jesuiten noch auf dem Scheiterhaufen Vorschläge machten, wie sie ihre Folter effektiver machen könnten. Aber diese Stärke besaß sie nicht. Sie hatte Angst. Der Mann war ein Perverser.

»Ich mach's nur wie du, Aussteigerin. Die Klappe halten und darüber lachen, wie blöd die anderen dabei ausschauen.« Er hatte feixend mit dem Finger auf sie gezeigt. »Du müsstest jetzt mal deine Visage sehen!« Er wusste sich gar nicht zu lassen vor Spaß an der Sache.

»*Sie* müssten sich mal sehen. Sie dürften gar nicht in meiner Zelle sein!«

»Bin ich auch nicht.« Er hatte seinen stechenden Blick theatralisch durch die Zelle schweifen lassen. »Ich bin gar nicht da. Nur ein Geist in deinen Träumen. In deinen Albträumen.«

Er sollte recht behalten. Sie fand keinen Schlaf mehr. Sie traute ihm zu, dass er selbst in der Nacht plötzlich auftauchte. Licht an, Tür auf, Fleischmann mitten in der Zelle. Der blanke Horror.

Er wollte sie zermürben. Darum ging's. Damit sie ihr Schweigen brach. Und er am Ende als Sieger dastand.

Sie hatte Hanauer natürlich darüber informiert, dass Fleischmann sie in ihrer Zelle terrorisierte. Der Anwalt, dessen Hirn anscheinend auf Sparflamme kochte, hatte ihr zuerst nicht glauben wollen, hielt ihre Anschuldigung für ein taktisches Manöver, auf das sie seiner Meinung nach besser verzichtete. Erst als sie ihm detailliert schilderte, wie Fleischmann sich verhielt (»Er beobachtet mich beim Pissen, Herrgott noch mal, der Typ ist krank!«), glaubte er ihr. Und protestierte bei der Vorgesetzten von Fleischmann. Laschwitz. Die wies, was denn sonst, den Vorwurf zurück, sodass ihm jetzt nichts anderes blieb, als beim Anstaltsleiter der U-Haft

Protest einzulegen und weitere Besuche – oder wie immer man Fleischmanns Horror-Auftritte nennen sollte – zu verhindern.

Die Tür wurde aufgeschlossen. Hanauer trat ein. Sein Gesicht wirkte grau, niedergeschlagen. Sie wusste Bescheid, eigentlich musste er schon nichts mehr sagen.

Er nahm den Stuhl und setzte sich. Sah sie eindringlich und im vollen Bewusstsein seiner Niederlage an. »Der Anstaltsleiter befindet sich im Wochenende.«

Oh, der edle Herr Leiter befinden sich in seinem edlen Wochenende!

»Ich konnte mit seinem Stellvertreter sprechen, Herrn …«

Und?

»… Herrn Kramer. Er sagt, Hauptkommissar Fleischmann sei den ihm vorliegenden Unterlagen zufolge – und es werde alles registriert, jeder einzelne Besucher – das letzte Mal vor knapp zwei Jahren in dieser Haftanstalt gewesen. Ihre Anschuldigungen seien falsch und ehrverletzend. Er werde Fleischmann selbstverständlich davon in Kenntnis setzen. Der werde sich vermutlich rechtliche Schritte gegen Sie vorbehalten.«

Rechtliche Schritte.

»Zivilrechtliche. Wegen Verleumdung und Beleidigung. Strafrechtliche Schritte, falls Sie mit Ihren Anschuldigungen auch einen bestimmten Zweck verfolgten. Nötigung.«

Das war ja klar. Fleischmann hatte seine Aktion mit seiner Vorgesetzten und den Anstaltsbossen abgesprochen. Sie sollte geknackt werden, mit allen Mitteln (solchen, die sich offiziell nicht nachweisen ließen, wenn alle dichthielten). Das Leben des Jungen retten: Ja, in ihren Augen rechtfertigte das alles. Auch Psychoterror.

Hanauer sah sie leutselig an. »Ich werde natürlich trotzdem Beschwerde bei Gericht einreichen. Falls Sie das wünschen.«

Sie sah ihn an und schüttelte den Kopf.

Er war sicher ein guter Mensch.

Aber als Anwalt eine Niete.

Sie ließ sich erschöpft in voller Länge auf die Pritsche fallen.

Und begriff, dass sie das alles nicht lange durchstehen würde.

Nicht die zu erwartende lange U-Haft.

Nicht Fleischmann und seine Helfershelfer.

Nicht das, was danach kam, die Jahre im Knast, den Terror der Zwangsgemeinschaft mit den anderen Gefangenen. Die ihr schon auf die Nerven gingen, wenn sie behaupteten, sie säßen vollkommen unschuldig, letztlich nur wegen Fahrens ohne Führerschein. Oder wegen einer beschissenen Beleidigungsklage.

Und das Schlimmste: Genau das würde sie auch selbst sagen.

Es gab eigentlich nur noch einen Weg für sie. Den Notausgang.

55

Noch am Samstagabend, er hatte soeben mit Corinna zu Abend gegessen, erhielt Baer auf seinem Diensthandy einen Anruf von Amina Nou'man.

»Tut mir leid, wenn ich Sie zu Hause störe, Herr Baer.«

»Schon gut, was gibt's denn?«

Er hatte das Team ja damit beauftragt, nach weiteren möglichen Hintergründen im Fall »Imker« zu suchen, egal was es sei. Ihrer Fantasie bei den Recherchen seien keine Grenzen gesetzt. Ein Höchstmaß an Freiheit und Eigenverantwortung in der Arbeit brachte die besten Ergebnisse und die größte Zufriedenheit im Team. Das war immer seine Erfahrung gewesen.

»Ich habe mich heute noch einmal bei Wayback eingeloggt, wissen Sie, der Metasuchmaschine.«

»Ja.« Das unsichtbare Internet. Er erinnerte sich.

»Ich bin noch mal alle Objekte, alle realisierten Bauprojekte, mit denen Grandgenet früher auf den verschiedenen Versionen seiner

Webseite geworben hat, durchgegangen. Auch die privaten, kleineren Objekte. Und, na ja … Es ist mir ein bisschen peinlich, hätte mir schon früher auffallen sollen …«

»Unsinn. Was ist Ihnen aufgefallen?«

»Unter den Privathäusern ist auch eins, dessen Adresse mir irgendwie bekannt vorkam. Ist mir wirklich unangenehm, ehrlich, dass ich das nicht früher bemerkt habe.«

»Quatsch. Also?«

»Es ist das Haus der Sickings.«

»Das Wohnhaus in Mitte?«

»Nein, nein, unser Tatort. Das Wochenendhaus, in dem Sicking erschossen wurde.«

»Und das hat Grandgenet gebaut?«

»Entworfen. So stand es auf seiner Webseite damals. Hab's schon kopiert.«

»Sehr gut, vielen Dank, Amina.« Er wusste im Moment nicht so recht, was er mit dieser Information anfangen sollte. Immerhin bewies sie, dass die Geschäftskontakte zwischen Grandgenet und Sicking noch enger waren als bisher angenommen. Sie waren keineswegs nur indirekt, über den gemeinsamen Kontakt zu Møller, vermittelt.

Aber was bedeutete das?

Nou'man war noch in der Leitung. »Das ist noch nicht alles. Weil, irgendwie hat mich das interessiert, ich meine, wie gut Grandgenet die Sickings wirklich kannte. Ein Architekt, der ein schickes Wochenendhaus am See plant, kennt die Familie vielleicht auch privat, dachte ich mir. Sie mussten sich ja wenigstens ein paar Mal zusammengesetzt haben und, na ja, vielleicht ist daraus noch mehr entstanden.«

Kein schlechter Gedanke. »Und?«

»Ich hab auf Verdacht die Securityfirma kontaktiert, die das Stadthaus der Sickings sichert, und zwar seit Jahren. Ich meine, Wachleute kriegen ja vieles mit aus dem Privatleben.«

»Allerdings.« So wie Fahrer, Hauspersonal und oftmals auch Nachbarn.

»Hab mich bei Kemper Security ein bisschen durchtelefoniert und nachgefragt. Der Chef, Kemper, hat sogar selbst mal für unseren Laden gearbeitet und war eigentlich ganz hilfreich bei der Sache.«

»Aha.« Ein abgehalfterter Polizist als Sicherheitsmann wieder mal. »Und?«

»Grandgenet war den Kemper-Leuten, sofern sie noch in der Firma tätig sind, sofort ein Begriff. *Jahrelang* sei der Mann bei Familie Sicking ein- und ausgegangen. Und – war ganz dicke mit der Dame des Hauses.«

»Evelyn Sicking?«

»Exakt.«

»Hatte er ein Verhältnis mit ihr?«

»In dem Punkt sind die Kemper-Leute nicht hundertprozentig sicher. Aber wenn die beiden was miteinander hatten, Grandgenet und Evelyn Sicking, dann war es spätestens beendet, als vor ein paar Jahren *wer* auf die Bühne trat?«

»Keine Ahnung.«

»Arne Hellwig.«

»Hellwig? Wieso das denn?«

»Arne Hellwig, und das weiß Kemper Security definitiv, schon aus professionellem Interesse: Hellwig war zuständig für die Sicherheits-IT im Stadthaus der Sickings. Eigentlich sollte er auch das Wochenendhaus IT-technisch auf den neuesten Stand bringen. Bei Hellwig sind die Kemper-Wachleute ganz sicher, dass er was mit Frau Sicking hatte. Er war weit weniger diskret, was das Verhältnis zu ihr betraf, als Grandgenet. Falls der wirklich ihr Liebhaber war. Bloß scheint ihr Mann, unser Mordopfer Albert Sicking, irgendwann dahintergekommen zu sein, was zwischen Hellwig und seiner Frau lief. Und so kam es dann nicht mehr zu dem Auftrag für Hellwig, auch das Wochenendhaus der Sickings IT-mäßig, und das hieß eben auch sicherheitstechnisch, zu optimieren. Nachdem das Verhältnis aufgeflogen war, wurde Hellwig auch nicht mehr im Haus gesehen.«

»Sagen die Kemper-Leute?«

»Genau. Ich protokolliere es noch und lasse sie das unterschreiben.«

»Gut. Wann genau ist Albert Sicking eigentlich dahintergekommen?«

»Vor gut einem Jahr ungefähr.«

Vor einem Jahr erst. Zu dieser Zeit, überschlug Baer rasch, war Hellwig bereits der intime Freund von Brigitte Møller, der Witwe seines einstigen Auftraggebers Gunder Møller.

»Und Grandgenet? Der Architekt?«

»Hat sich offenbar von der Familie Sicking – oder eben vor allem von ihr, Evelyn Sicking – zurückgezogen. Wegen Hellwig vermutlich.«

»Danke, Amina.«

»Schönen Abend noch.«

Sie legte auf.

Baer schossen mit einem Mal tausend Gedanken durch den Kopf. Nou'mans Recherchen gaben dem Fall vielleicht eine Wende! Einen Drive ins Private, ins Intime, den er nicht erwartet hatte.

Hellwig hatte demnach ein Verhältnis mit der Chefarztfrau Evelyn Sicking. Vielleicht auch Grandgenet.

Hellwig war tot, Albert Sicking und Ruth Grandgenet ebenso. Und Evelyn Sicking lag schwer verletzt im Krankenhaus.

Doch Architekt Jean-Luc Grandgenet lebte. Unversehrt, unverletzt. Ebenso die unternehmungslustige Witwe Brigitte Møller. Deren Mann zum Preis von drei Millionen ums Leben gekommen war. In Toledo. Wo sich zum selben Zeitpunkt auch Hellwig und Grandgenet aufgehalten hatten ...

Eines wurde Baer nun klar: Dieser Fall war entweder extrem einfach zu lösen. Wenn sie nämlich Solveigh Adams als »Imker«

für alle drei Überfälle inklusive Mord, Totschlag und Entführung drankriegten. Doch daran glaubte er schon längst nicht mehr. Und zwar spätestens (er musste sich das ernsthaft eingestehen), seitdem Corinna mit ihrem geradezu unheimlichen Gespür für seelische Schwingungen die Aussteigerin für unschuldig erklärt hatte.

Oder aber der Fall war extrem verwickelt. Das unheimliche, unheilvolle Ergebnis von beruflichen ebenso wie privaten Verstrickungen der Personen, die bislang ausschließlich als Opfer in Erscheinung getreten waren.

Er musste in Ruhe darüber nachdenken.

56

Nachdem Jana mit Laurent spät am Samstag aus Toledo nach Madrid zurückgekehrt war, konnte sie sich nicht vorstellen, schon am nächsten Tag wieder abzureisen. Warum sollte sie? Sie war beurlaubt, oder nicht?

Sie hatte den Rückflug nach Berlin noch nicht gebucht und entschloss sich, Laurent am Sonntag zu begleiten. Nach Barcelona. Im Netz fand sie sogar ein günstiges Angebot für den Rückflug von dort am Montagmittag.

Nach dem Nachtessen im Hotel, einem wunderbaren Meeresfrüchtesalat, und einem Abstecher in die Bar gegenüber (gleich neben der Wechselstube, in und vor der die Penner kampierten) schlief sie mit Laurent. Sie war überrascht, dass er allein gehemmter (aber nicht weniger zärtlich und liebevoll) war als im Duett. Sie zeigte ihm, dass ihr auch ohne Anders nichts fehlte, und so fand er seinen Rhythmus mit ihr.

Die Zeit im Zug am Sonntagmorgen verschlief sie überwiegend. Von Laurents Erzählungen über Casanovas Abenteuer behielt sie nur soviel, dass er wegen der Liebschaft mit einer Mätresse irgendeines hohen Tiers in Barcelonas Stadtgefängnis gelandet und dort beinahe krepiert war.

Die Episode lenkte Janas Gedanken unmerklich auf Solveigh Adams. Nach Jahren in Freiheit, mitten in der unwirtlichen Natur, befand sich die Frau auf einmal wieder in der Trostlosigkeit der Untersuchungshaft: ohne Besuche (falls denn jemand Interesse an ihr hatte), ohne Kontakte zu anderen Gefangenen, selbst die Hofgänge fanden isoliert und nur einmal täglich unter Aufsicht statt. Blieb nur noch der Austausch mit ihrem Anwalt. Falls sie mit dem redete.

Zum ersten Mal seit Tagen dachte Jana auch wieder an Frank. Der sich bestimmt einiges einfallen lassen würde, um Adams unter Druck zu setzen. Unter U-Haft-Bedingungen hatte er da einige Möglichkeiten.

Sie fragte sich jetzt auch, was Baer und sein Team mit den Informationen machten, die sie ihm aus Madrid übermittelt hatte. Waren sie brauchbar? Hatte er (anders als sie) eine Ahnung, in welche Richtung sie wiesen? Baer hatte sich bisher nicht bei ihr gemeldet, abgesehen von einem knappen Dank als Antwort auf ihre SMS.

Sie versuchte, sich wieder auf Laurent zu konzentrieren, fragte ihn nach Details und dem Stand seines Romans, der sie, wenn sie ehrlich war, nicht wirklich interessierte. Sein Held und dessen Geschichte waren weit weg von ihrem Leben.

Sie erreichten den Bahnhof von Barcelona und nahmen ein Taxi. Laurent hatte ein Zimmer für sie beide in einem Hostel in der Nähe der Universität gebucht.

Die Sonne versteckte sich hinter einer undurchdringlichen Wolkendecke, der Himmel war schäbig grau wie ein verstaubter alter Lampenschirm. Aber die Bäume waren noch grün, die Luft war mild, nicht so streng-kühl wie in Madrid.

Das Zimmer in dem Hostel hatte zwei schmale Betten, die sie mühelos zusammenschoben, und einen kleinen Balkonaustritt, noch winziger als im Principe.

Sie aßen eine Kleinigkeit in einem Bistro in der Nähe und streiften danach kreuz und quer durch die Stadt, unter den Massen an Touristen sicher die Einzigen, die auf der Suche nach den Orten waren, an denen sich Casanova aufgehalten hatte. Aber nicht ein Mal war Laurent sicher, ob die Orte richtig waren. Mal hatte sich der Name der Straße oder des Platzes geändert, oder es gab beides nicht mehr. Oder er konnte seine eigene Handschrift in dem ledergebundenen Notizbuch, das er mitschleppte, nicht richtig entziffern. Minutenlang starrte er dann darauf wie ein Zauberer auf seine Glaskugel. Es sah wirklich komisch aus, wenn er das Heft manchmal sogar hin und her wendete, und sie konnte sich das Lachen oft nicht verkneifen. Erstaunlicherweise verlor Laurent dabei nicht seine gute Laune.

Am späten Nachmittag hatte Laurent endlich genug von Casanova und sie aßen eine (mäßige) Paella für zwei Personen in einem kleinen Restaurant am Hafen. Am Nebentisch aufmerksam beobachtet von einem Taschendieb, der aussah wie ein Nerd mit Glatze und dünnem Pferdeschwanz. Als er immer näher an sie heranrückte, drehte sich Jana zu ihm um, grinste ihn breit an und empfahl ihm, sich in seine eigene Hose zu greifen. Sie hatte deutsch gesprochen, aber er hatte verstanden, stand auf und verschwand. Sein Bier trank er nicht aus. Er hatte es ja auch nicht bezahlt.

Auf Laurents Wunsch fuhren sie anschließend noch zu einer Kirche, an deren Fassade schon seit hundert Jahren gebaut wurde. Na, ihretwegen mussten sie nicht weiter daran werkeln, das Bauwerk gefiel ihr überhaupt nicht, die Kirche sah eher aus wie eine Schaumrakete. Ihr lapidar hingeworfenes Urteil trug ihr einen fassungslosen Blick von Laurent ein, über den sie wieder herzlich lachen musste.

Laurent hätte zwar gern noch das Picasso-Museum besucht (und vermutlich auch noch jedes andere Museum der Stadt), aber dafür war es zum Glück zu spät. So fuhren sie ersatzweise mit einer Tunnelseilbahn einen Berg hinauf, dessen Namen sie sich nicht merkte. Von hier oben hatten sie einen fantastischen Panoramablick auf die Stadt. Der Tag bereitete schon seinen Abgang vor, die graue Wolkendecke riss an einigen Stellen auf, die aussahen wie blassblaue Wunden.

Sie gondelten den Berg hinunter, tranken in einer Kneipe eine Cerveza und fuhren dann mit dem Taxi zurück ins Hostel.

Die zusammengeschobenen Betten erwiesen sich als unpraktisch, also liebten sie sich nur in einem. Jana schlief erschöpft auf ihm ein.

Mitten in der Nacht wachte sie auf. Sie brauchte eine Weile, um zu realisieren, wo sie war. Und neben wem sie lag. Sie fror und stand auf, ging ins Bad, duschte heiß, zog ihren Pyjama an und ging an die Tür zum kleinen Balkon. Zog den Vorhang ein wenig zur Seite und schaute auf die Straße hinunter. Kein Verkehr bis auf ein müde dahinschleichendes Taxi. Kein Mensch zu sehen. Bunte Reklamelichter hier und da an den Fassaden vermischten sich mit dem mattweißen Licht der Straßenlaternen.

Und wie schon in Madrid fragte sich Jana, warum sie nicht einfach dabliebe. Wer vermisste sie in Potsdam, in Berlin?

Andererseits, welche Zukunft hätte sie in Spanien? Einem Land, dem die Jugend davonrannte, weil sie keine Perspektive sah, sie war ihr durch dieselbe Krise genommen, der auch Møller zum Opfer gefallen war. Mit dem Unterschied, dass Großunternehmer Møller und seinesgleichen sie mitverursacht hatten.

Jana schüttelte den Kopf. Wie naiv sie doch war! Und feige dazu. Statt zu kneifen, sollte sie kämpfen. Von wegen Beurlaubung! Sie hatte keine Lust auf ein Leben im Pausenmodus!

Und Frank? Laurent und Anders, jeder der beiden, taugte zehnmal mehr als er. Der sie, wenn's drauf ankam, im Regen stehen ließ.

Sie zog den Vorhang zu, tapste zurück zum Bett und kroch zu Laurent unter die Decke. Schmiegte sich an ihn, schob ihren Kopf in seine Achselhöhle und legte ihre Hand auf seinen Bauch. Er seufzte leicht im Schlaf und atmete ruhig weiter.

57

Für den Sonntagnachmittag hatte Corinna sich Olga Kurella zum Kaffeetrinken eingeladen. Sie hatte Baer nichts davon gesagt und er wertete das als ein weiteres gutes Zeichen. Sie war immer weniger auf ihn fixiert.

Die Ukrainerin hatte zwei nicht mehr taufrische Äpfel zum Kaffee mitgebracht. Mit einiger Mühe verstand er, dass ihr Mann, der noch in der Ukraine lebte, sie ihr geschickt hatte. Mit der Post. Olga schüttelte den Kopf darüber, freute sich aber sichtlich: eine Handvoll selbstgepflückter Äpfel aus dem Garten ihres Hauses, das vollständig zerstört worden war. Ihr Mann lebte inzwischen in einem Bauwagen, der nicht gebraucht wurde, weil die Bauarbeiter in den Krieg gezogen waren.

In einem Bauwagen. Baer wurde es siedendheiß. Ihm wurde mit einem Mal klar, was er längst hätte tun müssen. Weil es nach Jana Seitz' Rausschmiss keinen im Brandenburger Team gab, der die Aufgabe für ihn übernehmen würde.

Er verabschiedete sich (etwas abrupt vielleicht) von Corinna und ihrer Helferin, verließ die Wohnung, stieg ins Auto und fuhr über den Stadtring hinaus nach Brandenburg. Sein Ziel war das östliche Ende des Küstinsees. Der Bauwagen, in dem Ruth Grandgenet ihren Tod gefunden hatte. Das war es, was ihm eingefallen war. Was er bislang versäumt hatte.

Baer hatte am Vormittag auch Iwersen telefonisch auf den neusten Stand gebracht. Die Informationen von Jana Seitz und Amina Nou'man hatten dem alten Haudegen jedoch nur ein unzufriedenes Knurren entlocken können. Und die Bemerkung, dass er diesen Fall umso weniger verstehe, je mehr Details er von Baer dazu geliefert bekomme.

»Gerüchte über Affären, Roman, gestreut vom Sicherheitspersonal. Erinnerungen von Hotelangestellten in Madrid. Selbst wenn sie stimmen, was bedeuten diese Beziehungen der Opfer untereinander – *für den Fall ›Imker‹*? Für den entführten Jungen? Für Adams?«

Baer wusste es nicht. Aber er musste eine Antwort darauf finden. Schnell.

Deshalb fuhr er jetzt hinaus an den Küstin, dorthin, wo die Frau des Architekten ihren Tod gefunden hatte, in dem Bauwagen im Wald. Er hätte das schon früher machen sollen, statt sich auf Fleischmanns liederliche Tatortbeschreibung zu verlassen.

Der Tag heute war nicht so schön wie gestern, der Himmel bedeckt und die Luft feuchtkalt. Aber es regnete nicht, und das würde ihm den Marsch durch den Wald erleichtern. Er parkte den Wagen in einer kleinen Ausbuchtung am Waldrand, zog sich seine alten Wanderstiefel an, die er für alle Fälle im Kofferraum liegen hatte, stieg über eine rotweiß markierte Absperrung, die die Kollegen offenbar vergessen hatten, und marschierte los. Mitten in das Waldstück hinein.

Vom Wasser aus wären es nur knapp hundert Meter bis zu dem Bauwagen gewesen, hatte er dem Polizeibericht entnommen (das zumindest war notiert worden). Von der Straße aus durch den Wald würde er länger brauchen.

Hinter der Absperrung begann ein breiter Holzweg, komfortabel zu gehen. Aber je weiter er vorankam, desto unwirtlicher wurde es. Der Weg wurde schmaler und war bald unter der Decke vermodernder Herbstblätter kaum noch auszumachen. Immer öfter musste er über gestürzte Baumstämme steigen, morastige Löcher umrunden und sich durch den Blick auf die Wetterseite der Bäume orientieren, in welche Richtung (Süden) er eigentlich zu gehen hatte.

Schließlich wurde der Baumbestand lichter und zwischen Rollen alten Drahts und Haufen vor sich hin rostender Metallstangen erblickte Baer den Bauwagen. Von stark verwitterter schimmelgrüner Farbe, circa fünf Meter lang und zwei Meter breit, hatte er auf jeder

Längsseite ein kleines Fenster mit zerbrochener Scheibe und ein Dach, auf dem sich seit Jahrzehnten das Moos wohlfühlte. Der Wagen stand leicht schief und lehnte auf einer Seite an dem mächtigen Baumstumpf einer vor langer Zeit gefällten Eiche.

Niemand hatte sich die Mühe gemacht, das Absperrband um den bereits vor Wochen von den Kriminaltechnikern untersuchten Tatort zu entsorgen. Baer stieg an einer tief hängenden Stelle darüber hinweg und ging näher an den Bauwagen heran. Er warf einen Blick durch das zerbrochene Glas eines der Fenster. Ein schmaler länglicher Tisch, vollkommen verdreckt, dessen dünne Metallfüße am Boden festgeschraubt waren. Zwei Hocker und zwei primitive Stühle. Das war's. Er ging um den Bauwagen herum, öffnete auf der Gegenseite die knarzende Tür und trat ins Innere.

Der mit brüchig gewordenem grünem Plastik belegte, dreckverschmierte Boden ächzte unter seinen Füßen, es roch feucht und muffig und nach Mäusedreck. Baer warf einen Blick auf den Stuhl, auf dem man Ruth Grandgenet gefunden hatte. Mit den Händen an die metallene Rückenlehne gefesselt, geknebelt und erstickt durch das Panzerband über Mund und Nase.

Er sah sich noch einmal um. Dies hier war einer der trostlosesten Orte, an denen er sich je befunden hatte, verdreckt, verschissen, dunkel und hässlich. Wie sah die Psyche eines Menschen aus, der es fertigbrachte, eine schwerkranke behinderte Frau an einem so widerwärtigen Ort dem Sterben zu überlassen? Denn dass Ruth Grandgenet nur versehentlich erstickt war, daran konnte er von Anfang an nicht recht glauben. Und jetzt, wo ihm klar wurde, was für einen grässlichen Ort der Täter sich für sie ausgesucht hatte, war er sogar sicher, dass sie absichtlich getötet worden war.

Doch *von wem*?

Warum nicht vom Architekten? Laschwitz' sonderbaren Schützling? In Grandgenets Gehaltsklasse engagierte man einen Profi. Aus dem Ausland. Sollte er also einen perfide ausgetüftelten Racheplan verfolgt haben? Ließ er Evelyn Sickings Exgeliebten Arne

Hellwig, der ihn bei ihr ausgestochen hatte, ebenso töten wie den mutmaßlichen Dauerkonkurrenten, ihren Ehemann Albert Sicking? Und musste noch vor ihnen seine eigene Frau, Ruth Grandgenet, daran glauben, weil sie ihm schon lange lästig geworden war?

Ohne den Mann persönlich zu kennen, schloss Baer diese Möglichkeit aus. Grandgenet hätte zu alldem auch noch die fingierte Entführung des kleinen Sohns der Sickings in Auftrag geben müssen. Nur ein pathologisches Monstrum wäre dazu fähig. Und es sprach nichts dafür, dass Grandgenet so ein Monster war. Dazu noch unter dem persönlichen Schutz der Kriminaldirektorin.

Nein, ausgeschlossen.

Es war zum Verrücktwerden! Wie auch immer er sich die Motive und Tatausführungen der »Imker«-Überfälle zurechtlegte, sie passten nicht, gaben nie ein ganzes Bild. Es war wie mit der verfluchten Decke, zu kurz, egal, in welche Richtung man sie zog.

War es also doch *sie*: Solveigh Adams? Mit einem Rachefeldzug für ihr totes Kind? Liv Grünberg hielt Adams für verroht genug, derart grausam und gewissenlos zu sein. Corinna nahm das Gegenteil von Solveigh Adams an, die Frau lebe für ihr totes Kind, hatte sie frei übersetzt gesagt, nicht gegen ihre vermeintlichen Mörder.

Jana Seitz dachte ähnlich wie Corinna, die Überfallserie, insbesondere der Mord an Ruth Grandgenet, passe nicht zur Persönlichkeit von Solveigh Adams.

Und er? Misstraute der Logik der Überfallserie. Um den Mord an Albert Sicking zu tarnen, hätten die übrigen Opfer eben nicht in einer wie auch immer gearteten Verbindung zu dem Chefarzt stehen dürfen. So aber wirkte die Opferauswahl keineswegs zufällig. Bloß, was steckte dahinter? Vielleicht griffen hier auch die Interessen verschiedener Personen ineinander, private und berufliche Motive, sodass sie sich eher eine Gruppe, mehrere Täter, vorstellen mussten, die hinter der Imkermaske steckten.

Es *musste* einen sinnvollen Zusammenhang geben. Sie hatten ihn eben nur noch nicht gefunden!

Baer verließ den Bauwagen mit einem heftig aufflammenden Gefühl grimmiger Verzweiflung und inhalierte tief die novemberkalte Waldluft, um sich zu beruhigen.

Sein Telefon summte in der Manteltasche. Er riss es heraus und schaute aufs Display.

»Hallo, Liv.«

»Roman. Tut mir leid, wenn ich dich störe.«

»Tust du nicht, Liv.«

»Etwas sehr Wichtiges. Evelyn Sicking ist heute Vormittag erfolgreich aus dem Koma zurückgeholt worden. Der Prozess dauerte ja schon länger an, aber heute Morgen ist sie wirklich aufgewacht.«

»Und ihr Zustand? Wie geht's ihr?«

»Wie hat die Ärztin gesagt? Sie ist kognitiv voll intakt. Emotional dürfte es anders aussehen. Sie wird alles erfahren. Ihr Mann, der nicht mehr lebt. Tobias, von dem jede Spur fehlt.« Liv stieß einen Seufzer aus. »Sie wird die Wahrheit erfahren.«

»Wann wird sie vernehmungsfähig sein?«

»Grundsätzlich ist sie es schon jetzt, nachdem die Schwellung der Hirnhaut zurückgegangen ist, sagt die Ärztin. Aber ob sie dazu bereit ist? Psychisch in der Lage dazu? Morgen wissen wir sicher schon mehr, meint die Ärztin.«

»Gut.« Das ließ doch hoffen. »Gibt es Neues von den Potsdamern? Von Solveigh Adams?«

Liv bemühte sich, wie er wusste, mit allen Kräften darum, den Austausch mit den Brandenburgern nicht abreißen zu lassen. Auch wenn Jana Seitz' Posten als Zweite in Fleischmanns Team noch nicht wieder besetzt war.

»Ich habe vorhin mit Elena Pradova telefoniert. Fleischmann ...« Er hörte sie durch die Nase schnaufen. »Er versucht offenbar jetzt, Adams durch Stress aus der Reserve zu locken.«

»Stress ... Was heißt das?«

»Keine Ahnung. Pradova wusste selbst nichts Genaues. Oder wollte es nicht sagen.«

»Gefällt mir nicht.«

»Mir auch nicht, Roman. Zumal die Kollegin durchblicken ließ, dass Adams neuerdings nicht mehr isst, wie ihnen jetzt aufgefallen ist.«

»Sie isst nicht mehr? Was heißt das: Hungerstreik?« Das fehlte noch. »Wieso schlägt ihr Anwalt nicht Alarm?«

»Sie redet nicht mehr mit ihm.«

»Das ist doch kein Grund.«

»Tja, nicht so einfach für einen Anwalt, wenn die Mandantin kein Vertrauen zu ihm hat. – Morgen um acht ist übrigens Sitzung mit den Brandenburgern in Potsdam, da wird alles besprochen. Iwersen wird auf jeden Fall dort sein. Kommst du hin?«

»Auf keinen Fall.« Er hatte Besseres zu tun und bat sie, ihn noch einmal zu vertreten.

»Wenn du meinst.«

»Vielleicht kannst du rausbekommen, was Fleischmann genau mit der Adams anstellt. Ich meine, was er *wirklich* tut. Mir würde er das nämlich niemals stecken.«

»Gut. Ich versuch's.«

Der Fall nahm eine dramatisch schlechte Entwicklung, dachte Baer. Die Ermittlungsstränge liefen auseinander statt zusammen, trieben voneinander weg wie die Objekte im Universum. Und *er*? Seine alte Spürhund-Sicherheit, wo war die? Er stocherte wie ein Blinder in dem Fall herum, konnte zwischen Tatsachen und Mutmaßungen kaum noch unterscheiden.

»Roman? Geht's dir gut?«

»Ja. Schon okay, Liv.«

»Wo bist du eigentlich, du klingst so … weiß auch nicht … so weit, oder wie sagt man?«

»Ich stehe vor dem Bauwagen, in dem Ruth Grandgenet getötet wurde. Ich versuche … zu verstehen.« Er sah sich nicht in der Lage, ihr zu erklären, was ihm dabei alles durch den Kopf ging. »Hältst du mich auf dem Laufenden, was den Zustand von Evelyn Sicking betrifft, Liv?«

»Natürlich. Und wann sehen *wir* uns?« Sie fragte auf eine Weise, als könnten sie sich noch heute Abend treffen. Privat. Auf ein Glas Wein. Ganz unverbindlich.

Und vielleicht sollten sie das wirklich bald mal tun?

Nein, Unsinn. Natürlich sollten sie das nicht tun!

»Morgen, Liv. Wenn ihr aus Potsdam zurück seid, du und Iwersen. Ich bin im Präsidium. Falls nichts dazwischenkommt.«

»Bis dann, Roman.«

Sie war weg.

Er atmete tiefer die nebelfeuchte Waldluft ein. Ihm wurde schlecht davon, die Luft roch faulig wie verdorbene Eier, fand er mit einem Mal. Nach modernden Birkenstämmen, verrottendem Unterholz, verwesendem Aas.

Baer stieg, mit einem leichten Ziehen in der Leiste, über das schlaff hängende rot-weiße Absperrband hinweg und beschloss, bevor er sich auf den Rückweg machte, noch die hundert Meter bis zum Ufer des Küstins zu gehen und *wirklich* frische Luft zu atmen.

Ein gerade noch sichtbarer schmaler Weg, der nicht allzu morastig schien, führte in die Richtung. Der Täter, der von der Seeseite gekommen war, hatte das Versteck für sein gehbehindertes Opfer gut gewählt, dachte Baer.

Er musste sich ausgekannt haben.

So gut wie Solveigh Adams.

Und wie die Kollegen der nächsten Polizeistation, die von dem alten Bauwagen wussten und den Tipp gegeben hatten, auch an dieser Stelle nach dem Entführungsopfer zu suchen.

Insofern doch keine gute Wahl des Täters. Es sei denn … Baer blieb abrupt stehen. Ein seltsamer, ganz neuer Gedanke zischte durch seinen Kopf: Es sei denn, die Leiche *sollte* so früh gefunden werden …

Doch welchen Sinn ergab das?

Er wischte den Gedanken fort und ging weiter.

Nach der Hälfte der Strecke schimmerten bereits Flecken der bleigrauen Oberfläche des Küstins zwischen den Bäumen hindurch. Ein Krähenschwarm ließ sich lärmend in den Baumkronen über ihm nieder. Zwei Mäuse, dadurch vielleicht aufgeschreckt, rannten dicht vor ihm plötzlich über den Weg und huschten rechts in ein Dickicht aus Farn, hohem Gras und Büschen. Sie verschwanden in einer alten Holzkiste, die dort verrottete, völlig verwittert, teilweise zusammengefallen und voller Löcher. Baer wollte bereits weitergehen, als ihm auffiel, dass der Fluchtort der Mäuse nicht der einzige Kasten seiner Art war. Als er näher heranging, zählte er, überwuchert von Gras und Gestrüpp, etwa ein Dutzend verrotteter Holzkästen, teilweise noch mit Blechabdeckungen, die vor langer Zeit hier abgelegt worden sein mussten.

Oder nein, sie waren *aufgestellt* worden! Hübsch in Reihe entlang des überwucherten Wegs.

Er beugte sich über den Kasten, in dem die Mäuse verschwunden waren. Sie waren auf der anderen Seite des modrigen, zerfressenen Kastens längst wieder davongerannt. Am Boden lagen Reste von Holzrahmen und, wie er entdeckte, als er genauer hinsah – von Bienenwaben!

Baer richtete sich wieder auf und betrachtete das knappe Dutzend alter Bienenkästen mit ganz anderen Augen. Denn um nichts anderes handelte es sich. Er setzte seinen Weg bis zum Ufer nicht mehr fort, sondern kehrte um.

58

Sie hatten eine Weile gebraucht, ehe sie begriffen, dass sie nicht mehr aß.

Gut so.

Sie würde verschwinden.

Durch den Notausgang.

Sie hätte es schon viel früher tun müssen. Aber sie hatte nie den Mut gehabt, die Pforte aufzustoßen, die sich für immer hinter ihr schließen würde.

Noch trank sie. Damit die Idioten ihr nicht gleich mit Zwangsmaßnahmen kamen. Rührte das Essen nicht an und behauptete, sie habe keinen Appetit auf den Fraß. Dabei war das Knastfutter nicht schlechter als das, was gewöhnliche Kantinen zu bieten hatten.

Zweimal hatten sie sie inzwischen wieder nach Potsdam überführt, um sie zu verhören. Offiziell. Sie hatte geschwiegen und würde es weiter tun.

Auch mit Hanauer hatte sie kein Wort mehr gewechselt. Er ging ihr auf die Nerven mit seiner weichgespülten Art, die er auch der Justiz gegenüber nicht ablegen konnte.

Wenigstens hatten Fleischmanns Terrorbesuche in ihrer Zelle aufgehört. Vielleicht hatte er doch kalte Füße bekommen.

Jetzt mussten sie sie nur noch eine Weile hungern lassen, dann war der Weg unumkehrbar. Sie hatte das bei Magersüchtigen auf der Station erlebt, es gab den *Point of no return*, danach griff auch künstliche Ernährung nicht mehr, der Körper nahm nichts mehr auf, man konnte ihm nur noch beim Kollabieren zusehen.

Das war jetzt ihr Weg.

Der lethargische Arzt in der Krankenabteilung, ein Mann Ende fünfzig mit totem Blick, der beruflich keinerlei Ambitionen mehr hatte, würde ihr auch weiter teilnahmslos zur Seite stehen. Er hatte sie lustlos untersucht und stressinduzierte Appetitlosigkeit befunden. Seine Therapie bestand in einer Umstellung des Essensplans für sie, mehr frisches Obst und gedünstetes Gemüse als Appetizer, rote Fleischsorten. »Für die Blutbildung. Verstehen Sie, Eisen.«

Bloß eine Zutat zum Eisen hatte er vergessen. Die wichtigste.

Es musste sich überhaupt *lohnen*, zu essen.

Man musste leben wollen.

Wem diese Zutat fehlte, für den wussten die Alten ein einfaches Mittel, sehr effektiv: aufhören zu essen.

Hanno, mein Kleiner, hilf mir doch! Deine Mama hat solche Angst!

Wenn sie nur wüsste, ob sie mehr Angst vor dem Leben oder dem Tod hatte …

59

Ich weiß alles noch, als wär's gestern erst passiert:

Der Himmel war blau.

Der Rasen war grün.

Mein Glas war rot. Rot wie Kirschen.

In dem Glas Fassbrause.

Ich hab am Tisch gesessen und so ein Quartett angeguckt. Tierequartett.

Bloß angeguckt, hatte ja keinen, der mit mir spielte. Großkatzen-Quartett, weiß ich noch genau.

Hin und wieder taucht Opa hinter der Laube auf. In voller Montur, als Imker. Guckt rüber zu mir, sagt aber nichts. Ich weiß noch, wie ich einen Schluck Fassbrause trinke, es war heiß, wie gesagt, schwül, ich hatte Durst.

Auf einmal ist da so ein Knubbel auf meiner Zunge.

Und im nächsten Moment Feuer im Mund.

Auf der Zunge, am Gaumen oben, im Hals hinten, überall im Mund brannte es plötzlich wie Teufel.

Ich ließ das Glas fallen und fing an zu schreien.

Ein Stechen und Brennen in meinem Mund, ein unglaublicher Schmerz.

Der Knubbel in meinem Mund, das war eine von Opas Bienen.

Sie muss im Glas gewesen sein, hab nicht drauf geachtet, als ich den Schluck genommen hab.

Das Scheißvieh hat natürlich gleich zugestochen, in meine Zunge.

Ich hab geschrien, weil es so wehgetan hat, bis ich nicht mehr schreien konnte. Weil meine Zunge ganz dick wurde. Immer dicker.

Und auf einmal hab ich keine Luft mehr gekriegt. Alles ganz dick und heiß in meinem Mund.

Der Alte kam angerannt. Er stand vor mir. Wie der Bienenmann in meinem Albtraum: Imkerhut mit Netz, weißer Overall, Handschuhe.

»Was ist denn?«, hat er mich angeschrien. »Warum brüllst du so? Hör doch auf zu brüllen, Herrgott! Was zum Teufel ist denn los auf einmal?«

Aber ich konnte nicht sprechen, meine Zunge, der ganze Rachen war schon so geschwollen, dass ich keine Luft mehr bekam.

Ich dachte, ich muss sterben. Mein Herz raste, und ich merkte nicht mal, dass ich mich einpinkelte vor Schiss und Luftnot.

Aber der Alte?

Hat bloß gelacht.

»Biene gestochen?«, hat er mich angebrüllt. Und sich beinahe kaputtgelacht. »Wegen einem Bienenstich machst du so ein Theater?«

Er hat sich runtergebeugt zu mir, in seiner Montur.

»Wo denn?«, hat er gebrüllt hinter seiner Imkermaske. »Wo hat sie dich gestochen? Ich seh nichts.«

Ich hab meinen Mund ganz weit aufgesperrt.

Der Alte war über mir, das Imkernetz vor dem Gesicht war ganz nah auf einmal, groß und dunkel.

So 'ne hässliche Zunge hätt er ja noch nie gesehen, hat er gesagt. »Soll ich sie dir rausreißen, ja? Mach ich gern für dich«, hat er gemeint.

Und dann fing er an, daran zu ziehen. An meiner Zunge zu reißen. Wie an einem Lappen oder einem Stück Leder, das übersteht.

Und dabei hat er wieder angefangen zu lachen. Zu wiehern wie ein Gaul.

Dann wurde mir schwarz vor Augen.

Als ich wieder zu mir kam, war meine Mutter da. Hat mir Eisstückchen in den Mund gestopft.

Ich merkte, wie die Zunge abschwoll. Es tat immer noch sauweh, aber ich bekam wieder Luft.

Jetzt haben sie mich also doch gekriegt, hab ich gedacht, die Scheißbienen. Das werden sie büßen, hab ich mir vorgenommen. Aber alle.

An demselben Abend noch hat mir die Alte die blaue Badehose vor die Nase gehalten. Die ich am Nachmittag anhatte, als die Biene mich gestochen hat.

»Schon wieder eingepinkelt, du Ferkel!«, hat sie mich angebrüllt und mir die Badehose ins Gesicht gedrückt wie einen Putzlappen und mir dann die verpisste Stelle ins Maul gestopft wie, weiß nicht, wie einen Scheißknebel oder was.

Ich musste kotzen davon.

60

»Fuck, ich versteh das nicht! Diese beschissene Webseite.« Jana sah Laurent Hilfe suchend an.

Seit zehn Minuten versuchte sie vergeblich, online für ihren Rückflug nach Berlin einzuchecken. X-mal hatte sie so was schon gemacht, aber jetzt klappte es nicht. Die Webseite der Fluggesellschaft warf sie nach der bestürzenden Mitteilung, ihr Flug könne nicht bestätigt werden, ständig wieder aus dem System.

»Scheiße, das gibt's doch nicht!«

Laurent nahm ihr das Handy aus der Hand und versuchte es an ihrer Stelle.

Sie hatten bereits gefrühstückt, in dem kleinen Café auf der anderen Straßenseite (Kaffee und Croissants, etwas zu kross für ihren Geschmack). Man hatte sie bevorzugt bedient, weil sie im Unterschied zu den meisten anderen Touristen Spanisch sprachen.

Jana hatte ihre Sachen gepackt, ihr Flug sollte in anderthalb Stunden gehen. Sie hätte zwar Lust gehabt, noch ein paar Tage in Spanien zu bleiben. Aber nicht, um Laurent bei den weiteren Recherchen zu seinem Buch zu begleiten.

Er schüttelte irritiert den Kopf und gab ihr das Handy zurück. Weiter keine Bestätigung für ihren Direktflug nach Berlin.

»Was mach ich denn jetzt?«

»Anrufen. Direkt bei der Fluggesellschaft.«

Sie probierte es. »Scheiße auch. Eine Schrottline ist das, keine Hotline.«

»War klar.«

»*War klar?* Warum hast du es dann vorgeschlagen?«

Er hob schützend die Hände. »He, *ich* hab deine Buchung *nicht* gecancelt.«

Shit, sie verhielt sich gerade wie Frank, wenn er aus Frust den Erstbesten anblaffte, der ihm in die Quere kam. »Tut mir leid, Laurent.« Jana streckte über den kleinen runden Tisch, an dem sie saßen, einen Arm nach ihm aus und strich über seine Wange. Er ließ es geschehen, etwas genervt, wie ihr schien.

Laurent hatte das Doppelzimmer nur für das Wochenende gemietet und für die nächsten Nächte ein noch preiswerteres Einzelzimmer in einem kleinen Hotel nahe der Schaumrakete von gestern gebucht.

Er müsse bald gehen und einchecken, mahnte er leise an. Und zwar offline.

Sie versuchte es ein letztes Mal mit dem Online-Check-in. »Verflucht, immer dasselbe!«

Keine Bestätigung ihrer Buchung.

Was nun? Direkt zum Flughafen fahren? Wie lange würde sie dafür brauchen? Langte die Zeit überhaupt noch, um rechtzeitig vor Ort einzuchecken? Falls der Flug nicht sogar gestrichen war.

Laurent schielte verstohlen zu seiner Reisetasche, die bereits im Flur stand.

Plötzlich hatte sie eine ganz andere Idee. Sie rief Anders' Handynummer auf. Es meldete sich seine Mailbox. Typisch, wenn man die Kerle mal brauchte.

Sie sah Laurent wieder an. »Hast du Anders' Adresse in Valencia?«

Er wirkte erstaunt. »Anders wohnt in der WG einer guten Freundin von mir. Luz.«

Jana legte das Handy auf den Tisch und griff nach Laurents Hand. »Gibst du sie mir?«

Er lächelte. »Na klar.«

Er wollte bereits aufstehen, aber sie hielt ihn zurück.

Laurent sah gut aus, nur ein wenig angespannt im Moment.

Sie fragte ihn, wie viel Zeit sie noch hätten. »Maximal.«

»Maximal? Was meinst du?«

Sie blinzelte ihn an.

Was sollte sie schon meinen?

61

Noch bevor Baer am Montagmorgen in sein Büro ging, betrat er das Zimmer von Wundt, das erste Zimmer auf dem Gang, wenn man aus dem Fahrstuhl kam.

Er traf Wundt dabei an, wie er sich vor einem Handspiegel, der auf dem Schreibtisch stand, mit einer kleinen Schere den grauen

Dachsbart stutzte. Wundt setzte bereits zu einer Entschuldigung an, doch Baer winkte ab und berichtete ihm stattdessen ohne große Einleitung von den verrotteten Bienenkästen, die ihm gestern, am Sonntagnachmittag, aufgefallen waren. »Ungefähr auf halbem Weg zwischen dem Bauwagen, in dem Ruth Grandgenet erstickt ist, und dem Seeufer.«

»Bienenkästen?« Wundt hatte Spiegel und Schere flugs wieder in seiner Schreibtischschublade verschwinden lassen und sah ihn jetzt verwundert an. »Im Bericht stand davon aber nichts.«

»Nein. Vermutlich wurden nur im Sichtfeld Spuren genommen. Und die ollen Bienenkästen sind kaum noch als solche erkennbar.« Auch er wäre (ohne die Mäuse) beinahe achtlos an ihnen vorbeigegangen.

»Sie denken an einen Bezug zum Imker?«

»Na, was denn sonst? Ein Zufall ist das jedenfalls nicht.«

Er war etwas heftig geworden und hob entschuldigend eine Hand.

»Aktiviere bitte deine frischen Kontakte zu den Imkervereinen, Hobbyimkern und so weiter. Bezieh auch unsere Brandenburger Kollegen mit ein, kann nicht schaden. Vielleicht weiß irgendein alter Imker noch, wer diese Kästen vor Jahrzehnten dort aufgestellt hat. Ob das ein Verein gemacht hat oder ein Kollektiv oder Kombinat oder wie das damals hieß.«

Wundt wiegte skeptisch den Kopf hin und her. »Könnte schwierig werden.«

Baer zuckte die Achseln. »Lass dir was einfallen.«

Auf dem Weg in sein Zimmer traf er Brock.

»Ich wollte gerade zu Ihnen!«

»Schön, dann komm mit.«

Brock blieb stehen und richtete, etwas irritiert, den Zeigefinger auf die Stelle seines Muttermals, so als wolle er auf eine Einschussstelle in seiner Schläfe deuten, die ihn daran hindere, Baer zu folgen. »Geht nur darum, dass eine Ärztin aus der Charité angerufen hat. Paar mal schon. Doktor Irene Muchow. Wegen Evelyn Sicking.«

»Ja?«

»Die Sicking weiß inzwischen Bescheid. Dass ihr Mann tot ist, ihr Sohn entführt … na ja. Und sie will nun unbedingt mit uns sprechen. Einem Verantwortlichen der Polizei, wie die Ärztin sich so schön ausdrückte. ›Meine Patientin will Informationen über den Ermittlungsstand aus erster Hand.‹ Diese Schiene.«

»Und die Nummer?«

»Was?«

»Die Telefonnummer von Evelyn Sicking im Krankenhaus?«

»Ach so. Ich hab nur die Nummer der Station. Schon im Intranet für Sie abgelegt.«

Eine Minute später war Baer mit der Intensivstation verbunden, auf der Evelyn Sicking behandelt wurde. Doktor Irene Muchow sei bereits wieder im OP, erfuhr er von der Stationsschwester. Aber sie sei informiert, was die Patientin betreffe.

»Die Frau Sicking ist natürlich extremst in Sorge wegen ihrem Sohn.«

»Natürlich. Ist es in Ordnung, wenn ich jetzt gleich vorbeikomme, Schwester …«, er hatte ihren Namen vergessen, »… um mit Frau Sicking zu sprechen?«

»Sie können gern herkommen, Herr, ähm …« Sie hatte seinen Namen also auch vergessen. »Aber Sie müssen bitte vorher mit unserem Stationsarzt reden.«

»Sicher. Danke.« Er legte auf und zog seinen Mantel an, den er auf der Stuhllehne abgelegt hatte.

Eine gute halbe Stunde später sah er sich Doktor Kesten gegenüber, dem diensthabenden Stationsarzt (wenn das so hieß), einem knochigen Rotschopf um die vierzig. Der Arzt erklärte ihm freundlich, dass seine Patientin nach der Langzeitnarkose (er vermied auffällig die Begriffe »künstlich« und »Koma«) erwacht, das hieß bei vollem Bewusstsein sei.

»Ihr Zustand ist stabil, der Hirndruck wieder normal, aber sie bekommt unter anderem auch Medikamente, die das seelische Trauma mindern helfen. Sie hat sehr darum gebeten, mit der Polizei persönlich sprechen zu können. Wir haben dem als Ärzte zugestimmt. Allerdings in der Erwartung, dass ihr die Polizei bestätigen wird, dass alles nur Denkbare unternommen wird, um den Jungen zu finden. Verstehen Sie, Herr Baer, ich möchte, dass Ihr Besuch die Patientin weiter stabilisiert.« Der Arzt sah ihn eindringlich an.

Baer erwiderte seinen Blick, ohne darauf zu antworten.

»Ein Hinweis noch: Wundern Sie sich nicht, wenn die Patientin einen etwas stumpfen Eindruck auf Sie macht. Das liegt an den Medikamenten, von denen ich sprach, betrifft aber nur ihre Affekte. Ihre Gefühle.«

»Verstehe.«

Sie standen auf und der Arzt führte ihn über den breiten Flur. Transportwagen mit frischer Wäsche standen vor den Zimmern, Schwestern und Pfleger in blauen Kitteln schossen wie Billardkugeln hektisch hin und her.

Kesten legte eine Hand auf die breite Klinke der blauen Tür von Zimmer 22, ganz am Ende des Gangs, und sah ihn an. »Ich stelle Sie kurz vor, dann lasse ich Sie mit der Patientin allein. Oder, na ja, sie hat bereits Besuch.«

Hoppla, die Information kam jetzt aber früh, Herr Doktor. »Besuch von wem?«

»Von ihrem Bruder. Er möchte bei dem Gespräch dabei sein. Ich befürworte das. Angehörige haben während der Aufwachphase eine enorm positive Wirkung auf den Zustand von Narkosepatienten.« Er drückte die Klinke herunter, stieß die Tür auf und betrat das Zimmer.

Baer wollte ihm folgen.

Aber auf einmal war alles wieder da!

Corinna lag hinten in dem Bett, das Sauerstoffgerät im Mund, da waren die verschiedenen Tropfzufuhren, die Kanülen an den

Händen und am Kopf ... Ihr in die Ferne gerichteter Blick, die unnatürlich graue Haut, die Hightech-Apparate um ihr Bett herum, der blinkende Bildschirm mit den Kurven und Daten, die ihr Leben waren ...

»Herr Baer? Sie dürfen gern hereinkommen.« Der Arzt lachte verhalten.

»Ja. Entschuldigung.« Er betrat das Zimmer, blieb aber im vorderen Bereich stehen, wo links das Bad war, wie er wusste, und das Patientenbett weiter hinten noch nicht zu sehen.

Ihm wurde schlecht, der Schweiß brach ihm aus.

»Ist Ihnen nicht gut?« Der Arzt musterte ihn plötzlich mit scharfem Blick.

»Nein, nein. Es sind nur ... die Erinnerungen. Meine Frau hatte vor einiger Zeit einen Schlaganfall und ...«

Kesten fixierte ihn weiter mit strengem Blick.

»Alles in Ordnung, Doktor. Wirklich.« Er erholte sich wieder, versuchte zu lächeln, und der Arzt schien halbwegs zufrieden. Baer schloss die Tür hinter sich und sie gingen weiter zum Patientenbett.

Es sah tatsächlich aus wie bei Corinna damals. Das Sauerstoffgerät mit dem Mundstück, der Überwachungsbildschirm neben dem Bett, Tropfvorrichtungen für Medikamente und die künstliche Ernährung, Venenzugänge an den Oberseiten der Hände ... Im Unterschied zu Corinna hatte Evelyn Sicking noch einen Verband um den Kopf, aus dem oben ein Büschel brauner Haare ragte.

Sie war blass, die Haut des schmalen Gesichts wirkte schlaff und alt, ihre dunklen Augen schienen wie erloschen. Trotzdem kam sofort Leben in sie, als sie ihn bemerkte, ihr Blick richtete sich erwartungsvoll auf ihn.

Neben dem Bett erhob sich höflich ein Mann Mitte vierzig von dem Besucherstuhl. Mittelgroß, hager, hohe Stirn, wache hellblaue Augen in einem etwas verkniffenen Bürokratengesicht. Der Mann war gut gekleidet, Businessstyle, weißes Hemd, weinrote Krawatte (gelockert). Das dunkle Jackett seines Anzugs legte er vom rechten auf den linken Arm und reichte Baer die Hand. »Eipel. Guten Tag. Ich bin Evelyns Bruder.«

Eipel? Evelyn Sickings Mädchenname war Maranz, wie Baer aus den Akten wusste. Vielleicht ein Halbbruder. Eipel. Wo hatte er den Namen schon mal gehört?

Der Arzt trat ans Bett seiner Patientin und beugte sich leicht über sie. »Das ist Kommissar Baer von der Kriminalpolizei, Frau Sicking. Sie dürfen das Sauerstoffgerät zum Sprechen aus dem Mund nehmen, aber bitte immer nur kurz. Sobald Sie merken, dass es Ihnen nicht guttut, brechen Sie sofort ab. Ja?«

Sie schloss und öffnete die Augen als Zeichen der Zustimmung und der Arzt verließ das Zimmer, ohne die beiden Männer noch mal anzusehen. Baer kannte das von Ärzten, überhaupt von Krankenhauspersonal; sie konzentrierten sich in dem Stress ihres Berufsalltags fast ausschließlich auf ihre Patienten, Besucher waren so interessant wie die immer gleiche Salatbeilage in der Kantine.

Er trat an das Bett heran, dem Bruder, der sich wieder gesetzt hatte, gegenüber, und legte eine Hand auf die weiße Bettdecke. »Ich freu mich, dass es Ihnen besser geht, Frau Sicking.«

Sie sah ihn verstört an.

Gott, was für einen Schwachsinn redete er da! Wieso sollte es ihr besser gehen, nach dem, was sie hatte erfahren müssen, seitdem sie wieder bei Bewusstsein war!

Ihr Bruder lächelte immerhin zu seiner Floskel, höflich und ein wenig verkniffen.

»Die Tatverdächtige, die wir festgenommen haben, verweigert die Aussage. Leider. Aber ich möchte Ihnen sagen, dass wir, also die Polizei, mit allen verfügbaren Kräften nach Tobias suchen.«

Ihre Augen öffneten sich weit. Sie nahm das Mundstück der Sauerstoffzufuhr heraus. »Ja.« Es war kaum mehr als ein Hauchen. »Danke.« Sie schloss und öffnete wieder die Augen. Nahm das Sauerstoffgerät wieder in den Mund.

Baer kam zu den Einzelheiten der Suchaktionen, berichtete von der enormen Unterstützung aus der Bevölkerung, den zahlreichen Hinweisen, der Auswertung von Videokameras ... Sie würden nicht nachlassen in ihren Anstrengungen.

Sie nahm das Sauerstoffgerät wieder heraus, ihre Augen wuchsen gespenstisch. »Er ist aber ... schon so lange ...« Ihre Stimme war dünn und zitterte.

Er hielt ihren Blick fest.

Und sagte nichts.

Er begriff.

Sie hoffte zwar.

Natürlich tat sie das. Sie war Tobias' Mutter.

Aber im tiefen Inneren schien sie zu wissen, dass ihr Kind nicht mehr lebte.

Baer empfand es als eine Erlösung, als sein Handy summte. Er entschuldigte sich bei ihr und entfernte sich ein paar Schritte.

Es war Wundt.

»Ja?«

»Die Bienenstöcke im Wald.«

»Ja?« Das ging aber schnell. Falls es wirklich Neues gab.

»Gar nicht schwer, rauszukriegen, wer die Kästen mal dort aufgestellt hat.«

»Und zwar?«

»Ein gewisser Josef Uhl. Der Vorsitzende vom Imkerverein Küstin, Kurt Hamel, konnte sich an ihn erinnern. Dieser Uhl hat sie dort aufgestellt, um Waldhonig zu bekommen. Das wäre zwar nicht ganz hasenrein gewesen, hat Hamel gemeint ...«

»Hasenrein?«

»Ja. Eigentlich hätte das genehmigt werden müssen. Von der Gemeindeverwaltung, der Forstverwaltung, was weiß ich. Aber Uhl muss ein ziemlicher Eigenbrötler gewesen sein und hat sich nicht darum geschert. Und Hamel hatte damals keine Lust, sich mit ihm anzulegen.«

»Was weißt du sonst noch über diesen Uhl?«

»Nicht viel. Inzwischen ist er gestorben.«

»Gut, dann versuch, mehr über ihn rauszukriegen.« Er legte auf, wandte sich um und warf einen zerstreuten Blick zum Krankenbett hinüber.

Evelyn Sicking war natürlich noch sehr geschwächt, das war überdeutlich. Ihr Bruder dagegen wirkte hellwach und geschäftig. Wie von der Katastrophe der Familie kaum berührt. Mit schnellen routinierten Daumenbewegungen checkte er sein Smartphone.

Plötzlich fiel es Baer ein.

Eipel.

Brigitte Møller war es, die ihm den Namen zuerst genannt hatte. Am Telefon, ziemlich schnippisch. Eipel heiße der Versicherungsmakler, der ihm Auskunft über die Lebensversicherung für Gunder Møller geben könne, falls er das wünsche.

Nein, wünschte er nicht. Er hatte keinen Sinn darin gesehen.

Aber jetzt? Wusste er, dass Møllers Versicherungsmakler Evelyn Sickings Bruder (oder Halbbruder) war. Der Schwager des Mordopfers Albert Sicking. Der Onkel des entführten Tobias.

Baer steckte sein Handy weg und ging zurück zum Krankenbett. Er legte wieder leicht seine Hand auf die Decke. »Es tut mir leid, Frau Sicking. Ich muss gehen. Ich melde mich aber so bald wie möglich wieder bei Ihnen. Versprochen.« Er versuchte sich an einem Lächeln, nickte auch ihrem Bruder, Eipel, beiläufig zu und verließ das Zimmer.

Seine Fragen an Evelyn Sicking erschienen ihm dringlicher denn je. Aber er würde sie ihr jetzt nicht stellen. Nicht in Gegenwart ihres Bruders.

Er fühlte plötzlich ganz deutlich, dass das ein schwerer Fehler wäre.

62

Die günstigste Verbindung zwischen Barcelona und Valencia war der Bus. Klimatisiert und mit WLAN ausgestattet, ging die Fahrt entlang der Küste nach Süden. Die erste Zeit verschlief Jana. Als sie aufwachte, fuhren sie auf einer hochgelegenen Küstenstraße, die Sonne strahlte hellgelb über dem Meer und malte Prismen auf die Fensterscheiben.

Im kleinen Fernseher vorn lief jetzt in voller Lautstärke eine italienische Komödie, spanisch synchronisiert, die Missgeburt einer Stan-und-Ollie-Kopie, die kein Mensch im Bus beachtete; die Älteren dösten, die Jüngeren daddelten mit flinken Fingern auf ihren Smartphones.

Sie griff nach ihrem. Anders hatte nicht zurückgerufen, auch keine Nachricht hinterlassen. Wahrscheinlich zu beschäftigt. Oder er benutzte mehrere SIM-Karten für sein Handy, privat und dienstlich getrennt. So, wie sie es mal machen wollte. Hatte sich aber als unpraktisch herausgestellt.

Sie fand mindestens vier Hinweise auf Nachrichten von Frank. Die sie ignorierte. Stattdessen öffnete sie eine SMS von Baer.

Ob sie im Zusammenhang mit Grandgenet von einem Versicherungsmakler namens Henning Eipel gehört habe? (Nein, hatte sie nicht.) Eipel sei ein Bruder von Evelyn Sicking und als Versicherungsagent auch für die Møllers tätig gewesen. »Besuchen Sie mal Eipels Webseite!« Sie sah unten einen Link dazu. Falls ihr dazu was einfalle, »unbedingt bei mir melden! Baer.«

Außerdem ein PS: »Wann sind Sie zurück? Wir brauchen Sie hier.«

Baer hatte gut reden. Ob er sie brauchte oder nicht, das interessierte eine Laschwitz doch nicht.

Aber er hatte ihre Neugier geweckt. Sie klickte auf den Link und landete auf der Webseite der Agentur Eipel & Partner. Eine unspektakuläre Seite mit einer Unmenge Text und einer Navigationsleiste am oberen Rand in seriösem Graublau. Sie verstand nicht, was Baer gemeint haben könnte, und hatte keine Lust, sich die Einzelheiten zu verschiedenen Formen von Lebens-, Sterbe- und sonstigen Versicherungen anzusehen. Öffnete aber den Link »Über uns«.

In der Liste der vier Partner von Henning Eipel entdeckte sie sofort den Namen Kurt Laschwitz.

Kurt Laschwitz?

Meine Scheiße, war das etwa …?

Aber sicher, sie erinnerte sich, dass die Laschwitz hin und wieder von »meinem Kurt« gesprochen hatte. Mit ihrem Kurt sei sie im Theater, in der Oper, auf dem Golfplatz, jedenfalls dabei gewesen, wenn sich wer wo traf. Reine Selbstdarstellung. Dass ihr Kurt Versicherungsmakler war, hatte sie nie erwähnt. Na gut, interessierte auch keinen.

Bis jetzt.

Laschwitz' Mann war also der Partner eines gewissen Eipel. Des Versicherungsagenten von Hotelier Møller. Der vielleicht auch gemanagt hatte, dass die Witwe Møller ihre drei Millionen bekam. Derselbe Eipel war zugleich der Schwager des Mordopfers Sicking, der Bruder von dessen schwer verletzter Frau.

Wenn das kein Zufall war – was dann?

Die nächste Frage lautete natürlich: Wusste die Sphinx davon?

Jede Wette!

Ihr Kurt wird ihr schon am Frühstückstisch erzählt haben, dass sein Geschäftspartner Eipel doch zufällig der Schwager des getöteten Überfallopfers Albert Sicking, der Bruder von dessen halb tot geschlagener Ehefrau und der Onkel des entführten kleinen Tobias' sei.

Die unerwartete Nähe der Sphinx zu dem Fall, auf die Baer gestoßen war, dürfte etwas ungemütlich für sie werden. Aber es würde sie nicht den Kopf kosten.

Es sei denn, es steckte mehr dahinter.

Jana schrieb Baer zurück, dass ihr der Name Eipel nichts sage. Sie kündigte an, dass sie möglichst schon morgen, am Dienstag, spätestens übermorgen zurück in Potsdam sein werde.

Sie wollte dabei sein, wenn es für Laschwitz zumindest ungemütlich wurde. Möglichst nah.

Aber heute stand Anders auf dem Programm.

Sie lokalisierte die Avenida de Blasco Ibañez in Valencia in der App. In der Nähe befand sich die Metro Aragón, die Adresse würde sie leicht finden.

Die Reise dauerte gute vier Stunden und für die Fahrt vom Busbahnhof mit der Metro brauchte sie eine weitere halbe Stunde. Als sie die Treppe zur Straße hinaufstieg, überkam sie plötzlich ein Gefühl wie als Kind, als sie mit ihrer Mutter zum ersten Mal nach Italien gereist war. Bei nasskaltem Wetter waren sie in Deutschland ins Flugzeug gestiegen, eine weiche, warme Brise hatte sie am Mailänder Flughafen begrüßt.

Jetzt war es ähnlich, die Sonne stand schon tief, und die Häuser warfen lange dunkelblaue Schatten, aber die Luft war mild und fühlte sich spätsommerlich warm an. Ihr mediterranes Gefühl verstärkte sich noch, als sie die Reihe kleiner Orangenbäume sah, die – im November! – voller reifer Früchte hingen.

Direkt vor ihren Füßen lag eine Orange auf dem Trottoir, die so frisch, rund und gesund aussah, dass sie kurz davor war, sie aufzuheben.

Die Avenida de Blasco Ibañez war ein baumbestandener Boulevard, breit wie ein Fluss, in der Mitte getrennt durch einen üppig bewachsenen, fußballfeldbreiten Grünstreifen, flankiert von nicht mehr ganz taufrischen Hochhäusern und in Blickweite eines Fußballstadions. Die Wohngemeinschaft, in der Luz lebte, befand sich laut Laurent in einem der Hochhaustürme, und als sie klingelte, wurde ihr mit einem schnarrenden Kommentar aus dem Lautsprecher, den sie nicht verstand, die Haustür geöffnet. Komisch, erst jetzt, als sie mit dem Aufzug in den vierzehnten Stock hinauffuhr, fragte sie sich, ob die WG-Bewohner, vor allem Laurents Freundin Luz, damit einverstanden wären, dass sie plötzlich auftauchte.

Sie stieg aus und blickte in das Dunkel eines fensterlosen Etagenflurs; falls es einen Lichtschalter gab, war der Leuchtknopf kaputt.

Am Ende des Flurs ging eine Tür auf, und die Silhouette einer großen schlanken Frau zeigte sich in dem Rechteck aus buttergelbem Licht.

»*Ola*. Ich bin Jana aus Deutschland. Ich bin eine Freundin von Anders.« Sie aktivierte ihr bestes Spanisch.

»Sophia. *Ola*. Anders ist auf dem Balkon. Mit Luz.« Die Frau ließ die Tür offen und deutete mit dem Daumen in Richtung eines Zimmers im Hintergrund.

Jana trat zögernd ein, schloss die Tür hinter ihrem kleinen schwarzen Koffer, und Sophia verschwand um die Ecke, in die Küche, wie Jana mit einem Blick feststellte.

Sie zog ihren Koffer in das Zimmer, das Sophia ihr gezeigt hatte, ein überraschend großer Raum voller alter Möbel: ein durchgesessenes plüschrotes Sofa an der Längswand, derb gepolsterte Stühle um einen breiten Tisch mit weißer Häkeltischdecke in der Mitte des Raums, alles gut und gern ein halbes Jahrhundert alt.

Die Tür zum Balkon am Kopfende des Zimmers stand halb offen, aber niemand war zu sehen.

Sie parkte ihren Koffer neben dem Sofa und legte ihre Tasche auf der runden Lehne mit dem abgewetzten Polster ab.

Von draußen waren leise Töne und schmatzende Laute zu vernehmen. Sie aßen wohl schon zu Abend.

Janas Herz klopfte, sie freute sich, Anders zu sehen.

Der Balkon war wie üblich sehr schmal, aber dafür viel länger als an den alten Gebäuden, die sie bisher kannte. Sie entdeckte Anders, als sie sich nach links wandte, wo er auf einer wackeligen schmalen Bank wie aus einem Bierzelt saß. Seine Jeans hing auf halb acht, auf seinem Schoß saß eine superschlanke Frau mit schulterlangem schwarzem Haar, die außer ihrem verrutschten Höschen nur noch eine hellblaue, bis zum Bauchnabel aufgeknöpfte Bluse anhatte.

Jana stand wie erstarrt.

Die Frau bemerkte sie zuerst und hörte auf, sich zu bewegen. Sie lächelte schief zu ihr herüber, ihr erhitztes Gesicht war schön.

»*Ola*.«

»*Ola*.«

Anders zog sein Gesicht aus der blauen Bluse und starrte nun ebenfalls zu Jana herüber. Dann lachte er. »*Ola*, Jana!«

Sie zwang sich zu einem Grinsen und stakste zurück ins Zimmer.

Stunden später saß sie mit Anders in einer kleinen Bar, die nach drei Seiten hin verglast war; sie hatte das Gefühl, draußen auf dem Trottoir zu sitzen, in dem honiggelben Licht einer alten (oder auf alt gemachten) Straßenlaterne.

Sie redeten nicht darüber. Über die Szene auf dem Balkon. Über ihn und Luz.

Sie redeten sehr vernünftig. Über seine Arbeit, die Recherchen, ihr Wochenende mit Laurent in Barcelona und dessen Recherchen.

Plötzlich sah Anders sie direkt an. »Und nun sag mir bitte, warum du hier bist. In Spanien. Wieso interessierst du dich so für Gunder Møller? Einen Dänen, der seit drei Jahren tot ist. Du bist nicht aus dem Hotelfach, stimmt's?«

Seine Frage kam unvermittelt und sie antwortete ihm ebenso direkt. »Ich bin Polizistin.«

»Ah.« Seine Augen leuchteten auf. »Wirtschaftskriminalität? War Møller in was Illegales verwickelt?«

Sie sah ihn halb amüsiert, halb skeptisch an. Er war Wirtschaftsjournalist. Und zwar ein brillanter. Sie hatte in Madrid beobachten können, wie er mit seinem Charme blitzschnell Informationen aus den Leuten herauskitzelte.

»Ich bin von der Kriminalpolizei. Ob Møller was Illegales gemacht hat, weiß ich nicht. Ehrlich.«

»Warum fragst du dann nach ihm? Mir kannst du's erzählen. Ich hab schließlich mitrecherchiert in deinem Fall. Ohne es zu wissen.«

Sie lachte. Und schlang plötzlich die Arme um ihn und küsste ihn. »Das tat gut, Anders!« Jana lehnte sich zurück und trank zufrieden ihre Cerveza aus einem Glas, das geformt war wie eine Tulpe.

Er lächelte. Und schien noch immer auf ihre Antwort zu warten.

Sie lächelte zurück. Den Teufel würde sie tun.

Plötzlich kam ihr ein Gedanke. Anders war vom Fach, verstand was von Wirtschaft und Finanzen. »Sag mal, kennst du dich mit Versicherungen aus?«

»Du meinst Versicherungswirtschaft? Nein, muss ich passen. Wieso? Geht es um die Lebensversicherung für Møller, ja? Die hat doch sicher seine Frau kassiert. Etwas nicht in Ordnung damit? Die beiden Typen im Principe, nach denen ich gefragt habe, haben sie was damit zu tun?«

Anders kombinierte erschreckend schnell.

»Weiß ich nicht. Keine Ahnung.«

»Hm.« Er machte ein Gesicht, als sei ihm gerade ein Gedanke gekommen. »Ich kenne jemanden, eine Kollegin, die sich mit Versicherungswirtschaft supergut auskennt. Wenn du willst, bring ich euch zusammen.«

»Danke. Ja, ich komm drauf zurück.« Vielleicht.

Er trank sein Bier aus. »Gehn wir?«

Sie schlief die Nacht in Luz' Zimmer, das kaum größer als eine Besenkammer war.

Aber an Schlaf war nicht zu denken.

Nebenan befand sich das große Zimmer mit den alten Möbeln. Dort schliefen Anders und Luz zusammen auf dem breiten Sofa. Die Wand war dünn wie Papier. Luz war laut. Sehr laut. Und Anders konnte bis zum Morgengrauen offenbar nicht genug von ihr bekommen.

Zum Glück hatte Jana noch am Abend ihren Rückflug nach Berlin für den nächsten Vormittag gebucht. Der Flug von Barcelona, für den sie nicht hatte einchecken können, war wirklich ausgefallen, irgendein technisches Problem.

Noch eine solche Nacht würde sie nicht durchstehen. Es sei denn, sie tauschte die Rolle mit Luz. Aber es hörte sich nicht so an, als ob Luz Lust darauf hätte.

63

Als Baer am Dienstagmorgen um acht ins Präsidium kam, war Liv noch nicht da. Sie war gewöhnlich die Erste von allen und immer stand ihre Tür offen.

Jetzt war sie geschlossen.

Er ging in sein Büro und checkte Telefon und Rechner. Keine Nachricht von ihr auf dem AB oder im Mailkasten. Er ersparte sich die Nachfrage im Sekretariat, Liv würde ihn direkt und als Ersten benachrichtigen, das wusste er.

Sie hatte schon gestern nach der Sitzung in Potsdam den Eindruck gemacht, als würde sie neben sich stehen. Dabei hatte sie noch am Sonntag, als sie ihn angerufen hatte, präsent gewirkt wie immer. In einem ruhigen Moment hatte er sie gestern gefragt, ob mit ihrer Tochter alles in Ordnung sei, ob es ihr gut gehe, und sie hatte genickt. Aber trotzdem alles andere als erleichtert ausgesehen.

Von der Sitzung in Potsdam hatte es wie erwartet nichts Neues zu berichten gegeben. Nur dass Fleischmann sich krank gemeldet hatte. Worüber sich Laschwitz wenig amüsiert gezeigt habe.

Solveigh Adams' Weigerung zu essen sei laut Gefängnisarzt auf eine stressinduzierte Magenschleimhautentzündung zurückzuführen, hatte Liv noch berichtet. Eine Null-acht-fünfzehn-Diagnose, der Baer nicht recht traute.

Er griff zum Hörer und wählte Livs Nummer. Ließ es mehrfach klingeln und wollte bereits auflegen, als sie doch noch abnahm.

»Roman.« Ihre Stimme klang wie eingerostet. Hatte sie getrunken – *Liv?*

»Was ist los, Liv?«

»Entschuldige, ich wollte dich schon anrufen, aber ... Weißt du, hier ist gerade das Chaos ausgebrochen. Das heißt, eigentlich ist es ...« Sie musste schlucken und brach ab.

»Was ist denn, um Himmels willen?«

»Wir haben ... alles verloren. Unser letztes Erspartes, das Haus, alles weg.« Er hörte sie schluchzen. »Er hat alles ... verspielt! Verzockt hat er uns!« Dann begann sie hemmungslos zu weinen.

Er war geschockt, fühlte sich hilflos, hatte das Bedürfnis, etwas für sie zu tun. »Kann ich helfen, irgendwie?«

Sie stieß schlimme Schluchzer hervor und war unfähig zu sprechen.

»Ich melde dich krank, Liv.« Beinahe hätte er gesagt: »Das wird wieder«, aber so hörte es sich nicht an.

Sie beruhigte sich etwas, versuchte anscheinend mit aller Kraft, sich zusammenzureißen. »Ich melde mich, Roman. So schnell wie möglich.«

»Schon in Ordnung, Liv. Wir stemmen das hier.«

»Danke.« Dann war sie weg.

Das hörte sich böse an.

Mit beklommener Stimme rief er im Personalbüro an und meldete Liv krank. Bis auf Weiteres.

Jana Seitz, Fleischmann, jetzt Liv, die Ausfälle unter den Ermittlern, wenn auch aus verschiedenen Gründen, waren beinahe so bemerkenswert wie der Fall selbst. Der einen schlicht krank machen konnte. In dem sogar die einzige Tatverdächtige den Arzt brauchte.

Es klopfte und Wundt kam herein. Nein, er stürmte geradezu ins Zimmer und auf den Schreibtisch zu, hinter dem Baer saß. Wundt wedelte aufgeregt mit einem Blatt in der Hand. »Ich hab was Wichtiges in Sachen Bienenstöcke! Es ist unglaublich.«

Baer sah ihn verblüfft an. Es kam nicht häufig vor, dass der stoische, zurückhaltende Wundt euphorisch wurde. Wundt recherchierte seit gestern intensiv zu der Person des eigenbrötlerischen Bienenzüchters, der anscheinend vor langer Zeit die Bienenkästen am Küstinsee aufgestellt hatte. Er war nach Küstin gefahren, um vor Ort in den alten DDR-Unterlagen zu suchen, und wertete die Sachen aus. Offenbar war er fündig geworden.

»Setz dich.« Baer deutete auf den Stuhl neben seinem Schreibtisch.

Aber Wundt blieb stehen.

»Josef Uhl hatte eine Tochter namens Bettina. Bettina Uhl, inzwischen auch schon gut zwanzig Jahre tot, war in jungen Jahren verheiratet mit einem Mann, der bei einem Verkehrsunfall ums Leben kam. Alkohol. Von diesem Mann hatte sie einen Sohn. Paar Jahre später hat sie einen Mann namens Paul Metzler geheiratet, ein wirklich feines Früchtchen. Dieser Metzler ging dafür in den Knast, dass er den Jungen, seinen Stiefsohn, regelmäßig misshandelt und eines Tages halb tot geschlagen hat.«

Wundt legte eine effektvolle Pause ein, die Baer nervte. »Und? Nun sag schon!«

Wundt zog eine Braue hoch. »Bettina Uhls erster Mann hieß Hellwig. Ihr Sohn hieß Arne.«

Baer fühlte, wie ihm das Blut in den Kopf schoss. »Was denn …? Der Alte, der die Bienenkästen im Wald aufgestellt hat, war *Arne Hellwigs Großvater*?«

»Definitiv.«

»Das heißt …«

»… dass Arne Hellwig vermutlich die Stelle kannte, wo sein Opa die Bienenkästen aufgestellt hatte.«

Und wo nur zwei Steinwürfe entfernt noch heute der alte Bauwagen stand, in dem Ruth Grandgenet ums Leben gekommen war.

Wundts unrasierte Dachsbacken zitterten leicht, als er den ungeheuerlichen, aber absolut folgerichtigen Schluss daraus zog: »Arne Hellwig ist unser verfluchter *Imker*!«

Baer schüttelte den Kopf. »*Einer* der verfluchten Imker, mein Lieber.«

Vielleicht.

Denn Hellwig war tot.

Erschossen – vom »Imker«.

Er sprang auf.

Wundt starrte ihn an.

Baer griff nach seinem Mantel am Garderobenständer und eilte zur Tür. »Wenn jemand fragt, ich bin im Krankenhaus.«

Zwanzig Minuten später stürmte Baer mit wehenden Mantelschößen über das blaue Linoleum des Krankenhausflurs in der Intensivabteilung der Charité. Er hätte sich jetzt durch nichts und niemanden aufhalten lassen.

Aber es stellte sich ihm keiner in den Weg. Kein Stationsarzt, keine Chefärztin, keine Krankenschwester.

Und auch kein Eipel.

Evelyn Sicking war allein in ihrem Zimmer. Wäre ihr Bruder auch diesmal anwesend gewesen, er hätte ihn hinausgeschickt.

Sie wirkte nicht überrascht, als sie ihn sah, aber das mochte an den sedierenden Medikamenten liegen. Sie lächelte matt, als sie ihn erkannte.

Er nahm sich den Stuhl, der jetzt an dem kleinen Tisch am Fenster stand, und setzte sich zu ihr ans Bett. Zwischen die Apparate.

Evelyn Sicking sah nicht mehr ganz so blass und verloren aus wie gestern, schien ihm, und er hoffte, dass das nicht bloß Wunschdenken von ihm war.

Sie sah ihn an, mit diesen riesigen dunklen Augen, in denen die Hoffnung, dass ihr Junge noch lebte, vollständig erloschen schien.

Es stimmte eben nicht, was immer gesagt wurde, dachte er, dass die Hoffnung zuletzt stirbt. Sie stirbt zuerst. Und danach der ganze Mensch. Manche gaben buchstäblich den Geist auf und wurden verrückt, andere bekamen einen Infarkt oder siechten dahin, gingen ein wie Schnittblumen. Viele lebten noch Jahre, als Schatten ihrer selbst; eines Tages fand man sie dann in der Badewanne mit aufgeschnittenen Pulsadern oder in ihrem Auto, nach rasender nächtlicher Fahrt auf einer einsamen Landstraße um einen Baum gewickelt.

Baer beugte sich so weit wie möglich zu ihr vor, roch die käsige Ausdünstung ihres geschwächten Körpers, ihren sauren Atem, bemerkte übergroß die fast vollständig verblassten Reste der Schwellungen in ihrem abgemagerten Gesicht. »Frau Sicking, es tut mir leid, dass ich Ihnen zu Tobias noch nichts Neues sagen kann.«

Sie schaute an die Decke, schloss und öffnete die Augenlider.

»Aber damit wir Tobias bald finden, muss ich Ihnen ein paar Fragen stellen, die Ihnen vielleicht unverständlich erscheinen oder sogar unangenehm sind. Ist das in Ordnung?«

Sie drehte ihm leicht den Kopf zu und für einen Moment fürchtete er schon, dass sie dabei die Kanüle in ihrer Kopfhaut verlieren würde. Doch sie hielt.

»Ja. In Ordnung«, sagte sie. Flüsternd zwar, aber mit weniger Anstrengung, als gestern noch zu spüren war.

»Bitte verzeihen Sie jetzt meine Direktheit, Frau Sicking, wenn ich Sie gleich als Erstes frage: Hatten Sie ein Verhältnis mit Arne Hellwig?«

»Ja.« Sie schien kein bisschen überrascht. »Aber ...« Sie schluckte. »Ich habe ... Schluss gemacht.«

Ihre Stimme war sehr leise, die Worte kamen schleppend, aber die Kraft reichte, um zu sprechen.

»Wie hat Hellwig reagiert?«

Ihre Mundwinkel zuckten ganz leicht. »Wütend.«

»Auf wen war er wütend? Auf Sie? Ihren Mann?«

»Uns beide.« Sie lächelte. Traurig.

»Wie verstand Hellwig sich mit Tobias?«

Sie riss erschrocken die Augen auf. »Gar nicht. Sie … mochten sich nicht. Gegenseitig.«

»Frau Sicking, wissen Sie, dass Arne Hellwig tot ist?«

Sie nickte. »Henning, mein Bruder, hat … es mir gesagt. – Ach bitte …« Sie machte eine winzige Bewegung mit ihrem Kinn.

Er fuhr herum und sah das halbvolle Glas Wasser auf dem Nachtschränkchen. Führte es an ihren Mund und dachte daran, wie oft er das in der schlimmsten Zeit bei Corinna gemacht hatte.

Sie nahm noch einen zweiten kleinen Schluck und er stellte das Glas zurück auf das Schränkchen.

Er wusste: Ihre Kraft zu sprechen würde nicht lange vorhalten. Er musste dranbleiben. »Und hatten Sie, Frau Sicking, auch ein Verhältnis mit Jean-Luc Grandgenet, dem Architekten?«

Sie runzelte die Stirn. »Nein!«

»Sie waren … befreundet?«

»Ja. Sehr … sehr gut. Seine Frau …«

»Ja?«

»Ruth war ja auch … sehr krank.«

Er stutzte. »Auch? Wer war denn noch sehr krank?«

Sie rollte erstaunt die Augen in seine Richtung. »Albert doch.«

»Ihr Mann? War schwer krank?«

»Tumor.« Sie deutete mit einer Hand schwach zur Stirn. Bewegte leicht den Kopf hin und her.

»Ein Hirntumor? Inoperabel?«

Sie nickte.

»Wussten seine Kollegen nichts von seiner Krankheit?«

»Wollte er nicht. Hasste … Mitleid.« Sie verzog traurig das Gesicht.

»War Ihr Mann denn noch in der Lage zu arbeiten?«

»Anfangs … ging's ihm nur tageweise … schlecht. Dann hat er nicht … operiert. Später fast … gar nicht mehr.«

»War seine Krankheit der Grund, warum er den Ruf nach Gießen abgelehnt hat? Auch für sein Engagement in Spanien? Die Gesundheitsresorts von Gunder Møller unter seiner Leitung?«

Sie nickte.

»Das muss schlimm für ihn gewesen sein. Und für Sie auch.«

»Ja.«

»Und Jean-Luc Grandgenet war mit seiner Frau in einer ähnlichen Situation. Verband Sie das mit ihm?«

»Es half, darüber … zu reden. Albert hat es ihm … gesagt.«

Einen Austausch mit anderen hatte Baer sich auch manches Mal gewünscht. An den schlimmen Tagen besonders. Aber es gab niemanden. Und für eine Selbsthilfegruppe war er nicht der Typ. Abgesehen davon, dass er gar keine Möglichkeit gehabt hätte, so eine Gruppe zu besuchen. Corinna wollte ihn Tag und Nacht in der Nähe haben, sie wäre sonst in Panik geraten.

»Frau Sicking«, er räusperte sich, um den Frosch im Hals loszuwerden, »kannten sich Hellwig und Grandgenet?«

»Ja.«

»Wusste Grandgenet, dass Sie ein Verhältnis mit Hellwig hatten?«

»Ja.« Sie senkte etwas beschämt das Kinn.

»Hat Grandgenet Sie deswegen kritisiert?«

»Ja.« Sie hauchte das Wort nur noch, die Kraft ging ihr verloren.

»Kam es deswegen zum Bruch zwischen Ihnen und Grandgenet?«

Sie nickte schwach. »Jean-Luc hat es Albert gesagt. Er wollte Albert nicht …« Ihr fehlten die Worte. … *nicht auch betrügen*, wollte sie vielleicht sagen.

»Die beiden, Grandgenet und Ihr Mann, verbanden auch die

Geschäfte in Spanien. Beide machten dort hohe Verluste, richtig?«

»Jean-Luc hat viel … verloren, ja. Albert … auch.« Sie setzte das Atemgerät an und nahm es erst nach einigen tiefen Zügen wieder fort. »Aber wenigstens hat … Henning …«

»Ihr Bruder.«

»Ja. Er hat uns … nicht im Stich …«

»Ihr Bruder hat Ihnen geholfen?«

»Uns. Und … Jean-Luc auch.«

»Wie meinen Sie das?«

»Henning hat …« Sie neigte ihr Gesicht leicht dem Nachtschränkchen zu. »Kann ich noch?«

Er führte das Glas wieder an ihren Mund, sie trank einen Schluck, er stellte es zurück.

»Ihr Bruder hat *was* getan, Frau Sicking?«

»Die Lebens… Versicherungen.«

»Ja?«

»Von Albert.«

»Ja?«

»Und von Ruth …«

»Ruth Grandgenet?«

Sie nickte. »Waren … zu teuer geworden. Sehr … viel … zu teuer.«

»Verstehe.«

»Henning hat sie für uns … zurück … wieder … verkauft.«

»An die Versicherungsgesellschaften.«

»Nn-ein. An … so einen … Fonds. Brachte … mehr.«

Ein Fonds für Lebensversicherungen, die man loswerden wollte? Davon hatte er nun wirklich keine Ahnung. »Der Verkauf hat Sie finanziell entlastet, ja? Und Grandgenet ebenfalls?«

Sie nickte schwach. Hob matt eine Hand und sah ihn aus tiefmüden Augen an.

Sie konnte jetzt nicht mehr weitersprechen.

Baer setzte sich aufrecht hin und ließ noch einen Moment auf sich wirken, was er soeben erfahren hatte.

Er hatte immer mehr Puzzleteile vor Augen.

Aber ein Bild wollte sich daraus nicht ergeben.

64

In Amsterdam-Schiphol hatte Jana eine Stunde Aufenthalt.

Bei einem Cappuccino in einer Lounge des Flughafengebäudes, bereits in der Nähe ihres Abfluggates, aktivierte sie ihr Smartphone und merkte, dass es sich automatisch in eine WLAN-Verbindung einloggte, die Laurent für sie in Barcelona eingerichtet hatte. Hoffentlich stimmte es, dass sie nicht nur in Spanien kostenlos war, wo es an jeder zweiten Bushaltestelle einen Hotspot gab.

Sie checkte die Nachrichten.

Ein Gruß von Laurent (»*Ola*, Jana!«), ein Lebenszeichen von Mascha (»hope! vorsingen nä. Woche ☺ hdl M.«) und der übliche Anzeigenschrott.

Sowie – eine neue Nachricht von Frank. Keine zwei Stunden her.

Sie öffnete sie.

»Jana! Wo steckst du?« Das ging ihn schon mal gar nichts an! »Tut mir absolut leid. Alles. Vermisse dich. Sehen wir uns?«

Bildete er sich ein, dass alles wieder gut war, nur weil er sich erinnerte, dass es sie gab? Sie vermisste ihn jedenfalls nicht.

Jana sah von ihrem Platz in der Lounge auf und betrachtete die bleigrauen Wolkentürme über dem Flugfeld hinter der riesigen Glasfront. Hoffentlich gab es keine Turbulenzen während des Flugs, es hatte sie Jahre gekostet, ihre Flugangst zu überwinden, aber noch immer machte sie sich fast in die Hose, sobald der Flieger anfing zu ruckeln.

Beim Start in Schiphol eine halbe Stunde später und bei der Landung in Tegel nach knapp einstündigem Flug wurden sie böse durchgeschüttelt. Als Jana endlich wieder festen Boden unter den Füßen hatte, hätte sie am liebsten einer höheren Macht gedankt, dass sie den Flug heil überstanden hatte.

Während sie wie seekrank die Treppe des Flugzeugs hinabstieg, merkte sie, dass sie mit Bluse und dünner Jacke zu dünn angezogen war. Über ihr hingen die gleichen hohen grauen Wolken wie in Amsterdam, der Wind blies kräftig und kalt, und es nieselte leicht. *Welcome home*, Jana!

Sie nahm den X-Bus bis Zoo, von dort die S-Bahn bis Potsdam Hauptbahnhof und wieder den Bus zum Brandenburger Tor. Ab da waren es noch gut fünfhundert Meter zu Fuß durch den Schleier aus Sprühregen.

Auf dem Weg vom Flughafen bis zu ihrer Wohnung hatte sie immer wieder auf die Schlagzeilen der Tageszeitungen geachtet. Und feststellen müssen, dass der kleine Tobias von den Titelseiten verdrängt worden war. Sie hatte auch in Spanien immer mal wieder seinen Namen eingegeben und Presseartikel dazu gefunden. Mit immer demselben Tenor: keine Spur von dem Jungen, die Polizei tappt im Dunkeln, die beiden Lieblingsfloskeln der Presse. Ohne darüber nachzudenken, hatte sie vorausgesetzt, dass die Berichte zum Entführungsfall Tobias noch immer auf Seite eins der gedruckten Blätter standen. Aber die Meldungen waren ganz nach hinten und nach unten gewandert. Einen deutlicheren Beleg für den Stillstand in dem Fall konnte es kaum geben.

Es war noch hell draußen, kurz nach vier. Sie lüftete in allen Räumen, ging ins Bad, duschte, zog sich den weißen Frotteemantel an, ging zurück ins Zimmer und warf ohne große Erwartungen einen Blick auf das Telefondisplay.

Frank. Mit einer Nachricht auf dem AB.

»Jana.« Längere Pause. »Wir müssen reden.«

Wir müssen reden? Der Spruch war noch abgelutschter als die öden Gesichter, die mit tödlicher Sicherheit in irgendwelchen Soaps dazu gezeigt wurden.

»Du fehlst mir. Es geht mir beschissen. Ich glaube, ich hab Scheiße gebaut.« Wieder Pause. »Meine Connection ist aufgeflogen. Kannst du mir bitte helfen?«

Seine Connection?

Was hatte sie damit zu tun?

Es klingelte.

Sie war so wütend, dass sie einen Moment brauchte, um zu kapieren, dass es ihr Smartphone war, nicht das Festnetztelefon.

Es war Baer.

»Hallo, Jana. Baer hier. Wo sind Sie jetzt?«

»Wieder zu Hause. Vorhin eingeflogen.«

»Können Sie um sieben in Berlin sein?«

»In Berlin?«

»Bei uns im Präsidium.«

»Schon. Aber ich bin beurlaubt und ...«

»Hören Sie auf mit dem Quatsch. Sie waren schließlich nicht zum Vergnügen in Spanien, oder?«

Wie man's nimmt, dachte sie. Im Nachhinein hatte sie dort mehr Vergnügen gehabt als im ganzen letzten Jahr.

»Ich wette, Sie sind bald wieder im Dienst, Jana. Ganz offiziell. Haben Sie meine letzte Nachricht gelesen?«

»Ja, sicher. Danke.«

»Es gibt weitere Neuigkeiten. Eine verdammte Überraschung! Aber nicht am Telefon. Also?«

»Was?«

»Sehn wir uns nachher? Bei mir im Büro?«

»Okay.«

»Bis dann.«

Er war weg.

Sie ging mit dem Smartphone in der Hand zum Sofa und sank der Länge nach darauf nieder.

Neuigkeiten also. Eine verdammte Überraschung. Sie grinste in sich hinein. Baer konnte richtig dramatisch werden, wenn er in Fahrt kam.

Na, klar wollte sie wissen, was los war.

Aber sie sehnte sich auch zurück, wurde ihr jetzt bewusst.

Nach Madrid.

Und Anders.

Nach Barcelona.

Und Laurent.

Nach der Ahnung von einem Leben, das so ganz anders sein könnte als das, was sie kannte.

Ohne Mord und Totschlag, Niedertracht und Gemeinheiten aller Arten als Hauptakteure ihres Alltags.

Ohne die Schikanen einer Laschwitz und die Launen eines Frank.

Es klingelte wieder. Diesmal war es das Telefon. Sie quälte sich hoch, schlurfte müde hinüber und schaute aufs Display.

Frank.

Sollte sie überhaupt rangehen?

Musste sie wohl. Ganz aus dem Weg gehen konnte sie ihm eh nicht.

»Jana. Herrgott, wo hast du gesteckt?« Seine Stimme klang gehetzt. »Jana, ich stecke in der Scheiße. Können wir uns sehen? Kann ich vorbeikommen?«

Nein.

»Jana? Okay, bis gleich.«

Er legte auf, ohne dass sie einen einzigen Ton von sich gegeben hatte.

Das konnte er doch nicht ernst meinen: Er wollte zu ihr kommen … jetzt gleich?

65

Die Tür ihres Käfigs wurde geöffnet und das übliche Klappern der klobigen Schlüssel in der Hand der Beamtin riss sie aus ihrem Dämmerschlaf.

Sie war an dem Punkt angekommen, wo der Hunger nicht mehr wehtat, sondern müde machte. Unendlich müde ...

»Solveigh?«

Sie hob mühsam den Kopf. Der Mann, der in der Zelle stand und sich jetzt einen Stuhl nahm, um sich neben ihr Bett zu setzen, sah zehn Jahre jünger aus als zuletzt. Wie damals in ihrem Prozess, als Sachverständiger ... Konnte nicht sein. Sie träumte schon mit offenen Augen, das war gut ... gut.

»Solveigh. Ich bin es, Baer.«

Sie spürte eine leichte Berührung an der Schulter.

»Solveigh. Sie können gern die Augen geschlossen halten, wenn Sie es nicht anders schaffen. Aber Sie müssen mir jetzt zuhören.«

Sie gab ein Grunzen von sich. Oder träumte, dass sie es tat.

»Ich habe Ihnen etwas sehr Wichtiges zu sagen. Es betrifft Hanno. Verstehen Sie mich?«

Hanno?

Sie öffnete die Augen. Sah in Baers Gesicht, das ernst und besorgt wirkte. »Ja?«

»Doktor Albert Sicking, der damals Ihren Jungen, Hanno, nicht behandelt hat ...«

Sie versuchte, sich aus ihrer Seitenlage aufzurichten und hinzusetzen. Er half ihr dabei. »Ja?«

»Er war selber krank. Hirntumor, damals noch in einem frühen Stadium. Sie waren Krankenschwester, Sie wissen, was das bedeutet.«

Sicher wusste sie, aber ...

»Schon in dieser Anfangszeit hat Doktor Sicking die schweren Operationen den Kollegen überlassen.«

Sie war verwirrt. Hob eine Hand, damit er stoppte. Was bedeutete das, was er ihr da sagte? Jedenfalls war es kein Traum, dass Baer jetzt vor ihr saß. Und von Sicking erzählte.

Er machte die gewünschte Pause, ohne den ernsten Blick von ihr zu nehmen. »Haben Sie mich verstanden, Solveigh? Doktor Sicking hat Ihren Hanno nur deshalb nicht operiert, weil es ihm an diesem Tag selbst nicht gut ging, weil er Angst hatte, Fehler zu machen. Er hat stattdessen einen älteren Patienten behandelt, weil er dabei nicht operieren musste.«

»Woher …?«

»Ich habe mit seiner Frau gesprochen, mit seiner Witwe. Und wir … meine Kollegen haben auch auf der Station nachermittelt, die alten Unterlagen eingesehen. Der alte Mann, den Doktor Sicking behandelt hat, wurde von ihm aufwendig klinisch untersucht, das lässt sich daraus ersehen. Aber operiert hat er den Mann nicht. Können Sie mir folgen, Solveigh? Verstehen Sie, was ich sage?«

Sie war nicht sicher. »Warum …?«

»Weil ich möchte, dass Sie verstehen, wie unbegründet Ihr Hass gegen Chefarzt Sicking all die Jahre war.«

Ihr Magen begann zu krampfen. Ihr wurde schlecht. Sie fiel auf die Seite und musste die Augen schließen.

Hanno, hilf mir! Hanno, mein Kleiner.

»Solveigh. Bitte hören Sie mir noch einen Augenblick zu. Wenn Sie jetzt verstehen, dass Doktor Sicking nicht für Hannos Tod verantwortlich war, nicht einmal indirekt, durch Bevorzugung eines anderen Patienten … – Solveigh!«

Sie schlug die Augen auf, er hatte sich weit vorgebeugt, sein Gesicht war ganz nah. Wie vor … als sie ihm …

»Solveigh, wenn Sie verstanden haben, dann sagen Sie mir bitte jetzt, ob Sie mit dem Überfall auf Sicking und seine Familie – ich rede nur davon, nicht von den anderen Überfällen –, ob Sie mit dem Tod von Doktor Sicking etwas zu tun haben.«

Jetzt verstand sie, warum er zu ihr gekommen war. War das eine Falle?

Sie versuchte, ihm in die Augen zu sehen, es fiel ihr schwer, scharf zu stellen, sein Bild verschwamm. Sie schloss die Augen wieder. Atmete tief ein. Und aus. Ein. Und aus.

»Solveigh? *Wenn* Sie es waren, sagen Sie mir um Himmels willen jetzt, wo Sie den Jungen versteckt haben.«

Ja. Mein Gott, ja, sie begriff: dass sie falschgelegen hatte. Dass sie dem Arzt Unrecht getan hatte. Sicking.

»Solveigh?«

Sie nahm alle Kräfte zusammen. Zwang sich, die Augen wieder zu öffnen, die Lider waren schwer wie Blei. »Der Junge ist tot.« Verscharrt wie ein Hund. »Aber ich hab ihn nicht ...« Die Augen fielen ihr wieder zu.

Eine Weile – eine endlose Weile – herrschte Stille. Baer schwieg. Dann hörte sie wieder seine Stimme.

»Gut. Ich veranlasse, dass Sie zurück nach Potsdam verlegt werden. Ins Haftkrankenhaus. Und, Solveigh: Essen Sie wieder. Der Tod hat es schon leicht genug hier drinnen.«

Sie hörte, wie er den Stuhl zurück an den Tisch stellte und an die Zellentür klopfte. Sie nahm alle Kraft zusammen und öffnete die Augen.

»Elisabeth ... Kann sie ... zu mir ...?«

»Elisabeth?«

»In Potsdam ... wenn ich ...?«

Sie konnte die Augen nicht länger offen halten. Sie vernahm das metallische Klappern der Schlüssel und das Öffnen der Tür und wie sie lautstark wieder ins Schloss fiel.

Sie atmete. Ein. Und aus. Ein. Aus.

66

Im Rückspiegel seines Citroëns sahen die silberweiß getünchten Mauern der Haftanstalt Gubow aus wie ein gigantisches Raumschiff, das am Rand des öden Nadelwaldgebiets hatte notlanden müssen.

Baer gab Gas auf dem endlosen Band der einsamen Landstraße, die schnurgerade davon wegführte. Er hatte genug von Gubow, obwohl die JVA in ihrer kalten Funktionalität nicht schlimmer war als andere ihrer Art. Nein, früher war es nicht besser, schon gar nicht die alten Knäste. Aber diese modernen, aus Beton gegossenen Anstalten gaben vor, quasi Orte der Heilung zu sein, dabei waren viele ihrer Insassen bereits geistig tot. Und ihre Bewacher nicht minder.

Solveigh Adams war auf dem Weg, sich ganz auszulöschen. Daran hatte sie selbst gearbeitet. Aber auch die Anstalt hatte mit ihrer Ignoranz (von wegen Magenschleimhautentzündung!) geholfen, sie in diesen apathischen, lebensmüden Zustand abgleiten zu lassen.

Und Fleischmann, Stichwort Stress, hatte sicher sein Teil dazu beigetragen. Davon war Baer überzeugt.

Seine Strategie war eine andere.

Solveigh Adams musste mit der Wahrheit konfrontiert werden. Musste erfahren, dass Doktor Sicking für den Tod ihres Sohns nicht verantwortlich war. Dass sie sich im Unrecht befunden hatte. Er wollte ihr dabei ins Gesicht sehen, sich sein Bild machen, ganz gleich, ob sie mit ihm redete oder nicht.

Er hatte schon viele Mörder lügen sehen; es kostete Kraft. Viel Kraft. Solveigh Adams aber befand sich in einem Zustand, der sie hätte zusammenbrechen lassen, wenn sie erkannt hätte, dass sie ihren Rachefeldzug mit einem fatalen Irrtum gerechtfertigt hätte.

Doch sie war nicht zusammengebrochen, hatte sogar die Kraft gefunden, wie zuvor ihre Unschuld zu beteuern.

Aber ihr körperlicher Zustand erschien ihm extrem kritisch. Infolge ihres verkappten Hungerstreiks. Das musste sich ändern. Sofort.

Die Scheibenwischer schaufelten den Blick frei auf die schmale Landstraße zwischen den dunklen Tannenwänden und er schaute durch den Sprühregen wie in einen grauen Tunnel. Als Gubow ganz aus seinem Rückspiegel verschwunden war, nahm er sein Handy und versuchte es wieder.

Er hatte seit seinem Besuch bei Evelyn Sicking heute mindestens ein halbes Dutzend mal probiert, Roswitha Laschwitz zu erreichen. Vergeblich. Ahnte sie bereits den Ärger, der auf sie zukam?

»Laschwitz.«

Na endlich.

»Baer. Tag, Frau Laschwitz.«

»Ah, Herr Baer. Hab Sie gestern auf unserer Sitzung vermisst. Aber Sie verhalten sich ja auch sonst nicht besonders kooperativ. Ich nehme doch an, Ihr Vorgesetzter Iwersen hat Ihnen …«

»Wie schön, da wären wir ja beim Thema.« Dann arbeitete er eben auch mit harten Bandagen! »Ich nehme an, Sie kennen einen gewissen Henning Eipel.«

Er konnte förmlich spüren, wie sie zusammenzuckte. Es herrschte sekundenlang Schweigen in der Leitung.

In der Ferne, am sichtbaren Ende der regennassen Straße, zeigte sich ein dunkler Fleck, klein wie ein Fliegenschiss.

»Ich kenne den Namen Eipel, ja. Was spielt das …?«

»Ihr Mann ist einer der Partner von Versicherungsmakler Eipel, nicht wahr?«

»Herr Baer, was soll das? Ich sehe nicht …«

»Eipel ist der Schwager des getöteten Albert Sicking, der Halbbruder von dessen halb tot geschlagener Frau, jetzt Witwe Evelyn Sicking, Mutter des entführten kleinen Tobias.«

»Gut. Und?«

»Ich bin sicher, Ihr Mann wusste davon.«

»Selbst wenn es so wäre, das ist doch nicht strafbar! Herr Baer, ich möchte dieses sinnlose Gespräch …«

»Gern. Wir können uns auch später darüber unterhalten. Zum Beispiel in kollegialer Runde bei uns im Präsidium. Da werde ich Sie vor versammelter Truppe noch einmal fragen, warum Sie uns die berufliche Nähe Ihres Mannes zu einem nahen Angehörigen des Mordopfers Chefarzt Sicking verschwiegen haben. Ihr Mann ist Partner eines Versicherungsmaklers, der neben dem Überfallopfer Brigitte Møller, Witwe eines unter dubiosen Umständen ums Leben gekommenen Hotelunternehmers, und seinem getöteten Schwager Sicking offenbar auch für Ihren Schützling, Architekt Grandgenet, tätig war.«

»Wieso sollte mein Mann wissen, mit wem seine Geschäftspartner verwandt und verbandelt sind? *Ich* weiß davon erst recht nichts, wir reden privat nicht über Berufliches, mein Mann und ich. Sie sagten, Eipel ist der Halbbruder von Evelyn Sicking, demnach sind nicht mal die Herkunftsnamen der Geschwister identisch.«

Waren sie nicht, nein. Gut kombiniert. Aber das Problem, das sie ab sofort hatte, war ein anderes. »Frau Laschwitz, die Frage ist nicht, ob Ihnen Ihre persönliche Nähe zu dem Fall – durch die geschäftlichen Verbindungen Ihres Mannes – wirklich nicht bewusst war. Die Frage wird sein, ob man Ihnen Ihre angebliche Ahnungslosigkeit abkauft. Und falls ja, wie gut sie ankommt. Zum Beispiel, wenn Sie sich für höhere Aufgaben bewerben.«

Stille knisterte in der Leitung.

Der schwarze Fleck auf der Straße befand sich jetzt auf halber Höhe zwischen ihm und dem Horizont und sah aus wie eine fette Fliege.

Er hörte sie auf einmal heftig durch die Nase schnaufen. »Herr Baer: Was wollen Sie von mir?«

»Intervenieren Sie bei Ihrer Staatsanwaltschaft, dass Adams zurück ins Haftkrankenhaus nach Potsdam verlegt wird.«

»Was sollte das bringen?«

»Bessere Kontrolle.«

»Der Adams?« Sie lachte hart auf, es klang wie bellender Husten.

»Der *Haftbedingungen*, Frau Laschwitz.«

Ihr Lachen brach abrupt ab. Sie schien kurz zu überlegen. »Gut. Ich spreche mit den Zuständigen.«

»Noch eine Sache.«

»Wenn's um Seitz geht, vergessen Sie's!«

Er überhörte das. »Sie haben da eine Vollzugsbeamtin in Potsdam …« Er musste kurz überlegen, ehe ihm der Name wieder einfiel. »Körber heißt sie. Elisabeth Körber.«

»Sagt mir nichts. Was ist mit ihr?«

»Lassen Sie sie abstellen, zur Sonderbewachung für Solveigh Adams.«

»Ach, haben Sie auf einmal Angst, die Adams könnte Ihnen ausbüxen?«

»Es ist nur eine Bitte, Frau Laschwitz. Die Kollegin versteht was von ihrem Job.«

»Okay, ich rede mit dem Vollzugsdienstleiter. War's das?« Sie wartete seine Antwort nicht ab und war weg.

Die fette Fliege war jetzt direkt vor ihm und entpuppte sich als ein schwarzer Transporter. Ein Mercedes-Leichenwagen, der an ihm vorbeigondelte.

67

Jana hatte sich einen Darjeeling gemacht und stand mit dem bauchigen, handgefertigten blauen Becher, den ihr Mascha letztes Jahr zum Geburtstag geschenkt hatte, am Fenster. Sie beobachtete den Parkplatz gegenüber, der unter dem brackigen gelbweißen Licht des dämmernden Tages und der eben erst aktivierten Straßenlaternen döste. Nickligе Windböen trieben silbergraue Schleier sprühfeinen Regens durchs menschenleere Bild.

Keine Spur von Franks rotem BMW. Gott sei Dank. Sie wollte ihn schlicht nicht sehen.

Es war eine knappe Stunde her, dass er angerufen hatte, vielleicht nur eine leere Drohung, er wolle vorbeikommen.

Es klingelte.

Fuck.

Ihr Herz schien einen Moment auszusetzen.

Jana fuhr herum, eilte zum Tisch und stellte den dampfenden Becher darauf ab.

Sie verharrte.

Es klingelte wieder. Länger diesmal.

Und noch einmal.

Frank, gar kein Zweifel.

Sie versuchte, klaren Kopf zu behalten.

Wenn sie ihn nun einfach klingeln ließe?

Er würde nicht aufgeben.

Sie schlich in den Flur. Das Laminat knarzte.

»Jana!«

Seine Stimme klang dumpf hinter dem doppelt verstärkten Blatt der Eingangstür. Aber nicht aggressiv. Eher wie ein Briefträger, der nicht erneut klingeln will, um den bösen Hund nicht zu reizen.

»Machst du bitte auf, Jana?«

Sie legte zwei Finger an die Nasenwurzel und kniff hinein, bis es wehtat.

Na gut, irgendwann würde es eh sein müssen. Sie hatte sich zwar einen neutralen Ort vorgestellt, um mit ihm zu reden, ein Café zum Beispiel. Aber eigentlich konnte sie ihm auch jetzt gleich erklären, wie die Dinge standen. Dass sie Schluss machen wollte. Weil er sie maßlos enttäuscht hatte.

Sie sah auf die Uhr. Wenn sie pünktlich bei Baer in Berlin sein wollte, musste sie sich spätestens in einer halben Stunde fertig machen.

Dreißig Minuten. Mehr Zeit würde sie Frank nicht geben. Und ihn dann vor die Tür setzen.

Sie atmete durch, zog den Gürtel ihres weißen Frotteebademantels enger und öffnete.

Da stand er im Türrahmen, direkt vor ihr, in seinem durchnässten Trenchcoat.

Sie erschrak über sein Aussehen. Das Gesicht grau, die Wangen eingefallen, dunkle Halbmonde unter den geröteten Augen. Er sah aus wie ein Junkie und sie fragte sich, was er in der letzten Zeit außer den Steroiden noch alles genommen hatte.

»Hallo, Jana.« Er streckte beide Hände nach ihr aus. »Bin ich froh.«

Sie wich zurück.

Er nahm es als Einladung, einzutreten. Schoss an ihr vorbei, riss sich noch in der Bewegung den Regenmantel vom Leib und ging ins Wohnzimmer, um das nasse Stück achtlos über einen Stuhl zu werfen.

Als hätte sie keine Garderobe, Herrgott!

Er trug eine honigfarbene Cordhose mit einem kaffeebraunen Fleck in Kniehöhe (sie fragte sich besser nicht, woher der stammte) und ein grünrot kariertes Wollhemd, an dem in Höhe des Bauchnabels ein Knopf fehlte, sodass das weiße Unterhemd sichtbar wurde, als er sich wie ein nasser Zementsack auf das Sofa fallen ließ.

Das war mal eine Begrüßung.

Aber eigentlich war sie froh darum. Seine grobe Art machte es ihr leichter, die Sache zu beenden, hier und jetzt. »Ich muss in ein paar Minuten weg, Frank. Nur, dass du's weißt.«

Er blickte genervt an die Decke und stöhnte dröhnend auf. »Jana.« Er hob beide Hände bis zum Kopf, wie ein Priester, der

Segen spendet. »Du hast keine Ahnung, in was für einer Scheiße ich stecke.«

»Interessiert mich nicht, Frank.«

Er ließ die Hände sinken und sah sie an. »Das sollte dich aber interessieren, Engelchen.«

Engelchen. Sie könnte ihn erwürgen für dieses Wort.

Sie setzte sich an den Tisch und legte eine Hand halb um die blaue Tasse, die sich noch warm anfühlte, auch wenn der Tee nicht mehr dampfte.

Vor wenigen Tagen erst hatte sie hier mit Baer zusammen gesessen, mit ihm geredet, und es hatte ihr gutgetan. Aber jetzt, mit Frank ...

»Ich bin nicht dein Engelchen, Frank.« Sie betonte jede Silbe. »War ich nie.«

Er riss theatralisch die Augen auf. »Gefällt dir nicht mehr, nein?«

»Nein.« Sie betrachtete ihn, diese ein Meter neunzig große, Fleischmann gewordene Ignoranz. Sie musste ein wenig grinsen wegen der Verballhornung, die ihr spontan in den Kopf gekommen war.

Er fixierte sie misstrauisch. »Lachst du mich an, oder lachst du mich aus?«

Der lauernde, aggressive Unterton alarmierte sie. *Sei vorsichtig, Jana. Er schluckt Steroide und was sonst noch alles.* Sie machte ein beschwichtigendes Zeichen mit der Hand. »Hat nichts mit dir zu tun.«

»Sag mal«, er schob betont den Oberkörper nach vorn, die Beine weit gespreizt, »wo warst du eigentlich die letzten Tage? Du hast meine Nachrichten nicht beantwortet.«

»Frank, was willst du von mir? Du hast gesagt, du hättest Ärger. Mit deinem ... diesem Typen in Berlin.«

Er sollte sich auskotzen und verschwinden. Scheiß auf die Abrechnung mit ihm.

Sein Gesicht veränderte sich schlagartig. Panik trat in seine Augen. »Pavel wurde hochgenommen. Von den Berliner Fahndern.«

»Und?«

»Und?« Er wurde wütend. »Wenn der Typ mich anscheißt, bin ich geliefert.«

»Ich hab dich gewarnt, Frank. Die Steroide, das ist Schmuggelware.«

»Die Scheißsteroide werden mich nicht in Schwierigkeiten bringen.«

»Was denn sonst?«

Er stand abrupt auf und kam zu ihr an den Tisch, pflanzte sich ihr gegenüber.

Sie wich unwillkürlich zurück.

Sein Blick wurde seltsam unstet. »Ich habe hin und wieder auch was anderes bei Pavel gekauft.«

»Was denn?«

»Verschiedenes halt.«

Drogen. Sie hatte es befürchtet.

»Frank. Ich kann dir nicht helfen.«

Und sie wollte es auch nicht. Nicht mehr.

Er legte den Kopf schief, sollte wohl ironisch wirken, und schob seine großen kräftigen Hände über den Tisch auf sie zu.

Ein Frösteln überlief sie und sie verschränkte die Arme vor der Brust.

»Ich dachte, du könntest deine guten Kontakte zu den Berliner Kollegen ein bisschen spielen lassen.«

»Welche guten Kontakte, Frank?«

Er zog seine Hände, die knapp vor ihrer Teetasse lauerten, nur provozierend langsam zurück und richtete seinen Torso vor ihr auf wie eine Wand. »Willst du behaupten, du hättest keinen guten Draht zu Baer? Und zu seiner Zweiten, Grünberg?«

»Ich versteh nicht, worauf du …«

»Wirklich nicht, Jana?« Er kam wieder ein Stück vor. Attackierte ihre Augen mit seinem stechenden Blick.

Ein seltsamer, metallisch-schwefliger Geruch ging von ihm aus, schien ihr mit einem Mal. Wie von einem soeben abgebrannten Streichholz.

»Ist doch ganz einfach. Baer und Grünberg kennen sicher Leute aus der Drogenfahndung. Solche, die auch mal Fünfe gerade sein lassen, verstehst du? So wie Baer, der ja nun auch nicht alle Vorschriften beachtet, oder? Den Kollegen könntest du doch zu verstehen geben, mein Name in Zusammenhang mit Pavels Geschäften hätte bloß Ermittlungsgründe. Sie bräuchten also erst gar nicht tätig werden.«

Er meinte diese Schnapsidee offenbar ernst.

Ihr reichte es jetzt. »Sag mal, spinnst du, Frank? Ich soll deinen Arsch retten? Warum kümmerst du dich nicht selber darum?«

»Jana.« Er verzog das Gesicht in gespielter Enttäuschung. »Wie glaubwürdig wäre das denn?«

»Hast *du* dich etwa eingesetzt, bei Laschwitz, als es um *mich* ging?«

»Wen interessiert denn Laschwitz? Ich finde, ich hab mich schon sehr eingesetzt … für deinen kleinen Arsch.« Er versuchte sich an einer frivolen Maske, die sie nur obszön fand.

»Hör auf damit, Frank.« Sie stand auf. »Ich hab sowieso keine Zeit mehr. Ich muss weg.« Musste sie wirklich, wenn sie die Sitzung um sieben in Berlin pünktlich erreichen wollte.

Sein Ausdruck änderte sich auf einmal vollkommen. Er schüttelte sich die ordinäre Fratze aus dem Gesicht und musterte sie. Vollkommen kalt. »Du hast in meinem Badschrank geschnüffelt, Engelchen, und mir die Steroide vor die Nase gehalten. Ich hab dich nicht darum gebeten, dich in meine Sachen einzumischen. Aber dadurch bist du nun mal zur Mitwisserin geworden.«

»Ich bin was? Mitwisserin?« Sie gab einen kehligen Laut von sich, der hoffentlich sarkastisch genug klang.

»Richtig, Jana. Als vorbildliche Polizistin und Kollegin wärst du verpflichtet gewesen, mich anzuzeigen.« Er sah sie weiter ausdruckslos an. »Und? Hast du das getan, Jana? Mich angezeigt bei unserer Vorgesetzten, der von uns allen hochgeschätzten Chefin Roswitha die Sphinx Laschwitz? Hm?«

Ihr wich plötzlich das Blut aus dem Kopf.

»Ah.« Er machte eine kreisende Bewegung mit dem Zeigefinger, der wie ein Pistolenlauf auf seine Schläfe wies. »Ich sehe, es rattert in deinem kleinen Hirn. Siehst du, wir sitzen im gleichen Boot. Fliege ich auf, hängst du mit drin.«

Glaubte er das etwa wirklich? Dass er sie in der Hand hatte, nachdem *er* Mist gebaut hatte?

Sie sprang so plötzlich auf, dass der Stuhl umkippte. Starrte ihn an.

Dreckskerl.

»Du glaubst, du kannst mich erpressen, Frank? Denk nach. Du müsstest nachweisen, dass ich von deinen Geschäften mit irgendwelchen Dealern weiß. Aber wenn die Kollegen von der Drogenfahndung in Berlin dich erst mal in Verdacht haben, Frank, werden sie dir kein Wort glauben. Sie unterstehen nämlich nicht Laschwitz. Sondern Iwersen.« Sie fühlte, wie das Adrenalin jede Zelle ihres Körpers flutete – und, verdammt, das tat gut! »Ein Iwersen, Frank, der kriegt dich am Arsch, und wenn du zehn Mal versuchst, mich mit reinzureiten. Vergiss es!«

Sie sah in sein zuckendes Gesicht.

Und begriff schlagartig, dass sie genau den Fehler gemacht hatte, den sie unter allen Umständen hätte vermeiden müssen. Sie hatte ihn provoziert, nach seinem Ego geschnappt wie der Hund nach dem Kater.

Sie witterte plötzlich Gefahr.

Zerrte den Kragen ihres Frotteemantels zusammen und machte, dass sie aus dem Zimmer kam. Erst mal aus der Situation rauskommen, die urplötzlich brenzlig geworden war.

Er kam blitzschnell um den Tisch herum und packte sie von hinten. Bekam aber nur die Schulterpartie des Mantels zu fassen. Jana ließ ihn fahren und rannte nackt ins Bad. Sie warf die Tür hinter sich zu und schloss ab.

Ihr Herz raste, ihr Brustkorb hob und senkte sich panisch, kalter Schweiß brach ihr am ganzen Körper aus.

Aber die Wut in ihr explodierte bereits wieder. »Verpiss dich, Frank! Hau ab. Lass dich nie wieder hier blicken!«

Es war plötzlich still.

Sie hörte ein schrappendes Geräusch in ihrem kleinen Flur. Dann ein Donnern gegen die Badtür. Sie erschrak dermaßen, dass sie aufschrie und zurücktaumelte und mit dem Kopf gegen den Badschrank schlug. Versuchte er, die Tür zu rammen? Drehte er jetzt völlig durch?

»Scheiße! Hör auf damit, Frank!«

Ihr Hinterkopf schmerzte, als hätte ihr jemand eins mit dem Totschläger verpasst. Sie rieb sich hektisch die Stelle nahe der Fontanelle.

Sie lauschte.

Im Flur war es auf einmal wieder still.

Dann hörte sie, dass sich seine schweren Schritte vom Bad entfernten. Richtung … Wohnungstür!

Sollte er wirklich ihre Wohnung verlassen? Und sie damit erlösen aus dieser erniedrigenden Lage?

Sie hörte, wie er die Wohnungstür öffnete, die wieder ins Schloss fiel.

Dann war Ruhe.

Doch sie traute dem Frieden nicht.

Sie ging zur Badtür und lauschte weiter in die eingetretene Stille hinein. Vielleicht täuschte er nur vor, gegangen zu sein, um sie aus dem Bad zu locken.

Sie wartete. Und lauschte weiter angestrengt. Nichts. Kein Laut von ihm in der Wohnung.

Jana drückte probehalber die Türklinke, vielleicht machte er sich dann bemerkbar, weil er dachte, sie würde gleichzeitig aufschließen. Doch so blöd war sie nun nicht!

Aber was war *das*? Sie drückte die Klinke, doch sie bewegte sich nicht.

Ihr Bad war sehr klein, deshalb war die Tür so eingebaut worden, dass sie nach außen aufging, zum Flur.

Jana hämmerte wie wild auf der Klinke herum. Doch sie bewegte sich keinen Zentimeter nach unten.

Eine neue Art der Panik packte sie. Er hatte sie eingesperrt!

Sie versuchte wieder und wieder mit aller Kraft, die Klinke hinunterzudrücken. Ging nicht. Sie legte so viel Gewicht darauf wie möglich. Immer dasselbe.

Jetzt verstand sie das schrapende Geräusch von vorhin. Er hatte das schmale hohe Schränkchen im Flur, in dessen Schubladen sie ihre Handschuhe, Taschentücher und anderes Kleinzeug tat, so angewinkelt vor die Badtür geschoben, dass es die Klinke blockierte.

Dieser Scheißkerl!

Er hatte sie eingesperrt wie eine Gefangene.

Und sie konnte nichts tun.

Auf einmal wich alle Kraft aus ihr, sie sank neben der Badtür zu Boden und fühlte sich wie ein nasses schmutziges Handtuch, das in Zukunft nur noch als Fußabtreter zu gebrauchen war.

68

Die Geschäftsräume der Versicherungsagentur Eipel & Partner befanden sich in einem noblen Charlottenburger Altbau in der Leibnizstraße.

Baer fand glücklicherweise einen Parkplatz schräg gegenüber, unmittelbar vor dem Bundesbankgebäude. Es war jetzt kurz nach sechs und es wäre nicht fair, wenn er zu dem Treffen um sieben mit Jana Seitz zu spät kam. Außerdem war es wichtig. Sie mussten alle Informationen zusammenfügen und überlegen, was sie bedeuteten. Welche Schlüsse sich daraus ergaben.

Er stieg aus, schlug die Wagentür zu und den Mantelkragen hoch. Novemberabend, Nieselregen, Berlinwetter, man blieb am besten zu Hause.

Ein Glück, dachte er, während er darauf wartete, dass zwei Pkw vorbeifuhren, ein wirkliches Glück, dass Olga, Corinnas neue Betreuerin, kein Problem darin sah, noch bis zum Abend zu bleiben, sodass er entlastet war. Er hatte vorhin, auf der Rückfahrt nach Berlin, noch zu Hause angerufen – und das Gefühl erhalten, er würde stören. Er war erstaunt und froh, dass die beiden Frauen über alle Barrieren hinweg einen Draht zueinander gefunden hatten. So sehr, dass er, wenigstens zeitweise, überflüssig erschien.

Er fühlte sich entlastet wie seit mehr als einem Jahr nicht mehr!

Baer überquerte beschwingt die regennasse Straße und betrat das Gebäude. Die Agentur befand sich im vierten Stock und er war überrascht, dass ihn der Fahrstuhl direkt in den Empfangsbereich von Eipel & Co. entließ. Der Firma gehörte also die ganze Etage.

Eine junge Blonde mit gefährlich langen, perlweiß lackierten Fingernägeln sah ihn müde an, und er erklärte ihr, ohne erst seinen Ausweis aus der Manteltasche zu ziehen, dass er sich bereits am Nachmittag bei ihrem Chef, Herrn Eipel, angekündigt habe.

Sie warf einen prüfenden Blick auf den Bildschirm ihres Rechners, der sein Bild wechselte und einen blaugrauen Schimmer auf ihr sandfarben geschminktes Gesicht legte. »Ach, richtig, hier ist die Notiz.« Sie sah ihn wieder an und entblößte beim Lächeln eine Reihe weißer Zähne hinter einer smaragdgrün blitzenden Spange. »Herr Eipel erwartet Sie. Bitte, den Gang entlang.« Sie spreizte zwei Finger erstaunlich weit ab, um die Richtung anzudeuten. »Dann das zweite Zimmer rechts.«

Der Flur war breit wie eine Landstraße und von modernen Wandleuchten hell bestrahlt. Große abstrakte Gemälde hingen an den Wänden, die Sorte ausgesuchter Durchschnittsware, wie man sie auch in Banken und in Wartezimmern von Röntgenpraxen sah, moderne Kunst, die danach strebte, nach moderner Kunst auszusehen.

»Die zweite Tür rechts« war eine maßlose Untertreibung und in Wahrheit eine riesige zweiflügelige Glastür, durch die man problemlos einen SUV hätte steuern können. Ein Flügel der Tür stand auf und erlaubte einen Blick in einen breiten und hohen, von Deckenspotlights angenehm beleuchteten Raum, dessen Kopfseite bis auf halbe Höhe verglast war und dessen beide Längsseiten mit Akten in deckenhohen Regalen lückenlos gepflastert waren.

Baer klopfte der Form halber flüchtig an und betrat einen dicken kaffeebraunen Teppich, in dem seine Schuhe bis zur Hälfte versanken.

Eipel saß hinter einem Stapel aufgeschlagener Aktenordner am Kopfende eines schwarzen Konferenztisches von gefühlt fünf Tischtennisplatten Größe. Er hatte Jackett und Schlips ausgezogen, der Publikumsverkehr war anscheinend für heute beendet. In seinem blütenweißen Hemd schnellte er von seinem schmalen schwarzen Ledersessel hoch, um ihn zu begrüßen.

»Herr Baer.« Er wies mit einer schlichten Geste auf einen Sessel ihm schräg gegenüber, und Baer setzte sich.

»Kaffee? Tee? Wasser?«

Baer lehnte dankend ab. »Ich will Sie nicht lange von Ihrem Feierabend abhalten, Herr Eipel.«

»Was kann ich für Sie tun?«

Trotz seiner offensichtlichen Geschäftsmäßigkeit wirkte der Mann angenehm zugewandt. Ein dünnes blondes Haarbüschel, weit hinten auf seiner fortgeschrittenen Glatze, das unter einem Spotlight wie eine Cirruswolke im Mondlicht glänzte, milderte den spröden Ausdruck seines schlaffen schmalen Bürokratengesichts.

Außerdem hatte er eine angenehme leise Stimme mit einem dezenten norddeutschen Einschlag.

Baer dachte an seine Sitzung im Präsidium in einer Dreiviertelstunde etwa und kam direkt zur Sache. »Ich hatte heute noch einmal die Gelegenheit, mit Ihrer Schwester im Krankenhaus zu sprechen.«

Eipels Miene nahm einen leicht besorgten Ausdruck an. »Evelyn ist noch sehr …«

»… schwach, ich weiß. Ihre Schwester hat mich auf einen Aspekt gebracht, den ich nicht verstehe. Ich frage Sie deshalb jetzt auch mehr in Ihrer Eigenschaft als Experte für Lebensversicherungen, Herr Eipel. Ist das in Ordnung für Sie?«

»Sehr gern.«

Baer merkte, dass er sich auf einmal ziemlich gestelzt ausdrückte. Aus Erfahrung wusste er, dass ihm dies immer dann passierte, wenn ihm unterschwellig im Kontakt mit einem Zeugen irgendetwas auffiel. Oder missfiel. Was war es bei Eipel? Seine servile Fassade aus professioneller Freundlichkeit und Zugewandtheit, während die hellwachen Augen sein Gegenüber permanent zu scannen schienen, um nur ja keine Gemütsregung in seinem Gesicht zu verpassen?

Aber vielleicht war das berufsbedingt. Gar nicht unwahrscheinlich, dass er selbst ganz ähnlich auf andere wirkte. Einmal Polizist, immer Polizist.

»Ihre Schwester hat angedeutet, dass ihr Mann sehr krank war. Können Sie mir sagen, was Sie darüber wissen?«

»Das stimmt. Albert hatte einen Hirntumor. Schon seit Jahren. Nicht sehr groß anfangs, aber leider nicht operabel, weil ihn der Eingriff in der betroffenen Hirnregion mit hoher Wahrscheinlichkeit umgebracht hätte. Zum Glück nahm der Tumor bei ihm einen eher langsamen Verlauf. ›Moderat‹ hat Albert es selbst mal bezeichnet. Mit Schwankungen zwar, aber so, dass er die Krankheit in der Klinik sogar verheimlichen konnte. Er sah sich weiterhin als Arzt, nicht als Patienten. Albert hat sich dann mehr und mehr aufs Management zurückgezogen und jüngeren Kollegen den Vortritt bei den klinischen Sachen, OPs und so weiter, gelassen.« Er deutete ein dünnes Lächeln an. »Sein guter Ruf half natürlich beim Einwerben von Forschungsmitteln, sodass die Klinikleitung keine Einwände machte. Sie hätte Albert auch ganz verlieren können, wenn er den Ruf an die Klinik in Gießen angenommen hätte. Wegen des Tumors hat er abgelehnt, aber davon wusste ja keiner.«

Das deckte sich mit dem, was Baer schon wusste. War aber nicht der Grund, warum er Eipel jetzt gegenübersaß.

»Ihre Schwester sagt, ihr Mann habe eine Lebensversicherung abgeschlossen.«

»Richtig. Ich habe sie ihm schon vor Jahren vermittelt. Noch vor der Tumordiagnose. Sie war sehr hoch, entsprechend seinen finanziellen Möglichkeiten. Meine Schwester und später auch Tobias natürlich sollten für den Fall der Fälle gut abgesichert sein, das war Alberts Wunsch.«

»Sie haben diese Lebensversicherung aber auf Wunsch von Sicking wieder verkauft.«

»Ja, vor drei Jahren ungefähr. Albert hatte sich, sagen wir, verspekuliert. Er hatte erhebliche Schulden gemacht.« Eipel runzelte die Stirn, eine Welle aus kleinen Falten rollte über seine Glatze bis fast zu der beleuchteten Cirruswolke.

»Durch seine Beteiligung an den Geschäften des Hotelunternehmers Møller?«

»Ich sehe, Sie wissen Bescheid. Albert fürchtete, dass es wegen seines Tumors für ihn früher oder später im klinischen Bereich keine Zukunft mehr gab. Deshalb hoffte er, indem er seinen guten Namen für diverse Gesundheitsprojekte von Møller hergab, finanziell vorgesorgt zu haben. Für einen Lebensstandard, der seiner Familie entsprach.« Er seufzte. »Leider hat Albert für die spanischen Projekte nicht nur den guten Namen, sondern auch sein gutes Geld hergegeben. Als Co-Investor quasi.«

»Das ging also schief?«

»Møller machte Pleite und nahm sich das Leben. Ich weiß davon, weil er ein Klient von mir war. Und Albert brauchte plötzlich jeden Cent, um Engpässe zu überbrücken.« Eipel hob wie zur Entschuldigung die Hände an. »Ich habe ihm vorgeschlagen, seine Lebensversicherung zu verkaufen. Das erlöste ihn nicht nur von den Beitragszahlungen, sondern brachte schnelles Geld, das er brauchte.«

»Diese Lebensversicherung wurde aber nicht an die Versicherungsgesellschaft zurückverkauft, von der Sicking sie ursprünglich erworben hat, sagt Ihre Schwester.«

Eipel lächelte. »Nein. An der Stelle konnte ich der Familie, glaube ich, doch sehr helfen. Sie müssen wissen, dass die Versicherungsgesellschaften für Policen, die sie zurückkaufen sollen, vergleichsweise wenig zahlen. Es gibt aber inzwischen einen lukrativen Zweitmarkt für Lebensversicherungen. Darunter befinden sich auch Global Players, die ganz gutes Geld dafür zahlen.«

»Erklären Sie das einem Laien wie mir, Herr Eipel.«

»Gern. Sehr vereinfacht funktioniert das Modell so, dass die Käufer einer bereits laufenden Lebensversicherung einen Abschlag zahlen, der deutlich höher ist als das Rückkaufangebot der Versicherungsgesellschaft. Die Käufer zahlen weiterhin die Beiträge für den Versicherten und kassieren dann die Auszahlungssumme im Sterbefall.«

Baer geriet ins Grübeln. »Das bedeutet, der Gewinn für die Aufkäufer ist umso höher, je früher der Versicherte stirbt. Richtig?« Nicht dass er sich mit der Materie auskannte. Aber im Grunde lag hier doch das klassische Motiv eines Mordes aus Habgier begründet.

»Ah, ich verstehe, worauf Sie hinauswollen.« Eipel setzte eine ernste Miene auf. »Sie denken, jemand könnte an Alberts Tod Interesse gehabt haben, um die Versicherungssumme zu kassieren. Die mit vier Millionen in der Tat nicht zu verachten wäre.«

»*Vier Millionen?*«

»Ja. Aber wissen Sie, Herr Baer, gegen Ihren verständlichen Verdacht in Alberts Fall sprechen zwei Gründe. Erstens, die Versicherer gehen hier natürlich kein Risiko ein. In praktisch jedem Vertrag für eine Lebensversicherung, den ich kenne, gibt es die Klausel, dass die Versicherungssumme bei einem gewaltsamen Tod so lange nicht ausgezahlt wird, bis die Polizei den Fall geschlossen hat. Und das war auch in Alberts Police so formuliert.«

»Und zweitens?«

»Aufkäufer war in Alberts Fall die Lifetime Holding. Ein Aktienfonds, ganz seriös organisiert im Verband der Zweitmarktversicherungen. Die Begünstigten sind alle, die Anteile an seiner Lebensversicherung erworben haben. Gebündelt mit Anteilen aus anderen Policen. Der Verkauf wird weltweit organisiert.«

»Weltweit? Das heißt, es sind Hunderte, die Anteile an diesen … diesen Bündeln alter Lebensversicherungen erwerben?«

»Wenn es gut läuft, sind es Tausende, Herr Baer.« Eipel lächelte bedauernd. »Sie sehen, ein solches Anlageprinzip hat mit der klassischen Begünstigung von Ehepartnern oder Familienangehörigen nichts mehr zu tun.«

Baer verstand. Er war ernüchtert. Trotzdem mochte er noch nicht aufgeben, obwohl die Partie bereits verloren schien. Ihm ging der seltsame Umstand durch den Kopf, dass die zwei ersten Opfer des »Imkers« – und das hieß nach Lage der Dinge: Opfer von Hellwig –, dass also Albert Sicking und Ruth Grandgenet beide schwer krank waren. Hatte auch das nichts zu bedeuten?

»Herr Eipel, Ihre Schwester hat außerdem angedeutet, Sie hätten nicht nur für Ihren Schwager und dessen Familie, sondern auch für den Architekten Grandgenet die Lebensversicherung zurückverkaufen können. Ebenfalls an diesen … Dingsbums-Fonds?«

»An die Lifetime Holding. Ja. Ich kenne die Grandgenets schon sehr lange. Ich glaube, über den Kontakt zu den Møllers. Ruth Grandgenet war eine sehr charmante und trotz ihrer Krankheit sehr fröhliche und lebenslustige Frau. Ihre Eltern hatten argentinische Wurzeln, wussten Sie das?«

Ja, wusste er.

»Ruth sprach sehr gut Spanisch, was für Jean-Luc bei seinen spanischen Hotel-Projekten für Møller sehr hilfreich war. Sie war sehr involviert in seine Geschäfte.«

Das war eine recht umfangreiche Antwort auf Fragen, die er nicht gestellt hatte, dachte Baer. »Nur damit ich das verstehe, Herr Eipel: Der Verkaufswert der Policen von Ruth Grandgenet und Albert Sicking war vermutlich deutlich höher als normal, oder? Ich meine, die Lebenserwartung der beiden war wegen ihrer Erkrankungen deutlich gemindert. Die ... die Anleger, wie Sie sagen, konnten also auf den vorzeitigen Tod der beiden spekulieren, um an die Versicherungssumme zu kommen?«

»Stimmt. Der Wert der Policen der beiden war wegen ihrer chronischen und nicht heilbaren Krankheiten höher als bei Gesunden. Ich müsste nachsehen, wie hoch genau die Summe bei Ruth Grandgenet war, vielleicht auch vier Millionen, wahrscheinlich sogar darüber. Deshalb habe ich ja in beiden Fällen dazu *geraten*, sie zu verkaufen. Trotzdem gilt, was ich schon sagte: Es wären zu viele Anleger, die zu wenig davon profitierten, um dafür einen Mord zu begehen. Oder gar zwei.«

Baer kam ein neuer, ganz anderer Gedanke. »War denn wenigstens Ihre Maklergebühr für den Deal der beiden Policen zufriedenstellend?«

Er war gespannt auf Eipels Reaktion. Der Makler hatte sich bisher selbstloser dargestellt als Mutter Teresa.

Eipel zuckte gelassen die schmalen Schultern. »Dies hier ist eine Firma, Herr Baer. Und ich trage Mitverantwortung für alle.« Er deutete eine kreisende Bewegung mit der schmalen Hand an. »Selbst bei privaten Vermittlungen muss ich ans große Ganze denken. Das wäre sonst unfair gegenüber meinen Kollegen.«

»Sind Sie denn nicht, wie sagt man ...«, Baer versuchte, seiner

Stimme einen gleichmütigen Klang zu geben, »getrennt voneinander wirtschaftende Kompagnons, Sie und Ihre Partner?«

Eipels Augen blitzten kurz auf. »Wir arbeiten selbstständig. Aber wir wirtschaften zusammen. Die Agentur ist unsere gemeinsame Firma. Aber ich denke, die Einzelheiten dürften für Sie nicht so interessant sein.«

Na, sag das nicht, dachte Baer.

Er schaute auf seine Armbanduhr und erhob sich. Eipel begleitete ihn höflich bis zur Glastür und gab ihm die Hand.

Baer verließ die hohen Räume der Agentur mit dem frustrierenden Gefühl, wenn man am Ende einer Sackgasse angelangt ist und erkennt, dass man zu ihrem Anfang zurückkehren muss.

Als er hinaus in den nassen Abend trat und die Straße überquerte, fragte er sich jedoch wieder, warum ihm dieses Gespräch mit dem Versicherungsmakler so seltsam vorgekommen war. Irgendetwas hatte gefehlt, etwas, das nichts mit Eipels konzilianter Art zu tun hatte.

Er kam nicht drauf und stieg noch frustrierter als eh schon in seinen Wagen, um zum nahe gelegenen Präsidium in der Keithstraße zu fahren.

69

Jana hatte keine Ahnung, wie spät es war. Und wie lange sie schon in ihrem eigenen Bad gefangen war.

Der Raum hatte kein Fenster, nur einen Dunstabzug in der Decke. Wenigstens hatte sie Licht.

Sie hätte um Hilfe rufen können. Aber es war unwahrscheinlich, dass jemand sie hörte. Außerdem schreckte sie der Gedanke, in welchem Zustand man sie finden und dass man selbstverständlich Fragen stellen würde. Wer hatte sie eingeschlossen? Warum? Sie war doch Polizistin, warum zeigte sie die Person nicht an? War es vielleicht der Mann, der sie schon öfter besucht hatte? Moment, war das nicht der Kommissar, der zuletzt häufiger im Fernsehen zu sehen gewesen war? Der Leiter der Kommission, die nach dem kleinen Jungen fahndete, wie hieß er gleich? Tobias, richtig!

Nein, vielen Dank. So konnte ein Stein ins Rollen kommen, der sich vielleicht nicht mehr stoppen ließ.

Ihre Wut auf Frank und das Gefühl der Erniedrigung durch ihn waren inzwischen vollständig der panischen Suche nach einer Lösung gewichen.

Sie zwang sich zur Ruhe. Halbwegs glückte das.

Er hatte also den kleinen Flurschrank leicht gekippt gegen die Tür gerammt, um so die Klinke zu blockieren. Es gab somit nur die Möglichkeit, sich zu befreien, indem sie versuchte, den Schrank zu verrücken oder zu Fall zu bringen.

Aber wie?

Jana schaltete das Licht aus und fingerte den unteren Rahmen des Türblatts entlang. Die Lücke zwischen Tür und Boden war jedoch so schmal, dass nur ein winziger Streifen Licht, der vom Zimmer in den Flur fiel, sichtbar war.

Fuck!

Sie schaltete das Licht wieder an und hockte eine Weile auf dem Boden, nackt wie sie war. Kroch dann zum Wannenrand, setzte sich darauf.

Sie weinte. Ihre Verzweiflung war vollkommen.

Plötzlich fiel ihr etwas ein. Der Rückenkratzer! Oder wie hieß das Teil genau? Der schmale, armlange Stab mit der am Ende leicht gekrümmten Spitze, um sich damit den Rücken zu kratzen. Ursprünglich hatte sie es Mascha schenken wollen, als Gag, dann fand sie die Idee albern und hatte das Teil behalten.

Lag es nicht hier irgendwo im Bad? Oder hatte sie es bereits weggeworfen, weil es wirklich zu nichts zu gebrauchen war, nicht mal zum Rückenkratzen?

Sie fand den Stab auf der schmalen Ablage am Kopfende der Badewanne, hinter den Flaschen mit ihren Shampoos und Lotionen. Sie ging damit zur Tür und in die Hocke. Ihr Herz hämmerte. Jetzt kam es drauf an.

Jana schob den Stab unter dem Türrand durch. Sie musste es schaffen, den gekippten Fuß des Schränkchens so weit nach hinten zu schieben, dass es umfiel – aber nicht so, dass es sich neu verkeilte und sie endgültig in der Falle saß.

Sie schob den Stab ein Stück weiter und hatte schon Angst, er sei zu kurz, als sie den Widerstand spürte.

Den Fuß des Schranks.

Sie drückte, aber es schien sich nichts zu tun. Im Flur lag doch Laminat, glatt wie Glas, warum kam dieser Scheißschrank nicht ins Rutschen?

Sie drückte weiter und plötzlich war der Widerstand weg, der Stab verschwand mit einem Rutsch ganz unter dem Türschlitz, ließ sich also nicht mehr zurückholen.

Im nächsten Moment gab es einen lauten trockenen Knall im Flur.

Ihr Herz raste jetzt so schnell, dass ihr schwindelig wurde. Sie presste die Hände flach an die Tür und stand auf. Jana legte die Hand auf die Klinke. Drückte sie. Und sie gab nach! Machte ihren Diener wie eh und je.

Sie stieß hastig die Tür auf, was ihr jedoch nur einen Fuß breit gelang. Das musste verdammt noch mal reichen! Das Flurschränkchen lag schräg vor der Badtür. Sie streckte ihren Fuß, der Gott sei Dank zierlich genug war, durch die Lücke und stieß gegen eine Ecke des Schranks. Er bewegte sich gute zehn Zentimeter weiter fort. Die Tür ging jetzt weit genug auf, dass sie sich seitlich hinausquetschen konnte.

Als sie im Flur stand, nackt, das Gesicht verrotzt und verheult und am ganzen Körper schwitzend, konnte sie es zuerst nicht fassen: Sie war frei!

Und nicht nur das. Zum ersten Mal in ihrem Leben wusste sie nun auch, was es wirklich hieß, eingesperrt zu sein.

70

Im Innenhof des Präsidiums traf Baer auf Iwersen und Kessler, die gemeinsam im Nieselregen standen und miteinander redeten, die Aktentaschen schlaff in den Händen.

Baer hatte seinen Wagen geparkt und eilte zum Gebäude. Es war bereits Viertel nach sieben, Jana Seitz wartete sicher schon auf ihn vor seinem Büro.

Iwersen gab Baer ein Handzeichen und winkte ihn heran. Rolf war heute den ganzen Tag nicht erreichbar gewesen, es hieß, er bereite sich auf einen Bewerbungstermin für den Chefposten der Polizei vor. Baer hatte gehofft, dass Iwersen sich dazu entschloss. Denn als Alternative drohte neben zwei externen Kandidaten, die er nicht kannte, Roswitha Laschwitz als seine zukünftige Chefin.

Baer grüßte die beiden mit einem knappen Kopfnicken.

Iwersen runzelte die Stirn. »Hör mal, Roman, Wundt hat uns vorhin eure neuesten Recherchen berichtet. Das kann unmöglich euer Ernst sein!«

»Was meinst du?«

»Das dritte Mordopfer, Hellwig, soll zuvor die Architektenfrau und auch den Arzt, Sicking, getötet haben? Warum sollte er das getan haben? Und wer hat dann Hellwig auf dem Gewissen?«

Kessler schüttelte ebenfalls den großen schweren Kopf. »Wir haben, wie du weißt, Hellwigs Berliner Wohnung gecheckt.« Er zog die Brauen hoch. »Gab nicht einen Scheißhinweis darauf, dass der Mann den Jungen entführt haben könnte.«

Baer ärgerte sich und erwiderte Kesslers trotzigen Blick. »Du weißt so gut wie ich, Kessler, dass er das Kind zuallerletzt bei sich zu Hause versteckt hätte. Falls er der Entführer war.«

»Eben: falls.« Kessler sah ihn weiter grimmig an. »Ihr habt bisher nur Spekulationen. Hellwigs Großvater, dessen Bienenkästen in Tatortnähe und so weiter.«

»Ist das nichts?«

Kessler verdrehte die Augen. »Nur weil mein Opa mal in London war und Fotos von Whitechapels Nutten gemacht hat, bin ich noch lange nicht der Ripper. Konzentriert euch lieber auf die Adams. Die weiß, wo der Junge ist, jede Wette! Wir verfolgen die Spur Hellwig nicht weiter, nur damit du's weißt, Baer. Nichts für ungut.« Kessler klopfte ihm unwirsch, aber nicht unfreundlich den Arm, hob sein fleischiges Kinn und verschwand Richtung Parkplatz.

Iwersen zog umständlich mit der freien Hand eine Zigarette aus der Schachtel, die in seiner Manteltasche klemmte. »Kessler hat recht, Roman. Du verrennst dich da.« Er räusperte sich. »Du weißt, ich hab dich zurückgeholt, damit wir gegenüber den Brandenburgern nicht wie Idioten aussehen.« Sein ernster und nachdrücklicher Blick sagte nichts anderes als: Enttäusch mich nicht!

Dann eilte auch er durch den Regen zu seinem Wagen. Noch bevor er ihn erreichte, hatte er sich die Zigarette angezündet.

Als Baer drei Minuten später seine Etage betrat, waren alle Bürotüren verschlossen, kein Mensch zu sehen.

Alle ausgeflogen?

Auch das erschien ihm als ein Zeichen dafür, dass es nicht voranging. Trotz der neuen Entwicklungen. Die außer ihm (und mit Abstrichen vielleicht Wundt) offenbar keiner ernst nahm.

Er ging erst gar nicht in sein Büro, sondern stürmte in den kleinen, mit einem halben Dutzend Stühlen besetzten Raum, dessen Tür immer offen stand und den sie, zum Beispiel bei Zeugenbefragungen, als Wartezimmer benutzten.

Der Raum war gähnend leer.

Er fluchte leise, als er zu seinem Büro hinüberlief, es aufschloss, seinen durchnässten dunklen Regenmantel anbehielt und im Stehen Jana Seitz' Handynummer wählte.

Es klingelte dreimal und er dachte schon, sie würde nicht rangehen, aber dann hörte er plötzlich doch ihre Stimme.

»Ja?«

»Baer hier. Jana, es tut mir furchtbar leid, dass ich zu spät gekommen bin. Ich bin aufgehalten worden. Wo sind Sie? Schon aus der Stadt raus? Auf der Avus?«

»Ich bin zu Hause.«

Ihre Stimme klang seltsam. Dünn und verunsichert.

»Was ist los mit Ihnen, Jana?«

»Ich war gar nicht in Berlin. Bei Ihnen im Präsidium, meine ich.«

Er schwieg. Überrascht und betroffen.

»Ich hatte Besuch. Von Frank.«

»Fleischmann? Was wollte er? Ich denke, der Mann ist krank.«

»Ist er auch.«

Die Bemerkung klang eindeutig sarkastisch.

Sein schlechtes Gewissen blitzte wieder auf. Er selbst hatte mächtig dazu beigetragen, sie in Konflikt mit Fleischmann und Laschwitz zu bringen. »Wollen wir uns treffen, Jana? Heute noch? Soll ich zu Ihnen nach Potsdam kommen?« Olgas unermüdlicher Einsatz erlaubte ihm das Angebot.

»Nein. Ich …«

»Ja?«

»Ich glaube, ich halte es momentan nicht in meiner Wohnung aus. Trotzdem danke.«

»Wissen Sie was, Jana? Kommen Sie zu uns. Jetzt gleich.«

»Ins Präsidium? Doch noch?«

»Nein.« Er lachte verhalten. »Zu mir nach Hause. Meine Frau wird sich freuen. Sie freut sich immer über Besuch.« Früher war es so.

»Ich weiß nicht.«

»Aber ich. Tun Sie mir den Gefallen. Ein verspätetes Arbeitstreffen. Bei mir zu Hause.« Er nannte ihr seine Adresse. »Alles klar? Bis später.«

Er legte auf, bevor sie nein sagen konnte.

71

Baer wohnte mit seiner Frau in einer gediegenen Altbauwohnung, die mindestens dreimal größer war als Janas kleine Parterrewohnung in Potsdam.

Die meisten Bücher in den Regalen des Erkerzimmers, das auf eine Straße »mit historischem Kopfsteinpflaster« (Baer) hinausging, hatte anscheinend Baers Frau gelesen. Jana hatte das herausgehört, als Corinna Baer einen traurigen Blick auf die Buchreihen geworfen hatte, mit der süßsauren Bemerkung, dass sie sich schon darauf freue, sie alle wieder neu zu entdecken. »Wie alte Freunde, die man schon vergessen hatte.«

Baer war eindeutig mehr der Praktiker. Auch wenn er behauptete, es gebe nichts Praktischeres als eine gute Theorie. Doch genau daran mangele es aktuell im Fall »Imker«.

Sie saßen an einem großen Esstisch im Berliner Zimmer, hatten gemeinsam zu Abend gegessen (eine schlichte Brotmahlzeit), sie, Baer, seine Frau, die zwar dunkelhaarig, aber beinahe ebenso zierlich war wie sie selbst, und eine Helferin, deren ukrainisch-deutscher Slang einem die Schuhe auszog, von Corinna Baer aber auf wundersame Weise verstanden wurde.

Die Ukrainerin, eine große knochige Frau mit roten Äderchen im kantigen Gesicht, verabschiedete sich, und bald wollte auch Corinna Baer schlafen gehen. Sie bestand darauf, es allein zu schaffen, sie habe den halben Tag mit Olga, der Helferin, die entsprechenden Bewegungsabläufe geübt. So küsste sie ihn (unsicher, wie nicht zu übersehen war) auf die Stirn und lächelte ihr zum Abschied zu.

Jana hatte bereits zwei Gläser Weißwein getrunken. Baer schenkte ihr dennoch nach.

»Wissen Sie was, Jana? Sie übernachten heute bei uns im Gästezimmer vorn. Die Zahnbürste für alle Fälle gibt's im Bad. Was halten Sie davon?«

Sie lachte, zuckte die Schultern und war einverstanden. Je weiter sie in dieser Nacht von Frank entfernt war, desto besser.

Baer saß ihr gegenüber am Tisch und sah sie an. »Das Angebot gilt noch: Wenn Sie darüber reden möchten, über Fleischmann …?«

Jana wich seinem Blick aus und sah auf den noch gedeckten Tisch. »Nein. Heute will ich nicht mehr an ihn denken.« Der letzte Kampf mit Frank, das ahnte sie, war noch nicht ausgefochten. Nicht nach dem, was zuletzt passiert war.

»Gut. Wollen wir dann über den Fall reden, Jana?«

Sie nickte. Das sollte ihr auch mit ein paar Gläsern Weißwein intus noch gelingen. Baer hatte den ganzen Abend nur Wasser getrunken, er blieb auch jetzt dabei und goss sich nach, die Kohlensäureblasen führten ihren glitzernden Tanz im bauchigen Weinglas auf.

Er hob sein Glas und prostete ihr zu.

Sie nahm einen kleinen Schluck und sah ihn dann über den Rand ihres Weinglases hinweg auffordernd an. »Sie schulden mir eine Neuigkeit. Wissen Sie noch?«

Er wurde auf einmal sehr ernst und stellte sein Glas ab.

Was sie dann von ihm erfuhr, verschlug ihr den Atem.

Alles.

Besonders aber die neuen Erkenntnisse über Hellwig!

Arne Hellwig kannte erstens mit großer Wahrscheinlichkeit den Tatort Bauwagen. Er hatte zweitens eine Beziehung mit Evelyn

Sicking, von der drittens auch der Freund des Hauses, Architekt Grandgenet, Wind bekommen hatte. Grandgenet informierte den Ehemann Albert Sicking und Evelyn Sicking beendete daraufhin die Beziehung zu Hellwig.

Baer legte zwei Finger an die Nasenspitze und schloss die Augen, um sich zu konzentrieren. »Theorie Nummer eins. Nennen wir sie die Beziehungstheorie. Also. Arne Hellwig kann nicht akzeptieren – nicht *verwinden* –, dass Evelyn Sicking ihm den Laufpass gegeben hat. Er macht aber auch Grandgenet dafür verantwortlich. Er beschließt, sich an ihnen beiden zu rächen, indem er ihnen nimmt, was sie am meisten lieben. Der ehemaligen Geliebten Evelyn Sicking den kleinen Sohn, Tobias Sicking, den er entführt. Der Mord an ihrem Mann wäre in dem Fall eher ein Kollateralschaden, das würde durchaus zum Tathergang passen.« Er öffnete die Augen, sah Jana kurz an und schloss sie wieder. »Noch vorher aber nimmt er dem lästigen Hausfreund Grandgenet die Ehefrau. Er täuscht eine Entführung vor und lässt Ruth Grandgenet qualvoll in dem alten Bauwagen am Küstinsee krepieren, in dessen Nähe schon sein Großvater unerlaubt Bienenkästen aufgestellt hatte. Womit wir auch sein Vorbild für die Maskierung als Imker hätten.« Baer öffnete die Augen wieder, nahm die Hände vom Gesicht und legte sie flach auf den Tisch, sodass sie sein Wasserglas umschlossen. »Architekt Grandgenet kann nach dem Mord an seiner Frau und dem Überfall auf die Sickings die Zeichen lesen. Er fühlt sich gedemütigt und ist traumatisiert. Er verschafft sich Hellwigs Pistole – wie, das wissen wir nicht, sagen wir vorerst: mithilfe eines Profis, der in etwa Hellwigs Statur aufweisen muss. Der Auftragsmörder staffiert sich als Imker aus – die Montur ist leicht und unauffällig überall zu beschaffen – und erschießt den verhassten Arne Hellwig im Haus seiner neuen Geliebten, der Hotelierswitwe Brigitte Møller. Indem er auch auf die zufällig ins Schussfeld geratene Hausangestellte zielt und recht wahllos herumschießt, tarnt er den Mord an Hellwig als weiteren Überfall des *Imkers*.«

Jana fiel Møllers Hund wieder ein. Einen Auftragsmörder, also eine völlig fremde Person, dachte sie, hätte der Dobermann mit Sicherheit angegriffen und schon gar nicht freudig begrüßt. Sie verkniff sich jedoch die Bemerkung und spülte sie mit einem Schluck Wein hinunter. Baer sah schon unglücklich genug aus, er schien selbst nicht zufrieden mit seiner Theorie.

Er presste die Lippen zusammen, drehte nervös das Glas auf dem Tisch, was ein unangenehm kratzendes Geräusch machte, und sah sie an. »Was mir daran vor allem nicht gefällt, ist der Ablauf. Er passt nicht zu Hellwig. Dem schnell die Nerven durchgehen, der sich nicht beherrschen kann, der sich schon provoziert fühlt, wenn ihm zwei schwarze Männer in der Stadt über den Weg laufen. Der gleich zum Baseballschläger greift, sie verfolgt und so weiter. Dieser Mann soll die Wut, die er auf seine Exgeliebte Evelyn Sicking und Grandgenet hatte, mehr als ein Jahr gezügelt haben, um ihr dann plötzlich in einer Orgie aus Gewalt freien Lauf zu lassen? Er soll dabei eine so langfristige Planung aufgebracht haben, dass er sich die Imkermaskierung zugelegt hat, den lautlosen Zugang zu den Häusern von der Seeseite ausbaldowert, die Entführungen von Frau und Kind mit einem tief im Wasser liegenden Faltboot ... Alles mit einer Mordswut im Bauch?« Baer schüttelte nachdrücklich den Kopf. »Nein, daran glaube ich nicht. Er hatte sich ja längst mit der Witwe Møller getröstet.« Baer sah sie frustriert an. Er hatte gerade seine eigene Theorie zerlegt.

»Was ist mit Theorie Nummer zwei?«

Er zuckte die Achseln. »Sagen *Sie* mal, Jana. Sie sind auf dem neuesten Stand. Inklusive Doktor Sickings eigenem Hirntumor, Notverkauf seiner Lebensversicherung sowie der Police von Ruth Grandgenet, die aktive Rolle dabei von Versicherungsmakler Eipel und so weiter. Dazu Ihre frischen Eindrücke aus Spanien ...«

Sie atmete durch. Gut, versuchte sie es also. »Das Ganze hat mit Geld zu tun. Sehr viel Geld ist im Spiel. Das Motiv also Habgier.« Sie warf Baer einen Blick zu. Er sah sie hochkonzentriert an. »Da war Hotelunternehmer Gunder Møller, der sich selbst und alle anderen in die Scheiße geritten hat: seine Frau, aber auch Geschäftspartner wie den großen Architekten Grandgenet, den kleinen IT-Spezialisten Hellwig und sogar den bekannten Chefarzt Albert Sicking, der – wegen seiner Krankheit – so was wie eine berufliche, wenigstens aber materielle Zukunft für sich in Møllers spanischen Projekten erhofft hatte.«

»Sickings Krankheit, richtig, Jana. Und die von Ruth Grandgenet, vergessen Sie die nicht.«

»Tu ich nicht.« Sie nahm rasch noch einen Schluck Wein, das Glas war fast schon wieder leer. Und sie kam nicht wieder rein. »Wo war ich?«

»Møllers Pleite. Spanien.«

»Okay. Jemand aus seinem Umfeld – seine Frau, Hellwig, Grandgenet, vielleicht sogar Sicking – kommt auf die Idee, Møller für das Desaster, das er angerichtet hat, zahlen zu lassen. Das heißt, seine Lebensversicherung soll zahlen. Für seinen Tod. Der aussehen muss wie Selbstmord, damit die Versicherung keinen Stress macht. Hellwig und Grandgenet reisen mit Großpleitier Møller, vielleicht unter einem Vorwand, noch einmal nach Madrid. Und von dort aus fahren sie eines Abends mit Møller nach Toledo. Als sie ankommen, ist es Nacht. Böser Blick auf das letzte gescheiterte Hotelprojekt. Ein kleiner Schubs, oder auch ein großer, und Møller stürzt von der Stadtmauer. Die Versicherung zahlt brav an die Witwe aus, die das Geld mit dem oder den Mördern teilt.«

»Drei Millionen.«

»Drei Millionen Euro, geteilt durch zwei oder drei, sind rasch aufgebraucht, wenn man eh schon Schulden hat. Und jetzt«, sie wies mit dem Zeigefinger auf Baer, der ihr gespannt zuhörte, »jetzt kommen die Krankheiten ins Spiel.«

»Und die Lebensversicherungen.«

»Und die Lebensversicherungen, richtig. Ruth Grandgenet und

Albert Sicking leiden an chronischen Krankheiten. Wenn man ihre Lebensversicherungen verkauft, haben sie einen hübschen Wert und müssen nicht weiter mit Zahlungen bedient werden. Schön für die gebeutelten Familien. Aber noch viel mehr bringen die Policen, wenn die beiden sterben. Und das tun sie denn auch mit gebührendem Abstand zum Verkauf. Kurz hintereinander. Mit freundlicher Unterstützung des *Imkers.*«

Baer fasste sich mit einer Hand an die Stirn, als müsste er seinen Kopf daran hindern, abzufallen. »Das Problem ist nur, es funktioniert nicht.« Er hob den Kopf wieder und sah auf einmal sehr alt aus. Grau und faltig und mit blauvioletten Ringen unter den Augen. »Nicht Hellwig war der Nutznießer der verkauften Policen von Ruth Grandgenet und Albert Sicking. Sondern ein Aktienfonds, der sie gekauft hat. Mit lauter anonymen Anteilseignern, die nur vergleichsweise kleine Happen von dem Kuchen bekommen, da sie immer ganze Pakete von Aktien, sprich Policenbündel, kaufen können. Hellwig, unser mutmaßlicher *Imker*, hätte gar keine Chance gehabt, genügend eigene Anteile an den Policen über den Fonds zu erwerben. Und noch absurder ist die Vorstellung, dass Horden von Anlegern auf die Idee kämen, ausgerechnet einen Hellwig zu engagieren, um in ihrem Auftrag zwei Morde zu begehen. Ganz abgesehen von der Frage, wer dann schließlich Hellwig getötet hat: mit dessen eigener Waffe noch dazu.«

Baer sah geradezu verzweifelt aus. Er tat ihr leid. Denn er hatte recht. Theorie Nummer zwei war noch unwahrscheinlicher als Nummer eins, die Beziehungstheorie. Das hieß, die Lebensversicherungen, die nach ihren neuesten Erkenntnissen in drei Todesfällen – Møller, Grandgenet und Sicking – eine so auffällige Rolle spielten, waren nur die Fata Morgana einer Spur.

Baer gähnte. »Kommen Sie, Jana, ich zeig Ihnen das Bad und Ihr Zimmer. Heute Nacht finden wir aus dem Desaster nicht mehr heraus.« Er stand auf und schüttelte zum wiederholten Mal den Kopf. »So was Vertracktes hatte ich noch nie.«

Noch eine Stunde später, als sie bereits in dem kleinen Zimmer neben dem Erkerzimmer im Gästebett lag, konnte Jana nicht einschlafen. Nicht wegen der Autos, die in unregelmäßigen Abständen über das historische Straßenpflaster ratterten. Nicht einmal Frank ging ihr durch den Kopf, der Vorfall am frühen Abend.

Sondern diese geradezu aufdringliche Rolle von Lebensversicherungen.

Lebensversicherungen der besonderen Art. Mit einem speziellen Markt für die Zweitverwertung von Policen. Durch eine Holding namens Lifetime. Deren Anleger darauf spekulierten, dass die ursprünglich Versicherten, Menschen wie du und ich oder eben kranke Menschen wie Ruth Grandgenet oder Albert Sicking, möglichst bald starben.

Was Baer in der Kürze der Zeit über diesen modernen Seelenhandel hatte in Erfahrung bringen können, stammte von dem Versicherungsmakler Eipel.

Aber: Konnte man Eipel vertrauen?

Einem Mann, der immerhin mit dreien der Opfer – Ruth Grandgenet, Albert Sicking und bereits Gunder Møller – in vertrauter, teils familiärer Verbindung gestanden und, wie nebenbei, ihre Versicherungen gemakelt hatte. Als hätte er nicht mal die Prämien im Sinn gehabt, die er als Makler dafür kassiert hatte?

Anders fiel ihr ein, an ihrem letzten Abend in Spanien. Ein guter Journalist, hatte er ihr in der Bar in Valencia erklärt – nein, ein *seriöser* Journalist, hatte er sogar betont, würde sich niemals nur auf eine Quelle verlassen. Sondern seine Informationen stets von mindestens einer weiteren, definitiv vertrauenswürdigen Seite bestätigen lassen.

Baer erschien ihr im Moment viel zu deprimiert, um die Spur weiterzuverfolgen. Er hatte selbst kein gutes Haar mehr daran gelassen.

Und einen Ruf zu verlieren.

Sie nicht. Nicht mehr.

Ein Zweitmarkt für Lebensversicherungen ... In dem alle, Käufer und Verkäufer, mit dem Tod spekulierten ... Der Gedanke ließ sie nicht mehr los.

72

Um sieben Uhr am Mittwochmorgen schlurfte Baer in seinen ausgelatschten Pantoffeln und dem an den Ärmeln schon fadenscheinigen weinroten Morgenmantel in das Erkerzimmer. Die Stadt lag verschwommen hinter einem hauchdünnen Wasserfilm, den der nächtliche Regen auf den Fensterscheiben hinterlassen hatte. Mattes lilagraues Licht stand im Raum wie in einem Gemälde von diesem Engländer, er kam nicht auf den Namen. Früher hätte er Corinna danach gefragt, später beim Frühstück ...

Auf dem Tisch lag ein kleiner handgeschriebener Zettel, offenbar aus einem Notizbuch gerissen. Mit einer Schrift voller schwindelerregender Schnörkel, die Zeile sah aus wie ein Zitat aus dem Sanskrit:

»*Vielen Dank für alles. Melde mich. Jana.*«

Was war denn in sie gefahren? Womöglich, dachte er, hatte es schon wieder mit Fleischmann zu tun. Das Verhältnis zu ihm schien Jana besonders zu belasten.

Er erstarrte.

Musste sich setzen angesichts der plötzlichen Erkenntnis.

Nicht *zu* ihm. *Mit* ihm!

Sie hat ein Verhältnis mit Fleischmann!

Jana Seitz und Frank Fleischmann haben (oder hatten) eine Beziehung.

Du Hornochse, Baer, hast das erst jetzt bemerkt.

Er schob den Zettel zurück in die Tischmitte, stand auf und

ging ins Bad. Entleerte seine Blase, duschte, rasierte sich, ging nackt zurück ins Schlafzimmer, um sich anzuziehen für den Tag.

Corinna schnarchte leise, wie immer, wenn sie auf dem Rücken schlief. Ein Bein lugte unter der Decke hervor, der Fuß hing leicht über die Bettkante hinaus.

Er setzte sich an den Rand und berührte die Unterseite des Fußes, sie fühlte sich kühl und trocken an wie Pergament. Er massierte den Fuß, bis das Blut wieder hineinströmte und er wärmer wurde. Seine Hand wanderte über den Knöchel und die kräftige Ferse die Außenseite ihrer Wade hinauf. Er betrachtete die im Morgengrau des Fensters hellweiß schimmernde, von Venen leicht marmorierte Haut ihres Schenkels. Seine Finger glitten über das nackte Knie weiter hinauf und verschwanden wie Nacktschnecken auf ihrer Morgenwanderung ganz langsam unter ihrem zerknitterten weißen Nachthemd. Je weiter er hinauffuhr, desto deutlicher pulsierte die Erektion zwischen seinen Beinen.

Er betrachtete Corinnas entspanntes Gesicht, die schmalen Halbrunde ihrer schwarzen Brauen, die dunklen Sicheln ihrer Wimpern, die schmale gerade Nase, ihre leicht geöffneten rosa Lippen. Sie schlief ruhig weiter, schnarchte leise, nichts ließ erkennen, dass sie in irgendeiner Weise von seiner Zärtlichkeit und seinem erkennbaren Begehren erregt wurde.

Er begriff, dass sie nichts spürte.

Nicht das Geringste.

Seine Finger streichelten ihre Haut, deren Impulse ohne Antwort blieben, wie Funkzeichen ins leere All.

Er ließ seine Hand noch eine Weile auf ihrem warmen Oberschenkel ruhen, während seine Erektion in sich zusammenfiel.

Dann stand er auf, holte sich frische Sachen aus dem Schrank, die Rüstung für den neuen Tag, und zog sich an.

Um neun saß er in seinem Büro und starrte auf seine Notizen der letzten halben Stunde. Er hatte schon gestern für diese Uhrzeit heute Morgen eine Sitzung mit den Kollegen angekündigt, um mit Nou'man, Wundt und Brock den Stand der Dinge und die weiteren Schritte zu besprechen. Brock hatte ihm bereits unwirsch signalisiert, dass sie endlich wissen wollten, was sie insbesondere mit Wundts neuen Informationen (»Hellwigs Opa und so weiter«) anfangen sollten. Wie sollte es jetzt weitergehen?

Baer hatte verdammt noch mal keine Ahnung.

Er fühlte, dass er jemanden zum Reden brauchte. Ohne Zwang, ohne Hierarchie, mit der Möglichkeit, eigene Fehler und Irrtümer offen anzusprechen. Vielleicht auch um gar nicht zu reden, alles einmal sacken zu lassen, gemeinsam zu schweigen.

Verdammt, sie fehlte ihm. Liv.

Er griff zum Hörer und rief sie an. Zu Hause.

Sie nahm sofort ab. Als hätte sie darauf gewartet, dass er anrief. Bildete er sich eine Sekunde lang ein.

»Roman? Hallo.«

Sie klang jedoch eher verwundert, dass er anrief. Aber es war schön, ihre Stimme zu hören.

»Wie geht's dir, Liv?«

»Soll ich ehrlich sein?« Er hörte ihr trauriges kleines Lachen.

Ein paar knisternde Sekunden lang schwiegen sie miteinander. Ohne dass er es peinlich fand.

»Kommt ihr weiter, Roman?«

»Weiß nicht. Eigentlich nicht.«

»Gar nichts Neues?«

»Willst du es wirklich hören?«

»Doch, klar.«

Ihre Antwort klang eher höflich als ermunternd. Er berichtete also möglichst knapp, in wenigen Sätzen, was sie nun wussten: Hellwigs und Grandgenets Anwesenheit in Madrid, beim Tod von Gunder Møller damals; die Bienenkästen von Hellwigs Großvater im Wald; Hellwigs früheres Verhältnis mit Evelyn Sicking; Eipel mit unter anderem Kurt Laschwitz als Partner (an dieser Stelle lachte sie sogar kurz und hell auf). Die zu einem hohen Wert verkauften Lebensversicherungen der chronisch kranken Albert Sicking und Ruth Grandgenet. Und Hunderte, vielleicht Tausende Käufer eines Fonds, die weder als Täter noch als Auftraggeber der Morde in Frage kamen, obwohl sie ein wunderschönes Motiv gehabt hätten. Geld. Sprich Habsucht.

»Trotzdem.« Liv gab eine Art Murren von sich. »Seltsamer Zufall, das mit den Lebensversicherungen. Schon das dritte Mal. Damals Møller, heute Ruth Grandgenet und Sicking. Und jedes Mal mischt dieser Eipel mit.«

Allerdings. Die Lebensversicherungen, mit denen Eipel handelte, nahmen sich wie Garantiescheine für einen unnatürlichen Todesfall aus. Das war ihm natürlich auch schon aufgefallen.

Und plötzlich fiel es ihm wieder ein!

Was er vermisst hatte, in dem Gespräch mit Eipel gestern Abend.

Der Mann war Tobias' Onkel, hatte zum ersten Mal die Möglichkeit, mit einem ermittelnden Polizeibeamten über den Fall zu sprechen – ganz offen, ohne auf die Ängste seiner Schwester Rücksicht nehmen zu müssen wie noch im Krankenhaus. Aber Eipel hatte ihn nicht ein einziges Mal nach Tobias gefragt. Zum Stand der Ermittlungen, zum Schweigen der Tatverdächtigen, zu den Mutmaßungen der Polizei.

Irgendetwas in der Art.

Nichts.

Als würde ihn sein Neffe nicht im Geringsten interessieren.

Oder als wüsste er längst alles!

Er hatte nur sachlich und unbeteiligt Baers Fragen beantwortet wie ein Automat.

Doch auch das war merkwürdig: Eipel hatte ihn kein einziges Mal gefragt, warum er ihm diese Fragen überhaupt stellte, in welchem Zusammenhang mit den Imkermorden sie denn stünden!

Der Makler hatte diesen Bezug nur kühl zerlegt, als sei ihm bereits klar, warum Baer sich dafür interessierte …

In Livs Hintergrund hörte er plötzlich eine junge Frauenstimme laut aufschluchzen.

»Roman, entschuldige, ich muss Schluss machen. Stella ...«

Ihre Tochter. »Geht's ihr nicht gut? Wegen dieser ... Partynacht?«

»Nein. Hat damit nichts zu tun. Sie kann es einfach nicht begreifen, dass wir unser Haus verloren haben. Alles.«

Was sollte er sagen? Er suchte nach den richtigen Worten. Wie Corinna.

»Du, Roman. Ich warte eigentlich darauf, dass mein Mann anruft. Er ist ... verschwunden.«

»Verschwunden?«

»Ja. Entschuldige.«

Im nächsten Moment war sie weg.

Er behielt den Hörer noch eine Weile betroffen in der Hand.

Dann rief er im Präsidium Potsdam an, die Nummer von Fleischmann.

Es meldete sich Elena Pradova aus Fleischmanns Team.

Ihr Chef sei bis auf weiteres krankgeschrieben. »Mindestens bis Ende der Woche.«

Konnte dem Fall nur guttun. Und Solveigh Adams.

Er erkundigte sich nach ihr.

»Adams ist heute früh von Gubow zurück in die U-Haft Potsdam überführt worden. Sicherheitstechnisch.«

»Aha. Gut zu wissen. Danke.«

Nachdenklich legte er den Hörer auf.

Laschwitz hatte also prompt reagiert, ihren ganzen Einfluss spielen lassen, um seinen Forderungen zu entsprechen. Die Nähe ihres Mannes zu dessen Geschäftspartner Eipel, die er ihr vorgehalten hatte, musste ihr mehr als unangenehm sein, überlegte er. Was mochte dahinterstecken, wenn es kein bloßer Zufall war?

Er sprang auf, verließ das Büro und eilte über den Flur zum kleinen Sitzungsraum. Sein Team saß schon am Tisch, mit versteinerten Mienen.

Er setzte sich erst gar nicht. Ließ im Stehen seinen Blick die Runde machen. »Henning Eipel und Partner. Ich will alles über diese Firma wissen. Geschäftsmodell, Kunden, Vernetzung, Probleme, was weiß ich! Besonders interessieren Eipels Geschäfte mit Lifetime, einem speziellen Fonds, der mit Lebensversicherungen dealt. Wie funktioniert das genau? Zapft auch schamlos die Kollegen von der Wirtschaft an. – Alles klar?«

Brock zog einen Mundwinkel an und klemmte ihn fest. »Also, mir ist gar nichts klar. Wozu das Ganze? Darf man das erfahren?«

Wenn er das nur selber wüsste. »Hinterher sind wir schlauer, Brock.« Hoffte er. »Selbstverständlich erfolgen alle Ermittlungen hochgradig diskret. Einer von Eipels Agenturpartnern ist der Ehemann unserer geschätzten Kollegin Laschwitz aus Brandenburg. Wir sollten nicht den Eindruck erwecken, als wollten wir ihr was anhängen.«

Obwohl es nicht schaden könnte, wenn etwas in der Preisklasse dabei herausspränge, dachte er grimmig.

Baer klopfte mit den Knöcheln einer Faust auf die weiße Tischplatte und verschwand so eilig, wie er gekommen war.

Zurück in seinem Büro, nahm er den Hörer und wählte die Nummer von Jana Seitz' Handy. Nachdem sie sich nicht mehr gemeldet hatte, machte er sich jetzt doch Sorgen um sie. Schon wegen der Geschichte mit Fleischmann. »Hallo?«

Er hörte deutliche Fahrgeräusche im Hintergrund.

»Wo sind Sie, Jana? Warum …?«

»Bin auf dem Weg nach Luxemburg. Auf der Autobahn.«

»*Luxemburg?* Wieso das auf einmal?«

»Ich – Mensch, putz die Platte da vorne! – Sorry, ist gerade ein bisschen eng hier. Ich erklär's Ihnen später, ja?«

»Hat's mit dem Fall zu tun?«

»Ich weiß nicht. Vielleicht. Ich melde mich.«

Sie klickte ihn weg.

Was hatte jetzt das wieder zu bedeuten?

Aber er sollte sich besser nicht beschweren: »Ich weiß nicht. Vielleicht«, die Floskel hätte ebenso gut von ihm selbst sein können, wenn man ihn gefragt hätte, ob die Aktivitäten, mit denen er sein Team beschäftigte, mit dem Fall zu tun hatten.

Aber was half's? Am Ende musste man sich auf seinen Instinkt verlassen, auf den Teil seines Unterbewusstseins, der alle Stränge schlafwandlerisch zusammenführte.

73

Solveigh Adams saß auf ihrer Pritsche. Den Rücken gegen die nackte Wand gelehnt, kreuzte sie die Beine unter sich. Sie sah Elisabeth in ihrer viel zu engen Uniform aufmunternd an. »Wie war sie, deine Kleine? Erzähl mir von ihr.«

Elisabeths große, wässerige Augen im runden quarkweißen Gesicht leuchteten auf. Sie saß Solveigh gegenüber auf dem unbequemen harten Stuhl ihrer U-Haft-Zelle, als hätte es die Tage dazwischen, in Gubow, nicht gegeben.

Elisabeths Gedanken wanderten in der Zeit zurück, während sie den Blick an die triste graue Betondecke heftete .»Lisa ... sie war ein stilles Kind, weißt du. Keins von denen, die immer gleich *Hier! Ich!* rufen.«

»Schüchtern.«

»Ja, das war sie, schüchtern. Lieb. Vielleicht zu lieb. Oder sagen wir, zu gut erzogen.«

»Zu gut erzogen? Was meinst du?«

»Weiß nicht, sie hätte ruhig ein bisschen wilder aufwachsen dürfen, frecher. So wie dein Kleiner wahrscheinlich, wenn er ...«

»Ja. Vielleicht.« Solveigh spürte, wie ihr die Tränen in die Augen schossen. Musste aber gleichzeitig lachen. »Ich kann auch ganz schön streng sein, du!«

Elisabeth schmunzelte und wurde gleich wieder ernst. »Wenn ich sie noch mal kriegen könnte, meine Lisa, ich würde alles anders machen. Oder nein, nicht alles, aber ich würde sie nicht mehr so streng erziehen. Immer auf Benimm-dich getrimmt und so. Das würde ich nicht mehr ... Robert, mein Mann, hat es ganz sicher übertrieben. Heute darf ich nicht mit ihm drüber sprechen, weil er sich dafür schämt. Er sagt es nicht, aber ich weiß es. Lisa war noch keine fünf, da hat er sie samstags morgens zum Bäcker runtergeschickt, Brötchen holen. Hat ihr gezeigt, wie man Kaffee macht, den Frühstückstisch deckt und so weiter. Jeden Samstag hat sie das für uns gemacht, während wir im Bett lagen und ... Ich weiß nicht, ob das richtig war.« Sie wischte sich mit dem Taschentuch, das sie in der Hand hielt, über das verheulte Gesicht. »Jetzt fang ich schon wieder an zu flennen, Mensch.«

»Ich versteh, was du meinst.« Ein wenig arg nach Abrichtung, nach Dressur der Kleinen klang das schon. »Aber ich bin sicher, dass sie das gern gemacht hat. Für euch. Sie hat euch eben geliebt.«

»Ja, das hat sie wohl. Und wir sie doch auch.«

»Ja.«

Ein Dammbruch. Elisabeth fing hemmungslos an zu weinen.

Solveigh hatte kurz den Impuls, sich aus ihrem Schneidersitz zu erheben, von der Pritsche zu klettern und diese allzu dicke und (für den Knastjob) allzu weiche Frau in den Arm zu nehmen.

Doch sie blieb, wo sie war, und warf stattdessen einen ängstlichen Blick zur Zellentür. Es hatte sich mit Sicherheit noch nicht herumgesprochen, dass von ihr für Elisabeth keine Gefahr ausging. Und einen weiteren Knockout wie zuletzt würde sie nicht überleben, das war ihr klar, nicht in dem geschwächten Zustand, in dem sie sich befand. Auch wenn sie heute wieder angefangen hatte, zu essen.

Seit heute war auch Elisabeth bei ihr.

Elisabeth beruhigte sich langsam. Sie rieb sich die verquollenen roten Augen mit dem Taschentuch und sah Solveigh kopfschüttelnd an. »Ich kann einfach nicht glauben, dass sie dich hier einsperren, Solveigh. Du hast doch nie und nimmer einem Menschen was zuleide getan. Schon gar keinem Kind. Oder?«

Solveigh sog scharf die stickige Zellenluft ein und erwiderte standhaft Elisabeths fragenden Blick. »Sag das mal deinen Kollegen, du.«

Mehr gab es zu dem Thema nicht zu sagen. Nicht mal zu Elisabeth. Ihrer unverhofften Leidensgenossin als verwaiste Mutter.

Elisabeth saß im Käfig ihrer Gefühle. Der war die Hölle im Vergleich zu dem Käfig, in dem Solveigh gefangen war.

74

Der Alte wollte doch tatsächlich, dass ich auch mit Bienen rummache!

So wie er.

Also hat er einen weißen Hut mit Schleier gekauft, Overall und Handschuhe. Alles in Kindergröße, klar. Und dann sollte ich mich freuen. Weil er sie mir doch zu meinem zehnten Geburtstag schenkte.

Und wie ich mich gefreut habe. – Mann, ich hatte eine Scheißangst *vor Bienen!*

Aber er? Sieht mich an, so von ganz oben herab, und sagt: Was bist du bloß für ein Waschlappen. Ein ganz erbärmlicher Jammerlappen bist du. Schiss, bloß weil dich die Bienen ein einziges Mal *gestochen haben?*

Schüttelt den Kopf, geht raus in den Garten zu seinen Bienenkästen.

Ich dachte schon, das wär's gewesen und ich wär davongekommen. Aber gleich darauf fing meine Mutter an zu keifen: Herrje, jetzt zieh die Scheißimkerklamotten an, die Opa dir geschenkt hat! Und dann ab mit dir, raus in den Garten!

Also ziehe ich die Imkersachen an. Was blieb mir übrig. Ganz langsam. Sie stinken, weil sie neu sind. Oder weil Imkerklamotten immer stinken, keine Ahnung. (Kurzes heiseres Lachen.) Ich fange an zu schwitzen, sobald ich sie angezogen habe. Weil sie warm sind.

Gleichzeitig ist mir eiskalt. Weil ich Schiss habe.

Ich weiß nicht, vor wem ich mehr Angst habe: vor dem Alten oder seinen Bienen.

Jedenfalls kann ich mich kaum bewegen, die Beine sind schwer wie Blei.

Aber im nächsten Moment ist meine Mutter plötzlich hinter mir, klatscht mir links und rechts ihre Hände an den Kopf und jagt mich hinaus in den Garten.

Dort wartet der Alte schon auf mich, in Imkerklamotten. Wie ich.

Wir sehen aus wie zwei Raumfahrer, denke ich noch, da packt er mein Handgelenk und zerrt mich wie ein Stück Vieh hinter sich her, bis wir bei den Bienenkästen sind.

Ich schreie, ich will nicht, ich habe Angst.

Er donnert mir seine Handschuhhand an den Kopf, dass es in meinem Nacken knirscht.

Nicht bewegen! Keinen Laut!, zischt er mich an, hinter seinem Netz. Sonst regen die Bienen sich auf. Und dann wollen sie dich natürlich stechen.

Er lacht und lässt mich endlich los.

Ich stehe wie festgewachsen, schwitze aus jeder Scheißpore, der Schweiß rinnt mir in die Augen und beißt, aber ich trau mich nicht, das Netz vor meinem Gesicht zu heben und sie auszuwischen. Hab Angst, dass er wieder zuschlägt.

Der Alte bückt sich auf einmal und fummelt unten an einem Bienenkasten herum. Deutet auf ein Blech mit vielen kleinen Löchern.

Ah, er will mich belehren, jetzt kapiere ich.

Das sind die Fluglöcher für die Bienen, sagt er. Die Schiene unten ist dazu da, dass nur die Bienen rein und raus können, aber keine anderen Tiere. Mäuse oder Ratten.

Als Nächstes öffnet er den grauen Deckel. Der Deckel ist aus Zink, belehrt er mich. Der ist wichtig, damit kein Wasser in den Kasten läuft. Das würde ihn beschädigen, die Holzrahmen und alles.

Er nimmt einen Rahmen heraus. Ich seh das Teil noch genau vor mir. Und daran kleben sie.

Wie Dreck.

Bienen.

Massenhaft viele Bienen. Sie sind hässlich, schwarz, grau, ein paar von ihnen braun, krabbeln übereinander und durcheinander und summen laut.

Ich merke, wie mir schlecht wird … vor Angst.

Aber jetzt kommt das Schlimmste von allem: Der Alte will, dass ich *den Rahmen halte.*

Ich will bloß weg, aber er packt mich schon wieder am Handgelenk und hält mich wie in einem Schraubstock.

Hiergeblieben! Du hast doch Handschuhe, grunzt er mich an. Was soll schon passieren?

Er hält mir den Rahmen vors Gesicht, ich soll ihn jetzt endlich nehmen, verflucht, brüllt er.

Die Bienen sind auf einmal ganz dicht vor meinen Augen, die ersten krabbeln schon auf meinem Netz!

Ich fange an zu schreien.

Opa faucht mich an, ich soll sofort aufhören zu schreien und den verdammten Rahmen nehmen.

Aber ich kann nicht. Kann keine Hand rühren. Und ich kann nicht aufhören zu schreien.

Er lässt endlich mein Handgelenk los und steckt den Rahmen zurück in den Kasten, zu den anderen Rahmen.

Aber ich schreie immer noch. Ich kann nichts dagegen machen.

Der Alte dreht sich zu mir um. Und im nächsten Moment drückt er mir seine Hand aufs Gesicht. Drückt mein eigenes Schutznetz gegen Mund und Nase. So lange, bis ich keine Luft mehr kriege. Ich versuche seine Hand wegzudrücken, aber keine Chance.

Mir wird schwarz vor Augen.

Als ich wieder zu mir komme, höre ich ihn irgendwas brüllen, aber wie von ganz weit, wie vom Wald her. Dann packt er mich an der Schulter und reißt mich hoch. Ich kann sein Gesicht hinter dem dunklen Imkerschleier nur undeutlich sehen, obwohl es ganz dicht vor meinem ist.

Ganz leise höre ich ihn sagen: Nie wieder lasse ich dich an meine Bienen. Du bist es nicht wert. Seine Stimme zittert vor Wut. Und sollte ich dich jemals erwischen, wie du dich an meinen Kästen zu schaffen machst – verlass dich drauf, dann klebe ich dir dein Netz auf die Visage, klebe es dir hinter den Ohren fest, dass du es nie wieder abkriegst. Glaub mir, ich mach das mit dir. Hast du das verstanden?

Ja, quetsche ich heraus. Ja, Opa, verstanden.

Er lässt mich endlich los und stößt mich von sich.

Als ich zurück zum Haus renne, bloß weg von ihm, weiß ich, dass mich als Nächstes meine Mutter vertrimmen wird.

Weil ich gerade wieder eingepinkelt habe.

75

Jana Seitz verlangte ihrem Corolla auch auf den letzten Kilometern noch alles ab. Er dröhnte wie ein alter Schleppkahn, irgendwas klingelte ständig unter der Motorhaube (vielleicht war's auch nur Einbildung) und das Heizungsgebläse stank wie ein alter Staubsauger.

Es war später Nachmittag, der Novemberhimmel hatte die Farbe von Seifenlauge und sie zuckelte auf einem Boulevard, breit wie ein Strom, einem Parkplatz am nördlichen Rand der Stadt entgegen.

Yanne Lind hatte ihr den Tipp gegeben. Die meisten anderen Parkplätze in Luxemburg Stadt seien permanent besetzt und gestatteten wegen eines Rotationssystems nur eine zweistündige Parkzeit.

Jana fand den Platz auf der rechten Seite, ganz am Ende des Boulevard de la Foire. Ein Betonfeld, groß wie fünf Fußballfelder und nur zur Hälfte belegt. Sie zahlte eine Parkgebühr für den ganzen Tag und durchquerte, wie Yanne Lind ihr ebenfalls empfohlen hatte, nach einer Straßenunterführung einen Park. Danach eilte sie durch ein Netz belebter Straßen mit französischem Flair in die Rue des Capucins.

Sie befand sich auf dem Vorplatz eines ehemaligen Klosters, das jetzt einem Theater seinen Namen gab: Théatre des Capucins. Das dazugehörige Café, in dem die Journalistin sich mit ihr treffen wollte, befand sich gleich links hinter einem finsteren, spitzgiebligen Tordurchgang zum Innenhof des sandfarbenen Gebäudes.

Sie betrat einen schlauchartigen Raum mit gigantischen braungelben Rautenmustern an den Wänden. Die Bar erstreckte sich über die gesamte Längsseite. Es war brechend voll, die Gäste saßen an kleinen runden Tischen mit rahmweißen Schalensesseln in Fünfzigerjahreoptik. Über dem Potpourri aus lebhaften Gesprächen und dezentem Gelächter schwebte die rauchig-verruchte Stimme einer Jazzsängerin, die Englisch mit französischem Akzent sang. Irgendwie chic das Ganze, trotz der wilden Stilmischung.

Am Ende des Raums saß eine Frau mit schulterlangen braunen Haaren und in einem dunkelblauen Businessdress allein an einem Tisch. Sie schaute suchend auf und dann, indem sie den Kopf leicht neigte, zu Jana hin, die noch zögernd in der Tür stand.

Jana durchquerte den Raum schnurgerade auf dem breiten Gang zwischen Bar und Tischbereich.

»Jana Seitz. Hallo.«

»Yanne Lind. Freut mich.« Die Frau lächelte, gab ihr die Hand, wies dann auf den futuristischen weißen Schalensessel am Tisch. »Schön, dass Sie es geschafft haben.« Sie sprach perfektes Deutsch mit dänischem Akzent. Jana erkannte die dunkle Stimme vom Telefongespräch am Vormittag sofort wieder.

Vor Yanne Lind standen ein Cappuccino und ein Wasser, und

Jana bestellte das Gleiche, nachdem die Dänin auf Französisch lautstark den Kellner gerufen hatte.

Die Journalistin schien nicht zimperlich zu sein. Sie war groß, hatte ein kantiges Gesicht, braune Augen, lange Zähne und eine sehr große Oberweite. Sie trug eleganten Schmuck an den Fingern und Perlenohrringe, die im Licht der Spotlights blitzten, die an krakenartigen Sticks aus der Wand und von der Decke ragten.

»Hatten Sie einen guten Flug, Jana?«

»Fahrt. Ich bin mit dem Auto gekommen.« Jana knipste ein Lächeln an. »Ich bin froh, dass Sie so kurzfristig Zeit für mich haben, Yanne.«

Gott, waren sie beide höflich!

Ihr war klar, dass die Journalistin für das, was sie ihr eventuell zu bieten hatte, eine Gegenleistung erwartete. Sie beschnupperten sich, wussten noch nicht, was sie voneinander halten sollten.

Für Jana war der Kontakt zu Journalisten zudem Neuland – beruflich zumindest.

Noch in der Nacht, als sie sich bereits in Baers Gästezimmer schlafen gelegt hatte, hatte sie Anders angerufen. In Spanien war es üblich, erst spät in der Nacht zu essen und noch später ins Bett zu gehen (wenn man jung war).

Er war noch hellwach gewesen. Nach ein paar leisen, schönen Worten, die angenehm in ihren Ohren summten, kam sie zur Sache. »Du hast mir doch von einer Kollegin erzählt, die sich mit Lebensversicherungen auskennt. Erinnerst du dich?«

»*Yes, of course.*« Ihr Name sei Yanne Lind. »*She knows* everything *about it.*« Er lachte. Doch Jana solle nicht auf die Idee kommen, Yanne jetzt, weit nach Mitternacht, anzurufen. Seine fleißige Kollegin sei Frühaufsteherin. »Very *early. Six o'clock.*«

Er gab ihr Yanne Linds Nummer. In Luxemburg. »Sie recherchiert für die nächste Nummer der Zeitung. Irgendwas hat sie dort an der Angel.«

Er gurrte (sehr leise) in den Hörer, wie sehr er die Zeit mit ihr in Spanien genossen habe. Es hätte Jana aber nicht gewundert, wenn er währenddessen mit Luz unter einer Bettdecke gesteckt hätte.

Gleich nach dem Wachwerden um sechs hatte sie die Journalistin angerufen und ihr erklärt, dass sie als Polizistin in Deutschland, in Berlin, an einem Fall arbeite und ihre Nummer von Yannes Kollegen Anders Engholm habe, den sie privat aus Spanien kenne.

Das war der Türöffner.

»Anders, ja? Okay. Worum geht's?« Die Frau sprach Deutsch. Perfekt.

»Ich interessiere mich für den Versicherungsfonds Lifetime Holding, falls Sie den kennen.«

Es war, als hätte Yanne Lind drei Sekunden lang nicht geatmet, so ruhig war es in der Leitung.

»Die Lifetime kenne ich allerdings«, war dann die bedeutungsschwangere Antwort gewesen.

»Ich möchte verstehen, wie dieser Fonds arbeitet.«

»Sind Sie von der Wirtschaftskripo?« Die Frage klang eher erwartungsvoll als kritisch.

»Nein. Mordkommission.«

»Mordkommission? Im Zusammenhang mit der Lifetime Holding? Wieso das?«

»Ich fürchte, ich kann Ihnen das nicht einfach so am Telefon …«

»Dann kommen Sie her, Jana. Heute noch, geht das?«

Ihr wäre beinahe das Smartphone aus der Hand gefallen. »Yanne, ich bin wie gesagt im Moment in Berlin. Können wir nicht doch erst am Telefon …?«

»Nein, ich gebe am Telefon keine Informationen. Grundsätzlich nicht. Kommen Sie her, wenn Sie's schaffen. Ich kenne Hintergründe zu Lifetime, vielleicht kommen wir ins Geschäft. Außerdem, Luxemburg ist eine schöne Stadt. Lohnt immer einen Besuch. Was meinen Sie?«

Was sollte sie schon meinen? Sie hatte nichts zu verlieren. Und nichts zu tun. Sie war noch immer zwangsbeurlaubt. Und im Moment froh über jeden Kilometer, den sie zwischen sich und Frank in Potsdam legen konnte.

Und hier war sie nun, in der Altstadt von Luxemburg, im Café des Théatre des Capucins, dem vereinbarten Treffpunkt mit Yanne Lind.

Ein blutjunger Kellner brachte soeben ihre Getränke und tentakelte Yannes voluminösen Brustumfang mit einem begehrlichen Blick.

Als er fort war, rückte die Journalistin nah an den kleinen Tisch heran und sah Jana tatendurstig an. »Sie sagten, Sie sind Polizistin, Jana. Ermitteln Sie gegen die Lifetime Holding? In einer Mordsache? Worum geht es genau?«

Jana war verblüfft. Diese Journalistin hatte, genau wie Anders, eine sagenhaft forsche Art, einem Informationen zu entlocken.

Sie ging in Habacht-Stellung. »Wir ermitteln nicht gegen die Lifetime. Nein.« Sie nahm einen Schluck vom Cappuccino – war der wirklich besser als zu Hause, oder bildete sie sich das nur ein? Sie trank einen Schluck Wasser dazu und ließ ihren Blick durch den Raum schweifen. Die angeregten Gesichter der Gäste, die lebhaften Gesten, das Lachen hier und da: nett. Aber sie war nicht zum Entspannen nach Luxemburg gefahren.

Der Journalistin schien Ähnliches durch den Kopf zu gehen. Sie spitzte die in einem dunklen Hagebuttenton geschminkten Lippen. »Warum sind Sie hergekommen, Jana? Was wollen Sie von mir wissen?«

Jana wandte sich Yanne Lind zu. »Yanne, bei dem Namen Lifetime hat es bei Ihnen geklingelt heute Morgen, stimmt's? Warum?«

Die Journalistin lächelte und ihre großen Zähne schoben sich über den Hagebuttenschimmer ihrer Lippen. »Sie haben ein gutes Ohr, Jana.« Sie sah sie mit listigem Blick an. »Die Lifetime Holding an sich ist nicht besonders interessant. Für mich als Wirtschaftsjournalistin, meine ich. Der Fonds verdient sein Geld normalerweise mit abgestoßenen Lebensversicherungen. Aber das Geschäft war in den letzten Jahren rückläufig, allgemein, nicht nur bei Lifetime. Die Gründe dafür … es gibt viele.« Sie machte eine wegwerfende Geste mit der großen langgliedrigen Hand. »Deshalb hat sich Lifetime ein neues Geschäftsfeld aufgetan. Aus steuerlichen Gründen unter dem Dach einer Tochterfirma hier in Luxemburg. Der Fonds heißt Lifetime Plus.«

Jana entfuhr ein Grunzen. »Sehr originell.«

»Nicht wahr? Auf dem Papier macht Lifetime Plus nichts anderes als Lifetime, allerdings nur auf den ersten Blick.«

»Versteh ich nicht.«

Yanne Lind blickte verständnisvoll. »Normalerweise läuft es so: Ich schließe eine Lebensversicherung ab, zahle Beiträge, kann sie vielleicht irgendwann nicht mehr zahlen, also verkauft mein Versicherungsmakler sie für mich an die Lifetime. Die Anleger der Lifetime hoffen, dass ich möglichst bald den Löffel abgebe, damit sie so schnell wie möglich meine Versicherungssumme kassieren können.«

»Ganz schöne Aasgeier.«

»Genau. Aber jetzt kommen noch die Hyänen dazu. Bei dem Geschäftsmodell der Lifetime Plus kauft der Fonds keine Police von mir – *weil ich gar keine habe!*« Die dunklen Augen der Journalistin wurden groß und rund wie Mantelknöpfe. »Die Lifetime Plus erwirbt nur noch meine *Lebensdaten*: Alter, Beruf, Familienstand und so weiter.« Sie machte eine Pause und hob bedeutungsvoll die Brauen. »Und natürlich das Wissen über meine *Krankheiten*. Aus diesen Daten errechnet sie meine verbliebene Lebenserwartung. Je kürzer meine Restlaufzeit, desto höher ist der Wert meiner Versicherungspolice.«

»Ich dachte, die gibt es bei dem Geschäftsmodell gar nicht mehr?«

»Nur noch dem Namen nach. In Wahrheit ist die sogenannte Police, die Lifetime Plus verkauft, nichts anderes als eine Aktie, die in Anteile zerlegt wird, um sie zu verkaufen. Der Wert der Aktie errechnet sich, wie gesagt, allein aus den Lebens- und Krankheitsdaten bestimmter Personen. Die Lifetime Plus nennt sie Indexpersonen.«

»Und die Anleger hoffen auf den möglichst frühen Tod dieser … dieser Indexpersonen?«

»Richtig. Stirbt die Indexperson, wird ausgezahlt wie bei einer echten Lebensversicherung. Dabei ist alles Fake, simuliert. Nur die Indexperson ist echt. Der einzig verbliebene Bezug zur Realität.«

»Und das ist legal?«

»So legal wie die Börse, wo damit gehandelt wird.«

»Okay. Aber wie kommt Lifetime – oder Lifetime Plus – an diese Personen? An deren Daten?«

»Das ist der springende Punkt, Jana.« Yanne Lind stieß ihr kräftiges Kinn nach vorn und sah sie eindringlich an. »Nach meinen Informationen bekommt Lifetime Plus ihre Daten nicht von den Indexpersonen selbst, sondern vermittelt durch ein Maklerbüro. Eipel & Partner.«

»*Eipel?*« Jana versagte beinahe die Stimme. »Sind Sie sicher?«

Die Journalistin lachte. »Dachte ich mir, dass Sie von denen gehört haben. Die Agentur Eipel hat ihren Hauptsitz in Berlin, stimmt's?«

»Sie haben …« Jana sah sie ungläubig an. Die große dunkle Dänin war die Freundlichkeit in Person. Aber bis in die Haarspitzen berechnend. »Sie haben also heute früh am Telefon gleich an Eipel gedacht, als ich nach Lifetime gefragt habe?«

»Nein. Erst als Sie Berlin erwähnt haben. Liftetime, Berlin, da lag der Name Eipel für mich in der Luft.« Sie lachte wieder. Stand ihr gut, trotz der langen Zähne.

Jana versuchte sich wieder auf Yannes letzte Informationen zu konzentrieren. Die Materie war schwierig genug, aber sie spürte mit einem Mal, dass sie unmittelbar mit ihrem Fall zu tun haben könnte. Wie sie gehofft hatte, die ganze lange Fahrt hierher. »Okay. Eipel. Warum liefert ausgerechnet seine Agentur Lifetime Plus diese Daten von den, wie soll ich sagen, Versuchskaninchen?«

Yanne lachte laut auf. Sie lachte offenbar gern. »Eipel arbeitet schon seit Jahren mit der Mutterfirma Lifetime zusammen. Und mit seinem Kundenstamm an Versicherten sitzt er an der Datenquelle, aus der er bequem auch für die Tochterfirma schöpfen kann. Ist jedenfalls meine Erklärung.«

Jana trank ihren Cappuccino aus und setzte die Tasse heftiger ab als gewollt. »Okay, alte Verbindungen also vom Versicherungsmakler Eipel zur Lifetime. Aber Yanne, was ist daran nun so interessant – für Sie als Journalistin?«

Jana musterte Yanne Lind gespannt. Sie spürte, dass sie an dem Punkt des Gesprächs waren, an dem sie sich trafen, sie und die Journalistin. Weswegen Yanne sie überhaupt nach Luxemburg gelockt hatte.

Yanne Lind blickte sie offen an. »Die Anleger wollen Lifetime Plus verklagen. Weil die Rendite ausbleibt. Die Indexpersonen sterben nicht wie versprochen.«

»Was denn, die Versuchskaninchen leben zu lang?«

»Ja. Dadurch kosten sie Futter, statt dass man sie verzehren kann. Die Anleger wollen Geld sehen, statt immer weiter Beiträge zu zahlen, die die Lifetime-Plus-Betreiber vorher errechnet haben und nun als eigenen Gewinn einstreichen.«

»Verstehe. Die Anleger klagen gegen Lifetime Plus wegen Betrugs.«

»Richtig. Die Daten für die Indexpersonen, sagen sie, und damit die errechneten Lebenserwartungen, seien gefälscht. Zugunsten der Fondsbetreiber.«

»Und jetzt?«

»Na, für Lifetime Plus ist das eine Katastrophe! Die Schadensersatzforderungen dürften nicht nur die Rendite, sie könnten den gesamten Fonds ruinieren, er müsste vom Markt genommen werden. Und Börsenmanipulationen können mit schweren Strafen bis hin zu Knast geahndet werden.«

Jana lehnte sich zurück und betrachtete Yanne Linds engagierten Gesichtsausdruck.

Das also war die Story, an der die Journalistin arbeitete.

Die angeblich gefälschten Daten der Indexpersonen stammten von Eipel & Partner.

Aber wo war der konkrete Bezug zum Fall »Imker«?

Sie beugte sich wieder vor und sah Yanne Lind fragend an. »Welchen Grund sollte Eipel dafür gehabt haben, die Daten zu manipulieren? Was meinen Sie?«

»Für mich liegt das auf der Hand. Je kürzer die Lebenserwartung der Indexpersonen, desto attraktiver die daraus errechnete Police, sprich Aktie. Und desto höher vermutlich Eipels Prämie für die Vermittlung. Denn umsonst liefert er Lifetime Plus die kostbaren Informationen über seine Klienten natürlich nicht. Daten sind kostbar. Überlegen Sie mal, was die globalen Internetriesen alles anstellen, um an Ihre und meine Daten zu kommen. Ganz gleich, welcher Art sie sind. – Aber jetzt kommt's, Jana.« Yanne legte eine Hand auf ihren Arm und zog eine Braue beinahe bis zum Haaransatz hoch. »Die Anleger reichen ihre schon detailliert ausgearbeitete Klage gegen Lifetime Plus auf einmal *doch* nicht ein! – Und das kann nur einen Grund haben.«

»Der Fonds kann plötzlich auszahlen?«

»Genau. Eine erkleckliche Summe, die die zornigen Anleger vorerst befriedet und deren Klage abwendet.«

Janas Kopf fühlte sich an wie eine heiße Herdplatte, ihr Gesicht musste glühen wie ein Lampion.

Lifetime Plus, hatte sie inzwischen kapiert, verkaufte zwar nur reine Fake-Versicherungen. Aber eine Prämie konnte der Fonds nur auszahlen (und musste es dann tun), wenn eine Indexperson *tatsächlich* gestorben war. Sie war der letzte Bezug zur Realität bei diesem Geschäft, hatte Yanne vorhin erklärt.

Das hatte die Journalistin im Hinterkopf gehabt, und deshalb war ihr am Telefon die Luft weggeblieben, als Jana sich heute früh als Mitarbeiterin einer Mordkommission vorgestellt und dann ausgerechnet nach Lifetime gefragt hatte! Yanne hatte den Braten gerochen, weil sie die komplizierten Hintergründe kannte. Und eins und eins zusammengezählt.

Die Journalistin trank ihr Glas Wasser aus und sah kritisch auf ihre große, runde Armbanduhr, die an ihrem breiten Handgelenk beinahe elegant aussah.

Jana beeilte sich mit ihrer Frage. »Was bedeutet das aber nun für Eipel, Yanne?«

Sie zuckte die Achseln. »Das rettet ihm natürlich den Kopf. Die Anwälte von Lifetime Plus waren offenbar drauf und dran, die Anlegerklage gegen ihren Fonds quasi an Eipel & Partner gleich weiterzureichen. Um den eigenen Kopf aus der Schlinge zu ziehen natürlich. Mit dem Argument, dass Lifetime Plus selbst Opfer der Täuschung durch ihren Datenlieferanten Eipel geworden sei.«

»Heißt?«

»Eipel wäre ruiniert gewesen. Er wäre ins Gefängnis gewandert, er selbst und alle, die an seiner Firma beteiligt sind. Hier geht es um enorme Schadensersatzsummen, Jana. Millionen.«

»Was ich trotzdem nicht verstehe, Yanne: Diese Indexpersonen, wer sind sie? Warum geben sie sich für dieses beschissene Spiel um ihr Leben her?«

»Offen gesagt, ich bezweifle, dass die Indexpersonen von ihrem Glück überhaupt wissen. So war es zumindest bei einem ähnlichen Fonds in Amerika. Die Leute, auf deren Tod an der Wall Street gewettet wurde, lebten oder starben, ohne überhaupt eine Ahnung davon zu haben, wie viele Geier und Hyänen ihnen einen schnellen Tod wünschten.«

»Scheißspiel.«

Yanne Lind nickte. »Ein reines Wettspiel im Grunde, bei dem Unfälle und Katastrophen einfach statistisch mit in den Preis fürs

Ableben eingepreist werden. Genauso Mord und Totschlag. Kommt selten vor, man setzt besser auf tödliche Krankheiten als Sterbeursachen, aber wenn es trotzdem passiert, dass eine Indexperson gewaltsam auf der Strecke bleibt – *who cares*, wenn Zahltag ist?«

Yanne Lind beugte sich wieder vor und sah Jana verschwörerisch an. »Ich finde, ich habe geliefert, Jana. Jetzt sind Sie dran.«

»Bitte?« Sie bekam vor Schreck das Wort kaum heraus.

Die Journalistin lachte. »Sie sind von der Mordkommission. Ermitteln in Zusammenhang mit der Lifetime … Ich muss Sie nur ansehen, Ihre glühenden Wangen, Jana, um zu begreifen, dass meine Informationen Ihr Kriminalistenhirn ganz schön auf Trab gebracht haben. – *Ihre* Fragen mein Journalistenhirn aber auch.«

Jana legte den Kopf ein wenig schief und versuchte sich an einem arglosen Blick.

Yanne Lind nahm ihr Portemonnaie aus der großen schwarzen Handtasche und gab dem Kellner ein Zeichen. Er signalisierte, dass er gleich bei ihnen wäre, und trabte an ihnen vorbei, um zuerst zwei Tische weiter zu kassieren.

Die Journalistin wandte sich Jana wieder zu. »Es gibt eine Liste der Indexpersonen von Lifetime Plus. Kodiert allerdings. Und es gibt Leute, wenige und nicht bei Lifetime, aber es gibt sie – Programmierer, die den Code eingerichtet haben. Und ihn deshalb natürlich kennen. Mit einem von ihnen habe ich ein, sagen wir, sehr, sehr herzliches Verhältnis.« Sie zog ihre Hagebuttenlippen zu einem perfekten Smiley nach oben.

»Heißt das …?« Jana glaubte, dass ihr Herz vor Aufregung anfing zu stolpern. »… Sie kennen die Namen der Indexpersonen von Lifetime Plus?«

»Seit gestern erst. Aber, ja, ich habe die Liste. Und nachdem die Anlegerklage so plötzlich zurückgezogen wurde, habe ich mich gefragt: Wer von den Indexpersonen konnte wohl plötzlich verstorben sein? Denn der Tod muss verbürgt sein. Egal, wie er eingetreten ist.«

Janas Herz raste. »Und? Haben Sie's rausgefunden?«

Yanne lächelte mit einer gehörigen Portion Stolz in den Mundwinkeln. »Ich hab die Namen gegoogelt. Ich fand genau zwei Personen von der Liste, die kürzlich gestorben sind.«

»Ja?«

»Wenn ich sie Ihnen jetzt nenne, brauchen Sie mir nichts zu sagen, nur zum Ausgang hinzuschauen, damit ich weiß, dass hinter dem Tod dieser beiden Menschen vermutlich mehr steckt, als ich es in der Presse gelesen habe: Zufallsopfer einer Überfallserie. Dass Sie wegen *dieser beiden* hier sind, hier in Luxemburg. Wegen der möglichen Verbindung zu Lifetime und Eipel. – Okay?«

»Okay.«

Die Journalistin kam ihr so nah, dass sie ihr ins Ohr flüstern konnte. »Ruth Grandgenet. Und Albert Sicking.«

Jana sagte nichts. Sie spürte den Pulsschlag ihrer Schläfen wie Peitschenhiebe.

Sie wandte ihr Gesicht ab und schaute zum Ausgang hin.

Als sie Yanne Lind wieder ansah, strahlte die über das ganze Gesicht.

In diesem Moment begriff Jana den vollen Preis, den sie für Yanne Linds Informationen eventuell zu zahlen hatte. »Sie werden doch nicht etwa schreiben, dass wir in Deutschland gegen Lifetime oder Eipel ermitteln, Yanne?«

Die Journalistin schüttelte beruhigend den Kopf. »Wie sollte ich, Jana, wenn Sie es abstreiten? Eine Verleumdungsklage von gleich zwei Seiten, Eipel und der Lifetime, wäre *mein* Ende, nicht deren. Nein. Für die nächste Nummer werde ich mich auf die erst angedrohte, dann zurückgezogene Klage der Anleger beziehen und über die Gründe spekulieren. Aber, Jana: Kann ich mich darauf verlassen, dass Sie mich umgehend und exklusiv informieren, sobald Sie *offiziell* ermitteln – und besonders, wenn Sie sie überführt haben?«

»Sofern Sie meinen Namen raushalten.«

»Informantenschutz. Journalistischer Ehrenkodex.«

Jana sah in Yanne Linds große, erwartungsvolle Augen. Und nickte. »In Ordnung.« Sie hatte das Gefühl, es dieser Frau schuldig zu sein, die mit ihren Informationen ja auch nicht hinterm Berg gehalten hatte. Oder war das genau ihr Trick gewesen?

Der Kellner kam und Yanne Lind zahlte für sie beide, ehe Jana protestieren konnte.

Sie verließen gemeinsam das Café.

Im unbeleuchteten Tordurchgang vom Innenhof zum Vorplatz schien sich die Dunkelheit der ganzen Stadt zusammengezogen zu haben. Yanne Lind blieb auf einmal stehen. Sie legte ihre große behandschuhte Hand auf Janas Arm. Yanne war mindestens zwei Köpfe größer als sie und Jana musste zu ihr aufblicken, doch ihr Gesicht war nur schemenhaft zu erkennen.

»Sie haben Anders in Spanien kennengelernt, sagten Sie heute früh am Telefon.«

Jana war überrascht. »Ja, in Madrid. Wieso fragen Sie?«

»Und ... haben Sie ... mit ihm geschlafen?«

»Ob ich mit ihm ...?« Gott, warum sollte sie es ihr nicht sagen? War nur eine Affäre. »Ja.«

»Und ... mit Laurent auch?«

Jana erstarrte. Sekundenlang brachte sie kein Wort heraus. Dann hörte sie ein leises Kichern, das zu der dunklen Stimme dieser großen Frau so gar nicht passen wollte.

Auf einmal begriff sie. »Sie ... etwa auch? Mit den beiden ... zusammen?«

»Ja-ha. Aber nicht in Madrid. Sondern ... in Zürich.« Sie lachte immer stärker. »Und in Paris.«

Jana wusste nicht, ob sie heulen sollte oder mitlachen.

Auf einmal brach es aus ihr heraus: »Diese Scheißkerle!« Sie wurde stinkwütend. »Machen es immer so, was? Gemeinsam. Es ist ihre Masche, ja?«

»Ich kenne mindestens vier Frauen – ohne Sie, Jana –, mit denen es die beiden zu zweit gemacht haben.« Yanne hakte sich vertraulich bei ihr ein und zog sie beschwingt weiter. »Komm mit, Schwester. Wir gehen was essen. Und du übernachtest bei mir, in meiner Wohnung. Okay? Wann fährst du zurück?«

»Morgen. So früh wie möglich.«

»Okay, gehen wir.«

76

Baer war frustriert.

Corinna erschien ihm wieder recht apathisch an diesem Morgen, hatte zuerst keine Lust gehabt, aufzustehen und mit ihm zu frühstücken. Dann konnte sie sich nicht dazu aufraffen, ihre ersten kleinen morgendlichen Übungen zu machen (Training der Seitigkeit von Armen und Beinen im Sitzen).

Es ging vor und zurück, ohne erkennbares Muster, ein schlechter Tag fraß drei gute Tage. So erschien es ihm.

Ihre Laune besserte sich auch nicht, als Olga Kurella erschien. Zuerst ließ sie sich zu einem kleinen Ausflug ins Treppenhaus animieren, aber statt zehn Stufen rauf und runter ging sie einfach wieder in die Wohnung.

Ähnliche Scheinbewegungen, kam es ihm vor, machte auch die Arbeit an ihrem Fall. Dabei gaben alle ihr Bestes.

Das Kessler-Team wertete weiter jeden nur denkbaren Hinweis aus, kontrollierte rund um die Uhr die Aufnahmen von Überwachungskameras an allen relevanten Bahnhöfen und Verkehrsknotenpunkten der Region, impfte immer wieder neu die Medien, deren Interesse spürbar erlahmte, mit Aufrufen an die Bevölkerung, wachsam zu sein. Alles ohne Erfolg, ohne eine einzige Spur von Tobias Sicking.

Das Team Brandenburg unterstützte die Kessler-Truppe nach Kräften, das war offensichtlich. Aber Fleiß und Eifer konnten nicht wettmachen, dass die Laschwitz-Gruppe zur Zeit kopflos war. Fleischmann war in dieser schweren Phase der Ermittlungen anscheinend ernstlich erkrankt. Vielleicht überforderte ihn der Fall (Baers persönliche Vermutung). Im Übrigen herrschte Funkstille zwischen den zwei Teams der Sonderkommission Berlin-Brandenburg. Es hieß zwar (Brock wollte in der Kantine davon gehört haben), es sei bereits Ersatz für Jana Seitz gefunden (ein junger Kollege). Aber Laschwitz hatte weder Baer noch Iwersen darüber informiert.

Zudem war auch die Stimmung in seinem eigenen Team auf dem Nullpunkt. Das war deutlich zu spüren, als er an diesem Morgen den kleinen Sitzungsraum betrat. Wundts Gesichtsfarbe heute war ungesund gelbgrau, er trank aus einem klobigen Becher eine dampfende hellbraune Brühe, die dominant nach Kamille roch. Nou'man sah eher verunsichert zu ihm auf, Brock saß zurückgelehnt auf seinem Stuhl, verschränkte die mächtigen Arme wie Schwingen hinter dem Kopf und nahm ihn ins Visier wie ein Bussard sein nächstes Opfer.

Baer versuchte das auszublenden, setzte sich mit betonter Ruhe und fragte mit großer Selbstverständlichkeit nach den Ergebnissen der Recherchen, die er in Auftrag gegeben hatte.

Brock wedelte leicht mit den Bussardschwingen hinter seinem Kopf und setzte eine gelangweilte Miene auf. Seltsamerweise fiel Baer sein schwarzes Mal an der Schläfe noch mehr auf als sonst, besonders das kleine Haarbüschel, das daraus wuchs.

Brock begann zu berichten. »Eipel & Partner sind sauber. Die machen ganz legale Geschäfte mit einer Latte von Versicherungen, manche davon Fonds wie diese Lifetime Holding. Keine juristischen Klagen gegen Eipel bisher, keine Steuerversäumnisse, guter Leumund im Fachverband der Versicherungsmakler. Alles bestens. Dem Laden können Sie Ihre Oma anvertrauen, Sie kriegen sie ohne Macken zurück.«

Baer wandte sich mit einem fragenden Blick an Wundt, der an seinem Kamillentee nippte.

»Okay.« Wundt setzte den Becher ab und sprach etwas schleppend, ohne Baer anzusehen. »Also, das Netzwerk an Geschäftspartnern von Eipel & Co. ist ebenfalls sauber. Einschließlich der Lifetime, die Sie ja besonders interessiert.« Er hob den Kopf und sah Baer lustlos an. »Der Lifetime-Fonds ist Spezialist für den Zweitmarkt von Lebensversicherungen. Verdient gutes Geld mit dem An- und Verkauf von abgestoßenen Versicherungspolicen, wie es scheint. Aber nichts Illegales.«

Nou'man schüttelte den Kopf. »Ich wusste bis gestern gar nicht, dass es so was überhaupt gibt, Zweitmarkt für Lebensversicherungen.« Ihre schwarze Mähne wirbelte hin und her wie ein sturmgepeitschtes Meer. »Aber die Lifetime hat ja noch eins draufgesetzt. Sie hat quasi einen Drittmarkt für Lebensversicherungen aufgemacht. Lifetime Plus. Oder?« Sie warf Wundt einen auffordernden Blick zu.

»Ja, richtig.« Wundt tippte auf eines seiner Notizblätter. »Lifetime Plus. Eine Lifetime-Tochter mit Sitz in Luxemburg.«

»Luxemburg?« Zwei Namen fielen ihm prompt dazu ein. Jean-Luc Grandgenet. Und Jana Seitz.

Wundt nickte. »Luxemburg, ja. Ich nehme an, das hat steuerrechtliche Gründe. Lifetime Plus ist aber keine echte Lebensversicherung mehr. Sondern im Grunde nur noch ein Handel mit Aktien, deren Wert sich nach der Lebenserwartung von bestimmten Personen bemisst.«

»Was denn: Börsenwetten auf den Tod? Verstehe ich das richtig?«

Wundt zuckte die Achseln. »So kann man es zusammenfassen, ja.«

»Und das ist erlaubt?« Baer schauderte es bei der Vorstellung. Er blickte irritiert in die Runde. »Und die Rolle von Lifetime bei solchen Geschäften ist sauber? Keine krummen Sachen, nichts, nein?«

Brock schüttelte den Kopf in Extremzeitlupe.

Wundt machte eine Art Entenschnabel. »Gibt nichts, was irgendwie aktenkundig wäre.«

Baer sah Nou'man an, die sich mit dem dunkelblau lackierten Mittelfinger den Nasenrücken kratzte und mit der anderen Hand in ihrem aufgeschlagenen Notizbuch blätterte. »Zu Eipel & Partner habe ich auch nichts weiter. Aber etwas anderes ist mir ... Da!« Sie legte die Hand auf die Seite, die sie gerade umgeschlagen hatte. »Ich hab bisschen mit den Kollegen von der Steuerfahndung im Finanzamt gequatscht und sie gebeten – war nur so 'n Gedanke –, mal zu forschen, ob bei ihnen die Lifetime irgendwie aufgefallen ist.«

»Wieso? Lifetime ist doch bei uns gar nicht steuerpflichtig!« Brock zog das lange Kinn ein, ruckte mit dem Kopf nach hinten und verengte die Augen.

»Stimmt schon. Aber ...« Sie wandte ihr Gesicht Baer zu.

»Ja?«

»Es gibt eine Stille Gesellschafterin bei Lifetime Plus, die den Steuerleuten unangenehm aufgefallen ist, weil sie keine Angaben über ihren Gewinn in Luxemburg gemacht hat.«

»Was heißt das nun wieder, Stille Gesellschafterin?« Baer verzweifelte allmählich an seiner Unkenntnis. Er hasste das, nicht Bescheid zu wissen.

»Still heißt in dem Fall, die Person besitzt Anteile, es soll aber keiner wissen.« Sie warf Brock einen kleinen bissigen Blick zu. »Für ihre Kapitaleinkünfte, sagen die Kollegen, muss die Person allerdings sehr wohl bei uns Steuern zahlen. Weil sie nämlich Deutsche ist, die hier ihren Wohnsitz hat.«

Baer fing ihren Blick wieder ein. »Wer ist diese Person?«

Amina Nou'man schenkte ihm einen ruhigen, aber sehr intensiven Blick aus ihren großen schwarzen Augen. »Die Dame heißt Brigitte Møller.«

Baer spürte, wie ihm das Blut ins Gesicht schoss. »Was denn,

Brigitte Møller? Gesellschafterin bei demselben Fonds, den sie vor Jahren um drei Millionen erleichtert hat?« Er konnte das nicht glauben.

»Nein, nein.« Nou'man blätterte wieder in ihrem dicken blauen Notizbuch. »Die Møller ist damals von der Preußische Leben Irgendwas AG für den Tod ihres Mannes entschädigt worden. Also nicht von der Lifetime Plus, wo sie sich jetzt ›engagiert‹, wie sie das wohl genannt hat.«

»Und warum die Steuerfahndung?« Brock hatte seine überhebliche Haltung aufgegeben und sah Nou'man jetzt interessiert an.

»Møller, oder besser ihr Steuerberater, stellt sich auf den Standpunkt, sie sei als spezielle Gewerbetreibende in Luxemburg anzusehen und müsse daher nur dort versteuern, nicht in Deutschland. Der Witz ist: In Luxemburg hat sie genau andersherum argumentiert.«

Brock lachte laut auf. »Die Frau gefällt mir. Ehrlich.« Dann faltete er die Hände vor sich auf dem Tisch und beugte sich vor. »Bloß …« Er sah Baer an. »Was bedeutet das für uns? Ich seh keinen Zusammenhang mit den *Imker*-Überfällen.«

Baer sah sich in der Runde um. Nou'man zuckte die Achseln, Wundt wich seinem Blick aus und trank seinen Tee.

Baers Handy summte.

Es war Jana Seitz.

Endlich. Er hatte sich bereits Sorgen gemacht.

»Ja, Baer?«

Wieder Fahrgeräusche im Hintergrund.

»Jana Seitz hier. Ich bin auf dem Rückweg von Luxemburg. Bin heute Nachmittag oder Abend – kommt auf den Verkehr an – wieder zurück.«

»Gut. Wir telefonieren dann ausführlich, ja?«

»Moment! Ich habe Ihnen eine Nachricht geschrieben. Bitte, schauen Sie sich die an. Unbedingt. Absolut wichtig.«

»Gut, mach ich. Danke. Kommen Sie gut nach Hause.« Er klickte sie weg und musste erst einmal durchschnaufen.

Sein Team sah ihn an, frustriert, verunsichert, kritisch, jeder auf seine Weise.

Brocks Frage stand nach wie vor im Raum: Die Witwe von Gunder Møller war also an einem Fonds beteiligt, der auf Todesfälle wettete. Na und? Wo war der Zusammenhang mit ihrem Fall? Gab es überhaupt einen?

Baer wusste es schlicht nicht. Er stand ächzend auf (etwas stach plötzlich hartnäckig in seinem Unterbauch) und bedankte sich, beinahe schon im Gehen, bei den Kollegen. Mit einem Nicken besonders gegenüber Nou'man. Ihre Kreativität war nicht zu überbieten.

Dann schleppte er sich in sein Büro, um Jana Seitz' Nachricht zu lesen.

77

Elisabeth hatte heute frei, und als die Zellentür am späten Vormittag geöffnet wurde, erwartete sie die Jungsche mit der nächsten Aufforderung zur Vernehmung.

Doch dann stand auf einmal Baer im Raum und verlangte mit einem ärgerlichen Blick vom Elisabeth-Ersatz, die Tür zu schließen.

»Und zwar von außen, Kollegin.«

Sie tat es mit einem heftigen Rumms.

Baer nahm sich den Stuhl und setzte sich zu ihr an die Pritsche wie zuvor. Aber heute sah er geradezu besorgniserregend aus, fand sie. Die braunen Haare standen ihm zu Berge, die sonst so ruhigen dunklen Augen schienen zu fiebern, Schweiß perlte auf seiner Stirn, er atmete schnell.

Etwas war geschehen.

Was, das würde er ihr gleich sagen.

Aber das tat er keineswegs.

Er erinnerte sie stattdessen an ihre erste Begegnung, noch in der Haftzelle des Polizeigewahrsams.

Er sah sie eindringlich an, sprach leise. »Sie haben zu dem Zeitpunkt behauptet, Tobias Sicking sei tot.«

Versuchte er ihr jetzt doch einen Strick daraus zu drehen? Bisher hatte er ihre Aussage so behandelt, als hätte sie nie stattgefunden, denn in den nachfolgenden Vernehmungen hatte niemand je Bezug darauf genommen.

Baer schien ihren Schrecken bemerkt zu haben. Er hob beschwichtigend eine Hand. »Solveigh, Sie haben behauptet, Sie wüssten, wo sich Tobias' Leiche befindet. Sie sei an einer bestimmten Stelle im Wald, in Ufernähe, vergraben und teils von Tieren wieder ausgegraben worden.«

»Ja, hab ich gesagt.« Ihr Misstrauen gegenüber Baer wuchs jetzt immer mehr. »Hat Sie aber nicht weiter interessiert, Kommissar. Sie haben mich nicht ernst genommen. Stimmt's?«

Er sah sie weiter an, mit diesem intensiven, irritierend fiebernden Blick. »Ich glaube Ihnen jetzt, Solveigh.«

Sie musste lachen. Schüttelte den Kopf. »Aber ich glaube *Ihnen* nicht mehr, Kommissar.«

Er senkte den Kopf, nickte mehrmals leicht und sah sie wieder an. »Es wird Ihnen nichts anderes übrigbleiben, Solveigh. Sie müssen mir vertrauen. Sonst kommen Sie niemals wieder raus aus diesem Käfig.« Seine Augen beschrieben einen Kreis.

»Was wollen Sie von mir, Kommissar?«

»Ich will, dass Sie mir helfen.« Er atmete durch, zog eine Packung Tempos aus der Tasche seines dunklen Regenmantels und wischte sich den Schweiß von der Stirn. Er sah sie wieder durchdringend an. »Ich weiß jetzt, was und wie es passiert ist, Solveigh. Ich weiß, wer Ruth Grandgenet und Albert Sicking getötet hat. Ich weiß, warum auch Arne Hellwig sterben musste. Und wer den kleinen Tobias entführt hat.« Er öffnete die Handflächen wie ein Priester, der Gottes Hilfe erfleht. »Ich kann es nur nicht beweisen.«

»Okay. Was hab ich damit zu tun?«

Er schwieg auf einmal. Mindestens fünfzehn Sekunden lang. Ohne sie auch nur einen Moment aus seinen flirrenden Augen zu lassen. »Informationen und Desinformation, Solveigh.«

»Desinfor-?« Er sah aus, als hätte er den Verstand verloren.

»Ja. Die Wahrheit wird den Mörder zu Fall bringen. Weil er *weiß*, dass es die Wahrheit ist. Aber *nicht* weiß, dass wir sie ebenfalls kennen: Sie und ich.«

Sie schüttelte verständnislos den Kopf. »Sagen Sie mir, was Sie vorhaben, Kommissar.«

Sie musste darüber nachdenken.

Lange.

War das nicht bloß ein neuer Trick, um ihr den Platz zu entlocken, an dem sich die Leiche des Jungen befand? Diesmal vom großen Meister selbst, Baer, nachdem sich Fleischmann und Seitz an ihr die Zähne ausgebissen hatten?

Aber hatte sie eine Wahl? Er hatte recht, sie musste ihm vertrauen.

»Gut. Ich mache das.«

Sein Gesicht entspannte sich.

Aber nicht bedingungslos. »Unter zwei Bedingungen.«

Er runzelte die Stirn. »Ich warne Sie, Solveigh, treiben Sie keine Spielchen mit mir. In Ihrem eigenen Interesse.«

Ihr eigenes Interesse konnte er verdammt noch mal ihr überlassen.

»Erstens, ich zeige Ihnen den Platz erst dann, wenn die Aktion stattfindet. Keine Stunde vorher.«

Er zog genervt die Brauen hoch. »Das erschwert uns die Sache. Wenn es deswegen nach hinten losgeht, ist es zu Ihrem eigenen

Nachteil. Von meinem Nachteil dabei wollen wir mal nicht reden.« Er sah sie direkt an. »Wollen Sie das riskieren?«

»Bleibt dabei. So oder gar nicht.«

Baer seufzte. »Gut denn. Und Ihre zweite Bedingung?«

»Ich will, dass Eli-, dass Körber bei der Aktion dabei ist. Nicht die Jungsche draußen.« Sie bewegte den Kopf in Richtung Zellentür. »Oder ein anderer von den Folterknechten.«

Baer musterte sie mit einem unergründlichen Blick. In seinen Augenwinkeln versteckte sich ein mikroskopisch winziges Lächeln. Schien ihr. »Frau Körber, also. Das müsste sich machen lassen.«

78

Hat ein paar Jahre gedauert, bis ich groß genug und er zu alt und zu krank geworden war, um mich noch zu prügeln.

Dafür, dass ich seine Bienen kaputt gemacht habe.

Alle auf einmal.

In einer einzigen Nacht.

Hab die Deckel von seinen Kästen genommen. Dadurch konnte Wasser eindringen. Am Abend hat es geregnet, wie der Wetterbericht es versprochen hatte.

Und in der Nacht kam wie bestellt der Frost.

Alle erfroren.

Alle seine Bienen tot.

Er wusste natürlich, dass ich es war. Ich konnte es an seinen Augen sehen. Aber wenn er auch nur einen Ton darüber von sich gegeben hätte, ehrlich, ich hätte ihn …

Ich hätte …

Aber er hat nichts gesagt. Wusste, was ihm blühte.

Und meine Mutter hat auch das Maul gehalten.

Jetzt hatten sie *Angst.*

Vor mir.

Das war ein unglaubliches Gefühl. Ehrlich, ich kam mir vor wie neu geboren!

79

Jana Seitz befand sich bereits kurz vor Magdeburg, als sie den Rückruf von Baer erhielt.

Er klang sehr aufgeregt, aufgewühlt. Er habe ihre Nachricht gelesen, er sei ihr »aufrichtig dankbar«. Worte wie aus einem alten Film.

Ihm sei nun alles klar. Das ganze Geschehen, sämtliche Hintergründe zu den »Imker«-Überfällen verstehe er jetzt. Sie müssten dringend miteinander reden. Sie solle gar nicht erst nach Potsdam fahren, sondern gleich nach Berlin ins Präsidium kommen. Zu Iwersen ins Büro.

»Um fünf, schaffen Sie das?«

Es war jetzt kurz vor vier. »Ich versuch's. Bis dann.«

Sie kam nur langsam voran, der Verkehr rollte normal, aber dichte Nebelschwaden lauerten links und rechts in den Wäldern und waberten über die Autobahn, Tempomachen war nicht drin.

In Berlin erwartete sie natürlich die Rushhour, dennoch schaffte sie es halbwegs. Um zehn nach fünf klopfte sie an Iwersens Bürotür und trat ein.

Ihr blieb beinahe das Herz stehen, als sie die starre Rückseite der Sphinx am Konferenztisch erkannte. Laschwitz wandte sich keinen Zentimeter zu ihr um, als Iwersen, der am Kopfende saß, Jana herzlich begrüßte, und Baer ihr von der anderen Seite des Monstertischs Zeichen gab, sie solle sich neben ihn setzen.

Die Sphinx würdigte sie auch keines Blicks, als sie um den Tisch herumging, sich setzte und ihre Chefin, die sie formal immer noch war, mit einem Kopfnicken grüßte.

Na gut. War sie eben immer noch Luft für Madame. Nichts Neues.

Iwersen, dessen Gesicht grauer und eingefallener denn je aussah, deutete mit einem faltigen Lächeln auf eine weiße Thermoskanne und das konferenztypische Kaffeeensemble auf einem Tablett in der Mitte des Tischs.

Sie dankte mit einem Lächeln, rührte sich aber nicht. Sie hatte das Gefühl, kotzen zu müssen, wenn sie Laschwitz' versteinerte Miene schräg gegenüber sah. Deren Blick ging demonstrativ zum Fenster hinaus, wo der beginnende Abend den Innenhof füllte wie dunkler Rauch.

Baer wirkte nervös, sie erinnerte sich jetzt an seine aufgeregte Stimme, als sie bei Magdeburg mit ihm telefoniert hatte. Seine glatten braunen Haare waren strubbelig, der Blick ungewohnt unstet, ein wenig erinnerte er sie im Augenblick an Frank in seiner schlechten Phase.

Sie verbot sich den Gedanken energisch. Frank war der Letzte, an den sie denken wollte! Wenigstens hatte er seit seinem Überfall, oder wie sollte man seine letzte Aktion in ihrer Wohnung sonst nennen, nicht mehr von sich hören lassen. Aber wer weiß, vielleicht hatte er sich inzwischen auf ihrem AB ausgekotzt?

Plötzlich zog die Sphinx ihren Blick zurück und richtete ihn, mit deutlichem Ärger im Gesicht, zuerst auf Iwersen, dann auf Baer. »Ich stelle fest, dass sich eine Mitarbeiterin in dieser Runde befindet, die außer Dienst ist. Die von mir beurlaubt wurde. Das ist unerhört.« Ihre Stimme flatterte leicht, sie zeigte also doch Nerven. Interessant.

»Es geht hier nur in zweiter Linie um Jana.« Baer sah ihr in die Augen, an seiner Schläfe pulsierte ein Delta aus blauen Adern. »In erster Linie geht es um Sie, Frau Laschwitz.«

»Um *mich*?« Die Sphinx ruckte hart mit dem Kopf nach vorn. »Meine Person steht hier nicht zur Debatte. Was soll das?«

Iwersen neigte den Kopf zu ihrer Seite hin. »Indirekt schon, Roswitha. Weil es … deinen Mann betrifft. Und seine Nähe zu einem Mann, den wir seit heute als Tatverdächtigen einstufen.« Er hatte dem Satz, sanft ausgesprochen, einen bedauernden Tonfall verliehen. Aber nur beinahe.

Laschwitz' Gesicht änderte sich plötzlich auf eine Weise, wie Jana es noch nie an ihr gesehen hatte. Es wurde aschfahl und weich und schien zu zerlaufen wie zu dünner Kuchenteig.

Baer richtete weiter seinen unwirschen Blick auf sie. »Es geht hier nicht mehr nur um Verbindungen zwischen einigen Überfallopfern und der Firma Eipel, deren Teilhaber Ihr Mann ist, Frau Kollegin. Darüber hatte ich mit Ihnen ja schon gesprochen. Wir wissen durch Jana Seitz«, er neigte die Stirn leicht zu ihrer Seite hin, »die Sie freundlicherweise beurlaubt haben, dass der Versicherungsmakler Henning Eipel ein massives Interesse daran haben musste, dass Ruth Grandgenet und Albert Sicking starben.«

Laschwitz erholte sich scheint's von ihrem ersten Schrecken. »Ach, und dieses angebliche Interesse will die beurlaubte Kollegin Seitz in einer Privatmission herausbekommen haben, ja?« Der Giftblick, den Laschwitz über den Tisch zu ihr herüberschoss, hätte eigentlich zum Sekundentod führen müssen.

Baer ließ sich nicht beirren, obwohl seine Aufregung noch zu wachsen schien, wie seine geröteten Wangen unter den graumelierten Stoppeln anzeigten. »Eipel, der Geschäftspartner Ihres Mannes, sah in Luxemburg eine Lawine aus Schadensersatzforderungen und dazu eine hohe Haftstrafe auf sich zukommen, weil er einen Fonds namens Lifetime Plus systematisch mit falschen Personendaten versorgt hat. Daten, die ihm fette Prämien und auch dem Fonds zunächst schöne Gewinne einbrachten. Am Ende aber stand der Zorn der Anleger, die sich um ihre versprochenen Gewinne getäuscht sahen.«

Laschwitz schüttelte den Kopf. Ihre Frisur blieb fest wie Beton, aber ihre Lefzen zitterten. »Ich verstehe nicht, was das Geschäftsfeld eines Partners meines Mannes in Luxemburg mit unserem Fall in Berlin und Brandenburg zu tun hat.«

Baer legte den Kopf schief. »Nicht? Dann fragen Sie mal Ihren Mann. Wenn Sie es nicht längst getan haben. Eine von den Anlegern des Luxemburger Fonds vorbereitete Klage hätte im zweiten Schritt auch zum Ruin von Eipel geführt. *Und seiner Partner.*« Baer betonte jedes Wort. Und lehnte sich dann mit ironischer Miene ein wenig zurück. »Hätte nicht zufällig ein gewisser *Imker* zwei der Menschen getötet, auf deren Ableben die Anleger hoch gewettet haben.«

Laschwitz war totenbleich und schwieg. Starrte Baer an, als schmiede sie nun selbst einen Mordplan gegen ihn.

Baer drehte sich unerwartet zu Jana um, aber sie spürte, dass das, was er ihr offenbar zu sagen hatte, ebenso Laschwitz galt. »Wir wissen inzwischen auch, dass als Stille Gesellschafterin des Luxemburger Fonds eine uns nicht ganz unbekannte Person fungierte. Brigitte Møller, Witwe des vermeintlich durch Selbstmord in Spanien ums Leben gekommenen Hoteliers – und Pleitiers – Gunder Møller.«

»Was denn: Brigitte Møller war beteiligt an Lifetime Plus?« Jana war darüber mindestens so überrascht wie offenbar auch Laschwitz, die ihn fassungslos anstarrte und keinen Ton hervorbrachte.

Baer wandte sich Laschwitz wieder zu. »Die Kollegen von der Steuerverwaltung haben uns dankbarerweise mit weiteren Details auf die Sprünge geholfen. Übrigens auch mithilfe der Luxemburger Behörden, die bekanntlich nicht länger eine Oase für stille Steuerbetrüger sein wollen. Wir wissen daher, dass Brigitte Møller einen hohen Millionenbetrag in den Fonds eingelegt hat. Sie dürfen raten, woher sie diese hohe Summe bezogen hat. Das schöne Geld aus der Lebensversicherung ihres Mannes hätte sie wegen der vollen Mithaftung als Stille Gesellschafterin komplett verloren, wenn die Anleger auf Schadensersatz gegen Lifetime Plus geklagt hätten. Da es nach den speziellen Regeln dieses perversen Wettspiels ganz gleich ist, wie die Sterbekandidaten letztlich zu Tode kommen – man wettet eben auf Wahrscheinlichkeiten –, hat der Tod von Ruth Grandgenet und Albert Sicking sowohl Brigitte Møller als auch Eipel unerwartet die Existenz gerettet. Eipel hat der Doppelmord sogar vor dem Gefängnis bewahrt, wie gesagt. Und wer weiß, wen noch alles … aus seinem Umfeld.« Baer verschränkte die Arme vor dem Bauch.

Eine Pause entstand. Jana warf Laschwitz einen neugierigen Blick zu. Was dachte sie? Was ging in ihr vor?

Die Sphinx rang sichtlich um Fassung, allerdings war unergründlich, ob Angst oder Wut die Oberhand gewinnen würde. Schließlich sog sie scharf die Luft ein und wandte sich Iwersen zu. »Ihr wollt doch nicht allen Ernstes behaupten, Rolf, dass *mein Kurt … mein Mann* in irgendeiner Weise mit diesem …«, sie warf Baer einen bösen Seitenblick zu, »völlig unbewiesenen Mordkomplott in irgendeiner Weise zu tun hat.«

Iwersen lächelte. »Wollen wir nicht, Roswitha, nein. Ich verstehe den Kollegen Baer aber so, dass du angesichts der neuen Erkenntnisse unsere Bemühungen, die neuen Tatverdächtigen zu überführen, rückhaltlos unterstützen möchtest.« Iwersen lächelte, aber nur mit den Lippen. »Sodass nun wirklich niemand auf die absurde Idee kommen kann, du würdest die neue Ermittlungsrichtung behindern wollen, bloß um den Namen deines Mannes aus der Sache rauszuhalten. Das heißt, letztlich auch deinen.«

Das saß.

Laschwitz brauchte nur einen kurzen Moment für ihre Entscheidung. »Okay, was wollt ihr? Was habt ihr vor?«

Baer, sichtlich ruhiger geworden, richtete sich langsam auf in seinem Stuhl. »Zuallererst muss Kollegin Seitz wieder eingestellt werden.«

Über Laschwitz' Gesicht lief eine rote Flutwelle. Das *Nein, niemals!* lag ihr offensichtlich schon auf der Zunge.

Aber sie beherrschte sich.

Von Hundert auf Null in zwei Sekunden.

»Okay. Warum nicht.« Steinerne Lady. »Nächster Punkt.«

Baer führte die Faust zum Mund und räusperte sich. »Solveigh Adams.«

»Was ist mit ihr?«

»Wir brauchen sie.«

»*Brauchen sie?* Wozu?«

»Um Eipel und Møller, sagen wir, aus dem Bau zu locken. Außerdem ... Grandgenet« Er sah sie jetzt beinahe verlegen an.

»*Grandgenet?* Wieso der schon wieder?« Sie warf Jana einen hasserfüllten Blick zu.

Dabei war sie ebenso überrascht von Baers Absichten wie die Sphinx.

»Grandgenet, muss ich zugeben, nur für alle Fälle.« Baer wog den Kopf hin und her. »Ich bin mir nicht sicher, ob er bei der Schweinerei mitgemacht hat. Von Anfang an profitiert hat. Finanziell, persönlich. Ob er zu den Drahtziehern gehört.«

»Ich gebe Ihnen Brief und Siegel, dass Jean ..., dass Grandgenet mit der Sache nichts zu tun hat. Wie vermutlich keiner der drei an den Morden beteiligt war, auch nicht die Møller und Eipel. Sie haben nicht *einen* Beweis gegen sie.«

»Stimmt.« Baer schnalzte mit der Zunge. »Genau das werden wir ändern.«

Sie machte eine wegwerfende Bewegung mit den großen Händen. Doch als sie in die Runde blickte, sagte ihr Gesicht: Ihr habt mich in der Hand. Macht, was ihr wollt.

Iwersen beugte sich vor, den Kopf zu ihr hingeneigt. »Danke, Roswitha.«

Sie ignorierte ihn und nahm Baer wieder ins Visier. »Was genau haben Sie sich denn nun vorgestellt?«

Baer legte die Hände auf dem Tisch flach nebeneinander. »Wir haben zwei Möglichkeiten.« Er richtete den Daumen auf. »Variante eins heißt Information.«

»Information?« Laschwitz kniff die Brauen zusammen und senkte den Kopf, als wollte sie bewusst ein Doppelkinn machen.

»Information, ja.« Baer ließ sich nun nicht mehr beirren, das war zu spüren. Er wirkte vollkommen entschlossen. »Die klassische Variante. Wir informieren die neuen Tatverdächtigen über das, was wir wissen. Ihre Verstrickungen in börsennotierte Wetten auf den Tod. Durch die sie zu *den* Nutznießern der Morde an Ruth Grandgenet und Albert Sicking wurden. Deren Tod sie beide vor dem Ruin bewahrt hat. Es sollte aussehen wie eine Überfallserie, bei der die beiden Opfer vermeintlich zufällig ums Leben kamen. Kollateralschäden eines rücksichtslosen Gewaltverbrechers in unheimlicher Imkermaskierung, der auch vor Entführungen nicht zurückschreckt. Hinter der Imkermaske aber verbarg sich Arne Hellwig, der schon in Toledo geholfen hatte, den Hotelunternehmer Gunder Møller aus dem Leben zu stoßen. Einen Bankrotteur, mit dem Hellwig, aber auch Sicking und Grandgenet, nicht nur *eine* Rechnung offen hatten. Ruth Grandgenet und Chefarzt Sicking wurden von *Imker* Hellwig gezielt, nicht zufällig, getötet, weil es für das Ableben dieser beiden Gewinnausschüttungen gab, die verhinderten, dass unzufriedene Anleger den Lifetime-Fonds in Grund und Boden klagten. Sodass Brigitte Møller als Stille Teilhaberin und Eipel finanziell ruiniert gewesen wären. Über Grandgenets Rolle bin ich mir, wie gesagt, nicht im Klaren. Vielleicht ist er unschuldig. Ebenso möglich, dass es seine Aufgabe war, Hellwig am Ende zu töten. Oder professionell töten zu lassen. Mit Hellwigs Waffe, die er sich zuvor von Witwe Møller hat zustecken lassen. Grandgenet würde deshalb eine weicher formulierte Information von uns bekommen müssen.«

Baer machte eine Pause und wartete auf Laschwitz' Reaktion.

Sie gab mit deutlicher Verachtung eine Art Grunzen von sich.

Jana hatte ebenfalls Mühe, Baer zu folgen. Sie erkannte den Sinn seiner Strategie nicht. Er war außerdem vollkommen unkonkret geblieben. Hatte nur sehr theoretisch eine Möglichkeit aufgezeigt.

Laschwitz hob denn auch überlegen das Kinn an und musterte Baer mit einem sonderbaren Blick, halb interessiert, halb befremdet, wie es aussah. »Gut, Baer. Das sind Ihre Informationen und mit ihnen würden Sie Ihre Tatverdächtigen also konfrontieren. Und? Was dann?«

Baers Mundwinkel zuckten. »Ganz einfach: Die Tatverdächtigen werden entsetzt die Hände über dem Kopf zusammenschlagen, sie dann nach vorn strecken und sagen: *Bitte, verhaften Sie uns. Sie haben recht, Kommissar, es war genau, wie Sie sagen. Wir sind die Drahtzieher der Imkermorde. Aber bitte halten Sie uns zugute, dass wir den Imker, das heißt Hellwig, am Ende selbst erledigt haben. Wir brauchten ihn ja nicht mehr und haben der Polizei sogar Arbeit abgenommen.*«

Die Sphinx schien kurz davor, die Fassung zu verlieren. Ihr Mund stand offen, das Kinn zitterte. Sicher hatte sie Baers Sarkasmus begriffen. Aber wohin sollte das führen?

Jana fragte sich das ebenso. Und bemerkte, dass auch Iwersen Baer einen besorgten Blick zuwarf.

»Was zum Teufel reden Sie da, Baer? Sie wissen so gut wie ich, dass Ihre Tatverdächtigen niemals irgendetwas zugeben würden. Selbst wenn sie die Schuldigen *wären*. Was nicht der Fall ist. Aber meine Meinung interessiert in dieser Runde ja keinen.«

Baer lächelte auf einmal über das ganze Gesicht. »Sie haben vollkommen recht, Frau Laschwitz. Gar nichts würden Eipel und Co. gestehen.«

»Na, also.« Die kalte Gewinnermiene fand zurück auf Laschwitz' Gesicht. »Weil Ihnen die Beweise für Ihre Anschuldigungen fehlen, Baer. Ich sagte es schon.«

Baer schmunzelte immer noch. »Wieder richtig. Fazit: Information, unsere klassische Variante, führt zu gar nichts.«

Laschwitz lehnte sich genervt zurück. »Also? Was schlagen Sie stattdessen vor?«

Baer hob Zeige- und Mittelfinger. »Variante zwei. Desinformation. Aber damit wir uns richtig verstehen.« Er beugte sich weit vor und sah ihr fest in die Augen. »Wir handeln mit einem sehr kostbaren Gut: der *Wahrheit*. Doch dieses Geschäft mit der Wahrheit wird unseren Tatverdächtigen nicht von uns angeboten. Sondern von ganz unerwarteter Seite.« Er setzte sich wieder aufrecht hin und wendete beide Hände auf dem Tisch wie jemand, der seine Karten nun offengelegt hat. »Desinformation.«

Es klang wie: Full House.

Laschwitz' Gesicht versteinerte in der gewohnten Weise, aber ihre Stimme bebte vor Wut. »Wissen Sie, wie sich das für mich anhört, Baer? Wie der blanke Wahnsinn. Was immer Sie genau vorhaben, wenn das schiefgeht – und es wird schiefgehen! –, lehne ich jede Verantwortung dafür ab. Egal, was Sie meinem Mann und damit mir anhängen wollen.«

Baers weiches Gesicht zeigte keine Gefühlsregung. Er schien ganz ruhig. »Wenn es schiefgeht, werde ich die Verantwortung dafür übernehmen, Frau Kollegin. Ganz allein. Darauf haben Sie mein Wort.«

»Ihr *Wort!*« Laschwitz zeigte ihm, was sie davon hielt, indem sie verächtlich abwinkte.

Jana ließ sie nicht aus den Augen. In diesem Moment war ihr vollkommen klar, dass die Sphinx alles daransetzen würde, Baers Ruf zu zerstören, seine Laufbahn ein für alle Mal zu beenden.

Falls sein Plan misslang.

Desinformation.

Was genau hatte er vor?

80

Als die letzten Strahlen der Abendsonne durch die Streben des hohen Zellenfensters bluteten, kamen sie, um sie zu holen.

Die Tür flog auf, drei große kräftige Bullen in rußfarbener Kampfmontur stampften herein.

Ihr Anführer baute sich breitbeinig vor ihrer Pritsche auf. »Frau Adams. Verbringung.«

Nein! So hatten sie nicht gewettet! Sie wich bis zur Wand zurück.

Dann trat Elisabeth ein. Drückte sich mühsam an den männlichen Kollegen vorbei. »Macht mal Platz, Männer.«

Elisabeth nickte ihr auffordernd zu und zeigte ihr die Handschellen für die bevorstehende »Verbringung«: eine Acht, wie die Bullen sagten, durch eine Kette mit einem Einzelring verbunden, den sich die Beamtin zur weiteren Sicherung anlegen würde. »Dein Kommissar will, dass wir rechtzeitig vor Ort sind.«

Mit Elisabeth war das in Ordnung. Teil der Abmachung mit Baer. »Okay.«

Sie bekam regentaugliche Kleidung (»Eigentum des Landes«) und passende Stiefel. Dann führten sie sie durchs Gebäude in den Hof, wo ein blauer Transporter ohne Aufschrift und mit neutralem Potsdamer Kennzeichen auf sie wartete.

Die Luft, fand sie bereits auf dem kurzen Weg zum Fahrzeug, fühlte sich ungewöhnlich weich an für November. »Es wird Sturm geben.«

»Nee, nee, junge Frau.« Einer der Kraftprotze um sie herum schüttelte den Kopf. »Heute nicht. Morgen erst.«

Sie stiegen ein und sie nannte ihnen die kleine Ortschaft, die der Stelle am nächsten lag. Mehr sagte sie ihnen nicht. Immer noch nicht.

Die Fahrt dauerte eine gute Dreiviertelstunde, las sie an Elisabeths sportlicher Armbanduhr ab; mit ihr zusammengekettet, war es beinahe so, als gehörte die Uhr zur Hälfte auch ihr.

Das Dorf lag bereits im Dunkeln, als sie es erreichten. Die Scheinwerfer streiften rote Backsteinfassaden, weiße Fenstereinfassungen, gerupfte, novembergraue Vorgärten, schwarze Mülltonnen und hier und da einen Pkw, der auf dem unbefestigten Straßenrand parkte, wenn neben dem Haus die Garage fehlte.

Drei Laternen gab es entlang der Hauptstraße, die kaum das Wort verdiente.

»Ihr müsst die Kiste irgendwo abstellen. Fällt sonst auf.« Eigentlich nicht ihr Problem. (Oder vielleicht doch.)

Sie fanden einen Hof, dessen überraschter Besitzer ihnen das Parken in seiner offenen Scheune erlauben musste. (»Ist ja wie früher mit euch.«)

Sie wurde aus dem Transporter und aus der Scheune geführt. Die Luft war kühler hier draußen, aber immer noch weich. Sie schaute hoch in den Himmel. Falls der Mond es noch hinauf schaffte heute Nacht, würde er keine Chance gegen die dichte Wolkendecke haben, die in Umrissen zu erahnen war. Der Wind würde ihm später helfen.

Sie sah sich um. Wo waren die anderen Bullen? Baer und seine Truppe? Fleischmann und Seitz, die Spezialkräfte und so weiter?

Elisabeth, durch die Handschellen mit ihr verbunden (aber viel mehr durch ihrer beider Schicksal), erklärte Jana, dass die anderen Polizisten und Einsatzkräfte dem Transporter gefolgt seien und sich bereits ganz in der Nähe aufhielten. Wahrscheinlich, vermutete Elisabeth, erkundeten sie das Gelände zusammen mit Reuter, dem Leiter der Spezialkräfte.

Kurz darauf stachen die Lichter von drei Pkw Löcher in die Dunkelheit. Die Wagen, Zivilfahrzeuge, hielten ebenfalls auf dem Hof.

Die Scheinwerfer wurden ausgeschaltet. Aus einem der Autos stiegen Baer und der Kobold ... Jana Seitz.

Von Fleischmann jedoch keine Spur.

Sie atmete auf.

Baer kam durch die laue Dunkelheit auf sie zu, sein Telefon in der Hand. »*Wo*, Solveigh?«

Sie berührte Elisabeths Hand mit einem Finger, als Zeichen, dass sie losgingen.

Sie, Elisabeth, Baer und Seitz. Außerdem vier SEK-Typen. Die Reuter-Leute, von denen Elisabeth gesprochen hatte, postierten sich wahrscheinlich in einem großen Bogen um ihren jeweiligen Standort.

Also los. An der kurzen Reihe niedriger kompakter Backsteinhäuser vorbei. Danach den schnurgeraden Weg entlang, der von Schwarzerlen und Ebereschen gesäumt war. Wie eine endlose schwarze Röhre jetzt. Ihr Traum fiel ihr wieder ein … und das, was sie erwartete, am Ende.

Ein SEKler knipste, zum Test wohl, seine Taschenlampe an.

Und gleich wieder aus, als Baer ihn, leise fluchend, zur Sau machte. »Wollen Sie das ganze Dorf anlocken?«

»Hier rechts.« Sie zeigte in die Richtung.

Der Holzweg, noch komfortabel zu gehen, war bestanden mit jungen Buchen und einigen Schwarzkirschen (selten). Sie sog die Luft in ihre Lungen, spürte, wie das Leben zurückfloss, die Zellen ihres Körpers ausfüllte. Ihr Gang wurde federnd auf dem erdigen Grund. Aber Elisabeth begann zu keuchen und sie verlangsamte ein wenig den Schritt.

Die Allee junger Birken, deren blattlose Kronen zu rauschen begannen. Wind kam auf. Hatte sie es doch gewusst.

Rechts öffnete sich das Gelände nach einer Weile zu einer Lichtung, an deren Ende der nächste Waldabschnitt sich, wie mit schwarzer Tusche auf dunklem Grund gemalt, abzeichnete.

Einer der Bullen drehte bereits in die Richtung ab.

»Nicht da lang!« Sie deutete mit den gefesselten Händen, die in der Dunkelheit kaum mehr zu erkennen waren, nach links, zu einer

Gruppe ineinander verwachsener junger Bäume, deren schwarze Stämme aussahen wie die Stiele riesenhafter Blumensträuße.

Sie gingen weiter am Rand der Lichtung, entlang der Rinne, in der das Wasser schwarz und zäh wie altes Öl stand.

Ihr Albtraum wieder …

Elisabeth keuchte schwer, Solveigh fühlte die Wärme, das Schwitzen ihres dicken Körpers. »Noch weit, sag mal?«

»Nein. Nicht mehr.«

Aber schwer zu gehen.

Sie war den Weg nur einmal gegangen, von der Wasserseite aus. Dann wieder zurück zum See, wo ihr Boot gelegen hatte. Aber sie hatte jetzt keine Schwierigkeit, sich zurechtzufinden, der Kompass in ihr funktionierte wie eh und je.

Gestrüpp und totes Holz nahmen zu und wieder ab. Der Untergrund wurde weicher, feuchter. Sie erreichten das Moorgebiet.

Sie blieb stehen und blickte voraus. Die schwarze Rinne weitete sich zum Graben. Wind kam auf, riss eine Wolke in Fetzen, das Streulicht des Mondes ließ Tümpel aufleuchten wie Weißgold und zeigte den Wassergraben, der zwei Steinwürfe weiter eins mit dem Sumpf wurde, schwarz wie das Universum.

Sie suchte Baers Augen in dem unwirklichen grauen Licht. »Gibt einen Umweg zu … der Stelle. Schwerer Boden, aber halbwegs trocken.«

»Wir sind doch schon bald am Flusslauf, an der Aue, oder nicht?«

Sie nickte.

»Sie werden wohl wieder von der Wasserseite aus kommen.«

Sie wusste bereits, dass Baer das vermutete. Es klang jedoch, als glaubte er selbst nicht recht daran. Dabei war es sein Plan, nicht ihrer.

Baer gab zwei großen Bullen Anweisung, zurückzubleiben.

Der Größere starrte ihn an. »Was denn? Mitten in der Pampa? Sollen wir nicht mitkommen? Wegen …?« Er wies mit dem Kinn auf Solveigh.

»Nein. Ihr sichert den Rückweg für alle Fälle. Nicht dass wir Besuch aus der falschen Richtung bekommen. Ich will keine Überraschung erleben.«

Baer wandte sich ab und sie gingen zu sechst weiter, sie an Elisabeths Kette voran, dann Baer und Seitz, die beiden anderen SEKler als Nachhut. Als sie sich nach einiger Zeit noch einmal umwandte, waren die beiden Bullen, die zurückgeblieben waren, bereits klein wie Baumstümpfe. *Zu* klein.

Sie fragte sich, wie oft die Bullen einen Einsatz in einem so schwierigen Gelände geübt hatten.

Sie sprachen nun nicht mehr, kein Wort auf dem letzten Stück des Wegs. Dem Bogen im Wald folgend, der sich einigermaßen trocken und begehbar um das Sumpfstück zog.

Elisabeth öffnete mit der freien Hand ihre Jacke und hechelte beinahe und Solveigh verlangsamte das Tempo. Sie war unmerklich in ihren alten Waldläufertrott gefallen.

Die letzten gut fünfzig Meter mussten sie sich durch dichtes Gestrüpp schlagen.

Dann waren sie da. Beinahe. Gut zehn Meter noch.

Sie blieb stehen.

Sie erkannte die Stelle.

Sie roch sie auch.

Etwas weiter hinten, jenseits der mannshohen Dornensträucher, lag die Oberfläche des Wassers wie in Beton gegossen.

Sie zeigte mit der freien Hand nach vorn, auf die dunkle Stelle zwischen zwei vermodernden Stämmen, die wie tote Krieger am Boden lagen.

Baer signalisierte den anderen, auch den SEK-Männern, dass sie zurückbleiben sollten.

Er schaltete seine Taschenlampe an. Zusammen mit Seitz tastete er sich Schritt für Schritt voran, so langsam und vorsichtig, als wäre der Boden voller Fallgruben. Trockene kleine Äste knackten unter ihren Stiefeln, hörten sich an wie Platzpatronen.

Sein breiter Schatten und Seitz' schmale Silhouette zeichneten sich vor dem weißen Lichtkegel ab, der über den Boden zitterte.

Baers Schattenriss ging in die Knie, offenbar nahm er einen kleinen Ast in die freie Hand und fegte damit das trockene Laub zur Seite.

Laub, das sie selbst dort aufgehäuft hatte.

Über den verwesenden Resten des Jungen.

Auf einmal hörten sie ihn laut aufstöhnen, er wich zurück, als wäre er von einem Tier angefallen worden.

Aber sie wusste, er hatte die Leiche gefunden.

Beinahe im selben Moment wich auch Jana Seitz' schmaler Schatten zur Seite, sie strauchelte und stürzte plötzlich wie ein gefällter Baum seitlich ins dornige Gestrüpp.

81

Es war der Kopf des Kindes, den er mithilfe des kleinen Asts freigelegt hatte, schneller als erwartet. Er lag seitlich nur Zentimeter unter der fetten schwarzen Erde. Baer erkannte blondes Haar, das verdreckt und verkrustet am Schädel klebte, Käfer krochen über Stirn und Schläfe, die bleiche Haut war an verschiedenen Stellen aufgeplatzt und angefressen, der graue Schädelknochen war zu sehen. In der Augenhöhle wimmelte es von Insekten und aus dem Ohr krochen Maden.

Der Mund stand weit auf, ein verdreckter Stofffetzen trat eine Handbreit daraus hervor wie eine helle, halb herausgerissene Zunge.

Der Anblick war unerträglich und Baer fuhr entsetzt auf. Er glaubte, seine panische Bewegung habe ein Tier im Gebüsch aufgeschreckt. Aber als er mit der Taschenlampe herumfuhr, sah er Jana Seitz regungslos in dem dornigen Gestrüpp liegen.

Im nächsten Moment waren die zwei Männer von Reuters SEK-Truppe zur Stelle. Einer von ihnen blieb stehen, spendete ebenfalls Licht, sein Kollege beugte sich herab und versuchte behutsam, die Strähnen von Janas schulterlangem rotblondem Haar, das sie zu einem Pferdeschwanz gebunden hatte, aus den Dornen zu lösen. Es gelang ihm nicht vollständig, so riss er ein paar Dornenstrünke mit kräftigen Rucken heraus und ließ sie an den Haaren haften. Dann nahm er ihren Kopf in seine Armbeuge.

Janas kleines Herzgesicht im Licht der Taschenlampen war weiß wie ein Bettlaken. Ihre Augen waren geschlossen. Hatte sie sich durch den Sturz am Kopf verletzt? Baer eilte erschrocken um die Stelle herum, an der das tote Kind vergraben lag, und beugte sich über sie. Ihr Gesicht war überall von kleinen blutigen Schrammen durch die Dornen gezeichnet, wies aber sonst keine sichtbaren Verletzungen auf. Ihr Atem ging schnell und flach.

»Jana?« Er hätte ihr am liebsten die Wangen getätschelt, aber war das richtig?

»Beine hoch!«

Das war Solveigh Adams. Richtig, sie war ja Krankenschwester!

»Sie müssen … Scheiße, Mann.« Sie schüttelte ärgerlich den Kopf und hob die Hände leicht an, mit denen sie durch die Acht an die Beamtin gekettet war (Körber, ihre Wunschbeamtin).

Er gab der Kollegin ein Zeichen, sie könne für den Moment die Handschellen lösen. Es gab im Augenblick einige Risiken, aber dass Solveigh Adams fliehen könnte, gehörte nun wirklich nicht dazu; das Gebiet war von Polizisten weiträumig umstellt, nur nicht von der Wasserseite, denn das hätte die Täter frühzeitig gewarnt und alles verdorben.

Solveigh Adams mied deutlich den Blick auf die Leiche und widmete sich Jana Seitz. Sie griff unter die Kniekehle und hob die Beine an. Mit der anderen Hand streifte sie Janas Einsatzjacke zurück und fühlte ihren Puls.

Adams hockte auf den Knien direkt neben dem SEK-Mann und

blickte ihm streng ins Gesicht. »Ihren Kopf leicht anheben und Wangen tätscheln.« Der Mann gehorchte. Wurde aber gleich wieder gerüffelt. »Mensch, zieh deine Handschuhe aus! Die Kleine beißt nicht.«

Und wieder gehorchte er.

Jana Seitz kam wieder zu sich. Baers Freude bekam jedoch einen Dämpfer, als er in ihre benebelten Augen schaute. Solveigh Adams begann, ihre Beine in den Knien leicht vor- und zurück zu bewegen, und allmählich kam wieder Farbe in Janas Gesicht. Im hartweißen Kegel der Taschenlampen wirkte es jedoch, als läge ein Schatten auf ihren Wangen.

Baer sah Adams fragend an. »Braucht sie einen Arzt? Muss sie transportiert werden?«

Solveigh Adams' Mundwinkel zuckten, was bei ihr vielleicht ein Lächeln bedeutete. »Quatsch. Die Kleine ist zäh. Der Puls ist noch bisschen schlapp, aber stabil. Halbe Stunde Pause, dann hämmert er wieder normal.« Sie sah wieder den SEKler neben sich an. »Tragt sie nach drüben, lehnt sie an den Baumstamm, der da liegt.« Sie wies mit dem kantigen Kinn in die Richtung.

Der Mann schaute betreten zu Baer hinüber, der ihm zunickte, ebenso seinem Kollegen, der starr wie eine Salzsäule dastand und seine Taschenlampe wie eine Präzisionswaffe auf Jana Seitz' Gesicht richtete.

Jana konnte beinahe schon wieder selbst aufstehen, die Männer halfen ihr zu dem Baumstamm, der drüben am Boden lag, wo sie sich mit dem Rücken anlehnte.

Gleich darauf zogen sich beide Helden einige Meter ins Gebüsch zurück und Baer hörte sie sich übergeben.

Ein paar Minuten später hatte sich die Lage beruhigt, die Taschenlampen waren ausgeschaltet und es herrschte gespenstische Dunkelheit. Wind kam auf und rauschte durch die zum Teil noch belaubten Wipfel der Bäume, ein Kauz rief und wie zur Antwort bellte ein Tier (war das ein Fuchs?).

Die zwei SEK-Leute kauerten zusammen mit Jana Seitz an dem Baumstamm links, Solveigh Adams und die Beamtin befanden sich als unfreiwillige siamesische Zwillinge rechts von ihm im Gebüsch, er selbst hatte sich mittig bis zu einer bemoosten Stelle zurückgezogen, mit Blickrichtung zur Flussaue jenseits des Dornengestrüpps, in das Jana Seitz vorhin gestürzt war.

Er hatte sich das Ufer kurz angesehen. Der Platz war ideal aus Sicht der Täter. Dichtes Schilf verbarg die Sicht und erschwerte das Anlanden, vom Sturm gefällte Bäume lagen im Wasser, ihr Astwerk sah aus wie ein vielarmiger Riesenkrake. Der Fluss war breit an dieser Stelle und auf der anderen Seite bis zum Ufer dicht bewachsen mit Schilf und Weiden.

Er rief Reuter an, der sich mit einem Teil seiner Leute bei dem Hof befand, dessen Scheune sie gekapert hatten. Per GPS-Ortung wusste Reuter auf den Millimeter genau, wo sie sich im Augenblick befanden.

»Baer hier.«

»Ja?«

»Leichenfund. Männlich, minderjährig, Verwesungszustand entspricht den Erwartungen.«

Er hörte Reuter scharf die Luft einatmen. »Es ist der Junge?«

»Ja. Mit Sicherheit.«

»Okay. Verstanden.«

»Und bei euch?«

»Nichts. Die Zentrale meldet keine Bewegungen der Zielpersonen.«

»Danke, Reuter. Bleibt dabei, Sicherung des Rückraums – aber unauffällig, ja? – nur von der Dorfseite her. Kontrollen auf dem Wasser würden bemerkt werden und das jenseitige Ufer macht logistisch keinen Sinn, kaum zugänglich und zu weit weg, um im Krisenfall einzugreifen.«

»Verstanden.«

»Aber ihr könnt jetzt die zwei Mann von deiner Truppe schicken, die zur Sicherung zurückgeblieben sind. Ich will, dass sie Adams abführen. Zusammen mit der Wachbeamtin. Wir brauchen sie hier nicht mehr.«

Sekundenlang herrschte Stille in der Leitung.

»Reuter?«

»Meine beiden Männer sind wieder zurück. Hier bei mir. Tut mir leid, das haben sie offenbar missverstanden.«

Baer seufzte leise. Die beiden waren anscheinend auch *geistig* zurückgeblieben.

»Ich schick die beiden wieder los, okay?«

Baer überlegte kurz. »Nein, ist mir zu unruhig.«

Der Weg von der Scheune und wieder zurück war unwegsam und würde lange dauern. Zu lange womöglich, sodass es am Ende die Aktion noch gefährdete.

Dann warteten sie eben alle zusammen, auch Adams und die Kollegin Körber, bis es vorüber war.

Sein Handy zeigte fünf nach neun. Wenn bis elf nichts geschehen war, hatte er das Spiel verloren.

Aber hatte er eine andere Wahl gehabt?

Es war der berühmte Stein, der ins Wasser geworfen wurde, um Wellen zu schlagen.

Eipel und Møller (auch Grandgenet) hatten heute eine Nachricht erhalten, dass sie als Täter (und Mittäter) erkannt wären. Jana Seitz hatte den Einfall gehabt, den fingierten Erpresserbrief (mit freundlicher Unterstützung der Post) im Namen eines anonymen Freundes von Hellwig zu formulieren. Hellwig habe den anderen nicht mehr getraut, sich dem Freund anvertraut und ihm den Ort im Wald genau bezeichnet, wo er »etwas Interessantes finden« werde. Erst habe er das Ganze für eine von Hellwigs Aufschneidereien gehalten. Aber nun sei Arne auf einmal tot und sie wüssten ja selbst, was sich an dem Ort befinde, den Hellwig bezeichnet habe. Sie glaubten ihm nicht? Er könne natürlich ein Foto der Stelle machen und es ihnen an einem neutralen Ort zeigen. Aber dadurch belaste er sich selbst, nicht sie, die wahren Mörder. Also hätten sie nur die eine Gelegenheit, sich Samstagnacht an genau der Stelle davon zu überzeugen, dass er über alles Bescheid wisse. Er werde dort sein, Punkt 23 Uhr. Falls sie nicht erschienen, würde er mit seinem Wissen direkt zur Polizei gehen. »Und die werden euch fertigmachen, verlasst euch drauf!« Aber er lasse sich von gewissen »Argumenten« durchaus überzeugen, »die Füße still zu halten«.

Desinformation.

Doch sie hatten nur diese eine Chance.

Dazu mussten zwei Bedingungen erfüllt sein.

Erstens, Eipel und Møller waren *wirklich* die Täter. Doch daran bestand für ihn kein Zweifel mehr. Ein noch stärkeres Motiv als Habgier für einen Mord war, wenn man damit die eigene Existenz retten konnte. Als Täter beziehungsweise Mittäter konnten sie einen solchen Drohbrief keinesfalls ignorieren. Selbst wenn sie misstrauisch waren: Die Tatsache, dass sie ihn *erhalten* hatten, bewies ja (scheinbar), dass sie enttarnt waren und der Erpresser alles wusste. Es wäre also höchst unklug, sich dem Ort nicht wenigstens so weit zu nähern, dass sie feststellen konnten, mit wem sie es zu tun hatten.

Zweitens, und die Bedingung war schon heikler: Die Täter mussten den grausigen Ort *kennen*. Baer traute Hellwig zu, dass er den Mord an Tobias Sicking, wie auch immer er es gemacht hatte, allein verantwortete. Aber mindestens Eipel, ein Mann, der selbst um die Macht von Informationen (und Desinformation) wusste, hätte genau erfahren wollen, wo und wie Hellwig sich der Leiche des Jungen entledigt hatte. Ob er es so gemacht hatte, dass keine Spuren zurückverfolgt werden konnten. Notfalls hätte Eipel Hellwig sogar genötigt, einen besseren Ort zu suchen, davon war Baer überzeugt.

Wenn er sich aber täuschte, wenn keinem der Täter der genaue Ort der Kinderleiche bekannt war, wäre alles umsonst gewesen.

Darüber dachte er wieder nach, während er gezwungen war, zu

warten. An diesem höllischen Ort, keine fünf Meter von dem kleinen toten, notdürftig verscharrten Körper entfernt, dessen Verwesungsgeruch sich mit den Modergerüchen des Waldes und der nahen Flussaue vermischte.

Baer ging davon aus, dass die Täter, sollten sie sich wirklich locken lassen, früher als ihr vermeintlicher Erpresser an diesem Ort erscheinen würden. Vermutlich gingen sie auch davon aus, dass Hellwigs Mitwisser nicht allein sein würde.

Das alles musste sich nun zeigen.

Der Wind frischte immer mehr auf, ihm wurde kalt, die Wipfel stimmten ein Rauschkonzert an, Tiere raschelten im Gebüsch, einmal huschte ihm ein flinkes Wesen über seinen Schuh, er hoffte, dass es eine Maus und keine Ratte war.

Je länger sie warteten, desto absurder kam ihm das ganze Unternehmen vor. Nur möglich, weil er im vergangenen Jahr, dem Corinna-Jahr, seinen Kompass verloren hatte. Was zum Teufel machte er hier eigentlich? Er blamierte sich mit einer unverantwortlich spekulativen Aktion, statt zu Hause zu sein, wo Corinna vermutlich mit Olga zusammensaß, Wein trank und sich Geschichten erzählen ließ. Das einzig Vernünftige, was man in so einer Nacht tun konnte.

Statt wie er auf ein Ereignis zu warten, das vermutlich gar nicht eintrat.

Sein Handy vibrierte in seiner Manteltasche.

Es war Reuter.

»Ja?«

»Das Zielobjekt eins hat sich in Bewegung gesetzt. Soeben mit dem Wagen abgefahren.«

Zielobjekt eins war Eipel.

Die Antwort auf seine Zweifel?

Jetzt durfte nichts schiefgehen.

»Noch mal durchgeben, Reuter, dass auf keinen Fall gefolgt werden soll. Keine weitere Observierung.«

»*Uns* ist das klar, Kollege! Nicht observieren, erst zum Schluss zugreifen. *Meine* Leute wissen Bescheid. Eure in Berlin hoffentlich auch.«

In diesem Punkt konnte er sich doch auf sein Team verlassen. Hoffte Baer.

»Und sonst?«

»Keine Bewegung von Objekt zwei und drei.«

Møller und Grandgenet rührten sich also nicht. Konnte sich aber ändern. Grandgenet hatte es von seinem Haus näher als Eipel von Berlin bis hierher.

Er spürte, wie sein Herz anfing, schneller zu schlagen. Trotz der Kälte, der zunehmenden Feuchtigkeit der Luft begann er zu schwitzen.

Kurz darauf bekam er eine weitere Meldung von Reuter. »Wir ziehen den Ring jetzt weiter zusammen Richtung Flussaue.«

»Nein, wartet noch, das geht mir zu schnell.« Wenn die Täter nun doch von der Landseite her kämen, versuchten, eine Zange zu bilden, um den »Erpresser« nicht entkommen zu lassen, würden sie so gewarnt sein. »Bleibt, wo ihr seid. Lasst euch nicht blicken.«

»Na schön. Ihre Verantwortung, Baer.«

Ja, ja, darauf kam's jetzt auch nicht mehr an.

»Ah, Moment. Zentrale meldet Abfahrt von Zielobjekt drei.«

Grandgenet. Also doch. Sie kamen zu zweit, ob beide von der Flussseite oder wirklich aus zwei Richtungen, das würden sie dann sehen. Egal, sobald sie in Sichtweite der Leiche erschienen, erfolgte der Zugriff.

Der Wind nahm immer mehr zu, wilderte unter den Wolken, riss sie in Stücke. Die Bäume ächzten, die Silhouetten ihrer Wipfel vor dem grauschwarzen Himmel führten einen Derwischtanz auf. Blätter und kleine Zweige segelten durch die Dunkelheit. Dieser verfluchte Ort, der Wald am Fluss, war ein Leichenhaus, und es roch nach Tod.

82

Jana brauchte nach ihrem Sturz gefühlte Stunden, um zu begreifen, dass dies kein Albtraum war. Aus dem sie fliehen konnte, indem sie, wenn auch mit einem Schrecken, erwachte.

Nein, das hier war die Wirklichkeit und der Schrecken ihr Wesenskern.

Es war schauderhaft.

Dort lag das tote Kind, verscharrt, im Wald entsorgt wie ein krepiertes Tier, zum Greifen nah. Der bloßgelegte kleine Kopf, angenagt und halb ausgeweidet, unter dem wilden weißen Licht, das die vom Wind geschüttelten Baumkronen wie ein Stroboskop verwirbelten.

Das Warten auf die grausamen Drahtzieher der Verbrechen, die sie dem »Imker« zuschrieben – auch dieses schlimmsten Verbrechens, des Mordes an dem Kind –, riss an ihren Nerven. Gleichzeitig die Ungewissheit, ob die Aktion nicht ins Leere führte, weil am Ende nichts geschah. Weil kein Tatverdächtiger sich auf diese makabre Bühne locken ließ.

Sie griff sich an den Kopf. Im Haar befanden sich Dornenstrünke, darunter, an der rechten Schläfe, marterte sie ein dumpfer Schmerz. Sie war wohl mit der Seite auf einen Stein oder einen harten Ast aufgeschlagen, deshalb war sie (wie lange eigentlich?) ziemlich weggetreten gewesen.

Peinlich, dass ihr das überhaupt passiert war. Der zerschundene Kinderschädel, den Baer so unerwartet schnell freigelegt hatte, der dadurch förmlich aus dem fettschwarzen Waldboden herauszuwachsen schien, das war zu viel für sie gewesen.

Dabei: Sie hatte doch gewusst, um was es ging, Herrgott! Das hier war verdammt noch mal kein nächtlicher Waldspaziergang mit der Pfadfindergruppe.

An allem war Solveigh Adams schuld. – Na, nicht an allem, aber daran, dass sie den Fundort der Leiche erst jetzt, unmittelbar vor dem gefakten Treffen mit den Zielobjekten, zu sehen bekamen. Adams' verfluchtes Misstrauen! Bis zum Schluss traute sie selbst Baer zu – obwohl er doch ihre einzige Chance war, wieder freizukommen –, dass er sie reinlegen könnte. Dass man ihr den Ort, wo Tobias' Leiche lag, nur entlocken wollte, um sich weitere nutzlose Vernehmungen mit ihr zu sparen. Um endlich die aufwendige Suche nach dem Jungen einstellen und sie endgültig als Täterin präsentieren zu können.

So dachte diese Frau.

Adams wollte deshalb *unmittelbar* den Riesenaufwand für die Aktion sehen, den die Polizei veranstaltete, um sicher zu sein, dass sie »nicht verarscht« werde.

Dabei hatte sie gar keine andere Wahl, als sich am Ende auf die Aktion einzulassen.

Baer aber auch nicht.

Dort drüben befand er sich irgendwo im Gebüsch. Unter der Lichtorgel der tosenden Baumwipfel konnte sie seine Gestalt nur erahnen.

Eine Sturmböe heulte plötzlich durch die Baumkronen, ein seltsames Bersten war zu hören, plötzlich zischte etwas Schwarzes, Längliches durch die Luft und landete mit einem heftigen dumpfen Ton keinen Meter vor ihr.

Scheiße, Mann!

Sie wich reflexhaft zurück, ihre Beine zitterten vor Schreck. Ihr Herz begann wild zu rasen.

Was war das?

Sie erkannte es. Ein Ast, mindestens anderthalb Meter lang und zwei Fäuste dick, lag am Boden. Der Wind, der sich längst zum Sturm entwickelt hatte, hatte ihn aus einer Baumkrone gebrochen und zu Boden geschickt.

Das Scheißding hätte sie um ein Haar erschlagen!

Sie blickte, als sie sich umsah, in die schreckverzerrten, kalkbleichen Gesichter der beiden SEK-Männer neben sich. Gestandene Kerle, die sich genauso in die Hose gemacht hatten wie sie.

Irgendwie beruhigte sie das.

Sie gab den SEKlern Zeichen, dass sie die Position wechsle, und eilte in möglichst großer Distanz zur Leiche zu Baer hinüber.

Sie fand ihn mitten im Gestrüpp, auf einem mächtigen Stein sitzend wie eine vergessene Buddhastatue.

Sie setzte sich neben ihn, auf die Ecke, die noch frei war.

Er rückte nicht zur Seite und sah sie auch nicht an wie ein lächelnder Buddha. Er beugte sich aber zu ihr hin, die Lippen dicht an ihrem Ohr. »Es ist jetzt kurz vor zehn, Jana. Was rennen Sie noch herum? Jeden Moment können die Zielpersonen aufkreuzen. Reuter hat Ihnen doch die Nachricht geschickt. Nicht gesehen?« Er blickte sie streng an.

Nein, hatte sie nicht. Das Handy nicht mal summen gehört. Sie war beschämt.

Baer schwieg jetzt, sein Adrenalinpegel simmerte anscheinend unter der Schädeldecke.

Sein Telefon knurrte in seiner Manteltasche und er nahm es mit einer unwirschen Bewegung heraus. Machte ein angestrengtes Gesicht, weil der Sturm immer lauter brüllte und er Mühe hatte, zu verstehen.

Was er dann zu hören bekam, verstörte ihn sichtlich. Sein Gesicht wirkte völlig entgeistert.

Er beendete wortlos das Gespräch und sah sie an. Sein Haar flatterte ihm ins Gesicht und er strich es zur Seite, als er seine Lippen wieder dicht an ihr Ohr legen musste, damit sie ihn verstand. »Reuter. Er sagt, Laschwitz hätte ihn angerufen. Grandgenet sei spontan zu *ihr* gefahren, zu Laschwitz. Er habe sie von unterwegs angerufen und sei jetzt ganz unerwartet bei ihr zu Hause.«

»Soll das ein Witz sein?« Sie hatte es spontan herausgeschrien, aber gegen den Orgellärm, den der Sturm veranstaltete, war es, als hätte sie geflüstert. Hatte Laschwitz Grandgenet etwa gewarnt? Ihn über die Aktion informiert? Unmöglich. Das konnte sie den Kopf kosten und so dumm war sie nicht. Oder?

Baer sah sie noch immer an. Versuchte an ihrem Gesicht abzulesen, was sie von dieser Nachricht hielt.

Im selben Moment begann es zu donnern, seltsam trockene, begrenzte Schläge unmittelbar neben ihnen.

Sie fuhren beide im selben Moment herum.

Und sahen unmittelbar vor der Kinderleiche eine dunkle Gestalt in dem bizarren Licht- und Schattenwirbel stehen. Einen Mann, der sich krümmte, seine Hand gegen die Schulter presste, der sich plötzlich aufbäumte, eine Waffe in der Hand.

Sie duckten sich weg, warfen sich auf den Boden.

Er schoss um sich. Offenbar wütend und panisch. Seine Waffe spuckte Blitze in alle Richtungen. Holz splitterte, Steine barsten. Sie wartete nur darauf, dass die nächste Kugel ihren Körper zerfetzte, in ihrer Panik warf sie beide Arme über den Kopf.

Statt – wie sie später feststellte, wenn sie darüber mit Scham nachdachte – ihre Waffe zu ziehen und den Mann unschädlich zu machen.

Dann hörte sie ihn mit einem geradezu tierischen Laut aufschreien und sie wusste, er war ein weiteres Mal getroffen worden. Schwer.

Es fiel kein Schuss mehr. Sie hob den Kopf. Baer stand bereits, die Waffe in der Faust.

Sie sprang auf die Füße. Sah die dunkle Gestalt mit ausgestreckten Armen, ohne Waffe, am Boden liegen und mit den angezogenen Beinen zucken.

Von der Seite traten die beiden SEKler mit gezogenen Waffen und ihren Lampen am ausgestreckten Arm auf den Mann zu. Auch sie und Baer taten es. Umrundeten das grausige Grab der entstellten Kinderleiche.

Keine Armlänge daneben lag keuchend die dunkle Gestalt im

Dreck. Nicht sehr groß, fast schmächtig, mit einer schwarzen Sturmhaube auf dem Kopf, in einem dunklen Overall. Aus der schmalen Schulter sickerte das Blut. Und aus seinem rechten Oberschenkel sprudelte es regelrecht.

Baer beugte sich über ihn und riss ihm mit einer einzigen mitleidlosen, heftigen Bewegung die Kopfbedeckung herunter.

Der Mann schrie auf. Sein Gesicht war nicht zu erkennen, es steckte im Dreck. Nur sein Hinterkopf und das dünne Resthaar, das wie eine Federwolke über der fast vollständigen Glatze schwebte, leuchteten im harten Licht der Taschenlampen.

Ein SEK-Mann trat einen Schritt zurück und verständigte Reuter, seinen Chef, dass es einen Schusswechsel gegeben habe. »Schwer verletzte Person. Starker Blutverlust. Notarzt per Hubschrauber dringend erbeten.« Er presste die behandschuhte Hand gegen das freie Ohr, um besser zu verstehen. »Verstanden. Ja. Ende.«

Der SEK-Mann stand bereits dicht neben ihnen und trat nun noch näher an Baer und Jana heran. »Zielperson zwei wurde mit ihrem Fahrzeug an unserem Ausgangspunkt gesichtet.« Er schrie sich gegen den heulenden Wind schier die Lunge aus dem Leib.

Baer riss die Augen auf. »Was denn, die Møller? Im Dorf drüben?« Er musste ebenso laut schreien und starrte den SEKler an. »Und? Festgenommen, hoffe ich doch!«

»Positiv. Vor einer Minute erst.«

Baer sah keineswegs erleichtert aus. Eher wie einer, der noch nicht glauben konnte, dass sein Plan wirklich aufgegangen war. Der schon im selben Moment überlegte, wo der Haken an der Sache sein könnte.

Jana wandte ihren Blick nach rechts, von dort näherte sich nun auch Körber, die Beamtin. Vermutlich (und klugerweise) hatte sie die ganze Zeit hinter dem riesigen Stamm der mächtigen Eiche drüben im Hintergrund gewartet und während des Schusswechsels Schutz dahinter gefunden.

Niemand fragte in diesem Moment nach Solveigh Adams oder schaute sich nach ihr um. Auch Baer nicht.

Baer vielleicht am allerwenigsten, dachte sie hinterher manchmal.

83

Die Vernehmung von Brigitte Møller fand noch in der Nacht ihrer Festnahme im Potsdamer Polizeipräsidium statt. Baer bot Jana an, er könne die Vernehmung leiten, falls sie sich nach ihrem Sturz nicht dazu in der Lage fühle.

Aber sie lehnte sein Angebot ab.

Selbst wenn man ihr das Hirn amputiert hätte, würde sie sich die Chance nicht entgehen lassen, den Fall abzuschließen, indem *sie* die Vernehmung leitete. Während die Sphinx gezwungen war, sich das Schauspiel im Nebenraum hinter Glas anzusehen.

Ja, alle waren übernächtigt, sie ganz bestimmt. Aber auch Møller und ihre Anwältin, eine große knochige Frau mit blonder Kurzhaarfrisur und einem auffälligen groben Keil an der Nasenwurzel. Im Vernehmungsraum herrschte eine Stimmung, als wollten alle Beteiligten die Sache so schnell wie möglich hinter sich bringen, um endlich schlafen zu können. Und irgendwie taten alle so, als könne auch Brigitte Møller anschließend nach Hause fahren, um sich in ihr weiches Bett zu legen. Sie müsse nur rasch ihre Aussage machen. Leugnen oder die Aussage verweigern hätte auch keinen Sinn gehabt, mit ihrem Erscheinen in der Nähe des Fundorts der Kinderleiche hatte Møller sich ebenso wie ihr Mittäter Eipel selbst überführt. Und sie konnte nicht darauf bauen, dass Eipel sie entlastete. Im Gegenteil.

Ihren zerstörten Hoffnungen entsprechend sah ihr Gesicht aus:

Ihre Haut war gelblich-blass, ihre ungeschminkten Lippen zitterten und vermittelten den Eindruck, sie könne jeden Moment losheulen.

Allerdings lag immer noch genügend Berechnung in ihren elliptisch geschnittenen Augen, fand Jana, dass man das Gefühl nicht loswurde, diese Frau würde allenfalls um sich selbst weinen, nicht um ihre Opfer.

Nach der Verlesung der Rechte wechselte Jana einen Blick mit Baer und richtete ihre erste Frage an Brigitte Møller. »Woher, Frau Møller, wussten Sie und Henning Eipel, an welchem Ort sich die Leiche des Jungen befand?«

Møller zuckte die Achseln. »Arne hatte ein GPS-Foto von dem ... von der Stelle gemacht und es uns gezeigt, mir und Henning.«

»Sie wollten es wissen. Beide.«

»Arne durfte man solche Sachen nicht allein entscheiden lassen. Er war selbst unsicher, ob der neue Platz wirklich was taugte.«

»Wieso der *neue* Platz?«

»Arne hatte ihn ... also den Jungen vorher schon einmal ans Ufer gebracht. Ihn in einem Gebüsch entsorgt, schon ziemlich weit draußen am Kanal.«

»Entsorgt.«

»Also, abgelegt, meine ich. Aber der Platz war nicht gut, fand Henning. Deshalb hat Arne einen Tag später, in der Nacht, einen neuen Platz gesucht. Versteckter, schwerer zugänglich.«

»Der Junge ist also schon unmittelbar nach seiner Entführung gestorben? Noch im Boot, oder wie?«

»Hat Arne behauptet, ja. Er hat mir nicht verraten, was genau passiert ist. Nur dass der Junge sich plötzlich nicht mehr gerührt hätte. Herzversagen wahrscheinlich, Kreislaufkollaps, so was.«

»Herzversagen. Kreislaufkollaps.« Baer neben ihr schüttelte heftig den Kopf. Er winkte mit der Hand ab.

»Es war nicht so geplant! Das müssen Sie mir glauben. Dem Jungen sollte nichts geschehen!«

Die Anwältin legte ihr sachte eine Hand auf den Arm.

Møller schüttelte sie ab. »Arne sollte auch Evelyn nichts tun. Mein Gott, er hatte schließlich ein Verhältnis mit ihr gehabt, wie hätte ich ahnen können, dass er sie halb tot schlägt.«

»Sie wussten also von seinem Verhältnis mit Evelyn Sicking? Zeitweise noch parallel zu Ihnen.«

»Ja, sicher. Mir war das egal. Er sollte ihr nichts tun. Fesseln sollte er sie und im Haus einsperren natürlich, weiter nichts. Und den Jungen sollte er zu einem alten Bunker weit draußen im Wald bringen, den die Russen früher mal benutzt haben, und ihn möglichst bald wieder laufen lassen. Die Entführung sollte nur vorgetäuscht werden, wie bei Ruth Grandgenet, verstehen Sie?«

»Lenken Sie nicht ab!« Baer beugte sich vor und schaute Møller grimmig an. »Wann genau, Frau Møller?«

»Wie?«

»Wann genau sollte Hellwig den Jungen freilassen?«

»Das ... wollten wir spontan entscheiden.«

»Spontan.«

»Ja. Aber Arne hatte diese alberne Maskerade wieder angezogen, als Imker. Seine Idee. Vielleicht ... hat dem Kind die Verkleidung Angst gemacht. Kinder sind heute ja nicht mehr so hart im Nehmen wie früher.«

Die Anwältin verdrehte die Augen.

Baer seufzte gequält. »Sie wollen sagen, das Kind ist nicht hart genug fürs Leben erzogen worden. Deshalb musste es sterben, ja?«

Die Anwältin hob abwehrend eine Hand. »Falsch. Meine Mandantin lässt sich in der Weise ein, dass sie für den Tod des Jungen nicht verantwortlich ist.«

Møller nickte eifrig. »Das muss wirklich eine Art Unfall gewesen sein, letzten Endes.«

»Verstehe.« Baer presste den Rücken so stark gegen die Stuhllehne, dass Jana seine Wirbel knacken hörte. Er hielt es offenbar buchstäblich nicht mehr aus auf seinem Platz. »Wir sprechen uns wieder, sobald der Obduktionsbericht fertig ist, Frau Møller.«

Møller wandte sich an Jana. »Es war alles Hennings Plan. Er hatte damals schon die Idee, die Versicherungssumme für Gunder zu kassieren, indem …« Sie brach den Satz unvermittelt ab.

»… indem Sie ein wenig nachhalfen, nicht wahr?«

»Es war Hennings Idee. Und Arne hat es getan.«

»Aber *Sie* haben kassiert, Frau Møller.«

»Ich hab doch das Geld größtenteils gleich wieder investiert. Für Hennings neue Idee.«

»Börsenwetten auf den Tod.«

»Die Investition in Lifetime Plus. Ganz legal. Riesengewinne hat er mir versprochen. Und ich wollte ja wieder ins Hotelfach. Die Villa, die mir geblieben war, sollte doch nur der Anfang sein. Wer konnte denn ahnen …?«

Baer ließ eine Art schmerzhaftes Knurren vernehmen. »Ersparen Sie uns das. Wir kennen Ihr Motiv.« Er beugte sich wieder weit vor und nahm Møller hart ins Visier. »Sie und Eipel haben Hellwig dazu angestiftet, Doktor Sicking und Ruth Grandgenet zu töten. Um Ihre Existenz zu retten, die von der Anlegerhorde bedroht wurde. – War auch Grandgenet dabei?«

Sie sah ihn erstaunt an. »Der Architekt? Nein! Wieso sollte er? Aber Arne Hellwig war von Anfang an dabei, schon bei den Planungen, nicht erst am Schluss.«

Die Anwältin hob ihre große Hand. »Auch diese Planungen gingen auf das Konto des Herrn Eipel, wie meine Mandantin bereits ausgesagt hat.«

Baer warf ihr einen sarkastischen Blick zu. »Frau Møller ist hier die Geschädigte, danke, dass Sie mich erinnern, Frau Anwältin.«

Jana hatte auf einmal das Gefühl, dass sie abdrifteten. »Albert Sicking wurde erschossen, Frau Møller. Aber Ruth Grandgenet wurde von Hellwig qualvoll erstickt. Gehörte das auch zum Plan?«

»Nein! Natürlich nicht. Ruth Grandgenet sollte nicht qualvoll sterben. Sie … Wissen Sie, Arne war in diesem Punkt … gestört. Er hat mal angedeutet, dass er als Kind eine schlimme Erfahrung gemacht hat. Er wäre beinahe erstickt und seine Mutter und sein Großvater hätten ihn bloß ausgelacht, während er furchtbare Schmerzen hatte, keine Luft mehr bekam und Todesangst hatte.«

»Wann hat er Ihnen das erzählt? Warum?«

»Er … also, wenn wir … Sex hatten, hatte er diese Angewohnheit, mir dabei immer seine Finger auf die Lippen zu drücken. Okay, manchmal … machte mich das sogar an, irgendwie. Aber einmal hat er mir mit der ganzen Hand regelrecht den Mund zugehalten und dann auch die Nase. Ich dachte, er bringt mich um. Und ich konnte merken, es … es erregt ihn. Ich hab um mich geschlagen und er hat dann Gott sei Dank losgelassen. Aber ich hab ihn natürlich zur Rede gestellt, den Verrückten.«

»Und da hat er Ihnen von seinem traumatischen Erlebnis erzählt, als Kind?«

»Ja.«

»Haben Sie ihm geglaubt?«

»Das schon.« Doch ihr empörter Gesichtsausdruck, selbst jetzt noch, in diesem Moment, verriet, dass sie ihm nicht verziehen hatte.

»Aber das war nicht der Grund, warum Arne Hellwig sterben musste.«

Brigitte Møllers Lippen zitterten stärker. Ihre Anwältin neigte sich zu ihr hin und flüsterte ihr etwas ins Ohr. Møller nickte, während sie Jana unentwegt ansah. »Henning war der Meinung, Arne muss weg. Der ist nicht mehr berechenbar, hat er gesagt.«

»War er es?«

»Arne wollte immer mehr Geld von uns. Geld, das wir nicht hatten. Weil *er* den Job schließlich gemacht hätte. Nicht wir.«

Brigitte Møller hielt kurz inne und atmete durch, ehe sie fortfuhr: Eipel habe befürchtet, dass Hellwig seinen Mund nicht halten könnte, dass er irgendjemandem aus seinem zweifelhaften Freundeskreis von der Sache erzählen würde. Deshalb seien weder sie noch Eipel sonderlich überrascht gewesen, als sich nun vermeintlich *wirklich* ein Kumpel von Hellwig als Erpresser bei ihnen gemeldet habe.

»Wie kam die Tatwaffe von Hellwig zu Eipel? Hellwig wird sie ihm kaum selbst gegeben haben. Er hat bei Ihnen gewohnt. Also waren Sie es, Frau Møller. Richtig?« Es war reine Spekulation. »Sie können leugnen, aber ich bin sicher, wir finden auch Ihre Fingerabdrücke darauf.« Bisher allerdings noch nicht, die Tatwaffe würde erst morgen (nein, heute!) Vormittag gründlich untersucht werden.

»Henning hat ... Am Freitagabend rief er mich an. Er würde am Sonnabend früh, wenn Arne noch schlief, vorm Haus parken, direkt hinter den Ranunkelbüschen. Ich soll ihm Arnes Waffe hinausbringen. Und ja aufpassen, dass Agneta nichts davon mitbekäme.«

Die Anwältin mochte das so nicht stehen lassen: »Meine Mandantin macht darauf aufmerksam, dass sie von Henning Eipel unter Druck gesetzt wurde, ihn darin zu unterstützen, Hellwig zu töten.«

Baer ließ nach längerem Schweigen ein genervtes Knurren vernehmen.

Jana nickte gelangweilt. »Verstehe. Eipel hat sie genötigt. Aber sicher.« Sie unterdrückte möglichst jede Regung in ihrem Gesicht. Doch es würgte mächtig in ihrem Hals.

Dennoch war die Vernehmung bis hierhin gut gelaufen. Møller hatte gestanden. Die Strategie der Anwältin war dabei klar. Ihre Mandantin sollte die eigene Verantwortung möglichst kleinreden und ihrem Mittäter Eipel sowohl die Planung als auch die Ausführung in die Schuhe schieben.

Angesichts der Kürze der Zeit war das solide Anwaltsarbeit. Nach Møllers Festnahme hatte die Anwältin nur wenige Stunden gehabt, um ihre Verteidigungslinie für die Mandantin zu finden.

Jana war dennoch sicher, dass Møller damit nicht durchkommen würde. Trotz ihrer Mitwirkung bei der Aufklärung war Møller keine Kronzeugin, sondern Beteiligte an einem Mordkomplott.

Vielleicht würde ihr die anschließende Sicherungsverwahrung erspart bleiben. Aber nicht Lebenslänglich.

Sie warf Baer einen Blick zu. Hatte er noch Fragen?

Er nickte ihr zu und wandte sich noch einmal an Møller. »Ich komme noch mal zu Architekt Grandgenet. Sie sagten vorhin, er sei bei den Morden an Albert Sicking und Ruth Grandgenet nicht beteiligt gewesen. Und Arne Hellwig sei von Eipel getötet worden.«

»Ja.«

»Wie war das bei dem Mord an Gunder Møller vor drei Jahren in Spanien? Wir wissen, dass Grandgenet zur selben Zeit in Madrid war.«

Sie schüttelte nachdrücklich den Kopf. »Davon weiß ich nichts. Ich weiß nur, dass Arne es getan hat.«

»Hellwig hat Ihren Mann in Toledo von der Stadtmauer gestoßen? Ohne jede Beteiligung von Grandgenet?«

Sie zuckte die Achseln.

Die Anwältin rutschte nervös auf ihrem Stuhl nach vorn. »Frau Møller will sagen, dass sie generell über die Vorgänge in Toledo nicht Bescheid wusste. Sämtliche Gespräche darüber mit den Herren Eipel und Hellwig, von denen vorhin die Rede war, waren für sie damals rein hypothetisch.«

Baer stieß einen Seufzer durch die Nase. »Selbstverständlich. Andernfalls könnte man ja denken, sie hätte sich schon damals strafbar gemacht. Wie unfein.«

Brigitte Møller stöhnte leicht auf in Richtung ihrer Anwältin. »Es ist so, wie ich gesagt habe. Grandgenet hatte nichts damit zu tun. Ende.«

Sie wusste, das Spiel war verloren. Details änderten nichts mehr daran.

Es klang jedoch, als wolle sie jetzt, da alles gesagt war, nach Hause gehen.

In zwanzig Jahren vielleicht, dachte Jana. Und erklärte die Vernehmung für beendet.

84

Erst zwei Wochen nach seiner Festnahme konnte Baer den Versicherungsagenten Henning Eipel vernehmen. Seine Schussverletzungen an Schulter und Bein, von den SEK-Männern gezielt herbeigeführt, um ihn bewegungsunfähig zu machen, waren nicht lebensgefährlich gewesen. Aber zwei gewiefte Anwälte hatten jeden früheren Vernehmungszeitpunkt erfolgreich wegen gesundheitlicher Probleme ihres Mandanten verhindert. So gewannen sie Zeit für ihre Verteidigungsstrategie.

Die Vernehmung fand an einem Freitagvormittag, Punkt acht Uhr im Berliner Präsidium statt. Baer zur Seite saß, da der Erste Ermittler Fleischmann aus Potsdam noch immer krankgemeldet war, wiederum Jana Seitz.

Als Eipel ihnen nun gegenübersaß, verriet sein bleiches, eingefallenes Gesicht, dass er sich keinen Illusionen hingab: Auch mit seinem Anwaltsduo, rechts und links an seiner Seite, war sein Leben, wie er es bisher gekannt hatte, zu Ende.

Die Waffe, die er während des Schusswechsels am Fluss aus der Hand verloren hatte, war eine polnische P 64 Czak. Sie war inzwischen ballistisch untersucht worden und es stand zweifelsfrei fest, dass es die Handfeuerwaffe war, mit der Albert Sicking und Arne Hellwig getötet worden waren. Neben Eipels Fingerabdrücken fanden sich auch genau zwei eben noch brauchbare von Brigitte Møller. Damit saßen beide endgültig in der Falle. Trotzdem war Baer gespannt, was Eipels teure Anwälte sich für ihn hatten einfallen lassen.

Baer richtete seinen Blick auf den Makler. »Herr Eipel, warum haben Sie sich eigentlich nicht eine andere Waffe für Ihren Auftritt dort draußen besorgt? Ging alles zu schnell am Ende, was? Und Sie besaßen die Waffe eben noch, nachdem Sie Hellwig damit erschossen hatten. Richtig?«

Einer seiner Anwälte flüsterte Eipel ins Ohr. Er nickte und sah Baer ohne sichtbare Erregung an, Jana Seitz schien er zu ignorieren. Ebenso den Kern der Frage: »Selbstverständlich hatte ich in jener Nacht, also, bei der … Festnahme … hatte ich nicht vor, eine Person zu verletzen. Die Pistole war lediglich zum Selbstschutz gedacht, falls der anonyme Erpresser …«

Baer nickte gelangweilt. »Selbstverständlich.«

Jana Seitz beugte sich vor. »Ihre Mittäterin Brigitte Møller beschuldigt Sie, Arne Hellwig in ihrem Haus, ihrer Villa an der Stillen Krampe, ermordet zu haben. Praktisch gegen ihren Willen. Ihre Anwälte, Herr Eipel, haben Ihnen das sicher nicht verschwiegen.«

Baer bemerkte, wie sie den beiden zugeknöpften Anzugträgern einen ironischen Blick zuwarf. Den der eine mit kühler Ignoranz beantwortete, der andere, indem er sich wie sein Mandant ausschließlich an Baer wandte. »Unser Mandant macht darauf aufmerksam, dass es sich hierbei um eine Verleumdung seitens der Frau Møller handelt, auf die wir mit den gebotenen rechtlichen Mitteln antworten werden.«

Jana Seitz lachte herzhaft auf. Und machte ungerührt weiter. Sie schenkte Eipel ein engelsgleiches Lächeln. »Ich nehme doch an, dass Sultan Sie recht gut kannte?«

Eipel (und seine Anwälte) starrten sie verwirrt an.

»Møllers Hund, Sultan.«

Eipel wackelte leicht mit dem Kopf, seine Cirruswolke schwang sanft hin und her.

Der rechte Anwalt beugte sich mit kalter Miene vor. »Sie wollen bitte unserem Mandanten keinen irgendwie gearteten Strick drehen.«

Jana Seitz winkte genervt ab. »Irgendwie gearteter Strick, jaja. Den Strick hat sich Ihr Mandant schon selbst gedreht.«

Baer beugte sich vor. »Die Frage meiner Kollegin hatte mehr sportliche Gründe.«

So ging das weiter.

Auf Anraten seiner Verteidiger bestritt Eipel jede Beteiligung an der Ermordung von Ruth Grandgenet und Albert Sicking.

Aber er war intelligent genug, um zu wissen – selbst seine verschlossene Miene konnte nicht darüber hinwegtäuschen –, dass es kein Entrinnen mehr für ihn und in jedem Fall Lebenslänglich geben würde. Auch wenn es wegen fehlender Beweise im Mordfall Gunder Møller praktisch unmöglich und im Fall Ruth Grandgenet mindestens schwierig werden würde, ihn der Planung, Anstiftung und Beteiligung zu überführen – der eigenhändige Mord an Hellwig würde ihm das Genick brechen. Wegen der Waffe in seinem Besitz, wegen Brigitte Møllers Aussage gegen ihn und wegen seiner Kenntnis des Orts, an dem die Kinderleiche vergraben lag.

Für Baer war das der dunkelste Punkt, das Herz der Finsternis, wie (laut Corinna) mal jemand geschrieben hatte, Pole oder Engländer, er konnte sich nicht erinnern. »Warum das Kind, Eipel? Warum musste der arme Junge sterben? Und das auf so grausame Weise?«

Der Bericht der forensisch-medizinischen Untersuchung der Kinderleiche lag inzwischen vor. Sie war nach so vielen Tagen und Nächten, in denen Tobias' toter Körper verschiedensten Wetter-, Umgebungs- und Temperaturbedingungen sowie furchtbarstem Tierfraß ausgesetzt gewesen war, extrem schwierig gewesen. Dennoch hatten sich neben dem klaren Befund, dass der Junge erstickt worden war, auch deutlich erkennbare Spuren extremer Gewalt gefunden, die Tobias noch vor seinem Tod erlitten haben musste.

Baer hatte mit Julia Wünsche, der Profilerin, darüber gesprochen. »Die antisoziale Persönlichkeit, wie ich vermutet hatte. Mit hoher Aggressionsneigung und geringer Impulskontrolle. Keine Empathie, vollkommen gewissenlos.«

Baer konnte wenig damit anfangen. Viele ganz gewöhnliche Verbrecher konnten mindestens ebenso gewalttätig werden wie die sogenannten pathologischen Fälle. Arne Hellwigs Grausamkeiten waren für ihn nur ein weiteres schockierendes Beispiel dafür, wozu Menschen – auch ganz gewöhnliche – fähig waren, wenn das Leben ihnen unverhofft die Chance bot, ihre dunkle Seite auszuleben.

Rische, sein alter Chef früher, hatte einmal zu ihm gesagt: »Ein Mörder ist wie ein Fingerabdruck. Jeder ist anders. Keiner ist typisch.«

Er legte die Hand auf den Bericht, der vor ihm auf dem Tisch lag, und fixierte Eipels kaltweißes Gesicht. »Tobias wurden ein Daumen und zwei Finger gebrochen, außerdem drei Rippen und das Brustbein. Das linke Ohr war angerissen wie ein Fetzen Papier, das Jochbein regelrecht zertrümmert … Ersparen Sie mir, damit weiterzumachen, Eipel. Fest steht, Hellwig hat das Kind umgebracht. Er hat es von der ersten Sekunde an brutal misshandelt und ihm im weiteren Verlauf – wann genau, wissen wir nicht – einen Knebel so tief in den Hals geschoben, dass das Kind daran gestorben ist. Erstickt. Herrgott, Tobias war der Sohn Ihrer Schwester!«

Der Anwalt rechts wedelte korrigierend mit dem Zeigefinger. »Halbschwester. Wir wollen bitte korrekt bleiben.«

Baer fixierte weiter Eipel. »Warum zum Teufel musste dieses Kind so leiden? Erklären Sie mir das.«

Der Makler wandte sich mit zwei schnellen Blicken an seine Anwälte. Sie schüttelten die Köpfe. Der links räusperte sich und hüstelte in seine Faust. »Unser Mandant bestreitet jede Beteiligung an den Straftaten des Arne Hellwig und bedauert sie zutiefst.«

Eipel sah Baer weiter ungerührt an. Sein Gesicht war zwar ohne Hoffnung auf einen späteren Freispruch. Aber auch ohne sichtbare Reue.

Baer atmete tief durch. Dieses selbstgerechte, fade Bürokratengesicht kotzte ihn an. Dabei entsprach Eipel nur dem Typ des kalt berechnenden, mitleidlosen Verbrechers, den er bereits einige Male in seiner Laufbahn erlebt hatte. *Eipel* war in diesem Fall der Soziopath, viel mehr als dieser im Grund erbärmliche Charakter Hellwig: Gefühle waren für Menschen wie Eipel etwas, das man *zeigte*, aber auf keinen Fall hatte. Es sei denn, dass man einmal doch den eigenen Vorteil nicht sogleich erkannt hatte; dann war die Wut groß.

Jana Seitz schien es ähnlich zu gehen, sie lehnte sich zurück und warf dabei einen Bleistift, den sie die ganze Zeit in der Hand gehalten hatte, auf die Tischplatte. Ließ ihn mit leidendem Ausdruck im Gesicht unmittelbar vor der Tischkante auf Eipels Seite zur Ruhe kommen.

Auch Baer hätte die Vernehmung am liebsten beendet, doch er gab sich einen Ruck und atmete noch einmal tief durch. »Eine letzte Frage, Herr Eipel.« Er versuchte, es möglichst beiläufig klingen zu lassen. »Welche Rolle genau spielte eigentlich Grandgenet bei der Sache?«

Eipel sah ihn verständnislos an. »Grandgenet? Mein Klient Jean-Luc Grandgenet?«

Dein *ehemaliger* Klient, wenn schon.

»Ja, der Architekt.«

»Wieso? Welche Rolle sollte der spielen?«

Das waren die beiden ersten aufrichtigen und spontanen Äußerungen des Maklers in dieser sinnlosen Vernehmung, dachte Baer. »Es schadet Ihnen nicht, wenn Sie wahrheitsgemäß dazu aussagen, Herr Eipel. Ihre Anwälte werden das bestätigen.«

Eipel sah sie fragend an.

Beide schüttelten den Kopf.

Eipel schwieg.

»Na schön.« Baer beendete die Vernehmung und wandte sich an den bärtigen Kollegen vom Vollzugsdienst, der mit unbeteiligtem Gesicht neben der Eingangstür stand: »Abführen.«

85

Jana hörte wochenlang nichts mehr von Frank. Er ließ sich sage und schreibe einen vollen Monat krankschreiben. Sie vermisste ihn nicht.

Die Leitungsposition im Team war in der ganzen Zeit vakant. Aber das war verkraftbar. Der »Imker«-Fall war aufgeklärt, und nachdem ihre Beurlaubung ohne Kommentar (oder gar eine Entschuldigung) zurückgenommen worden war, konnte sie sich nun kleineren Fällen widmen, die sie hatte ruhen lassen müssen, vor allem gehäuft auftretenden räuberischen Diebstählen gegen Jugendliche unter Einsatz von K.-o.-Tropfen.

Gerüchteweise kam ihr zu Ohren, dass ein vermeintlicher Großdealer, der in Berlin vor ein paar Wochen festgenommen worden war, wieder auf freien Fuß gesetzt werden musste. Die »Waren«, wie er sich ausdrückte, mit denen er handelte, synthetische Drogen aller Art, unterlagen den chemischen Untersuchungen zufolge nicht dem Betäubungsmittelgesetz. Noch nicht.

Alle Ermittlungen in der Drogensache wurden eingestellt.

Selbst wenn der Dealer gegen ihn ausgesagt hatte, Frank war damit aus dem Schneider.

Wenige Tage später wurde das Ergebnis der Bewerbungen um die Chefposition der Hauptstadtpolizei bekannt. Nicht Iwersen bekam die Stelle. Auch nicht die beiden Fremdbewerber aus Hamburg und Stuttgart. Sondern Roswitha Laschwitz.

Jana konnte ihr Glück kaum fassen: Die Sphinx ging nach Berlin. Sie war sie los! Zumindest als unmittelbare Chefin.

Für Iwersen tat es ihr jedoch leid.

Für Baer erst recht.

Sie konnte sich blühend ausmalen, was ihm in Zukunft bevorstand. Sie wusste, wozu die Sphinx fähig war.

Der Schock über ihre eigene Zukunft traf sie dann verspätet an dem Tag, als sie erfuhr, wer Laschwitz' Nachfolger als neuer Kriminaldirektor werden würde: Frank Fleischmann.

Seine lange Krankheit in der Endphase der Ermittlungen im Fall »Imker« spielte nur betriebsärztlich eine Rolle. Nach einer Untersuchung gab der Amtsarzt jedoch grünes Licht, wie man bald hörte. Und vom Dienstgrad her sowie von der zuletzt steilen Laufbahn unter Laschwitz sei Fleischmann einfach an der Reihe, hieß es.

Der Vorschlag Fleischmann wurde angenommen.

Und nicht sie bekam seinen Posten.

Sondern die Pradova.

Bei gleicher Qualifikation – ihre Tätigkeit als Zweite im Team war durch die Zwangsbeurlaubung quasi annulliert worden – zählte am Ende das Votum des Leiters. Und der hieß jetzt Frank Fleischmann.

Die kaum dreißigjährige Elena Pradova war somit ab sofort ihre neue Vorgesetzte.

86

Ende November, in den Tagen nach dem ersten Raureif im Jahr, ging Solveigh Adams wie üblich gegen acht Uhr am Morgen in Erichs Schlafzimmer, um ihm beim Aufstehen zu helfen.

Er war bereits wach. Als sie in seine Augen sah, die dunkel und weit aus dem Gesicht herauszutreten schienen, und sein flaches hektisches Atmen bemerkte, wusste sie, dass der Tag gekommen war.

Sie nahm seine zitternde, blauädrige Hand.

Er sah sehr gefasst aus. Trotz der Angst, die ihm im Gesicht stand.

»Ick will jehen.«

»Erich …«

»Nu wein nich, meene Kleene.«

Sie spürte einen hauchzarten Druck seiner mageren Hand. »Kannst mich … ans Fenster schieben?« Seine Stimme war bereits sehr schwach.

Nachdem er aus dem Krankenhaus entlassen worden war, hatte man ihm ein Pflegebett hingestellt. Erich hatte die Pflegerin jedoch weggeschickt, als Solveigh plötzlich wieder vor seiner Tür gestanden hatte. In jener Nacht.

Seitdem pflegte sie ihn.

Kein Krebs. Nicht die Prostata würde ihn umbringen. Sondern Herz und Kreislauf.

Seine Gefäße, vor allem in den Beinen, habe der Arzt im Krankenhaus gesagt, seien verstopft wie die Avus am ersten Ferientag. Der Vergleich hatte ihm gefallen, er hatte darüber gelacht.

Aber es war ernst, sie wusste das und Erich auch.

Jetzt ging es also zu Ende.

Sie schüttelte das Kopfkissen, löste die Arretierungen an den Rollen und schob das Bett die paar Meter durch das karge längliche Schlafzimmer zum Fenster. Sie schlug die verstaubten gelben Vorhänge und die gräulichen Gardinen zurück und der Waldrand erschien hinter dem Fenster wie ein Standbild im Fernsehen.

Es war kein erhabenes Bild. Das Licht war fahl, der Reif lag dünn auf den vom Herbststurm gerupften Büschen und den kahlen Ästen der dürren Birken und jungen Buchen, ohne ihnen Form oder Farbe geben zu können.

»Wasser, Erich?«

Er schüttelte kaum merklich den Kopf. »Nicht mehr.« Seine Stimme krächzte dünn.

Sie nahm sich den einzigen Stuhl im Zimmer und setzte sich neben ihn. Sie legte ihre Hand auf die Bettdecke und er nahm sie nach einiger Zeit.

So verharrten sie.

Erich hatte sie wieder bei sich aufgenommen, als wäre sie nie fort gewesen. Er hatte nicht mal gefragt, wo sie gesteckt, was sie erlebt hatte. Nur ein einziges Wort hatte er gesagt, als sie vor ihm gestanden und er sie erkannt hatte. »Schön.«

Schön.

Sie wischte sich mit der freien Hand die Tränen von der Wange und sah ihn an. Sein mageres, unrasiertes Gesicht, aus dem die Augen wuchsen, so dunkel und unergründlich wie das, was ihm bevorstand.

Mensch, Erich. Scheiße!

Sie blickte wieder hinaus. Zum Waldrand hin. Ihre Gedanken wanderten zurück.

Es war das Einfachste von der Welt gewesen, in jener Nacht zu entkommen. Aber sie wusste, wem sie das zu verdanken hatte: Elisabeth. Und Baer.

Sie hatte Jana Seitz notversorgt, der Kleinen war nicht etwa schlecht geworden, als sie die Kinderleiche aus dem Boden hatte herauswachsen sehen. Seitz hatte vermutlich eine leichte Gehirnerschütterung, nachdem sie bei ihrem Sturz mit dem Kopf seitlich aufgeschlagen war.

Aber sie hatte den Kreislauf stabilisiert, der Puls fühlte sich wieder kräftig an, kein Problem für die junge Frau.

Und dann hatte Elisabeth ihr die Handschellen einfach nicht mehr angelegt. Und Baer hatte sich verhalten, als existierte sie überhaupt nicht mehr für ihn, als *wäre* sie bereits geflohen. Er konzentrierte sich auf den Täter, den er erwartete. Und schien ihn dann doch nicht zu bemerken, als er urplötzlich auf der Bühne erschien. Es waren die beiden SEK-Typen, die auf den Mann schossen, als sie sahen, dass der Idiot eine Waffe in der Hand hatte.

Sie hatte mit Elisabeth einen Steinwurf entfernt hinter dem Stamm einer Eiche gestanden. Der Moment des Schusswechsels war wie ein Geschenk für sie gewesen.

Das Geschenk der Freiheit.

Sie verschwand einfach.

Durch das Gestrüpp, das Schilf, durch den Schlick am Ufer zu dem Faltboot, das der Mann zwischen zwei vermodernden Baumstämmen zurückgelassen hatte. Es hatte einen Außenbordmotor, aber er hatte natürlich die letzten Kilometer die Paddel benutzt, die sie im Boot fand. So einen Motor hatte ihr Boot auch mal gehabt. Sie hatte gehofft, ihn eines Tages noch mal reparieren zu können. Aber dann war sie im Paddeln so gut (auch kräftig) geworden, dass sie den Motor einfach vergessen hatte.

So verschwand sie eben.

Auf demselben Weg wie damals, nachdem sie das tote Kind an dieser Stelle entdeckt und (mit dem verfluchten Puzzleteil in der Tasche) zu ihrem alten Bootsplatz zurückgekehrt war.

Draußen tat sich was. Ein schwarzer Hund schnüffelte durchs Bild, und als sie Erich ansah, schimmerten seine Augen wässrig vor Glück.

Erich liebte Hunde, hatte jahrzehntelang immer einen gehabt, irgendwelche Straßenköter, robuste, unabhängige Tiere, die ihrer eigenen Nase nachgingen, hatte er mal gesagt. »So wie du, Kleene.«

Sie wischte sich wieder die Tränen ab und drückte seine Hand.

Aber sie spürte keine Reaktion. Kein Lebenszeichen von ihm.

Sie sah ihn erschrocken an.

Seine Augen starrten ins Leere, sein Mund stand leicht auf. Sie hielt ihre Hand vor seine Lippen, es ging kein Atem. Auch sein Brustkorb hob und senkte sich nicht mehr.

Erich war in diesem Moment so still und leise gestorben, wie er gelebt hatte. Und wie er hatte sterben *wollen*.

Sie stand auf, schloss ihm die Augen, faltete seine Hände auf der Bettdecke und ging hinaus.

Im Wohnzimmer stand sein Telefon. Sie rief die Feuerwehr an, um einen Notfall zu melden.

Dann ging sie in den Flur, zog die Jacke an, die Erich ihr, wie alle ihre neuen Klamotten einschließlich der Stiefel, von seinem Geld gespendet hatte.

Sie verließ das Haus, ohne die Tür zu schließen.

Als sie den Waldrand erreichte, knisterte das starre hohe Gras unter dem Raureif vertraut unter ihren Stiefeln.

87

Drei Tage vor Weihnachten erhielt Iwersen eine schriftliche Dienstanweisung von der neuen Polizeipräsidentin der Hauptstadt, Roswitha Laschwitz. Sie forderte ihn auf, seinem Mitarbeiter Roman Baer eine Abmahnung zu schicken. Iwersen hätte dies entsprechend ihrer früheren Anweisung schon vor Tagen tun sollen.

Baer, so der Inhalt der Abmahnung, habe durch sein fahrlässiges Verhalten während des Polizeieinsatzes am 12. November des Jahres das Entkommen der brandenburgischen Untersuchungsgefangenen Solveigh Adams zu verantworten. Adams sei nach wie vor gegenüber zahlreichen Gläubigern tilgungspflichtig und könne nach ihrer Flucht nun vorerst nicht mehr zur Verantwortung gezogen werden. Die Abmahnung werde inhaltlich gestützt durch die Expertise der Kriminaldirektion Potsdam unter dem neuen Leiter, Erster Kommissar Frank Fleischmann.

Iwersen kam mit dem Schreiben in Baers Büro und zeigte es ihm.

Baer musste lachen. »Gib dem Teufel, was des Teufels ist, Rolf. Oder wie heißt es in der Bibel?«

Iwersen runzelte amüsiert die Stirn. »Ich glaube, das heißt anders. Ich müsste Bernhard fragen, der weiß so was.«

Bernhard, Iwersens Mann, war bibelfest und regelmäßiger Kirchgänger, das wusste auch Baer.

Er warf noch einen Blick auf das Blatt mit dem offiziellen Briefkopf seiner Behörde und gab es dann Iwersen zurück. Der Wisch war das bisher sichtbarste Zeichen der Verärgerung von Laschwitz über den Erfolg der Aktion am 12. November: der Festnahmen von Eipel und Møller.

Ein Wermutstropfen allerdings war, und das musste Baer schlichtweg zugeben, dass er sich in puncto Grandgenet geirrt hatte. Der überraschende Besuch des Architekten bei Laschwitz zu Hause, mitten in der Aktion, hatte zwar ein Gwschmäckle. Das bezog sich jedoch eher auf Laschwitz als auf Grandgenet. Wäre er wirklich an den Verbrechen beteiligt gewesen, hätte es weder für Eipel noch für Møller einen Grund gegeben, ihn zu schonen. Doch sie taten es beide.

Nein, er hatte Grandgenet zu Unrecht verdächtigt. Aber das dürfte dem Architekten nicht allzu wehgetan haben, denn er stand die ganze Zeit unter Laschwitz' persönlichem Schutz und war, abgesehen von Jana Seitz, kaum von der Polizei behelligt worden.

Auch was ihren Mann betraf, konnte Laschwitz im Grunde zufrieden sein. Mochten Kurt Laschwitz und die anderen Mitinhaber der Agentur Eipel nichts von Eipels Betrügereien gewusst haben – ihr Kopf (sprich: ihr Konto) wurde letztlich durch die Manipulationen und mörderischen Aktionen des Kollegen gerettet.

Im Grund aber hatte Eipel nur die versteckte Firmenphilosophie von Lifetime Plus zu Ende gedacht. Der Fonds spekulierte an der Börse mit dem Leben von Menschen, als wären es Gäule. Schlimmer, denn beim Pferderennen hofften die Wettscheinkäufer, dass die Pferde gewannen. Bei Lifetime Plus hofften die Anleger, dass ihre »Gäule« so schnell wie möglich verreckten. Die beiden unverhofften Volltreffer, das plötzliche Ableben der schwerkranken Architektengattin Ruth Grandgenet und des ebenso maladen Chefarztes Albert Sicking, ließen diese Spieler (*Global Players* hatte Eipel sie jovial genannt) auf einmal wieder auf neue Gewinne hoffen: Es wurde also doch gestorben, *just in time*, also wollten sie weiterspielen. Letztlich war es somit die neu angefachte Habgier der Anleger, weswegen Lifetime Plus ebenso der Klagewelle und damit dem sicheren Ruin entging wie die Firma Eipel & Co.

Nur der Retter der Bande, der Anstifter, Manipulator und schließlich Mörder Henning Eipel, blieb nun auf der Strecke.

Von den überlebenden Opfern hatte es Eipels Halbschwester Evelyn Sicking am schlimmsten getroffen.

Aus einem spontanen Entschluss heraus hatte Baer versucht, sie anzurufen, nachdem er erfahren hatte, dass sie aus dem Krankenhaus entlassen worden war. Doch sie war nicht erreichbar gewesen und er hatte ihr einen Gruß auf dem Anrufbeanworter hinterlassen.

Vor wenigen Tagen erhielt er jedoch mit der gewöhnlichen Post im Präsidium eine ungewöhnliche Nachricht. Auf einer weihnachtlichen Postkarte, die ein romantisch verschneites, safrangelb illuminiertes Stockholm zeigte, dankte sie ihm für seinen Gruß vor einiger Zeit und die guten Wünsche. Falls diese jedoch auf eine vertrackte Weise auf Reste eines schlechten Gewissens bei ihm zurückgingen, schrieb sie in winziger flüssiger Handschrift, weil er und sein Team ihren Jungen nicht hätten retten können, so solle er sich solche Schuldgefühle aus dem Kopf schlagen. Sie jedenfalls mache ihm keine Vorwürfe. Wenigstens seien ihr jetzt, auch wenn das kein Trost sei, die Augen über ihren »sogenannten Bruder« geöffnet worden. Ihr altes Leben sei unwiederbringlich zerstört, es gebe für sie kein Zurück mehr.

Aber: »Ein alter schwedischer Schauspielerkollege, der seit vielen Jahren als One-man-Band ein winziges Theater in Stockholm betreibt, hat mir einmal angeboten, ihn zu unterstützen: Karten abreißen, Getränke verkaufen, Abendkasse machen. Er hatte es damals als Scherz gemeint, denn ich war längst verheiratet, hatte Tobias bekommen. Ihn habe ich jetzt dreisterweise beim Wort genommen – und nun sitze ich wirklich hinter der Kasse, reiße Karten ab, verkaufe Getränke, mache Garderobe, räume auf und putze.

Das sind jetzt meine Rollen. Mehr vom Leben zu verlangen erscheint mir vermessen. Ihre E.S.«

An diesem Vorweihnachtsabend lud Iwersen das ganze Team zu einer kleinen Weihnachtsfeier zu sich nach Hause ein. Plus Frauen und Männer, falls vorhanden. Brock kam solo, Wundt mit seiner gut genährten Frau, Nou'man brachte ihre Freundin mit.

Baer kam mit Corinna, die sich von Bernhard in der Küche zeigen ließ, wie er die Gans zubereitete. Bernhard hatte ihr das Prozedere bereits vor drei oder vier Jahren demonstriert, als Iwersen das Team schon einmal zu sich nach Hause eingeladen hatte. Bernhard, der sehr erfolgreich als Manager im IT-Bereich arbeitete, musste herzlich lachen, als Corinna ihm sagte, ihre Festplatte sei komplett geräumt worden, aber sie stelle sie nach und nach wieder zu.

»Sagt man zustellen?«

Bernhard spitzte die Lippen. »Joa. Warum nicht?«

Vom Team fehlte an diesem Abend nur Liv.

Aus verständlichen Gründen. Baer hatte noch am Vortag mit ihr telefoniert.

Nachdem er erfahren hatte, dass ihr Mann gestorben war.

Liv hörte sich sehr gefasst an. Aber ihre Stimme vibrierte. »Stella hat ihn gefunden. Im ... Heizungskeller.«

In dem Keller ihres Hauses, das er ohne Livs Wissen beliehen hatte, um mit einem Geschäftspartner zusammen in ein Projekt in Saudi-Arabien zu investieren.

»Er wollte mit einem Schlag alles wieder ausgleichen, seine Firmenpleite vergessen machen.« Und hatte endgültig alles verzockt.

Baer fühlte sich stark an Gunder Møller erinnert. Das Projekt in Saudi-Arabien, die Entwicklung einer speziellen Software für den medizintechnischen Bereich, stellte sich als Fake heraus. Das Geld war weg. Und damit das Haus der Grünbergs. Sein Elternhaus.

»Im neuen Jahr bin ich wieder dabei, Roman.«

Er hätte ihr gern schöne Feiertage, einen guten Rutsch gewünscht, das Übliche zum Jahreswechsel eben, das man so selbstverständlich aussprach wie das unvermeidliche »Mahlzeit« in der Polizeikantine. Aber ihm blieben diese Banalitäten im Hals stecken und sie legte auf, ehe er die Sprache wiedergefunden hatte.

Sie fehlte ihm. Und er freute sich darauf, sie wiederzusehen.

In der Nacht, nachdem sie von Iwersens munterer, entspannter Weihnachtsfeier zurückgekehrt waren, zog sich Corinna im Schlafzimmer vor ihm aus und dann ihn. Sie küsste ihn sehr sanft und umfasste dann ihre Brust, die linke.

Sie legte ihre rechte Hand in seinen Nacken, stellte sich auf ihre nackten Zehenspitzen und brachte ihre Lippen an sein Ohr. »Ich weiß jetzt wieder, wozu sie da sind. Alle beide.«

Sie lächelte und er nahm ihr Geschenk dankbar und leidenschaftlich an.

88

Das war nun also ihr letzter Arbeitstag in diesem Haus.

Agneta Rehmanová ging mit schnellen Schritten noch einmal durch alle Räume der Møller-Villa. Sie wurde zwar schon seit einem Monat nicht mehr bezahlt. Seitdem Brigitte Møller verhaftet worden war. Dafür wohnte sie noch so lange im Haus, bis es am ersten Tag des neuen Jahres geräumt werden sollte. Das hatte sie mit Brigittes Anwältin vereinbart. Seltsam, dachte sie, es fiel ihr jetzt, wo sie alles wusste, viel leichter, sie Brigitte zu nennen, selbst in Gedanken.

Sie hatte eine Weile die Möglichkeit durchgespielt, nach Prag zurückzugehen, sie dann aber verworfen. Nach den vielen Jahren in

Deutschland und nur wenigen Besuchen in Prag während dieser Zeit hatte sie kaum noch Kontakt zu ihrer Familie. Als ihr Božena, eine Freundin aus Berlin, anbot, ihre Zweizimmerwohnung mit ihr zu teilen, hatte sie sofort zugesagt. Božena hatte schon vor einem Jahr ihren Job im Büro eines Großhandels verloren und das Jobcenter setzte ihr nun, da sie noch immer arbeitslos war, das Messer auf die Brust: entweder die Wohnung kündigen und eine billigere suchen oder ein Zimmer untervermieten.

Im Kaminzimmer setzte sich Agneta auf das schwarze Sofa und sah aus dem Fenster. Es hatte geschneit in der Nacht, jetzt schien die Sonne und brachte die Schneedecke bis zu der Reihe hoher Pappeln drüben zum Glitzern. Der Anblick war so schön, dass sie ihn nicht ertrug.

Sie stand auf und ging hinüber in den kleinen Raum neben der Küche, den sie (wie alle anderen) in all den Jahren fast immer gemieden hatte, weil er ungünstig auf der Nordseite lag und zu jeder Tageszeit unangenehm dunkel war.

Agneta ließ sich auf die Sitzbank an der mit dunkel gebeiztem Tropenholz verkleideten Wand sinken. Sie erinnerte sich plötzlich, dass Brigitte Møller sich in letzter Zeit ausgerechnet in diesen deprimierenden Raum zurückgezogen und sogar die Tür abgeschlossen hatte. Um Radio zu hören oder ein Hörbuch, jedenfalls war sehr schwach durch die Tür eine Stimme zu vernehmen, eine junge Stimme, die eines Jugendlichen. Dann wieder glaubte Agneta, eine weibliche Stimme zu hören, aber dass Brigitte am Ende bereits Selbstgespräche geführt hatte, war kaum anzunehmen, sie hatte wohl bis zum Schluss geglaubt, die Dinge noch im Griff zu haben.

Agnetas Blick fiel auf den komischen alten Holzkasten, der auf dem schmalen Regal schräg gegenüber stand. Das Ding war ein Radio in der Form eines Volksempfängers, so hatte Hellwig es einmal genannt und Brigitte mit dieser Nazi-Anspielung ziemlich geärgert. Dabei befand sich an der Seite des Geräts ein Kassettenfach. Aber auch die waren ja fast schon ausgestorben, Kassetten, oder?

Sie beugte sich vor, drehte am Radioknopf unten rechts, und nach einem lauten Knacken stellte sich ein grässliches Rauschen ein.

Sie drehte das Radio wieder aus und drückte auf den Schalter an der Seite, um zu sehen, ob das Kassettenfach leer war.

War es nicht. Eine Kassette sprang heraus und fiel ihr praktisch in die Hand, ohne Etikett, wahrscheinlich schon museumsreif. Sie steckte das Band wieder ins Fach, unsicher, welche Seite eigentlich abgespielt wurde, und schaltete das Gerät ein.

Sie ließ das Band ein paar Sekunden laufen, aber nichts passierte, kein Ton zu hören. Sie wollte schon ausschalten und endlich doch anfangen, ihre persönlichen Sachen zusammenzupacken. Aber dann fand sie an der Seite den Knopf zum schnellen Vor- und Zurückspulen der Kassette.

Sie spulte ein kleines Stück zurück und dachte, wenn überhaupt etwas auf der Kassette war, musste es das Letzte gewesen sein, das Brigitte Møller sich in dem Zimmer angehört hatte. In Freiheit.

Sie stoppte und drückte den Knopf, um erneut abzuspielen.

Wozu denn der Kassettenrekorder? Nehmen Sie mich jetzt auf, oder was?

Das war sie, die Stimme des Jugendlichen oder jungen Mannes, die sie gehört hatte, eindeutig. Eine Stimme, die ihr seltsam bekannt vorkam.

Keine Angst, die Aufnahme dient mir nur als Erinnerungsstütze. Du weißt, ich bin Psychiaterin, ich muss dich untersuchen, nach dem … was passiert ist. Dem Tod deiner Mutter. Niemand klagt dich an, ich schon gar nicht, und die Polizei hat die Akte geschlossen. – Pass auf, du kriegst die Kassette anschließend von mir, einverstanden?

Und das war die Stimme der Frau, die sie ebenfalls gehört hatte, wenn Brigitte sich in dem Zimmer befand, sie hatte sich also nicht getäuscht. Mittleres Alter wahrscheinlich, klar, bestimmt, aber nicht unfreundlich. Tonfall und Stimmlage erinnerten sogar entfernt an Brigitte, schien ihr – Brigitte in besseren Tagen.

Gut. Dann erzähl mir bitte von dir.

Von mir erzählen? Was denn?

Dieser Junge … Wessen Stimme war das?

Sie ließ das Band wieder laufen und hörte jetzt konzentrierter zu.

Von deiner Familie. Oder deinen Freunden, wenn dir das leichter fällt.

Was für Freunde? Ines und Ralf? Die sind nicht mehr meine Freunde.

Dann fang am besten mit deiner Mutter an. Zu deinem Großvater kommen wir später. Und zu deinem Stiefvater, Paul Metzler.

Wieso? Meine Mutter ist tot. Der Alte auch. Und Paul sitzt im Bau. Oder?

Hör mal, du musst mir schon ein wenig helfen und mitarbeiten …

Sonst? Stecken Sie mich ins Heim, oder was?

Du warst dabei, als deine Mutter gestorben ist. Denkst du oft daran?

Seitdem nicht mehr.

Erzähl mir, wie du das erlebt hast. Ist noch nicht lange her.

Was soll ich da groß erzählen? Sie lag mal wieder im Bett an dem Tag. Voll wie immer. Hat gepennt. Ich war in der Küche. Auf einmal hab ich irgendwas gehört, so ein Rums, dumpfes Geräusch.

Hab sie vor dem Bett gefunden, auf dem Teppich.

Sie lag auf dem Rücken und war am Sabbern, ihre eigene Kotze am Wiederkäuen wie die Kühe. Hat so gurgelnde Geräusche gemacht, also nicht wirklich gurgeln, aber so ähnlich.

Plötzlich wusste sie es.

Hellwig.

Es war Arne Hellwig, der sprach. Seine junge Stimme, tief aus der Vergangenheit herausgeholt. Aus einem früheren Leben.

Ihm, seiner toten Stimme, hatte Brigitte Møller in letzter Zeit also zugehört.

Nachdem sie selbst dafür gesorgt hatte, dass ihr Komplize, der Versicherungsmensch (sie hatte ihn vielleicht ein, zwei Mal gesehen, diesen Eipel), Arne Hellwig erschießt. Und beinahe hätte er auch sie erwischt, drüben im Flur.

Das ganze Drama damals, Brigittes Tränen und ihr Schlottern im Flur, über Arnes Leiche gebeugt – alles Theater, bloß gespielt.

Oder etwa nicht?

Vielleicht hatte sie ihn doch ein wenig gern gehabt, ihren Arne? Und es plagte sie hinterher die Reue?

Jedenfalls hatte Brigitte Møller sich hier eingeschlossen und ihm zugehört, Hellwig, seiner blutjungen Stimme. Sagten die Deutschen nicht so: blutjung? Oder war das auch Nazideutsch? Wie Volksempfänger.

Sie hat an die Decke gestarrt und sich nicht gerührt. Ihr Gesicht lief blau an.

So ist das, wenn man keine Luft kriegt, hab ich zu ihr gesagt. Ich kenn das, kann mich gut erinnern, hab ich gesagt. Weißt du noch, der Bienenstich damals, in meinen Mund? Ich dachte, ich müsste verrecken. Scheiße. Jetzt verreck du!

Ich hab mich aufs Bett gesetzt und mir eine angesteckt. Willst du auch?, hab ich sie gefragt. Und sie? Röchelt. Im Moment war ihr nicht nach Rauchen. Mir schon.

Ein heiseres bösartiges Lachen war von ihm zu vernehmen, das Agneta eine Eishaut über den Rücken trieb.

Sie stoppte die Kassette.

Was auch immer das zu bedeuten hatte, was Hellwig als Jugendlicher oder junger Mann der Psychiaterin aufs Band gesprochen hatte, es klang gemein und widerwärtig.

Offensichtlich hatte die Psychiaterin ihr Versprechen wahrgemacht und ihm die Kassette oder eine Kopie davon überlassen. Und er hatte dieses Dokument seiner Niedertracht anscheinend gehütet wie einen Schatz; jedenfalls so sorgsam, dass Brigitte Møller es unter seinen persönlichen Sachen gefunden haben musste.

Agneta wurde plötzlich klar, dass Arne Hellwig genau der Schweinehund war, um die furchtbaren und feigen Verbrechen hinter der Maske des »Imkers« begehen zu können. Bis es ihn selbst erwischt hatte. Umgemäht und ausgelöscht durch seine eigene Waffe. In der Hand von Brigittes kaltblütigem Komplizen.

Der Gedanke daran, mit welchen Bastarden sich die Frau umgeben hatte, für die sie so viele Jahre gearbeitet hatte, trieb ihr einen neuen Eisschauer über den Rücken.

Sie warf die Kassette aus und drehte sie um, wollte nun doch wissen, was sich auf der A-Seite befinden mochte. Sie spulte ein gutes Stück vor und stoppte das Band an einer beliebigen Stelle.

Er ist der Bienenmann! Er schickt seine Bienen. Sie wollen mich totstechen.

Ich dachte wirklich, *dass der Alte nachts in mein Zimmer kommt. Als der Bienenmann. Um mir Angst einzujagen, um zu sehen, wie ich – Scheiße, wie ich fast sterbe vor Angst!*

Sie stutzte. Und stoppte das Band bereits wieder. War das etwa derselbe Hellwig, den sie vorhin auf der B-Seite der Kassette angehört hatte?

Die Stimme klang jetzt beinahe wie die eines Kindes, eines kleinen Jungen. Dessen entsetzliche Angst plötzlich wieder aufplatzte wie eine eitrige Wunde. Eine Angst, die auf einmal den ganzen Raum ausfüllte.

Sie spulte das Band wieder vor und hielt an einer beliebigen Stelle von Neuem.

Jetzt haben sie mich also doch gekriegt, hab ich gedacht, Opas Bienen.

Das werden sie büßen, hab ich mir vorgenommen. Aber alle.

Kein Zweifel, derselbe Arne, dachte sie.

Wie war das möglich?

DANKE

Kim, Fabio und Regina für die wertvollen Rückmeldungen.
Susanne und Marie: für alles.